ullstein

Es ist Oktober, und die Feriensaison in Le Lavandou ist beendet, die Strandcafés schließen, und die Einheimischen gönnen sich ihren wohlverdienten Urlaub. Während sich die kleine Stadt an der Küste vom Trubel der Sommermonate erholt, verschwindet jedoch eine Hotelangestellte in den Hügeln der Provence. Auch Rechtsmediziner Dr. Leon Ritter hatte sich auf die ruhige Jahreszeit gefreut und wollte seinen Lieblingsbeschäftigungen mehr Zeit widmen: Zeitung lesen, Café au Lait trinken und Boule spielen. Mit der beschaulichen Ruhe ist jedoch schlagartig Schluss, als eines Morgens mitten in Lavandou ein menschlicher Fuß gefunden wird. Leon glaubt nicht an die Schuld des Verdächtigen, der bald festgenommen wird, und gerät zusätzlich selbst ins Visier der Ermittler. Schließlich beginnt ein riskanter Wettlauf gegen die Zeit. Wird es ihm gelingen, dem Täter rechtzeitig das Handwerk zu legen?

Remy Eyssen, geboren 1955 in Frankfurt am Main, arbeitete zunächst als Redakteur bei der *Münchner Abendzeitung*, später als freier Autor für Tageszeitungen und Magazine. In den Neunzigerjahren entstanden die ersten Drehbücher. Mit seiner Krimireihe um den Gerichtsmediziner Leon Ritter begeistert er die Leserinnen und Leser und landet regelmäßig auf der Bestsellerliste.

In unserem Hause sind vom Autor bereits erschienen:
Tödlicher Lavendel · Schwarzer Lavendel · Gefährlicher Lavendel · Das Grab unter Zedern · Dunkles Lavandou

REMY EYSSEN

Mörderisches Lavandou

Kriminalroman

Ullstein

Besuchen Sie uns im Internet:
www.ullstein-buchverlage.de

MIX
Papier
FSC FSC® C083411

Originalausgabe im Ullstein Taschenbuch
1. Auflage Mai 2019
5. Auflage 2020

Umschlaggestaltung: zero-media.net, München
Titelabbildung: © FinePic®, München (Himmel);
Getty Images / © Juergen Richter / LOOK-foto (Dorf)
Gesetzt aus der Quadraat Pro powered by pepyrus.com
Druck und Bindearbeiten: CPI books GmbH, Leck
ISBN 978-3-548-29126-0

Meiner Frau und meiner Tochter
für ihre Geduld und ihren Rat

Prolog

Die Frau lief den schmalen Pfad entlang, der sich viele Kilometer weit über die Höhen des Massif des Maures schlängelte. Vorbei an den immergrünen Ginsterbüschen und unter den gewaltigen Esskastanien hindurch, aus deren Früchten man in dieser Gegend Maronencreme herstellte. Von hier oben reichte der Blick weit über das Naturschutzgebiet bis hinunter zur Küste. Im Osten konnte man im Dunst des Nachmittags die schneebedeckten Gipfel der Alpes Maritimes erahnen. Vor sich, genau im Westen, sah die junge Frau jetzt die flache Sonne, die sich hinter Toulon auf das Meer zu senken schien.

Doch die junge Frau konnte den Zauber dieser grandiosen Landschaft nicht genießen. Die Frau hatte Angst. Was hatte sie sich nur dabei gedacht, hier oben zu laufen? Sie hätte wissen müssen, dass sie zu dieser Jahreszeit ganz allein auf ihrer Lieblingsstrecke sein würde. Hätte wissen müssen, dass es Anfang Oktober schon viel früher dunkel wird. Verdammt, sie hätte gar nicht hierherkommen sollen. Die Läuferin war professionell ausgerüstet: halblange Jogginghose, atmungsaktives Shirt und eine federleichte Gore-Tex-Jacke gegen den Wind. Doch sie lief unsicher, stolperte, fing sich wieder und versuchte verzweifelt ihren Rhythmus zu finden. Sie warf einen gehetzten Blick über die Schulter. Folgte ihr jemand?

Die Läuferin versuchte, sich ganz auf den Pfad zu konzentrieren, der jetzt bergan führte. Ihr Atem ging stoßweise. Ihre Schritte waren unbeholfen, sie fürchtete, erneut zu stolpern. Noch ein Fehltritt und sie würde stürzen. Irgendwohin zwischen die Dornen der Zistrosen und die harten Zweige der Rosmarinbüsche. Seit einer Viertelstunde fühlte sie den stechenden Schmerz im linken Fuß – bei jedem Schritt. Sie hätte den Lauf längst abbrechen müssen. Sie wollte sich doch schonen, wollte mehr Verantwortung zeigen. Ja, verdammt, sie wusste, dass sie auf sich achten musste, gerade jetzt. Aber sie konnte sich nicht schonen. Jetzt musste sie laufen, so schnell sie konnte. Sie hatte Angst, panische Angst. Die junge Frau verlor für einen Augenblick den Halt, glitt mit dem Fuß von einem glatten Felsen ab und taumelte. Sie unterdrückte einen Schrei, als ihr der Schmerz wie ein Messer in das Fußgelenk fuhr. Es ist bestimmt nur eine Zerrung, beruhigte sie sich, nur eine Zerrung.

Auf keinen Fall durfte sie in Panik geraten. Vielleicht bildete sie sich ja alles nur ein. Das Knacken kam vom Wind in den Ästen. Das Rascheln waren Kaninchen und Dachse, die sie mit ihrem einsamen Lauf aufscheuchte. Es gab niemanden, der ihr folgte. Sie war einfach nur überempfindlich. Das hatte auch der Arzt gesagt. War das ein Wunder? Die Beerdigung ihrer Mutter lag noch kein halbes Jahr zurück. Und trotzdem griff sie gelegentlich noch zu ihrem Handy, um sie anzurufen. Ob dieser Impuls jemals verschwinden würde? Sie hatte sich das anfangs nicht eingestehen wollen, aber mit dem Tod der Mutter hatte sie auch einen Teil ihrer Selbstsicherheit verloren. Die war einfach verschwunden, wie Wasser im Sand.

»Wir schaffen das schon, du musst Geduld haben«, hatte ihr Vater gesagt. Aber die Tränen in seinen Augen sagten, dass er den eigenen Worten nicht glaubte.

Die junge Frau versuchte, regelmäßiger zu atmen. Sog die warme Oktoberluft ein und ließ sie langsam wieder aus der Lunge herausströmen. Zwei Schritte ein-, vier Schritte ausatmen. Wäre es nach ihr gegangen, hätte sie bestimmt nicht den Job in Lavandou angenommen. Aber sie hatte es ihrer Mutter versprochen, kurz vor deren Tod. Das Hotel in Arles konnte ihr Vater unmöglich allein führen und ihr fehlte die Erfahrung. Also war sie in Le Lavandou gelandet. Sechs Monate Praktikum in einem Viersternehotel. Am Anfang dachte sie, sie würde es keine Woche aushalten. Das war jetzt vier Monate her. Sie hätte das Hotel der Eltern nicht so früh übernehmen wollen. Sie wollte erst mal herumreisen. New York, Paris, London, Singapur. Es gab so viele aufregende Orte auf der Welt.

In diesem Moment hörte sie es wieder. Das Schnaufen. Jemand folgte ihr, jetzt war sie ganz sicher. Sie beschleunigte ihre Schritte. Sie konnte nicht mehr weit von der Lichtung entfernt sein, wo sie den Wagen abgestellt hatte. Vierunddreißig Minuten dauerte der Lauf bis zu ihrer Umkehrmarke und dann wieder vierunddreißig Minuten zurück zum Parkplatz. Wenn sie in Form war. Aber jetzt war sie nicht in Form, jetzt musste sie sich zwingen, überhaupt weiterzuhumpeln.

Das waren Schritte, die sie da hörte. Ganz eindeutig. Der Kerl war jetzt hinter ihr. Oder wollte sie sich etwa einreden, sie hätte den Mann nicht gesehen. Wie er da hinter den Kiefern stand und auf sie wartete. Wie ein böser Schatten, der sich zwischen den Bäumen aufzulösen schien. Nein, das war keine Einbildung. Der Mann beobachtete sie seit Tagen. Der Scheißkerl wusste genau, dass sie hier entlangkam.

Er war ihr gefolgt. War so dicht hinter ihr gewesen, dass sie ihn atmen hören konnte. Da hatte sie ihr Tempo beschleunigt. Sie war gut trainiert. Hatte es beim Halbmarathon in Nizza immerhin auf Platz 85 geschafft. Sie wäre dem Kerl leicht davongelaufen. Aber da war dieses Loch im Boden. Nur ein paar Zentimeter weiter nach rechts und sie hätte sich den Fuß nicht umgeknickt. Beim Stadtlauf wäre das das Aus gewesen. Sie hätte sich an den Rand der Strecke gesetzt und entspannt gewartet, bis die Sanitäter sie aufsammelten. Aber das hier war kein Marathon. Hier lief sie nicht für eine dämliche Medaille, hier lief sie um ihr Leben. Das wusste sie. Das sagte ihr der Instinkt.

Der Fuß schmerzte jetzt ununterbrochen. Sie spürte, wie er immer weiter anschwoll, kaum noch in den Schuh passte. Sie versuchte, sich nicht vorzustellen, was mit ihrem Fußgelenk geschehen war. Versuchte, den Schmerz auszublenden.

Solange du in Bewegung bist, wird er dich nicht erwischen, sagte sie sich immer wieder, wie ein Mantra. In diesem Moment hörte sie das Knirschen kleiner Steine. Das war er! Höchstens ein oder zwei Kurven hinter ihr. Sie presste die Lippen aufeinander, um den Schmerzensschrei zu unterdrücken, als sie sich erneut den Fuß vertrat. Irgendetwas in ihrem Gelenk tat einen Knacks. Der Schmerz war scharf und hell. Aus, das war's. Sie konnte ihren Fuß nicht mehr kontrollieren. Aber sie musste ihn aufsetzen, wenn sie vorwärtskommen wollte, immer und immer wieder. Es fühlte sich an, als würde sie über glühende Kohlen laufen.

Die Sonne verschwand hinter dem Horizont. Für ein paar Minuten leuchtete der sandige Boden in warmem Rot. Der Wind frischte auf, als die Dämmerung aus den Büschen kroch. Sie würde es nicht schaffen, dachte die junge Frau verzweifelt. Sie würde den Parkplatz nicht erreichen, bevor es dunkel wurde. Das Hinken war jetzt stärker geworden. Sie griff sich einen abgebrochenen Ast, der am Boden lag, und stützte sich damit ab, während sie mühsam weiterhumpelte. Würde sie jemand vermissen, wenn sie jetzt einfach stehen blieb und ihr unausweichliches Schicksal akzeptierte? Sollte der Kerl doch kommen. Sollte er doch mit ihr machen, was er wollte. Für einen kurzen Augenblick war sie bereit, einfach aufzugeben. Aber dann lief sie weiter, als hätten sie ihre düsteren Gedanken mit neuer Energie versorgt. Der Pfad senkte sich, und plötzlich konnte sie in der Dämmerung den Parkplatz erkennen, der keine zweihundert Meter mehr entfernt war.

In diesem Moment wurden die Geräusche hinter ihr lauter. Erst ein Poltern, als würde jemand stolpern. Dann das laute Knacken von Zweigen, gleich neben ihr im Gebüsch. Im nächsten Augenblick brach ein Wildschwein durch den Ginster. Es preschte nur Zentimeter entfernt an ihr vorbei, schoss vor ihr den Pfad entlang, stürzte sich zwischen die dornigen Büsche der Macchia und verschwand krachend im Unterholz, so schnell, wie es aufgetaucht war.

Die junge Frau war vor Schreck stehen geblieben. Kaum war das Tier verschwunden, schien die Landschaft in einer geradezu andächtigen Stille zu versinken. Nur die Abendbrise, die feucht und warm vom Meer heraufkam, verursachte ein Rauschen in den Zweigen der Bäume. Die junge Frau fühlte sich plötzlich leicht und befreit. Wie ein Soldat, der auf wundersame Weise als Einziger den Angriff des Feindes überlebt hat. Mit einem Mal schien alle Panik von ihr abzufallen. Sie lief ein paar unbeschwerte Schritte den Pfad entlang, bis die Schmerzen im Fuß sie daran erinnerten, dass sie die letzten Minuten nicht geträumt hatte.

Der vierzig Jahre alte, cremefarbene Citroën DS, der ihrem Freund gehörte, stand noch dort, wo sie ihn vor anderthalb Stunden abgestellt hatte. Der Wagen war etwas heruntergekommen, aber er funktionierte noch immer einwandfrei. Die junge Frau hinkte zu dem Auto, das einsam unter den großen Kastanien parkte. Der Schuh schnitt schmerzhaft ins Fleisch. Sie wollte den verdammten Joggingschuh nur noch loswerden. Sie stützte sich auf die Motorhaube und zerrte den Schuh von ihrem nackten Fuß. Sofort spürte sie Erleichterung. Jetzt einfach nur noch einsteigen und losfahren. Der Oldtimer hatte ein Automatikgetriebe, sie würde also ihren linken Fuß schonen können. Am besten, sie fuhr direkt in die Klinik. Für einen Moment stellte sie sich vor, wie sich Ärzte und Schwestern um sie kümmern würden. Sie würde in einem sauberen Bett liegen, und vielleicht würde die Röntgenaufnahme ja zeigen, dass die Verletzung gar nicht so schlimm war.

Die junge Frau öffnete die Tür, setzte sich hinter das Steuer und zog vorsichtig das linke Bein in den Wagen. Der Schmerz im Gelenk war in ein dumpfes Pochen übergegangen. Es war Zeit, hier wegzukommen. Sie startete den Motor und schaltete das Licht an. Die Scheinwerfer erfassten den leeren, staubigen Platz. Sie schaltete die Automatik auf »Marche arrière« und drehte sich um. In diesem Moment stockte ihr der Atem, und eine Welle eisiger Kälte lief durch ihren Körper. Hinter ihr auf der Rückbank saß der Mann.

Es dauerte nur eine Sekunde, bis die Frau ihre Hand zum Türgriff bewegte, doch der Mann war schneller. Er schlang ihr seinen rechten Arm um den Hals und zog sie zwischen den Sitzen hindurch nach hinten. Er drückte ihr die Luft ab. Die Frau strampelte und schlug um sich. Doch der Mann war stark und kannte keine Gnade. Die Frau merkte, wie die Kräfte sie verließen. Sie strampelte und spürte erneut einen rasenden Schmerz im linken Fuß, als unter ihrem Tritt die Seitenscheibe zersplitterte.

Sie stieß einen einzigen verzweifelten Schrei aus. Aber sie wusste, in der Einsamkeit der Provence würde sie niemand hören. In ihrem Kopf setzte ein Rauschen ein, und dann versank die Welt hinter einem schwarzen Schleier.

1. Kapitel

Leon hatte den Weg zwischen den Häusern eingeschlagen. Er führte den Hügel hinunter, direkt in den Ortskern von Le Lavandou, wo man zwischen den Dächern das Meer glitzern sehen konnte. Der Pfad ging vorbei an Gärten, in denen es im Frühling und Sommer üppig blühte. Jetzt war das Gras braun, die meisten Blumen waren vertrocknet und die dicken Lavendelstauden von ihren Besitzern bis auf die grauen Strünke heruntergeschnitten. Aber die blühenden Bougainvilleen und die Oleanderbüsche erinnerten Leon daran, dass es auch im Oktober in der Provence noch angenehm warm sein konnte, weil das Meer die Wärme des Sommers gespeichert hatte. Und wenn der Wind aus dem Norden jetzt gelegentlich schon kühl übers Land wehte, dann sorgte das Meer wie eine riesige Zentralheizung dafür, dass die Büsche und Blumen bis in den Winter hinein blühten.

Leon blieb einen Moment stehen und genoss den Ausblick auf die blaue Bucht und die Fähre, die gerade zu den Inseln ablegte. Dann nahm er die letzten Stufen, überquerte die Avenue de Provence und kam am Kriegerdenkmal vorbei, an dem ein vertrockneter Lorbeerkranz lehnte. Eine verblichene Erinnerung an den 15. August, den glorreichen Tag, an dem die Einwohner von Le Lavandou bis heute die Befreiung von den deutschen Besatzern feierten. Allerdings hatte das Fremdenverkehrsamt dafür gesorgt, dass die Feier in den letzten Jahren immer bescheidener ausfiel. Eine Bescheidenheit, die vor allem den gut zahlenden Feriengästen aus Deutschland geschuldet war. Inzwischen waren die Zeitzeugen so gut wie alle verstorben. Und so verblasste die kollektive Erinnerung an das historische Ereignis schneller als die Farben der Trikolore, die jemand um den trockenen Kranz gewunden hatte.

Der beginnende Herbst sorgte für entspannte Ruhe in der kleinen Küstenstadt am Meer. Viele Geschäfte waren geschlossen. Ihre Besitzer befanden sich im wohlverdienten Urlaub. Die schmalen Gassen, in denen sich in den Sommermonaten die Touristen drängten, lagen verlassen da. Nur ein paar Pensionäre saßen zu dieser frühen Stunde auf den Bänken der Uferpromenade, blinzelten in die warme Sonne und sprachen mit ihren Toutous, ihren Hündchen, die sie mit Keksen fütterten.

Früher hatte Leon seine Zeitung regelmäßig bei Michel im Tabac-Laden unten an der Promenade gekauft. Aber seit sich Michel als Kandidat für die radikalen Gardiens de la patrie hatte aufstellen lassen, mied Leon den Kiosk am Meer. Inzwischen kaufte er seine *Frankfurter Allgemeine* lieber in der Petite Librairie bei Monsieur Nortier. Der hatte die Buchhandlung vor eineinhalb Jahren von zwei alten Schwestern übernommen, die in Pension gegangen waren. Leon mochte das altmodische Geschäft, das neben Zeitungen auch Bücher und Schreibwaren im Sortiment hatte. Hier hatte ihm seine Mutter, als er noch ein zehnjähriger Junge gewesen war, während der Sommerferien die Comic-Hefte von Hergé mit den Abenteuern von *Tintin* gekauft. Die Geschichten von *Tim und Struppi* lagen noch heute im Schaufenster.

Als Leon den Laden betrat, setzte die Tür über eine Metallfeder ein Glockenspiel in Gang. Im hinteren Teil des Geschäfts konnte Leon Madame Auteuil, die pensionierte Lehrerin, erkennen, die eine Kiste Bücher in ein Regal stapelte und sich dabei mit Monsieur Nortier stritt. Als der große Mann die Tür hörte, winkte er Leon zu und eilte nach vorn.

Monsieur Nortier war Ende vierzig, knapp einen Meter neunzig groß und etwas übergewichtig. Auf dem großen Körper saß ein Kopf, der viel zu klein schien für diesen massigen Mann. Leon war aufgefallen, dass der Buchhändler immer ein wenig schwitzte, nervös war und zu rötlichen Augenrändern neigte, was Leon auf eine Schilddrüsenüberfunktion zurückführte. Wenn Nortier durch seinen Laden ging, fürchtete Leon jedes Mal, er könnte einen der Ständer mit den Postkarten oder den Taschenbüchern umreißen. Doch Monsieur Nortier bewegte sich geschickt, wich jedem Hindernis im letzten Moment aus und war von übertriebener Freundlichkeit. Leon mochte Nortier nicht besonders, aber er legte auch in den Sommermonaten zuverlässig für ihn die FAZ zurück.

»Bonjour, Monsieur Nortier«, grüßte Leon, als er den Laden betrat.

»Ah, Docteur.« Nortier griff unter den Ladentisch und zog eine *Frankfurter Allgemeine* hervor. »Voilà, die habe ich schon für Sie zur Seite gelegt.«

»Merci, très gentil.« Leon nahm die Zeitung in die Hand, betrachtete kurz die erste Seite und lächelte zufrieden.

»Gute Nachrichten?«, erkundigte sich Nortier.

»Sehr gute Nachrichten.« Leon klemmte sich die Zeitung unter den Arm und legte vier Euro auf die Glasschale. »Regen und Kälte in ganz Deutschland.«

»Bei uns soll es die ganze Woche so schön bleiben.« Der Buchhändler duckte sich ein wenig und sah mit schief gelegtem Kopf durch die Schaufensterscheibe nach oben zum blassblauen Himmel hinauf.

»Vive la France.« Mit einem Lächeln verließ Leon das Geschäft.

Er hatte sich diesen Tag freigenommen. Das Ende der Feriensaison bedeutete auch für den Rechtsmediziner weniger Arbeit. Keine Herzinfarkte leichtsinniger Touristen, die zu viel Wein in der Sonne genossen hatten, keine Motorradunfälle von reiferen Herren, die auf zu großen Maschinen ihre zweite Jugend auszuleben versuchten, und keine ertrunkenen Badegäste, die die Meeresströmungen unterschätzt hatten. Leon überließ das Rechtsmedizinische Institut von Saint-Sulpice an solchen Tagen der Obhut seines Assistenten und genoss etwas freie Zeit. Mit der Zeitung würde er sich in sein Stammbistro setzen. War das nicht genau der Grund, weshalb er damals die Universitätsklinik in Frankfurt verlassen und den Job in einer Provinzklinik bei Hyères angenommen hatte? Wenn er ehrlich war, dachte Leon, war das nicht der einzige Grund gewesen.

Leon beschloss, einen Umweg am Meer entlang zu machen. Er zog sich Schuhe und Strümpfe aus und ging barfuß durch den kühlen Sand. Immer wieder blieb er stehen, blickte auf die spiegelglatte See und sah den Wellen zu, wie sie auf den Sand schwappten. Die flache Sonne, das ewige Rauschen des Meeres und der schier endlose Blick in die Ferne. All das hatte eine eigenartig beruhigende Wirkung auf Leons Gemüt. Genauso musste es hier schon bei der Erschaffung der Welt ausgesehen haben, dachte er. Gemächlich spazierte er an den geschlossenen Strandcafés vorbei, die von ihren Besitzern mit dicken Brettern gegen die Winterstürme gesichert worden waren. Liegestühle lagen festgezurrt in Drahtverschlägen hinter den Hütten. Und die zusammengefalteten Sonnenschirme erinnerten Leon an verpuppte Schmetterlinge, die nur auf die erste Frühjahrssonne warteten, um wieder zu schlüpfen.

Das Chez Miou war bestimmt nicht das eleganteste Café in Le Lavandou. Ganz im Gegenteil. Es war, höflich ausgedrückt, etwas in die Jahre gekommen. Die Wände hätten längst einen neuen Anstrich gebraucht, die Toilette endlich ein funktionierendes Schloss und die Stühle eine neue Bespannung. Aber gerade dafür liebte Leon diesen Ort: für seine Unvollkommenheit und dafür, dass er direkt neben dem Bouleplatz lag.

»Was ist los, mon ami? Heute noch keine Toten aufgeschlitzt?«, begrüßte Jérémy den Gast. Der Wirt stand hinter der Bar und polierte die Weingläser, die er zur Kontrolle im Sonnenlicht drehte.

»Bonjour«, sagte Leon und setzte sich auf einen der Korbstühle, von denen um diese Jahreszeit die meisten frei waren. Nur an den Wochenenden kamen jetzt noch Touristen. Die waren meist aus dem Umland, tranken einen Wein und gingen am Strand spazieren, um dann beizeiten wieder zu verschwinden. Wer jetzt ins Miou kam, war ein Einheimischer. Oder er tat wenigstens so, wie Antoine, der Maler, der gleich am Eingang saß und so auffällig wie möglich in seinen Skizzenblock zeichnete. In der Hoffnung, dass einer der Besucher dem Künstler einen Wein spendierte.

»Hören Sie gar nicht auf ihn, Docteur.« Yolande, die Kleinstadtschönheit, die ihre Blusen und Röcke immer eine Nummer zu eng trug, schob sich auf Leon zu. »Ein Café crème und ein Baguette für den Docteur, richtig?«

»Sie können meine Gedanken lesen, Madame«, sagte Leon.

»Ich kenne alle Ihre geheimen Wünsche.« Yolande schenkte Leon einen Blick, den sie für zweideutig hielt, während ihr Mann sie nicht aus den Augen ließ. Aber statt zur Bar zurückzugehen, blieb sie noch einen Moment stehen und reckte sich, um nicht vorhandenen Staub von einer Wandlampe zu wischen. In Wirklichkeit tat sie das nur, um sich dem »Docteur« von ihrer Schokoladenseite zu zeigen. Doch der war längst in den Leitartikel der FAZ vertieft.

In diesem Moment betrat ein kleiner, drahtiger Mann in hellen Jeans, dunkelblauen Lederslippern und Wildlederjacke das Bistro. Michel, der Besitzer des Tabac-Ladens, schien es eilig zu haben.

»Gibst du mir schnell einen«, sagte er. Jérémy griff nach einem der Weingläser und schenkte einen Rosé ein. »Ich hab einen Termin in Toulon«, erklärte Michel in wichtigem Ton, in der Hoffnung, dass einer der Gäste nachfragte, worum es sich denn dabei handele. Véronique tat ihm den Gefallen. Sie war Anfang achtzig und hatte noch bis vor fünf Jahren ein Fischerboot besessen und Doraden gefangen. Selbst im Bistro nahm sie die Gitanes nicht aus dem Mund. Nach Leons Einschätzung war sie die beste Boulespielerin weit und breit.

»Ein kleiner Besuch bei deinen reaktionären Freunden?«, fragte Véronique provozierend.

»Ich werde wieder kandidieren«, sagte Michel zu Yolande, die ihn über die Schulter ansah. »Und diesmal stehen meine Chancen mehr als gut.«

»Gott behüte uns.« Véronique hielt Jérémy ihr Glas hin, und der goss wortlos noch etwas Pastis nach.

»Wenn von unseren Kirchtürmen erst mal der Muezzin ruft, dann wird das Gejammer groß sein«, sagte Michel. »Aber kommt dann bloß nicht zu mir.«

»Oh bitte, Michel. Zu dir und deinen Faschisten würde ich nicht mal kommen, wenn sie mir eine Moschee in den Vorgarten bauen würden.« Véronique nahm einen Schluck Pastis.

»Ganz genau, Véronique.« Leon hatte amüsiert von seiner Zeitung aufgeschaut. »Fragen Sie ihn doch mal, wie die letzten Umfragen waren.«

»Das können Sie gar nicht beurteilen, Docteur. Sie sind ja nicht mal Franzose.« Michel wurde ätzend, wenn er spürte, dass der Gegner ihm überlegen war. Er schlug sich auf die Brust. »Die Herzen der Südfranzosen schlagen eben anders.«

»Ich weiß nicht. Das wäre mir bei meiner Arbeit bestimmt schon mal aufgefallen.« Leon versuchte den Ton locker zu halten.

»Jetzt mach aber mal halblang, Michel.« Das war Jean-Claude, der mit seinem Rollstuhl hereingefahren kam und die letzten Sätze gehört hatte. Auf dem Schoß lag wie immer sein Yorkshire-Terrier Henry. »Der Docteur ist wenigstens ein halber Franzose. Und ich wette, er zahlt dafür doppelt so viele Steuern wie du.«

»Wisst ihr eigentlich, was sie mit der alten Schule an der Route Nationale bei La Londe vorhaben?« Michel machte eine dramatische Pause und sah in die Runde. »Das wird eine Moschee.«

»Red doch keinen Quatsch«, sagte Véronique.

»Soweit ich gehört habe, soll dort ein Kulturzentrum entstehen«, mischte sich Antoine ein. Der Maler lehnte sich zurück und warf den dunkelblauen Schal über seine Schulter. Seine dunklen Haare wellten sich unter einem ausgefransten Strohhut. Leon war sicher, dass der Künstler sich seine Dauerwelle beim Friseur legen ließ. Antoine trug weite Leinenhemden und schwarze Jeans, die er bis über die Knöchel hochgekrempelt hatte. Seine bloßen Füße steckten in Ledersandalen.

»Woher wollen Sie das wissen? Sie sind doch gar nicht von hier.« Michel klang jetzt eine Spur aggressiver.

»Monsieur Legrand hat schon in Paris ausgestellt«, nahm Yolande den Künstler in Schutz. »Das stimmt doch, oder?«

»Ich habe dort an der Kunstakademie unterrichtet«, korrigierte der Maler in gespielter Bescheidenheit.

»Malen Sie denn nur Hände?« Yolande räumte bei Antoine das Kaffeegeschirr vom Tisch und spähte dabei auf seinen Skizzenblock, auf dem verschiedene Darstellungen von Händen zu erkennen waren.

»Das sind Skizzen«, erklärte Antoine. »Hände sind besonders kompliziert. Mindestens so kompliziert wie Gesichter.«

»Oh, vielleicht wollen Sie ja mal meine Hände malen.« Yolande hielt Legrand ihre gespreizten Finger hin, als wollte sie einer Freundin ihren Nagellack vorführen.

»Kommen Sie doch zu meiner Vernissage«, schlug Legrand vor. »Mittwoch im Rathausfoyer ab achtzehn Uhr …«

»Yolande, Eis und Café für die Nummer vier.« Jérémy hatte seine Frau genau beobachtet, und es war an der Zeit, den Flirt mit dem Maler zu beenden.

»J'arrive, j'arrive«, seufzte Yolande. Sie kam an den Tresen und schnappte sich das Tablett, um es zu einer Gruppe von Gästen zu bringen, die draußen in der Sonne saßen. Natürlich nicht ohne noch einmal so nahe wie möglich an Antoines Tisch vorbeizugehen.

»Ich glaube, allein zu leben hat doch was für sich«, meinte Jean-Claude, der den kurzen Flirt beobachtet hatte. Dann wandte er sich Leon zu. Er wirkte nervös.

»Ist irgendwas?«, fragte Leon.

»Es gibt da eine Sache, da bräuchte ich mal deinen Rat, Leon.«

In diesem Moment summte Leons Handy.

»Moment.« Leon zog das Smartphone aus der Sakkotasche und warf einen Blick auf das Display. »Ist die Klinik.« Er tippte auf die Annahmetaste. »Ritter? Wann war das? Nein, lassen Sie alles, wie es ist. Ich komme direkt rüber.« Er legte auf.

»Ich dachte, du hast heute frei«, sagte Jean-Claude.

»Ist dringend. Ich muss los.« Leon stand auf, nahm seine Zeitung, klemmte einen Fünf-Euro-Schein unter die Kaffeetasse und ging Richtung Ausgang.

»Unterwerfung!«, rief Michel in diesem Moment vom Tresen herüber. »Das ist es, was wir tun. Wir geben unser geliebtes Frankreich auf. In zwanzig Jahren werden uns die Muslime aus unserer Heimat vertrieben haben!«

Leon winkte mit der Zeitung, ohne sich noch einmal umzudrehen.

»Sie werden es auch noch begreifen, Docteur«, rief ihm Michel nach. »Aber dann wird es zu spät sein!«

2. Kapitel

Isabelle saß hinter ihrem Schreibtisch und musste sich zwingen, wenigstens den Anschein zu erwecken, als würde sie ihrer Besucherin zuhören.

»Wir reden hier über nichts Geringeres als die Zukunft unserer Stadt«, sagte Madame Berthier und zupfte ihre hellblaue Strickjacke zurecht.

Isabelle betrachtete die Frau mit den auffallend blonden Strähnen in den Haaren und den zu grell geschminkten roten Lippen. Seit zwanzig Minuten saß diese Person vor ihr und quälte sie mit ihrem Vortrag über die Verleihung der »Fleur d'Or«, der Goldenen Blume, und die damit verbundene strahlende Zukunft von Le Lavandou. Isabelle drehte das Metallschild auf ihrem Schreibtisch so, dass die Besucherin es lesen musste. »Capitaine Isabelle Morell« stand darauf in weißen Buchstaben auf schwarzem Grund. Und das war keine Selbstverständlichkeit. In der hundertjährigen Stadtgeschichte von Lavandou war Isabelle die erste stellvertretende Polizeichefin der Gendarmerie nationale. Und genau das war auch der Grund, warum Commandant Zerna, der Polizeichef, Frauen wie Madame Berthier vom Fremdenverkehrsamt nicht selbst empfing, sondern zu ihr schickte.

»Ihrer Meinung nach wäre es also besser, wenn die Stuntshow am großen Kreisverkehr sich einen anderen Platz für ihr Winterlager suchen würde«, unterbrach Isabelle ihre Besucherin. »Da habe ich Sie doch richtig verstanden?«

»Nicht *würde*, diese Leute *müssen* da weg. Und zwar heute noch.« Jetzt hielt es Madame Berthier nicht mehr auf dem Stuhl. Sie stand auf und beugte sich über den Schreibtisch. »Verstehen Sie denn nicht, was auf dem Spiel steht? Die ›Fleur d'Or‹ ist eine europaweit begehrte Auszeichnung. Unbezahlbare PR für unsere Stadt. Aber wenn das Komitee sieht, dass schon am Stadtrand die Zigeuner lagern ...« Sie ließ den Satz in der Luft hängen, als wüsste jeder Mensch, was das bedeutete.

»Soweit ich informiert bin, handelt es sich bei diesen Leuten weder um Sinti noch um Roma«, unterbrach Isabelle. »Sondern um eine Stuntshow, die Autocrashs vorführt.«

»Sie wissen, was ich meine, Madame ... Capitaine«, sie sah auf das Schild.

»Ich werde sehen, was ich tun kann«, sagte Isabelle ungerührt.

»Ich bitte Sie. Verstehen Sie doch, wie wichtig diese Auszeichnung für uns, was sage ich, für die ganze Region ist.«

In diesem Moment klopfte es an die Tür.

»Ja ...?«, rief Isabelle, dankbar für die Unterbrechung.

Die Tür öffnete sich und ein Polizist mit maghrebinischen Gesichtszügen erschien, den die Streifen auf den Schulterklappen als Lieutenant auszeichneten.

»Entschuldige, Isabelle«, sagte Lieutenant Mohammad Kadir, genannt Moma, freundlich.

»Was gibt's denn, Moma?«

»Es geht um eine Vermisstenanzeige. Hast du einen Moment?« Er deutete mit einer kurzen Kopfbewegung hinter sich, wo ein etwa fünfzigjähriger Mann ungeduldig darauf wartete, vorgelassen zu werden.

»Diese Leute müssen da verschwinden«, versuchte es die Frau vom Fremdenverkehrsamt noch einmal.

»Danke, ich habe Sie durchaus verstanden, Madame«, entgegnete Isabelle knapp. »Wir werden uns darum kümmern. Dann melden wir uns bei Ihnen.«

»Uns bleibt nicht viel Zeit ...«, versuchte es Madame Berthier erneut.

»Würden Sie uns jetzt bitte allein lassen.« Isabelle war aufgestanden und wies zur Tür. Madame Berthier verschwand kommentarlos. In diesem Moment drängte sich ein Mann an Moma vorbei in Isabelles Büro.

»Verzeihen Sie, Madame. Aber es geht um meine Tochter.« Der Mann hielt Isabelle die Hand hin. »Bonnet, Robert Bonnet.«

»Capitaine Morell«, sagte Isabelle.

Dem Mann standen Tränen in den Augen. Er schien leicht zu zittern. Wie jemand, der fror, weil ihn Sorge und Angst geschwächt hatten. Der Besucher war ganz offensichtlich kein Tourist. Er trug einen teuren grauen Sommeranzug, ein hellblaues Hemd und eine dunkelblaue Seidenkrawatte. Dort, wo ihm am Hals der Schweiß herunterrann, zeichneten sich dunklere Flecken auf dem Kragen ab. Sein Gesicht war blass vor Stress. Er hat so traurige Augen, dachte Isabelle.

»Sie ist weg«, sagte der Mann, als könnte er es selbst nicht glauben. »Dabei ist heute ihr Geburtstag. Ihr zweiundzwanzigster ...«

»Ihre Tochter ist also verschwunden?«

»Das versuche ich die ganze Zeit zu erklären. Wissen Sie, was Ihre Kollegen gesagt haben?« Der Mann deutete empört in Richtung Tür. »Ich soll in zwei Tagen wiederkommen.«

»Da haben die Kollegen recht. Bei Erwachsenen warten wir mindestens achtundvierzig Stunden, bevor wir etwas unternehmen. Es sei denn, es liegen Hinweise für ein Verbrechen vor.« Isabelle sprach betont nüchtern. Sie kannte die Statistik. Ständig verschwanden irgendwelche Leute. Aber mehr als fünfundneunzig Prozent der Vermissten tauchten innerhalb von achtundvierzig Stunden wieder auf. Natürlich gab es auch Fälle, die tragisch endeten. Und in diesem Fall beschlich Isabelle das ungute Gefühl, Monsieur Bonnet könnte sich zu Recht Sorgen machen.

»Françoise hat nicht angerufen. Verstehen Sie?« Der Mann schwankte hin und her, als wollte er sich jeden Augenblick umdrehen und aus ihrem Büro laufen. »Wir haben nicht telefoniert. Dabei ist doch heute ihr Geburtstag.«

Bonnet zog das Foto einer attraktiven jungen Frau aus der Tasche und reichte es Isabelle. »Das war letztes Jahr. Da war ich mit Françoise in Paris.«

»Setzen wir uns. Und Sie erzählen mir alles der Reihe nach.« Isabelle deutete auf die Besucherecke mit den beiden Sesseln.

»Ich kann mich nicht setzen«, sagte der Mann. »Sie müssen etwas unternehmen, jetzt sofort. Verhaften Sie diesen Roussel.«

»Bitte, Monsieur ...«, Isabelle deutete noch einmal auf die Sitzecke, »ich muss mehr über Ihre Tochter wissen, wenn ich Ihnen helfen soll.«

Kurz darauf saß der Mann zusammengesunken in einem der Sessel. Isabelle hatte Moma Kaffee aus der Kantine bringen lassen. Bonnet war jetzt etwas ruhiger, aber es fiel ihm sichtlich schwer, sich zu konzentrieren. Er rührte wie abwesend in seinem Kaffee und sah immer wieder schweigend aus dem Fenster. Wenn Isabelle ihn etwas fragte, antwortete er nicht, sondern redete einfach drauflos.

Isabelle verstand immerhin so viel, dass die Familie Bonnet ein Hotel in Arles besaß. Sein einziges Kind, Tochter Françoise, absolvierte zurzeit eine Ausbildung in einem Hotel in Le Lavandou. Sie wollte praktische Erfahrungen sammeln, um dann in den Familienbetrieb in Arles einzusteigen.

»Sie haben einen Monsieur Roussel erwähnt.« Isabelle sah ihren Besucher an. »Wer ist das?«

»Der Mann, der meine Tochter entführt hat«, sagte Bonnet erschöpft.

»Das ist aber nur eine Vermutung von Ihnen?«

»Wie würden Sie das nennen, wenn sich so ein mieses Schwein an Ihre Tochter heranmachen würde?«, fragte der Mann aufgebracht. »Und dann ist plötzlich Ihr Kind verschwunden?«

Für eine Sekunde hatte der Mann Isabelle aus der Fassung gebracht. Die Vorstellung, dass jemand ihrer Tochter etwas antun könnte, gehörte zu den wenigen Dingen, die ihr wirklich Angst machen konnten.

»Monsieur Roussel ist also der Lebensgefährte Ihrer Tochter?«, fragte Isabelle schnell.

»Lebensgefährte, dass ich nicht lache«, sagte Monsieur Bonnet. »Er kontrolliert sie. Françoise ist ihm vollkommen ausgeliefert.«

»Ihre Tochter ist zweiundzwanzig, haben Sie gesagt?« Es war mehr eine Feststellung als eine Frage, die den Mann daran erinnern sollte, dass sie hier über eine erwachsene Frau sprachen.

»Früher, da war Françoise ganz anders.« Jetzt klang der Mann enttäuscht und hilflos. »Als Chantal noch lebte ...« Er unterbrach sich und schüttelte den Kopf.

»Ihre Frau?«, fragte Isabelle vorsichtig.

»Sie wurde krank. Die Ärzte konnten nichts tun ... « Bonnet vollendete den Satz nicht und starrte vor sich hin, dann sah er Isabelle an. »Ich bitte Sie, Sie müssen sie finden.«

»Das werden wir, ganz bestimmt«, erwiderte Isabelle und fragte sich, wie sie da so sicher sein konnte. »Dieser Roussel ...«

»Pierre Roussel. Ein widerlicher Mensch. Ich verstehe nicht, was sie an ihm findet. Wirklich nicht.«

»Haben Sie eine Adresse von Monsieur Roussel?«, fragte Isabelle.

»Adresse?« Monsieur Bonnet schnaubte verächtlich. »Der hat keine Adresse. Der lebt in einem Wohnwagen, außerhalb von Le Lavandou.« Er machte eine vage Handbewegung in Richtung Fenster.

»Da gibt es doch bestimmt eine Straße oder Kreuzung?«, sagte Isabelle.

»Der Kerl gehört zu so einem Autozirkus. Die lagern bei dem großen Kreisverkehr draußen an der Département-Straße. Bitte reden Sie mit ihm.«

3. Kapitel

In den Räumen der Rechtsmedizin im Tiefgeschoss der Klinik Saint-Sulpice herrschten Tag und Nacht, Sommer wie Winter gleichbleibende einundzwanzig Grad Celsius. Leon war das nur recht. Genauso wie das Kunstlicht, das einen die Tageszeit vergessen ließ. Leon empfand das diffuse Dauerlicht, die blassgrün gekachelten Räume und den silbrig glänzenden Obduktionstisch als eine Oase der Ruhe. Er gehörte nicht zu den Rechtsmedizinern, die während der Arbeit laute Rockmusik oder Wagner-Opern hörten. Leon liebte die Konzentration und die Einsamkeit mit den Toten, die er als seine Patienten bezeichnete.

Leon trug über seinen blauen OP-Hosen und dem kurzärmeligen Hemd die obligatorische Einmal-Plastikschürze. Seine Handschuhe waren aus hauchdünnem Latex. Für seine Kollegen ein leichtsinniger Verstoß gegen die Sicherheitsvorschriften. Aber Leon waren die Vorschriften egal. Er hatte sich noch nie bei der Arbeit verletzt, und er hatte auch keine Angst, dass er sich mit ansteckenden Krankheiten infizieren könnte. Dr. Leon Ritter ging bei der Arbeit äußerst umsichtig vor, und er verließ sich bei der Untersuchung auf das empfindliche Gespür seiner Fingerspitzen.

Leon zog das grüne Tuch von dem Toten, der vor ihm auf dem Tisch lag, und betrachtete den Mann. Leicht übergewichtig, dachte er. Die Schatten um die Augen könnten auf einen beginnenden Leberschaden hinweisen. Jemand, der viel Zeit hinter seinem Schreibtisch verbracht hatte und gerne üppig aß und trank. Er schätzte den Toten auf fünfzig bis dreiundfünfzig Jahre.

Fragend sah Leon zu dem hageren Mann hinüber, der auf der anderen Seite des Tisches stand und jede seiner Bewegungen genau beobachtete. Olivier Rybaud war sein Assistent. Leon mochte den zuverlässigen Mitarbeiter, der wenig sprach und immer genau zu wissen schien, was Leon im nächsten Augenblick für seine Arbeit benötigte. Leon musste nicht auf das schmale Band mit dem Barcode sehen, das der Tote um sein linkes Fußgelenk trug. Ein Blick zu Rybaud, und er erfuhr alles, was er wissen wollte.

»Name: Nicolas Durand, zweiundfünfzig Jahre, fünfundachtzig Kilogramm, Größe: ein Meter achtundsiebzig«, referierte der Assistent. »Sie haben ihn zusammen mit seiner Frau in seinem Haus entdeckt. Madame Durand ist noch in der Kühlkammer. Außerdem wurden im Schlafzimmer jede Menge Medikamente gefunden.«

»Suizid ...« Das war keine Frage, die Leon da stellte, sondern eher ein laut geäußerter Zweifel. »Hat das ein Arzt bestätigt?«

»Nein, aber die Polizei ist sich ganz sicher. War alles ziemlich eindeutig, haben sie gesagt.«

»Die Polizei sollte unsere Untersuchung abwarten, bevor sie sich in irgendwelche Theorien verrennt.« Leon umrundete langsam den Toten.

Es gab ein ehernes Gesetz bei Leichenfunden, danach musste immer ein Arzt den Tod eines Opfers bestätigen. Und wenn der Mediziner Zweifel hatte, musste er die Behörde informieren, und dann kam der Tote zu Leon auf den Tisch. Aber die Polizisten vor Ort spielten sich gerne auf und stellten selbst die Diagnose, was leicht zu Irrtümern führen konnte.

Leon betrachtete den Toten, ohne ihn zu berühren. Er

»sprach« mit dem Opfer, wie er es nannte. Nach Leons Theorie waren die Toten in der Lage, ihre Geschichte zu erzählen, wenn man ihnen nur genau genug »zuhörte«. Diese wenig wissenschaftliche Ansicht sorgte bei vielen seiner Kollegen für spöttische Bemerkungen. Natürlich meinte Leon das nicht wörtlich. Auf der anderen Seite – seine Aufklärungsquote bei Gewaltverbrechen war legendär.

»Commandant Zerna hat die beiden Leichen herbringen lassen«, sagte Rybaud.

Leon warf Rybaud einen skeptischen Blick zu. Mit Polizeichef Zerna von der Gendarmerie nationale in Le Lavandou verband ihn ein etwas kompliziertes Arbeitsverhältnis. Rybaud griff zu einer durchsichtigen Plastiktüte, die auf einem der Rollwagen lag, und hob sie in die Luft.

»Beruhigungstabletten, Kopfschmerztabletten, Schmerzmittel«, sagte der Assistent. »Alles, was man für einen soliden Selbstmord braucht. Im Polizeibericht steht, dass die Frau auf dem Bett lag und der Mann am Boden. Vielleicht wollte er noch raus aus der Nummer, aber dafür war es in jedem Fall zu spät.«

»Hmmm«, brummte Leon nur und zog die beleuchtete Lupe zu sich heran, die mit einem Gelenkarm an der Decke befestigt war. Er betrachtete die Fingerspitzen des Toten. Behutsam griff er nach dem Handgelenk und bewegte die Finger unter der Lupe hin und her.

»Wissen wir, ob das Ehepaar zu Abend gegessen hat?«, fragte Leon seinen Assistenten.

»Soweit ich weiß, hatten sie etwas gekocht, und dazu gab es einen Sancerre.«

»Einen Sancerre ...?« Leon sah von der Lupe hoch. »Selbstmörder kochen doch nicht und trinken Sancerre zum Abendessen. Ich vermute, es gibt keinen Abschiedsbrief.«

»Nein, aber ...«

»Dachte ich mir«, kam ihm Leon zuvor. Er ging zum Kopf des Mannes. Leon nahm ein Wattestäbchen und drückte es leicht auf eines der geschlossenen Augen des Opfers.

»Es gibt einen Brief von der Bank.« Rybaud reckte sich ein wenig, um zu sehen, was Leon da tat. »Die Durands hatten einen Installationsbetrieb in Collobrières. Und der scheint pleite zu sein.«

»Stand das etwa auch im Polizeibericht?«

»Hat mir einer von den Bestattern erzählt. Ist der Bruder meines Schwagers.« Rybaud sah seinen Chef an. »Die Bank hat den Durands die Kredite gestrichen.«

Leon schmunzelte. Eine der großen Qualitäten von Rybaud war, dass er immer bestens informiert war. Leon schob mit dem Daumen der freien Hand vorsichtig das Augenlid über das Wattestäbchen, sodass er die Unterseite mit der feuchten Schleimhaut betrachten konnte. Und dann sah er sie, die punktförmigen Einblutungen in der Bindehaut. Ein sicheres Zeichen für Sauerstoffmangel. Dieser Mann war erstickt. Leon zog die Lupe zum Hals des Toten herunter. Doch er konnte keine Würgemale feststellen.

»Haben Sie etwas gefunden?«

Leon richtete sich auf. »Hellrote Male unter den Fingernägeln, außerdem Einblutungen in der Bindehaut.«

»Glauben Sie, er wurde erdrosselt?«

»Fest steht im Augenblick nur, dass er an Sauerstoffmangel erstickt ist«, sagte Leon. »Und ich kann keine Anzeichen sehen, dass dabei Gewalt angewendet worden wäre.«

»Aber die Tabletten? Die beiden haben jede Menge Pillen genommen.«

»Das vermutet die Polizei. Ich bin sicher, dass wir in den Mägen der beiden Opfer nichts außer einem Abendessen und ein paar Schmerztabletten finden werden.«

Leon bückte sich, sodass er den unten liegenden Teil des Brustkorbs sehen konnte. »Helfen Sie mir bitte mal.«

Rybaud drückte mit einer Hand die Schulter des Toten zurück, mit der anderen hob er den Brustkorb ein paar Zentimeter an. Jetzt waren die Totenflecken zu sehen, sie waren hellrot.

Leon begriff sofort die Bedeutung dieser ungewöhnlichen Verfärbung. Normalerweise waren Totenflecken, die dort entstanden, wo der Leichnam seinen tiefsten Liegepunkt hatte, dunkelblau bis schwarz. Die Flecken am Rücken dieses Opfers erinnerten dagegen eher an einen Sonnenbrand. Monsieur Durand war ganz offensichtlich an einer Kohlenmonoxid-Vergiftung gestorben. Ein heimtückischer Tod. Kohlenmonoxid war geruchlos und unsichtbar.

Der verhängnisvolle Abend der Durands war für Leon leicht zu rekonstruieren. Das Ehepaar war beim Abendessen, als es das tödliche Gas eingeatmet hatte. Die ersten Symptome der Vergiftung waren Schwindel und Schweißausbrüche gewesen, ähnlich wie bei einer beginnenden Grippe. Dann kamen die Kopfschmerzen dazu und den Betroffenen wurde schlecht. Vielleicht dachte das Ehepaar, dass es sich mit dem Essen den Magen verdorben hatte. Da die beiden sich die Symptome nicht erklären konnten, nahmen sie Schmerzmittel, statt ins Freie zu gehen und mit der frischen Luft den Kohlenmonoxid-Anteil in ihrem Blut wieder herabzusetzen. Sie ahnten in diesem Moment nicht, dass sie in einer tödlichen Falle saßen und nur noch Minuten zu leben hatten. Das eingeatmete Kohlenmonoxid blockierte den lebenswichtigen Sauerstofftransport der roten Blutkörperchen in die feinsten Verästelungen ihrer Adern. Das führte zu einem inneren Ersticken und einem Kollaps der Organe. Bereits nach wenigen Minuten konnten die Opfer ihre Umgebung nicht mehr richtig wahrnehmen. Dann hörten sie Rauschen und bekamen Krämpfe. In der letzten Phase, kurz vor ihrem Tod, lagen sie nur noch apathisch zuckend da und erstickten.

»Informieren Sie sofort die Polizei«, forderte Leon seinen Assistenten auf. »Sie sollen dringend die Heizung im Haus der Durands überprüfen. Und sie sollen die Feuerwehr mitnehmen. Die müssen den Kohlenmonoxid-Gehalt messen und den Kaminabzug kontrollieren.«

Rybaud verschwand im Büro, und im nächsten Moment hörte Leon seinen Assistenten mit der Polizei telefonieren.

Für Leon war der Fall klar. Sie hatten schließlich Anfang Oktober. Da konnte es nachts schon empfindlich kühl werden. An solchen Abenden stellten die Menschen zum ersten Mal nach den warmen Sommermonaten wieder ihre Gasheizungen an. Dabei konnte es vorkommen, dass die Kamine durch Pflanzenreste oder Tierkadaver verstopft waren. Wurde dann die Heizung gestartet, konnte der Kamin keinen richtigen Zug entwickeln. Dann sank das schwere Kohlenmonoxid-Gas nach unten und breitete sich in der Wohnung aus. Leon beschloss, noch in dieser Woche einen Handwerker anzurufen und seinen Kaminabzug kontrollieren zu lassen. Nur um auf Nummer sicher zu gehen.

4. Kapitel

Der Mann lief die letzten hundert Meter zu Fuß. Er ging immer zu Fuß, weil er dann am besten nachdenken konnte. Der kurze Weg würde ihn seinen Zorn vergessen lassen. Er war schwach geworden, dabei hasste er Schwäche. Andere konnten sich vielleicht Schwäche leisten, er nicht. Er konnte das ganze Gerede über Mitgefühl und Nächstenliebe nicht ausstehen. Als wären die Menschen nur auf der Welt, um sich um ihre Nächsten zu kümmern. Scheiße, um ihn hatte sich auch niemand gekümmert. Und das war auch gut so. Seine Welt war ein Moloch, in dem nur die Starken und die Entschlossenen überlebten.

Er hatte seine Lektion früh gelernt: Nur Disziplin zählte. Wichtig war die Kontrolle und am allerwichtigsten war die Kontrolle über sich selbst. Kontrollverlust war Schwäche. Und genau dafür hasste er sich. Weil er wusste, dass er gelegentlich die Kontrolle verlor. Dann fühlte er eine Sehnsucht in sich aufsteigen, die köstlich und verachtenswert zugleich war. Er versuchte jedes Mal dagegen anzukämpfen. Manchmal gelang ihm das über Monate und manchmal sogar über Jahre hinweg. Aber er wusste jedes Mal, dass er über kurz oder lang diesen inneren Kampf verlieren würde. Die Sehnsucht war wie eine Droge. Ein Rausch, den man genoss und für den man sich gleichzeitig verachtete.

Auch jetzt spürte er, wie diese Sehnsucht wieder stärker und stärker wurde. Er konnte sich regelrecht dabei beobachten, wie er in sein Verderben lief, wie er alle guten Vorsätze aufgab. Dann redete er sich jedes Mal ein, dass es nichts schaden konnte, wenn er einen Schritt weiterging und noch einen und noch einen. Bis er vor dem Abgrund stand.

In diesen Momenten gab er jede Zurückhaltung auf. Er verdrängte jeden Gedanken an die Konsequenzen und genoss, was auf ihn zukam. Obgleich er wusste, dass es falsch war und böse. Es war »unnatürlich«, hatte ihm mal ein Priester gesagt. Aber es war dennoch stärker als jedes andere Gefühl. Es war eine Sucht, eine Leidenschaft, und gleichzeitig würde es irgendwann sein Untergang sein. Er belog sich, wenn er sich einredete, dass er eine Mission verfolgte. Es gefiel ihm einfach, »sie« zu kontrollieren. Es war leichter, über die Stunden nachzudenken, die ihn erwarteten, wenn er seine Opfer mit einem neutralen »sie« bezeichnete. Dann konnte er die Vorbereitungen genießen, die fast so erfüllend waren wie die Exerzitien selbst. Natürlich war auch ein Teil Rache bei dem, was er tat. Rache für das, was seine Mutter ihm angetan hatte, dafür, dass die Natur ihn verhöhnt und Gott ihn belogen hatte.

Er erinnerte sich, wie er als kleiner Junge eine Schildkröte im Garten auf den Rücken gedreht hatte. Er hatte dem Tier nicht geholfen, sondern es zappeln lassen. Er verachtete die Schildkröte dafür, dass sie nicht mehr von selbst auf die Füße kam. Er verachtete ihre Schwäche, ihre Unvollkommenheit. Dafür hatte sie Strafe verdient. Jeden Tag hatte er nach ihr geschaut und sie beobachtet. Am dritten Tag bewegte sie sich nicht mehr, und am vierten Tag krabbelten die ersten Ameisen in den Panzer und begannen die Schildkröte in kleine, stecknadelkopfgroße Stückchen zu zerlegen und fortzuschaffen. Diese Beobachtung hatte ihn damals in einen regelrechten Rausch versetzt. Es war seine Rache für alles, was ihm die Natur angetan hatte.

Der Anstoß dazu entsprang seinem tiefsten Inneren. Es war eine Mischung aus Verachtung und dem Gefühl absoluter Macht. Die Tat hatte etwas Göttliches. Allein die Erinnerung jagte dem Mann köstliche Schauer über den Rücken. Er sehnte sich immer wieder zurück zu diesem unvergleichlichen Augenblick. Diese Sucht beherrschte ihn bis heute. Das war der Grund, warum er »sie« gelegentlich einfing. Damit er sie beobachten konnte, wenn sie hilflos vor ihm lagen und begriffen, dass es für sie nur noch einen Weg gab. Den in die ewige Dunkelheit. Wenn sie sich dann aufgaben, wenn sie anfingen zu schreien. Genau das war der Moment, für den es sich zu leben lohnte. Der Moment, der ihm Erlösung brachte.

Der Mann hatte das alte Haus erreicht. Es schien sich regelrecht in den Hügeln zu verstecken, als würde es vor dem Bösen zurückschrecken. Dabei liebte der Mann das Haus. Nichts hatte sich hier verändert, seit er es vor dreißig Jahren verlassen hatte. Hier war sein Zuhause. Hier fühlte er sich sicher. Hier konnte er seine wildesten Sehnsüchte ausleben.

5. Kapitel

Sie hätten genauso gut zu Fuß gehen können, dachte Isabelle. Sie sah zu Didier, der mit genervtem Gesichtsausdruck hinterm Steuer saß und darauf wartete, dass die Maschine des Straßenbauamtes endlich zur Seite fuhr und sie durchließ. Aber der orangefarbene Wagen sprühte in aller Ruhe einen neuen Streifen nach dem anderen auf die Straßenmitte.

»Ist der jetzt verrückt, oder was?« Didier schaltete das Blaulicht und die Sirene des Streifenwagens ein. Was dem Fahrer vor ihnen einen solchen Schreck einjagte, dass er auf die Standspur abbog und eine Linie quer über die Straße zog.

»War das jetzt nötig?«, fragte Isabelle. »Wenn wir gelaufen wären, hätten wir keine zehn Minuten gebraucht.«

»Ich gehe doch nicht zu Fuß zu einem Einsatz.«

»Wäre vielleicht ganz gesund.« Isabelle sah kurz zu ihrem Kollegen hinüber, über dessen rundem Bauch das Uniformhemd der Gendarmerie nationale spannte.

»Du verstehst das nicht«, sagte Lieutenant Didier, der bis heute darunter litt, dass Isabelle ihn auf der Karriereleiter überholt und es bis zur Capitaine gebracht hatte. »Das hat etwas mit Respekt zu tun.«

»Ist ’ne Männersache, ich verstehe.« Isabelle deutete mit dem Finger geradeaus. »Es ist gleich da vorn, zweite Ausfahrt.«

Der Einsatzwagen hielt vor einer Ansammlung bunt lackierter Schrottautos. Davor stand ein hellblauer Pick-up auf mannshohen Ballonreifen, die ihn wie ein Kinderspielzeug aus der Welt der Riesen erscheinen ließen. Über den Fahrzeugen war ein Schild zwischen zwei Fahnenmasten aufgespannt, dessen Farbe die Sonne ausgeblichen hatte. »Les Cascadeurs« stand darauf. Hinter den Fahrzeugen befand sich der Parcours, ein mit Strohballen abgegrenztes Oval von knapp einhundert Metern Länge, auf dem einige Hindernisse errichtet und eine künstliche Erhebung aufgeschüttet worden war. Über diesen Parcours raste gerade eine Art Beach Buggy mit laut röhrendem Motor, der eine mächtige Staubwolke hinter sich herzog.

»Suchen Sie jemand Bestimmtes?« Vor den Polizisten war ein großer Kerl aufgetaucht, der Isabelle an Obelix erinnerte. Er trug eine abgewetzte Lederhose mit Fransen und eine speckige Weste. Der Mann hatte seine Haare nach hinten zu einem Pferdeschwanz zusammengebunden. Dazu trug er einen wilden Bart, in den er sich einen kleinen Zopf und eine Holzperle geflochten hatte.

»Wir möchten Pierre Roussel sprechen«, sagte Isabelle. »Der arbeitet doch hier?«

»Wer will das wissen?«, fragte der Mann mit dem Bart.

»Was soll der Quatsch?« Didier tat einen energischen Schritt nach vorn, schließlich trugen sie die Uniform der Gendarmerie nationale. »Ist Roussel hier oder nicht?«

In diesem Moment hatte der Dune Buggy den Parcours verlassen und kam herangeknattert. Hinter dem Steuer, gesichert mit doppelten Gurten und Helm, saß ein blonder Mann von Mitte dreißig. Das Gefährt stoppte vor der Gruppe, der Fahrer stieg aus und schob sich die Motorradbrille in die Stirn. Er musterte kurz Isabelle, dann beugte er sich über das Fahrzeug und drückte ein paarmal mit der Hand auf das Gaspedal, was den Motor aufheulen ließ.

»Die Scheißzündung stimmt immer noch nicht, Denis«, rief er dem Bartträger zu. »Bei viertausend Umdrehungen ist Schluss. Keine Power, nichts mehr.«

»Ist nicht mein Problem«, meinte Obelix.

»So wird das aber nichts. Da setze ich mich nicht mehr rein.«

Isabelle fiel auf, wie nervös der Fahrer war. Der Mann betrachtete den Motor des Buggys, der jetzt im Leerlauf vor sich hinblubberte, und kratzte mit dem Daumennagel einen imaginären Flecken vom verchromten Überrollbügel.

»Die hier wollen dich sprechen.« Mit einer Kopfbewegung wies der Bartträger in Richtung Isabelle und Didier.

»Sind Sie Pierre Roussel?«, fragte Didier.

»Kommen Sie wegen der Genehmigung?« Es lag etwas Hoffnungsvolles in der Frage.

»Welche Genehmigung?« Isabelle sah zu Didier hinüber.

»Na, erst gibt die Stadt uns die Genehmigung, dass wir hier aufbauen können, und jetzt sollen wir plötzlich wieder verschwinden.«

»Es geht nicht um die Genehmigung«, sagte Didier.

»Eins sage ich Ihnen gleich: Wir sind hier und wir bleiben hier.«

»Ich sehe mir mal die Zündung an.« Der Mann mit dem Bart war in den Buggy gestiegen und fuhr zu einem roten Transporter, der als mobile Werkstatt diente.

»Wo können wir uns in Ruhe unterhalten?«, fragte Isabelle freundlich.

»Wieso? Worüber sollen wir uns unterhalten?« Roussel sah Isabelle irritiert an.

»Entweder hier oder auf der Wache. Ihre Entscheidung.« Didier hatte keine Lust auf weitere Diskussionen.

»Ich wohne da vorn.« Roussel deutete auf einen verbeulten, silbernen Air-Stream-Wohnwagen, vor dessen Tür ein Klapptisch und ein Regiestuhl aufgebaut waren. Daneben stand eine Kühlbox mit Eis, in der ein paar Dosen Bier schwammen. Sie gingen zu dem Wagen.

»Kennen Sie Françoise Bonnet?«, fragte Isabelle.

»Warum interessiert Sie das?« Roussel fischte sich eine Dose aus dem Wasser und öffnete sie mit einem Zischen. Dann wischte er sich die nassen Hände an seiner staubigen Jeans ab.

Irgendetwas hatte dieser Mann zu verbergen. Isabelle war aufgefallen, dass Roussel immer wieder zur Straße sah, wo der Streifenwagen stand, so als müsste er sich überzeugen, dass nicht noch mehr Polizei auftauchte.

»Sie kennen sie also«, stellte Didier fest. »Ist sie Ihre Freundin?« Roussel antwortete mit einem Schnaufen, das man auch als verächtliches Lachen deuten konnte.

Er sieht gut aus, dachte Isabelle. Aber beim zweiten Hinsehen wirkte er nicht wie jemand, auf den man sich verlassen würde. Sie versuchte, sich den Stuntman und die wohlerzogene Tochter des Hoteliers als Paar vorzustellen. Es gelang ihr nicht.

»Wann haben Sie Françoise Bonnet zum letzten Mal gesehen?«, fragte Isabelle freundlich.

»Gestern, vorgestern. Was weiß ich denn?« Roussel klang genervt. »Was ist das überhaupt für 'ne blöde Frage.«

In diesem Moment packte Didier den Mann an seiner Lederjacke und riss ihn zu sich. Roussel, der gerade zu einem Schluck aus der Dose ansetzte, spritzte das Bier übers Kinn, von wo es auf seine Jacke tropfte. Jetzt war sein Gesicht nur noch Zentimeter von dem des Lieutenant entfernt.

»Wenn Madame Capitaine dich was fragt, antwortest du«, herrschte ihn Didier an. »Ist das klar?«

Am nächsten Wohnwagen ging die Tür auf, und ein dicker Mann mit nacktem Oberkörper sah zu ihnen herüber.

»Machen die Flics Ärger?«, fragte der Mann.

»Gehen Sie wieder rein. Sonst bekommen Sie gleich Ärger«, sagte Isabelle cool. Sie sah, wie Didier mit seiner rechten Hand zum Halfter griff und mit dem Daumen die Sicherungsschlaufe von seiner Sig Sauer löste. In diesem Moment schloss der dicke Mann wieder seine Tür.

»Ganz ruhig«, sagte Isabelle und sah kurz ihren Partner an. Dann wandte sie sich an den Stuntman. »Also, wo könnte sich Françoise Bonnet zurzeit aufhalten?«

»Keine Ahnung, echt nicht«, sagte Roussel. »Sie hat gesagt, sie will zu Freunden nach Aix. Ich hab ihr sogar noch meine Karre geliehen.«

»Wann war das? Wann genau ist sie nach Aix-en-Provence gefahren?«, fragte Didier.

»Gestern, nein, vorgestern«, Roussel klopfte mit dem Handrücken demonstrativ seine Lederjacke dort ab, wo ihn Didier gepackt hatte.

»Und Sie haben sich gar nicht gewundert, dass sie nicht zurückkam?« Isabelle sah den Mann an.

»Mon Dieu. Ich dachte, sie ist halt in Aix geblieben. Hat ihr da vielleicht gefallen.« Der Stuntman sah zu Boden, als hätte er was verloren.

»Und seitdem haben Sie nichts von ihr gehört?«, fragte Isabelle. »Sie hat nicht mal auf dem Handy angerufen?«

»Wir sind befreundet, nicht verheiratet.«

»Was ist das für ein Auto, das Sie ihr geliehen haben?«, wollte Didier wissen.

»Ein Citroën. Ein DS, cremefarben.«

»Oh, là, là, und der fährt noch?«, fragte Didier spöttisch.

»Wenn man ihn gut pflegt.« Roussel sah den Lieutenant herausfordernd an. »Dafür müssen Sie natürlich Ahnung von Motoren haben.«

»Scheint Sie nicht zu beunruhigen, dass Ihre Freundin verschwunden ist?«, ging Isabelle dazwischen.

»Freundin, Freundin.« Roussel klang genervt. »Sie war ein paar Mal bei mir im Wohnwagen. Was bedeutet das schon?«

»Dass sie Sie mag …?«, sagte Isabelle und ließ es wie eine Frage klingen.

Der Stuntman warf die leere Bierdose in eine Mülltüte. »Sie ist 'ne hysterische Kuh.«

»Françoise Bonnet ist seit achtundvierzig Stunden verschwunden.« Der Ton von Isabelle wurde schärfer. »Und Sie waren offenbar der Letzte, der mit ihr Kontakt hatte.«

»Merde, ich wollt ihr nur helfen.« Roussel hob die Hände. »Ich wette, morgen ist sie wieder da.«

»Ach ja, und woher wollen Sie das wissen?«, fragte Didier lauernd.

»Am besten, Sie kommen jetzt doch mit aufs Revier.« Isabelle machte eine Handbewegung in Richtung Streifenwagen.

»Aber ich hab doch nichts …« Roussel unterbrach sich. »Ich verlange einen Anwalt.«

»Wieso, ich dachte, Sie haben nichts zu verbergen. Kommen Sie«, sagte Isabelle, als würde sie Roussel auf einen Kaffee einladen. »Wir brauchen nur Ihre Zeugenaussage.«

»Das ist alles …?« Roussel klang misstrauisch.

»Zumindest für den Augenblick«, sagte Didier und nahm den Stuntman sicherheitshalber am Arm, als sie gemeinsam zu ihrem Einsatzfahrzeug gingen.

6. Kapitel

Wenn Leon schon seinen freien Tag an den Job verloren hatte, konnte er auch gleich noch den liegen gebliebenen Bürokram erledigen. Er schrieb einen Obduktionsbericht, unterzeichnete den Einsatzplan der Mitarbeiter für die nächsten beiden Wochen, und zuletzt schickte er noch eine Materialbestellung für das Labor an die Klinikleitung.

Als Leon schließlich das Institut verließ, war es Nachmittag geworden. Die Sonne hatte den Parkplatz aufgeheizt, und die Wärme des Oktobertages umhüllte ihn wie ein Mantel nach den letzten Stunden in den klimatisierten Räumen der Rechtsmedizin. Er ging zu seinem Peugeot Cabriolet und klappte das Dach zurück. Der Wagen war über fünfundzwanzig Jahre alt, aber noch immer tadellos in Schuss. Er hatte ihn vor einigen Jahren einem Kollegen abgekauft, der einen Job in Kanada angenommen hatte. Leon hatte sich nie viel aus Autos gemacht, aber dieser Wagen war etwas Besonderes. Er hatte eine Seele, und er war wie gemacht für das warme Klima der Côte d'Azur mit den durchschnittlich dreihundert Sonnentagen im Jahr.

»Ich habe eins gefunden, Docteur!« Der Mann in der grünen Latzhose kam von den Oleanderbüschen herüber und hielt eine große Gartenschere in der Hand, mit der er Leon zuwinkte. Er hatte ein blasses Gesicht und einen rasierten Schädel, auf dem er eine Baskenmütze trug. Gegen Sonnenbrand, wie er Leon erklärt hatte. Der Mann war für seine Größe eindeutig zu mager, dachte Leon, und in seinem Gesicht konnte er ein feines Geflecht roter Äderchen erkennen. Möglicherweise Zeichen einer Leberschädigung als Folge von zu viel Alkohol. Dafür war er eigentlich noch zu jung. Leon schätzte den Mann auf Ende dreißig.

»Bonsoir, Monsieur Talbot«, sagte Leon. »Was haben Sie gefunden?«

»Na, dahinten, Sie wissen schon ... Ihr Bremslicht.« Der Mann in der grünen Latzhose deutete auf Leons gesplittertes Rücklicht.

In der Peugeot-Werkstatt hatten sie ihm erklärt, dass das Ersatzteil für seinen Wagentyp nicht mehr vorrätig und wahrscheinlich auch nicht zu beschaffen sei. Jetzt stand dieser merkwürdig verschlossene Mann vor ihm und hatte offenbar das gesuchte Ersatzteil gefunden. Was Leon nicht wirklich überraschte.

Joseph Talbot war der Gärtner der Klinik, aber eigentlich war er viel mehr als das. Er reparierte alles. Egal, ob die Klimaanlage nicht ansprang oder der Schließmechanismus der Eingangstür klemmte, ob die Kaffeemaschine tropfte oder das Dach von Leons Cabrio klapperte, Monsieur Talbot war immer mit dem passenden Werkzeug zur Stelle. Niemand konnte genau sagen, woher dieser Mann kam. Jemand hatte ihn empfohlen, und der Klinikdirektor hatte ihn sofort als Gärtner und Assistenten des Hausmeisters übernommen. Er war im vorletzten Sommer einfach aufgetaucht, und seitdem hatte er mit seinen geschickten Händen ausgesprochen segensreich in der Klinik Saint-Sulpice gewirkt.

Talbot war Ende dreißig, aber nach seinem etwas verwahrlosten Äußeren zu urteilen, hätte er auch gut zehn Jahre älter sein können. Er redete nicht viel, und wenn er etwas sagte, dann neigte er dazu, Grenzen zu überschreiten. Seine Bemerkungen sollten witzig sein, waren aber meist nur peinlich. Talbot war kein

Mensch, mit dem man mehr Zeit als unbedingt nötig verbrachte, und trotzdem tat er Leon leid. Monsieur Talbot war geschickt und einfallsreich, aber gleichzeitig auf eine befremdliche Art hilflos.

»Sie wollen doch nicht, dass Sie einer von hinten anbumst, oder, Docteur?«, sagte Talbot.

»Und Sie sind sicher, dass das Rücklicht passt?«, fragte Leon. »Die von Peugeot haben gesagt …«

»Die haben keine Ahnung«, unterbrach ihn Talbot. »Die kennen heute nur noch ihre Computer. Reinstecken, Fehler auslesen und Rechnung stellen. Ist doch so, oder?«

Nur einmal war es Leon gelungen, mit Talbot ein kurzes persönliches Gespräch zu führen. Das war, als Leon dem Gärtner den Tipp gegeben hatte, sich auf Diabetes untersuchen zu lassen. Ihm war aufgefallen, dass Talbot sich an den Dornbüschen Verletzungen zugezogen hatte, die nicht richtig heilten. Außerdem kam Talbot leicht ins Schwitzen, und er kratzte sich häufig. Zusammengenommen konnten diese Symptome auf einen Diabetes hinweisen. Leon hatte im Laufe seines Medizinerlebens gelernt, dass es einem viele Leute übel nahmen, wenn man ihnen einen ärztlichen Ratschlag gab. Das war bei Monsieur Talbot nicht so gewesen. Der Gärtner wollte Leon gar nicht mehr gehen lassen. So erfuhr Leon, dass der Mann aus der Gegend von Orange stammte und dass ihn der Tod seiner Mutter sehr bewegt hatte. Außerdem mochte Monsieur Talbot den Süden nicht besonders, weil ihm die Hitze im Sommer zusetzte und die Menschen so eigenartig seien. Schließlich gelang es Leon, das Gespräch mit der Bemerkung abzubrechen, dass er zu einer dringenden Untersuchung in die Rechtsmedizin müsse und Talbot sich wegen des Diabetestests einfach in der Internistischen Abteilung bei Dr. Menez melden sollte. Seit dieser Begegnung betrachtete der Gärtner Leon als seinen Vertrauten.

Auf der Rückfahrt nach Le Lavandou hatte Leon einen Umweg genommen. Er war bei La Londe von der Nationalstraße auf die Route de Vin abgebogen. Jetzt rollte er gemütlich über die schmale Straße, die von Oleanderbüschen und Korkeichen gesäumt wurde. Er genoss die Fahrt in der Oktobersonne. Im Autoradio auf Radio Nostalgie sang Françoise Hardy *Tous les garçons et les filles*. Die Straße schlängelte sich durch Weinfelder, die bis zum Meer reichten. Leon fuhr an den Straßenrand und stellte den Motor ab. Er lehnte sich auf dem abgewetzten Ledersitz zurück. Vor sich, durch die symmetrischen Reihen der Weinstöcke hindurch, konnte er das Meer glitzern sehen. Der Wind trug den Geruch von Pinien und feuchtem Laub herüber, das von der Weinlese noch überall auf dem Boden lag. Leon atmete tief ein. Es war einer dieser Momente, die ihm bestätigten, dass er genau die richtige Entscheidung getroffen hatte, als er damals Frankfurt verlassen hatte. Und dass die Kollegen an der Universitätsklinik, die ihm prophezeit hatten, er würde spätestens nach einem halben Jahr reumütig zurückkehren, falschlagen. Er war zutiefst glücklich, hier zu sein.

Zehn Minuten später bog Leon in die Einfahrt des Château Brégançon ein. Allein der Besuch des Weinguts war den Umweg wert. Das provenzalische Schlösschen lag auf einer Anhöhe. Der Eingang war von einer riesigen Bougainvillea umwuchert, was Leon jedes Mal an das Märchen von Dornröschen erinnerte. Was diesen Ort jedoch so besonders machte, wurde in einem kleinen Laden gleich neben dem Eingang verkauft: sein unvergleichlicher Rosé. Der Réserve hatte die blassrosa Farbe des Himmels kurz vor Sonnenaufgang und hinterließ auf der Zunge einen feinen Nachgeschmack von exotischen Früchten. Leon verstaute eine Kiste davon in seinem Kofferraum.

Eine Viertelstunde später wollte er schwungvoll in den Hof der Gendarmerie nationale einbiegen, als eine blonde Frau in einem schwarzen Mini ihm die Vorfahrt nahm. Sie fuhr an ihm vorbei und stellte ihren Wagen in die letzte freie Lücke. Für einen Moment wollte Leon auf die Hupe drücken, aber dann beschloss er, sich nicht zu ärgern, und überließ der Unbekannten mit einer freundlichen Handbewegung den Platz.

Als Leon die Polizeistation betrat, kam ihm Isabelle entgegen und bat ihn, an der Besprechung teilzunehmen, die Polizeichef Zerna anberaumt hatte. Sitzungen wurden eigentlich nur einberufen, wenn wichtige Fälle zu bearbeiten waren und die Beamten auf den neuesten Stand einer Untersuchung gebracht werden mussten. Aber zurzeit gab es eigentlich keinen besonderen Fall. Und so war der Besprechungsraum gut besucht und die anwesenden Beamten der Gendarmerie nationale warteten neugierig, was ihr Chef ihnen mitzuteilen hatte.

Man hatte für Leon einen Platz freigehalten. Am Kopfende des Besprechungstisches saß wie üblich Polizeichef Zerna. Rechts neben ihm hatte er seine Stellvertreterin Capitaine Isabelle Morell platziert, und auf der linken Seite des Kommandanten saß die Frau, die Leon noch vor wenigen Minuten den Parkplatz weggeschnappt hatte. Sie trug ihre blonden Haare kurz geschnitten, was sie wie eine Studentin kurz nach dem Physikum aussehen ließ. Dabei schätzte Leon sie auf knapp über dreißig. Die Frau trug eine schwarze Lederjacke über einer hellen Bluse und Jeans. Leon registrierte ihre sportliche Figur. Die Schultern waren ein wenig breit für eine so schlanke Person. Vielleicht war sie in einem Verein geschwommen. In jedem Fall eine auffällige Erscheinung, dachte Leon. Die Frau betrachtete die Runde mit einem gezwungenen Lächeln, wie jemand, der auf eine Party kommt und darauf wartet, den Gästen vorgestellt zu werden. Doch Zerna zögerte diesen Augenblick noch ein wenig hinaus.

»Ich möchte mich zunächst für die gute Arbeit der Rechtsmedizin im Fall Durand bedanken«, sagte Zerna schließlich und sah Leon an.

Leon nickte freundlich. Er war überrascht, denn der Polizeichef lobte ihn so gut wie nie. Das lag zum einen daran, dass Leon von der Klinik bezahlt wurde und damit unabhängig von Staatsanwaltschaft und Polizei arbeitete. Der andere, viel gravierendere Grund war jedoch, dass der Polizeichef nicht einsehen wollte, warum sich seine attraktive Stellvertreterin, Isabelle Morell, ausgerechnet für einen Rechtsmediziner aus Deutschland und nicht für ihn, den Polizeichef von Le Lavandou, entschieden hatte.

Der einzig denkbare Grund für Zernas öffentliches Lob war, dass er jemanden beeindrucken wollte. Und dieser Jemand war ganz offensichtlich die unbekannte Besucherin an seiner Seite. Die Frau hatte eine abgewetzte Aktentasche vor sich auf den Tisch gelegt, daneben ein Notizheft und einen Bleistift.

»Mithilfe der Pompiers von Bormes«, fuhr Zerna wichtigtuerisch fort, »haben wir im Kamin der Familie den Kadaver einer Katze gefunden, der den Abzug verstopft hatte. Also genau die Ursache, die wir erwartet hatten. Das Kohlenmonoxid der Gasheizung konnte nicht abziehen und hat zu der tödlichen Vergiftung des Ehepaares geführt.«

Die Anwesenden im engen Besprechungsraum wurden unruhig. Einige sahen demonstrativ auf ihre Uhren. Sie waren nicht gekommen, um etwas über tote Katzen zu erfahren. In diesem Moment stand Zerna auf, was jedes Mal ein wenig bemüht wirkte, denn der Polizeichef war nur ein Meter zweiundsiebzig groß. Darüber konnten auch seine Cowboystiefel mit den extrahohen Absätzen nicht hinwegtäuschen. Genauso wenig wie der Versuch, mit durchgedrücktem Kreuz ein paar Zentimeter gutzumachen.

»Ich möchte Ihnen unseren Gast vorstellen. Dr. Claire Leblanc.« Mit einer Geste bat Zerna die Besucherin, sich ebenfalls kurz zu erheben. Die blonde Frau lächelte gekünstelt, und ihre verspannte Körperhaltung zeigte Leon, wie nervös sie war. Dann setzte sie sich wieder.

»Madame Leblanc ist Psychologin und war bis vor Kurzem an der Universität in Marseille tätig. Jetzt arbeitet sie für ein Projekt der Gendarmerie nationale«, fuhr Zerna fort. »Aber vielleicht erzählt sie uns das am besten selber.« Zerna setzte sich wieder und gab der Psychologin mit einem Nicken zu verstehen, dass sie jetzt dran war.

Was immer diese Frau vorhatte, dachte Leon, es gefällt Zerna ganz und gar nicht. Deshalb hatte er auch ihre akademische Laufbahn erwähnt. Eine junge Theoretikerin von der Uni also, schlechter hätte der Polizeichef die Besucherin vor diesem Auditorium gar nicht verkaufen können.

»Danke, Monsieur le Commandant«, begann Claire Leblanc. »Wie manche von Ihnen ja bereits wissen, arbeite ich für die Zentrale Behörde der Gendarmerie nationale in Toulon.«

»Für die Interne, wie man hört?«, rief einer der jüngeren Polizisten dazwischen.

Die Abteilung »Affaires intérieures« schaltete sich in der Regel ein, wenn Polizisten eine Missachtung der Dienstvorschriften vorgeworfen wurde. Dementsprechend war sie verhasst bei den Beamten, die sich sowieso von Toulon bevormundet fühlten, schließlich durften sie in Le Lavandou nur einfache polizeiliche Aufgaben wahrnehmen. Sobald es die Gendarmerie mit einem Verbrechen zu tun bekam, wurde ihr von Toulon ein Kommissar der Kriminalpolizei vor die Nase gesetzt. Aus der Sicht der Polizeibehörde in Toulon war Le Lavandou tiefste Provinz.

»Pass bloß auf, Jean«, rief einer der Polizisten, »sonst schickt dich Madame Docteur gleich in die Klapse.«

Im Gelächter der Beamten entlud sich für einen Augenblick die Anspannung.

»Können wir weitermachen?« Die Psychologin sah die Polizisten an und dann auf ihren Block. Ein peinlicher Moment der Stille entstand. Sie warf einen nervösen Blick zu Zerna, doch von dem war keine Unterstützung zu erwarten.

»Bitte, Madame Leblanc.« Es war Isabelle, die die Situation rettete. »Worin genau besteht Ihre Aufgabe?«

»Danke«, sagte Madame Leblanc und wendete sich wieder an ihre Zuhörer. »Also, es geht um ...«, sie räusperte sich kurz, »es geht um strukturelle Verbesserungen bei der Kommunikation. Und zwar innerhalb und außerhalb der Dienststellen. Also, damit meine ich ... auch die Verbindung der einzelnen Dienststellen untereinander soll verbessert werden.«

»Bei uns funktioniert die Kommunikation fantastisch«, rief Didier. »Ich sag, was gemacht werden soll, und die anderen tun's.« Es gab einige Lacher und Bemerkungen. Keiner in der Runde schien noch ernsthaft zuzuhören.

»Bitte ...« Madame Leblanc wusste für einen Moment nicht, wie sie sich Gehör verschaffen sollte, und redete einfach weiter. »Die Erfahrung zeigt, dass gerade während der Ermittlungen immer wieder wichtige Informationen verloren gehen. Das hat verschiedene Ursachen. Zum einen liegt es an den Strukturen zwischen den einzelnen Behörden. Zum anderen liegt es aber auch an Defiziten im Verständnis von Teamwork innerhalb der Dienststellen. Aber keine Sorge, wir haben erfolgreiche Trainingskonzepte entwickelt, um solche Hindernisse schnell und wirksam abzubauen.«

»Sagen Sie's doch gleich«, sagte Didier jetzt ganz offen. »Es geht um Entlassungen.«

»Nein, überhaupt nicht.« Inzwischen schien die Besucherin

sich wieder gefangen zu haben. »Ich will ein gutes Team noch besser machen.«

Es war zustimmendes Geraune und ein wenig Applaus zu hören.

»Und darum wird Madame Docteur mit jedem einzelnen Kollegen ein persönliches Gespräch führen.« So, wie Zerna das sagte, schien er von dieser Vorstellung nicht besonders angetan zu sein.

»Das können Sie vergessen, Patron«, grummelte Didier. »Ich brauch keinen Psychoquatsch. Ich hab doch keinen an der Waffel.«

Unter den Zuhörern brach nervöses Gekicher aus.

»Sollen wir jetzt alle zum Psychotest, oder wie läuft das?«, rief einer in die Runde, was weiteres Gemurmel und Zwischenrufe auslöste.

»Ganz im Gegenteil.« Die Psychologin versuchte ruhig und souverän zu wirken, was ihr nicht richtig gelingen wollte. »Wir erhoffen uns von Ihnen viele gute Ideen, wie wir dieses Team noch schlagkräftiger machen können.«

Netter Versuch, dachte Leon. Aber so leicht würden es die Frauen und Männer von der Gendarmerie nationale der jungen Psychologin nicht machen.

»Das halte ich für eine ausgezeichnete Idee«, versuchte Leon der Psychologin Mut zu machen. »Verbesserungsvorschläge direkt von der Basis können tatsächlich Kommunikationswege vereinfachen.«

»Ich habe keine Zeit für so was«, murrte Didier. »Ich habe nämlich zufällig noch einen Job zu erledigen.«

»Ich habe auch keine Zeit«, sagte ein anderer und ging Richtung Tür.

»Sie werden sich alle mit Madame Leblanc unterhalten. Und zwar ausnahmslos!« Zerna sagte das auf eine Weise, die jede Diskussion im Keim erstickte. »Wir haben bereits einen entsprechenden Plan ausgearbeitet, der ab morgen Ihnen allen zur Verfügung steht.«

»Ach nee, bitte nicht«, protestierte einer der Beamten.

»Ohne mich«, rief ein anderer dazwischen.

»Ich freue mich jetzt schon auf Ihre engagierte Teilnahme und uneingeschränkte Unterstützung dieses Projekts«, verkündete Zerna mit falschem Lächeln. »Und jetzt, Mesdames et Messieurs, zurück an die Arbeit.«

Ein paar Minuten später traf Leon die Psychologin im Gang der Wache. Claire Leblanc stand etwas hilflos an der Kaffeemaschine.

»Die ist noch komplizierter zu bedienen als mein Computer«, sagte Leon freundlich. »Ich habe auch eine Weile gebraucht, bis ich dahinterkam.«

»Gibt es dafür spezielle Kurse?«

»Könnten Sie vielleicht in Ihr Repertoire aufnehmen«, meinte Leon mit einem Lächeln. »Jede gelungene Kommunikation beginnt schließlich an einem Kaffeeautomaten. Was möchten Sie denn gerne haben?«

»Einen Cappuccino.«

Leon nahm eine Tasse aus dem Regal und tippte auf den Touchscreen. Das Gerät begann zu röcheln, und dann sprudelten Kaffee und Milchschaum in die Tasse.

»Jetzt retten Sie mich schon zum zweiten Mal.«

»Wir Mediziner müssen zusammenhalten«, sagte Leon. »Sie haben sich gut geschlagen.«

»Finden Sie wirklich? Danke übrigens für Ihre Unterstützung vorhin.«

»Da haben Sie sich aber auch ein paar schwierige Patienten ausgesucht.« Leon sah sie an. Nachdem die Vorstellung im Besprechungsraum hinter ihr lag, wirkte die Psychologin jetzt gelöst und selbstsicherer.

»Am Anfang ist es immer schwierig. Wenn die Leute das Wort ›Psychologe‹ hören, will keiner mehr was sagen.«

»Niemand lässt sich gerne in seine Seele schauen. Wie viele Dienststellen haben Sie denn schon besucht?«

»Wenn ich ganz ehrlich sein soll«, sie sah kurz den leeren Flur hinunter, als könnte jemand zuhören, »das ist meine zweite.«

Leon lachte. »Das hat man Ihnen überhaupt nicht angemerkt.«

»Danke.« Claire Leblanc legte ihre Hand auf Leons Arm, was ihm nicht unangenehm war. In diesem Moment erschien Isabelle am Ende des Flurs.

»Ich muss los«, sagte Leon schnell. »Wir sehen uns sicher noch öfter.« Er ging den Gang hinunter. Dann drehte er sich noch einmal um. »Und nicht unterkriegen lassen.«

7. Kapitel

Die Frau war aus einem Traum aufgeschreckt. Wie man im Flugzeug aufschreckt, wenn man eingeschlafen ist und die Maschine von einer plötzlichen Böe geschüttelt wird. Dann sieht man zu seinem Nebenmann, der in seinem Buch liest, und kann beruhigt weiterschlafen. Aber das hier war kein Flugzeug, und es gab auch keinen Passagier auf dem Nebensitz. Hier war es kalt, und es roch nach feuchtem Schimmel. An der Decke hing eine Glühbirne, die ihr abgezirkeltes Licht auf die Frau warf. Es war dieses Licht, das sie aus ihrem Traum gerissen hatte. Die Frau sah nach rechts. Da war nur die mit dunkler Plastikfolie überzogene Wand, auf der eine eingetrocknete Flüssigkeit klebte.

Träumte sie vielleicht doch noch? Warum wachte sie nicht endlich auf, warum dauerte das so lange? Wo war ihre Nachttischlampe? Wenn sie die einschaltete, würde das sanfte Licht angehen, und sie könnte sich einen Tee machen. Sie machte sich immer Tee, wenn sie nachts aus bösen Träumen erwachte oder nicht schlafen konnte. Die junge Frau wollte aufwachen, jetzt sofort. Sie wollte raus aus diesem Albtraum, wollte aufstehen, aber etwas hinderte sie. Etwas hielt sie an Beinen und Armen fest, als sie sich aufsetzen wollte. In diesem Augenblick begriff sie, dass sie gefesselt war. Sie lag auf einer Pritsche, auf einem grauen, abwaschbaren Polster, und Arme und Beine waren mit Riemen auf diese Pritsche gefesselt.

Wie lange war sie hier? Sie verspürte plötzlich Durst, schrecklichen Durst. Konnte man so realistisch träumen? Konnte man im Traum frieren und Durst haben, konnte darin eine Lampe an der Decke blenden, und konnte man den Geruch von Fäulnis und Schimmel wahrnehmen? Nein, das konnte kein Traum sein, das hier war die Wirklichkeit.

Die plötzliche Erkenntnis durchlief ihren Körper mit einer Hitzewelle. Plötzlich spürte sie, wie ihr der Schweiß ausbrach.

Versuch, ruhig zu bleiben, sagte sie sich und spürte doch im gleichen Moment, dass ihr die Tränen kamen. Ein Wort machte sich in ihrem Kopf breit: A-U-S-G-E-L-I-E-F-E-R-T. Sie lag gefesselt in einem düsteren Raum und konnte nicht das Geringste tun. Oder gab es doch eine Chance? Konzentrier dich, beschwor sich die Frau. Aber die Angst verhinderte jeden klaren Gedanken. Immer wieder überrollte sie die Panik.

Sie trug noch ihr Sportzeug. Richtig, sie war joggen gewesen. Sie erinnerte sich an die Büsche und den einsamen Pfad. Da war die Dämmerung, und plötzlich spürte sie wieder den Schmerz in ihrem Fußgelenk. Sie wollte in die Klinik fahren. Aber das hier war keine Klinik. Versuch, dich zu erinnern, zwang sie sich. Wieso bist du hier, verdammt noch mal? Wieso?

Da war der Mann, der sie beobachtet hatte, und plötzlich konnte sie auch die Angst wieder spüren, die sie auf ihrem Lauf durch die Ginsterbüsche überfallen hatte. Dabei wollte sie doch nur vergessen. Siebzig Minuten nur laufen und alle Grübeleien hinter sich lassen. Eine gute Stunde lang mal nicht über ihre Zukunft nachdenken. Nicht über ihren Vater und schon gar nicht über Pierre. Mit ihm würde es nämlich keine Zukunft geben. Pierre war kein Mann, mit dem man eine Familie gründen konnte.

Das war ihr klar, zumindest in den nüchternen Augenblicken, wenn sie nicht zusammen in seinem Wohnwagen auf dem Bett lagen. Die Sache mit der Familie würde sie allein durchziehen müssen. Die Zukunft, das war etwas, das nur sie managen konnte. Andere Frauen hatten das auch geschafft, versuchte sie, sich Mut zu machen. Also stell dich nicht an. Ihr Vater hatte recht gehabt, das war das Deprimierendste an der Sache. Es ihrem Vater zu erklären, davor hatte sie sich all die Wochen gedrückt. Aber in diesem Moment wünschte sie sich, er wäre hier. Dann würde sie ihm alles sagen, alles.

Denk an den Lauf durch die Hügel, sagte sie sich. Da war ihr Auto auf dem Parkplatz. Genau an der Stelle, wo sie es abgestellt hatte. Sie erinnerte sich noch, wie sie sich hinter das Steuer gesetzt hatte und dann ... In diesem Moment sah sie wieder den Mann im Rückspiegel. Ein Blick ohne jede Empathie. Und dann war da der Arm um ihren Hals.

Françoise stieß einen heiseren Schrei aus, der aber nur wie ein Krächzen klang. Ihre Zunge fühlte sich pelzig an, wie ein trockener Waschlappen. Sie schien am Gaumen festzukleben. Die junge Frau atmete schwer. Es war still in dem Raum, totenstill.

Das Geräusch war leise, aber es erschreckte Françoise so sehr, dass ihr der Herzschlag wie ein Dröhnen in den Ohren klang. Es war das Geräusch, das jemand verursachte, der gegen einen Stuhl stieß. Dieses leichte Schrammen eines Stuhlbeins auf dem glatten Boden verriet ihr, dass sie nicht allein war. Sie versuchte, den Kopf zu heben, aber die Riemen hielten ihren Körper fest. Nur wenn sie den Kopf zur Seite drehte, konnte sie mehr sehen, dorthin, wo das Ende des Raums im Dunkeln lag.

»Hallo?! Bitte, ich brauche Hilfe«, wollte die Frau sagen, aber ihre Stimme war so leise, dass ihre Worte in der Tiefe des Raums zu verschwinden schienen. »Bitte ...!«

Hatte sie sich getäuscht? In diesem Moment spürte die Frau, dass da etwas Böses in der Finsternis auf sie wartete. Sie hätte nicht sagen können, was es war. Sie spürte nur die kalte Angst, die ihr den Rücken hinablief.

»Bitte«, sagte sie. »Bitte tun Sie mir nichts, bitte ...«

Dann versagte Françoise die Stimme. Der Mann kam wie ein Geist aus der Dunkelheit. Er war groß und hielt etwas in der Hand, das sie zunächst nicht erkennen konnte. Er trug schwarze Gummistiefel und eine feste graue Gummischürze, die fast bis zum Boden reichte. Der Mann sah die Frau schweigend an und hielt dabei den Kopf ein wenig schief, als könnte er auf diese Weise mehr über sie erfahren. Vor Entsetzen hatte Françoise einige Sekunden die Luft angehalten.

»Nein ...«, sagte sie dann leise. »Heute ist doch mein Geburtstag.«

In diesem Moment wurde ihr klar, dass sie diesen Ort nie mehr verlassen würde. Jetzt sah sie, was der Mann in der Hand hielt. Es war eine etwa vierzig Zentimeter lange, chromglänzende Säge. Und als der Mann näher kam, spiegelte sich das Licht der Deckenlampe in dem polierten Sägeblatt.

8. Kapitel

Die Terrasse vor Isabelles Küche war noch aufgeheizt von der Oktobersonne. Auch jetzt, als bereits die Dunkelheit über das Land kam und nur noch am Horizont im Westen ein schmaler Lichtstreifen flackerte, war es noch warm und gemütlich auf der Terrasse. Isabelle hatte sich an Leon gekuschelt. Sie saßen zusammen auf dem abgewetzten Rattansofa, hielten jeder ein Glas Château Brégançon in der Hand und sahen auf die Bucht hinunter, wo die letzte Fähre von den Inseln zurückkam und am Kai anlegte. Vom Meer wehte die Abendbrise den Geruch von Hafen und Salzwasser herüber.

»Ich denke, wir sollten langsam reingehen«, sagte Leon. Er wollte unbedingt noch den Artikel über die Beurteilung von Fußabdrücken an Tatorten in der Zeitschrift *Rechtsmedizin* zu Ende lesen.

»Ach, bleib doch noch ein bisschen.« Isabelle drückte sich an Leon. »Das ist vielleicht einer der letzten warmen Abende in diesem Jahr.«

Leon brummte Zustimmung. Hinter den Inseln stieg der Mond aus dem Meer, eingefärbt vom allerletzten Sonnenlicht wie eine reife Orange. Isabelle hatte ganz recht. Es wäre eine Schande, jetzt aufzustehen und dieses Schauspiel zu verpassen.

»Ich weiß noch, wie du das erste Mal mit mir hier gesessen

hast …« Isabelle sah zu Leon, der ein Lächeln erkennen ließ, aber weiter aufs Meer hinaussah.

Leon hatte die Erfahrung gemacht, dass romantische Abende, an denen Frauen über die gemeinsame Zeit reden wollten, immer auch gewisse Fußangeln bargen. Da war es am besten, erst einmal nicht zu widersprechen und nur zuzuhören.

»Ich hab hier auf dem Sofa gesessen und du da auf dem Sessel.« Isabelle deutete auf den Rattansessel auf der anderen Seite des Beistelltisches. »Was hast du damals gedacht?«

»Dass sie an der Côte d'Azur verdammt attraktive Flics haben.« Oft half schon eine freche Bemerkung, wenn man verhindern wollte, dass die Unterhaltung zu romantisch wurde. Leon sah Isabelle lächeln.

»Du wolltest mit mir ins Bett gehen, gib's ruhig zu«, sagte sie amüsiert.

Leon brummelte vorsichtig etwas zwischen »ja« und »ich weiß nicht«.

»Nicht schwindeln, natürlich wolltest du …« Es gefiel ihr, Leon ein wenig zu verunsichern.

»Ich war euer Pensionsgast«, erinnerte sich Leon, der zu Anfang, in Ermangelung eines Hotelzimmers, für einige Monate Isabelles Fremdenzimmer gemietet hatte.

»Hast dich nicht getraut«, sagte sie und lehnte sich ein Stückchen zurück, um ihn von der Seite zu betrachten. Als er sich zu ihr umsah, küsste sie ihn auf den Mund. »Weißt du, wie lange wir jetzt schon zusammen sind?«

»Ich genieße die Zeit mit dir. Ich habe nie die Monate gezählt.« Leon spürte, dass sich dieses Gespräch auf ein gefährliches Terrain voller Tretminen zubewegte. Worum ging es Isabelle bei dieser Unterhaltung wirklich? Er liebte diese Frau, und er liebte ihre Tochter, als wäre es seine eigene. Er genoss das Zusammenleben mit Isabelle genau so, wie es jetzt war. Und er hatte Angst, dass diese wunderschöne Beziehung irgendwie beschädigt werden könnte.

Nach dem Tod seiner Frau Sarah hatte Leon lange geglaubt, dass er sich nie wieder verlieben könnte. Geschweige denn jemals wieder mit einer anderen Frau zusammenziehen würde. Aber genau das war geschehen. Er hatte sich verliebt, und er lebte mit einer Frau und ihrer Tochter zusammen. In Isabelles Haus in Le Lavandou oder in seinem wunderschönen alten Bauernhaus auf dem Weinberg.

»Denkst du noch manchmal darüber nach, nach Deutschland zurückzukehren?« Isabelle tastete sich vorsichtig an das eigentliche Thema heran.

»Nein, schon lange nicht mehr«, sagte Leon, und das war die Wahrheit. Anfangs hatte er sich oft gefragt, ob er nicht einen Fehler gemacht hatte, als er von Frankfurt nach Le Lavandou gezogen war. Aber diese Zweifel hatten sich schon vor langer Zeit aufgelöst. Im Gegensatz zu den Erinnerungen an Sarah. Die konnten ihn gelegentlich auch heute noch überfallen. Sie tauchten ganz plötzlich auf, wie aus dem Nichts, und dann spürte er, wie ihm die Tränen kamen.

»Ich dachte, wo wir doch zusammenleben und alles so prima läuft ...« Isabelle ließ die Schlussfolgerung ihres Gedankens in der Luft hängen. Eine klare Aufforderung an ihn, jetzt diese Schlussfolgerung auszusprechen, dachte Leon.

»War das gerade ein Heiratsantrag, was ich da gehört habe ...?« In der Terrassentür war Lilou aufgetaucht.

»Unsinn«, sagte Leon, und es hörte sich an wie die dünne Lüge eines Politikers über eine Wahrheit, die sowieso jeder kannte.

»Ist dir nicht kalt? Wir haben Oktober.« Isabelle wechselte schnell das Thema, als sie das Outfit ihrer Tochter gesehen hatte.

Lilou trug ein ärmelloses, helles Sommerkleid mit Blütenmuster. Ihre langen dunklen Haare hatte sie zu einem Dutt verdreht, der an ein zerzaustes Vogelnest erinnerte. Die ganze Konstruktion wurde von zwei chinesischen Essstäbchen gehalten.

»Hast du die aus der Besteckschublade genommen?«, fragte Isabelle mit Blick auf die Stäbchen.

»Oh, quelle catastrophe!« Lilou warf in gespielter Empörung die Arme in die Luft. »Die benutzt hier doch sowieso keiner.«

»Um Mitternacht bist du wieder da«, sagte Isabelle.

»Maman, es ist Samstag …« Lilou sah ihre Mutter mit einem Blick gespielter Verzweiflung an. »Keiner geht an einem Samstag um Mitternacht nach Hause. Ich bin sechzehn, schon vergessen?«

»Da hat sie recht«, mischte sich Leon ein. »Chantal wohnt schließlich um die Ecke. Die Party ist doch bei Chantal?«

»Bon, ein Uhr, nicht länger«, bestimmte Isabelle. »Haben wir uns verstanden?«

Lilou nickte. »Aber lass mich bloß nicht wieder mit dem Streifenwagen abholen, wenn es fünf Minuten später werden sollte«, stöhnte Lilou.

Vor Jahren war Lilou entführt worden. Sie hatte sich zum Glück nur kurz in der Gewalt des Kidnappers befunden. Aber Isabelle hatte ihre Tochter danach noch ein halbes Jahr lang von ihren Kollegen überwachen lassen.

»Und du gehst nur auf die Party von Chantal?«

»Maman, also wirklich …« Lilous Stimme war voller Empörung.

»Du bist zu misstrauisch«, sagte Leon beschwichtigend.

»Das ist das Ergebnis meiner langjährigen Erfahrung als Mutter«, verteidigte sich Isabelle.

Lilou küsste ihre Mutter rechts und links auf die Wange. Auch Leon bekam zwei Küsse. »Beruhig sie bitte«, bat Lilou. »Sag ihr, dass ich demnächst siebzehn werde. Bonne soirée, ihr beiden.« Lilou drehte sich um, schnappte ihre Strickjacke vom Stuhl und verschwand.

»Wir haben ein Uhr ausgemacht! Nicht vergessen!«, rief ihr Isabelle hinterher. Lilou antwortete nicht, und die Haustür fiel ins Schloss. Isabelle schaute Leon an, der milde lächelte. »Ich kann es nicht leiden, wenn du mich in die Rolle der ängstlichen Übermutter zwingst.«

»Sei locker. Wo ist schon der Unterschied zwischen ein Uhr und zwei Uhr?«

»Dass ich mir eine Stunde länger Sorgen machen muss.«

Leon wollte seinen Arm um Isabelles Schultern legen, aber die rutschte aus seiner Reichweite.

»Entspann dich, Isabelle«, sagte Leon. »Deine Tochter ist schlau und selbstbewusst. Und sie wird wirklich bald siebzehn. Also mach dir nicht so viele Sorgen.«

»Heute war ein Mann bei mir im Büro.« Isabelle sah Leon an. »Er hat seine Tochter als vermisst gemeldet. Die ist zweiundzwanzig.«

Leon atmete tief ein und sagte gar nichts. Er legte ihr den Arm um die Schultern und zog sie an sich. Diesmal ließ Isabelle es zu. Schweigend saßen sie nebeneinander und betrachteten den Mond, der jetzt eine silberne Bahn auf das dunkle Meer malte.

9. Kapitel

Madame Lefèvre war einundachtzig Jahre alt, und ihre Beine ließen sie nicht mehr in Ruhe. Manchmal kribbelten und zuckten sie schon in aller Herrgottsfrühe, so wie heute. Es gab dann nichts, was half. Keine Tablette, kein Pflaster und keine kalten Wadenwickel. Sie hatte alles versucht. Das Einzige, was in solchen Momenten wirklich Linderung verschaffte, war ein Spaziergang auf der Uferpromenade am Meer entlang. Das hatte wahrscheinlich weniger mit der Bewegung als mit der Ablenkung zu tun. Die pensionierte Geografielehrerin war notorisch neugierig, und auf ihrem halbstündigen Spaziergang durch das Zentrum des Ortes gab es viel zu sehen und noch mehr, worüber sie sich aufregen konnte.

Das begann heute bei dem neuen Anstrich des Rathauses. Um den richtigen urtypischen und unverfälschten Ockerton für die Fassade zu finden, hatte die Stadt extra einen Architekturprofessor von der Uni in Marseille engagiert und ein eigenes Farbkomitee gebildet. Madame Lefèvre war selbst Mitglied in diesem Komitee gewesen, und sie hatte von Anfang an für »Puderorange« gestimmt. Jeder Franzose, der auch nur den Hauch einer Ahnung von den Farben der Dörfer der Provence hatte, hätte sich für »Puderorange« entschieden, aber es sollte anders kommen. Nach dem dritten Durchgang fiel die Wahl mit einer Stimme Vorsprung (nur einer Stimme, bei zwei Enthaltungen!) auf »Ziegelrot«. Für

Madame Lefèvre war das ein Frevel und ein eindeutiges Zeichen für den kulturellen Niedergang der Provence, nein, für den Niedergang ganz Frankreichs.

Die Zeichen dieses Niedergangs waren doch überall zu beobachten. Madame Lefèvre war davon überzeugt, dass die Stadtväter von Le Lavandou irgendwann entschieden hatten, ihre Gemeinde den Touristen zum Fraß vorzuwerfen, indem sie das Städtchen peu à peu in ein Disneyworld verwandelten. Die Zeichen waren nicht mehr zu übersehen. Da war zum Beispiel vor einigen Jahren das Riesenrad aufgestellt worden. Wofür brauchte ein ehemaliger französischer Fischerort ein Riesenrad am Strand?, hatte sie damals im Stadtrat gefragt. Paris brauchte vielleicht ein Riesenrad, um Touristen zu unterhalten, oder Montpellier oder Lyon. Aber doch nicht ein Bilderbuchstädtchen wie Le Lavandou. Die Leute sollten an den Strand gehen und das Meer bewundern oder durch das Hinterland fahren, um so romantische provenzalische Ortschaften zu besuchen wie Gassin, Grimaud oder Ramatuelle. Stattdessen wälzte sich jeden Sommer ein endloser, schwitzender Besucherstrom durch die Gassen von Le Lavandou. Die Leute kauften Sonnenbrillen, made in China, oder Bikinis aus Bangladesch. Dann aßen sie Hamburger und Fritten, um anschließend satt am Strand zu liegen und sich einen Sonnenbrand zu holen.

»Allez, Porthos, viens ici!«, rief Madame Lefèvre, und hinter einer der Palmen, die die Uferpromenade säumten, schob sich ein schwarz-weiß gefleckter Mops hervor. Obwohl es noch früh am Morgen und entsprechend kühl war, hechelte der fette Hund und erzeugte dabei ein Geräusch wie ein verrosteter Ventilator.

Der Mops war vorausgelaufen. Jetzt blieb er stehen und sah zu seinem Frauchen, das nur langsam aufholte. Das Tier hatte beschlossen, nicht zu Madame Lefèvre zurückzulaufen, sondern auf sie zu warten. Porthos blinzelte in die Morgensonne, machte einen Buckel und setzte einen erstaunlich großen Haufen genau vor eine der grünen Abfalltonnen, die entlang der Uferpromenade aufgestellt waren.

»Porthos …!«, tadelte Madame Lefèvre und sah sich schnell um, ob jemand die Szene beobachtet hatte. Aber sie und ihr Mops waren die einzigen Frühaufsteher auf der Promenade.

Madame Lefèvre beschleunigte ihren Schritt und sah angestrengt in Richtung Meer, als sie die Hinterlassenschaft ihres Hundes passierte. Porthos war bereits der zweite Mops, den sie sich nach dem Tod ihres Mannes angeschafft hatte. Das erste Tier hatte Aramis geheißen, war auf einem Auge blind gewesen und hatte sein kurzes Hundeleben an einem Montagmorgen unter den Doppelreifen eines Müllautos beendet. Madame Lefèvre hatte Aramis sehr geliebt und nach seinem tragischen Unfalltod Haustieren jeder Art abgeschworen. Doch irgendwann war sie Porthos begegnet und hatte ihren Schwur gebrochen. Das war jetzt fünf Jahre her. Porthos war ihr engster Freund, ihr ständiger Begleiter und damit auch ihr einziger Verwandter.

Porthos hoppelte die Promenade entlang und vermittelte dabei den Eindruck, als würde er nur mit seinen krummen Vorderbeinen laufen, während seine Hinterbeine beim Versuch, das Tempo zu halten, ständig aus dem Takt gerieten.

»Porthos!«, rief Madame Lefèvre ärgerlich.

Aber Porthos reagierte nicht. Seine chronisch verstopfte Nase hatte eine alarmierende Witterung aufgenommen. Es lag ein Geruch in der Luft, der so archaisch und fundamental war wie das Leben selbst und gleichzeitig so bedrohlich und verwirrend. Es roch nach Tod. Porthos überquerte im Galopp eine schmale Straße. Dann rannte er ein Dutzend Meter den Uferweg entlang und blieb abrupt stehen. Hier gab es eine Stufe, die zu einem etwa dreißig Zentimeter hohen Podest führte, auf dem das Mosaik einer Windrose in den gemauerten Boden eingelassen war. Das Mosaik wurde von einer dicken Glasplatte bedeckt und von vier Begrenzungspfosten geschützt, die mit einer Kette verbunden waren. Vor diesem Podest blieb Porthos stehen und schnüffelte in die Luft. Dann begann er zu bellen.

Madame Lefèvre lief, so schnell sie konnte, die Promenade entlang. Sie war völlig außer Atem. Das Laufen und das Rufen nach ihrem geliebten Porthos hatten sie erschöpft.

»Porthos, mon cher«, rief sie. »Mein kleiner Toutou, warum regst du dich so auf? Das ist schlecht für dein Herz ... Ja, was hat er denn, mein kleiner Porthos?«

Porthos hörte nicht auf zu bellen, und jetzt sah Madame Lefèvre, dass da etwas stand, mitten auf der Windrose. Sie kam ein paar Schritte näher, worauf Porthos noch lauter bellte und zwischendurch japsend nach Luft schnappte. Die alte Lehrerin bückte sich zu ihrem hysterischen Hund hinunter, und dann sah sie es. Mitten auf der Glasabdeckung stand ein Joggingschuh. Aus dem Schuh ragte das Fußgelenk, das in einem wachsbleichen Knochen endete, von dem zerfetzte Muskelfasern blutig herabhingen. Auf dem hellroten Fleisch hatte sich ein Schwarm Fliegen niedergelassen.

Madame Lefèvre schaute einen Moment wie erstarrt auf das Blut und den Knochen, als bräuchte ihr Gehirn ein paar Sekunden, um zu akzeptieren, was es da sah. Dann taumelte die ehemalige Erdkundelehrerin rückwärts und konnte sich gerade noch auf den Rand eines Blumenkübels setzen, um nicht zu Boden zu stürzen. Porthos bellte noch immer.

Als Leon am Boulevard Georges Bouvet auftauchte, hatte die Gendarmerie nationale bereits den Bereich um die Windrose weitläufig mit Flatterband abgesperrt. Trotz der frühen Stunde und der

Jahreszeit hatten sich ein paar Touristen eingefunden, die den Polizeieinsatz mit ihren Handys filmten.

Polizeichef Zerna hatte Isabelle um Viertel nach sieben zu Hause angerufen, als Leon mit ihr beim Frühstück saß.

»Ich brauche Sie am Boulevard Georges Bouvet, bei der Windrose«, lautete seine knappe Anordnung. »Und bringen Sie den Docteur gleich mit. Wir haben da was, das sollte er sich ansehen.«

»Worum geht es denn?«, hatte Isabelle gefragt.

»Kommen Sie einfach her und sehen Sie es sich an«, lautete Zernas Antwort.

Normalerweise hielt der Polizeichef wenig von Geheimnissen. Wenn es um Todesfälle ging, konnte er es kaum erwarten, auf einer Pressekonferenz darüber zu sprechen. Als Leon jetzt vor der Windrose stand, verstand er Zernas Zurückhaltung. Der Anblick hatte etwas zutiefst Irritierendes. Der Fuß war leicht aus dem Schuh gerutscht, sodass ein Teil der Ferse zu sehen war. Es sah so aus, als wäre der Schuh am Boden hängen geblieben und sein Besitzer hätte ihn verloren – zusammen mit seinem Fuß. Es war ein Anblick, gegen den sich der Verstand sträubte. Ein Anblick, den es eigentlich gar nicht geben durfte.

»Haben Sie so was schon mal gesehen, Docteur?«, fragte Zerna.

»Nein, so etwas kannte ich bisher nur von Verkehrsunfällen«, erwiderte Leon, der sich die Latexhandschuhe übergestreift hatte und in die Hocke gegangen war, um das Fundstück zu untersuchen. Dazu hielt er eine Sonde zwischen den Fingern, mit der er den Schuh vorsichtig bewegte.

»Kann das ein Unfall gewesen sein?« Zerna ging ebenfalls in die Hocke und beobachtete den Médecin légiste.

»Nein, ich denke nicht«, sagte Leon.

Das war definitiv kein Unfall gewesen. Schon auf den ersten

Blick hatte Leon gesehen, dass Muskeln und Sehnen an diesem Fuß mit verschiedenen Schneidewerkzeugen bearbeitet worden waren. Jemand hatte Mühe gehabt, diesen Fuß vom Bein zu trennen. Bei den Beinknochen hatte er offenbar eine Säge benutzt. Dabei war das Wadenbein gesplittert. Jetzt ragte dieser Knochensplitter gut fünfzehn Zentimeter aus dem Muskelgewebe hervor.

»Wie lange sollen wir den Verkehr noch am Kreisel ableiten?« Lieutenant Didier Masclau war aufgetaucht. Dann sah er den blutigen Fuß. »Verdammte Scheiße, das ist ja so was von übel.«

»War der Fotograf schon da?«, fragte Leon.

Zerna nickte. »Der hat gesagt, er ist fertig.«

Leon untersuchte den Schuh. Einen weißen Laufschuh der Firma Nike, wie ihn Jogger trugen. Das Gewebe war luftdurchlässig. Auf der Außenseite und der Ferse hatte der Schuh silbrig glitzernde Streifen aufgenäht, die bei Dämmerung das Licht der Autoscheinwerfer reflektierten. Jetzt war das Weiß des Nylongewebes von Blut gefärbt. Leon drückte mit der Sonde die Oberkante des Schuhs etwas herunter, sodass man ein Tattoo auf dem Knöchel sehen konnte, einen kleinen Stern.

»Können Sie sagen, ob es ein Mann oder eine Frau war?«

»Nein, aber die Schuhgröße schätze ich auf 38 oder 39«, entgegnete Leon.

»Ich kenne Frauen mit größeren Füßen«, meinte Didier und erntete einen mahnenden Blick von Zerna. »Was ist jetzt mit dem Verkehr, Patron? Die Leute wollen zum Markt.«

»Wie lange brauchen Sie noch, Docteur?«, fragte Zerna.

»Haben Sie die Umgebung absuchen lassen?«, erkundigte sich Leon.

»Wonach sollen wir denn suchen?«

»Irgendjemand hat das hier so platziert, dass es gefunden

wird.« Leon sah sich um. »Vielleicht hat er ja noch einen Hinweis gegeben.«

Isabelle, die mit der Zeugin gesprochen hatte, kam zu der Gruppe herüber. »Ich würde Madame Lefèvre gerne nach Hause bringen.«

»Hat sie irgendetwas beobachtet?«, wollte Zerna wissen.

Isabelle schüttelte den Kopf. Sie sah zu dem Fuß und der Windrose darunter.

»Mistral«, sagte Isabelle nur.

»Was meinst du?«, fragte Leon und stand auf.

»Der Fuß zeigt nach Norden.« Isabelle deutete auf die Windrose. »Genau dahin, wo *le mistral* steht.«

Der Mistral war der kalte, scharfe Wind aus dem Norden. Auf der Windrose waren die vier Himmelsrichtungen und dazu die typischen Winde der Gegend mit ihren Richtungen verzeichnet. Konnte das ein Hinweis sein?, fragte sich Leon.

»Zeichen, Hinweise ...« Zerna klang genervt. »Vielleicht war es ja nur ein Spinner, der den Leuten nur einen Schrecken einjagen wollte.« Leon sah den Polizeichef skeptisch an.

»Warum denn nicht?«, bestärkte Didier seinen Chef. »Vielleicht stammt das Ding ja aus einer Klinik. Eine Amputation, was weiß ich denn.«

»Das war definitiv keine Amputation«, sagte Leon. »So viel kann ich jetzt schon sagen.«

»Wie können Sie da so sicher sein?«, fragte Zerna.

»Ich wäre dann so weit.« Leon ging nicht auf die Frage ein, packte die Instrumente in seine braune Ledertasche und erhob sich.

»Was soll ich denn jetzt im Bericht ankreuzen?« Didier hielt das Protokollblatt in der Hand. »Opfer männlich oder weiblich? Haben wir überhaupt ein Opfer?«

»Was ist das denn sonst?« Zerna deutete ärgerlich auf den Fuß. »Glaubst du, irgendjemand verliert freiwillig seinen Fuß und humpelt dann weiter durch die Gegend? Wann bekomme ich Ihren Bericht?«

»Am Nachmittag«, sagte Leon.

»Gut«, antwortete Zerna. Dann wandte er sich an Masclau. »Sie haben den Docteur gehört. Schaffen Sie das hier weg und räumen Sie auf. Und geben Sie die Kreuzung frei. Sonst noch irgendwas?«

Die letzte Frage hatte der Polizeichef Leon gestellt.

»Nein, alles klar so weit«, antwortete Leon. Aber das war nur die halbe Wahrheit. Ihm war etwas aufgefallen, das ihn zutiefst beunruhigte. Aber er wollte zuerst den Fuß in der Pathologie untersuchen, bevor er Zerna über seinen dunklen Verdacht informieren würde.

10. Kapitel

Die flache Herbstsonne schien in die engen, steinigen Gassen von Bormes-les-Mimosas. Im Sommer drängten sich hier Hunderte von Touristen unter den Arkaden und über die Treppen und Durchgänge des mittelalterlichen Ortes an den Hängen des Massif des Maures. Jetzt waren nur wenige Besucher unterwegs. Viele der Restaurants und Bistros hatten geschlossen. Darum setzten sich die Ausflügler ins Café La Terrasse, von dem man einen herrlichen Blick über die Hügel und die Weinfelder bis hinunter zum Meer hatte.

Der Mann trug eine Soutane, die so gar nicht zu seiner jugendlichen Erscheinung zu passen schien. Aber dieser Eindruck täuschte. Bernard Dumont war achtunddreißig, auch wenn er wie Ende zwanzig aussah. Er hatte ein Gesicht, das beinahe kindlich wirkte mit der kleinen Nase, der glatt rasierten Haut und den roten Pausbacken. Die blonden Haare wuchsen ihm so dicht, dass sie wie eine Perücke auf seinem Kopf wippten. Révérend Bernard Dumont war der Beste seines Studienjahrgangs gewesen, und er hatte eine viel beachtete und durchaus kritische Promotion über die »Vertikale Ökumene« geschrieben. Er hatte bereits von einer Karriere im Vatikan geträumt, als ein paar ungute Gerüchte aufgekommen waren, die einen Schatten auf seinen bis dahin so strahlend sauberen Lebenslauf geworfen hatten. Wie gesagt, es waren nur Gerüchte gewesen, aber sie hatten dafür gesorgt, dass er in Bormes gelandet war. Für maximal zwei, vielleicht drei Jahre, hieß es aus dem Bistum. Bis dahin wäre die ganze Sache in Vergessenheit geraten. Das war jetzt vier Jahre her.

Weiter entfernt von Rom konnte man kaum landen, dachte Dumont, als er durch das mittelalterliche Städtchen ging. Die Gerüchte hatten sich beständiger gehalten als gedacht. Dabei lag das Ereignis so lange zurück, dass längst der Staub des Vergessens darüber gelegen hatte. Und so hätte es auch bleiben können, doch dann redete jemand über das, was sich vor so vielen Jahren im Priesterseminar ereignet hatte. Aber das war noch nicht das Schlimmste, dachte Dumont.

Der Priester nahm eine Abkürzung, die ihn über die enge Stiege zum Uhrentürmchen führte. Er ging an dem großen Pfefferbaum vorbei, querte den Platz vor dem Restaurant Poulid Cantoun und stieg die Treppe zur Kirche Saint-Trophyme hinauf. Er war stets darum bemüht, so wenigen Menschen wie möglich zu begegnen. Denn bei dem, was er vorhatte, war allerhöchste Diskretion geboten.

Eigentlich hatte er sich vorgenommen, gar nicht über das nachzudenken, was ihn gleich erwartete. Und trotzdem konnte er nicht anders, als sich die bevorstehende Begegnung in gewagten Details auszumalen. Vielleicht war alles nur eine verrückte Fantasie. Er hatte keinen Plan, keinen Vorsatz, beruhigte er sich. Es gab nichts, was er falsch gemacht hätte, fast nichts. Er war der Priester, der in seine Kirche ging, um die Messe vorzubereiten. Das war die normalste Sache der Welt. Aber da gab es noch David. Den reizenden, aufgeweckten, strahlenden sechzehnjährigen Ministranten David.

»Bonjour, père«, grüßte Monsieur Thomas, der die Auslage vor seinem Andenkengeschäft sortierte.

Bernard zuckte zusammen, wie ein Junge, der beim heimlichen Rauchen erwischt wurde.

»Bonjour, Monsieur Thomas«, antwortete Bernard höflich und ging schnell weiter.

Der Priester lief eine kurze Treppe hinauf und blieb stehen. Was hatte er sich denn schon vorzuwerfen? Er versuchte, sich zu beruhigen. Es war nichts passiert. Gar nichts? War nicht schon die Tatsache, dass man an sündiges Tun dachte, eine Sünde? Und wie er daran dachte. Wie sehr er sich nach David sehnte. Père Bernard betrachtete es als Hohn des Schicksals, dass er ausgerechnet hier, in seinem Exil, seiner großen Liebe begegnet war. Aber hatte er sich nicht ein wenig Glück verdient?, dachte Bernard.

Wie oft hatte er in der Kirche Saint-Trophyme vor leeren Bänken gepredigt. In den Sommermonaten war es zwar etwas besser. Aber natürlich kamen die Touristen mehr aus Neugierde als aus Überzeugung zur Sonntagsmesse. Außerhalb der Saison hatte Bernard gelegentlich das Gefühl, er könne der katholischen Kirche bei ihrem Niedergang regelrecht zusehen. Der alte Pastor, sein Vorgänger, hatte ihm von den Zeiten erzählt, als noch die französischen Präsidenten zum Sonntagsgottesdienst erschienen waren, wenn sie im nahen Fort Brégançon Urlaub machten. Georges Pompidou und François Mitterand hatten einst hier in der ersten Reihe gesessen. Wenn heute die Saison zu Ende war, konnte es vorkommen, dass kaum noch eine Handvoll Gläubige zum Sonntagsgottesdienst erschienen.

Père Bernard hielt immer pünktlich die Messe, egal, wie viele Schäflein ihren Weg in seine Kirche fanden. Er hatte beschlossen, dass er durch seine Beharrlichkeit und Unverdrossenheit etwas gutmachen konnte beim lieben Gott. Als würde der Herr im Himmel ein Kontobuch führen, auf dem er für jede gehaltene Messe Punkte eintrug. Punkte, die Bernard wieder verschwenden konnte, wenn er sich in der Sakristei versündigte. Was bisher nur ein einziges Mal geschehen war. Trotzdem war der Priester überzeugt, dass ihn die Schwäche seines Fleisches eines Tages in die Hölle stürzen würde. Dass der Leibhaftige ihn persönlich zu sich holen würde. Aber ausgerechnet diese Vorstellung regte seine Fantasie nur noch weiter an.

Dumont öffnete die schwere Eichentür und betrat die Kirche. Hier drinnen war es mindestens zehn Grad kühler als draußen. Dafür sorgten die dicken, alten Mauern. Bernard kniete kurz nieder und bekreuzigte sich. Dann querte er mit schnellen Schritten das Kirchenschiff. Es roch nach kaltem Weihrauch und feuchten Wänden. Saint-Trophyme war alles andere als eine architektonische Sehenswürdigkeit. Es gab keinen kostbaren Altar, keine besondere Steinmetzarbeit oder ungewöhnliche Bilder an den Wänden. Saint-Trophyme war eine durchschnittlich langweilige Dorfkirche aus dem achtzehnten Jahrhundert. Ein Bau aus Natursteinen mit kleinen Fenstern, die nur wenig Licht hineinließen und so im Inneren der Kirche für ewige Dämmerung sorgten. Der Marmor an den Durchgängen war nicht echt, sondern nur auf den feuchten Putz gemalt. Die Lautsprecheranlage war schon seit Monaten nicht mehr in Betrieb.

Bernard Dumont suchte in der Sakristei gerade Worte aus der Heiligen Schrift aus, die er morgen bei der Messe zu seinem Thema machen wollte: Sünde und Vergebung.

In diesem Moment hörte er, wie die Eingangstür über den rauen Boden schabte, um dann geräuschvoll zurück ins Schloss zu fallen. Der Priester schloss für einen Augenblick die Augen und atmete tief ein – David. Wer außer seinem Messdiener würde um diese Zeit die Kirche betreten? Der Pater öffnete die Tür zum Kirchenschiff. David würde wie immer neben dem Altar stehen und ihm zulächeln. Oder er würde noch einen Augenblick auf den Stufen knien und tief in ein Gebet versunken eine Fürbitte an den Herrn schicken. Doch da war niemand. Nicht neben dem Altar und auch nicht auf den Stufen. Dumont machte ein paar schnelle Schritte in den Gang, sah nach rechts und links – nichts. Das Kirchenschiff war leer, und auch in den beiden düsteren Seitenschiffen war niemand zu sehen.

»David?«, sagte der Priester halblaut, und in der Stimme war ein leises Flehen zu hören.

Niemand antwortete. Dumont wollte schon zurück in die Sakristei gehen, als sein Blick auf den Beichtstuhl fiel. Dort konnte er unter dem Vorhang, der die Sünder den Blicken anderer Kirchenbesucher entzog, Schuhe und den Ansatz einer grauen Hose sehen. Jemand war zum Beichten gekommen. Am Vormittag war das ungewöhnlich, aber als Priester hatte Dumont natürlich immer Zeit, wenn es darum ging, einer gequälten Seele zu helfen. Das hieß, wenn er ehrlich war, ging es ihm in diesem Moment nicht so sehr um eine Seelenrettung als darum, den Sünder so schnell wie möglich wieder loszuwerden, um sich anderen, sehr persönlichen Dingen zu widmen. Dumont ging zum Beichtstuhl, öffnete die Tür zur Kammer des Priesters und setzte sich auf den gepolsterten Hocker.

Der Beichtstuhl lag im Seitenschiff, im Halbdunkel, und so konnte Pater Dumont auch nicht das Gesicht seines Besuchers hinter dem holzgeschnitzten Trenngitter erkennen.

»Ich habe gesündigt«, sagte die Stimme hinter dem Gitter und stockte.

Es war offensichtlich ein älterer Mann, der da sprach, dachte Dumont, jedenfalls älter als er selbst. Aber jetzt schwieg der Mann, als müsste er sich erst noch klar darüber werden, ob er wirklich beichten wollte.

»Welcher Art waren deine Sünden, mein Sohn?«, versuchte der Priester ihm Mut zu machen.

»Schlimme Sünden«, sagte der Mann. »Entsetzliche Sünden.«

»Auch schlimme Sünden kann Gott vergeben, wenn man sie bereut.« Pater Dumonts Stimme klang auf einmal nicht mehr so fest, wie er es sich gewünscht hätte. Irgendetwas am Tonfall dieses Mannes irritierte ihn.

Der Mann auf der anderen Seite des Gitters räusperte sich. Wer war das?, fragte sich Dumont. Kannte er den Mann aus dem Gottesdienst? Der Fremde hatte sich im Schatten der Kammer so weit zurückgelehnt, dass sein Gesicht im Dunkeln verborgen blieb. Plötzlich wünschte sich Pater Dumont, dieser Mann wäre nicht in seine Kirche gekommen.

»Ich habe Menschen getötet.« Der Mann hustete kurz. Es klang nicht reumütig. Im Gegenteil, eher selbstbewusst, als hätte er sich soeben entschieden, ein Statement in eigener Sache abzugeben.

Der Priester brachte für einen Moment kein Wort heraus. Sein Mund fühlte sich so trocken an, dass er nicht einmal schlucken konnte. Dumont hatte schon vielen die Beichte abgenommen. Die Menschen erzählten, dass sie logen, dass sie ihren Partner betrogen. Frauen beichteten, dass sie von einem Fremden schwanger geworden waren. Männer beichteten, dass sie bei einer anderen im Bett gelegen hatten. Gelegentlich kam es auch mal vor, dass jemand einen Diebstahl oder einen Betrug beichtete. Aber noch nie hatte jemand Pater Dumont einen Mord im Beichtstuhl anvertraut.

»Das ist eine sehr schwere Sünde«, war alles, was Dumont nach einigen Sekunden des Schweigens herausbrachte. »Ich verstehe, dass sie dir auf der Seele liegt und dass sie dir großen Schmerz bereitet.« Der Mann schwieg. »Aber du weißt auch, dass der Herr sogar die allerschlimmsten Sünden vergibt, wenn der Sünder aufrichtig bereut.«

»Genau das ist das Problem, Père.« Wieder zeigte die Stimme nicht die geringste Unsicherheit.

Pater Dumont spürte, dass er plötzlich zu schwitzen begann. Auf so einen Fall wurde man nicht vorbereitet. Weder während des Studiums noch im Priesterseminar. Vielleicht war das alles ja eine Prüfung, dachte der Priester plötzlich. Ja, es war die Strafe für all die schlimmen Gedanken, die er mit sich herumtrug. Für das Unaussprechliche, das er hier in der heiligen Kirche gedacht und, ja, auch getan hatte.

»Was willst du mir damit sagen, mein Sohn?« Der Pater wusste im gleichen Augenblick, dass es ein Fehler gewesen war, diese Frage zu stellen. Er wollte gar nicht wissen, was diesen unheimlichen Menschen bewegte, der sich so dicht neben ihm befand, dass er ihn atmen hören konnte. »Jeder Mensch würde eine solche entsetzliche Tat bereuen.«

»Père …?«, sagte der Mann und hob die Stimme, sodass das Wort wie eine Frage klang. »Ich bereue nicht. Ganz im Gegenteil …« Hier machte der Mann eine kurze Pause, und dann flüsterte er: »Ich habe die Taten genossen.« Wieder schien der Mann ein Husten zu unterdrücken.

Plötzlich fühlte Dumont ein Zittern in seinem Körper aufsteigen, gegen das er sich nicht wehren konnte. So als würde von dem Besucher eine Kälte ausgehen, die er bis in sein Herz spüren konnte.

»Du bist verwirrt, mein Sohn«, sagte Dumont. »Und das ist nur allzu verständlich. Einem Menschen das Leben zu nehmen, ist eine schreckliche, eine entsetzliche Tat. Ich bin ganz sicher, dass du tief in deinem Herzen Reue empfindest. Du musst diese Reue zulassen, du musst … Dann wird Gott dir vergeben.«

»Ich habe Lust empfunden«, sagte der Mann in einem Ton, als wolle er den Priester provozieren. »Wunderbare, unbändige Lust. Können Sie das verstehen? Wissen Sie, wie sich Lust anfühlt?«

Dumont wusste einen Moment nicht, was er sagen sollte. Er fühlte sein Herz schlagen. Wusste dieser Fremde etwas über ihn? Wollte er ihn nur provozieren?

»Gehen Sie, verlassen Sie diese Kirche!« Plötzlich spürte der Priester Zorn in sich aufsteigen. Aber seinen Besucher schien er damit nicht beeindrucken zu können.

»Wissen Sie, was das Schlimmste ist, Père? Ich sehne mich nach dieser Lust. Ich verzehre mich danach ... Ich weiß, dass Sie das verstehen.«

Jetzt war Dumont sicher, dass dieser Mensch von ihm und David wusste. Er musste die Provokation beenden. Jetzt sofort.

»Hören Sie auf! Das hier ist das Haus Gottes.« Der Priester klang vorwurfsvoll, aber auch ängstlich, als wäre er in Sorge, dass irgendjemand Zeuge ihres Gesprächs werden könnte.

»Wollen Sie mir meine Sünden denn nicht vergeben, Père?«, fragte der Mann im Beichtstuhl.

»Raus, gehen Sie. Sofort!«, befahl der Priester.

In diesem Moment hörte Dumont, wie der Vorhang zurückgeschoben wurde. Dann waren Schritte zu vernehmen. Der Priester öffnete vorsichtig die Beichtstuhltür. Er sah die Gestalt in Richtung Ausgang laufen. Der Mann sprach etwas vor sich hin. Es dauerte einen Augenblick, bis der Priester verstand, was der Unbekannte da sagte.

»Ego te absolvo. In nomine patris et filii et spiritus sancti ...«

Der Priester hörte ein Lachen, das wie das Schnauben eines Tiers klang und in ein trockenes Husten überging. In diesem Moment riss der Unbekannte die Tür auf, und für eine oder zwei Sekunden stand seine Gestalt im blendend hellen Gegenlicht. War das der Teufel? Dumont hörte ihn noch das Wort »Amen« sagen, dann fiel die Kirchentür ins Schloss. Für den Priester klang es so dröhnend laut wie der Paukenschlag am Tag des Jüngsten Gerichts.

Bernard Dumont kniete vor dem Altar. Dann legte er sich mit der Brust auf den harten Boden, wie damals bei seiner Priesterweihe. Er berührte mit der Wange die kühlen Steine und bat Gott um Vergebung.

11. Kapitel

Wie gewöhnlich herrschte im Obduktionsraum des Rechtsmedizinischen Instituts konzentrierte Stille. Doch die Autopsie, die vor Leon lag, war alles andere als gewöhnlich. Auf dem Sektionstisch lag diesmal kein Toter. Es mussten auch keine Schnitte gemacht werden, um die Körperhöhlen einer Leiche zu öffnen. Es mussten keine Organe gewogen oder Gewebe untersucht werden. Es mussten keine Nähte gelegt werden, um den Körper nach der Obduktion wieder zu verschließen. Es war nicht einmal sicher, ob es überhaupt eine Leiche gab. Nein, heute stand, mitten auf dem Tisch aus blinkendem Edelstahl, beleuchtet von einem LED-Strahler, ein einzelner linker Fuß, der in einem Joggingschuh steckte.

Leon betrachtete in geradezu andächtiger Stille das ungewöhnliche Objekt. Assistent Olivier Rybaud machte Fotos.

»Von den Schnittflächen brauche ich so viele Details wie möglich«, sagte Leon. Der Blitz, der ringförmig um die Optik angeordnet war, flammte immer wieder auf.

War es möglich, dass der Mensch, dem einmal dieser Fuß gehört hatte, den Eingriff überlebt hatte? Hatte es überhaupt einen Eingriff gegeben? War überhaupt eine vernünftige Situation denkbar, in der ein Mensch seinen Fuß verlieren konnte? Leon fiel nur der Tod eines Selbstmörders ein, den er vor Jahren untersuchen musste. Damals hatte sich ein Mann von einem Zug überrollen lassen. Und natürlich hatte Leon die Opfer schwerer Motorradunfälle begutachtet, bei denen häufig Gliedmaßen durch die Wucht des Aufpralls abgerissen oder abgequetscht worden waren. Doch diese Verletzungen waren anders.

Leon griff nach der großen beleuchteten Lupe, die mit einem Gelenkarm an der Decke befestigt war, und zog sie zu sich herunter.

Die Schnittverletzungen waren ihm schon am Fundort aufgefallen. Sie waren ganz unterschiedlicher Natur. So schienen Haut und Muskelgewebe mit einem sehr scharfen, kurzen Messer durchtrennt worden zu sein, das bis zum Schien- und Wadenbein vorgedrungen war und auf den Knochen Einkerbungen hinterlassen hatte. Dabei hatte jemand mit Kraft, aber ohne genaue Kenntnis der Anatomie gearbeitet, dachte Leon. Als wäre der Täter nicht sorgfältig und gezielt, sondern wütend und zerstörerisch vorgegangen. Beim Versuch, den Fuß in Höhe des Gelenks zu durchtrennen, war der Täter mit seinem Messer zunächst an den Sehnen gescheitert. Sehnen bestehen aus parallel laufenden Bindegewebsfasern und werden nur von wenigen, sehr feinen Blutgefäßen durchzogen. Dadurch sind sie ungeheuer widerstandsfähig und außerordentlich belastbar. Gleichzeitig werden sie noch zusätzlich durch ein System von Sehnenscheiden geschützt. Beim Versuch, sie mit dem Messer zu durchtrennen, glitschen Sehnen zur Seite. Auch an der Achillessehne hatte sich der Täter zunächst vergeblich zu schaffen gemacht. Über der Ferse gab es zahlreiche Schnittverletzungen, die solche vergeblichen Versuche bekundeten. Der Täter musste daraufhin zu einem wirkungsvolleren Werkzeug gegriffen haben, denn es war ihm gelungen, alle Sehnen zu durchtrennen. Wobei sie an den Schnittstellen Ausfransungen zeigten.

»Eine Zange …?«, fragte Rybaud, der wie üblich neben Leon stand und ihm assistierte.

»Ich denke da eher an eine Gartenschere.« Leon betrachtete jetzt den Knochen des Wadenbeins. »Hier wurde mit einer Säge gearbeitet.«

Die Spuren am Knochen waren eindeutig. Leon legte einen kurzen Messstab mit Lupe an. Die Zahnteilung betrug eineinhalb Millimeter. Die Zahnbrust, also die Tiefe der Zähne, betrug einen Millimeter.

»Vielleicht besitzt er ja eine Knochensäge«, sagte Rybaud.

»Oder eine grobe Metallsäge«, meinte Leon. »Wir sollten auf jeden Fall später die Sägespuren mit zwei oder drei von unseren Sägen abgleichen. Damit wir Muster vorlegen können.«

Für den Vergleichstest würden sie natürlich Tierknochen benutzen. In der Regel besorgte Rybaud für solche Experimente Beinknochen von Kälbern in der Metzgerei.

»Ich nehme jetzt den Fuß aus dem Schuh«, sagte Leon. »Könnten Sie das bitte mal halten?«

Rybaud hielt den Schuh mit beiden Händen fest. Es gab ein leises, schmatzendes Geräusch, als Leon den Fuß aus dem Joggingschuh zog. Vorsichtig legte er den Fuß vor sich auf den Obduktionstisch. Das Erste, was Leon erneut auffiel, war der kleine Stern. Ein etwa zwei Zentimeter großes Tattoo, das sich auf der Außenseite des Fußgelenks befand. Das Sprunggelenk wies eine Schwellung auf. Offensichtlich eine Distorsion, die sich das Opfer beim Laufen durch Umknicken des Fußes zugezogen hatte. Der Schwellung nach zu urteilen, war diese Verletzung ganz frisch. Die Füße waren gepflegt, die Nägel sorgfältig geschnitten, gefeilt und nicht lackiert. Unter dem mittleren Zehennagel befand sich ein älterer Bluterguss. Vielleicht war der Läufer in zu engen Schuhen unterwegs gewesen. In jedem Fall schien er oder sie regelmäßig zu laufen.

»Mann oder Frau, was denken Sie?«, fragte Rybaud.

»Mit hoher Wahrscheinlichkeit eine Frau. Aber warten wir die Untersuchungen ab«, sagte Leon, dann stutzte er.

An den Fußballen hatte Leon kleine Schnitte entdeckt, aus denen Blut zwischen die Papillarleisten gesickert war. Leon zog das Vergrößerungsglas zu sich hin.

»Reagenzglas und Pinzette, bitte«, sagte Leon.

Rybaud griff hinter sich, wo auf dem Rollwagen verschiedene Instrumente bereitlagen. Er reichte seinem Chef eine Pinzette. Das Reagenzglas behielt er in der Hand. Vorsichtig spreizte Leon mit den Fingern den großen und den mittleren Zeh auseinander. Jetzt konnte er unter der Lupe etwas glitzern sehen. Es war ein Glassplitter, den er vorsichtig mit der Pinzette fixierte und in das Reagenzglas fallen ließ.

»Das Labor soll feststellen, um was für eine Art von Glas es sich handelt«, sagte Leon.

Dann stutzte er, sah noch einmal durch das Vergrößerungsglas und zog mit der Pinzette vorsichtig ein kleines Insekt zwischen den Zehen des Fußes hervor.

»Was ist das?«, fragte Rybaud.

»Apis mellifera«, murmelte Leon. »Eine Honigbiene. Zumindest die vordere Hälfte von ihr.«

Leon nahm ein weiteres Reagenzglas und ließ seinen Fund hineinfallen.

»Die gibt's hier überall.« Rybaud betrachtete die vertrockneten Reste des Insekts in dem Reagenzglas.

»Das Labor soll alles noch mal genau bestimmen.« Leon legte die Pinzette zurück auf den Rollwagen.

»Ich bringe es gleich rüber«, sagte Rybaud. Er hatte bereits einen Aufkleber auf den Behälter gedrückt und ihn mit einem Gummikorken verschlossen.

Leon betrachtete jetzt schweigend den einsamen linken Fuß, der vor ihm auf dem Tisch lag, als wäre er das letzte Teil eines makabren Puzzles, das nur noch nicht seinen Platz gefunden hatte.

»Sonst noch etwas, Docteur?«, fragte Rybaud, der wusste, dass er Leon eigentlich nicht stören durfte, wenn er mit den Opfern »sprach«. Aber in diesem Fall lagen die Dinge ja etwas anders als gewöhnlich.

»Einblutungen in den Sägespuren und bei den Schnitten, bei allen Schnitten.« Leon klang nachdenklich, als würde er nur mit sich selbst reden. »Einblutungen auch an der Achillessehne und Blutungen bei den Schnitten am Fußballen.«

»Sie denken doch nicht …?« Der Assistent sprach die Schlussfolgerung nicht aus.

»Doch, das ist die einzige Erklärung.« Leon sah seinen Assistenten an. »Das Opfer muss noch gelebt haben, als ihm der Fuß abgeschnitten wurde.«

12. Kapitel

Die junge Frau in der Uniform der Gendarmerie nationale war schwanger. Sie hatte sich erschöpft auf die Treppenstufen des Hinterausgangs der Wache gesetzt, als Isabelle auftauchte.

»Alles okay?«, fragte Isabelle besorgt.

»Ja, vielen Dank. Alles gut«, antwortete die Polizistin.

»Ich habe Ihnen etwas mitgebracht, Lily.« Isabelle reichte der Kollegin das schmale Buch, das sie in der Hand hielt.

»*Mon bébé – les six premiers mois*«, las die Polizistin und lächelte. »Das ist aber nett von Ihnen.«

»Habe ich Ihnen doch versprochen. Ich hatte das Buch extra in der Buchhandlung Nortier bestellt. Es hat mir damals oft geholfen.«

»Noch zwei Monate.« Lily legte die Hände auf ihren Bauch. »Der kann doch unmöglich noch größer werden …«

Isabelle lachte, und Lily stand auf. »Ich muss wieder zurück ins Büro.«

»Schonen Sie sich«, riet Isabelle. »Sie können jederzeit zu mir kommen, wenn Sie mal ein paar freie Tage zusätzlich brauchen.«

»Danke, Capitaine«, sagte Lily und verschwand in der Wache.

Isabelle lehnte sich gegen das Treppengeländer und blinzelte in den samtblauen provenzalischen Himmel. Es war die erste kurze Pause, die sie sich an diesem Tag gönnte. Das Telefon im

Büro hatte im Minutentakt geklingelt. Der Fund auf der Uferpromenade hatte sich blitzschnell herumgesprochen. Jetzt meldeten sich die Medienleute. Jeder wollte mehr über den Fuß wissen. Die Journalisten waren verunsichert, ob man die Story als lustige Anekdote verkaufen sollte oder ob es mehr Leser und Zuschauer faszinieren würde, wenn man den Vorfall als schreckliches Verbrechen darstellte. Gerüchte von einem Studentenulk machten die Runde. Viele bezweifelten, dass der Fuß überhaupt echt war und nicht zu den Requisiten eines Horrorfilms gehörte, der zurzeit bei Marseille gedreht wurde. Schließlich hatte Zerna sich bereit erklärt, am Abend eine kurze Pressekonferenz abzuhalten. Isabelle hatte keine Ahnung, was er den Medien sagen wollte. Aber auf diese Weise waren zumindest einige Stunden Zeit gewonnen.

Dann gab es ja auch noch die Staatsanwaltschaft und die Kriminalpolizei in Toulon, die auf dem Laufenden gehalten werden wollten. Wenn auch niemand eine schlüssige Erklärung hatte, so spürte doch jeder, dass sich hinter dem blutigen Fund ein Verbrechen verbarg.

Polizeichef Zerna hatte den Fund in einer ersten offiziellen Erklärung als Unfallfolge bezeichnet. Da stellte sich natürlich die Frage, bei welcher Art von Unfall man seinen Fuß verlor und was wohl der ursprüngliche Besitzer der Extremität darüber dachte. Bisher hatte sich niemand gemeldet. Isabelles Ermittlungen liefen ebenfalls ins Leere. Zwischen Toulon und Fréjus hatte es in den letzten vierundzwanzig Stunden weder einen Verkehrsunfall mit schweren Verletzungen gegeben, noch war in einer Klinik des Arrondissements eine Fußamputation durchgeführt worden. Also hatte Isabelle einen Cappuccino aus dem Kantinenautomaten geholt und sich für ein paar Minuten auf die Treppe des Notausgangs gesetzt. Jetzt genoss sie die Pause, in der weder das Telefon klingelte, noch ein Kollege mit »wichtigen Nachrichten« in ihr

Büro stürmte. In diesem Moment öffnete sich hinter ihr die Tür und Lieutenant Mohammad Kadir trat ins Freie.

»Ich hab mir schon gedacht, dass du hier bist«, sagte Moma.

»Kann man nicht mal für fünf Minuten seine Ruhe haben?« Isabelle klang missgelaunt.

»Da ist wieder dieser Mann, irgendwas mit B, der will mit dir sprechen«, sagte Moma.

»Was für ein Mann?« Isabelle sah ihn fragend an.

»Bannol, oder so ähnlich.«

»Bonnet?«

»Bonnet, genau. Er sagt, es gehe um seine Tochter.« Moma zuckte mit den Schultern. »Hat mich mit Fragen wegen dem Fuß genervt.«

»Was hast du gesagt?«, fragte Isabelle.

»Nichts. Wir wissen doch selber nichts«, antwortete Moma. »Außerdem will er nur mit dir sprechen.«

Isabelle stand auf, trank den letzten Schluck ihres Kaffees und gab Moma den leeren Becher.

»Wo ist Bonnet?«

»Im Flur.« Mit vorwurfsvoller Miene blickte er auf Isabelles Becher in seiner Hand.

»Soll ich den etwa zu dem Gespräch mit Bonnet mitnehmen ?«

Isabelle ging an dem verblüfften Moma vorbei ins Gebäude.

Bonnet saß auf einer Bank gleich am Anfang des Flurs. Neben ihm befand sich ein Werbeständer der Gendarmerie nationale. Darin waren Flyer ausgelegt, die über die aufregende Arbeit der Polizei informierten und junge Leute aufforderten, sich zu bewerben.

Isabelle sah, dass Bonnet in einem der Flyer blätterte, aber gleichzeitig die Polizisten beobachtete, die durch den Gang liefen. Als er Isabelle sah, stand er auf und kam sofort auf sie zu.

»Haben Sie ihn?«, fragte Bonnet, noch bevor Isabelle vor ihm stand.

»Wen meinen Sie?«

»Den Kerl, der das getan hat. Diesen Roussel.«

»Setzen wir uns doch einen Moment.« Isabelle wies auf die Bank.

»Ich will mich nicht setzen. Ich will, dass der Mörder meiner Tochter verhaftet wird.« Die letzten Worte hatte Bonnet so laut gesagt, dass zwei Kollegen von Isabelle sich zu ihnen umdrehten.

»Monsieur Bonnet, bitte.« Isabelle sprach in einem sanften, freundlichen Ton, der Bonnet tatsächlich dazu bewegte, sich hinzusetzen. »Ich kann Sie ja verstehen, Monsieur. Aber noch gibt es keinerlei Hinweise auf Ihre Tochter.«

»Und der Fuß, den die Polizei gefunden hat?«, fragte Bonnet. »Das kam im Fernsehen. Wenn dieser Kerl Françoise etwas angetan hat, dann bringe ich ihn um. Das schwöre ich Ihnen.«

»Monsieur Bonnet«, Isabelles Tonfall bekam etwas Beschwörendes, »wir stehen ganz am Anfang unserer Ermittlungen. Wir wissen noch nicht einmal, ob wir es im vorliegenden Fall mit einer Frau oder einem Mann zu tun haben.«

»Ich habe Ihnen doch gleich gesagt: Dieser Roussel ist ein Krimineller.« Isabelle konnte sehen, wie der Mann seine Wut unterdrückte.

»Wir beobachten den Mann«, sagte Isabelle. Obwohl das nicht ganz der Wahrheit entsprach. Nach der Überprüfung seiner Personalien hatte die Gendarmerie den Stuntfahrer wieder laufen lassen.

«Beobachten, na großartig«, sagte Bonnet abfällig. »Die Polizei bewegt sich doch immer erst, wenn etwas passiert ist. Aber vorher …« Er blies die Backen auf und hielt seine leeren Handflächen in die Luft.

»Trägt Ihre Tochter ein Tattoo, Monsieur Bonnet?«

»Nein, natürlich nicht«, empörte sich Bonnet. »Françoise arbeitet doch nicht in einem Nachtclub.«

»Viele junge Frauen tragen heute Tattoos«, sagte Isabelle. »Meine Tochter hat auch eins. Einen Anker. Hier.« Isabelle tippte mit dem Finger auf ihren linken Oberarm, auf die Stelle, an der Lilou sich kürzlich ein Tattoo hatte stechen lassen.

»Françoise würde so etwas nie tun.«

»Das habe ich bei meiner Tochter auch gedacht«, sagte Isabelle. »Sie machen es da, wo man es nicht so leicht sehen kann. Am Rücken, an der Schulter, am Fuß ...«

Leon hatte Isabelle angerufen und ihr von dem Stern auf dem Fußgelenk erzählt. Die Polizei hatte dieses Detail bisher nicht veröffentlicht. Aber Monsieur Bonnet schien nichts über ein Tattoo seiner Tochter zu wissen. Isabelle sah Didier aus seinem Büro auf sie zukommen.

»Ich glaube, wir haben etwas«, sagte Didier zu Isabelle und deutete mit einer kurzen Augenbewegung in Richtung von Monsieur Bonnet. Isabelle nickte.

»Ich muss zu einem Einsatz«, sagte sie. »Wir haben ja Ihre Nummer. Wenn wir etwas hören, werden wir Sie sofort informieren.«

13. Kapitel

Der Streifenwagen der Gendarmerie nationale schlängelte sich auf der Département-Straße Nummer 41 durch das Massif des Maures. Bei den Touristen, die mehr sehen wollten als nur Strände und Fischrestaurants, galt diese schmale Straße mit ihren faszinierenden Aussichtspunkten als Geheimtipp. Und im Sommer, wenn in Frankreich die Tour de France ausgetragen wurde, jagten hier Gruppen von Radrennfans in den Farben ihrer Lieblingsmannschaften durch die engen Kurven. Doch um diese Jahreszeit war die schmale Straße so leer, als hätte man sämtliche Autos über Nacht abgeschafft.

Isabelle saß am Steuer. Sie fuhr entspannt und ruhig durch die nicht enden wollenden Kurven. Didier auf dem Beifahrersitz sah genervt zu ihr hinüber. Isabelle beobachtete aus dem Augenwinkel, wie er immer wieder mit dem rechten Fuß gegen das Bodenblech trat, als befände sich dort ein imaginäres zweites Gaspedal, mit dem er den Wagen beschleunigen könnte.

»Wenn wir so weiterfahren, sind die anderen weg, bis wir dort sind«, sagte Didier mürrisch.

»Das glaube ich nicht«, widersprach Isabelle ruhig. »Sind keine drei Minuten mehr. Ich kenne die Abfahrt.«

Kurz darauf bog Isabelle in einen unbefestigten Weg ein, der zwischen Kiefern und Wacholderbüschen bergab führte. Das Polizeiauto schaukelte in den ausgewaschenen Spurrinnen hin und her.

»Pass auf«, rief Didier, als Isabelle einem großen Stein auswich, der leicht die Ölwanne ihres Streifenwagens hätte aufreißen können. »Ich habe echt keine Lust, hier in der Pampa hängen zu bleiben.«

»Da mache ich mir gar keine Sorgen«, entgegnete Isabelle mit gespielter Mädchenhaftigkeit und klimperte mit den Augenlidern. »Wo ich doch einen so starken Mann dabeihabe.«

Der Feldweg endete auf einem staubigen Platz unter Korkeichen und wilden Kastanien. Hier stand ein weißer SUV. Auf der Kofferraumkante saß ein junges Paar in buntem Joggingoutfit und teilte sich einen Energydrink. Bei ihnen standen zwei Beamte der Gendarmerie municipale, der Verkehrspolizei. Direkt neben dem Parkplatz hatte die Gemeinde eine Vitrine mit Beschreibungen der besten Wanderrouten in der Gegend errichtet. Isabelle stoppte neben dem Streifenwagen. Einer der Verkehrspolizisten kam auf sie zu.

»Die Leute da haben den Wagen entdeckt.« Der Mann deutete auf das Paar. »Da haben wir gleich Ihre Dienststelle informiert.«

»Ja, danke, das war gut.« Isabelle sah sich um. »Wo ist denn der Wagen?«

»Hier entlang.« Der Polizist ging bis zum Rand des Parkplatzes und drückte einen Ginsterbusch zur Seite. Dahinter stand ein cremefarbener Citroën DS mit zersplitterter Seitenscheibe. Mit einer Handbewegung bedeutete Isabelle den anderen, dass sie warten sollten, während nur sie und Didier sich dem Fahrzeug näherten.

»Das ist ja wirklich ein DS.« In Didiers Stimme lag Bewunderung. Er strich mit der Hand über das Dach. »Muss einer von den letzten sein. Ein 75er oder noch älter.«

»Vorsicht mit Fingerabdrücken«, warnte Isabelle, und Didier zuckte zurück. »Haben Sie etwas an dem Fahrzeug verändert?«

»Nein, nichts.« Der Jogger schüttelte energisch den Kopf. »Wir haben nur reingeschaut und das Blut gesehen.«

Isabelle beugte sich durch das zerstörte Fahrerfenster ins Innere des Fahrzeugs. Der Fahrersitz war mit Scherben übersät. Auf dem hellen Frotteeüberzug waren überall Blutspuren zu erkennen.

»Das kam uns merkwürdig vor.« Der Jogger hatte sein Handy aus der Tasche gezogen und filmte jetzt Isabelle und Didier, die den Wagen untersuchten.

»Warten Sie bitte da vorn«, Isabelle deutete zu den beiden Verkehrspolizisten, »und hören Sie auf, uns zu filmen.«

»Ist doch nur für Facebook.« Der Mann ließ sich nicht stören.

In diesem Moment schob sich Didier vor den Jogger. »Haben Sie nicht gehört? Madame Capitaine hat gesagt, Sie sollen das lassen.«

»Da hilft man schon mal der Polizei ...« Beleidigt steckte der Mann sein Handy ein.

»Denkst du, das Blut stammt von der verschwundenen Frau?«

»Jedenfalls war sie die Letzte, die den Wagen gefahren hat.«

»Behauptet jedenfalls dieser Pierre Roussel.«

»Behauptet Pierre Roussel«, wiederholte die stellvertretende Polizeichefin. »Ganz richtig. Warum sollte er uns belügen?«

»Keine Ahnung.« Didier bückte sich und tastete die Radkästen ab. »Einer wie der hat doch ständig irgendeine Schweinerei am Laufen.«

»Wie gut, dass du keine Vorurteile hast.« Isabelle durchsuchte das Handschuhfach und die Ablagen. »Hast du das Kennzeichen überprüft?«

»Der Wagen ist auf Pierre Roussel eingetragen.« Didier sah auf sein Handy. Er liebte sein Smartphone, das ihn aber mit seinen Möglichkeiten immer wieder überforderte.

»Bist du ganz sicher?« Isabelle lächelte spöttisch.

»Natürlich bin ich sicher. Hier …« Er zeigte ihr das Display, aber sie sah gar nicht hin.

Isabelle hatte den Wagen durchsucht. Hinter den Rücksitzen stand eine Kiste.

»Was gefunden?«, rief Didier, der ein paar Fotos mit dem Handy schoss.

»Elektrokram.« Isabelle hob ein Navigationsgerät aus der Kiste. Didier betrachtete das Gerät, von dem diverse Kabel herunterhingen.

»Mercedes-Benz«, las Didier von einem Aufkleber auf der Unterseite des Displays. »Ist garantiert geklaut.«

Bis vor einigen Jahren hatten Autodiebe, die etwas auf sich hielten, an der Côte d'Azur nur auf Bestellung geklaut. Ganz oben auf ihren Listen standen SUVs. Dabei war die kantige G-Klasse von Mercedes der absolute Renner bei den Oligarchen zwischen Ungarn und Kasachstan gewesen. Zur Not tat es aber auch ein 6er BMW oder ein Audi der Oberklasse. Lästigerweise hatten allerdings versteckte GPS-Sender immer häufiger dafür gesorgt, dass man die Position der Luxuskarossen verfolgen konnte. Waren sie aber erst einmal aus dem Schengen-Raum verschwunden, tendierte die Chance, wieder an die Fahrzeuge zu kommen, gegen null. Andererseits sorgte inzwischen das immer besser verbreitete Internet dafür, dass Fahndungsmeldungen über gestohlene Autos nur wenige Minuten nach der Diebstahlsanzeige an allen Grenzübergängen des Schengen-Raums verfügbar waren.

Für eine kurze Zeit sah es so aus, als würden die Guten im Autokrieg die Oberhand gewinnen. Doch dann kam die Automafia auf die grandiose Idee, dass es doch viel einfacher wäre, das Diebesgut gleich vor Ort in seine Einzelteile zu zerlegen und diese ganz entspannt als »gebrauchte Ersatzteile« in Richtung Osten zu exportieren. Dort konnte man die Teile in aller Ruhe wieder zu neuen Autos zusammenbauen. Eine Idee, die sich schnell zum absoluten Hit entwickelte.

»Was ist hier passiert?« Isabelle sah sich um.

»Sie wollte joggen, er hat sie abgepasst, und zack«, Didier schlug mit der Faust in seine offene Hand.

»Wofür, für eine Kiste Elektroschrott?« Isabelle sah zu ihrem Kollegen, der nur mit den Schultern zuckte. »Fragen wir diesen Roussel doch einfach.«

Es hatte über eine Stunde gedauert, bis der Abschleppwagen endlich die Stelle im Wald gefunden hatte. In dieser Zeit hatte ihnen das Joggerpärchen die Story vom mysteriösen Auto hinter dem Ginster in allen Einzelheiten erzählt. Die beiden hatten nichts beobachtet, womit Isabelle etwas anfangen konnte. Wahrscheinlich stand der Wagen schon seit ein paar Tagen hier. Isabelle notierte Namen und Adressen der Zeugen und bat sie, noch am gleichen Nachmittag in der Gendarmerie vorbeizukommen, damit ihre Aussage protokolliert werden konnte.

Eine Stunde später bogen Didier und Isabelle in die Einfahrt der Stuntshow am Rand von Le Lavandou ein. Sie marschierten direkt zu Roussels Wohnwagen, und Didier klopfte gegen die Tür, als wollte er sie einschlagen.

»Gendarmerie nationale«, bellte der Lieutenant, genau wie Jean Gabin in dem Film *Der Clan der Sizilianer*, den Didier so bewunderte.

Es dauerte einen Augenblick, bis sich die Tür einen Spaltbreit öffnete und ein verschlafener Pierre Roussel auftauchte, nur mit Boxershorts bekleidet.

»Was soll das denn?« Roussel blinzelte verschlafen in die helle Sonne.

»Oh, tut mir leid«, entschuldigte sich Didier übertrieben höflich. »Haben wir Sie bei Ihrem Schönheitsschlaf gestört?«

»Ziehen Sie sich was an, wir müssen reden«, sagte Isabelle. »Jetzt gleich.«

Die Polizistin war überrascht. Das Innere des Wohnwagens schien erstaunlich ordentlich für einen alleinstehenden Stuntman. Neben dem Herd in der Küchenzeile standen Gewürze in Reih und Glied. In dem Regal darüber befanden sich einige Dutzend Bücher. Bestseller der letzten Jahre. Auf dem schmalen Esstisch stand eine Vase mit Blumen. Es gab einen engen Duschraum. Isabelle konnte auf der Ablage über dem Waschbecken Kosmetika erkennen, die ganz offensichtlich einer Frau gehörten. Überhaupt schien der ganze Wohnwagen unter der ordnenden Hand einer Frau zu stehen. Da wirkte die geöffnete Bierdose, die neben der Spüle stand, wie ein Fremdkörper. Genau wie das zerwühlte Bett im Heck des Wohnwagens. Als Roussel Isabelles Blick sah, zog er einen Vorhang vor die Schlafstelle.

»Also, was ist jetzt?«

»Wann haben Sie Françoise Bonnet zum letzten Mal gesehen?«, fragte Isabelle.

»Habe ich Ihnen doch schon erzählt.« Roussel klang verunsichert.

»Wir wollen es aber gerne noch einmal hören.« Didier lächelte freundlich, aber es hörte sich wie eine Drohung an.

»Ich habe ihr die Schlüssel zu meinem DS gegeben. Das war am Dienstag.«

»Und sie hat Ihnen gesagt, sie wollte Freunde besuchen. Richtig?«

»Bin ich ihr Vater, oder was?«

»Wissen Sie, ob Françoise Sport treibt?«, fragte Isabelle. Roussel sah sie zögernd an. »Na, Schwimmen, Yoga, Joggen?«

»Keine Ahnung.«

»Sie ist Ihre Freundin.« Isabelle nickte in Richtung des aufgeräumten Wohnwagens.

»Na und? Ja, sie geht manchmal joggen.«

»Hat sie eine Lieblingsstrecke?«

»Irgendwo hinter Bormes.« Roussel zögerte. »Hat sie zumindest mal gesagt. Wollte, dass ich mitkomme.« Er schüttelte den Kopf. »In der Sonne über staubige Wege hecheln. Ist wirklich nicht mein Ding.«

»Und seit Dienstag hat sich Françoise nicht mehr bei Ihnen gemeldet?«, fragte Isabelle zweifelnd.

»Nein, hab ich doch schon gesagt.«

»Es wundert uns, dass Sie sich anscheinend gar keine Sorgen machen. Keine Anrufe, gar nichts?«

»Und das schon seit drei, nein, vier Tagen«, sagte Didier.

»Ich habe sie angerufen. Sogar mehrmals. Aber es war nur die Mailbox dran.«

»Wie lange wollten Sie denn warten, bevor Sie sich auf die Suche nach ihr machen?«, wollte Isabelle wissen.

»Ist ja schließlich auch Ihr schöner Wagen verschwunden«, ergänzte Didier kühl.

»Okay, wir hatten Krach«, räumte Roussel ein. »Was sehen Sie mich so an? Ist doch ganz normal, oder?«

»Was ist passiert? Worüber haben Sie gestritten?«, wollte Isabelle wissen.

»Über nichts, über alles ... Sie wissen doch, wie Frauen sind.« Roussel zögerte. »Ich meine, manche Frauen. Françoise hat die Tür zugeknallt und ist weg. Mit dem Wagen. Das ist passiert.«

»Wir haben Ihren Wagen gefunden, Monsieur Roussel.« Isabelle sagte das völlig undramatisch. Dann schwieg sie einen Moment. Roussel wurde nervös und sah zwischen ihr und Didier hin und her. Isabelle konnte regelrecht sehen, wie es im Kopf des Stuntmans arbeitete. Sollte er Fragen stellen oder lieber schweigen?

»Wo?«, fragte Roussel schließlich.

»Was denken Sie?«

Roussel zuckte mit den Schultern, als wäre es ihm egal. »Keine Ahnung.« Isabelle konnte regelrecht spüren, wie er darauf brannte, zu erfahren, was die Gendarmerie nationale über ihn wusste.

»Auf den Sitzen war Blut, Monsieur Roussel«, sagte Isabelle. »Können Sie uns das erklären?«

»Ich, wieso ich?« Er hielt die Hände angewinkelt und die Finger gespreizt vor sich. Als könnte er so die bösen Neuigkeiten abwehren.

»Ihre Freundin, Ihr Auto«, sagte Isabelle.

»Und Sie haben zuletzt mit ihr gesprochen«, fügte Didier hinzu. »Haben Sie die Scheibe eingeschlagen?«

»Die Scheibe ist kaputt?« Roussel wirkte zum ersten Mal in diesem Gespräch ernsthaft besorgt. »Warum sollte ich meine Scheibe kaputt machen?«

»Sonst interessiert Sie nichts?«, fragte Isabelle.

In diesem Moment gab Didiers Smartphone einen kurzen Empfangston von sich. Der Lieutenant warf einen Blick auf das Display.

»Wie wäre es zum Beispiel mit einer Kiste voller Navigationsgeräte?«, sagte Didier. »Steht in Ihrem Wagen, im Kofferraum.«

»Ich bitte Sie, das alte Zeug?«, sagte Roussel und winkte mit der Hand ab. »Ersatzteile aus Autowracks.«

Didier sah auf sein Display. »Mercedes S-Klasse, gestohlen

August 2018. BMW 7er, gestohlen ebenfalls im August dieses Jahres, noch ein Mercedes G-Klasse, gestohlen im Juli bei Fréjus.«

»Ich hatte keine Ahnung. Den Kram hab ich von so einem Typen, der in einem Bootslager arbeitet. Ehrlich. Ich jobbe da gelegentlich.« Er machte eine vage Bewegung in Richtung Parcours. »Glauben Sie, ich könnte von dem da leben?«

»Pierre Roussel, ich fordere Sie hiermit auf, uns zur Wache zu begleiten«, sagte Isabelle.

»Was? Wieso denn?« Roussel hob die Hände in einer Geste der Ahnungslosigkeit.

Didier hatte die Handschellen aus dem Gürtel gezogen und ließ sie vor dem Gesicht des Stuntmans baumeln. »Entweder die hier, oder Sie kommen freiwillig mit.«

»Ich kann nicht mitkommen. Wie stellen Sie sich das vor? Wir haben heute Abend unsere Show!« Jetzt klang erste Verzweiflung aus Roussels Stimme heraus.

»Allez vite!« Didier packte das Handgelenk des Mannes. Roussel versuchte, sich loszureißen, doch so unsportlich Lieutenant Masclau auch wirkte, er hatte einen eisernen Griff.

»Lassen Sie mich los, sofort«, schimpfte Roussel. »Was habe ich denn getan? Nichts habe ich getan, gar nichts. Ich habe schließlich auch Rechte!«

Isabelle gab Didier ein Zeichen, worauf der den Stuntman losließ. »Na gut, Monsieur Roussel! Ich nehme Sie hiermit fest. Sie stehen unter dem Verdacht, Françoise Bonnet entführt und getötet zu haben.«

Roussel sah Isabelle fassungslos an, während Didier ihm die Handschellen anlegte.

14. Kapitel

Der Besprechungsraum der Gendarmerie nationale in der Avenue André del Monte 207 war gut besucht. Es war normalerweise um diese Jahreszeit wenig los, und da war die Sache mit dem Fuß natürlich eine willkommene Abwechslung. Offiziell hieß der Fall »Fundsache – Boulevard Buvet«. Intern wurde der Fall ganz anders genannt: »le pied perdu«, der verlorene Fuß. Der Fund lag keine achtundvierzig Stunden zurück, und schon kochte und brodelte es in der Gerüchteküche. Mal gehörte der Fuß zu einer Frau auf der Flucht, die als Prostituierte in Toulon arbeitete. Eine andere Geschichte drehte sich um das perverse Andenken eines reuigen Unfallfahrers, der einen Menschen überfahren hatte und mit der Schuld nicht mehr leben konnte. Eine weitere Geschichte behauptete, das Ganze sei der makabre Scherz einiger Medizinstudenten, die den Fuß einer Leiche aus der Pathologie geklaut und in einen Joggingschuh gesteckt hätten.

Der Einzige, der alle diese Zweifel aus der Welt räumen und endlich für neue Erkenntnisse in diesem merkwürdigen Fall sorgen konnte, war der Médecin légiste, aber der hatte sich wie üblich verspätet. Jetzt drängten sich die Frauen und Männer der Gendarmerie in dem Besprechungsraum, tranken dünnen Kaffee aus Pappbechern und diskutierten die aberwitzigsten Theorien über den Fuß, die inzwischen auch im Internet die Runde machten.

Am Kopfende des Besprechungstischs saß Zerna und sah immer wieder nervös auf seine Uhr: eine Omega Seamaster mit blauem Zifferblatt, die gleiche, die Pierce Brosnan in dem Film *Golden Eye* trug, wie er jedem stolz erzählte. Doch jetzt erinnerte ihn die Uhr nur daran, dass er bereits seit zehn Minuten auf den Rechtsmediziner wartete. Zu seiner Rechten saß Dr. Leblanc. An seiner linken Seite hatte Kommissarin Patricia Lapierre aus Toulon Platz genommen. Noch ermittelte die Gendarmerie nationale von Le Lavandou nur in einem Unfall, nicht in einem Kapitalverbrechen, das hatte Zerna der Kommissarin gegenüber am Telefon betont. Madame Lapierre war trotzdem in der Wache aufgetaucht. Angeblich wollte sie sich nur im Auftrag der Staatsanwaltschaft informieren. Sehr zum Ärger von Polizeichef Zerna. War die Kommissarin erst einmal vor Ort, war es schwer, sie wieder loszuwerden.

Normalerweise übernahmen die Kollegen der Kriminalpolizei die Ermittlungen nur dann, wenn es sich eindeutig um ein Kapitalverbrechen handelte. Und das konnte man in diesem Moment noch nicht mit Sicherheit sagen. Aber der Fall besaß diese unwiderstehliche Mischung aus Grausamkeit und Geheimnis, der ihn für die Medien genauso interessant machte wie für die Mordkommission in Toulon. Zudem bot er allen Beteiligten die Chance, sich in den Mittelpunkt des öffentlichen Interesses zu stellen. Und eine solche Chance wollten sich weder Zerna noch Madame Lapierre entgehen lassen.

In diesem Moment öffnete sich die Tür, und die Unterhaltungen verebbten. Dr. Leon Ritter betrat den Raum, und wie bei Moses das Rote Meer, so wichen hier die Zuhörer respektvoll zur

Seite, um dem Rechtsmediziner den Weg zu seinem Platz frei zu machen.

»Ich bin froh, dass Sie doch noch den Weg zu uns gefunden haben, Docteur«, sagte Zerna spitz. Er hasste Leon dafür, dass er als unabhängiger Rechtsmediziner nicht an die Weisungen der Gendarmerie nationale gebunden war. Zerna war überzeugt, dass Dr. Leon Ritter ihn mit Absicht warten ließ, nur um ihn ein wenig zu quälen.

Leon setzte sich entspannt auf seinen Platz, lächelte Isabelle zu, die ebenfalls am Tisch saß, und tat so, als hätte er gar nicht gemerkt, dass die Sitzung bereits vor zehn Minuten begonnen hatte.

»Bonjour, messieurs dames«, sagte Leon freundlich. Er sah die Kommissarin an und ergänzte höflich: »Bonjour, Madame Lapierre.«

Madame Lapierre antwortete mit einem knappen »Bonjour«, wobei sie ihre rot geschminkten Lippen nicht zu öffnen schien. Heimlich bewunderte sie Leon für seine Souveränität und seine Unabhängigkeit, aber das würde sie niemals zugeben. Die Kommissarin unterstand der Staatsanwaltschaft von Toulon. Da der Oberstaatsanwalt die eigenwilligen Ermittlungsmethoden des Médecin légiste äußerst argwöhnisch beobachtete, gab sich auch die Kommissarin gerne als Kritikerin. Zumindest so lange, bis Leons Alleingänge mal wieder zu einem Ermittlungserfolg geführt hatten, den Toulon sich dann auf die Fahnen schreiben konnte.

»Wir sind gespannt auf Ihren Untersuchungsbericht.« Zerna wusste natürlich, dass Leon diesen Bericht noch gar nicht vorlegen konnte.

»Da müssen Sie sich leider noch ein wenig gedulden, Commandant«, sagte Leon übertrieben höflich. »Ich kann aber gerne ein paar Worte zu unseren bisherigen Ergebnissen sagen. Aber vielleicht wollen Sie ja zunächst die neuesten Ermittlungen der Gendarmerie vortragen.«

Leon wusste natürlich genauso gut wie Zerna, dass es wenig Neues zu berichten gab, und so forderte der Polizeichef den Gast mit einer lässigen Geste auf, seine Informationen vorzutragen.

»Wir haben das Blut aus dem sichergestellten Fahrzeug in einem Schnelltest analysiert. Es handelt sich dabei um die Blutgruppe AB. Das Ergebnis der DNA-Analyse dürfte in etwa sechs Stunden vorliegen.« Leon unterbrach sich und tat so, als würde er einen Bericht aus seinen Unterlagen überfliegen.

»Ist das alles?«, platze Didier neugierig dazwischen.

»Nein. Natürlich nicht.« Leon sah auf. »Die Blutgruppe AB konnten wir auch bei dem Fuß nachweisen.«

»Was noch nicht bedeuten muss, dass das Blut im Auto von dem Fuß stammt.« Zerna genoss es, dem Médecin légiste vor den anderen zu widersprechen.

»Das ist richtig. Allerdings ist die Blutgruppe AB die seltenste Blutgruppe in Frankreich und kommt nur bei fünf Prozent der Bevölkerung vor.«

»Das sind immer noch über drei Millionen Menschen.« Lieutenant Masclau unterstützte gerne seinen Chef, besonders, wenn er auf diese Weise ein paar Punkte für sich selbst machen konnte.

»Da haben Sie ganz recht, Lieutenant«, sagte Leon. »Wir haben allerdings zwischen den beiden mittleren Zehen des Fußes Glassplitter gefunden. Es handelt sich um Sicherheitsglas, wie es seit den späten Sechzigerjahren in Autos verbaut wird. Das Glas an dem Fuß ist identisch mit den Splittern aus dem Auto von Monsieur Roussel. Außerdem finden sich in der Fußsohle Schnitte, als hätte jemand von innen gegen die Scheibe getreten.«

»Sie wollen uns also erklären, dass das Blut und damit auch

der Fuß von Françoise Bonnet stammen. Verstehe ich Sie da richtig?« Die Stimme von Zerna klang lauernd.

»Nein, dafür reichen im Augenblick die Indizien noch nicht. Aber unsere Untersuchungen weisen ganz eindeutig in diese Richtung. Wir haben den Vater der vermissten jungen Frau um eine Haarprobe seiner Tochter gebeten. Dann können wir mithilfe eines DNA-Tests eine eindeutige Aussage treffen.«

»Kann uns vielleicht die Art der Verletzungen einen Hinweis auf den Täter geben?« Isabelle wusste genau, wann es Zeit war, die Diskussion wieder in ruhigeres Fahrwasser zu lenken.

»Falls es überhaupt einen Täter gibt und es kein Unfall war ...«, provozierte Zerna.

»Eine Unfallverletzung können wir mit Sicherheit ausschließen«, antwortete Leon.

»Es gibt also einen Täter«, hakte die Kommissarin nach.

»Davon bin ich überzeugt. Es ist wahrscheinlich jemand ohne medizinische Vorkenntnisse. Dafür sind die Schnitte zu dilettantisch ausgeführt worden. Es sei denn, er will uns auf eine falsche Spur lenken.«

»Wie auch immer er es gemacht hat, der Fuß ist ab«, warf Didier ein und erntete Gelächter.

»Ich muss doch sehr bitten«, kam es knapp von Madame Lapierre. Das Gelächter verstummte augenblicklich.

»Danke«, sagte Leon. »Der Täter hat zunächst mit einem scharfen Messer gearbeitet. Als er damit bei den Sehnen nicht weiterkam, hat er eine kräftige Schere eingesetzt. Wahrscheinlich eine Gartenschere.«

»Natürlich, der Gärtner ...« Das kam wieder von Didier. Diesmal war das Gelächter lauter. So, als könnte nur noch ein Witz die schreckliche Vorstellung von einem Täter, der einer jungen Frau den Fuß mit einer Gartenschere abtrennt, erträglich machen.

»Kann ich weitermachen, Lieutenant?«, fragte Leon. »Für den Knochen hat er eine Säge benutzt. Möglicherweise eine scharfe Metallsäge oder eine Knochensäge, wie sie auch in Metzgereien benutzt wird. Wir untersuchen das im Moment noch anhand der Sägespuren.«

»Eine Frage, Docteur.« Madame Lapierre sah von ihren Notizen auf. »Kann ein Mensch eine solche Behandlung überhaupt überleben?«

»Gute Frage.« Leon sah kurz in die Runde. »Tatsächlich haben Menschen seit Jahrhunderten Amputationen überstanden. Auch dann, wenn sie mit primitivsten Mitteln durchgeführt wurden. Allerdings muss man sagen, dass die Mehrzahl der Patienten solche Operationen nicht überlebte. Amputationen werden schon bei den alten Ägyptern erwähnt. Statistisch genau dokumentiert wurden sie erstmals während des Amerikanischen Bürgerkriegs und des Ersten Weltkriegs. Demnach starben die meisten Patienten am Blutverlust oder an einer späteren Sepsis.«

»Woran?«, wollte einer der Zuhörer wissen.

»An Entzündungen, die zu einer Blutvergiftung führten«, fuhr Leon fort. »Eine solche schwere Operation muss sehr gut vorbereitet werden. Die Blutzirkulation der großen Gefäße muss mit einer Aderpresse unterbrochen, Muskeln und Nerven müssen getrennt werden. Auch die Versorgung des Stumpfes und der Wunde erfordert viel Erfahrung. Es handelt sich um eine sehr komplexe Operation, wenn sie unter vernünftigen hygienischen Bedingungen durchgeführt werden soll.«

»Besonders hygienisch sah mir der Fuß aber nicht aus«, kam es von den Zuschauern.

»Ich vermute mal, dass der Täter sich nicht so viel Mühe gemacht hat. Er hat sein Opfer getötet und dann den Fuß abgeschnitten.« Zerna sah in die Runde, wie ein Schüler, der als Einziger die richtige Antwort weiß.

»Nein, so ist er definitiv nicht vorgegangen.« Schlagartig hatte Leon wieder die volle Aufmerksamkeit des Besprechungsraums. »Es gibt Einblutungen an den Schnittstellen in der Muskulatur, in den Sehnen und an den Schnitträndern der Knochen.« Leon machte eine dramatische Pause.

»Das heißt?«, fragte Didier.

»Das heißt, das Opfer hat noch gelebt, als ihm der Fuß abgetrennt wurde.«

»Verdammte Scheiße«, sagte Didier laut. »Was für eine perverse Sau.«

Diesmal lachte niemand, und für einen Augenblick legte sich erschrockenes Schweigen über den Raum.

»Falls Sie sich fragen, ob dem Opfer ein Schmerzmittel verabreicht wurde ...«, Leon sah Zerna und Madame Lapierre an, »wir konnten keinerlei Rückstände eines Sedativums im Blut des Opfers nachweisen.«

In dem engen Raum begannen plötzlich hektische Diskussionen. Es gab ein paar empörte Zwischenrufe.

»Messieurs dames, s'il vous plaît ...«, versuchte Zerna sich Gehör zu verschaffen. Aber es dauerte einen Moment, bis er wieder die Aufmerksamkeit seiner Mitarbeiter hatte. Dann wandte er sich galant an Madame Lapierre. »Madame Lapierre, Sie hatten noch eine Frage an den Docteur?«

»Ist es möglich, dass Françoise Bonnet – falls sie das Opfer ist – eine solche Tortur überlebt haben könnte?« Die Kommissarin räusperte sich, als hätte sie nach einem intimen Detail gefragt.

»Vorausgesetzt, die Wunde wurde gar nicht oder nur unzureichend versorgt«, antwortete Leon, »würde ein Patient wohl kaum mehr als achtundvierzig Stunden überleben.«

»Dann haben wir es also mit einem Mord zu tun«, konstatierte Madame Lapierre sachlich. In ihrer Feststellung schwang eine leise Befriedigung mit. Denn ein Mord würde bedeuten, dass sie ab jetzt die Leitung der Ermittlungen übernehmen konnte.

»Ich bin Rechtsmediziner«, bemerkte Leon ebenso sachlich. »Eine Aussage über die Todesursache kann ich erst dann treffen, wenn ich eine Leiche auf dem Obduktionstisch habe.«

»Warum würde jemand so etwas tun?«, fragte Isabelle. »Warum würde jemand einem anderen Menschen solche Schmerzen bereiten und die Tat nicht einmal verbergen?«

»Wut, Rache, Lust«, Leon sah in die Runde. »Vielleicht gibt es auch gar keinen nachvollziehbaren Grund. Wir wissen es nicht.«

»Entschuldigen Sie, wenn ich widerspreche«, platzte Claire Leblanc dazwischen. Alle spürten, dass die Psychologin unbedingt etwas loswerden wollte. »Jede Gewalttat hat ihre spezifische psychologische Vorgeschichte.«

»Das ist sicher richtig. Aber es wäre vermessen, zu behaupten, dass die Analyse der Tat genügte, um daraus eine sichere Auslöser-Vorgeschichte abzuleiten.« Leon klang freundlich, aber bestimmt.

»Da muss ich gleich noch einmal widersprechen.«

Zerna schien Leons Auseinandersetzung mit der Expertin zu genießen. Endlich widersprach mal wieder jemand dem Médecin légiste. Großartig, dachte Zerna. Das war Balsam auf seiner eifersüchtigen Seele. Der Polizeichef hatte sich in seinem Stuhl zurückgelehnt und beobachtete die Diskussion mit wachsendem Interesse.

»Was würden Sie denn aus dem vorliegenden Tatablauf schließen?«, fragte Leon mit leise provozierendem Unterton.

»Zum Beispiel ein traumatisches Erlebnis aus der frühen Kindheit«, erwiderte Leblanc, als gäbe es darüber keinen Zweifel.

»Möglicherweise die Kopie eines Ereignisses, dessen Zeuge der Täter wurde. Vielleicht hatte er dieses Ereignis als Kind sogar selbst ausgelöst.«

»Spekulieren Sie jetzt nicht einfach nur, verehrte Kollegin?« Leon sah die Psychologin mit prüfendem Blick an. »Es sei denn, Sie wissen etwas, das wir nicht wissen.«

Leon sah, wie sich die Miene seiner Kontrahentin veränderte. Als hätte er sie vor versammelter Mannschaft bei einer Lüge ertappt. Jetzt tat sie ihm fast leid.

»Aber ich gebe Ihnen natürlich in einem Punkt recht: Ohne ein traumatisches Vorereignis wäre eine solch zerstörerische Bluttat wahrscheinlich kaum denkbar.«

»Danke«, sagte Zerna, und Leon konnte die Genugtuung des Polizeichefs regelrecht spüren. »Widmen wir uns also wieder der Polizeiarbeit und suchen erst einmal nach der Leiche.«

Der Polizeichef stand auf und stellte sich vor die große Wandkarte, die das Arrondissement Le Lavandou in allen Einzelheiten zeigte. Ein Pfeil markierte die Fundstelle des Wagens.

»Roussel hat uns nicht viel verraten, aber immerhin kennen wir jetzt die Strecke, die Françoise Bonnet regelmäßig läuft.« Er deutete mit dem Finger auf eine blaue Linie. »Diesen Weg werden wir als Erstes absuchen. Später kontrollieren wir abgelegene Gebäude in der Gegend.«

»Wonach suchen wir eigentlich?«, fragte Didier.

»Wie wäre es mit einer toten Frau?«, antwortete Zerna.

Es dauerte noch eine Viertelstunde, dann hatte Zerna die Suchtrupps zusammengestellt. Leon wollte noch mit Claire Leblanc reden. Vielleicht war er bei der Diskussion etwas grob gewesen. Doch als er sie ansprechen wollte, deutete sie nur auf das Handy, in das sie gerade sprach, während sie durch die Eingangstür verschwand. In diesem Moment hörte Leon Gemurmel im Gang, der noch immer voller Polizisten war, und sah einen selbstbewussten Pierre Roussel an der Seite eines unbekannten Herrn in Jeans und Sakko auf sich zukommen. Zweifellos ein Anwalt, dachte Leon. Isabelle begleitete die beiden. Ihr Gesicht zeigte Leon, dass sie stocksauer war.

»Sie haben ja selbst den Richter am Telefon gehört.« Der Anwalt sprach so laut, damit ihn möglichst viele hören konnten. »Keine Beweise, ja nicht mal ein Anfangsverdacht. Sie wollten einen unbescholtenen Bürger in Ketten legen.«

Der Anwalt schüttelte theatralisch den Kopf, als hätten die Zuschauer keine Ahnung, welche Ungerechtigkeit er gerade noch verhindern konnte.

»Jetzt übertreiben Sie mal nicht, Monsieur l'avocat.« Isabelles Vorwurf klang schwach, die Niederlage ärgerte sie maßlos.

»Ich habe es Ihnen doch gesagt.« Roussels Gesicht strahlte. »Sie können mich nicht festhalten. Sie haben es einfach nicht drauf.« Er wandte sich an seinen Anwalt. »Ist doch so, oder? Sagen Sie das den Flics.«

»Schweigen Sie, Monsieur. Ich bitte Sie.« Der Anwalt schien zu fürchten, sein Mandant könnte sich im letzten Moment noch um Kopf und Kragen reden, und drängte Roussel in Richtung Tür.

»Sie dachten, ich wäre nur so ein Idiot aus einer Autoshow. Stimmt's?« Der Stuntman sah Isabelle herausfordernd an.

Didier drängte sich an ein paar Kollegen vorbei und baute sich vor der Gruppe auf.

»Was soll das denn bedeuten?«, fragte Didier in Richtung Isabelle.

»Geben Sie den Weg frei, sofort!«, kommandierte der Anwalt.

»Das war nicht meine Entscheidung, das kannst du mir glauben.« Isabelle ließ keinen Zweifel daran, was sie von Roussel hielt. »Der Haftrichter hat eine Festnahme leider abgelehnt.«

Roussel wedelte arrogant mit den Händen vor Didiers Gesicht, als müsste er ein paar Fliegen verscheuchen. »Sie haben Ihren Capitaine gehört.«

In diesem Moment schnappte sich Didier das Handgelenk des jungen Mannes und riss es nach unten.

»Sie tun mir weh«, jammerte Roussel theatralisch.

»Lassen Sie sofort meinen Klienten los!«

»Verschwinden Sie«, drohte Didier. »Alle beide.«

Dabei gab der Lieutenant dem Stuntman einen Stoß in Richtung Eingangstür. Worauf der sofort so tat, als hätte ihn der Schubser beinahe von den Füßen gerissen. Im Gang waren ein paar Lacher zu hören.

»Vorsicht, Monsieur«, sagte der Anwalt, aber Didier hörte gar nicht hin. »Sonst handeln Sie sich am Ende noch eine Dienstaufsichtsbeschwerde ein.«

»Raus«, brüllte Didier. Einer der Polizisten hielt die Tür auf, und der Anwalt und sein Mandant sahen zu, dass sie so schnell wie möglich die Wache verließen.

15. Kapitel

Am Himmel waren am Nachmittag graue Wolken aufgezogen, die nichts Gutes verhießen. Sie hingen tief über dem Meer, und es schien, als würden sie am Horizont das bleigraue Wasser berühren. Es würde bald zu regnen anfangen. Erste Böen kamen über das Meer und trieben die Wolken vor sich her.

Aicha Hamdan zog sich die winddichte Jacke fester um die Schultern. Sie liebte das Meer und den Strand, der sie an ihre Heimat Marokko erinnerte. Wie lange war sie schon nicht mehr dort gewesen? Sieben Jahre, acht Jahre? Sie marschierte den Pfad aus Holzbohlen entlang, der sich über zwei Kilometer am großen Strand von Le Lavandou bis zum Jachthafen hinzog. Vorbei an den Strandrestaurants, die jetzt geschlossen waren und an deren Planen der Wind zerrte. Die junge Frau war müde und setzte sich auf einen Stein. Sie hatte in der Klinik die Schicht einer kranken Kollegin übernommen, zusätzlich. Jetzt war sie erschöpft. Dabei ging es in diesen Wochen relativ ruhig zu auf der Station für Frauenheilkunde. Das Gehalt für eine Krankenschwester im dritten Jahr war bescheiden, und trotzdem war Aicha stolz darauf, dass sie es in Frankreich geschafft hatte. Sie hatte eine Arbeitserlaubnis, und sie hatte einen Job.

Aber jetzt fühlte sie sich müde, und das lag nicht an der zusätzlichen Schicht, das wusste sie natürlich. Es lag vielmehr an …

Aicha versuchte, die Gedanken an ihre Probleme zu verdrängen. Einfach nicht über die Zukunft nachdenken, sagte sie sich. Irgendetwas würde sich schon finden. Es hatte sich bisher immer ein Weg gefunden, sich aus den Schwierigkeiten zu befreien. Aber diesmal würde es schwer werden. Noch hatte sie Khalid nichts gesagt. Khalid, dieser wunderbare Mensch. Der so Schreckliches erlebt hatte, das wusste sie. Deswegen tat er sich auch so schwer, Arbeit zu finden. Weil er sich immer mit allen anlegte, wenn er mal wieder seinen Zorn nicht kontrollieren konnte. Weil er in diesem Land lebte, wo man ihn nicht haben wollte. Wo er sich verstecken musste vor den Behörden. Wo er eine würdelose Existenz führen musste. Deshalb hatte sie ihn mit der Wahrheit verschont. Aber sie wusste, dass der Heimlichtuerei natürliche Grenzen gesetzt waren. Sie würde es ihm sagen müssen. Diesmal würde früher besser sein als später. Natürlich gab es immer noch eine Alternative, aber an die wollte sie nicht denken. Sie war kein besonders religiöser Mensch, aber sie hatte einen tiefen Respekt vor dem Leben, und den wollte sie sich bewahren. Vielleicht würde sie es ihm heute Abend sagen. Ja, heute Abend war es gut.

Plötzlich fröstelte Aicha, obgleich der Wind, der übers Meer kam, warm war. Die junge Frau sah den Pfad entlang. Niemand war ihr begegnet. Aicha schien es, als gehörte die ganze Bucht ihr allein. Sie hatte fast eine halbe Stunde hier gesessen und nachgedacht. Aber irgendetwas störte plötzlich die Ruhe. In diesem Moment entdeckte sie den Mann.

Er stand fast hundert Meter entfernt auf einer Düne. Der Mann trug einen steingrauen Parka, der im Wind flatterte. Auf den ersten Blick hätte man ihn für einen einsamen Touristen halten können, der einen Strandspaziergang unternahm. Aber dieser Mann, dessen Silhouette sich wie ein überdimensionaler schwarzer Schatten vor dem hellen Strand ausnahm, hatte etwas Lauerndes.

Wie ein großer Vogel schien er unbeweglich dazustehen und das Meer zu beobachten. In diesem Moment erkannte Aicha, dass der Mann etwas in den Händen hielt. Es war ein Fernglas, und er beobachtete nicht das Wasser, sondern er hatte das Glas starr auf sie gerichtet. Aicha spürte, wie eine Welle von Kälte ihren Rücken hinaufkroch und sich die Härchen in ihrem Nacken aufrichteten. Der Unbekannte hatte sich nicht bewegt, allein seine Haltung hatte bei Aicha ein unbestimmtes Gefühl der Hilflosigkeit ausgelöst. Hatte sie diese Angstattacken in den letzten Tagen nicht schon öfter gespürt? Sie hatte sie immer weggewischt, auf ihren Zustand geschoben, sich eine Hysterikerin genannt. Aber der Mann dort in den Dünen war real. Und er sah sie direkt an, das war keine Einbildung.

Aicha zwang sich, nicht zu laufen. Wovor fürchtest du dich?, versuchte sie, sich zu beruhigen. Du bist am Strand von Le Lavandou, und es ist heller Nachmittag. Was soll dir passieren?

Ein paar Meter versuchte sie, wie eine Spaziergängerin den Weg entlangzuschlendern, dann begann sie doch zu laufen. Ihr verbeulter Renault Clio stand direkt an der Straße. Sie brauchte keine drei Minuten, um ihn zu erreichen. Als sie den Schlüssel aus ihrer Tasche zog, um das Schloss mit der Funkfernbedienung zu entriegeln, sah sie, dass etwas unter dem Scheibenwischer klemmte. Es war eine tote, vertrocknete Kröte, die wie ein böser Scherenschnitt auf der Scheibe lag. Aicha sah sich um. Ein Autofahrer hupte, weil ihre geöffnete Tür auf die Straße ragte. Wenigstens war sie hier nicht allein. Aicha stieg ein, verriegelte die Tür und fuhr die wenigen Kilometer zu ihrer Wohnung. Ihr Zweizimmerapartment befand sich in einem Bau aus den Siebzigerjahren. Sie hatte sogar einen Stellplatz in der Tiefgarage. Als sie die Rampe hinunterfuhr, hatte sie das Gefühl, dass ihr ein Auto folgte. Aicha hatte Angst, in den Rückspiegel zu sehen. Sie stoppte in ihrer Parkbucht, stieg aus und schlug die Tür zu. Irgendwo, in der Weite der düsteren Tiefgarage, hörte sie einen Wagen näher kommen. Ohne den Clio abzuschließen, rannte sie ins Treppenhaus. Sie nahm nicht den Lift. Sie hasste den klapprigen Lift, dessen Tür nie ganz schloss und der schon öfter stecken geblieben war. Zu Fuß hetzte sie die Treppe hinauf. Waren das Schritte, die sie im Treppenhaus hinter sich hörte? Im dritten Stock riss sie die Tür zum Gang auf. Vor Apartment 310 blieb sie schwer atmend stehen. Sie zitterte so stark, dass sie den Schlüssel nicht ins Schloss bekam. Aicha schlug mit der Hand gegen die Tür. Nur einen Augenblick später wurde von innen geöffnet, und da stand Khalid. Wunderbarer Khalid, dachte Aicha und begann zu weinen. Khalid nahm seine Frau in den Arm und schloss die Tür.

16. Kapitel

Die Vernissage war gut besucht. Kein Wunder, zu dieser Jahreszeit, wenn sich Le Lavandou von der Sommersaison erholte und auf den Winterschlaf vorbereitete, war das kulturelle Angebot in der Stadt eher mager. Da bot sogar die Ausstellung eines Malers wie Antoine Legrand eine willkommene Ablenkung. Leon und Isabelle gehörten zu den geladenen Gästen, aber auch viel Zufallspublikum war gekommen, und so herrschte im Foyer des Rathauses dichtes Gedränge. Die meisten Besucher sahen in der Vernissage weniger ein Kunstevent als eine gute Gelegenheit für einen ausgiebigen Klatsch bei schlechtem Wein und trockenen Häppchen. Die Werke von Antoine Legrand hatte der Kritiker im *Var-Matin* als gehobenes Kunsthandwerk bezeichnet, und das war noch geschmeichelt. Es gab Frauen in durchsichtigen Sommerkleidern im Gegenlicht zu bewundern und impressionistisch inspirierte Bilder, die Menschen am Strand zeigten. Für die Naturliebhaber unter den Besuchern gab es auch Möwen über schaumgekrönten Wellen und natürlich die obligatorischen Segelschiffe im Sturm.

Kurz, es war Kitsch, auch wenn Madame Berthier, die Leiterin des Fremdenverkehrsamtes, in ihrer Laudatio die Werke Legrands über den grünen Klee lobte und betonte, dass der Maler bereits in Lyon, Orléans und Paris ausgestellt habe. Darum habe der Gemeinderat auch einstimmig beschlossen, Antoine Legrand für ein Jahr das Atelier im Leuchtturm zu überlassen. »Künstler im Leuchtturm« hieß dieses Kulturprogramm der Stadt, das es jungen Malern und Bildhauern ermöglichte, ein Jahr lang mietfrei in einem Atelier direkt über den Klippen zu arbeiten.

Leon hatte sich mit Isabelle auf die Galerie zurückgezogen. Sie hielten beide ein Glas Crémant in der Hand. Leon nahm einen Schluck, verzog das Gesicht, als hätte er in eine Zitrone gebissen, und kippte den Inhalt seines Glases kurzerhand in den Topf einer Palme. Isabelle lächelte.

Auf der Galerie waren verschiedene Skizzen des Malers ausgestellt. Hände, Gesichter, Füße, Kinder. Leon musste zugeben, dass diese Kreide- und Bleistiftzeichnungen durchaus eine Begabung verrieten.

»Die sind gar nicht schlecht.« Leon war vor einer Skizze mit verschiedenen Handstudien stehen geblieben. Isabelle sagte nichts, sondern blickte starr an Leon vorbei auf die Wand. »Isabelle?«

»Da kommt diese grässliche Madame Berthier«, murmelte Isabelle zwischen zusammengebissenen Zähnen. »Ich hoffe, sie hat mich noch nicht gesehen ...« Sie drängte sich näher an Leon, sodass sie sich hinter ihm verstecken konnte.

»Mais, Madame«, sagte Leon halblaut in gespielter Empörung.

In diesem Moment hatte Madame Berthier die stellvertretende Polizeichefin entdeckt und segelte auf sie zu.

»Du bist so was von gemein«, flüsterte Isabelle und lächelte dabei falsch in Richtung der heraneilenden Frau.

»Wie gut, dass ich Sie hier treffe, Capitaine.« Madame Berthier trug eine bestickte Folklorebluse und einen langen Hippie-Rock.

Das Outfit ließ sie auf tragische Weise älter erscheinen, als sie eigentlich war.

»Bonsoir, Madame Berthier«, sagte Isabelle.

»Ich habe eine fantastische Nachricht«, strahlte Madame Berthier. »Eine richtig gute Nachricht. Die Leute von ›Fleur d'or‹ kommen nicht vor Dienstag. Da haben Sie genug Zeit, diese Bande am Kreisel zu vertreiben. Na, was sagen Sie?«

»Wir können sie nicht vertreiben.« Die stellvertretende Polizeichefin blieb ganz freundlich, aber Leon erkannte die steile Zornesfalte, die sich auf Isabelles Stirn bildete. »Ich habe Ihnen schon gesagt, dass diese Leute das Recht dazu haben, sich dort aufzuhalten.«

»Ich denke nicht, dass diese Veranstaltung im kulturellen Interesse der Gemeinde von Le Lavandou steht«, sagte die Chefin des Fremdenverkehrsamtes spitz.

»Kultur hin oder her«, meinte Isabelle trocken. »Die Leute aus der Stunt-Show haben einen Vertrag mit der Gemeinde.« Als Madame Berthier sie unterbrechen wollte, hob Isabelle die Hand. »Einen Vertrag, den Sie mit unterschrieben haben, Madame Berthier.«

»Ich lasse euch mal lieber allein.« Leon ging ein paar Schritte weiter und tat so, als würde er sich für die Zeichnungen interessieren. Er konnte die aufgedrehte Madame Berthier nur schwer ertragen.

Er war keine fünf Meter weit gekommen, als er Antoine Legrand bemerkte, der direkt auf ihn zusteuerte. Leon sah sich um. Es gab keine Möglichkeit, dem Maler zu entkommen. Er würde mit diesem Mann reden müssen, aber was noch schlimmer war, er würde die Werke des Meisters loben müssen.

»Bonsoir, Docteur.« Der Maler trug ein schwarzes Sakko über grauem Hemd und schwarzer Hose. Um den Hals hatte er einen weißen Schal geschlungen. Leon schätzte den Mann auf Mitte vierzig. Er war etwas untergewichtig, was den Eindruck erweckte, als hätte er seine Kleidung eine Nummer zu groß gekauft. Offenbar hatte er in letzter Zeit etwas abgenommen. Zusammen mit der leichten Rotfärbung seines Nackens und dem Schweiß auf der Stirn tippte Leon auf eine Schilddrüsenüberfunktion.

»Ich habe ja eben erst erfahren, welch außergewöhnlichem Beruf Sie nachgehen«, schmeichelte Legrand.

Es gab Augenblicke in seinem Leben, da fragte sich Leon, warum er nicht Zahnarzt geworden war, oder wenigstens Proktologe. Niemand würde einen Proktologen darum bitten, die Geschichte seiner spannendsten Hämorrhoiden-Behandlung zum Besten zu geben. Sagte man den Leuten jedoch, dass man Rechtsmediziner war, erwartete jeder sofort eine Gruselgeschichte.

»Nicht außergewöhnlicher als Ihr Beruf, würde ich denken, Monsieur Legrand«, antwortete Leon höflich, in der Hoffnung, dass die Sache damit erledigt war. Aber Antoine Legrand wollte ihn nicht so einfach davonkommen lassen.

»Wir haben viel gemeinsam, wissen Sie das?« Legrand deutete auf die Zeichnung, vor der Leon stehen geblieben war. »Wir sind beide fasziniert vom menschlichen Körper.«

»Aber aus ganz unterschiedlichen Motiven.«

»Sagen Sie das nicht. Wir sind doch beide auf der Suche nach Perfektion, Docteur.« Legrand lächelte Leon mit leicht schief gelegtem Kopf an. Was den Maler aussehen ließ wie ein Krokodil, das jeden Moment zuschnappen wollte. »Darf ich fragen, Monsieur Médecin légiste, ob Sie sich auch mit dem Fall dieses Fußes beschäftigt haben, von dem alle sprechen?«

»Die Rechtsmedizinische Abteilung von Saint-Sulpice beschäftigt sich mit der Analyse aller menschlichen Opfer in diesem Arrondissement. Dazu gehört selbstverständlich auch der Fuß.«

»Maler sind seit jeher fasziniert von Händen und Füßen. Das liegt daran, dass es so überaus schwierig ist, sie wirklich menschlich darzustellen.«

»Kann ich mir vorstellen.«

»Maler müssen verstehen, wie sich jeder Muskel, jedes Gelenk, jede Sehne bewegt.«

»Ich habe mal gelesen, dass da Vinci den Bewegungsapparat des Menschen an Toten studiert hat.«

»Ist das nicht faszinierend …?«, sagte der Maler versonnen. »Vielleicht dürfte ich Sie ja mal in Ihrem Institut besuchen.«

»Das würde gegen die Vorschriften verstoßen. Unsere Arbeit ist nicht öffentlich, tut mir leid«, sagte Leon freundlich. »Aber warum besuchen Sie nicht eine Anatomievorlesung an der Uni?«

»Ich hatte gehofft, Sie würden bei der Kunst eine Ausnahme machen. Ich würde es auch nicht weitersagen …« Legrand lachte falsch.

»Désolé«, sagte Leon. »Aber sonst könnten wir uns vor Neugierigen nicht mehr retten.«

»Wir Künstler mögen Zuschauer.« Legrand schien etwas enttäuscht.

»Künstler mögen Bewunderer. Das ist etwas anderes.«

Madame Berthier schob sich heran und griff nach Legrands Arm.

»Ich muss Ihnen den Meister leider entführen, Docteur«, sagte sie. »Aber dahinten sind ein paar Leute, die möchten Sie unbedingt kennenlernen, Antoine.«

Legrand drehte seine Handflächen als Zeichen seiner Hilflosigkeit nach oben, während er sich von Madame Berthier wegschieben ließ.

»Warum besuchen Sie mich nicht einmal im Atelier, Docteur? Ich hätte noch so viele Fragen«, sagte der Maler, als ihm schon die nächsten Besucher vorgestellt wurden. Leon nutzte die Gelegenheit, in der Menge zu verschwinden. Er sah sich um, aber Isabelle war nirgends zu entdecken.

»Jetzt weiß ich endlich, was Rechtsmediziner in ihrer Freizeit machen.« Claire Leblanc war ganz plötzlich vor Leon aufgetaucht.

»Bonsoir, Madame, ich hoffe, Sie haben keinen allzu schlechten Eindruck von uns Rechtsmedizinern.«

»Warum sollte ich? Ganz im Gegenteil.«

»Ich denke, ich bin heute bei unserer Auseinandersetzung ein wenig ruppig gewesen.«

»Habe ich so gekränkt gewirkt?«, fragte die Psychologin und lächelte. »Eigentlich bin ich nicht so schnell aus der Fassung zu bringen.«

»Gut zu wissen«, sagte Leon.

Claire Leblanc trug auch an diesem Abend Jeans, Bluse und ihre Lederjacke. Das Outfit gibt ihr etwas Aufsässiges, dachte Leon. Ganz besonders an einem Abend wie diesem, den die Gäste normalerweise dazu nutzten, um sich ein wenig herauszuputzen. Im Rahmen dieser braven Bürgerlichkeit verströmte Claire Leblanc einen geradezu provozierenden Hauch von Abenteuer.

»Sie halten nicht viel von Psychologen.« Claire sah ihn herausfordernd an.

»Ganz im Gegenteil. Eigentlich tun wir beide doch das Gleiche.«

»So?«

»Wir decken Geheimnisse auf«, sagte Leon.

»Wirklich? Ich dachte, Rechtsmediziner suchen nach Wunden am Körper. Wir Psychologen suchen nach Verletzungen der Seele.«

»Ich denke, dass wir beide in Wirklichkeit nach etwas ganz anderem suchen …« Leon ließ den Rest des Satzes unausgesprochen und sah die Psychologin an.

»Sie machen mich neugierig, Docteur.« Sie legte ihm die Hand auf den Arm.

»Wir suchen immer nur eine Antwort.« Er machte eine kurze Pause. »Die auf die Fragen nach dem Warum.«

»Da könnten Sie ausnahmsweise recht haben«, sagte Claire, »obwohl ich Ihnen das nur ungern zugestehe. Ich fürchte, ich werde nie begreifen, warum Menschen andere Menschen umbringen.«

»Wirklich nicht? Die Antwort ist doch ganz einfach: weil sie es können. Es liegt in unserer Natur.«

»Sie sind ein Zyniker.«

»Ich bin ein Pragmatiker mit über zwanzig Jahren Berufserfahrung.«

»Das müssen Sie mir mal genauer erklären, Herr Kollege.«

»Mit Vergnügen. Am liebsten bei einem Glas Rosé im Bistro. Die ideale Atmosphäre für einen wissenschaftlichen Gedankenaustausch.«

Claire lächelte. Für einen Augenblick roch er ihr Parfüm. Was tust du da?, fragte sich Leon. Flirtest du etwa mit dieser Frau? Warum denn nicht?, dachte er trotzig. Ein fachliches Gespräch unter Kollegen. Was war schon dabei? Claire roch wirklich aufregend.

»Ich glaube, da wartet jemand auf Sie«, holte ihn Claire Leblanc zurück in die Wirklichkeit. Die Psychologin deutete in Richtung Ausgang, wo Isabelle wartete.

»Tut mir leid, aber ich muss los«, sagte Leon.

»Kein Problem«, antwortete Claire Leblanc. »Sie wissen ja, wo Sie mich finden. Ich meine, wegen der Sache mit dem Rosé.«

Beim letzten Satz hatte sie ihm noch einmal die Hand auf den

Arm gelegt. Leon war sicher, dass sie es getan hatte, damit Isabelle es sehen konnte. Na und? Es ging schließlich um forensische Psychiatrie und nicht um einen One-Night-Stand, oder etwa doch …?

»Interessantes Gespräch gehabt?«, fragte Isabelle und sah in Richtung der Psychologin, die sich inzwischen mit einer älteren Dame unterhielt.

»Es ist immer spannend, wenn man sich mit Kollegen aus einer anderen Fachrichtung austauschen kann.« Leon merkte selbst, wie lau seine Bemerkung klang.

»Kolleginnen meinst du wohl.« Isabelle legte Leon ihre Hand demonstrativ auf den Unterarm und sah ihn mit laszivem Augenaufschlag an. »Sie haben ja so einen furchtbar aufregenden Beruf, Docteur …«

»Sei nicht albern. Lass uns gehen.«

»Ich folge Ihnen, wohin Sie mich auch führen, Docteur.«

Isabelle hakte sich bei Leon unter, und sie gingen hinaus in die Nacht. Der Nieselregen hatte aufgehört, und der Ostwind vertrieb die letzten Wolken vom Nachthimmel, an dem inzwischen der Mond aufgegangen war.

17. Kapitel

Ja, er hatte gesündigt. Darum war Pater Dumont so früh aufgestanden, hatte sich neben sein Bett gekniet und gebetet. Das Ave-Maria, zwölf Mal.

»Gegrüßest seist du, Maria voll der Gnaden. Der Herr ist mit dir. Du bist gebenedeit unter den Frauen ...« Er hatte es nicht heruntergeleiert, sondern das Gebet Wort für Wort und voller Inbrunst gesprochen. Vom Gruß an die Mutter Maria bis zum Amen. Einige wenige befreiende Momente lang hatte es tatsächlich gewirkt. Dumont glaubte sogar, so etwas wie die Gnade Gottes gespürt zu haben, die sein Herz ganz leicht gemacht hatte. Doch dann waren sie wieder da gewesen, die Zweifel und die schlimmen Gedanken. Es war wieder geschehen. Wieder in der Sakristei. Aber konnte es wirklich Sünde sein, wenn es sich wie Liebe anfühlte?

Bernard Dumont lief durch das frühmorgendliche Bormes. In den engen Gassen hingen noch die Schatten der Nacht. Die Sonne war noch nicht über den Horizont gestiegen. Dumont fröstelte. Er glaubte, eine Bewegung am oberen Ende der Treppe der Rue de Moulin wahrzunehmen, oder war das nur Einbildung?

Er hatte das alles nicht gewollt. Der Herr war sein Zeuge. Es war über ihn gekommen, gegen seinen Willen. Dieser schreckliche Trieb war stärker als jeder andere Gedanke. Dabei hatte er schon gehen wollen, die Kirche verschließen. Die Messe für den nächsten Tag war vorbereitet, die Gesangbücher auf den Bänken verteilt. Er hatte sich ganz auf das Wort Gottes konzentrieren können. Aber dann hatte es an der Tür zur Sakristei geklopft.

Für einen Moment trugen Pater Dumont die Erinnerungen davon: Er dachte an Davids engelsgleiches Gesicht. Die lockigen blonden Haare, die zarte, blasse Haut mit den Sommersprossen. Er hatte ihn in seinen Armen gehalten.

Pater Dumont ging jetzt schneller. Er stapfte die steile Treppe der Rue de Moulin hinauf, als gelte es, einen Marathonlauf zu gewinnen. Er querte die Rue Carnot und lief weiter nach oben. Seine Lunge schmerzte bei jedem Atemzug, aber er gönnte seinem Körper keine Ruhe. Er wollte sich strafen, wollte die schlimmen Gedanken vertreiben mit diesem Schmerz. Dumont wollte sich reinigen von allem, was geschehen war. Die Muskeln seiner Beine brannten, als er weiter nach oben stürmte. An der Ecke zur Rue des Bougainvilleas konnte er nicht mehr. Pater Dumont blieb stehen, beugte sich nach vorn, stemmte die Hände auf seine Oberschenkel und rang nach Luft. Er konnte seinen Herzschlag spüren. Das Blut rauschte in seinen Ohren. Er sah zu den alten Häusern, deren Fensterläden noch geschlossen waren. Alles sah so friedlich aus – oder beobachteten sie ihn schon? Wussten sie von seinen verwerflichen Taten? Kannten sie seine Schwächen, seine Sehnsüchte, sprachen sie über ihn hinter vorgehaltener Hand?

Als er wieder zu Atem gekommen war, ging Pater Dumont weiter. In seiner Kirche, in Saint-Trophyme, würde er sich sicher fühlen. Ausgerechnet dort, wo er gesündigt hatte.

»Verzeih mir, Herr, ich werde dein Haus nie wieder entweihen«, flüsterte der Pater. Und er wusste doch im gleichen Augenblick, dass er bereit war, dieses Versprechen schon in der nächsten Minute zu brechen.

In diesem Moment sah er es, und es traf ihn wie ein elektrischer Schlag. Der Anblick lähmte ihn, sodass er wie festgefroren dastand, unfähig, auch nur mit den Augen zu blinzeln. Für einige quälend lange Sekunden weigerte sich sein Gehirn zu akzeptieren, was es sah. Es war ein Bild aus der Apokalypse, eine Installation des Grauens. Etwas, das nicht hierher gehörte, nicht auf den Kirchplatz und schon gar nicht auf die steinernen Stufen von Saint-Trophyme. Aber es war dort, dieses Wesen aus der Unterwelt, dieser Realität gewordene Albtraum.

Der Priester starrte auf den gestürzten Engel, oder war es der Teufel, der hier auf ihn wartete, um ihn büßen zu lassen für alle seine schmutzigen Gedanken und die frevlerischen Taten?

Im ersten Augenblick dachte Dumont an einen Engel, der im Flug gegen die Kirchenmauer geprallt und auf die steinernen Stufen hinabgestürzt war. Der Engel war nackt und blond und er saß am Boden mit dem Rücken gegen die Kirchenwand gelehnt, den Kopf auf die Brust gesunken. Das linke Bein endete in einem blutigen Stumpf, wie abgerissen beim Sturz. Aber das Beängstigendste waren die Flügel. Unterhalb des Brustkorbs war der Körper mit zwei Schnitten geöffnet worden, und darin steckten die ausgebreiteten Flügel eines großen Vogels.

Pater Dumont taumelte. Er versuchte, nicht hinzusehen, aber alles war so surreal, und es zog seinen Blick wie magnetisch an. Dies war der Erzengel, und er war gekommen, ihn zu holen und geradewegs in die Vorhölle zu schleudern. Dies hier war seine Nemesis. Aber es war zu spät, um zu jammern und um Gnade zu bitten. Er würde diesem Wesen in die Dunkelheit folgen. Er war bereit dazu, bereit, bis zum Jüngsten Tag Buße zu tun.

Bernard Dumont fiel auf die Knie, faltete die Hände und sah hinauf zu dem weißen Kreuz über der Kirchentür. In diesem Moment erklang ein entsetzter Schrei. Am Fenster im Haus gegenüber stand eine Frau und sah fassungslos auf die Szene, die sich auf dem Kirchplatz abspielte. Sie schrie wie ein verwundetes Tier und wollte nicht mehr aufhören.

Die Gendarmerie nationale brauchte keine Viertelstunde, bis die ersten Einsatzfahrzeuge in Bormes eintrafen. Um zum Tatort zu gelangen, mussten die Beamten allerdings ihre Streifenwagen auf der Rue Carnot abstellen und den Rest zu Fuß gehen. Die engen Gassen, Durchgänge und Treppen von Bormes hatten aber auch einen Vorteil. Es war einfach, die Zugänge zum Kirchplatz abzuriegeln und auf diese Weise sensationshungrige Touristen und Medienvertreter auf Abstand zu halten.

Leon war bei Isabelle mitgefahren und einer der Ersten am Fundort der Leiche. Als er die tote Frau auf den Stufen sah, war er stehen geblieben und hatte sekundenlang stumm diese surreale Szenerie in sich aufgenommen.

Neugierige drängten sich am Rand des Kirchplatzes, um einen Blick auf die tote Frau zu erhaschen. An den Fenstern der umliegenden Häuser tauchten immer mehr Gesichter auf. Leon sah, wie Handys auf das Opfer gerichtet wurden. Warum sind die Menschen so fasziniert vom Tod?, fragte er sich einmal mehr. Vielleicht weil er ihnen plötzlich den Wert ihres eigenen Lebens bewusst machte, das sonst im alltäglichen Einerlei dahinplätscherte. Der Tod führte ihnen ihre Vergänglichkeit vor Augen. Aber die Menschen hatten keinen Respekt mehr vor dem Tod, dachte Leon. Schon in der nächsten halben Stunde würden die ersten Videoclips des Opfers im Internet die Runde machen.

»Haben Sie so etwas schon mal gesehen?« Polizeichef Zerna war zwei Meter vor dem Opfer stehen geblieben. Als wäre die Tote von einer unheimlichen Aura umgeben, die es unmöglich machte, ihr näher zu kommen.

»Nein, so etwas noch nicht«, sagte Leon.

»Ist sie das?« Zerna wandte sich Isabelle zu, die hinter ihm stehen geblieben war. »Die Frau, die als vermisst gemeldet wurde?«

»Françoise Bonnet«, sagte Isabelle. »Ja, ich bin ziemlich sicher.«

»Könntet ihr einen Sichtschirm aufstellen lassen?« Leon sah zu den Häusern, die wie Burgmauern den Platz umgaben. »Dann kann ich sie mir gleich hier ansehen.«

»Ja, machen wir sofort.« Isabelle griff zu ihrem Funkgerät.

»Schicken Sie die Leute da weg.« Zerna deutete auf eine Gruppe Jugendlicher, die sich auf eine Mauer gestellt hatten, um besser sehen zu können. »Und reden Sie mit den Anwohnern. Vielleicht hat ja jemand etwas beobachtet.«

Leon legte eine dünne Silberfolie auf das Opfer, während Isabelle die Anweisungen ihres Chefs per Funk weitergab.

Keine zehn Minuten später hatte die Gendarmerie aus drei Sichtschirmen eine Art Paravent um die Tote errichtet. Leon kniete auf den Stufen wie ein frommer Pilger. Neben sich hatte er seine alte Ledertasche aufgeklappt, die die wichtigsten Instrumente für eine erste Untersuchung enthielt. Leon betrachtete die Tote, während er sich die Latexhandschuhe überstreifte. Dann tasteten seine Finger vorsichtig den Körper nach Knochenbrüchen ab. Anschließend betrachtete er die Verletzungen an Armen und Beinen. Vom ersten Moment an waren ihm die Druckstellen an den Handgelenken aufgefallen. Es waren blutige Schürfwunden, als hätte das Opfer versucht, sich von Fesseln zu befreien. Fliegen hatten sich im Mund und an den Augen niedergelassen. Als Leon die Lippen vorsichtig mit den Fingerspitzen ein Stück auseinanderzog, konnte er sehen, dass bereits die ersten Maden geschlüpft waren.

»Wie lange ist sie schon tot?« Zerna war hinter den Sichtschutz getreten und beobachtete Leon bei der Arbeit. »Was denken Sie?«

»Die Totenstarre hat sich schon weitgehend wieder gelöst.« Leon sah zu Zerna.

»Was heißt das?« Zerna klang ungeduldig.

»Maximal drei Tage, eher zwei.« Leon sah den Polizeichef an. »Während der Totenstarre hätte er sie kaum allein hierher transportieren können. Außerdem sind bereits Fliegen und Maden an dem Körper. Allerdings nicht an den Einschnitten.«

»Ja, das sehe ich auch.« Zerna konnte es nicht leiden, wenn Leon ihn wie einen Studenten behandelte.

»Die Fliegen würden sich zuerst in die Wunden setzen. Der Täter hat diese Schnitte seinem Opfer also post mortem zugefügt. Und zwar erst in der vergangenen Nacht.«

»Er hat sie getötet und dann verstümmelt«, mutmaßte Zerna.

»Als er den Fuß abgetrennt hat, lebte sie noch.«

»Warum diese Flügel ...?«, fragte Zerna.

»Ich habe nicht die geringste Ahnung«, erwiderte Leon. »Ein bestimmtes Ritual, eine Bestrafung. Wer weiß. Darüber sprechen Sie am besten mit der Psychologin.«

In diesem Moment tauchte Didier hinter dem Paravent auf.

»Oh, Scheiße, verdammte!« Didier versuchte, die Tote nicht anzustarren, aber er musste immer wieder hinsehen. »Ist ja echt widerlich, zum Kotzen.«

»Sie wollten doch mit den Anwohnern reden.« Zerna klang ärgerlich.

»Ich suche Monsieur Bonnet.« Der Lieutenant sah seinen Chef an. »Irgendjemand hat ihm etwas erzählt, und jetzt ist er hier.«

»Verdammt«, sagte Zerna. »Wofür haben wir denn die Absperrungen aufgestellt?«

»Er muss durch die Tür im Glockenturm reingekommen sein«,

verteidigte sich Didier. »Schätze, er ist jetzt irgendwo in der Kirche.«

In diesem Moment sah Leon, wie sich die schwere Holztür zum Kirchenschiff öffnete und im Dunkel des Eingangs ein Mann erschien, Robert Bonnet. Als er sah, wie Bonnet die Hände vors Gesicht schlug, wusste er, dass sie ein Problem hatten.

»Françoise, Françoise ...«, rief der Vater mit lauter, verzweifelter Stimme, die auf dem engen Kirchhof zwischen den alten Mauern widerhallte. »Oh, mein Gott ... Oh, mein Gott!«

Das Fernsehteam, das hinter der Absperrung wartete, richtete die Kamera sofort auf den verzweifelten Vater. Didier versuchte, den Mann zurückzuhalten, der jetzt die Steinstufen hinuntereilte. Bonnet ließ sich von dem Paravent nicht aufhalten. Mit einer ausladenden Handbewegung riss er die Sperre um. Jetzt konnten alle Zuschauer an der Tragödie teilhaben, die sich auf den steinernen Stufen von Saint-Trophyme wie auf einer Freilichtbühne vollzog.

»Bitte, bleiben Sie zurück!« Leon war aufgestanden und trat dem aufgebrachten Mann mit ausgestreckten Händen entgegen.

Doch Bonnet drängte weiter. Didier und Zerna standen auf der anderen Seite des Opfers und hätten über die Tote steigen müssen, um Leon zu Hilfe zu kommen.

»Wer hat dir das angetan?«, rief Bonnet, der jetzt zum ersten Mal die schrecklichen Verletzungen seiner Tochter sah. »Was habt ihr mit meinem Kind gemacht?«

Robert Bonnet strauchelte auf den Stufen, seine Knie schienen nachzugeben. Leon stützte den verwirrten Mann, der die Arme ausstreckte, um seine Tochter zu berühren.

»Lassen Sie mich, lassen Sie mich los«, rief Bonnet. »Ich will zu meinem Kind.«

In diesem Moment brach der Vater zusammen. Leon sah, wie er schwitzte und seine Augen nicht mehr fokussieren konnte.

Dann sackte der Mann zusammen, und Leon konnte gerade noch den Körper halten und so verhindern, dass der Vater auf seine Tochter stürzte.

»Lieutenant, helfen Sie mir!« Leon konnte den Körper kaum noch halten.

Didier tat kurz entschlossen einen großen Schritt über die Tote hinweg und half Leon, den bewusstlosen Vater ein paar Meter zur Seite zu tragen. Leon kontrollierte den Puls und die Atmung. Als er Bonnet in die stabile Seitenlage brachte, bemerkte er, dass der Mann wieder zu sich kam. Leon legte ihm die Finger auf die Halsschlagader. Der Puls war regelmäßig und ruhig. Die Atmung war wieder normal. Bonnet versuchte aufzustehen, aber er war noch nicht stark genug, sich auf die Arme zu stützen.

»Bitte helfen Sie mir«, sagte er.

»Bleiben Sie noch einen Moment liegen, Monsieur Bonnet.« Leons Stimme klang freundlich, aber bestimmt. Er drückte den Mann sanft zurück. »Haben Sie Herzbeschwerden?«

»Nein, habe ich nicht.« Der Mann schüttelte ärgerlich den Kopf.

»Kopfschmerzen? Schmerzen in den Schultern oder in den Armen?«, fragte Leon. Wieder Kopfschütteln. »Hatten Sie schon einmal einen Schlaganfall oder einen Herzinfarkt?«

»Nein, verdammt, mir geht es gut!« Mit einem Ruck setzte sich Bonnet auf. Leon konnte sehen, wie schwindlig es ihm noch immer war. »Sie waren ohnmächtig, Monsieur Bonnet. Warten Sie noch ein, zwei Minuten, bis Ihr Kreislauf wieder stabil ist.«

»Ich will zu meiner Tochter!« Bonnet klang jetzt trotzig. »Das kann mir niemand verbieten.«

»Sie können jetzt nicht zu der Toten.« Didier mischte sich ein. »Das hier ist ein Tatort. Sie könnten Spuren verwischen.«

»Aber Sie können doch nicht … Ich bin ihr Vater!« Bonnet

schaute Leon an, dann sah er zu seiner Tochter, über deren Leiche Didier eine Folie breitete.

»Sie können jetzt nicht zu ihr.« Leon half dem Mann auf die Beine. »Gehen Sie auf die Polizeiwache, dort wird man Ihnen sagen, wie es weitergeht.«

»Kommen Sie, Monsieur Bonnet.« Didier hatte den Ellbogen des Mannes gepackt und schob ihn jetzt langsam, aber energisch zum Rand des Kirchplatzes. »Ich bringe Sie zu Ihrem Wagen und fahre Sie damit auf unsere Wache. Dort wird sich ein Arzt um Sie kümmern.«

18. Kapitel

Die Sonne schien durch das kleine Fenster der Sakristei und schickte ihr Licht genau auf Pater Dumont, der mit gesenktem Kopf an seinem Schreibtisch saß. Isabelle hatte sich einen Stuhl herangezogen. Der Priester griff zu dem Glas Wasser, das vor ihm auf dem Tisch stand.

Isabelle sah, wie seine Hand zitterte, als er es zum Mund führte.

»Geht es wieder, Pater?« Isabelle musterte den Mann, der nur stumm mit dem Kopf nickte. »Sie waren heute aber schon früh auf dem Weg zur Kirche.«

Dumont sah erschrocken auf. »Ja, ich ... Ich wollte alles gut machen, also richtig vorbereiten für die Messe.«

»Um halb sieben morgens?«

»Ich konnte nicht schlafen. Es ging mir so vieles durch den Kopf«, sagte er. Als er den fragenden Gesichtsausdruck von Isabelle sah, fügte er hinzu: »Viele Menschen denken, ein Priester müsse ein zufriedener Mensch sein, nur weil er eine Gemeinde in der Provence betreuen darf.«

»Mit dem Meer vor der Tür«, bemühte sich Isabelle die merkwürdig angespannte Atmosphäre aufzuheitern.

»Richtig, mit dem Meer vor der Tür.« Der Priester versuchte zu lächeln.

»Ist es denn nicht so?« Irgendwie hatte Isabelle das Gefühl, als wolle ihr der Priester etwas sagen.

»Der Mensch ist nie frei von Zweifeln.« Dumont atmete tief ein. »Ein Priester schon gar nicht.«

»Und jetzt gibt es etwas, das Sie gerne loswerden möchten.« Isabelle hätte gar nicht sagen können, wie sie darauf kam. Es war mehr so ein Gefühl. Aber sie schien den Punkt getroffen zu haben.

»Wie kommen Sie darauf?« Der Priester war bei Isabelles Frage regelrecht zusammengezuckt.

»Haben Sie vielleicht irgendetwas beobachtet heute Morgen?«, fragte Isabelle. »Jemanden gesehen? Irgendjemand muss die Tote ja dorthin gebracht haben.« Der Priester schüttelte stumm den Kopf.

»Wer tut so etwas?« Es war weniger eine Frage als ein laut geäußerter Gedanke Dumonts.

Isabelle beobachtete den Mann genau. Hatte er etwas beobachtet? Aber warum sollte er es ihr nicht sagen? Dafür gab es keinen Grund, außer dem Beichtgeheimnis.

»Gibt es etwas, worüber Sie vielleicht nicht sprechen dürfen?«, tastete Isabelle sich vorsichtig voran.

»Wenn eine verlorene Seele sich einem Priester vor Gott anvertraut, muss der Priester schweigen. Erst das absolute Vertrauen schafft die Möglichkeit zur Vergebung.«

»Und, haben Sie vergeben?«, fragte Isabelle.

»Manchmal ist es schwer für einen Sünder, sich seiner Schuld zu stellen.«

»Ich verstehe. Sie haben einen Verdacht.« Isabelle ließ nicht locker.

»Mehr kann ich nicht sagen. Mehr darf ich nicht sagen.«

Isabelle spürte, dass der Priester sich quälte.

»Ein Priester darf bestimmt das Beichtgeheimnis brechen, wenn er auf diese Weise ein Verbrechen verhindern kann«, sagte Isabelle.

»Das gilt vielleicht für Ärzte und Anwälte, aber nicht für die Kirche und das heilige Sakrament der Beichte«, sagte Dumont.

Jetzt war sich Isabelle sicher, dass Pater Dumont etwas wusste.

»Sie haben mich gefragt, wer zu einer solchen Tat fähig ist.« Isabelle sah den jungen Priester an. »Es sind oft genau diejenigen, bei denen man es am wenigsten vermutet hätte.«

»Es ist bestimmt nicht leicht, einen Beruf auszuüben, der einen zwingt, seinen Mitmenschen mit so viel Mistrauen zu begegnen.«

»Die schönsten Augenblicke in meinem Beruf sind die, in denen ich eine böse Tat verhindern und Menschenleben retten kann«, sagte Isabelle. »Ich glaube, da unterscheiden sich unsere Berufe gar nicht so sehr voneinander.«

Der Priester nickte und nahm den Rosenkranz in die Hand, der auf seinem Schreibtisch lag.

»Wenn Sie doch mit mir reden wollen«, Isabelle hatte ihre Visitenkarte aus der Tasche gezogen und legte sie demonstrativ vor dem Priester auf den Schreibtisch, »unter dieser Nummer können Sie mich jederzeit anrufen.«

Als Isabelle die Kirche verließ, waren die Bestatter gerade dabei, den grauen Plastiksack mit der Leiche auf eine Trage zu legen.

»Wir haben möglicherweise einen Zeugen«, riss Lieutenant Moma seine Vorgesetzte aus ihren Gedanken. »Er hat seinen Laden gleich an der Rue Carnot. Nur die Treppe runter.« Moma deutete auf eine schmale Gasse, die zwischen den Häusern nach unten führte.

Der Souvenirladen von Charles Thomas lag im Souterrain eines alten Gebäudes, direkt an der Straße. Rechts und links neben dem Eingang standen handgemalte Schilder, die auf die Spezialität des Geschäfts verwiesen: Lavendelseifen und -parfüms aus lokaler Produktion. Kurz, alles was sich aus dem kostbaren Öl der wohlriechenden Pflanze herstellen ließ. Bis in die Achtzigerjahre war der Anbau von Lavendel ein lukratives Geschäft für die Landwirte gewesen. Die Parfümhersteller zahlten damals fast fünfhundert Franc für einen Liter reinen Lavendelöls, das in der Provence auch das »blaue Gold« genannt wurde. Aber dann übernahmen die großen Konzerne nach und nach die kleinen Lavendelölhersteller. Zum Glück gab es auch heute noch einige wenige der alten Familienbetriebe, die von schier endlosen lila Lavendelfeldern umgeben waren. Und die ihre Produkte in Läden wie denen von Monsieur Thomas verkauften.

Beim Betreten des Ladens wurde Isabelle von einer Lavendel-Duftwolke umschlossen, die so intensiv war, dass es einem die Tränen in die Augen treiben konnte. Hinter dem Tresen trat ein Mann in Sandalen, Jeans und bäuerlich besticktem Leinenhemd hervor.

»Atmen Sie tief ein«, sagte der Mann und machte Isabelle vor, was er darunter verstand. »Das öffnet die Bronchien. Sprühen Sie nur ein wenig von diesem Parfum auf Ihre Kleidung und in Ihre Schubladen und Schränke.« Er griff zu einem Flakon und gab demonstrativ einen Sprühstoß in die gesättigte Luft. »Voilà, schon brauchen Sie keine Grippe-Impfung mehr.«

»Danke für den Tipp«, sagte Isabelle etwas kurz angebunden. »Ich komme wegen Ihrer Zeugenaussage, Monsieur Thomas. Sie sind doch Charles Thomas?«

»Jawohl, der einzige weit und breit«, sagte er lächelnd.

»Sie haben meinem Kollegen von einer Beobachtung erzählt. Was genau haben Sie gesehen?«

»Na, den Wagen natürlich, den kleinen Laster.«

»Wo war das?«

»Hier, genau vor der Tür.« Monsieur Thomas ging zum Eingang seines Ladens und drehte die Handflächen demonstrativ nach außen. »Ich wäre beinahe nicht vorbeigekommen.«

»Wann war das?«

»Muss so gegen fünf Uhr gewesen sein«, sagte Thomas.

»Morgens?«, wunderte sich Isabelle.

»Ich war bei einer Bekannten. Na ja, warum denn nicht?« Er sah Isabelle mit einem Grinsen an. »Sie wollen aber jetzt nicht wissen, wer das war, oder?«

»Das ist Ihre Sache. Uns interessiert nur dieser Wagen.«

»Es war so ein kleines Ding mit Ladefläche. Wie sie hier überall rumfahren. Ich dachte noch, es sei jemand von der Straßenreinigung oder vom Gartenbauamt, wegen dem Sack.«

»Welcher Sack?«, fragte Isabelle.

»So ein großer grauer Plastiksack, wo man Gartenabfälle reinpackt. Lag vollgestopft auf der Ladefläche. Dabei war es viel zu früh für die Straßenreinigung.«

»Wissen Sie zufällig, wann der Wagen wieder weggefahren ist?«

»Keine Ahnung, als ich heute Morgen den Laden aufgeschlossen habe, war er nicht mehr da.«

»Gab es irgendetwas Besonderes an dem Wagen? Etwas, woran man ihn wiedererkennen könnte?«

Monsieur Thomas schüttelte den Kopf. »Es war eine ziemlich verbeulte Karre. Ein Renault, wenn ich mich richtig erinnere.«

»Das Kennzeichen …?«, fragte Isabelle hoffnungsvoll.

»Keine Ahnung. Wer merkt sich denn morgens um fünf eine Autonummer?« Thomas schüttelte den Kopf über so viel Unverstand. »Ich weiß nur, dass er aus der Gegend war. Hatte so eine alte dreiundachtziger Nummer.«

19. Kapitel

Leon betrachtete die Tote, die da vor ihm auf dem Obduktionstisch lag. Noch hatte er das grüne Tuch von dem verstümmelten Körper nicht weggezogen.

Was hatte diese junge Frau erlebt? Welche Torturen hatte sie durchleiden müssen? Das Opfer hatte einmal sanfte Züge gehabt. Ein fast madonnenhaftes Gesicht. Nicht gerade der Typ, der sich auf ein Abenteuer mit einem Stuntman einlässt, dachte Leon. Françoise Bonnet wirkte eher wie die hilfsbereite junge Frau von nebenan, die irgendwann einen braven Mann heiraten und mit ihm eine Familie gründen würde. Jetzt lag diese junge Frau tot in der Rechtsmedizin. Was hatte sie und ihren Mörder zusammengeführt? War sie ihm vielleicht zufällig beim Joggen begegnet? Nein, wer so eine Tat begeht, hat jedes Detail Hunderte Male durchdacht, seinen Plan immer wieder verfeinert. Dieser Täter hatte sich über Monate, vielleicht sogar über Jahre auf diese Bluttat vorbereitet. Hatte nichts dem Zufall überlassen. Das galt ganz besonders für die Wahl seines Opfers.

Leon beugte sich zu der toten Frau hinab. Sie hatte einmal blaue Augen gehabt, auch wenn sich ihre Pupillen inzwischen eingetrübt hatten. Auf der Oberfläche des Augapfels waren feine Äderchen geplatzt und hatten das Weiß der Lederhaut blutrot eingefärbt. Eine Folge von dramatisch erhöhtem Blutdruck, wie er zum Beispiel bei großen Schmerzen entstehen kann. Leon nahm ein Holzstäbchen, schob es zwischen die Zähne des Opfers und drückte sanft den Unterkiefer hinunter. Ein Blick in den Mund bestätigte seinen Verdacht. Die Frau hatte ihre Zunge durchgebissen. So etwas geschah entweder als Folge eines Unfalls oder von krampfartigen Kontraktionen der Kiefermuskulatur infolge allerschwerster Schmerzen.

Erst jetzt schob Leon das Tuch von der Leiche. Der Körper war übersät von kleinen und größeren Hautabschürfungen und Hämatomen. Als hätte die Frau verzweifelt versucht, sich gegen ihren Peiniger zu wehren. Die blutigen Spuren an Hand- und Fußgelenken zeigten, warum ihre Versuche vergeblich gewesen waren. Fesseln hatten ihr die Haut aufgerissen und an manchen Stellen bis auf den Knochen ins Fleisch geschnitten. Es war nur allzu offensichtlich, was diese Schmerzen verursacht hatte. Das linke Bein endete in einem blutigen Stumpf.

Leon zog die Lupe zu sich heran und schaltete das eingebaute LED-Licht an. Die Schnittspuren an Sehnen, Muskeln und Knochen waren identisch mit denen an dem Fuß, der in Le Lavandou gefunden worden war. Natürlich musste Leon das noch anhand von Detailfotos belegen, aber für ihn bestand schon jetzt kein Zweifel: Jemand hatte dieser Frau den Fuß abgetrennt und sie verbluten lassen.

»Ich brauche Detailaufnahmen von allen Schnittstellen.« Leon ging einen Schritt zurück, um seinem Assistenten Platz zu machen, der schon mit der Kamera wartete. »Nehmen Sie außerdem eine Gewebeprobe für den DNA-Check.«

»Wie lange hat sie das überleben können?« Rybaud war zögernd stehen geblieben. Das überraschte Leon. Sein Assistent zeigte äußerst selten Gefühle bei einer Sektion.

»Es wurden große Gefäße verletzt«, sagte Leon und betrachtete das Bein. »Vielleicht zwanzig Minuten, wahrscheinlich weniger.«

»Und wenn er die Beinarterie gestaut hat?«, sagte Rybaud, als wolle er die Wahrheit nicht hören.

»Und wo ...? Eine Aderpresse hätte deutliche Spuren hinterlassen.«

Verbluten war ein grausamer Tod. Im Körper eines Erwachsenen pulsierten durchschnittlich sieben Liter Blut. Schon der Verlust eines Liters konnte den Kreislauf zusammenbrechen lassen. Verlor der Körper mehr als einen Liter, wurden die Folgen schnell dramatisch und es kam unweigerlich zum Schock. Das Opfer erlebte jede Phase dieses Verblutens bei vollem Bewusstsein. Zunächst kam es zum Abfall des Blutdrucks. Das Herz versuchte dem entgegenzuwirken. Das Opfer spürte starkes Herzklopfen und heftiges Ohrensausen. Da der Blutdruck bei einer solch gravierenden Verletzung kontinuierlich weiter abfiel, erreichte nicht mehr genügend Blut und damit lebensnotwendiger Sauerstoff die Organe. Der Stoffwechsel des Körpers wurde blockiert. Um den bevorstehenden Kreislaufzusammenbruch zu verhindern, startete der Körper ein automatisches Notfallprogramm. Doch genau diese Überlebensstrategie beschleunigte bei massivem Blutverlust den Zusammenbruch. Der Körper schickte Adrenalin in das Kreislaufsystem, um den Blutdruck zu erhöhen. Doch jetzt verlor der Körper nur noch schneller seine Blutvorräte und es kam unweigerlich zu einer Übersäuerung. Schließlich gab das Herz auf, und wenige Minuten später konnte auch das Gehirn die Unterversorgung mit Sauerstoff nicht mehr kompensieren. Das Opfer war tot.

Aber da waren noch die Einschnitte im Oberbauch. Offensichtlich hatte der Täter dafür ein scharfes Messer mit langer Klinge verwendet. Die Einstichstelle schien willkürlich gewählt worden zu sein. Die Klinge hatte zunächst die Niere und die Milz getroffen. Dann war sie etwa sieben Zentimeter in Richtung Bauchnabel gezogen worden. Auf der gegenüberliegenden Seite des Oberbauches war der Täter genauso verfahren. Die geraden Schnitte waren mit jeweils nur einer Bewegung gemacht worden. Es waren keine wilden, unkontrollierten Stiche, wie sie häufig an den Opfern von Triebtätern zu finden waren, wenn sich die Wut des Täters in einem unkontrollierten Blutrausch entlud. Diese Schnittkanten zeigten keinerlei angrenzende Hämatome, und es war auch zu keinen Nachblutungen gekommen. Das bedeutete, die Frau musste bereits tot gewesen sein, als der Täter diese Schnitte ausführte. Die Bestatter hatten die Flügel schon am Fundort aus den Einschnitten gezogen, und Leon hatte sie Daniel Moreau, dem Vorsitzenden des Ornithologischen Vereins von Le Lavandou, vorgelegt, den er vom Boule kannte.

»Mantelmöwe«, hatte Moreau gesagt, als er die Flügel aus der Tüte nahm, die Leon mitgebracht hatte. »Ein Männchen, drei bis fünf Jahre alt, das ist eigenartig …«

»Was ist eigenartig?«, wollte Leon wissen.

»Die Mantelmöwe ist eigentlich in der Bretagne zu Hause. In unseren Breiten kommt sie äußerst selten vor.«

Leon sah zu, wie Moreau mit einem Maßband die Länge des ausgestreckten Flügels bestimmte. Die Federn des großen Vogels waren grau. An den Rändern der Flügel wurde das Gefieder bräunlich und zeigte auffallende Sprenkel.

»Knapp neunzig Zentimeter.« Moreau stieß einen kurzen Pfiff aus. »Das bedeutet eine Spannweite von nahezu zwei Metern.«

»Wo könnte jemand eine solche Möwe fangen?«

»Die können Sie nicht fangen. Völlig ausgeschlossen. Die einzige Möglichkeit wäre, sie zu schießen.«

»Über dem Meer?«

»Nein, am Kamm der Klippen, wo die großen Möwen im Aufwind segeln. Aber Sie wissen, dass diese Vögel unter Naturschutz stehen?« Moreau hatte das so gesagt, als hätte Leon vor, auf Möwenjagd zu gehen.

Zwei Stunden später war die Obduktion von Françoise Bonnet abgeschlossen. Die Untersuchung hatte Verbluten als Todesursache bestätigt. Ansonsten war die Zweiundzwanzigjährige bis zum Zeitpunkt ihres Todes völlig gesund gewesen. Eine sportliche Frau, gut trainiert. In den letzten Jahren hatte sie sich zwei operativen Eingriffen unterzogen: einer Schilddrüsenoperation und der Entfernung der Gallenblase. Beide Operationen waren minimalinvasiv durchgeführt worden – Profiarbeit in einer guten Klinik, dachte Leon. Das Einzige, was Leon noch auffiel, war die Tatsache, dass der Toten an der linken Hand das letzte Glied des Ringfingers fehlte. Eine fast unsichtbare Narbe zeigte, dass diese Verletzung schon viele Jahre zurückliegen musste. Vielleicht ein Unfall, den sie als Kind erlitten hatte. Aus irgendeinem Grund beschäftigte ihn dieser Finger mit der alten Verletzung, aber er wusste im Augenblick nicht, warum.

Dann war da natürlich noch ein etwa fünfunddreißig Zentimeter langer Schnitt quer über dem Unterbauch. Eine tödliche Verletzung? Kaum. Schon der erste Blick hatte ihm gezeigt, dass dieser Schnitt dem Opfer post mortem beigebracht worden war. Leon betrachtete den Einschnitt genauer. Nur eine Verletzung, an der der Mörder seine Besessenheit befriedigt hatte? Wohl kaum, denn der Täter hatte etwas entnommen, ein Organ, das Leon nachdenklich machte. Es schien ihm, dass der Täter sein Opfer einer Art Verwandlung unterzogen hatte. Einer Transformation in ein anderes Wesen. In ein Geschöpf zwischen Mensch und Vogel? Oder zwischen Mensch und Engel? Warum hatte der Täter die Tote vor der Kirche abgelegt? Und warum hatte er zuerst den

Fuß auf der Windrose abgestellt? Leon wurde das Gefühl nicht los, dass der Täter wollte, dass man die Leiche der Frau möglichst schnell fand. Als könnte er gar nicht abwarten, dass Leon sich mit dem Fall beschäftigte. Jetzt bist du eitel, sagte sich Leon und zog das grüne Tuch über den toten Körper.

20. Kapitel

Als Leon aus der Klinik kam, hatte er nicht nur die Obduktion beendet, sondern auch noch den Dienstplan für die kommenden zwei Wochen geordnet. Leon liebte die Ordnung. Und so bedeuteten bestimmte Tätigkeiten, die andere Kollegen tagelang vor sich herschoben, für ihn die reinste Entspannung. Das Aufstellen von Plänen aller Art gehörte zu diesen Übungen. Genau wie das Sortieren von Unterlagen, das Strukturieren von Computerarchiven und schließlich das Aufräumen seines Schreibtisches. Manchmal ließ er bewusst ein paar Tage vergehen, damit sich unerledigte Korrespondenz oder Obduktionsberichte auf seinem Schreibtisch ansammelten. Dann nahm er sich Zeit, Ordnung in das Chaos zu bringen. Ein aufgeräumter Schreibtisch verschaffte ihm tiefe Befriedigung. Aber es bedeutete noch mehr. Es brachte auch Ordnung und Ruhe in seine Gedanken. Wenn er an einem komplizierten Fall arbeitete, produzierte sein Gehirn ein ständiges Feuerwerk an Theorien und Ideen. Wie in einem gewaltigen Mahlwerk versuchte sein Kopf, alles mit allem in Verbindung zu bringen. Wenn er dann Ordnung auf seinem Schreibtisch schaffte, erfüllte ihn plötzlich eine tiefe Ruhe, und er gewann langsam, aber sicher den Überblick zurück.

Françoise Bonnet war so ein Fall, aber noch war Leon weit davon entfernt, ein Muster hinter dieser Tat zu erkennen. Er verließ die Klinik durch den Hintereingang, wo sich ein kleiner Park für Patienten und Besucher anschloss. Er war nur ein paar Meter gegangen, als er Dr. Claire Leblanc entdeckte, die sich mit Talbot unterhielt. Er konnte nicht hören, was da gesprochen wurde, aber der Gärtner deutete in Richtung der Büsche. Als die Psychologin Leon entdeckte, kam sie auf ihn zu. Heute trug sie ein helles Sommerkleid. Über die Schulter hatte sie eine Ledertasche gehängt, und ihre Füße steckten in weißen Tennisschuhen ohne Socken. So sieht sie noch attraktiver aus als in ihren Jeans, dachte Leon, als die Psychologin ihm zuwinkte. Ihre Bewegungen hatten etwas Unsicheres und Mädchenhaftes, das nicht zu ihrem Alter passen wollte. Leon war fasziniert.

»Bonjour, Docteur Leblanc«, sagte er. »Stehen die Klinikmitarbeiter etwa auch auf Ihrer Agenda? Dann muss ich wohl vorsichtig sein, was ich sage.«

»Keine Sorge.« Sie schüttelte ein wenig zu energisch den Kopf. »Das war ein Fachgespräch unter Profis.«

»Aha …?« Leon sah sie erstaunt an.

»Es ging um Oleander«, erklärte die Psychologin. »Wussten Sie, dass man Oleanderbüsche nicht vor September zurückschneiden sollte, dann aber bis auf Kniehöhe?« Sie sah zum Gärtner hinüber, der mit seiner Schubkarre um eine Wegbiegung verschwand. »Er ist ein echter Profi.«

»Ich bin eifersüchtig.«

»Dazu haben Sie auch allen Grund. Ich mag ältere Männer mit Erfahrung in ihrem Fachbereich.«

»Ich hoffe, dass Sie nur hierher zur Klinik gekommen sind, um unseren Park zu bewundern.«

»Halten Sie sich für neugierig?«, fragte sie.

»Entschuldigen Sie, ist wohl eine Berufskrankheit.«

»Kommen Sie. Gehen wir ein Stück.« Sie hakte sich bei Leon unter.

Er spürte, wie ihn einen Moment lang das Gefühl von Wärme streifte. Es war angenehm, diese junge Frau so nahe neben sich zu haben. Sehr angenehm sogar. Sie schlenderten den Kiesweg entlang, und Leon genoss den Augenblick.

»Was glauben Sie?« Claire Leblanc sah ihn an. »Warum hat er das gemacht? Das mit den Flügeln?«

»Das wollte ich Sie eigentlich fragen.« Leon blieb stehen. »Die Forensische Psychiatrie ist doch Ihr Fachgebiet?«

»Sie haben sich erkundigt?«, sagte sie mit gespielter Empörung. »Ein Médecin légiste, der hilflosen Wissenschaftlerinnen nachstellt und sie ausspioniert.« Sie schnalzte gespielt vorwurfsvoll mit der Zunge.

Leon hob eine Augenbraue und registrierte erfreut, dass sie ihm nicht ihren Arm entzog. Er hatte tatsächlich über Dr. Leblanc im Internet recherchiert. Die Psychologin hatte Lehrstellen an den Universitäten in Marseille und Lyon gehabt und außerdem eine Reihe von Vorlesungen über Forensische Psychiatrie an der Polizeiakademie gehalten. Sie sah ihn an, als würde sie darauf warten, dass er weitersprach.

»Jetzt fragen Sie schon«, sagte sie nach einigen Sekunden des Schweigens.

»Was soll ich fragen?«

»Warum eine Frau mit einem Abschluss in Forensischer Psychiatrie und vier Jahren klinischer Erfahrung in einem Nest an der Côte d'Azur auftaucht und Flics zu ihrem Kommunikationsverhalten befragt.« Sie hatte den letzten Satz heruntergeleiert wie jemand, der diese Frage schon oft gehört hatte.

»Ich hätte nicht gefragt.«

»Aber wissen wollen Sie es trotzdem«, vermutete die Psychologin. Leon schwieg. »Ich war ihnen zu selbstständig. Sie mochten meine Methoden nicht, und ich wollte mir nichts vorschreiben lassen.«

»Kommt mir irgendwie bekannt vor.«

»Also: Was sagt der Rechtsmediziner?« Sie nahm die Hand von Leons Armbeuge und musterte ihn. »Was glauben Sie, warum jemand so agiert wie im Fall Bonnet?«

»Ich habe keine wissenschaftliche Erklärung ...«

»Das klingt, als käme jetzt ein Aber.«

»Sie sind eine gute Beobachterin.« Leon lächelte. »Ich glaube, der Täter möchte, dass ich in diesem Fall die rechtsmedizinischen Untersuchungen vornehme. Er will mich prüfen.«

»Wissen Sie, was ich glaube?« Die Psychologin hängte sich die Tasche über die andere Schulter und griff wieder nach Leons Arm. »Ich glaube, Sie verbringen zu viel Zeit in Ihrem Keller.«

»Nur zu wahr, aber das ist nun mal der Arbeitsplatz aller Rechtsmediziner«, lächelte Leon. »Aber wir lassen uns gerne auf einen Kaffee hinaus ans Tageslicht locken.«

»Mal sehen, was ich da tun kann ...«, sagte sie lächelnd. »Ich muss los. Wir sehen uns ja später im Präsidium.« Damit verschwand Dr. Claire Leblanc in Richtung Klinik.

Leon sah ihr einen Augenblick hinterher. Nach einigen Schritten drehte sich die Frau noch einmal kurz um und hob die Hand. Als wäre ihr gerade eingefallen, dass sie doch etwas unfreundlich zu ihm gewesen war. Leon winkte zurück. Er freute sich darauf, sie wiederzusehen.

21. Kapitel

Robert Bonnet schwitzte. Er hatte seinen Renault Espace in der Rue del Monte geparkt. Der Wagen fiel nicht weiter auf in der Neubausiedlung am Rande von Le Lavandou. Hier stand er schon seit über drei Stunden. Er hatte die Fenster nur einen Spaltbreit geöffnet, und die Nachmittagssonne heizte den Wagen auf. Aber Monsieur Bonnet wollte nicht, dass ein Passant mitbekam, was er sich in seinem Auto seit Stunden immer wieder anhörte. Es war die Stimme seiner Tochter, die über Lautsprecher zu ihm sprach. Eine Stimme aus der Vergangenheit. Monsieur Bonnet tippte die Play-Funktion auf dem Handy, und wieder spielte das Gerät dieselbe Aufzeichnung vom Anrufbeantworter ab.

»Papa, ich weiß, dass du's nicht verstehen wirst«, sagte die Stimme von Françoise, »aber ich werde an meinem Geburtstag nicht nach Arles kommen. Sei nicht böse, aber ich habe mein eigenes Leben, zusammen mit Pierre. Und ich bin glücklich damit. Ich habe dich sehr lieb, Papa.«

Mit einem Piepsignal signalisierte das Smartphone, dass die Aufzeichnung zu Ende war. Bonnet lief eine Träne über die Wange. Warum waren die Dinge so schiefgelaufen mit Françoise? Es hatte doch Zeiten gegeben, in denen sie glücklich zusammen waren. Und das war noch nicht lange her. Wofür hatten sie denn gekämpft all die Jahre, nachdem das mit Chantal passiert war?

Chantal, die wunderbare, unvergleichliche Chantal. Für einen Moment fühlte sich Monsieur Bonnet in die Zeit zurückversetzt, als er seine Frau kennengelernt hatte, die Miss Côte d'Azur. Schön und jung und voller Unternehmungslust. Bonnet sah die Bilder ihrer Hochzeit vor sich. Die Geburt der kleinen Françoise. Er erinnerte sich daran, wie sie die Pension seiner Eltern in der Altstadt von Arles übernahmen. Und wie sie die Pension nach und nach in ein luxuriöses Boutique-Hotel verwandelten. Die Freunde hatten ihm von diesem Schritt abgeraten, aber nicht Chantal. Sie hatte vom ersten Moment an seine Vision verstanden und ihn unterstützt. Das Hotel wurde ein Erfolg, ein großer Erfolg sogar.

Françoise war erst vierzehn Jahre alt gewesen, als ihre Mutter die schreckliche Diagnose erhielt: Krebs im Endstadium. Sie hatte noch fünf Jahre gelebt. Es war eine bittere Zeit für alle drei gewesen. Aber Françoise litt ganz besonders darunter, erleben zu müssen, wie ihre schöne Mutter sich veränderte. Wie aus dieser strahlenden Frau ein todkranker Mensch wurde. Françoise war daran nicht zerbrochen. Im Gegenteil, sie half im Hotel, wo sie nur konnte. Ganz am Ende hatte Françoise ihrer Mutter versprochen, dass sie das Hotel weiterführen würde. Bonnet hatte mit seiner Tochter große Pläne geschmiedet. Es war alles so harmonisch gewesen zwischen ihnen. Bis dieser Kerl auftauchte.

Bei dem Gedanken an Pierre Roussel traten Bonnet erneut Tränen in die Augen. Aber diesmal waren es Tränen der Wut und des unbändigen Zorns. Er hatte mit eigenen Augen gesehen, was dieses Tier seiner kleinen Françoise angetan hatte. Der Anblick, wie sie dalag auf den Stufen der Kirche, hatte sich in seine Seele eingebrannt. Er würde ihn nie wieder vergessen können.

Darum war er hier und wartete. Er hatte von Anfang an gespürt, dass Roussel schuldig war. Er konnte dieses Schwein damit nicht durchkommen lassen. Dieser Dreckskerl hatte sein Recht auf ein Leben in dieser Welt verwirkt. Dafür würde Bonnet sorgen. Er schob die Zeitung zur Seite, die neben ihm auf dem Beifahrersitz lag. Darunter kam eine Pistole zum Vorschein. Eine alte Walther PPK neun Millimeter, die er von seinem Vater geerbt hatte. Heute würde er sie benutzen. Was danach aus ihm wurde, war ihm völlig gleichgültig. Für ihn gab es kein Leben mehr.

Monsieur Bonnet lehnte sich auf dem Fahrersitz zurück und sah starr zu dem großen mechanischen Eingangstor, das sich auf der Straßenseite schräg gegenüber befand. Am Gitter war das blau-weiße Schild der Gendarmerie nationale montiert. Es zeigte die Kugel mit den acht Flammen. Dorthin würden sie diesen Roussel bringen. Und genau dort würde er dieses Dreckschwein erwarten. Das war er Françoise schuldig.

22. Kapitel

Der Besprechungsraum in der Gendarmerie war voll, was Leon nicht überraschte. Jeder auf der Wache wollte wissen, ob es etwas Neues im Fall Bonnet gab. Was hatte es mit der toten Frau vor der Kirche auf sich, dem »Engel mit den Möwenflügeln«, wie es ein Sprecher von Radio Provence formuliert hatte? Eigentlich waren nur die Gruppen- und die Abteilungsleiter zu der Besprechung bestellt, aber einigen Beamten gelang es, sich mit in den Einsatzraum zu drängeln. Zerna schien sich nicht daran zu stören. Leon wusste, dass der Polizeichef Auftritte vor großem Publikum genoss. Umso mehr, wenn es sich dabei um Claqueure aus den eigenen Reihen handelte.

Natürlich würde unter den Beamten geredet werden. Zerna wusste solche Besprechungen als PR-Veranstaltungen für sich zu nutzen. Schließlich war der Tod des Engels mit den Möwenflügeln längst in aller Munde. Die Menschen waren in Sorge, wenn Mörder frei herumliefen, die für solche bizarren Taten verantwortlich waren. Da kam es Zerna gerade recht, wenn er den souveränen Polizeichef herauskehren konnte, der alles im Griff hatte.

Leon drängte sich durch die Menge der Zuhörer und nahm gegenüber dem Polizeichef Platz.

»Bonjour, Docteur«, sagte Madame Lapierre unerwartet

freundlich, während Zerna nur huldvoll lächelte, wobei er kaum seine Miene verzog.

»Madame la Commissaire«, sagte Leon betont höflich und nickte dann dem Polizeichef zu. Isabelle schenkte ihm ein kleines Lächeln, während sie ein paar Blätter zusammenschob und sie an Zerna weiterreichte.

»Na gut, fangen wir an«, verkündete der Polizeichef und lehnte sich lässig in seinem Stuhl zurück.

»Vielleicht informiert uns zunächst einmal der Médecin légiste über seine Untersuchungsergebnisse«, sagte die Kommissarin aus Toulon. »Anschließend hören wir uns an, wie weit die Gendarmerie mit ihren Befragungen gekommen ist.«

»Aber mit dem größten Vergnügen.« Zerna schob die Blätter zusammen, die vor ihm lagen, und sah den Médecin légiste herausfordernd an.

Leon war misstrauisch. Es war nicht Zernas Art, ihn als Ersten reden zu lassen. Und die übertrieben gute Laune, die er vor Kommissarin Lapierre versprühte, machte Leon ebenfalls stutzig.

»Guten Tag, messieurs dames«, begann Leon höflich mit einem schnellen Blick in die Runde. »Unsere Untersuchungen haben unsere Anfangsvermutungen bestätigt. Bei der Toten handelt es sich um die vermisste zweiundzwanzigjährige Françoise Bonnet. Der Fuß, der vor vier Tagen gefunden wurde, stammt ebenfalls von dem Opfer. Und es hat sich noch eine Vermutung bestätigt: Die Frau war noch am Leben und mit hoher Wahrscheinlichkeit bei vollem Bewusstsein, als ihr der Fuß amputiert wurde. Zumindest haben wir bisher im Körper des Opfers keine Sedativa feststellen können. Einige zusätzliche Blutuntersuchungen laufen allerdings noch.«

»Woran ist die Frau gestorben?«, unterbrach ihn Zerna.

»Darauf wollte ich gerade kommen.« Leon sah in die Runde.

»Das Opfer starb an Kreislaufversagen infolge des hohen Blutverlustes. Was schließlich zum Herzversagen und dann zum Hirntod führte.«

»Sie meinen, wer das getan hat, der hat erst gar nicht versucht, die Wunde zu versorgen?« Isabelle machte es sichtlich Mühe auszusprechen, was alle dachten.

»Im Gegenteil«, sagte Leon. »Wenn man den zeitlichen Ablauf der Verletzungen betrachtet, scheint es der Täter geradezu darauf angelegt zu haben, dem Opfer möglichst lange ein Höchstmaß an Schmerzen zuzufügen.«

»Wie meinen Sie das?«, wollte Kommissarin Lapierre wissen.

»Der Täter hat Françoise Bonnet offenbar in ihrem Auto überwältigt. Dabei hat die Frau die Seitenscheibe eingetreten und sich Schnittverletzungen am Fuß zugezogen. Anschließend muss er sie gefesselt haben, wahrscheinlich mit scharfkantigen Kabelbindern. Danach hat der Täter etwa vierundzwanzig Stunden gewartet. In dieser Zeit wurde dem Opfer keine Nahrung zugeführt. Der geringe Grad an Dehydrierung spricht allerdings dafür, dass die Gefangene zumindest mit Wasser versorgt wurde. Wahrscheinlich war das Opfer in einem kühlen und nicht zu trockenen Versteck untergebracht. Vielleicht einem Keller. Aber das ist nur eine Vermutung.«

»Was ist nach den vierundzwanzig Stunden geschehen?«, fragte Isabelle.

»Der Täter hat den Fuß amputiert. Was sich bei der stümperhaften Vorgehensweise wahrscheinlich über eine halbe Stunde oder länger hinzog. Die Verletzungen durch die Fesseln zeigen, dass die Frau versuchte, sich zu wehren, also zumindest zeitweise bei Bewusstsein war.«

»Das ist ja so was von abartig«, sagte Didier laut.

»Wir vermuten, dass das Opfer die Amputation nicht lange überlebt hat.«

»Wie lange?«, fragte Isabelle.

»Zwanzig Minuten, vielleicht eine Stunde«, antwortete Leon. Ein leises Aufstöhnen kam von den Zuhörern. »Alle anderen Verletzungen wurden dem Körper post mortem beigebracht. Das konnten wir ganz zweifelsfrei feststellen.«

»Hat der Täter seinem Opfer wirklich Vogelflügel in den Körper gesteckt?«, fragte ein Lieutenant aus dem Publikum.

»Ja, es handelt sich dabei um die Flügel einer Larus Marinus, einer Mantelmöwe«, antwortete Leon sachlich.

»Verdammt, warum tut einer so was?«, fragte der Lieutenant.

»Ist doch klar. Weil er nicht ganz dicht ist«, meldete sich Didier. »Was gibt's denn sonst für einen Grund für so 'ne Scheiße?«

»In der Rechtsmedizin beschäftigen wir uns vor allem mit der Todesursache«, antwortete Leon betont ruhig. »Allerdings liegt in diesem Fall ein Maß an Aggressivität vor, wie ich es in meiner fünfundzwanzigjährigen Berufspraxis nur selten gesehen habe.«

»Sag ich doch, der Kerl hat einen Dachschaden.« Didier machte mit dem Zeigefinger Kreisbewegungen in Höhe seiner Schläfe. »Vielleicht ist er ja irgendwo aus der Klapse abgehauen.«

»Wir haben mit allen Nervenkliniken im Var gesprochen«, sagte Isabelle in Richtung Polizeichef. »Da ist niemand abgängig.«

»Ich glaube, das wäre auch zu kurz gedacht«, meldete sich Dr. Leblanc. »Wir suchen hier nicht nach einem geifernden Verrückten, der aus der Psychiatrie ausgebrochen ist und nachts mit dem Messer um die Häuser schleicht. Wer das getan hat, führt wahrscheinlich ein völlig normales Leben.«

»Wenn er nicht gerade Frauen zersägt«, kam es von Didier, und einige in der Runde lachten.

»Er führt vielleicht ein Leben als Versicherungsvertreter, als

Optiker oder als Lehrer.« Die Psychologin sah Didier an. »Alles völlig unauffällig, bis zu dem Augenblick, an dem sich in seinem Inneren die andere, die dunkle Seite meldet, und dann macht es in seinem Kopf klick.«

»Wieso habe ich bei Ihnen immer das Gefühl, dass Sie mehr wissen, als Sie uns verraten?« Leon sah die Psychologin herausfordernd an.

»Ich sage das alles nur auf Basis meiner Erfahrungen als Forensische Psychologin«, antwortete Dr. Leblanc schnell. »Natürlich kann es auch ganz anders sein. Es gibt Täter, die ihr halbes Leben etwas mit sich herumtragen, was eines Tages aus ihnen herausbricht. Wie bei einem schlafenden Vulkan. Aber es gibt eben auch Täter mit einer eindeutigen Vorgeschichte.«

»Vielleicht einer Vorgeschichte wie dieser?« Zerna wedelte mit ein paar Blättern, dann las er vor. »Mit dreizehn Jahren tätlicher Angriff auf einen Mitschüler. Mit vierzehn, zusammen mit zwei älteren Mittätern, Überfall mit Körperverletzung auf einen Kioskbesitzer. Zwei Jahre später wieder Körperverletzung, dabei Einsatz einer Waffe. Es handelte sich damals um ein siebenundzwanzig Zentimeter langes Jagdmesser. Das fiel alles unters Jugendstrafrecht. Also haben diese Gewalttaten dem Täter nicht mehr als ein paar Dutzend Sozialstunden eingebracht. Aber dann wird es interessant: Im Jahr darauf verprügelt dieser Mann eine Frau, eine Prostituierte, da war er gerade achtzehn geworden. Das Opfer musste drei Tage in der Klinik verbringen. Leider gab es keine Gerichtsverhandlung. Die Frau hatte ihre Anzeige zurückgezogen.« Zerna sah von den Blättern auf. »Die Liste geht noch weiter.«

»Von wem reden wir da?« Madame Lapierre klang verärgert, weil man ihr offenbar wichtige Informationen vorenthalten hatte.

»Wir reden von Pierre Roussel, und der befindet sich seit …«

Zerna sah betont auffällig auf seine teure Uhr. »Seit genau dreieinhalb Stunden wieder in unserem Gewahrsam.«

»Das heißt, Sie haben einen Tatverdächtigen festgenommen?« In der Stimme der Kommissarin schwang jetzt ein Vorwurf mit.

»Wir haben einen Verdächtigen. Festgenommen wurde er noch nicht«, sagte Zerna bescheiden, obwohl er längst überzeugt war, dass sie mit Pierre Roussel den Täter erwischt hatten. »Roussel war der Geliebte des Opfers, er war der Letzte, mit dem sie telefoniert hat, und wir wissen von Zeugen, dass Pierre Roussel als extrem eifersüchtig gilt.«

In der Runde entstand Gemurmel, und Leon konnte sehen, wie Didier einem Kollegen anerkennend auf die Schulter klopfte. Zerna sah erwartungsvoll in die Runde, wie jemand, der darauf wartet, dass ihm applaudiert wird.

»Ich möchte diesen Roussel befragen, persönlich«, sagte die Kommissarin kühl. »Veranlassen Sie, dass er nach Toulon gebracht wird.«

»Aber, wir stecken mitten in der Vernehmung ...«, beschwerte sich Zerna.

»Ich will ihn noch heute sehen.« Lapierre ließ den Polizeichef nicht ausreden.

»Monsieur Roussel ist wie alt, achtundzwanzig ...?«, unterbrach Leon die Auseinandersetzung.

»Neunundzwanzig Jahre«, antwortete Zerna, »zweiundzwanzig Anzeigen und drei Verurteilungen.« Zerna hob noch einmal die drei Seiten hoch, die vor ihm auf dem Tisch lagen. »Alles kleinere Vergehen. Das hören wir doch ständig von den Psychologen: Es beginnt mit kleinen Straftaten in der Jugend, und eines Tages kommt der Mord als blutiges Fanal.«

»Die Amputation, der Fundort vor der Kirchentür, die Möwenflügel«, wandte Leon langsam und nachdenklich ein. »Nicht gerade das, was man von einem neunundzwanzigjährigen Ersttäter erwarten würde, oder? Und wenn er noch so eifersüchtig ist.«

»Verrückte sind zu allem fähig«, sagte Didier. »Ist doch so.«

»Wer diesen Mord begangen hat, ist planvoll vorgegangen«, widersprach Leon. »Und er hatte zumindest rudimentäre Kenntnisse in Anatomie.«

»Verehrter Docteur, bitte verschonen Sie uns mit Ihren Theorien.« Zerna verzog gequält sein Gesicht.

»Warum denn?«, fiel die Kommissarin dem Polizeichef ins Wort und wandte sich gleichzeitig an Leon. »Lassen Sie mal hören.«

»Der Täter hat den Fuß am Gelenk getrennt. Er hat die Sehnen durchschnitten, er hat sogar eine Knochensäge verwendet«, zählte Leon auf. »Aber er ist bei all dem sehr ungeschickt vorgegangen. Ich denke, er hat sich theoretisch mit Anatomie beschäftigt, ihm fehlt aber praktische Erfahrung.«

»Vielleicht ist er ja gelernter Metzger«, wandte Didier ein.

»Oder ein Médecin légiste, der sich nur verstellt«, meinte Zerna listig. Ein paar Zuschauer lachten.

»Interessante Vorstellung«, antwortete Leon kühl.

»Man muss ja nicht studiert haben, um einem den Fuß abzusäbeln«, kam es von den Zuhörern.

»Sicher nicht. Aber dieser Täter hat mehr getan, als einen Fuß abzutrennen, viel mehr ...«, sagte Leon geheimnisvoll, und alle sahen ihn an.

Leon hatte den Schnitt am Unterbauch des Opfers zunächst nur für eine oberflächliche Verletzung gehalten. Vielleicht wollte der Täter dort auch etwas in den Körper applizieren, wie er das mit den Flügeln gemacht hatte. Doch bei genauerer Untersuchung stellte Leon fest, dass der Täter diesen Schnitt aus einem ganz anderen Grund gemacht hatte. Nicht um etwas hineinzustecken, ganz im Gegenteil, er hatte etwas entnommen.

»Der Täter hat seinem Opfer den Uterus herausgeschnitten«, sagte Leon so sachlich er konnte.

23. Kapitel

Als sich das Hoftor elektrisch öffnete und ein Polizeiwagen vor dem Hinterausgang der Wache hielt, wusste Monsieur Bonnet, dass es so weit war. Er griff zur Pistole, die neben ihm auf dem Beifahrersitz lag. Immer wieder hatte er jeden Handgriff geübt. Er zog den Schlitten zurück, und mit einem metallischen Klicken wurde eine Neun-Millimeter-Patrone aus dem Magazin in den Lauf geschoben. Bonnet legte den Sicherungshebel um und spannte den Hahn mit dem Daumen. Jetzt war die halb automatische Waffe feuerbereit, sieben weitere Patronen warteten im Magazin.

Bonnet schaltete die Innenbeleuchtung aus und öffnete vorsichtig die Autotür, aber niemand achtete auf den Mann, der in der Dämmerung aus dem dunkelblauen Familienvan stieg. Bonnet ließ den Schlüssel stecken und die Tür nur angelehnt. Es würde hektisch werden, wenn sein Plan gelang.

Die Seitenstraße lag vor ihm wie ausgestorben, abgesehen von einem alten Mann, der einen Rollwagen mit Einkäufen hinter sich herzog. Bonnet verbarg die rechte Hand mit der Waffe hinter seinem Rücken.

In dem grauen Sakko, dem gestreiften Hemd und den gebügelten Leinenhosen hätte man ihn für einen harmlosen Geschäftsmann halten können. Nur wer ihm in die Augen sah, würde erkennen, dass dieser Mann verzweifelt und zu allem entschlossen war.

Bonnet überquerte die Straße und ging auf das geöffnete Tor zu. In diesem Moment öffnete sich die Hintertür zur Wache. Lieutenant Kadir führte den Verdächtigen aus dem Gebäude. Pierre Roussel blieb stehen und sah sich verunsichert um, als er ins Freie trat. Kadir schubste ihn vorwärts.

»Na los, Roussel«, befahl Kadir.

»Ich habe gesagt, ich geh nicht in den Knast.« Roussel blieb stehen wie ein bockiges Kind.

»Du kannst auch die hier haben«, drohte Kadir und zeigte Roussel die Handschellen.

»Ihr habt nichts gegen mich in der Hand. Überhaupt nichts.«

»Erzähl das dem Richter.« Kadir stieß den Gefangenen vorwärts. »Jetzt geh schon weiter.«

Bonnet musste sich zwingen, nicht loszulaufen. Er durfte nicht auffallen. Die Polizisten sollten so spät wie möglich begreifen, wer da auf sie zukam. Bonnet war jetzt keine fünfzehn Meter mehr vom Polizeifahrzeug entfernt. Der Fahrer, ein junger Lieutenant, stieg aus und öffnete die hintere Tür.

»Hier geht's rein ...«, sagte er. Roussel zögerte erneut.

»Was hast du erwartet? Ein Taxi?« Kadir lachte.

In diesem Moment begann Bonnet zu laufen. Dabei hob er die Waffe und hielt sie mit ausgestrecktem Arm vor sich.

»Pierre Roussel!«, rief Bonnet und sah, wie der Gefangene stehen blieb und sich nach ihm umsah. Auch die Polizisten bemerkten den elegant gekleideten Mann, der da auf sie zugelaufen kam.

Im hellen Licht des Außenscheinwerfers, der auf das Tor gerichtet war, konnte Bonnet das Gesicht des Gefangenen genau erkennen. Das war der Mann, der seine Françoise getötet hatte. Der ihren Körper geschändet hatte. Der ihr unsäglichen Schmerz zugefügt hatte. Der ihr die Zukunft genommen und alles zerstört hatte, was Bonnet in so vielen Jahren aufgebaut hatte. Nein, das da war kein Mensch, das war ein Tier.

Bonnet drückte den Abzug der Walther PPK durch. Der Schuss knallte scharf und laut in der ruhigen Vorortidylle. Bonnet spürte, wie die Waffe in seiner Hand zuckte wie ein lebendiges Wesen. Der Rückstoß riss die Mündung nach oben. Wie oft hatte er diese Waffe in die Hand genommen? Hatte versucht, sich ganz genau vorzustellen, wie das wäre, den Mörder seiner Tochter zu richten. Aber er hatte nie wirklich abgedrückt, nie geschossen. Mit einer Waffe in der Hand loszulaufen und dabei auf ein sich bewegendes Ziel zu feuern, das funktionierte nur im Kino. In der Realität konnte ein ungeübter Schütze unter diesen Umständen höchstens einen Glückstreffer landen.

Die erste Kugel zerschlug die Windschutzscheibe des Polizeiwagens. Bonnet korrigierte die Hand und feuerte erneut.

»Runter, runter! Der schießt …«, brüllte in diesem Moment der junge Polizist, der den Streifenwagen fuhr.

Lieutenant Kadir ließ den Gefangenen los und griff nach seinem Gürtelholster, wo sich seine Dienstwaffe befand. Druckknopf auf, Waffe aus dem Holster reißen, durchladen, zielen. Es vergingen etwa zwei endlose Sekunden, in denen der Angreifer mit großen Schritten immer näher kam. In der Dämmerung konnte Kadir die Waffe in Bonnets Hand sehen. Und er sah auch das Aufblitzen der Schüsse, bevor er den Knall registrierte. Der nächste Schuss von Bonnet traf die Mauer der Wache, verwandelte sich in einen Querschläger und durchbohrte die offen stehende Tür des Streifenwagens.

Bonnet lief weiter. Jetzt trennten ihn keine sechs Meter mehr von Roussel, der wie versteinert zwischen Treppe und Streifenwagen stehen geblieben war. In diesem Moment hatte Moma seine Beretta in Anschlag gebracht.

»Waffe runter!«, brüllte Lieutenant Kadir.

Doch Bonnet ließ sich durch nichts mehr aufhalten. Er schwenkte die Hand im Laufen, sodass die Waffe genau auf den Kopf von Roussel gerichtet war. Erst in diesem Augenblick schien der Stuntman zu begreifen, dass das hier keine Show war, sondern die Realität. Er ließ sich hinter dem Einsatzfahrzeug zu Boden fallen. Im gleichen Augenblick schoss Bonnet erneut. Die Kugel flog knapp über Roussel hinweg. Im gleichen Augenblick feuerte auch Kadir, und der verfügte über eine hervorragende Schießausbildung. Er betätigte den Abzug zweimal unmittelbar hintereinander. Kadir hatte extra tief gezielt. Die erste Kugel traf Bonnet unterhalb des rechten Rippenbogens und durchschlug den unteren Lungenlappen. Das zweite Neun-Millimeter-Geschoss traf den Unterbauch, verletzte einige Weichteile und blieb im Hüftgelenk stecken. Bonnet brach im vollen Lauf zusammen. Wie von einer Axt gefällt stürzte er vor den Einsatzwagen.

»Verdammt«, fluchte Kadir. »Verdammter Idiot.« Die Waffe auf Bonnet gerichtet, ging er auf den Mann zu. Bonnet krümmte sich vor Schmerzen. Die Waffe lag neben ihm. Kadir schob sie mit dem Fuß zur Seite.

»Wir brauchen einen Krankenwagen. Schnell!«, rief Kadir laut in Richtung Wache.

In diesem Augenblick reagierte Pierre Roussel. Er wollte hier weg, und das war seine Chance. Er sah zur Straße. Da stand noch immer der Van mit halb geöffneter Fahrertür. Roussel spurtete los. Als der junge Lieutenant die Flucht des Gefangenen bemerkte, hatte der schon die Straße überquert und war nur noch wenige Meter vom Van entfernt. Der junge Lieutenant zog seine Waffe und schoss in die Luft.

»Stehen bleiben!«, rief der Polizist. Doch Roussel schien das nicht zu beeindrucken. Er riss die Tür auf und ließ sich ins Auto fallen. Jetzt zielte der junge Beamte auf den Van.

»Nicht schießen!«, brüllte Kadir den jungen Kollegen an. »Die Waffe runter, sofort!«

»Das ist ein Mörder!« Der Polizist zielte weiter auf den Mann im Auto, und man hörte, wie der Motor des Vans ansprang.

»Er ist unbewaffnet, verflucht noch mal«, schrie Kadir. Mit einem Schritt stand er neben seinem Kollegen und drückte ihm die Hand mit der Waffe herunter. Polizisten kamen aus dem Präsidium gelaufen. Anweisungen wurden gerufen.

Kadir und der junge Lieutenant mussten zusehen, wie der Van einen Sprung nach vorn tat und dann mit aufheulendem Motor durch die enge Straße davonraste.

24. Kapitel

Isabelle kam mit einer Schale Knoblaucholiven ins Wohnzimmer. Sie hatte sie beim Korsen, Leons Lieblingsstand auf dem Wochenmarkt, besorgt. Dazu gab es Scheiben aufgebackenen Baguettes mit Tapenade. Leon hatte Isabelle ein Glas Rotwein eingeschenkt.

»Auf den armen Bonnet.« Leon hob sein Glas.

»Hör mal, er hat versucht, einen Mann zu erschießen ...«

»Er war verzweifelt«, sagte Leon.

»Hast du gehört, wie es ihm geht?«

»Dr. Menez meinte, sie hätten vier Stunden operiert«, antwortete Leon. »Er scheint über den Berg. Aber Schussverletzungen sind tückisch.«

»Was hätte Moma denn tun sollen?«

»Niemand macht deinem Kollegen einen Vorwurf.«

»Was hat sich Bonnet nur gedacht? Dass die Polizei zuschaut, wie er einen Gefangenen erschießt?«

»Vielleicht war es ihm egal.« Leon betrachtete den Wein in seinem Glas. »Irgendwo kann ich ihn sogar verstehen.«

»Ist nicht dein Ernst ...«, meinte Isabelle.

»Er hat seine tote Tochter gesehen, wie sie da vor der Kirche lag. Ich weiß nicht, was ich getan hätte.«

»Was meinst du, hat Roussel etwas mit der Sache zu tun?«, fragte Isabelle.

Leon zuckte mit den Schultern. »Du hast unseren Untersuchungsbericht gehört.«

»Ich würde aber gerne wissen, was dein Bauch sagt.«

»Ich dachte, ihr Flics interessiert euch nur für Beweise.«

»Bitte, verraten Sie es mir, Monsieur le Médecin légiste.« Isabelle deutete eine Verbeugung an. Leon lächelte.

»Okay, wenn ich mir Art und Wirkungsgrad der einzelnen Verletzungen ansehe, denke ich, dass wir es mit einer schwer gestörten Persönlichkeit zu tun haben«, begann Leon.

»Ach nein ...«, provozierte ihn Isabelle.

»Warte.« Leon hob die Hände, als müsste er sein Publikum zur Ruhe bringen. »Es handelt sich um jemanden, der maximale Schmerzen zufügen will. Ich denke, er möchte sein Opfer bestrafen.«

»Bestrafen, wofür?«

»Willst du eine ehrliche Antwort?« Leon sah Isabelle an. »Keine Ahnung.«

»Warum ausgerechnet Françoise Bonnet? Denkst du, sie war nur ein Zufallsopfer?«

»Das ist die große Frage. Wenn jemand eine solche Besessenheit entwickelt, dann sehe ich dafür eigentlich nur zwei Gründe«, dachte Leon laut nach. »Entweder es gibt eine hochemotionale Verbindung zwischen Täter und Opfer wie Hass, Eifersucht oder grenzenlose Wut.«

»Wer könnte eine Zweiundzwanzigjährige so hassen, dass er ihr den Fuß absägt?«, unterbrach ihn Isabelle.

»Richtig. Darum sollten wir die zweite Möglichkeit überdenken. Der Täter hat sein Opfer stellvertretend für eine andere Person ausgesucht. Für jemanden, den er nicht mehr erreichen kann.«

»Ein Frauenhasser?«

»Nein, es muss etwas Spezifischeres geben, das den Täter auf die Spur dieser Frau gelockt hat.«

»Du hast gesagt, dass er ihre Gebärmutter ...« Sie unterbrach sich und schüttelte heftig den Kopf, als könnte es helfen, diese grauenhafte Vorstellung loszuwerden.

»Das geht mir auch schon den ganzen Tag durch den Kopf.« Leon trank noch einen Schluck Wein. »Es hat in der Kriminalgeschichte immer wieder Fälle gegeben, in denen Täter ihre Opfer auf diese Weise verstümmelt haben.«

»Aber warum?«

»Sie wollten diese Frauen nicht nur töten. Sie wollten ihre Weiblichkeit auslöschen.«

»Wenn jemand seine Tat so inszeniert, müsste er dann nicht ...?« Isabelle sprach den Gedanken nicht aus.

»Du fragst dich, ob Françoise Bonnet sein erstes Opfer war?«

»Ich habe jedenfalls noch nie von einem ähnlichen Fall gehört«, wiegelte Isabelle ab.

»Vielleicht wurden seine anderen Opfer bisher nur noch nicht gefunden.«

»Und wenn es keine anderen Opfer gibt?«

»Dann muss Françoise Bonnet irgendetwas verkörpert haben, das diese zerstörerische Wut bei ihrem Mörder ausgelöst hat.«

»Was sollte das sein? Eine junge Frau in der Ausbildung, die in ihrer Freizeit joggen gegangen ist.«

»Regelmäßig gejoggt ist«, korrigierte Leon. Isabelle sah ihn an. »Der Täter hat sie beobachtet. Er scheint genau gewusst zu haben, wann und wo die junge Frau zum Laufen ging.«

»Was willst du damit sagen?«

»Er ist ein Jäger. Was sind die Tugenden eines erfolgreichen Jägers? Geduld und Ausdauer. Er nimmt sich Zeit. Und noch was. Ich glaube, er genießt seine Tat.«

»Wie kommst du darauf?«, fragte sie.

Leon zuckte mit den Schultern »Weiß nicht. Du wolltest doch wissen, was mein Bauch sagt.«

25. Kapitel

Der Mann hatte sich die schwarze Strickmütze tief ins Gesicht gezogen, denn vom Meer her wehte an diesem Abend eine feuchte, kühle Brise. Er machte einen Schritt zurück und drängte sich tiefer in den schmalen Durchgang hinter dem Fischrestaurant, dorthin, wo er gute Sicht auf den Eingang hatte und wo ihn der kalte Wind nicht erreichte.

Sie jobbte hier in Cavalière, nur ein paar Küstenkilometer von Le Lavandou entfernt. Verdiente sich am Wochenende etwas zu ihrem mickrigen Gehalt in der Klinik dazu. Servierte in dieser Bruchbude, die sich großspurig »Sel du Mer« nannte, den Touristen Fischburger. Das waren matschige Fischfilets mit Mayonnaise, dazu schwammige Fritten, vollgesogen mit ranzigem Fett. Wie verblödet die Touristen doch waren, dachte der Mann. Niemand interessierte sich mehr für anständiges Essen. Es musste nur satt machen, billig sein und in großen Portionen serviert werden.

Ein Touristenpärchen verließ kichernd das Lokal. Die beiden waren die letzten Gäste an diesem Abend gewesen. Es würde nicht mehr lange dauern, dann würde »sie« auftauchen. Sie stand schon lange ganz oben auf seiner Liste. Wie oft hatte er gezögert, ob er sie sich nicht gleich holen sollte. Die andere, die war nur Ersatz, das war von Anfang an klar gewesen. Gut, sie hatte auch gelitten, und er hatte seinen Spaß mit ihr gehabt, aber sie hatte ihn nicht berühren können. Nicht tief in seiner Seele, dort, wo ihn die Lust und die Gier und dieses Gefühl grenzenloser Macht antrieben. Wo er bereit war, alles zu riskieren. Dabei war er beim letzten Mal schon weiter gegangen als bisher. Er konnte sich nicht erklären, woher das kam. Es war ein plötzliches Bedürfnis, das da in ihm hochgekocht war. Eine Stimme, die ihm gesagt hatte, dass es für ihn ab jetzt keine Schranken mehr gab. Das Böse und das Gute waren eins geworden. Er hatte eine Demonstration seiner Macht geliefert. Das nächste Mal wollte er noch weiter gehen. Noch viel weiter.

Bisher war alles nur eine Übung gewesen. Eine Probe, bei der er sich warmlaufen konnte. Er hatte sich ausprobieren können. Ein Testdurchgang vor der großen Show. Dieses Mal würde er zeigen, was er wirklich draufhatte. Tod oder Leben, das war für ihn weniger als ein Fingerschnippen. Der Körper war nur eine Hülle aus Fleisch, Blut und Schmerzen. Er würde das Innere nach außen kehren und beweisen, wie armselig der Wille und die Seele waren. Der Schöpfer des Himmels und der Erde hatte Mist gebaut.

In diesem Moment ging die Tür auf, und sie kam heraus. Er sah, wie sie sich verabschiedete von dem Kerl, der die Frittenbude betrieb. Ein Verlierer, genau wie der Mann, mit dem sie ihr Leben verschwendete. Alles Nieten und Versager, die am Rande der Gesellschaft dahinkrebsten. Männer, die niemals wissen würden, wozu ein Mensch fähig war. Aber sie, sie wusste, dass sie es in sich trug. Er hatte ihre Angst gesehen. Er spürte seinen Herzschlag, wenn er daran dachte, wie er diese aus den Fugen geratene Welt wieder in Gleichklang bringen würde. Es würde herrlich werden. Ein Fest.

Der Mann hörte ein Handy klingeln. Die Frau blieb stehen und zog ein Smartphone aus ihrer Tasche. Das Gespräch war kurz und heftig und wurde offenbar auf Arabisch geführt. Der Mann sprach kein Arabisch. Er wartete, bis die Frau aufgelegt hatte und weiterging. Jetzt hatte ihr Gang etwas Zorniges. Der Mann wartete, bis die Frau in die Dunkelheit der frühen Nacht eingetaucht war, dann folgte er ihr. Sie würde zu ihrem roten Renault Clio gehen, den sie jedes Mal am Ende der Promenade bei den Oleanderbüschen parkte. Keine fünfzig Meter vorher bog der Mann in einen Pfad ab, der über eine steile Treppe zur oberen Straße führte. Diese obere Corniche war eine Abkürzung, wenn man nach Le Lavandou wollte. Von hier gab es keine atemberaubenden Blicke auf die Küste. Alles, was man zu sehen bekam, war der Blick auf die Laderampen einiger Supermärkte und das Umspannwerk. Außerdem war die Straße eng, und man musste hart am Straßenrand fahren, um entgegenkommenden Lastwagen auszuweichen. Aber um diese Zeit war die Straße leer und man sparte sich mindestens fünf Minuten bis Le Lavandou. Sie nahm jedes Mal diesen Weg. Darum hatte der Mann seinen Wagen hier oben geparkt. Unauffällig stand der Camion am Straßenrand. Der Mann stieg ein und duckte sich, als einen Augenblick später der Clio an ihm vorbeifuhr. Dann startete er den Motor und folgte dem Auto, ohne das Licht einzuschalten.

Er genoss diese Momente, in denen er seine Macht spürte. Natürlich hätte er sie schon beim Einsteigen schnappen können. Aber so war es viel aufregender. So konnte er sich einreden, sie hätte eine reale Chance davonzukommen. Was natürlich Unsinn war. In Wirklichkeit hatte sie so viele Chancen wie ein Huhn gegen einen Fuchs im Stall. Der Mann würde sie sich holen, wenn sie glaubte, davongekommen zu sein. Hier oben, irgendwo auf der einsamen Corniche in den Ausläufern des Massif des Maures. Ohne Zeugen, ohne Spuren zu hinterlassen. Dann würde sie ihm zur Verfügung stehen. Er würde sie gestalten, nach seinen Vorstellungen. Er würde all diese wunderbaren Dinge mit ihr machen, und sie müsste für ihn durch die Hölle gehen. Sie sollte genauso leiden, wie jemand anderes gelitten hatte, vierzig Jahre zuvor. Vielleicht würde sie sein endgültiges Meisterwerk werden. Der krönende Abschluss seines Kreuzzuges. Aber schon im Moment, da ihm dieser Gedanken kam, wusste der Mann, dass er sich etwas vormachte. Natürlich würde es weitergehen, immer weiter. Schließlich hatte er eine Mission zu erfüllen.

Plötzlich sah er die roten Rücklichter des Clio in der Dunkelheit auftauchen. Der Wagen bewegte sich jetzt etwa zwanzig Meter vor ihm durch die engen Kurven. Die Frau fuhr ruhig und langsam. Die Strecke war gefährlich. Es gab keine Straßenbegrenzung, und die ehemals weißen Seitenmarkierungen waren von Sonne und Regen fortgewaschen. Der Mann schaltete zurück. Er näherte sich langsam dem Clio. Noch hatte die Frau ihn nicht entdeckt. Warum hätte sie auch in den Rückspiegel schauen sollen, wo nur finstere Nacht war. Jetzt kam das Stück, wo die Straße in vier engen Kurven hintereinander verlief. Der Mann gab Gas und kam dem Clio immer näher. Als er keine drei Meter mehr entfernt war, schaltete der Mann die Scheinwerfer ein. Im gleichen Moment sah er kurz die Bremslichter des kleinen Wagens aufflammen. Dann riss die Fahrerin das Auto in einer panischen Bewegung nach links. Der Clio schleuderte quer über die Fahrbahn. Aus dem Augenwinkel bemerkte die Frau den Camion, der sie überholen wollte, und steuerte auf ihn zu. Der Clio schleuderte nach rechts und kam von der Straße ab. Die Räder verloren den Halt. Die Frau trat auf die Bremse, und der Wagen rutschte in einer großen Staubwolke mit den rechten Rädern in den Straßengraben, wo er hilflos hängen blieb.

Für einen Augenblick schien die Zeit stehen zu bleiben. Die Scheinwerfer des Camion beleuchteten den dunklen Wagen, dessen vordere Räder sich im Leerlauf drehten, ohne Halt zu finden. Der Mann öffnete die Fahrertür und stieg aus. Er hatte das Licht im Rücken, als er auf den Wagen zuging und den panischen Blick der Frau sah, die genau zu wissen schien, dass sie etwas Schreckliches erwartete.

26. Kapitel

Das war nicht die Bucht von Le Lavandou, das waren auch nicht die Inseln. Das war überhaupt kein Platz, an dem Leon schon einmal gewesen war. Er sah sich um, neben ihm lief Isabelle. Sie trug einen warmen Parka, die Kapuze über dem Kopf. Den rechten Schuh hatte sie ausgezogen und lief durch die Wellen, dass das Wasser nur so spritzte. Leon wollte ihr sagen, dass es heute zu kalt war, um barfuß durchs Meer zu laufen, aber sie konnte ihn nicht hören. Die Möwen schrien so laut. Der Himmel war voller kreischender Möwen, und es wurden immer mehr.

Die Vögel kreisten um einen Felsen am Ende des Strandes. Als Leon näher kam, sah er Blut, das den Felsen hinunterrann. Auf den Klippen stand eine Möwe, groß wie ein Seeadler. Das Tier bewegte sich hin und her, als wollte es zu den anderen Vögeln, hinauf in den Himmel. Doch die Möwe konnte nicht, denn irgendjemand hatte ihr die Flügel abgeschnitten. Dort, wo ihre weiten Schwingen gewesen waren, klafften jetzt blutige Öffnungen. Leon wollte Isabelle die Möwe zeigen. Aber Isabelle war nicht mehr an seiner Seite. Isabelle trieb im Meer, und das Wasser war rot vom Blut. Leon rief Isabelles Namen – und wachte auf.

Er brauchte ein paar Sekunden, um zu begreifen, dass er nur geträumt hatte. So realistisch waren die Bilder in seiner Fantasie gewesen. Er drehte sich auf die Seite, doch der Platz neben ihm im

Bett war leer. In diesem Moment hörte er Radiomusik und Klappern aus der Küche. Ein Blick auf die Uhr. Es war halb acht. Er hatte verschlafen.

Leon gönnte sich eine schnelle, sehr heiße Dusche. Fünf Minuten später stand er im Bademantel vor dem Spiegel und betrachtete sich. Er beugte den Kopf nach vorn und schob mit den Fingerspitzen die Haare nach hinten. Täuschte das künstliche Licht, oder war sein Haaransatz wieder ein Stück weiter nach oben gewandert? Er drehte den Kopf ein wenig und zog das rechte Augenlid mit dem Zeigefinger nach unten. Hatte sich da nicht ein dunkler Ring um die Iris gebildet? Ein sicheres Zeichen für eine Erkrankung. Hatte er vielleicht Probleme mit der Leber, der Schilddrüse oder etwas Schlimmeres? Leon war erst letzte Woche bei Dr. Menez in der Klinik gewesen, um sich durchchecken zu lassen. Menez war der Meinung, alle seine Werte seien in bester Ordnung. Für einen Moment hatte Leon das beruhigt. Aber schon auf der Treppe zu seinem Büro waren die alten Zweifel zurückgekommen. Was wussten Ärzte schon? Er kannte die Geschichte von einem Internisten, der seinem Patienten gerade noch attestiert hatte, er sei kerngesund. Und schon im nächsten Augenblick traf ihn ein tödlicher Schlaganfall.

Leon wusste, dass manche Leute ihn für einen Hypochonder hielten. Dazu gehörte auch Isabelle, vor allem Isabelle. Aber was konnte er denn dagegen tun? Er hatte es den ganzen Tag mit toten Menschen zu tun. Wenn die Lebenden wüssten, wie viele Möglichkeiten es gab, sich unfreiwillig ins Jenseits zu verabschieden, würden die meisten morgens nicht mehr ihr Bett verlassen. Dass die Menschheit darüber nicht den Verstand verlor, lag Leons Meinung nach ausschließlich an ihrer seligen Ahnungslosigkeit. Er dagegen kannte die unbarmherzige Wahrheit. Ja, er war bekennender Hypochonder. Was blieb ihm denn auch übrig?

Leon hatte den Morgen mit so viel Zuversicht begonnen. Als er in die Küche kam, fühlte er sich plötzlich schlapp und angeschlagen. Isabelle stand am Herd und schlug Eier in die Pfanne, sie war guter Laune wie meistens.

»Guten Morgen. Gut geschlafen?«, sagte sie vergnügt. »Soll ich dir auch Rühreier machen?«

»Ich weiß nicht, mein Cholesterin ...« Leon sprach den Satz nicht zu Ende und ließ ihn wie eine dunkle Wolke in der Luft hängen.

»Entspann dich. Hat Dr. Menez nicht gesagt, es sei alles in Ordnung bei dir?«

»Ärzte ...« In Leons Stimme lag ein Hauch von Verachtung.

»Jetzt komm schon. Bin gleich fertig.« Isabelle verrührte mit dem Schneebesen das Ei in der Pfanne.

»Na gut, dann nehme ich eben was.«

»Avec plaisir, Monsieur.« Isabelle lächelte ihn an. Sie nahm eine Gabel und schob frisches, dampfendes Rührei auf Leons Teller. Dazu legte sie zwei gebratene Scheiben Speck.

»Sieht gut aus«, sagte Leon. »Weißt du, was ich mir gerade überlegt habe: Ich werde nur noch einmal im Jahr zu Dr. Menez gehen.«

»Wirklich? Und wovon soll der arme Doktor in Zukunft leben?«

»Gibt es was Neues von Roussel?«

»Nichts. Aber die halbe Gendarmerie des Var sucht nach ihm.«

»Ich an seiner Stelle würde mich auch gut verstecken.«

»Du glaubst nicht, dass er etwas mit dem Mord zu tun hat.«

»Ich sehe immer den Fuß vor mir, der mitten auf der Uferpromenade steht. Ich glaube, dass der Täter uns herausfordern will. Für so etwas ist Roussel nicht intelligent genug.«

»Wie schlau muss man denn schon sein, um einen abgesägten Fuß auf das Trottoir zu stellen?« Lilou war in der Tür aufgetaucht.

Sie trug Jeans, die über dem Knie modisch aufgerissen waren, und über einem orangefarbenen Hoodie eine rote Steppweste. Die Haare waren zu einem Dutt zusammengedreht, der von einer Klammer in Form einer Erdbeere zusammengehalten wurde.

»Guter Punkt«, meinte Isabelle und hielt ihrer Tochter die Wange hin, die Lilou brav küsste.

Auch Leon bekam einen Wangenkuss, was ihm gefiel. »Er ist stolz auf seine Arbeit«, sagte Leon.

»Stolz?« Lilou sah Leon mit gerunzelter Stirn an. »Das ist ja so was von pervers.«

»Lasst uns bitte das Thema wechseln«, bat Isabelle in Richtung ihrer Tochter. »Rührei?«

»Du weißt, dass ich keine toten Küken esse.« Lilou hatte die Glastür zur Veranda geöffnet und war in die Knie gegangen. »Kitty, Kitty, Kitty ...«, lockte sie.

Im gleichen Moment drückte sich eine magere, grau-weiß gestreifte Katze in die Küche. Sie strich um Lilous Füße und sah Leon und Isabelle herausfordernd an.

»Nein, nicht schon wieder«, stöhnte Isabelle.

»Aber Maman ...«

»Keine Tiere mehr, das haben wir ausgemacht«, sagte Isabelle.

»Ist doch nur 'ne kleine Katze«, meinte Leon.

»Danke für die Unterstützung«, empörte sich Isabelle. »Du musst sie ja nicht füttern, wenn sie ab jetzt jeden Tag auf der Terrasse maunzt.«

»Sie ist bestimmt ganz allein auf der Welt.« Lilou sah Isabelle in gespielter Dramatik mit großen Augen an. »Ihre Babys wurden von bösen Menschen im Meer ertränkt. Und ihr Mann ist mit einer Jüngeren durchgebrannt ...«

»Da hörst du es.« Leon machte das Spiel mit.

»Okay.« Isabelle musste lächeln. »Ihr habt gewonnen. Aber

nur heute.« Isabelle gab Milch in ein Schälchen. »Hast du das gehört, Katze?«

»Sie heißt Josephine«, sagte Lilou.

»Na gut, Josephine.« Isabelle trug das Schälchen nach draußen, und Josephine folgte ihr mit gierigem Blick. »Aber dann gehst du zurück zu deinem Napoleon. Und wehe, ich erwische dich in der Küche. Ich bin bei den Flics!« Isabelle stellte die Milch auf die Terrasse.

Lilou lächelte ihre Mutter an. »Merci, maman«, sagte sie. »Du hast ihr das Leben gerettet.« Lilou hielt ihrer Mutter einen Flyer hin, auf dem Antoine Legrand, der Maler, abgebildet war. Darunter stand wie mit einem Pinsel geschrieben: »Entdecke den Künstler in dir! Malkurse mit Antoine«. »Darf ich da hin?«

»Ich weiß nicht. Hast du mir nicht erzählt, du wolltest übers Wochenende in den Yogakurs von Madame Zolezi?« Isabelle reichte den Flyer an Leon weiter.

»Vielleicht hat dieser Monsieur Antoine ja mehr zu bieten als die gute Madame Zolezi.« Leon sah Isabelle an.

»Es ist ein Malkurs im alten Leuchtturm. Die anderen haben gesagt, es wäre superinteressant. Du sagst doch immer, ich sollte mich mehr für Kunst interessieren.«

»Und für die Künstler.« Leon entfaltete den Prospekt. Auf den Fotos hielt Antoine Legrand einen Pinsel in der Hand und lächelte breit in die Kamera. Sein üppiges dunkles Haar zeigte ein paar graue Strähnen. Der schöne Antoine hatte die oberen Knöpfe seines Leinenhemdes geöffnet und man konnte sehen, dass er ein schmales Lederbändchen um den Hals trug, an dem eine Muschel befestigt war. Was dem Maler einen Hauch von Abenteurer verlieh. Leon schätzte Antoine auf Anfang vierzig, aber er versuchte sich jünger zu verkaufen. Leon ahnte, warum Lilou und ihre Freundinnen gerne ein Malwochenende bei Monsieur Legrand buchen wollten. Als er den Flyer wendete, stutzte er. Unter den abgebildeten Kunstwerken von Legrand war auch eine Zeichnung. Eine Frauenhand. Plötzlich war Leon wie elektrisiert. War es das, was ihn bei der Obduktion so irritiert hatte?

»Kann ich das bitte behalten?« Leon hob den Flyer hoch.

»Ich wollte mich eigentlich heute anmelden.« Lilou sah zu ihrer Mutter.

Leon schüttelte ganz leicht den Kopf. Isabelle begriff sofort, dass irgendetwas nicht stimmte.

»Lass uns heute Abend noch mal darüber sprechen«, schlug Isabelle vor.

»Okay, aber man kann sich nur noch morgen anmelden.«

Lilou schnappte sich aus dem Korb auf dem Küchentisch eine Banane und einen Apfel. »Ich muss los.«

»Du hast nichts gefrühstückt.« Isabelle klang besorgt.

»Ich werde schon nicht verhungern.« Lilou hielt demonstrativ das Obst hoch. »Ich bin schon zu spät.«

Lilou griff nach ihrer Stofftasche, in der sie ihre Schulsachen transportierte. Im nächsten Moment hörte Leon, wie die Haustür hinter ihr ins Schloss fiel.

»Sie isst zu wenig.« Isabelle klang besorgt.

»Für eine Sechzehnjährige ihrer Größe hat sie genau das Durchschnittsgewicht.« Leon merkte, dass er gerade wie ein Rechtsmediziner gesprochen hatte. »Entschuldige. Was ich sagen wollte ...«

»Schon gut«, Isabelle winkte ab. »Warum wolltest du nicht, dass sie in diesen Malkurs geht?«

»Ich muss dir etwas zeigen.« Isabelle sah ihn an. »Ich würde gerne deine Meinung dazu hören, als Polizistin. Dauert nur zehn Minuten.«

27. Kapitel

Das Foyer des Rathauses war um diese frühe Stunde wie ausgestorben. Die Sekretärin des Bürgermeisters wunderte sich, warum sich der Docteur und die stellvertretende Polizeichefin so sehr für die Werke von Antoine Legrand interessierten, dass sie schon um acht Uhr morgens im Rathaus auftauchten.

Isabelle folgte Leon auf die Galerie.

»Kannst du mir immer noch nicht sagen, worum es geht? Nur einen kleinen Hinweis.«

»Sei nicht so ungeduldig.« Leon blieb schließlich vor einer Wand stehen, an der verschiedene Skizzen hingen. Er machte eine demonstrative Geste. »Da ist es.«

»Was, diese Zeichnung?« Isabelle kam enttäuscht ein paar Schritte näher. Die Skizze zeigte eine Frauenhand und im Anschnitt die Manschette einer Bluse. »Was soll damit sein?«

»Schau dir die Finger an. Ziemlich gut getroffen, oder?«, fragte Leon.

»Der Ringfinger ist zu kurz«, meinte Isabelle.

»Sehr gut, Madame la Capitaine. Es fehlt das erste Fingerglied.« Leon machte eine kurze dramatische Pause. »Genau wie bei Françoise Bonnet.«

»Ist nicht wahr!« Sie sah jetzt noch genauer hin. »Du meinst, er hat die Hand von Françoise Bonnet gezeichnet?«

»Die linke Hand, um genau zu sein«, sagte Leon zufrieden. »Wie groß ist wohl die Wahrscheinlichkeit, dass das nur ein Zufall ist?«

»Und wenn du dich irrst?«

»Françoise Bonnet lag auf meinem Obduktionstisch. Ich habe sie seziert. Da irre ich mich nicht.« Leon klang leicht gekränkt.

»Entschuldige, ich habe ja nur auf die Möglichkeit hingewiesen.«

»Vor einigen Tagen, auf der Vernissage, da hat sich Legrand genau erkundigt, wie weit wir mit dem Fuß sind.«

»Vielleicht war er nur neugierig.«

»Er wollte sogar in die Rechtsmedizin kommen und mir bei der Arbeit zusehen.«

»Nehmen wir an, er hat sie wirklich gezeichnet. Das muss ja noch nichts heißen.«

»Auch nicht, wenn das Mädchen kurz darauf verstümmelt auf den Kirchenstufen liegt?«

»Hast ja recht.« Isabelle betrachtete ihre linke Hand und verglich sie mit der Zeichnung. Das Bild war wirklich sehr realistisch. »Zerna wird nicht begeistert sein. Er hat sich ein Bild von Legrand gekauft.«

»Lass mich raten«, sagte Leon. »Ein Segelboot im Sturm.«

»Besser: eine Möwe im Sturm.« Isabelle lächelte. »Wir fahren gleich raus zum Leuchtturm. Bin gespannt, was der Meister uns zu erzählen hat.«

»Seht euch in seinem Atelier um. Vielleicht hat er einen Schuppen, wo er Material lagert.«

»Du hältst es wirklich für möglich, dass er es getan hat?«

»Nur so ein Gefühl«, meinte Leon. »Ich fahre in die Klinik. Kann ich dich bis zur Wache mitnehmen?«

Fünf Minuten später hielt Leon vor der Gendarmerie nationale. Er stoppte genau unter dem großen Halteverbotsschild. Isabelle stieg aus, umrundete den Wagen und kam an Leons offenes Fenster.

»Entschuldigen Sie, Capitaine, ich fahre gleich weiter«, sagte Leon mit einem breiten Lächeln.

Isabelle beugte sich in das geöffnete Seitenfenster.

»Hast du es dir überlegt?«, fragte sie.

»Habe ich mir was überlegt?« Leon ahnte, worauf diese Unterhaltung hinauslaufen würde.

»Du weißt schon«, meinte Isabelle.

»Isabelle ... Also, ich ...«

»Frauen mögen es nun mal, wenn man mit ihnen über die Zukunft spricht«, versuchte Isabelle, ihm eine Brücke zu bauen.

»Ich finde, wir haben ein tolles Leben.« Leon griff nach Isabelles Arm. »Warum sollten wir daran etwas ändern?«

Isabelle sah ihn kurz an, dann drehte sie sich um und ging zum Eingang der Wache. Leon wusste sofort, dass er die Sache vermasselt hatte. Er hatte definitiv nicht das gesagt, was Isabelle hören wollte. Und er wusste es in dem Augenblick, in dem er es ausgesprochen hatte. Er hatte nicht nur Geschirr zerbrochen, er war auch noch darauf herumgetrampelt. Was war bloß los mit ihm?

»Isabelle!«, rief er. Isabelle sah sich nicht mehr um. Sie hielt ihre Schlüsselkarte an den automatischen Öffner, die Glastür glitt zur Seite, und im nächsten Moment hatte das Gebäude sie verschluckt.

28. Kapitel

Leon bog auf den Parkplatz der Klinik ein, auf dem jeder Arzt seinen festen Stellplatz hatte. Einige wenige dieser Plätze lagen im Schatten einer großen Pinie, sodass man nach Dienstschluss nicht in einen Wagen einsteigen musste, in dem Backofentemperaturen herrschten. Leon besaß einen dieser privilegierten Plätze, der mit seiner Autonummer gekennzeichnet war. Und genau dort stand jetzt ein schwarzer Mini. Es gehörte zu den ungeschriebenen Gesetzen der Klinik, dass diese Parkplätze für Fremde absolut tabu waren. Es ging sogar das Gerücht, dass einer der Ärzte einem Mitarbeiter der Klinik einen Fisch durchs offene Fenster gesteckt hatte, nachdem er ihn zum wiederholten Mal auf seinem Parkplatz erwischt hatte.

So weit würde Leon zwar nicht gehen, aber es ärgerte ihn, wenn Unregelmäßigkeiten seine Ordnung durcheinanderbrachten. In diesem Moment entdeckte er Dr. Claire Leblanc, die über den Parkplatz auf ihn zukam. Leon war ausgestiegen und hatte sich demonstrativ neben seinen Wagen gestellt.

»Ich bekenne mich schuldig«, rief Madame Leblanc schon von Weitem. »Ich hoffe, Sie haben nicht allzu lange warten müssen.«

»Normalerweise werden die Falschparker mitsamt ihrem Auto im Meer versenkt«, sagte Leon.

»Könnten Sie bei mir eine Ausnahme machen?« Sie hob die Hand zum Schwur. »Es soll nie wieder vorkommen.«

»Mal sehen ...«, meinte Leon.

»Und wenn ich Sie dafür zum Abendessen einlade?«, fragte die Psychologin.

»Entschuldigung angenommen«, sagte Leon. Die Psychologin lächelte.

»Hätten Sie einen Moment?« Sie sah Leon an. »Es geht um den Fall Bonnet.«

»Was möchten Sie wissen?«

»Sie haben bei der Besprechung gesagt, dass der Täter eine Knochensäge benutzt hat und dass Sie noch einige Schnittproben machen würden, um die Sägespuren zu vergleichen.«

»Das war, als wir noch nicht wussten, zu wem der Fuß gehörte. Aber inzwischen haben wir ja das Opfer gefunden.«

»Ich weiß, aber wäre es möglich, dass die Schnitte mit einer elektrischen Säge gemacht worden sind?«

Leon sah die Psychologin neugierig an. Wieso interessierte sich Dr. Leblanc für ein solches Detail aus der Autopsie?

»Interessante Frage. Würden sich daraus denn Schlüsse auf das Täterprofil ableiten lassen?«

»Nein, ich war nur neugierig.«

»Gehört das auch zum Kommunikationstraining?« Leon machte eine Handbewegung in Richtung Klinik.

»Nein. Aber auch eine Psychologin geht gelegentlich zum Arzt.«

»Entschuldigen Sie, das geht mich natürlich nichts an.«

»Ich denke, Rechtsmediziner sind von Natur aus neugierig.«

»Genau wie Psychologen.« Leon lachte. »Wann wollen Sie Ihre Tat denn abbüßen?«

»Wie wäre es mit heute Abend?«

»Gute Idee. Ich würde die Auberge Provençale in der Rue Patron Ravello empfehlen.«

»Abgemacht, sagen wir um zwanzig Uhr …?« Claire Leblanc stieg in ihren Mini und brauste davon.

Leon stellte sein Auto ab und ging zum Haupteingang. Was war das eben?, fragte er sich. Hatte er etwa gerade ein Date ausgemacht? Das müsste er gleich wieder absagen. Unsinn, beruhigte er sich. Was er vorhatte, war ein Arbeitsessen und nichts anderes. Dagegen konnte niemand etwas haben. Warum auch? Genau das war es ja, was ihm an der Beziehung mit Isabelle so gefiel. Dass sie keine spießige Zweierbeziehung führten, bei der jeder dem anderem eifersüchtig hinterherschnüffelte. Dazu gab es ja auch nicht den geringsten Grund. Oder doch?

Hoffte er vielleicht insgeheim, dass Dr. Leblanc mehr als nur ein professionelles Interesse an ihm haben könnte? Und er, wie stand er eigentlich zu Madame Leblanc? Hatte er heimliche Fantasien, diese ungemein attraktive Frau näher kennenzulernen? Schluss jetzt, er lebte mit einer wunderbaren Frau zusammen. Was sollten diese Fantasien? Das Treffen mit Madame Leblanc war nichts anderes als ein Meeting. Man würde über ein erstes Täterprofil diskutieren und sich gegenseitig ein paar höfliche Fragen zum Job stellen. Das war es dann schon. Na also, er würde das Essen auf keinen Fall absagen. Im Gegenteil. Er würde gleich nachher Isabelle informieren, dass er noch mit einer Kollegin auf ein Arbeitsessen verabredet war. Zufrieden mit sich öffnete Leon die große Glastür der Klinik, die in das Foyer führte.

»Docteur.« Schwester Monique saß am Empfang und winkte ihn herbei.

»Sagen Sie bitte nicht, Docteur Bayet sucht nach mir …« Dr. Hugo Bayet war der Klinikleiter, und die Gespräche mit ihm waren in der Regel unerfreulich.

»Nein. Da ist ein anderer Monsieur, der Sie sprechen will.« Sie sprach das Wort »Monsieur« aus, als handelte es sich um einen Clochard. Schwester Monique deutete, ohne hinzusehen, auf einen etwa dreißigjährigen Mann, der unruhig auf der Kante eines der breiten Sessel im Foyer saß und zu ihnen herübersah.

Leon erkannte den jungen Mann mit der dunklen Haut und dem scharf geschnittenen Gesicht, der seine Abstammung aus dem Maghreb nicht verleugnen konnte. Aicha Hamdan, Krankenschwester in der Gynäkologie, hatte ihn mal vorgestellt. Aber Leon konnte sich nicht an den Namen erinnern.

»Dieser Mensch hat gesagt, er würde Sie kennen.« Schwester Monique sagte das mit hochgezogenen Augenbrauen, und es war ziemlich klar, was sie von Migranten hielt.

»Danke, schon in Ordnung«, sagte Leon und ging zu dem jungen Mann, der sofort aufstand und Leon entgegenkam.

Der Mann wirkte sehr nervös. Er schien ständig alle Menschen in seiner Nähe zu beobachten und konnte den Blick nicht ruhig halten. Er trug ein Hemd, das an den Ärmeln geflickt war. Seine Hand war rau und rissig. Wie von jemandem, der auf dem Bau arbeitet, wo der Umgang mit Zement die Haut austrocknen und aufplatzen lässt.

»Bonjour, Monsieur ...?«, fragte Leon freundlich.

»Hamdan«, sagte der Mann. »Khalid Hamdan.«

»Richtig, ich erinnere mich. Kann ich Ihnen helfen?«

»Ich muss Sie dringend sprechen, Docteur.« Den Satz sagte Khalid nur halblaut.

»Der Mann von Aicha, richtig?«

»Aicha ist verschwunden.« Der Marokkaner sah sich unruhig um, als würden sie von allen Seiten beobachtet. »Können wir bitte nach draußen gehen?«

Leon ging zurück zum Parkplatz, und der Mann folgte ihm.

»Seit wann ist Ihre Frau verschwunden?«

»Seit gestern Abend.«

»Seit gestern Abend?«, wiederholte Leon. »Warum informieren Sie nicht die Polizei?«

»Wir haben uns gestritten, Aicha und ich«, erklärte der Mann, ohne auf Leons Frage zu antworten. »Ich dachte, sie hätte bei einer Kollegin übernachtet.«

»Sie ist nicht in der Klinik?«, fragte Leon, und Khalid schüttelte den Kopf.

»Sie hat heute Dienst, aber sie ist nicht erschienen.« Der junge Mann griff nach Leons Arm. »Es ist etwas passiert. Das weiß ich genau.«

»Dann müssen Sie zur Polizei gehen.«

»Ich kann nicht.« Khalid klang verzweifelt. »Die sperren mich doch sofort ein.«

»Nein, wie kommen Sie darauf?«, fragte Leon.

»Merde alors, ich bin nicht legal in diesem Land«, zischte der Mann zornig.

»Was erwarten Sie? Dass ich für Sie zur Polizei gehe?«

»Sie sind ein Docteur. Wenn Sie dahin gehen …«

»So funktioniert das nicht«, meinte Leon.

»Warum nicht?«

»Die Polizei wird Fragen stellen.«

»Wenn sie mich ins Gefängnis stecken …«, Khalid schickte einen Blick in den Himmel, der hellblau leuchtete wie ausgeblichener Samt, »dann kann ich Aicha nie finden.«

»Hören Sie.« Leon sah den verzweifelten Mann an. »Sie gehen zur Gendarmerie und reden mit Isabelle Morell.«

»Wer ist das?«

»Die stellvertretende Polizeichefin.«

Khalid lachte auf. Es klang bitter. »Wissen Sie, was die Flics mit einem wie mir machen?« Er drückte die Handgelenke gegeneinander, als ob sie schon gefesselt wären. »Abschiebehaft, sofort. Wenn Sie keine Papiere haben, hilft Ihnen niemand.«

»Hören Sie. Gegen sechzehn Uhr fahre ich zurück nach Le Lavandou.« Er sah den jungen Mann an. »Da kann ich Sie mitnehmen, und wir gehen zusammen zur Gendarmerie.«

»Sie kennen die Flics nicht«, meinte Khalid deprimiert.

»Vertrauen Sie mir?«, fragte Leon, und der Marokkaner sah ihn nur an. »Gut, dann sehen wir uns hier um vier Uhr.«

29. Kapitel

»Er ist ein verdammter Wichtigtuer.« Didier hatte das Lenkrad mit ausgestreckten Armen wie ein Rallyefahrer gepackt und zog den Wagen durch eine enge Kurve, dass die Reifen pfiffen.

»Du kennst ihn doch gar nicht.« Isabelle hielt sich mit der rechten Hand am Türgriff fest, während das Polizeiauto auf die nächste Kurve zuschoss.

»Aber ich kenne solche Typen wie den.« Didier klang abfällig. »Sind doch alle die gleichen Wichser.«

»Pass auf, da vorn, der Laster!«, rief Isabelle, während Didier auf der schmalen Straße eben noch dem Lieferwagen ausweichen konnte. »Kannst du nicht vernünftig fahren?«

»Antoine Legrand, geht's denn noch?« Didier blies voller Verachtung seine Backen auf. »Ich wette, der heißt in Wirklichkeit Pierre Dupont oder Charles Dubois.« Er lachte.

Die Straße schlängelte sich zum höchsten Punkt des Cap Bénat hinauf. Rechts und links zweigten Zufahrten ab, die zu den prächtigsten Villen der Gegend führten. Und mit jeder neuen Kurve hatte man einen weiteren spektakulären Blick auf das dunkelblaue Meer, das an diesem Tag so klar war, dass man von hier oben glaubte, die Fische im Wasser sehen zu können. In diesem Moment kam dem Polizeiauto ein Jugendlicher auf einem Skateboard entgegen.

»Spinnt der …?« Didier konnte den Wagen gerade noch zur Seite reißen. »Idiot! Willst du einen Strafzettel?«, rief Didier aus dem offenen Fenster, aber der Junge sah nicht einmal zu ihm herüber.

»Privatbesitz.« Isabelle sagte das so, als würde es alles erklären. »Hier sind wir nicht zuständig. Also vergiss den Strafzettel.«

»Scheiß Millionärssöhnchen. Die sollen bloß nicht glauben, sie könnten sich alles erlauben.«

»Da vorn ist es.« Isabelle deutete auf ein rostiges Tor, das wahrscheinlich schon seit Jahrzehnten nicht mehr geschlossen worden war.

Warum sollte hier auch jemand abschließen?, dachte sie. Das Gelände wurde gut bewacht. Wer mit dem Auto hierher wollte, musste erst mal an einem Pförtnerhaus mit Schranke vorbei, das rund um die Uhr besetzt war. Das Gelände umfasste mehrere Quadratkilometer in der schönsten Einsamkeit mit angrenzendem Naturschutzgebiet. Es kam einem auf dem Cap so vor, als befände man sich in einer anderen Welt.

Hinter dem Tor begann ein Kiesweg, der an Mimosen- und Ginsterbüschen vorbeiführte. Fünfzig Meter weiter öffnete sich der Weg zu einer weiten Lichtung. Hier ragte der rot-weiße Leuchtturm wie ein überdimensionales Kinderspielzeug fünfundzwanzig Meter in den Himmel. Vor dem Sémaphore stand ein gemütliches provenzalisches Haus mit weiß gestrichenen Wänden und hellblauen Fensterläden. Ein Anblick wie aus einem Kinderbuch.

Eine Runde von sechs Hobbymalerinnen, die alle konzentriert an ihren Bildern auf den Staffeleien gearbeitet hatten, sahen sich erstaunt nach den beiden uniformierten Polizisten um, die wie Außerirdische in ihre Welt hineingebrochen waren.

Das Erste, was Isabelle beim Aussteigen auffiel, war die Ruhe.

Schon in Le Lavandou war es ruhig, aber hier oben überkam einen geradezu ein Gefühl andächtiger Stille. Sogar Didier verschlug es für einige Augenblicke die Sprache. Von weit her glaubte man die Brandung an den Felsen zu hören, während der Wind die beiden alten Zypressen zauste und ein Eichelhäher schimpfend über die Besucher hinwegflog.

»Bonjour!« Antoine Legrand kam auf die Polizisten zu und hob beide Hände, als könnte er sie auf diese Weise aus seiner Idylle vertreiben. »Wir haben gerade mit dem Unterricht begonnen, da wollen wir die Schüler doch nicht stören.«

Legrand lächelte falsch. Er trug ein weites weißes Leinenhemd und eine dazu passende Hose. Auf den Kopf hatte er sich einen Strohhut gesetzt, die Füße steckten in ausgetretenen Espadrilles. Antoine Legrand sah aus, als sei er einem Gemälde von Cézanne entstiegen.

»Bonjour, Monsieur Legrand«, sagte Isabelle, »wir müssen uns mit Ihnen unterhalten.«

»Aber doch nicht jetzt, Madame ...«, wandte er sich an Isabelle.

»Das ist Capitaine Morell«, sagte Didier knapp.

»Wenn Sie vielleicht in zwei Stunden, Capitaine ...?«, versuchte es Legrand noch einmal.

»Wir müssen reden, Monsieur. Jetzt.« Didier machte keinen Hehl daraus, was er von den Terminen des Malers hielt.

»Aber ich muss doch sehr bitten.« Legrand senkte bedeutungsvoll die Stimme. »Das sind alles kulturell sehr interessierte Damen aus Le Lavandou. Die würden es gar nicht schätzen, wenn die Polizei ... einfach so ...«

»Wir können gleich hier sprechen«, unterbrach ihn Isabelle. »Oder Sie begleiten uns auf die Wache.«

»Mon Dieu«, stöhnte der Künstler mit theatralischem Augenaufschlag und wendete sich seiner Malgruppe zu. »Lassen Sie uns eine kurze Pause einlegen, mesdames«, rief er ihnen zu. »Ich muss nur schnell der Polizei bei einem Problem helfen. Vielleicht spazieren Sie inzwischen ein wenig durch den Garten. Gerade im Herbst hält die Natur so viele fantastische Motive für uns Künstler bereit. Ein bisschen morbid vielleicht, aber liegt darin nicht der ganz besondere Reiz?« Einige der Damen kicherten.

»Ich werde lieber hierbleiben und meine Skizze vollenden«, sagte eine blonde Dame in den Vierzigern. Sie trug ein weites Sommerkleid im provenzalischen Stil und schien es nicht gewohnt zu sein, dass man ihr Anweisungen erteilte.

»Vollenden können Sie später, Madame. Also ...« Didier machte eine Handbewegung in Richtung Garten.

»Wie reden Sie mit mir?«, empörte sich die Hobbymalerin.

»Jetzt gehen Sie schon. Ich hab echt keine Zeit, mit Ihnen zu diskutieren.«

»Ich werde mich über Sie beschweren, Lieutenant. Wie ist Ihr Name?« Die Dame war aufgestanden, aber ganz ohne Widerstand wollte sie die Anordnung dieses vorlauten Polizisten dann doch nicht hinnehmen.

»Können Sie gerne haben: Masclau«, sagte Didier genervt. »Soll ich es Ihnen buchstabieren?«

»Masclau«, wiederholte die Frau. Erhobenen Hauptes und ohne sich umzusehen schloss sie sich den anderen Hobbymalerinnen an.

»Das war nicht besonders charmant«, sagte Isabelle.

»Ich kann doch nicht anfangen, mit dieser Künstlerin unseren Polizeieinsatz zu diskutieren.«

»Gehen wir rein«, sagte der Maler.

Das Wohnzimmer sah aus wie eine Galerie. Überall hatte Antoine Legrand seine Bilder aufgestellt, und an den Wänden hingen

Plakate verschiedener Ausstellungen. Es gab kein einziges Bild eines anderen Malers, als würde Legrand den Vergleich scheuen.

»Wie gut kannten Sie Françoise Bonnet?«, fragte Isabelle ganz unverblümt.

»Also kennen, ich weiß nicht.« Legrand füllte sich ein Glas Wasser aus einer Karaffe ein, als wollte er Zeit gewinnen. Offensichtlich war er über den Besuch der Polizei überrascht.

»Pardon, wollen Sie auch einen Schluck?« Legrand sah seine Besucher an.

»Jetzt nicht«, sagte Didier kurz angebunden.

»Sie haben das Mädchen immerhin gemalt.« Isabelle beobachtete den Maler genau.

»Nein, ich habe kein Porträt von ihr gemalt, wenn Sie das meinen«, wich Legrand aus.

»Bitte, Monsieur, wir haben doch die Zeichnungen gesehen.«

»Ach, das«, sagte der Maler, als hätte er eine so unwichtige Begegnung längst wieder vergessen.

»Wie oft war Françoise Bonnet hier draußen bei Ihnen?«

»Das ... Ich weiß nicht mehr. Vielleicht ein, zwei Mal. Sie wollte einen meiner Kurse buchen. Sie haben recht: Ich habe eine Zeichnung ihrer Hände gemacht.«

»Françoise Bonnet ist Opfer eines brutalen Mordes geworden. Haben Sie nie daran gedacht, dass sich die Polizei für Ihre Begegnung mit Madame Bonnet interessieren könnte?«

»Nein, was hätte ich der Polizei auch sagen sollen?«

»Jetzt spielen Sie hier nicht den Blöden.« Didier schaltete sich ein. »Was wollten Sie uns denn noch verheimlichen?«

»Nichts wollte ich ...« Legrand sah, wie Didier eine Tür öffnete und in den Nebenraum schaute.

»Bitte nicht, das ist mein Atelier.«

»Schon gut, ich fass ja nichts an«, sagte Didier und verschwand in dem Nebenzimmer.

»Wir können jederzeit einen Durchsuchungsbeschluss beantragen«, sagte Isabelle schnell.

Das war eine glatte Lüge. Wegen einer Zeichnung würde kein Richter in ganz Frankreich eine Durchsuchung anordnen. Aber die Drohung mit einem Durchsuchungsbeschluss kam meist gut an. Besonders, wenn der Betroffene etwas zu verbergen hatte, und Antoine Legrand war Isabelle von der ersten Minute an suspekt gewesen.

»Haben Sie jemals Pierre Roussel kennengelernt?«, fragte Isabelle.

»Weiß nicht ...« Der Maler wirkte abwesend und sah immer wieder zu der Tür hinüber. Von nebenan war Klappern und Poltern zu hören, was den Künstler stark zu beunruhigen schien.

»Er macht schon nichts kaputt ... Also, haben Sie Roussel getroffen?«

»Wen? Ach so, Roussel«, sagte Legrand. »Ja, er war mal hier, wollte sehen, was seine Freundin so macht.«

»Und, was hat sie gemacht?«

»Nichts, ich hab eine Zeichnung angefertigt, das war alles.«

»Ich hab da was gefunden«, kam in diesem Moment Didiers Stimme aus dem Atelier.

Das Atelier besaß ein großes Fenster, das nach Norden ausgerichtet war. Das hatte zwei Vorteile. Der Künstler musste nicht im grellen Sonnenlicht arbeiten und konnte gleichzeitig von hier oben wie aus einem Flugzeug über die weite Bucht von Le Lavandou sehen.

Didier hatte hinter den Skulpturen und Gipsschalen etwas hervorgezogen. Es waren zwei Hände, aus Wachs gegossen, die jetzt blassgelb auf dem Tisch lagen.

»Vorsicht.« Legrand stellte sich schützend vor seine Kunstwerke.

»Weg da«, befahl Didier kühl. »Und nichts hier anfassen.«

»Von wem sind diese Abgüsse?« Isabelle ging in die Hocke und betrachtete die Hände, die wie in Buñuels Film *Der Würgeengel* über den Tisch zu kriechen schienen. »Wir werden sie mit den Händen des Opfers vergleichen. Das ist Ihnen hoffentlich klar.«

»Schon gut, das Mädchen war ein paarmal hier.« Legrand versuchte, reumütig zu wirken. »Sie hatte schöne Hände, da habe ich sie gefragt, ob ich Abgüsse machen darf. Ich benutze Abgüsse als Vorlagen für die Zeichnungen. Sie müssen wissen, dass ein Mensch nie völlig ruhig sitzen kann. Das Problem haben Sie bei einem Wachsmodell nicht.«

»Haben Sie sich auch schon an Füßen versucht?«, fragte Didier.

»Ich, nein, habe ich nicht.« Legrand hatte verstanden, worauf Didier anspielte.

»Ich frage nur, weil letzte Woche in Lavandou ein Fuß gefunden wurde«, provozierte Didier den Maler. »Der stand auch ganz ruhig da, ohne sich zu bewegen. Der Mörder hatte ihn seinem Opfer abgesägt. Ich wette, das hätte Ihnen gefallen.«

Isabelle beobachtete, wie sich Legrand am Hemd zupfte. Über seine Wange kroch eine Schweißperle.

»Hatten Sie ein Verhältnis mit Françoise Bonnet?«, fragte Isabelle ganz unvermittelt.

»Wie kommen Sie darauf?« Die Empörung von Legrand wirkte aufgesetzt.

Isabelle sah, dass Didier in die Knie ging und hinter mehreren an die Wand gelehnten Leinwänden etwas hervorzog.

»Lassen Sie die Sachen da stehen, bitte«, versuchte Legrand den Beamten zu stoppen.

Aber es war zu spät. Der Lieutenant hatte eine offene Holzkiste gepackt, die er jetzt mit Schwung auf den Tisch stellte.

»Was haben wir denn da?«, fragte Didier und betrachtete den Fuß aus gelblich grauem Wachs, der dort im Holzkasten stand.

»Ich denke, jetzt werden Sie uns doch zur Gendarmerie begleiten, Monsieur Legrand«, sagte Isabelle nüchtern.

»Aber ich kann das erklären. Das ist nicht, was Sie denken.«

»Erzählen Sie uns alles auf der Wache. Sie sind vorläufig festgenommen«, sagte Isabelle.

»Sie wollen meine künstlerische Existenz zerstören. Das wird Folgen haben«, zischte Legrand, sodass es nur Isabelle hören konnte. »Das wird Ihnen noch leidtun.«

»Lieutenant«, sagte Isabelle laut.

Didier griff zu seinen Handschellen.

30. Kapitel

Etwas war über ihr Gesicht gelaufen. Etwas mit kleinen Beinen, etwas, das schnell unterwegs war. Deshalb war Aicha Hamdan plötzlich aufgewacht. Die junge Frau öffnete noch nicht die Augen, und trotzdem sprang sie die Erinnerung an wie ein böses Tier. Sie war unten, ganz unten, am Tor zur Hölle.

Sie versuchte, die Erinnerungen zu verdrängen, an etwas Schönes zu denken. Bitte, lass mich noch einen Moment meinen Träumen nachhängen. Ich will nicht wach sein. Ich will die Wirklichkeit nicht sehen, bitte. Vergeblich. Der Gestank holte sie zurück in die Gegenwart. Es roch muffig in ihrem Verlies. Nach feuchter Erde, abgestandener Luft und nach Schimmel. Sie blinzelte, und da war er wieder, dieser grässliche Raum. Da waren die Dämmplatten und die Stützen, die sie gegen die Erdwände stemmten und verhinderten, dass dieses ganze verdammte Loch in sich zusammenfiel. An manchen Stellen rieselte Sand durch die Lücken zwischen den Platten. Die Frau hätte wetten können, dass der Kerl dieses Scheißloch ganz allein gegraben hatte. Hatte sich tief in die Erde gewühlt. Das würde zu ihm passen. Der Boden, auf dem die Bahre stand, war aus Holzbohlen, sorgfältig verlegt. Es gab eine Neonleuchte, die brummte wie ein Insekt und mattes grünes Licht in dem fensterlosen Loch verbreitete. Es gab ein paar zusätzliche Lampen, die jetzt ausgeschaltet waren. Eine Stromleitung lief an der Wand entlang und verzweigte sich in einzelnen Kabeln. Aicha war sich sicher, das alles hatte der Kerl nur zu einem einzigen Zweck gebaut: um sie zu vernichten.

Der Kerl war verschlagen und ekelhaft. Ein Dreckschwein ohne jede Emotion. Das hatte sie vom ersten Moment an gewusst, als sie ihm begegnet war. Er gehörte zu den unauffälligen Typen, die sich aber wer weiß was einbildeten. Ein unangenehmer Kerl, der die falschen Bemerkungen machte. Der einem an der Bar zu dicht auf die Pelle rückte. Der glaubte, er könnte einer Ausländerin wie ihr mit einer Handvoll Scheinen die große Welt vorspielen. Er könnte sie mit einem Fingerschnippen ins Bett bekommen.

Du musst an etwas anderes denken, beschwor sie sich. Wenn du positiv denkst, dann kommst du hier auch wieder raus. Aber wie sollte man positiv denken, wenn einem Hände und Füße fest zusammengebunden waren? Wenn man angeschnallt dalag auf einer alten, fleckigen Bahre, an der die Farbe abgeplatzt war. Es war schlimm gewesen, so schlimm. Bilder stiegen aus ihrer Erinnerung auf wie böse Geister aus einem dunklen Waldsee. Wie lange war das her? Jahre oder nur ein paar Minuten?

Er hatte sie gezwungen, irgendetwas zu trinken, und später war sie benommen auf dieser Bahre aufgewacht – unfähig, sich zu bewegen. Von der ersten Sekunde an wusste sie, was er vorhatte. Da half auch kein positives Denken mehr. Er hatte sie sich genommen. Er hatte sie benutzt wie ein Stück Fleisch. Und er hatte sie verletzt. Und damit meinte sie nicht nur die Wunden auf ihrem Körper, auch nicht die inneren Verletzungen, weil er was auch immer in sie hineingesteckt hatte. Nein, es waren die Verletzungen in ihrer Seele. Denn darauf hatte dieser Teufel es abgesehen. Auf ihre Seele. Er wollte sie brechen, und das war ihm auch gelungen.

Aicha begann plötzlich zu frieren und am ganzen Körper zu zittern. Erst in diesem Moment bemerkte sie, dass sie nackt war.

Die Tränen kamen ganz plötzlich, stiegen ihr in die Augen, und im nächsten Augenblick schluchzte sie hemmungslos. Dann war es wieder vorbei, so plötzlich, wie es begonnen hatte. Sie hob den Kopf ein paar Zentimeter und sah an ihrem Körper hinunter. Sie sah die Striemen, die Blutergüsse und die Schnitte, die er ihr beigebracht hatte. Sie hatte ihr Geheimnis nicht bewahren können. Sie hatte ihn angefleht, ihr nichts zu tun, ihm Versprechungen gemacht. Aber es war alles umsonst gewesen. Er hatte nur gelächelt und sie mit seinen kalten Blicken angesehen, wie eine Schlange.

In ihrer Erinnerung tauchten all die schrecklichen Momente auf. Die Schläge und die Quälereien. Und da waren auch wieder seine Schreie. Wie von einem wilden Tier. Verzweifelt und gleichzeitig rasend vor Wut und Lust. Laut und animalisch, als kämen sie aus dem Inneren der Erde. Da war ihr klar geworden, dass er sie niemals gehen lassen würde.

Als Aicha das nächste Mal aus ihrer Ohnmacht erwachte, sah sie die Geräte. Er hatte sie auf einem schmutzigen Rollwagen herangeschoben. In Höhe ihrer Hüfte abgestellt, damit sie sehen sollte, was sie erwartete. Dort lag das Werkzeug noch immer, furchterregende Instrumente. Eine blitzende Säge. Messer und Skalpelle neben Nierenschalen aus glänzendem Aluminium. Dann war da noch die Gartenschere, rostig und fleckig, als wären damit schreckliche Dinge geschnitten worden. Und dann gab es auf dem Tisch noch Geräte, die sie nicht benennen konnte. Aber sie hatte ähnliche Werkzeuge gesehen, als sie einmal in der Rechtsmedizinischen Abteilung der Klinik eine Akte vorbeigebracht hatte. Es waren elektrische Geräte, mit denen man Knorpel und Knochen zerteilen konnte.

In diesem Moment spürte sie wieder dieses grässliche Krabbeln auf ihrer Wange. Sie schüttelte ihren Kopf verzweifelt hin und her. Im gleichen Moment fiel ein dicker schwarzer Käfer neben ihr auf die Bahre. Er lag auf dem Rücken und strampelte hilflos mit den Beinen in der Luft. Er versuchte mit den Flügeln zu schlagen, aber sein eigenes Gewicht machte es ihm unmöglich. Er zuckte hin und her und gab ein leises Knacken von sich, während aus seinen zitternden Kieferzangen eine gelbliche Flüssigkeit tropfte.

Plötzlich hatte sie das Gefühl, dem Käfer helfen zu müssen. Wenn sie es schaffen würde, diese Kreatur zu retten, dann könnte auch sie es schaffen. Dann würde sie nicht noch einmal gequält werden, dann würde sie überleben.

Aicha zerrte an ihren Fesseln, versuchte ihre Hand zu lösen, während der Käfer weiter dicht vor ihren Augen hilflos mit den schwarzen, gezackten Beinen in die miefige Kellerluft strampelte. Es lagen nur wenige Zentimeter zwischen ihr und dem Insekt, aber sie konnte es nicht erreichen. Sie konnte ihm nicht helfen, nicht ihre Schuld beim Schicksal begleichen. Sie würde sterben, genauso wie dieser verdammte Käfer neben ihr.

31. Kapitel

»Ich weiß es nicht, verdammt, ich weiß es nicht.« Antoine Legrand saß auf dem harten Plastikstuhl im Befragungszimmer und fuhr sich mit den Fingern nervös durch die dunklen Haare. Im Licht der flachen Nachmittagssonne, die durch das Fenster schien, konnte Isabelle sehen, dass sich die Haarpracht am Hinterkopf des Dreiundvierzigjährigen bereits zu lichten begann.

Isabelle saß dem Verdächtigen gegenüber. Hinter ihr stand Didier. Auf dem Tisch lag ein Aufnahmegerät, an dem ein grünes Lämpchen leuchtete. Isabelle blätterte durch ihren Block und tat so, als müsste sie sich die nächste Frage genau überlegen. Dabei gab es im Augenblick nur eine Frage: In welcher Beziehung stand Antoine Legrand zu Françoise Bonnet?

»Sie müssen doch wissen, ob Ihre Freundin allein zum Joggen gefahren ist oder nicht«, sagte Didier.

»Sie war nicht meine Freundin.« Legrand versuchte, so etwas wie Empörung in seine Stimme zu legen. »Wie oft soll ich Ihnen das noch sagen?«

In diesem Moment ging die Tür auf, und Moma erschien mit ein paar bedruckten Seiten in der Hand, die er vor Isabelle auf den Tisch legte.

»Die Handy-Auswertung«, sagte er mit einem Schmunzeln.

Und dann mit einem Blick in Richtung Legrand: »Das könnte euch interessieren. Wenn ihr mich braucht, ich bin im Büro.«

»Danke.« Isabelle überflog die Blätter. Zu Legrand sagte sie kein Wort. Sie merkte, wie nervös ihn ihr Schweigen machte.

Der Verdächtige wippte auf seinem Stuhl hin und her und knetete mit Daumen und Zeigefinger unentwegt sein rechtes Ohrläppchen. Isabelle ließ sich Zeit und betrachtete ein Blatt nach dem anderen, das sie dann an Didier weiterreichte. Schließlich las sie eine Passage laut vor.

»Ma chérie, ich denke ununterbrochen an dich. Ich kann nicht mehr arbeiten. Ich sehe nur noch dich und wie die Sonne deine nackte Haut zum Leuchten bringt. Wie du auf meinem Bett liegst. Als wäre ein Engel aus dem Himmel zu mir herabgestürzt …« Isabelle ließ das Blatt sinken. Sie sah den Maler an. »Ganz schön heftig, wenn man bedenkt, dass Sie nicht mal befreundet waren.«

»Engel vom Himmel gefallen …«, wiederholte Didier. »Jetzt mal im Ernst. Stehen die Mädels in deiner Branche auf so ein Gesülze?«

»Ist das überhaupt legal?«, fragte Legrand. »Meine SMS zu lesen?«

»Halt die Klappe«, sagte Didier gleichgültig.

Isabelle sah wieder auf das Blatt und las weiter. »Dein Körper ist wie ein Vulkan …«, begann sie.

»Schon gut, schon gut«, unterbrach sie Legrand. »Ja, wir hatten eine kleine Affäre. Nichts Aufregendes. Wir haben uns höchstens ein oder zwei Mal gesehen, ich meine … es hatte keine Bedeutung für mich.«

»Ach nein«, ging Didier dazwischen. »Erst der Engel im Bett und dann der Vulkan. Das klingt für mich aber nach mehr als nur einer schnellen Nummer.«

»Lieutenant …« Isabelle warf Didier einen Blick zu, der ihm

klarmachte, wer diese Befragung führte. »Wir haben dreiundvierzig Liebes-SMS auf Ihrem Handy gefunden.« Isabelle hob die Blätter hoch. »In der gleichen Zeit hat Madame Bonnet Ihnen nur vier Nachrichten geschickt.«

»Die Frau hat Sie vorgeführt«, bemerkte Didier. »So sieht's doch aus. Wie viele Jahre älter als die Kleine sind Sie doch gleich? Zwanzig, dreißig?«

Legrand antwortete nicht, aber Isabelle konnte sehen, wie es in dem Mann arbeitete.

»Ich sage doch, es war nichts Besonderes.«

Isabelle nahm wieder das Blatt in die Hand.

»Du bist meine Muse, meine Inspiration, du bist das Licht am Ende des Tunnels. Ich bitte dich, nein, ich beschwöre dich, bleibe bei mir. Geh nicht zu ihm zurück ...«

»Oh Mann. Ist doch kein Wunder, dass sie Sie verlassen hat. Da kriegt man ja schon vom Zuhören Pickel.« Didier verzog demonstrativ das Gesicht. Isabelles Blick sagte: Halt den Mund.

»Waren Sie eifersüchtig, Monsieur Legrand?«, fragte sie.

»Eifersüchtig ...« Legrand schnaubte verächtlich.

»Soll ich weiterlesen?«

»Sie hatte etwas Besseres verdient als diesen Roussel«, brach es plötzlich aus Legrand heraus.

»Sie meinen, so einen tollen Hecht wie Sie«, spottete Didier mit fiesem Grinsen.

»Ein Cascadeur aus einer Autoshow, ich bitte Sie.« Der Maler versuchte, die Bemerkungen des Lieutenants zu ignorieren.

»Sie waren eifersüchtig«, stellte Isabelle fest.

»Ich wollte die Kleine vor einer Dummheit bewahren. Ja, ich mochte sie.«

»Ist bitter, wenn einen die Geliebte im Regen stehen lässt«, bemerkte Didier. »Ganz besonders, wenn sie zu einem Jüngeren läuft. Das kann einen Mann echt wütend machen.«

»Ich weiß wirklich nicht, worauf Sie hinauswollen.«

»Nein? Dann helfe ich Ihnen gerne auf die Sprünge.« Didier stützte sich mit den Armen auf den Tisch und sah Legrand direkt in die Augen. Die Gesichter der beiden Männer waren keine dreißig Zentimeter mehr voneinander entfernt.

»Da finden wir den Fuß einer jungen Frau. Abgetrennt mit einer Säge. Kurz darauf finden wir das Opfer. Wie haben Sie es so romantisch ausgedrückt? ›Wie ein vom Himmel gefallener Engel‹. Und irgendjemand hat ihr auch noch ein paar Flügel in den Bauch gesteckt. Na, klingelt da was?«

»Was wollen Sie mir unterstellen?« Legrands Stimme klang jetzt verunsichert. Er lehnte sich ein Stück zurück, um etwas mehr Abstand zwischen sich und Didier zu bekommen. Aber der Lieutenant rückte gnadenlos nach.

»Und dann stellt sich heraus, dass die Tote mit Ihnen ein Verhältnis hatte und dass Sie sie eifersüchtig überwacht haben. Muss ich Ihnen wirklich noch erklären, was wir da denken …?«

32. Kapitel

Leon war genervt. Er half ja gerne, wenn er konnte, aber seine Gutmütigkeit hatte auch ihre Grenzen. Und diese Grenzen wurden im Augenblick von Khalid strapaziert, der auf dem Beifahrerplatz saß. Leon hatte vor der Gendarmerie gehalten und war bereits ausgestiegen, als Khalid der Mut verließ. Plötzlich wollte er keinen Fuß mehr in das Polizeirevier setzen. Leon hatte versucht ihn umzustimmen, vergeblich. In diesem Moment hätte er ihn rauswerfen sollen, und fertig. Aber irgendwie hatte er das Gefühl, dass dieser Khalid die Wahrheit sagte. Und schließlich war Aicha Hamdan an diesem Tag ja wirklich nicht an ihrem Arbeitsplatz in der Klinik aufgetaucht. Dafür konnte es natürlich Dutzende von Gründen geben. Aber da blieb immer noch dieses Gefühl, und das sagte Leon, dass etwas passiert war. Darum hatte er schließlich Isabelle im Büro angerufen, und aus diesem Grund saß er jetzt mit einem aufgeregten Khalid auf einer Bank am Strand von St. Claire.

»Was ist, wenn der Capitaine nicht kommt?«, wollte Khalid wissen.

»Der Capitaine kommt, verlassen Sie sich drauf«, versuchte Leon den nervösen Mann zu beruhigen.

»Du kannst den Flics nicht trauen. Keinem einzigen, wissen Sie das nicht?« Der Marokkaner sah auf seine Uhr. »Vielleicht sollte ich besser verschwinden. Vielleicht versuchen die Flics ja, uns reinzulegen.«

In diesem Moment bog ein blauer Renault mit den typischen weißen Streifen der Gendarmerie nationale in die schmale Straße ein, die direkt hinter ihnen am Strand von St. Claire entlangführte.

»Merde!«, rief Khalid. »Die Flics! Was habe ich Ihnen gesagt?«

Der junge Mann war aufgesprungen, aber Leon hatte sein Handgelenk erwischt und hielt ihn fest. »Das ist Capitaine Morell, nur keine Panik.«

»Eine Frau? Scheiße.«

Isabelle hatte Leon und seinen Begleiter längst entdeckt. Sie parkte den Wagen vor einem der verlassenen Restaurants, vor dem in den Sommermonaten die Strandbesucher Schlange standen, und winkte Leon zu. Als Khalid sah, dass die Frau keine Uniform trug und allein gekommen war, beruhigte er sich etwas.

Leon stellte Khalid vor. Er hatte Isabelle am Telefon kurz informiert. Normalerweise hätte die stellvertretende Polizeichefin darauf bestanden, dass der Ehemann der Vermissten persönlich auf der Wache erschien, um Anzeige zu erstatten. Aber irgendetwas an der Geschichte hatte bei ihr eine Alarmglocke schrillen lassen. Darum war sie gekommen.

»Sie haben dem Docteur erzählt, dass Ihre Frau gelegentlich in einem Restaurant arbeitet«, sagte Isabelle.

»Im Sel du Mer.« Khalid deutete auf das Strandlokal, das schräg hinter ihnen lag. Der Besitzer hatte schon ein paarmal zu ihnen herübergesehen, während er Tische nach draußen stellte. Trotz der fortgeschrittenen Jahreszeit versprach dieser Abend ausgesprochen mild zu werden. Einige Gäste würden draußen sitzen und den Sonnenuntergang beobachten wollen. Heizstrahler sorgten dafür, dass man auch noch sitzen bleiben konnte, wenn die Nacht hereingebrochen war.

»Der da ist der Patron«, sagte Khalid. »Mit mir redet er nicht. Er will nicht sagen, was los ist.«

»Keine Sorge. Wir werden mit ihm sprechen«, sagte Isabelle.

»Ich hab Aicha gesagt, das Restaurant ist nicht gut. Immer wieder. Keine guten Menschen dort.«

»Vielleicht ist Aicha ja zu einer Freundin gefahren.«

»Nein. Ist sie nicht.« Khalid klang jetzt empört. »Sie hätte doch angerufen.«

»Sie haben dem Docteur erzählt, dass Sie am letzten Abend mit ihr gestritten haben.«

»Sie haben ihr das erzählt?« Khalid sah Leon an. Ihm fiel es sichtlich schwer, Isabelle als Vertrauensperson zu akzeptieren.

»Wenn man sich gestritten hat, dann spricht man manchmal nicht miteinander, geht nicht ans Telefon ... Das passiert vielen Paaren«, versuchte es Isabelle weiter.

»Sie glauben mir also nicht.« Khalid klang ärgerlich. »Ich habe gleich gesagt, ich traue nicht der Polizei.«

»Capitaine Morell ist extra wegen Ihnen hier rausgekommen, Khalid.« Leon sah den Marokkaner an. »Ich denke, dafür sollten Sie ihr dankbar sein. Die Polizei muss alle Möglichkeiten in Betracht ziehen, wenn sie Ihnen helfen soll.«

»Warum telefoniert sie dann nicht?«, fragte Khalid und wandte sich dann an Isabelle. »Sie müssen Aicha suchen. Jetzt und die ganze Nacht. Die ganze Polizei. Verstehen Sie nicht? Aicha ist etwas passiert.«

»Hören Sie mir mal genau zu, Khalid. Einverstanden?«, fragte Isabelle betont ruhig und bestimmt.

Leon wusste, dass Isabelle ihren Polizeiton anschlug, wenn sie genervt war. Sie fragte sich inzwischen bestimmt, ob sie hier nicht ihre Zeit verschwendete.

»Normalerweise suchen wir nur dann nach erwachsenen Personen, wenn es Hinweise auf ein Verbrechen gibt. Aicha ist eine selbstständige Frau. Sie kann selbst entscheiden, wann sie nach Hause kommt oder wohin sie fährt.«

»Was wollen Sie damit sagen? Dass ich lüge?«

»Lassen Sie den Unsinn«, sagte Isabelle.

»Was wollen Sie jetzt machen? Mich festnehmen, weil ich Angst um meine Frau habe?«

Isabelle atmete tief durch. Sie versuchte, sich nicht über den jungen Mann zu ärgern, der ganz offensichtlich verzweifelt war. Aber sie hatte auch keine Lust, diese sinnlose Befragung weiterzuführen.

»Sprichst du mal mit ihm?«, sagte sie zu Leon.

»Hören Sie, Khalid.« Leon sprach mit seiner warmen, ruhigen Stimme. »Capitaine Morell ist extra gekommen, um mit Ihnen zu reden. Wenn Sie wirklich wollen, dass die Polizei Ihnen hilft, dann müssen Sie auch ihre Fragen beantworten.«

»Ja, ja ...«, murrte Khalid genervt.

»Ich muss Ihnen da noch eine Frage stellen ...«, begann Isabelle vorsichtig. »Hat Ihre Frau vielleicht Kontakt zu einem anderen Mann?«

»Sind Sie verrückt?« Khalid sah zu Leon. »Was fragt sie mich da? So etwas kann man doch einen Mann nicht fragen.«

»Khalid ...!«, mahnte Leon scharf.

»Merde alors!« Der Marokkaner war von der Bank aufgesprungen und schien jeden Moment davonlaufen zu wollen.

»Wie können Sie da so sicher sein?«, hakte Isabelle ganz ruhig nach.

»Weil …« Khalid zögerte einen Moment. »Aicha ist schwanger.«

Einen Augenblick sagte Isabelle nichts. Sie wirkte jetzt voll konzentriert. Sie zog ihr Handy aus der Tasche und tippte eine Kurzwahl ein. Schon nach dem ersten Klingeln hob jemand auf der anderen Seite ab. »Moma, ich brauche eine Fahndung nach einer Frau. Aicha Hamdan, Krankenschwester in Saint-Sulpice. Es ist dringend. Ich schicke dir gleich die Daten.«

33. Kapitel

Leon kam den Quai Gabriel Péri entlang und sah zu seiner tiefen Befriedigung, dass auf dem Platz vor dem Chez Miou noch Boule gespielt wurde. Und das, obwohl es bereits dunkel war. Aber das konnte einen echten Boulespieler natürlich nicht von seiner Lieblingsbeschäftigung abhalten. Zudem hatte die Stadtverwaltung vor einigen Jahren eine neue Beleuchtung über dem Platz zwischen den Platanen installiert. Seitdem begrenzte nicht mehr der Sonnenuntergang die Spielzeit, sondern nur noch die Kondition der Spieler. Die allerdings mit steigendem Roséspiegel zügig nachließ.

»Bonsoir, Docteur«, rief ihm Véronique zu. »Kommen Sie rüber zu uns, wir brauchen dringend Verstärkung.«

Ein paar Minuten später hatte Leon die Hosenbeine seines Leinenanzugs aufgekrempelt und hockte im roten Staub des Bouleplatzes. In der Hand wog er seine Kugel. Maß nehmen, nannte er das. Er ließ sich Zeit, viel Zeit. Die Gegner beobachteten ihn misstrauisch.

»Oh, là, là«, rief Michel ungeduldig. »Erleben wir noch einen Wurf, oder wollt ihr gleich die Runde zahlen?«

Leon erhob sich wieder. Er liebte dieses Spiel, die Konzentration, die Präzision und natürlich das Quäntchen Glück, das jedes Mal dabei war, wenn ein besonders schwieriger Wurf gelang.

Boule war wie das Leben selbst, es steckte voller unerwarteter Wendungen und Überraschungen. Wenn es schon so aussah, als wäre alles gewonnen, konnte ein einziger Wurf ein neues Universum von Möglichkeiten auf dem Sandplatz eröffnen.

»Sie haben aufgegeben«, konstatierte Michel und machte einen Schritt, als wollte er die Kugeln einsammeln.

»Du wartest schön so lange, bis Leon geworfen hat«, warnte ihn die alte Véronique, deren Wort auf dem Platz Gesetz war.

Beim Boule konnte Leon vollkommen entspannen. Er bekam den Kopf frei, wenn er sich in einem laufenden Fall verrannt hatte. So manches Mal hatte ein Boulespiel dazu geführt, dass er in einem scheinbar undurchsichtigen Fall doch noch eine Lösung gefunden hatte. Heute musste er an den Fuß denken, den sie letzte Woche gefunden hatten, keine hundert Meter von hier entfernt. Er dachte an das Mädchen, das auf so grausame Weise ermordet worden war. Wut, dachte Leon, in diesem merkwürdigen Fall steckt eine unendliche Menge Wut.

»Alles in Ordnung, Leon?«, erkundigte sich jetzt auch Véronique besorgt.

Leon nickte. Dann sah er nur noch die sieben Kugeln, die da vor ihm im Sand lagen. Seine Augen fokussierten das Ziel. Und für den Bruchteil einer Sekunde kam es ihm so vor, als könnte er die vorbestimmte Flugbahn seiner Kugel wie eine leuchtende Linie vor sich sehen. Er schwang den Arm und ließ die Kugel in genau diesem vorausbestimmten Bogen fliegen. Mit einem metallischen Schlag landete sie präzise auf der Kugel von Michel, die in einem flachen Bogen davonspritzte und gleich noch zwei weitere gegnerische Kugeln mit sich riss.

»Voilà«, sagte Leon bescheiden. Dabei war der Wurf meisterlich gewesen.

»Ich denke, der Rosé geht diesmal auf euch.« Véronique grinste Michel und Jérémy an.

Die Gruppe ging ins Bistro, wo Yolande bereits die Gläser gefüllt hatte. In diesem Moment klatschte jemand anerkennend in die Hände. Edmond Nortier, der Buchhändler, stand an der Bar und hatte sich zu Leon umgedreht.

»Ein wahrhaft meisterlicher Wurf, Docteur«, rief Nortier. »Ich dachte, Sie lesen hier nur Ihre Zeitung. Ich hatte ja keine Ahnung, was für ein guter Boulespieler Sie sind.«

»Danke, Monsieur Nortier«, sagte Leon mit einer angedeuteten Verbeugung.

»Er ist ein Ass«, mischte sich Véronique ein. »Nur nicht so bescheiden, Leon. Sie sind noch nicht so lange bei uns, Monsieur Nortier, sonst würden Sie wissen: Beim Raffeln trifft der Docteur mit jedem Wurf.«

Dieser flache, harte Wurf, mit dem er gerade den Gegner vom Platz gefegt hatte, galt als besonders tückisch und gelang ihm keineswegs jedes Mal, dachte Leon.

»Das will ich sehen«, meinte Nortier.

»Alors, Leon«, sagte Véronique. »Zeige diesem Bücherwurm, wie man richtig Boule spielt.«

»Ein anderes Mal«, vertröstete Leon die beiden mit einem freundlichen Lächeln. »Jetzt hab ich mir erst einmal meinen Wein verdient.«

»Es kommt auf das Glück an, richtig?« Hinter Nortiers Bemerkung stand eine unverhohlene Provokation. »Ohne Glück kein Treffer. So ist das meistens.«

»Sie wollen mit mir spielen?« Leon lächelte.

»Eine Runde. Nur wir beide«, schlug Nortier vor. »Worum wollen wir spielen?«

»Niederlagen werden hier üblicherweise mit Rosé beglichen«, erklärte Leon.

»Wie wäre es diesmal mit Champagner …?«, meinte der Herausforderer.

»D'accord, ein Glas Champagner wird auch akzeptiert.« Leon lächelte. Champagner tranken im Miou normalerweise nur Frischverliebte, Angeber oder Leute, die Jérémys Champagner nicht kannten. Aber schließlich war Nortier nicht nur sein Buchhändler und Hüter der wöchentlichen FAZ, sondern auch immer hilfsbereit und höflich ihm gegenüber. Also wollte er ihm den Gefallen tun und ein paar Kugeln werfen.

Leon brachte mit seinem ersten Wurf die Boulekugel eine knappe Handbreit an das Cochonnet, die kleine hölzerne Zielkugel, heran. Dann kam Nortier an die Reihe. Er drehte die Kugel einen Moment in seiner linken Hand, als würde er einen bestimmten Griff suchen, dann warf er. Seine Kugel beschrieb einen Bogen und verfehlte Leons Kugel nur um Millimeter. Nortiers zweite Kugel dagegen schmetterte Leons guten ersten Wurf zur Seite und brachte dafür ihn in die Gewinnerposition. Natürlich war Leon nicht entgangen, dass sein Gegner übergetreten war beziehungsweise eine ältere Abwurfmarkierung im Sand gewählt hatte, die einen halben Meter näher am Ziel lag. Leon wusste, was ein halber Meter in einem Bouleturnier bedeutete. Aber das hier war nur Spaß, ein kleines Kräftemessen, und deshalb schwieg er.

»Jetzt wollen wir den Raffel sehen, Docteur!« So, wie Nortier das sagte, klang es ziemlich arrogant.

Leon stellte sich in Position, wippte ein wenig in den Knien und nahm Maß. Mit einer einzigen Armbewegung warf er. Die Kugel beschrieb eine steile Kurve, aus deren Scheitelpunkt sie fast senkrecht zu Boden zu fallen schien. Ein perfekter Wurf, der die Zuschauer vor dem Café Miou für die Dauer eines Atemzuges verstummen ließ, aber dann in einem allgemeinen enttäuschten Aufstöhnen endete. Leons Kugel hatte ihr Ziel um wenige Zentimeter verfehlt.

»Sie sind eingeladen«, sagte Leon zu Nortier und machte eine Handbewegung in Richtung Bistro.

»Ich sagte es ja schon, alles eine Frage des Glücks.« Das Lächeln des Buchhändlers wirkte aufgesetzt.

»Oder eine Frage des Schummelns«, meinte Véronique kühl. Der Buchhändler sah irritiert zu ihr herüber. »Sie sind übergetreten.«

»Sie wollen mir also unterstellen, ich hätte betrogen«, blies sich der Buchhändler auf.

»Haben doch alle gesehen.« Véronique machte eine Kopfbewegung zum Eingang des Bistros, von wo die Gäste neugierig herübersahen.

»Kommen Sie, vergessen wir das«, sagte Leon freundlich.

»Sie glauben also auch, dass ich unkorrekt gespielt habe?« Jetzt klang Nortier beleidigt.

»Das war doch kein richtiges Spiel«, sagte Leon. »Wir haben ein paar Würfe probiert, und Sie haben besser getroffen, das war alles. Kommen Sie. Lassen wir den Champagner nicht warm werden.«

»Ich lasse mich von niemandem beleidigen.« Nortier klang bitter. »Auch von Ihnen nicht.«

Damit nahm er das Ledernetz mit seinen Boulekugeln, das auf der Bank lag, und stapfte davon.

»Monsieur Nortier, ich bitte Sie …«, rief ihm Leon hinterher, aber der Buchhändler sah sich nicht mehr um.

»Dann ist das zweite Glas für Véronique«, sagte Leon, ergriff das gefüllte Glas von der Theke und reichte es seiner Boulepartnerin.

»À votre santé«, sagte Véronique, und Leon hob sein Glas.

»Und er hat doch beschissen.« Das war Jean-Claude, der den beiden in seinem Rollstuhl ins Bistro gefolgt war. »Das ist einer von denen, die nicht verlieren können.«

»Wenn du es sagst«, meinte Leon.

»Kann ich dich mal einen Moment sprechen, allein?« Jean-Claude klang verschwörerisch.

»Ja, klar …« Leon war neugierig geworden und folgte dem Ex-Legionär zu einem der Tische, die weit genug von der Theke entfernt waren.

»Ist 'ne persönliche Sache«, sagte Jean-Claude und sah sich um, ob auch wirklich niemand zuhörte. »Also, es geht da … was soll ich sagen …« Er zögerte. »Es geht um eine Frau.«

»Eine Frau …?« Leon hob die Augenbraue.

»Du kennst doch Odette.« Jean-Claude sah Leon an, der aber keine Reaktion zeigte. »Du weißt schon, der Gemüseladen oben auf der Avenue De Gaulle.«

»Du meinst, du hast …?« Leon unterbrach sich. Er wollte jetzt nichts Falsches sagen. Er kannte Odette vom Sehen. Sie war eine kleine, etwas füllige Person, die in ihrem gepflegten Laden frisches Gemüse aus der Umgebung verkaufte. Sie war immer freundlich, bester Laune, und Leon wechselte jedes Mal beim Einkaufen ein paar Worte mit ihr. Er schätzte sie auf Mitte fünfzig, und soweit er wusste, gab es keinen Monsieur in dem Geschäft. War es diesem bärbeißigen Ex-Soldaten tatsächlich gelungen, Odette …? Er verfolgte diesen Gedanken nicht weiter.

»Ich weiß, du lachst jetzt über mich«, sagte Jean-Claude.

»Tue ich nicht, wirklich nicht«, versicherte ihm Leon. »Ganz im Gegenteil. Ich bin beeindruckt.«

»Was hältst du von ihr?«

»Sie macht einen sehr … liebenswürdigen Eindruck«, tastete

sich Leon vorsichtig weiter. »Immer freundlich und sehr fleißig. Ich glaube, sie schmeißt das Geschäft ganz allein.«

»Wir reden jedes Mal, wenn ich meine Courgettes bei ihr kaufe. Du weißt schon, für das Ratatouille.« Er sah Leon an. »Meinst du, ich sollte sie mal auf einen Kaffee einladen?«

»Unbedingt.«

»Du meinst das doch ernst, oder?«

»Natürlich. Frag sie.« Was kann schon passieren, außer dass sie ablehnt, dachte Leon. Aber das sagte er natürlich nicht. »Nur einen Tipp: Bring sie besser nicht mit hierher.«

»Du hast recht. Ich glaube, ich gehe mit ihr ins Calypso.«

»Calypso ist gut. Und der Kaffee ist auch besser.«

»Kann ich dich auf einen Pernod einladen?«

Leon sah auf die Uhr. Er war in einer Viertelstunde verabredet.

»Ein anderes Mal, Jean-Claude. Ich habe noch eine Besprechung.« Er lächelte dem alten Mann freundlich zu. »Geh die Sache langsam an. Nichts überstürzen.«

»Ich bin fünfundsiebzig, Leon. Da ist Überstürzen meine einzige Chance.«

»Da hast du auch wieder recht.« Leon lächelte. »Ich drücke die Daumen.«

34. Kapitel

»Hallo, meine Herrschaften. Wir haben Vorschriften!« Zerna war von seinem ledergepolsterten Sessel aufgesprungen, hatte das dicke Polizeiaufgabengesetz hinter sich aus dem Regal gezogen und auf den Schreibtisch geknallt.

»Schon mal was hiervon gehört?«

Isabelle und Lieutenant Masclau standen auf der anderen Seite des Schreibtischs und beobachteten mit besorgten Mienen, wie sich der Polizeichef in Rage redete. Zerna war aufgebracht. Mehr noch, er war wütend. Was nicht nur am Verhalten seiner beiden Beamten lag, sondern vor allem an der Zurechtweisung, die er vor einer Stunde aus Toulon erfahren hatte.

»Seit wann ziehen wir los und vernehmen Verdächtige auf irgendeiner Bank am Strand?«, fragte Zerna und sah seine Stellvertreterin an.

»Khalid ist kein Verdächtiger, Commandant«, widersprach Isabelle. »Eigentlich ist er noch nicht mal ein Zeuge.«

»Ach so, nicht mal ein Zeuge. Was rege ich mich denn dann so auf? Fahren wir am besten gleich den ganzen Tag in unserem Département herum und plaudern mit den Bürgern. Dafür ist die Polizei ja schließlich da.«

»Ich wurde über das Verschwinden einer jungen Frau informiert«, versuchte Isabelle es sachlich. »Ihr Mann hatte Angst, persönlich auf die Wache zu kommen. Aber der Fall schien mir doch so wichtig, dass ich mehr erfahren wollte. Besonders in Anbetracht des Todes von Françoise Bonnet.«

»Na schön, und warum hat sich dieser Herr Zeuge bei uns nicht reingetraut?«, fragte Zerna.

»Der Zeuge hält sich illegal in Frankreich auf«, erklärte Didier, und Isabelle hatte das Gefühl, dass ihr Kollege in diesem Augenblick bewusst Öl ins Feuer goss.

»Ein Illegaler. Na, das wird ja immer besser«, schnaubte Zerna.

Isabelle sah die kleine Ader unter der linken Schläfe ihres Chefs pochen. Ein sicheres Zeichen für einen unmittelbar bevorstehenden Zornesausbruch.

»Das kann ich natürlich verstehen, Capitaine. Wahrscheinlich ist er auch noch traumatisiert. Da müssen wir natürlich Rücksicht nehmen ...« Plötzlich wechselte Zerna den Ton, und seine Stimme bekam einen schrillen Klang. Er schlug mit der Hand auf das Polizeiaufgabengesetz, sodass die Stifte auf seinem Tisch einen kleinen Sprung machten. »Noch arbeiten wir hier nach festen Regeln. Noch sagen wir, wann, wie und wo ein Vorfall gemeldet wird. Bei einer Anzeige werden Formulare auf der Wache ausgefüllt und von dem Zeugen unterschrieben. Schon mal was davon gehört?«

»Das müssen Sie nicht mir erklären, Patron«, versuchte sich Didier schnell herauszureden.

»Unterbrechen Sie mich nicht. Sie sind auch nicht besser«, blaffte Zerna seinen Lieutenant an.

»Ich denke nach wie vor, dass es richtig war, dem Verschwinden von Madame Hamdan nachzugehen«, mischte sich Isabelle tapfer ein.

»So, finden Sie. Und warum, nur weil irgendeinem illegalen Algerier die Frau durchgebrannt ist?«

»Der Mann ist Marokkaner«, sagte Isabelle, was in diesem Moment geradezu selbstmörderisch war.

»Sie wollen mir …?«, wollte Zerna seine Stellvertreterin zusammenfalten, doch die nutzte seine Atempause für einen Gegenangriff.

»Unseren ersten Ermittlungen zufolge scheint die Krankenschwester tatsächlich verschwunden zu sein.« Isabelle redete tapfer weiter. »Nach Aussage der Nachbarn verstehen sich die beiden gut. Kein Fall von häuslicher Gewalt. Und in der Klinik gilt Aicha Hamdan als außerordentlich zuverlässig. Dass sie seit über vierundzwanzig Stunden ihrem Arbeitsplatz ferngeblieben ist, ohne sich zu melden … So etwas ist bisher noch nie vorgekommen.«

»Was sollen wir Ihrer Meinung nach daraus schließen?« Zerna schien sich etwas beruhigt zu haben.

»Es weist tatsächlich einiges auf eine Entführung hin. Wir fahnden jetzt auch nach dem Auto der Frau.« Isabelle sah zu ihrem Chef, der auf eine falsche Bemerkung geradezu zu lauern schien. »Auch Françoise Bonnet wurde entführt, bevor sie getötet wurde.«

»Und das hier ist Ihrer Meinung nach die nächste Tote?«, fragte Zerna und legte den Kopf schief. Isabelle zog es vor, zu schweigen und keine weitere Theorie in den Raum zu stellen.

»Immerhin haben wir heute einen Tatverdächtigen verhaften können«, sprang Didier seiner Kollegin zur Seite.

»Schön wäre es«, brummte Zerna.

»Wieso? Wir haben konkrete Verdachtsmomente und schwerwiegende Indizien bei Legrand gefunden.«

»Schwerwiegende Indizien …?« So, wie Zerna das sagte, war der Spott nicht zu überhören.

»Na ja, wir haben Abgüsse von dem abgeschnittenen Fuß des Opfers. Wie krank ist das denn? Wenn Sie mich fragen, Patron, dann hat der Maler schwer einen am Kessel. Was wollen die in Toulon denn noch für Indizien sehen?«

»Wie wäre es mit einer blutigen Knochensäge oder ein paar Innereien des Opfers?«, provozierte Zerna seinen Lieutenant. »Haben Sie im Kühlschrank von Legrand nachgesehen? Oder in seiner Tiefkühltruhe?«

»Das verstehe ich nicht, Patron«, sagte Didier. »Haben wir denn keinen Haftbefehl aus Toulon bekommen?«

»Nein, kein Haftbefehl.« Zerna klang bitter. »Monsieur Antoine Legrand hat heute um siebzehn Uhr fünfundvierzig unser gastliches Haus wieder verlassen.«

»Verdammt«, schimpfte Isabelle. »Das ist doch nicht möglich!«

»Wer hat das veranlasst?«, tönte Didier. »Den werde ich mir mal vornehmen.«

»Oh, da müssten Sie sich direkt an den leitenden Staatsanwalt in Toulon wenden«, stichelte Zerna. »Ich kann Ihnen gerne die Nummer von Monsieur Orlandy geben.«

»Was, um Himmels willen, hat sich der Staatsanwalt dabei gedacht, diesen Legrand laufen zu lassen?« Isabelle klang empört.

»Vielleicht hat er ja einen Anruf von seiner Frau bekommen. Denn zufällig ist Madame Orlandy eine große Bewunderin von Antoine Legrand.« Jetzt sprach Zerna im liebenswürdigen Ton eines Krokodils auf der Jagd. »Sie haben Madame ja schon kennengelernt, wie ich hörte. Sie war in der Malklasse, die Sie heute so geschickt und diplomatisch beendet haben.«

»Merde, alors«, fluchte Didier. »Woher sollte ich das denn wissen?«

»Staatsanwalt Orlandy hat Legrand persönlich vernommen und ihn anschließend auf freien Fuß gesetzt«, sagte Zerna. »Das war's dann.«

35. Kapitel

Das Auberge Provençale besaß nicht nur eine gute Küche, sondern auch einen offenen Kamin. Und wenn im Herbst die Tage kürzer und die Abende kühler wurden, war man gut beraten, ein Lokal mit Kaminfeuer zu wählen. Leon griff nach der Flasche Rotwein, die auf dem Tisch stand.

»Noch einen Schluck?«, fragte er seine Begleiterin.

»Gerne.« Dr. Claire Leblanc ließ ein kleines Lächeln über ihr Gesicht schweben.

Leon war von der Psychologin überaus angetan. Sie hatten sich an diesem Abend prächtig unterhalten. Wenn es auch meist nur um Fachliches gegangen war, musste sich Leon doch eingestehen, dass zwischen ihm und seiner charmanten Gesprächspartnerin der eine oder andere Funken geflogen war. Und wenn Claire, im Eifer des Gesprächs, gelegentlich ihre Hand auf seinen Unterarm legte, fand er das durchaus angenehm.

»Ich habe in den Jahren gelernt, dass manche Serientäter über Jahrzehnte ein völlig normales Leben führen können, um dann ganz plötzlich, gewissermaßen aus dem Dunkel, aufzutauchen«, fuhr Leon mit dem Gespräch fort.

»Das scheint nur so. Wenn man sich hinterher die Lebensläufe genauer ansieht«, sagte die Psychologin, »findet man immer Hinweise, bei denen man denkt: Natürlich, warum ist dieses oder jenes Verhalten niemandem in der Umgebung des Täters aufgefallen? Aber worüber spreche ich hier? Sie haben mit Serientätern doch viel größere Erfahrung.«

»Ich spreche von Prävention. Wir Rechtsmediziner werden immer erst in einen Fall einbezogen, wenn es Opfer gegeben hat.«

»Ist das frustrierend für Sie?«, fragte Claire. »Immer nur mit den Opfern zu tun zu haben?«

»Wird das jetzt eine Psychoanalyse?«

»Nein, sonst hätte ich Ihnen vorher mein Honorar genannt«, sagte Claire frech. »Das ist Vorschrift.«

»Und ich habe schon befürchtet, die Analyse wäre der Preis für die Essenseinladung.« Leon lächelte seine attraktive Gesprächspartnerin an.

»Nein, wir Psychologen stehen zu unseren Versprechen, ganz ohne Hintergedanken.« Sie lächelte. »Oder sagen wir, fast ohne Hintergedanken.«

»Aber ich darf wenigstens den Wein bezahlen«, sagte Leon. »Schließlich habe ich ihn auch ausgesucht.«

»Einverstanden.« Claire nahm noch einen Schluck. »Wie fühlt man sich, wenn es einen aus einer Großstadt wie Frankfurt plötzlich in die Provinz verschlägt?« Die Psychologin hielt ihr Glas in der Hand und sah ihn auf eine Weise an, dass Leon für einen Augenblick vergaß, dass sie nur eine Arbeitskollegin war. »Entschuldigen Sie, wenn ich das so frech frage, aber das muss hier für Sie doch manchmal schrecklich langweilig sein.«

Jetzt wäre es an der Zeit, dachte Leon, ein paar Worte über seine Beziehung zu verlieren. Er könnte Isabelle erwähnen und darüber reden, wie toll sie sich im Job ergänzten. Wie froh er war, hier mitten in der Provence eine solche Frau getroffen zu haben. Nachdem er jahrelang gedacht hatte, er könnte sich nie wieder verlieben. Oder über das Glück, in einer richtigen Familie zu leben, zusammen mit Isabelle und ihrer Tochter Lilou, die er inzwischen wie sein eigenes Kind betrachtete.

Aber über all das sprach er nicht. Er redete sich in diesem Moment ein, dass er diesen Teil seines Lebens nicht vorsätzlich verschwieg. Nein, diesen Aspekt der abendlichen Unterhaltung schob er nur noch ein wenig vor sich her, das war alles.

»Ehrlich gesagt, habe ich mich noch nie gelangweilt«, begann Leon. Vielleicht sollte er jetzt doch von seinem Privatleben sprechen. »Das Leben hier verläuft langsamer als in der Großstadt. Für Außenstehende wirkt das vielleicht langweilig, ist es aber nicht.«

»Ich wollte Sie nicht kränken«, entschuldigte sich Claire.

In diesem Moment trat der Kellner an den Tisch.

»Le dessert«, sagte er und stellte zwei Schälchen vor die Gäste, in denen sich jeweils eine Kugel Mousse au Chocolat, eine Kugel Vanilleeis und ein Biskuit befanden. Dann ging er mit einem »Bon appétit«.

»Hmmmm, ich liebe Mousse!« Claire nahm einen Löffel von der Schokoladencreme und ließ ihn sich auf der Zunge zergehen. »Mousse au Chocolat mit Eis, das gab es bei uns zu Hause nur bei Kindergeburtstagen.«

»Dann machen wir heute Abend mal eine Ausnahme«, meinte Leon.

Eine halbe Stunde später stand Leon mit Dr. Leblanc auf der Straße. Ein kühler Wind blies von Norden durch die Gassen des Ortes, die um diese Zeit menschenleer waren. Es hatte zu regnen begonnen.

»Ich bringe Sie noch zu Ihrem Wagen«, sagte Leon. »Wo haben Sie geparkt?«

»Leider vor meiner Wohnung.« Claire schlug den Kragen ihrer Jacke hoch. »Ich bin zu Fuß gekommen.«

»Dann fahre ich Sie schnell nach Hause.« Leon deutete die

Straße hinunter. »Ich steh gleich um die Ecke, an der Promenade.«

»Na, dann los«, freute sich Dr. Leblanc. Es lag etwas Abenteuerlustiges in dieser Aufforderung.

Claire hakte sich bei Leon unter, und die beiden liefen durch die schmalen Gassen in Richtung Strand. Leon spürte, wie sehr es ihm gefiel, diese fremde Frau so dicht an seiner Seite zu haben.

Das Haus, in dem Dr. Claire Leblanc sich für die Zeit ihres Aufenthaltes bei der Gendarmerie nationale eingemietet hatte, stand direkt am Strand. Es war ein kahler, zehn Stockwerke hoher Bau aus den späten Siebzigerjahren, der genauso gut an der Costa Smeralda oder in Miami hätte stehen können. Ein freudloses Gebäude, blassgrau gestrichen, vollgestopft mit Ferienwohnungen. Im Sommer ausgebucht bis auf das kleinste Fremdenzimmer, war der große, gesichtslose Bau jetzt höchstens zu einem Drittel bewohnt. So unpersönlich und geschmacklos dieses Gebäude war, so grandios war seine Lage. Von jeder Wohnung hatte man freien Blick auf die Bucht von Le Lavandou und weit hinaus aufs offene Meer.

Leon parkte vor dem Eingang zur Wohnanlage. Er stieg aus, umrundete seinen Wagen und hielt Claire galant die Tür auf.

»Merci«, sagte die Psychologin und stieg aus. »Ich dachte, so etwas machen nur die Gangster in den alten Belmondo-Filmen.«

»Gangster und Rechtsmediziner«, sagte er. Sie lachte. »Aber die Frauen von heute haben es den Männern abgewöhnt.«

»Was für ein Jammer ...« Claire sah an dem Gebäude hinauf. »Ich wohne ganz oben. Zehnte Etage. Die Aussicht ist fantastisch. Lust auf einen letzten Drink mit Blick aufs Meer?«

Leon sah seine Begleiterin an. Er hatte sich prächtig unterhalten, er hatte sogar ein wenig geflirtet. Das Essen war hervorragend gewesen, und er spürte, wie der Rotwein ihn angenehm warm durchflutete. Es war ein schöner Abend gewesen, und jetzt war genau der richtige Augenblick, um sich zu verabschieden. Die überaus attraktive Psychologin würde in ihr Apartment gehen, und er würde nach Hause fahren und ein paar sündigen Fantasien nachträumen.

»Blick aufs Meer klingt doch gut ...«, hörte Leon sich stattdessen sagen. Und im selben Moment dachte er: Das war ein Fehler.

»Gute Entscheidung.« Claire Leblanc tippte den Code in die verwitterte Tastatur, und das elektrische Schloss gab mit einem Summen die Haustür frei. »Ich hätte da nämlich zufällig noch eine Flasche Rotwein vom Château Langueiroun.« Leon folgte ihr nach oben.

Der Ausblick auf das nachtschwarze Meer, auf das der Mond einen funkelnden Korridor malte, hätte prächtiger nicht sein können. Leon sah fasziniert hinauf zu den Kratern des strahlenden Erdtrabanten. In diesem Moment spürte er, dass Claire dicht hinter ihn trat.

»Na, habe ich zu viel versprochen?«, sagte sie und umarmte ihn.

Er spürte, wie sie sich an ihn schmiegte. War das nicht genau, was er sich in den letzten Minuten gewünscht hatte? Diesen Körper berühren zu können? Er spürte ihre Hand, die sich in sein Hemd schob und mit ihrer sanften Wärme seine nackte Haut streichelte. Es war, als hätte sie ein Feuer entzündet, das dabei war, seinen ganzen Körper zu erfassen. Warum ließ er es nicht einfach geschehen?

»Komm ...«, lockte Claire sanft.

Es war dieses unbestimmte Gefühl, das ihn plötzlich überfiel. Eine Ahnung, die den Zauber des Augenblicks zerbrach. Etwas war falsch. Als wäre das, was er gerade erlebte, nicht die Realität. Diese Frau, diese Wohnung, dieser Abend. Was tat er hier?

»Entschuldige, aber es ist spät geworden. Ich muss los …«, sagte Leon und kam sich feige vor.

Er drehte sich um und hielt Claire einen Moment fest.

»Vielen Dank für das Essen«, sagte er. Es klang wie eine Entschuldigung.

Sie sagte nichts und kam mit ihren Lippen näher. Er spürte sie weich und zart, wie sie sich gegen seinen Mund drückten. In diesem Moment hörte er, wie ein Schlüssel in das Schloss der Wohnungstür gesteckt und geöffnet wurde. Es traf ihn wie eine Eisdusche. Leon sah, dass Claire blass wurde und wie erstarrt dastand.

»Claire, ma chérie. Ich bin's. Bist du noch wach …?«, rief eine sympathische Frauenstimme.

Im gleichen Augenblick betrat eine Frau das Wohnzimmer. Sie war groß, schlank und Mitte vierzig. Ihre dichten blonden Haare waren kurz geschnitten. Sie trug ein helles Kostüm, als käme sie gerade von einer offiziellen Veranstaltung.

»Oh, du hast Besuch …?« In der Frage der Frau lag Enttäuschung.

»Das ist Docteur Ritter, ein Kollege aus der Klinik«, antwortete Claire Leblanc etwas zu schnell. »Er war so nett, mich nach Hause zu bringen.«

»Wie freundlich von Ihnen …« Es klang zynisch, wie die Frau das sagte.

Leon reichte ihr die Hand. »Guten Abend, Leon Ritter«, stellte er sich vor.

»Nathalie Lambert«, erwiderte die Frau.

Jetzt erst schien Claire ihre Überraschung überwunden zu haben. Sie ging zu der Frau im Kostüm, umarmte sie und gab ihr einen schnellen Kuss auf den Mund.

»Du hättest sagen sollen, dass du kommst.« Claire war ihr

schlechtes Gewissen anzumerken. »Dann hätte ich für uns etwas zum Essen vorbereitet.«

»Ich wollte dich überraschen«, sagte Madame Lambert. »Und das scheint mir ja auch gelungen zu sein.« Die Bemerkung war als Scherz gemeint, aber sie klang bitter.

»Ich geh dann mal«, sagte Leon schnell, denn er befürchtete, dass man ihn am Ende noch bitten würde, auf ein Glas Wein zu bleiben. »Wir sehen uns bestimmt in den nächsten Tagen.«

»Bonne soirée, Docteur Ritter«, sagte Claire.

Fünf Minuten später saß Leon in seinem Wagen. Es regnete jetzt stärker. Er fuhr einen halben Kilometer an der Bucht entlang, dann hielt er an, um seine Gedanken zu ordnen. Was war nur los mit ihm? Hatte er in Isabelle nicht eine wundervolle Partnerin, die er liebte? Und hatte ihm diese Frau nicht noch vor wenigen Tagen zu verstehen gegeben, dass sie eine Zukunft mit ihm plante? Was also hatte er gerade vorgehabt? Da oben im zehnten Stock im Mondschein mit Blick aufs Meer? Was wollte er sich beweisen? Dass er immer noch der tolle Hecht von früher war, nach dem sich die Frauen verzehrten, der sich aber nicht festlegen wollte? Der ewige Junggeselle, der in Wirklichkeit Angst vor der Verantwortung einer Beziehung hatte?

Leon beschloss, diesen Abend gegenüber Isabelle nicht weiter zu erwähnen. Warum auch? Schließlich war ja nichts passiert. Warum sollte er unnötig für Beunruhigung sorgen. Er war mit einer Kollegin beim Abendessen gewesen. Ein kleines Fachgespräch beim Wein. Sehr nett, das schon, aber ohne jede Bedeutung. Er würde Dr. Claire Leblanc in nächster Zeit aus dem Weg gehen.

36. Kapitel

Als um sieben Uhr morgens Isabelles Handy klingelte, wusste Leon sofort, dass etwas passiert war. Zehn Minuten später stand Moma mit dem Streifenwagen vor dem Haus. Zerna hatte darum gebeten, dass Leon ebenfalls mitkam. Es gäbe etwas, das er sich dringend ansehen sollte, hatte der Polizeichef über seinen Lieutenant ausrichten lassen.

»Sie haben wieder einen Fuß gefunden«, erklärte Moma schon zur Begrüßung, als Leon und Isabelle in den Streifenwagen stiegen.

»Wo denn diesmal?«, fragte Leon.

»Oben bei der Kapelle Sainte-Françoise«, erwiderte Moma. »Der Patron hat gesagt, wir sollen nicht darüber reden, damit Sie sich selbst einen Eindruck machen können.«

»Das hat Zerna gesagt?« Isabelle war so viel ermittlungstechnisches Fingerspitzengefühl von ihrem Chef gar nicht gewöhnt.

»Also eigentlich hat es die Psychotante gesagt«, meinte Moma.

»Dr. Leblanc ist auch am Tatort?« Leon klang wenig erfreut.

»Denke schon«, meinte der Lieutenant.

»Freu dich, dann bist du nicht allein mit den bösen Flics«, sagte Isabelle spöttisch.

Leon sagte nichts. Als er gestern Abend nach Hause gekommen war, hatte Isabelle zwar schon im Bett gelegen, aber sie war noch wach gewesen.

»Hast du einen schönen Abend gehabt?«, hatte sie gefragt, und es klang spöttisch. Er hatte nur etwas von »interessantem Gespräch« gemurmelt und von »interessanten psychologischen Ansätzen« und gehofft, dass sie nicht weiterfragen würde. Heute Morgen war der Aufbruch zu hektisch gewesen, als dass das Thema noch einmal auf den Tisch gekommen wäre. Leon hatte gehofft, dass sie die Sache vergessen würde. Aber offenbar hatte das Schicksal andere Pläne mit ihm.

Die Kapelle Sainte-Françoise lag im oberen Teil von Bormes-les-Mimosas, gleich bei den Bouleplätzen. Es war ein schlichter ockerfarbener Bau aus dem achtzehnten Jahrhundert, der aus einem Hauptschiff und einem angebauten Glockenturm bestand.

Moma stoppte an der Hauptstraße, wo inzwischen ein halbes Dutzend weiterer Einsatzfahrzeuge stand. Der kantige, trutzige Bau und der schmale Garten, der ihn umgab, waren mit rot-weißem Flatterband abgesperrt.

»Bonjour, Capitaine, bonjour, Docteur«, sagte einer der Polizisten und hielt das Band hoch, sodass sich Leon und Isabelle darunter hindurchdrängen konnten. Das Blitzlicht, das im Inneren der Kapelle aufflammte, erinnerte Leon an eine Szene aus einem Horrorfilm. Er ärgerte sich, dass der Polizeifotograf schon bei der Arbeit war. Je mehr Menschen einen Tatort mit ihrer DNA kontaminierten, desto schwieriger wurde es später, die Spuren noch voneinander zu trennen.

»Bonjour.« Didier begrüßte Isabelle und Leon an der Kirchentür. »Unser kleiner Fußfetischist wird immer perverser ... Wissen Sie, was er diesmal gemacht hat?«

»Danke, verschon mich bitte.«

»Sie werden schon erwartet«, sagte Didier. »Die anderen sind beim Altar.«

Leon ging durch das kurze Kirchenschiff nach vorn. Dort hatte eine Gruppe von Beamten der Gendarmerie nationale einen Halbkreis gebildet. Irgendetwas am Boden vor dem Altar fesselte ihre Aufmerksamkeit. Als Leon näher kam, sah er, was die Gruppe so faszinierte. Auf den roten Marmorstufen stand ein blutiger Fuß.

»Bonjour, Docteur.« Zerna drehte sich zu Leon um und flüsterte, als würde es sich in einer Kapelle auch in einer solchen Situation verbieten, laut zu sprechen. »Wir haben nichts angefasst. Wir wollten Ihnen ja nicht den Spaß verderben.«

»Danke.« Leon nickte nur. »Wer hat das entdeckt?«

»Der Mesner«, antwortete Zerna. »Er wollte heute Morgen noch eine Bankreihe aufstellen.«

»Hat er den Fuß angefasst?«

»Er sagt Nein, aber wir werden später nochmals mit ihm reden«, meinte Didier. »Im Moment ist er noch ziemlich durch den Wind.«

»Ich brauche hier mehr Platz«, sagte Leon in Richtung der Flics, die sich neugierig nach vorn beugten, um nur kein Detail des makabren Fundes zu verpassen.

»Also, alles weiter nach hinten, meine Herrschaften!« Zerna breitete die Arme aus und wedelte mit den Händen. »Sie haben den Médecin légiste gehört.«

Die Beamten wichen leise murrend in den Gang zurück. Leon ging in die Hocke und sah sich den Fund genauer an. Der Fuß war nackt und wurde jetzt nur noch von der Lampe über dem Altar angeleuchtet. Die Haut schimmerte gespenstisch blass. Der Nagellack auf den Zehen war pink und stellenweise abgesplittert. Jemand hatte den Fuß zwei Finger breit über dem Gelenk abgetrennt. Blut war aus den Wunden gesickert und hatte auf der wachsfarbenen Haut feine rote Linien gezeichnet. Das Ganze sah aus wie die geschmacklose Installation eines durchgeknallten Bildhauers.

Leon genügte ein Blick, und er war sich sicher, dass er es mit demselben Täter zu tun hatte wie beim ersten Fund. Wer immer das getan hatte, war genauso brutal vorgegangen wie beim letzten Mal. Der Fuß war abgetrennt worden, als das Opfer noch lebte, das konnte Leon schon jetzt an Wundrändern und Blutspuren erkennen. Er war sicher, bei genauerer Untersuchung in der Rechtsmedizin würde sich herausstellen, dass dieselben Werkzeuge wie im ersten Fall benutzt worden waren.

»Vielleicht ein Nachahmungstäter«, sagte eine Stimme hinter ihm.

Leon sah sich um und entdeckte Claire Leblanc, die hinter ihm aus dem Dunkel trat und auf ihn zukam.

»Bitte, bleiben Sie zurück!« Das war ihm unfreundlicher herausgerutscht, als er es beabsichtigt hatte. Die Psychologin blieb sofort stehen.

»Nachahmungstaten kommen in der Kriminalstatistik häufiger vor, als man glaubt«, sagte sie.

»Nachahmungstäter schneiden ihren Opfern aber nicht die Füße ab.«

»Sie glauben also, dass Sie es mit demselben Täter zu tun haben?« In der Frage lag ein leichter Vorwurf, so als wäre Leon ein renitenter Schüler, der die falsche Antwort gegeben hatte.

»Ich wundere mich, dass Sie so vom Gegenteil überzeugt sind.« Leon sah die Psychologin an. »Warum habe ich bei Ihnen immer das Gefühl, dass Sie mehr wissen, als Sie mir verraten wollen?«

»Das ist eine Frage, die Sie sich nur selbst beantworten können.« Der schnippische Unterton war nicht zu überhören. »Dann lasse ich Sie mal in Ruhe Ihren Job machen. Ich habe heute noch ein paar Beratungsgespräche. Wir sehen uns bestimmt später beim Briefing.«

Leon hob kurz die Hand, und Dr. Leblanc verschwand grußlos im Grau des heraufdämmernden Morgens.

37. Kapitel

Der Mann saß auf den Felsen und weinte. Er hätte nicht genau sagen können, warum. Aber er hatte diese Gefühlsaufwallungen seit seiner Kindheit. Sie überfielen ihn ganz plötzlich mit einer Wucht, die einen zu Boden drücken konnte. Aber so schnell sie kamen, verschwanden sie auch wieder. Er erklärte sich diesen Gefühlsrausch als Reinigung seiner Seele. Die Tränen spülten alles Böse davon, das er getan hatte, aber auch alles Böse, das er erdulden musste. Genau das war der Punkt, den er niemandem erklären konnte.

Das hatten die Pfaffen auf dem Internat ihnen doch immer eingebläut. Dass die Gedanken frei waren und dass die Seele mit dem Tod in den Himmel aufsteigen würde. Er tat also etwas Gutes. Er befreite Seelen. Er bereitete sie vor für ihre Reise in eine bessere Welt. Wie konnte er denn sündigen, wenn er doch einen himmlischen Auftrag erfüllte?

Ja, zugegeben, er tat mit ihnen auch all die dunklen und erregenden Dinge, die ihm sein Körper befahl. Was sollte er dagegen tun? Er konnte nicht anders ... Wieder überfiel ihn eine Welle der Trauer. Aber diesmal waren es nicht die Opfer, um die er weinte, diesmal war es sein eigenes Schicksal, das ihm die Tränen in die Augen trieb. Er war tief berührt von der Erkenntnis, dass er im Grunde seiner Seele ein guter Mensch war. Vielleicht der einzige ganz und gar ehrliche und gute Mensch, den es jemals auf der Erde gegeben hatte.

Es war an der Zeit, mit den Vorbereitungen zu beginnen. Seine letzte Besucherin war tapfer, eine Gewinnerin. Bei ihr musste er sich mit Gewalt nehmen, was sie ihm freiwillig niemals gegeben hätte. Aber er hatte es mal wieder den ganzen Klugscheißern, eingebildeten Wichtigtuern gezeigt. Jetzt hatten sie etwas, um darüber nachzudenken. Und schon ganz bald würden sie sehen, dass die Menschen vergänglich waren. Egal, wie hoch die Ziele waren, die sie sich gesteckt hatten. Es war Zeit. Er musste jetzt hineingehen. Er wollte seine Besucherin nicht unnötig warten lassen. Außerdem wollte er sie nicht allein lassen, wenn sie Angst empfand, und Angst würde sie empfinden, wenn sie sah, was er vorhatte. Die erste Lieferung, die er in diesem sogenannten Gotteshaus abgegeben hatte, war ja nur ein Vorgeschmack gewesen für das, was diesmal kommen würde.

Der Mann stand auf und sah über das Land. Was für ein wunderschöner Tag, dachte er. Die zweite Oktoberhälfte war oft schon kühl und verregnet. Aber in diesem Jahr schien sich der Sommer entschieden zu haben, noch bis in den November zu bleiben. Zwar hatte es in der Nacht ein wenig geregnet und der Mistral wehte frisch von Norden her. Aber das führte dazu, dass die Luft klar und durchsichtig war wie Glas. Der Himmel war zartblau, und der Blick reichte endlos weit über die Ebene hinweg bis hinauf zu den grünen Höhen des Massif des Maures.

Der Mann spürte, wie sein Herz schneller schlug. Diese berauschende Landschaft und die Erwartung dessen, was gleich geschehen würde, waren so erregend, dass es schon beinahe unerträglich war. Der Mann lächelte. Was war er doch für ein glücklicher Mensch, dass er hier leben durfte. Er wandte sich um und nahm den Pfad, der von den Felsen zu den Feldern führte. Es lag noch eine gute Viertelstunde strammer Fußmarsch vor ihm, bis er das Versteck erreichte. Fünfzehn wundervolle Minuten, die nur ihm und seinen Fantasien gehörten.

38. Kapitel

»Ich will keine Ausreden hören für alles, was nicht geklappt hat.« Zerna lehnte sich nach vorn und stützte sich auf den Besprechungstisch. »Ich will verdammt noch mal wissen, wo wir im Fall Bonnet stehen.«

Die Nachricht vom abgeschnittenen Fuß in der Chapelle Sainte-Françoise hatte sich blitzschnell herumgesprochen. Der Fund war um halb sechs Uhr morgens gemacht worden, und bereits zwei Stunden später sprachen die Menschen in Le Lavandou über nichts anderes mehr. Es dauerte nicht mal bis zum Mittag, bis die ersten TV-Reporter über die Stadt herfielen und jeden interviewten, den sie vor ihre Mikrofone bekamen. Es wurde viel verdächtigt, vermutet und spekuliert. Aber die Wahrheit war, niemand wusste wirklich etwas, und keiner hatte etwas gesehen.

Michel vom Tabac-Laden nutzte die allgemeine Verunsicherung für seinen ersten politischen Auftritt. Er bestellte zwei TV-Teams zum Brunnen auf der Place Ernest Reyer mit dem Versprechen, eine alles verändernde Erklärung abgeben zu wollen. Er wechselte das Hemd und zog sein dunkelblaues Sakko an, wie er es bei Präsident Macron im Fernsehen gesehen hatte. Dann stellte er sich den Journalisten und faselte von einem Frankreich, das in Zukunft wieder den Franzosen gehören solle. Außerdem verriet er den Journalisten, dass für die Gräueltaten der letzten Tage nur Flüchtlinge aus Afrika verantwortlich sein könnten. Schließlich gehörten derlei Grausamkeiten zu den uralten Stammesritualen auf dem schwarzen Kontinent. Natürlich wolle er damit nichts gegen Schwarze im Allgemeinen gesagt haben, beteuerte Michel. Allerdings wolle er an dieser Stelle an die blutigen Taten der Tutsi erinnern, die mit ihren Macheten Hunderttausende Hutus verstümmelt hatten. Und jetzt, da man es versäumte, die Flüchtlinge genauer unter die Lupe zu nehmen, hätten solche menschenverachtenden Urwaldrituale auch Einzug in ihr geliebtes Le Lavandou gehalten. Später hieß es, die Blut-und-Boden-Rede von Michel habe die Leute begeistert, es war sogar von Beifall die Rede. Wer sich am Nachmittag die Nachrichten im Sender TFX ansah, konnte Michel sehen, der am Brunnen stand und die Zukunft Frankreichs in den düstersten Farben ausmalte. Eine wirkliche Information hatte er genauso wenig zu bieten wie irgendjemand anderes in Lavandou.

Jetzt saßen die zuständigen Beamten im Besprechungsraum der Gendarmerie nationale und sollten Zerna Bericht erstatten. Aber leider gab es nichts zu berichten. Keine Zeugen, keine Spuren, keine Hinweise auf ein weiteres Verbrechen. Wenn man mal davon absah, dass da draußen ein Unbekannter herumlief und Frauen die Füße abschnitt.

»Wir haben immerhin zwei Verdächtige, Patron«, bemerkte Lieutenant Kadir, der mit am Tisch saß.

Neben Didier, Isabelle und Moma waren auch Leon, die Psychologin Dr. Leblanc und Kommissarin Lapierre erschienen. An der Übersichtskarte von Le Lavandou, die hinter Zerna an der Wand hing, gab es bisher nur drei Markierungen. Zwei standen für die Fundorte der Füße, und eine befand sich vor der Kirche Saint-Trophyme, wo der Körper von Françoise Bonnet gefunden worden war. Zerna sah Lieutenant Kadir mitleidig an.

»Soweit mir bekannt ist, haben Sie einen dieser Verdächtigen laufen lassen, während der andere gemütlich vor seinem Leuchtturm sitzt und Däumchen dreht.« Zerna klang frustriert. »Was wir brauchen, sind neue Fakten. Verstehen Sie? Irgendetwas, womit wir diese Kerle festnageln können.«

»Wenn jemand Füße absäbelt, und wir finden dann Füße aus Wachs bei einem verrückten Maler«, beschwerte sich Didier, »dann sind das für mich Fakten.« Didier erntete zustimmendes Gemurmel der Kollegen.

»Aber nicht für unseren über alles geschätzten Staatsanwalt in Toulon. Wie Ihnen zweifellos nicht entgangen ist, Lieutenant Masclau.«

»Wir haben neues Belastungsmaterial gegen Legrand gefunden.« Isabelle sah zu Moma hinüber, der zustimmend nickte.

»So? Dann lassen Sie hören.« Zerna klang zweifelnd.

»Legrand arbeitete von 1998 bis 2003 als Lehrer für Kunst und Sport an einem Mädchengymnasium in Rennes«, las Isabelle von ihren Notizen ab.

»Wann genau soll das gewesen sein?« Kommissarin Lapierre blätterte in ihren Unterlagen.

»Da werden Sie nichts finden«, antwortete Isabelle. »Er hieß damals noch Paul Chevreau. Antoine Legrand ist sein Künstlername.«

»Hab ich's nicht gleich gesagt? Dieser Kerl zieht 'ne Riesenshow ab«, platzte Didier dazwischen.

»Damit liegt Lieutenant Masclau möglicherweise gar nicht so falsch.« Isabelle sah kurz auf ihre Unterlagen, um sich erneut die Fakten ins Gedächtnis zu rufen. »Chevreau wurde im Sommer 2003 aus seinem Job als Lehrer entlassen. Ihm wurde vorgeworfen, Schülerinnen sexuell belästigt zu haben.«

»Der saubere Monsieur Künstler«, sagte Didier sichtlich zufrieden.

»Sexuelle Belästigung, sagen Sie.« Madame Lapierre machte sich Notizen mit ihrem spitzen Bleistift.

»Es ging sogar das Gerücht, er hätte eines der Mädchen nach einem Schulfest mit K.-o.-Tropfen betäubt und missbraucht«, sagte Isabelle. »Der Vorfall wurde der Schulleitung gemeldet, kam aber nicht zur Anzeige. Es war zu viel Zeit vergangen, und daher konnten keine Beweise mehr gesichert werden.«

»Jetzt ist er immerhin schon ein Vergewaltiger«, sagte Didier sichtlich zufrieden.

»Danke, Lieutenant«, unterbrach Isabelle ihren Kollegen. »Jetzt zur wichtigsten Frage: Was unternehmen wir im Fall der vermissten Aicha Hamdan?«

»Was haben die Ermittlungen ergeben?«, fragte Polizeichef Zerna in die Runde.

»Können wir denn überhaupt sicher sein«, gab die Kommissarin zu bedenken, »dass der Fuß zu der Vermissten gehört? Was sagt der Médecin légiste?«

Leon war der Unterhaltung um den Maler nur mit halber Aufmerksamkeit gefolgt. Er konzentrierte sich auf die Computerausdrucke der Laborberichte. Dann blickte er auf, schob die Berichte zusammen und sah die Kommissarin an.

»Sicher können wir nicht sein, aber es besteht zumindest eine hohe Wahrscheinlichkeit. Was im Augenblick feststeht, ist, dass die Blutgruppe der verschwundenen jungen Frau zu dem Fuß passt. Es handelt sich um die Gruppe B mit dem Rhesusfaktor negativ. Diese Kombination findet sich bei nur zwei Prozent der Bevölkerung. Das wären rund 1,2 Millionen.«

»Da sollten wir aber ganz schnell mit dem Suchen anfangen«, versuchte Didier einen Scherz, aber niemand lachte.

»Wann können wir ein genaueres Ergebnis haben?« Zerna mochte solche Rechnereien nicht.

»Der endgültige DNA-Abgleich dürfte morgen Vormittag vorliegen. Klarheit besteht jetzt aber zumindest über den Täter.«

»Wie, hat die Rechtsmedizin schon einen Namen?«, fragte die Kommissarin aus Toulon mit Sarkasmus in der Stimme.

»Nein, den haben wir leider nicht, Madame«, bemerkte Leon ganz ruhig. »Aber wir wissen, dass es sich mit höchster Wahrscheinlichkeit um denselben Täter handelt wie bei Françoise Bonnet. Auch im zweiten Fall wurde eine Knochensäge zum Abtrennen des Fußes benutzt. Die Sägespuren, also Winkel und Zahnabstand des Sägeblattes, sind identisch. Offenbar wurde dasselbe Gerät verwendet. Wir vermuten, der Täter ist Linkshänder.«

»Wir haben inzwischen das Umfeld der Vermissten untersucht.« Moma erhob sich und deutete auf die Karte. »Aicha Hamdan wohnt in einem Hochhaus bei La Londe. Das ist hier, etwa acht Kilometer von ihrem Arbeitsplatz in der Klinik entfernt. Wir haben mit Nachbarn und Arbeitskollegen gesprochen. Die meisten stammen aus Nordafrika.«

»Was sagen die? Was ist mit ihrem Mann?«, fragte Kommissarin Lapierre.

»Niemand will was bemerkt haben«, erwiderte Moma. »Die beiden sind angeblich ein ganz normales Paar.«

»Möglicherweise, vielleicht, keiner hat was bemerkt, nichts Neues. Na toll«, zitierte Zerna seine Leute. »Wenn Sie mich fragen, haben wir es hier mit einem Perversen zu tun, der irgendwo in der Nähe hockt und uns beobachtet, während er sein nächstes Opfer zersägt. Und was haben wir? Nicht eine einzige Spur, die zu ihm führen könnte. Was wir suchen, sind Gemeinsamkeiten. Muster, Übereinstimmungen. Nach welchen Gesichtspunkten wählt dieser Kerl seine Opfer aus?«

»Françoise Bonnet war Joggerin«, meldete sich Didier. »Vielleicht hat unser Killer was gegen Sport.«

»Danke, Masclau, sehr hilfreich.« Zernas Stimme klang genervt. »Madame Leblanc, was sagt denn unsere Psychologin zu diesem Fall?«

Alle blickten auf Claire Leblanc, die nervös ihre Unterlagen in gerader Linie ausrichtete. Es schien ihr unangenehm zu sein, Stellung beziehen zu müssen.

»Ja, also die Spurenlage ist im Moment noch zu schwach, um ein belastbares Täterprofil daraus abzuleiten«, begann sie zögernd. »Noch wissen wir über den Verdächtigen nur, dass er Frauen entführt und sie anschließend foltert. Laut Statistik haben wir es wahrscheinlich mit einem männlichen Weißen zu tun, der aus der Gegend stammt oder sich zumindest hier gut auskennt. Ich denke, der Vorschlag von Commandant Zerna ist Erfolg versprechend. Je genauer Sie die Tagesabläufe der beiden Opfer rekonstruieren, desto größer die Wahrscheinlichkeit, dass sich diese Abläufe irgendwo überschneiden. Das könnten dann die Momente sein, in denen der Täter Kontakt mit seinen Opfern aufgenommen hat.«

»Und wenn er nur ein verdammter Perverser ist, der sich die Frauen schnappt, wo und wie er gerade Lust hat?«, warf Didier ernüchternd ein.

Zerna sah in die Runde. Er rieb an seinem Ohrläppchen, was er häufig tat, wenn er nervös oder gestresst war. »Sonst haben Sie nichts zu bieten?«, fragte er.

Die Beamten rutschten nervös auf den Stühlen herum. Jeder hatte Angst, als Nächster vom Polizeichef aufgerufen zu werden, um erklären zu müssen, dass er keine Ahnung hatte.

»Ich sage Ihnen, was ich denke, mesdames et messieurs.« In der Stimme des Polizeichefs schwang eine leichte Drohung mit.

»Ich werde auf keinen Fall hier herumsitzen und abwarten, bis irgendwo die nächste zerstückelte Leiche auftaucht.«

Vor allem hatte Zerna keine Lust, abzuwarten, ob vielleicht nicht einer der Medienleute da draußen die nächste Leiche vor ihm finden könnte, dachte Leon. Alle wussten, dass der Job des Polizeichefs diesen Herbst turnusgemäß neu ausgeschrieben wurde. Und dass es jede Menge Anwärter in der Gendarmerie nationale gab, die sich nach der beliebten Position als Polizeichef von Le Lavandou die Finger leckten. Beamte mit Einfluss und guten Kontakten nach Toulon waren darunter. Für Zerna konnte es diesmal eng werden. Er musste jetzt zeigen, dass er die Probleme seiner Stadt noch im Griff hatte.

»War das wirklich schon alles, was wir wissen?« Zerna wirkte jetzt konzentrierter, als er sich an Leon wandte. »Was denken Sie, Docteur? Überraschen Sie uns mit einer Ihrer Eingebungen.«

»Die Eingebungen überlasse ich lieber den Psychologen. Rechtsmediziner müssen sich an die Ergebnisse ihrer Untersuchungen halten.«

»Einverstanden«, meinte Zerna. »Dann verraten Sie uns einfach etwas von den laufenden Untersuchungen, das Sie uns noch nicht präsentiert haben.«

Leon wartete einen Moment. Er hatte ihnen alles gesagt, was er wusste, alles, was man sehen und anfassen konnte, alles, was der Computer an Werten ausgedruckt hatte. Was er ihnen verschwiegen hatte, waren seine Empfindungen angesichts der jungen Frau, die noch vor zwei Tagen auf seinem Obduktionstisch gelegen hatte. Ja, er hatte etwas gespürt, als er den geschundenen Körper obduzierte. Für einen winzigen Moment glaubte er gefühlt zu haben, was der Täter während seiner blutigen Tat empfunden hatte.

»Ich habe noch nie so viel Hass gespürt«, sagte Leon.

39. Kapitel

Es wurde ein unruhiger Nachmittag für die Gendarmerie nationale. Die Geschichte mit den abgeschnittenen Füßen hatte frankreichweit für Aufsehen gesorgt. Inzwischen wurde in den TV-Sendungen bereits spekuliert, wie lange ein Mensch ohne Fuß wohl überleben konnte. Es wurden alte Fälle ausgegraben, in denen etwas Ähnliches geschehen war. Aber die Ausbeute war bescheiden. Dieser Fall war ohne Beispiel und darum eine Sensation. Plötzlich richtete sich alle Aufmerksamkeit Frankreichs auf Le Lavandou.

In der Regel wurden Medienanfragen zu Isabelle durchgestellt. Die stellvertretende Polizeichefin versuchte, in nüchternen und kühlen Worten den Stand der polizeilichen Ermittlungen zu schildern. Ja, man hatte einen weiteren Fuß gefunden, und nein, man wisse nicht, wer das Opfer sei. Im Augenblick stünde noch nicht einmal fest, ob er einer Frau oder einem Mann gehörte. Und nein, die vermisste Frau sei noch nicht wieder aufgetaucht. Es gebe allerdings vielversprechende Spuren, über die die Polizei aus ermittlungstechnischen Gründen noch nichts sagen dürfe.

In Wahrheit hatte die Polizei überhaupt keine Spuren, und sie wusste auch nichts Neues von Aicha Hamdan. Commandant Zerna hatte seine Beamten strikt angewiesen, keinerlei Details aus dem Bericht der Rechtsmedizin an die Presse weiterzugeben. Aus gutem Grund hatte er auch die Sache mit den Möwenflügeln verschwiegen. Als sich dennoch ein Reporter bei Isabelle danach erkundigte, erzählte sie etwas von einem Zufall, dessen Zusammenhang mit dem Tatgeschehen noch untersucht werde.

Gegen Mittag tauchte Bürgermeister Daniel Robien bei Zerna auf. Er müsse dringend mit ihm sprechen. Die beiden Männer zogen sich in das Büro des Polizeichefs zu einem kurzen Arbeitsessen zurück. Zerna hatte in aller Eile beim Traiteur Hechtklößchen und Jakobsmuscheln besorgen lassen, von denen er wusste, dass der Bürgermeister sie besonders schätzte. Zum Nachtisch gab es für die Herren »Coupe Colonel« – eine ungesunde Art, Zitroneneis zu verspeisen, indem man die Eiskugeln aus einem Glas mit Wodka löffelte.

»Du weißt, dass wir morgen das Komitee bei uns in der Stadt haben«, erinnerte der Bürgermeister.

»Ja, das weiß ich doch.« Zerna versuchte es mit seinem beruhigenden Ich-hab-alles-im-Griff-Ton.

»Den Eindruck habe ich aber ganz und gar nicht«, widersprach Robien, während er sich eine Gabel Hechtklößchen in den Mund schob. »Hast du die Nachrichten gesehen? Diese Stadt soll für ihre Blumenpracht ausgezeichnet werden. Nicht für abgeschnittene Frauenfüße.«

»Jetzt übertreibst du aber, Daniel«, versuchte es Zerna auf die kumpelhafte Tour. »Ich bin mit über vierzig Mann an der Sache dran. Wir verfolgen jede Menge Spuren.«

»Da habe ich aber etwas ganz anderes gehört. Im Stadtrat wird schon gemunkelt, dass die Gendarmerie nationale nur abwartet. Angeblich hofft ihr, dass die nächste Leiche in Hyères oder Draguignan gefunden wird. Damit ihr den Fall abgeben könnt.«

»Wer im Stadtrat behauptet so etwas?« Zerna klang angriffslustig. Robien zuckte nur mit den Schultern und goss sich noch einen Schluck vom Sancerre nach.

Zerna versuchte, vor dem Bürgermeister entschlossen und unerschrocken aufzutreten. Dabei war ihm der Appetit längst vergangen, und seine Handflächen, die er sich immer wieder über die Jeans rieb, waren feucht. Zerna wusste genau, dass er auf das Wohlwollen des Bürgermeisters angewiesen war, wenn er den Job des Polizeichefs für vier weitere Jahre behalten wollte. Die Sache wurde zwar in der Präfektur in Toulon entschieden, aber der Stadtrat hatte ein Wort mitzusprechen. Und die wichtigste Stimme kam nun mal von Robien.

»Lass es mich mal so sagen.« Zerna lehnte sich in seinem Stuhl zurück und versuchte, einen selbstsicheren Eindruck zu erwecken. »Wir verfolgen einige äußerst vielversprechende Spuren. Über die ich in diesem Augenblick noch nicht reden darf.«

»Jetzt kommst du mir aber nicht wieder mit diesem Stuntman oder dem Maler, diesem Angeber?«

»Du kennst mich, Daniel. Würde ich dich belügen?« Zerna legte den Kopf schief und sah den alten Kampfgefährten mit seinen blauen Augen an. »In einer so schwierigen Lage? Ich will doch nicht, dass du als der Bürgermeister in die Annalen eingehst, der die Goldene Blume für unsere Stadt verloren hat.«

»Manchmal weiß ich wirklich nicht, was ich dir glauben soll, Thierry …«

»Mon ami«, Zerna stieß einen Lacher aus, der Vertrauen aufbauen sollte, aber eher nach chronischer Bronchitis klang. Er hielt dem Bürgermeister die Hand hin. »Am Ende ziehen wir beide doch an einem Strang, oder?«

Der Bürgermeister ergriff Zernas Hand und nickte.

»Sorgen wir gemeinsam dafür, dass alles bleibt, wie es ist«, sagte der Bürgermeister. Zerna und Robien stießen mit ihren Gläsern an und tranken den letzten Schluck Sancerre.

40. Kapitel

Gegen fünfzehn Uhr meldete sich Moma aus seinem Streifenwagen. Eine Zeugin hatte in den letzten zwei Tagen einen jungen Mann beobachtet, der offenbar in eines der Strandrestaurants eingebrochen war, die bereits winterfest gemacht worden waren. Die Beschreibung legte nahe, dass es sich um den geflohenen Pierre Roussel handelte. Und da die Zeugin vor wenigen Minuten noch Bewegung hinter einer der Scheiben des geschlossenen Restaurants gesehen zu haben glaubte, ging Moma davon aus, dass sich der Gesuchte noch immer dort versteckte.

Die Nachricht löste in der Gendarmerie Alarm aus. Isabelle schlug vor, die Sondereinsatztruppe in Toulon anzufordern. Doch das kam für Zerna nicht infrage. Das hier war seine Stadt, hier sorgte er für Ordnung. Außerdem böte ihm die Festnahme eines Frauenmörders eine einmalige Chance, sein Image aufzupolieren. Er erklärte die Festnahme zur Chefsache und übernahm persönlich das Kommando vor Ort. Um Punkt fünfzehn Uhr fünfundvierzig stoppten vier Einsatzwagen der Gendarmerie auf dem Boulevard Général Bouvet. Beamte sprangen aus den Fahrzeugen und suchten Deckung in den Dünen. Zeitgleich tauchte ein Schlauchboot in der leeren Bucht auf, das sich mit weiteren fünf bewaffneten Polizisten an Bord schnell dem Strand näherte. Zwei Minuten später brüllte Zerna »Zugriff!« in sein Funkgerät.

Im nächsten Moment sprangen zehn Beamte hinter den Dünen auf und liefen mit gezogenen Waffen auf das geschlossene Restaurant zu. Gleichzeitig glitt das Landungsboot mit dem Schwung seines schweren Außenborders auf den Strand. Weitere Bewaffnete näherten sich und versperrten so den Fluchtweg aufs Meer.

Etwa fünf Meter vor dem Restaurant blieben die Polizisten stehen, die Waffen im Anschlag. Aber nichts bewegte sich. Didier reichte seinem Chef ein Megafon.

»Hier spricht die Gendarmerie nationale«, rief Zerna in das Mikrofon und kam sich ein bisschen wie Bruce Willis vor. »Wir haben Ihr Versteck umstellt. Kommen Sie mit erhobenen Händen heraus.«

Die Stimme des Polizeichefs hallte, verstärkt durch das Megafon, weit über die einsame Bucht. Innerhalb von Minuten hatte sich bei den Medienleuten herumgesprochen, dass sich am Strand eine Sensation anbahnte. Die Polizei hatte angeblich den Mörder gestellt.

Im Restaurant hörte man etwas umstürzen, dann ein Klirren, als Geschirr zu Bruch ging. Im nächsten Moment konnten die Polizisten beobachten, dass sich der Vorhang hinter der gläsernen Schiebetür bewegte, die auf die Holzterrasse führte.

»Kommen Sie heraus. Mit erhobenen Händen!«

Jetzt war aus dem Inneren des Restaurants unverständliches Gemurmel zu hören. Dann bewegte sich der Vorhang erneut. Didier, der dem Terrasseneingang des Restaurants am nächsten stand, griff zu seinem Funkgerät.

»Vorsicht, es tut sich was in der Bude«, sagte Didier halblaut in sein Funkgerät.

Im nächsten Moment ruckelte die Glastür und wurde ein Stück aufgeschoben. Eine junge Frau stolperte unsicher aus der

Dunkelheit des geschlossenen Restaurants. Sie trug einen Tschador, das Gesicht war bis auf die Augen hinter einem Nikab verborgen. Ihre Hände hielt sie vor sich ausgestreckt. Als die junge Frau so plötzlich in das helle Licht der Nachmittagssonne trat, musste sie sich einen Moment an dem Türrahmen festhalten. Ihr folgte ein hagerer Mann, der deutlich älter war als sie. Er trug ein abgestoßenes Jackett, dazu eine graue Jodhpurhose, deren Schritt zwischen seinen Unterschenkeln schaukelte. Der Mann hatte ebenfalls die Arme ausgestreckt und zeigte, dass seine Hände leer waren. In seinen Augen stand Angst.

»No, no!«, rief der Mann. »Nicht schießen.«

»Er lässt Geiseln frei.« Didier redete aufgeregt in sein Funkgerät und zielte mit der Waffe auf das ungleiche Paar. »Los, alle hinlegen. Auf den Boden!«

»Das sind doch keine Geiseln.« Moma, der neben Didier stand, legte beschwichtigend seine Hand auf Didiers Waffe. »Das sind Illegale. Siehst du nicht, was für eine Scheißangst die haben?«

Inzwischen hatte sich das gesamte Polizeiaufgebot im Halbkreis um die junge Frau und den Mann gestellt. Mehr als ein Dutzend Waffen zielten auf die verschreckten Flüchtlinge.

»Ist sonst noch jemand im Haus?«, fragte Didier und machte ein paar Schritte auf die beiden zu. Dabei steckte er die Waffe in sein Gürtelholster und zog die Handschellen heraus.

»Salem aleikum«, Moma versuchte ein paar freundliche Worte auf Arabisch. Das Paar auf der Terrasse sah ihn erstaunt an. »Meneng la antun?«

»Men tunise«, antwortete der Mann.

»Das sind Tunesier«, sagte Moma. »Die sind auf der Flucht.«

»Verdammte Beurs«, fluchte Didier. Er griff nach dem Arm

des Flüchtlings, um ihm Handschellen anzulegen. Erschrocken starrte die Frau ihn an.

Von der Straße lief ein TV-Team auf die Polizisten vor dem Restaurant zu. Zerna hatte die Medienleute sofort entdeckt.

»Waffen weg«, raunzte Zerna seine Leute an. »Und stecken Sie sofort die verdammten Handschellen wieder ein«, fuhr er Didier an.

Mit einem Seitenblick sah er, wie der Reporter und sein Kameramann von drei Polizisten aufgehalten wurden. Er nickte seinen Leuten zu, dass sie das TV-Team durchlassen sollten. Inzwischen war er auf die Terrasse getreten und hatte dem Mann in den Pluderhosen die Hand geschüttelt. Jetzt setzte er sein breitestes Grinsen auf und drehte sich zur Kamera um.

»Haben diese Festnahmen mit dem Mord an Françoise Bonnet zu tun?«, fragte der Reporter und hielt Zerna das Mikro vor das Gesicht.

Zerna hielt den Reporter mit einer kleinen Handbewegung auf Abstand.

»Aber das ist doch keine Festnahme.« Zerna lachte jovial. »Ich bitte Sie. Diese Menschen sind Flüchtlinge aus Tunesien, die wir jetzt zu einem Aufnahmepunkt bringen werden, wo ihre Personalien erfasst und sie versorgt und medizinisch betreut werden. Das ist doch ganz selbstverständlich.«

»Haben Sie inzwischen eine Spur des Mörders von Françoise Bonnet?«

»Wir verfolgen sogar eine ganze Reihe von Spuren«, gab sich Zerna selbstbewusst. »Über Details kann ich in diesem Augenblick noch nicht sprechen. Aber so viel schon jetzt: Es scheinen sich in diesem Fall einige gravierende Veränderungen anzubahnen.«

»Welche Veränderungen meinen Sie?«

»Gedulden Sie sich noch vierundzwanzig Stunden«, sagte Zerna geheimnisvoll. »Jetzt wollen wir uns doch erst einmal um diese armen Menschen hier kümmern.«

Zerna nickte einer Polizistin zu, die die verschleierte Frau zu einem der Einsatzfahrzeuge führte, der Mann folgte ihnen. Natürlich war die Ansage von Zerna reiner Bluff gewesen. Aber die Erfahrung hatte ihn gelehrt, dass man die Medien mit ein paar vagen Andeutungen auf Abstand halten konnte, ohne sie vor den Kopf zu stoßen. Er ahnte allerdings nicht, dass er dieses Mal mit seiner Prognose recht haben würde.

41. Kapitel

Der Sommer ist tatsächlich noch einmal zurückgekommen, dachte Isabelle. Die Luft roch warm und erdig nach dem kurzen Regen in der vergangenen Nacht. Noch blühten Zistrosen in den Gärten am Rand des Weges, und auf den Mauern leuchteten die Bougainvilleen. Nur die vertrockneten Disteln und das braune dürre Gras erinnerten daran, wie spät es bereits im Jahr war. Ein leichter Wind wehte kühl über die Hügel und kündigte Feuchtigkeit an. Isabelle war stehen geblieben und sah über die rotbraunen Dächer von Bormes-les-Mimosas hinunter auf die Ebene mit den abgeernteten Weinfeldern. In der Ferne trieben die Iles d'Or, die Goldenen Inseln, im glitzernden Meer.

Isabelle hatte ihren Wagen auf dem Platz bei der Chapelle Sainte-Françoise geparkt, die noch immer mit rot-weißem Polizeiband abgesperrt war. Hier, am Bouleplatz, herrschte striktes Halteverbot, aber das galt natürlich nicht für die Einsatzfahrzeuge der Gendarmerie nationale. Isabelle hatte beschlossen, zu Fuß zu ihrer Verabredung zu gehen. Sie hatte einen Umweg über die Rue des Bougainvillées genommen und war anschließend den engen Gassen ins Zentrum des mittelalterlichen Ortes gefolgt.

Isabelle genoss ihren kleinen Spaziergang. Bormes-les-Mimosas lag um diese Jahreszeit verlassen da. Isabelle blieb gelegentlich stehen, ließ sich von der Nachmittagssonne wärmen und dachte über den merkwürdigen Anruf nach, der sie kurz nach der Mittagspause erreicht hatte. Der Anruf war nicht über die Zentrale gekommen, sondern jemand hatte sie auf ihrer Durchwahl angerufen. Als sie sich meldete, schwieg der Anrufer für einige Sekunden, als müsse er sich überlegen, ob er nicht besser wieder auflegen sollte. Dann hörte sie, wie sich jemand räusperte.

»Bonsoir, Madame«, sagte ein Mann höflich, und es dauerte einen Moment, bis sie der Stimme eine Person zuordnen konnte.

»Père Dumont …?«, fragte Isabelle.

»Ja, entschuldigen Sie, ich war nicht sicher, ob ich …«, der Priester unterbrach sich, »ich müsste Sie sprechen, Madame. Es ist dringend.«

»Ich bin heute noch bis neunzehn Uhr in meinem Büro. Sie können jederzeit vorbeikommen.«

»Nein, bitte …«, sagte der Priester. »Entschuldigen Sie, aber das möchte ich nicht.«

Sie einigten sich auf ein Treffen bei ihm. Im Grunde war es Isabelle nur recht, für eine Weile aus ihrem Büro herauszukommen und Ruhe vor all den Wichtigtuern zu haben, die seit drei Tagen ununterbrochen bei der Polizei anriefen, um irgendwelche unsinnigen Beobachtungen zu melden. Der Anruf des Priesters war anders. Isabelle hatte seiner Stimme anhören können, dass ihn etwas beunruhigte. Das war ihr schon bei ihrer ersten Begegnung so gegangen. Dem Pater lastete etwas auf der Seele, das er loswerden wollte. Immer wieder hatte sie in den letzten Tagen an die Begegnung mit dem jungen Geistlichen denken müssen.

Wind und Sonne hatten die schwere Eichentür von Saint-Trophyme ausgebleicht und verwittern lassen, sodass die Maserung auf dem Holz abstrakte Muster bildete. Die Tür knirschte über dem Boden, als Isabelle die Klinke drückte und sie aufschob. Einen Moment dauerte es, bis sich ihre Augen an das schwache

Licht in dem düsteren Gemäuer gewöhnten. Es war kühl in der Kirche, und Isabelle war froh, dass sie sich einen Pullover umgelegt hatte. Dumont hatte sie gebeten, nicht in Uniform zu kommen. Die Kirchgänger sollten nicht gleich sehen, dass er mit der Polizei sprach. Doch die Sorge des Priesters war unbegründet, dachte Isabelle. Die Kirche war leer, bis auf den einsamen Besucher, der in der zweiten Reihe kniete. Leise ging sie nach vorn. Dann erkannte sie Dumont, der eine kleine Bibel in den Händen hielt und mit geschlossenen Augen betete. Als sie auf seiner Höhe stehen blieb, bekreuzigte er sich, stand auf und sah sie an.

»Danke, dass Sie gekommen sind, Madame Morell.«

»Ich hatte es Ihnen versprochen«, sagte Isabelle.

»Würden Sie mich bitte in die Sakristei begleiten? Da haben wir mehr Ruhe.«

»Natürlich.« Sie warf einen demonstrativen Blick auf die leeren Stuhlreihen, der dem Priester nicht entging.

»Sie sind nicht katholisch«, bemerkte Pater Dumont, als sie am Altar vorbeigingen und Isabelle sich nicht bekreuzigte.

»Evangelisch«, erwiderte Isabelle. »Aber meine Eltern haben mich nicht besonders fromm erzogen.«

Unter dem Fenster der Sakristei, auf einem Stehpult, lag eine aufgeschlagene Bibel. Zumindest vermutete das Isabelle. Auf dem Schreibtisch lagen ein paar Bücher und ein Zettel mit Notizen. Außerdem standen eine Karaffe mit Wasser und zwei Gläser auf dem Tisch. Wie es aussah, hatte der Priester sich auf dieses Gespräch vorbereitet.

Dumont zog seinen Stuhl hinter dem Schreibtisch hervor und schob ihn vor den von Isabelle. Wieder fiel ihr auf, wie jung der Priester war. Er hatte Sommersprossen, und der Schweiß stand ihm auf der Stirn. Dabei war es in dem Raum mit dem kleinen Fenster so kühl, dass Isabelle sich den Pullover, den sie umgehängt hatte, noch ein Stück höher über die Schultern zog. Sie saßen sich schweigend gegenüber. Wenn es ihm ernst war mit dem Reden, dachte sie, dann würde er dieses Schweigen als Erster brechen.

»Wissen Sie, was das heilige Sakrament der Beichte bedeutet?«, fragte Dumont ganz unvermittelt.

»Ich denke schon«, antwortete Isabelle.

»Es ist nicht nur ein Gesetz oder eine Kirchenregel. Es gehört zum Kern des Glaubens. Es ist die Chance auf Vergebung durch den Vater im Himmel. Er verzeiht denjenigen, die echte Reue empfinden, alle Sünden.« Wieder schwieg Dumont.

»Es geht um eine Beichte, richtig?«

»Die Beichte ist eines der sieben heiligen Sakramente. Das Beichtgeheimnis ist unverletzlich«, erklärte der Priester und tupfte sich mit einem Taschentuch den Schweiß von der Stirn. »Ich habe lange mit mir gerungen, glauben Sie mir. Und ich habe viel gebetet.«

»Er hat Ihnen im Beichtstuhl einen Mord gestanden«, sagte Isabelle, so als wüsste sie längst Bescheid.

»Ich darf das nicht tun ...« Dem Pater war seine Verzweiflung anzumerken. »Aber ich bin kein Märtyrer. Ich ... ich bin voller Zweifel. Verstehen Sie. Ich bin schwach.«

»Seien Sie nicht so streng mit sich, Pater.« Isabelle sah ihm in die Augen. »Was hat er Ihnen gesagt?«

»Dass er getötet hat.« Der Priester legte das Gesicht in seine Hände, und Isabelle hörte ihn schwer atmen.

»Sie tun das Richtige, Pater. Glauben Sie mir. Dem lieben Gott wäre es bestimmt nicht recht, wenn Sie einen Mörder schützen.«

Jetzt ließ der Priester seine Hände sinken und sah sie an.

»Sie können das nicht verstehen. Aber wenn ein Sünder in der Beichte aufrichtig bereut, dann wird Gott ihm verzeihen. Sogar wenn er ein Mörder ist. Der Mensch bekommt von Gott eine neue Chance, und der Priester muss darüber für immer schweigen.«

»Sie haben sich aber anders entschieden. Und ich denke, das ist richtig so.«

»Ich habe diesem ...«, er unterbrach sich, » ... diesem Unhold keine Vergebung versprochen.«

Isabelle wurde erst nach einigen Sekunden klar, was der Priester meinte. Es hatte gar keine richtige Beichte stattgefunden, da der Pater den Mann nicht von seinen Sünden freigesprochen hatte.

»Warum haben Sie ihm nicht vergeben?«, fragte Isabelle.

»Dieser Mensch war im tiefsten Inneren seiner Seele böse. Durch und durch verkommen, verstehen Sie?«

»Ich bin mir nicht sicher.« Isabelle zögerte.

»Er wollte gar nicht beichten, er wollte die Kirche verhöhnen, wollte sich lustig machen über mich. Er sagte, er hätte seine entsetzlichen Taten ... genossen.«

Das letzte Wort hatte der Pater nur geflüstert, als wäre es so widerlich, dass er es nicht einmal in den Mund nehmen konnte.

»Kennen Sie den Mann?« Isabelle stellte diese Frage ganz vorsichtig. Würde es doch bedeuten, dass der Priester einen Menschen seiner Gemeinde verraten müsste. Der Mann starrte zu Boden und schüttelte langsam den Kopf. »Sagen Sie mir, wie der Mann im Beichtstuhl aussah.«

»Ich konnte ihn nicht genau erkennen.« Der Priester sprach leise, schien sich jedes seiner Worte abzuringen. »Wenn die Sonne nicht auf die Kirchenfenster scheint, ist es düster in dem Seitenschiff, wo der Beichtstuhl steht. Ich habe sein Gesicht nicht sehen können. Aber ich bin sicher, dass ich diesem Mann noch nie zuvor in der Messe begegnet bin.«

»Trotzdem. Bitte beschreiben Sie mir alles, was Ihnen an dem Mann aufgefallen ist.«

Der Priester sah sie mit traurigen Augen an. Es schien Isabelle, als wäre er in der letzten halben Stunde gealtert. Als säße plötzlich ein müder, gebrochener Mann vor ihr.

»Er hat gehustet«, sagte Pater Dumont nach einer Weile.

»Gehustet?«

»Ja. Es klang nicht wie eine Erkältung. Mehr so ein trockenes Husten, wenn er lachte.«

»Versuchen Sie sich ganz genau zu erinnern. Jedes noch so kleine Detail könnte uns helfen, Pater«, bat sie ihn. »Was haben Sie empfunden, als dieser Mann unmittelbar neben Ihnen im Beichtstuhl saß?«

Der Priester beugte sich nach vorn, als hätte er Angst, dass ihn sogar noch hier in der Sakristei der Unbekannte hören könnte.

»Glauben Sie an den Teufel, Madame?«, flüsterte der Priester.

42. Kapitel

»Glaubst du dem Priester die Geschichte?« Leon hatte sich zu Isabelle ins Wohnzimmer gesetzt. Es war der erste Moment dieses hektischen Tages, an dem sie beide zur Ruhe kamen und miteinander reden konnten.

»Er hatte Angst«, sagte Isabelle, »so viel steht fest.«

»Das halte ich für ein gutes Zeichen.« Leon nahm von den Knoblaucholiven, und zur Abwechslung trank er ein Glas Perrier. Ein Zugeständnis an Isabelles neuen Gesundheitsplan, demzufolge weniger Fleisch gegessen und an zwei Tagen der Woche kein Alkohol getrunken werden sollte. Anfangs hatte Leon noch seine Scherze darüber gemacht. Aber inzwischen musste er ehrlich zugeben, dass ihm die Fastentage hervorragend bekamen.

»Was meint Zerna?«

»Er wollte ihn sofort in die Wache holen und vernehmen, aber ich habe abgelehnt.«

»Und das hat er akzeptiert?«, wunderte sich Leon.

»Ich habe ihm gesagt, entweder wir machen es so, wie ich es dem Priester versprochen habe. Oder wir machen es gar nicht.«

»Und Zerna, was hat er darauf gesagt?« Manchmal konnte Isabelle ihn mit ihrer Entschlossenheit wirklich überraschen.

»Er hat gar nichts gesagt«, meinte Isabelle mit einem Lächeln.

»Er hat mit den Zähnen geknirscht und ist im Gesicht rot angelaufen. Dann hat er genickt.

»Tapferes Mädchen.« Leon lächelte sie an.

»Der Priester hat ja nicht das Gesicht des Mannes gesehen«, sagte Isabelle. »Behauptet er jedenfalls.«

»Habt ihr daran gedacht, dass der Unbekannte sich nur wichtigmachen wollte?«, überlegte Leon. »Du kennst doch diese Typen.«

»Natürlich, aber die melden sich in der Regel anonym am Telefon oder posten ihren Wahnsinn im Internet.« Isabelle stocherte nachdenklich in ihrem Salat, den Leon vorbereitet hatte. »So einer würde doch nicht in der Kirche auftauchen und mit dem Pater reden.«

»Er wollte den Priester provozieren.« Leon sah Isabelle an. »Wollte sich mit ihm messen, ihn quälen, ihn in Gewissenskonflikte stürzen.«

»Aber warum in der Kirche? Warum geht er ein solches Risiko ein?«

Leon saß stumm da und drehte einen Stein in der Hand, den er in seiner Sakkotasche gefunden hatte. Isabelle kannte diese dunklen, glatten Steine, die Leon gelegentlich auf seinen Strandspaziergängen aufsammelte und die er seine »Denksteine« nannte. Hatte er ihr überhaupt zugehört? In diesem Moment steckte Leon den Stein ein und sah sie an. Als wäre ihm gerade erst aufgefallen, dass sie auch da war.

»Genau das ist es, wonach er sucht: Aufmerksamkeit«, sagte Leon. »Er braucht diesen besonderen Kick. Er riskiert ganz bewusst, aufzufliegen. Warum sonst schneidet jemand seinem Opfer einen Fuß ab und stellt ihn mitten auf die Strandpromenade. Übersteigerte Hybris, er spielt mit uns, versucht uns zu manipulieren, provoziert uns.«

»Dann ist Dumont also nicht hysterisch?«

»Ganz im Gegenteil. Ich könnte mir vorstellen, dass der Unbekannte in der Kirche der Mann ist, nach dem alle suchen.«

»Wenn du wirklich recht hast …« Isabelle dachte nach. »Jetzt haben wir einen Zeugen und wissen doch nichts über den Mann.«

»Wir wissen immerhin, dass er wenig von der katholischen Kirche hält, durchschnittlich groß und wahrscheinlich Asthmatiker ist.«

»Wie willst du das wissen?«

»Pater Dumont hat dir erzählt, der Mann hätte gehustet, richtig?«

»Er hat gesagt, es hätte so geklungen, als ob jemand einen Hustenreiz unterdrückt.«

»Draußen ist es zurzeit tagsüber noch recht warm. In der Kirche dagegen ist es kühl und feucht.«

»Und es riecht nach Schimmel«, ergänzte Isabelle.

»Sehr gut. Schimmel, Feuchtigkeit und Temperaturunterschied. Und dann kommt noch Stress dazu. Da bekommt ein Allergiker fast zwangsläufig einen Hustenanfall.«

»Die These scheint mir ziemlich gewagt.«

»Ich bin nur der Rechtsmediziner, du bist der Flic.«

»Wenn es stimmt, was du vermutest, dann haben wir unsere beste Chance verpasst.«

»Wenn es stimmt, was ich vermute, wird der Kerl sich wieder bei Dumont melden.«

43. Kapitel

Der Junge hatte sich alles genau ausgerechnet. Um diese Jahreszeit begann die Morgendämmerung gegen fünf Uhr dreißig. Eine halbe Stunde zuvor war noch alles dunkel gewesen, stockdunkel. Perfekte Bedingungen. Jetzt musste er nur noch den schweren Trailer wenden. Das war der schwierigste Teil, denn alles musste ganz leise geschehen. Wer wusste schon, ob der Alte nicht einen neuen Wächter für das Bootslager engagiert hatte. Solange der alte Gérôme auf der Matratze über der Werkstatt schlief, war alles easy. Der gab sich jeden Abend mit einer Flasche Armagnac die Kante. Der würde nicht mal mitkriegen, wenn um ihn herum die ganze Bude zusammenbrach. Aber wenn heute jemand anderer aufpasste? Der Junge unterbrach seine Arbeit und horchte konzentriert in die Dunkelheit – nichts. Bateau Tahiti, das Winterlager für Boote, lag um diese Zeit im Tiefschlaf. Die Schiffe der Freizeitkapitäne standen aufgebockt in langen Reihen nebeneinander, hilflos wie Fische auf dem Trockenen. Sie wirkten deplatziert zwischen all den Pinien, Zypressen und Korkeichen, wie ausgesetzt in einem artfremden Lebensraum.

Leise entfernte der Junge die Bremsklötze vor den Reifen des Trailers. Das Boot auf dem Anhänger war ein neuer Sun Cruiser. Ein oberscharfes Teil mit zwei Innenborder-Motoren von je 350 PS. Der Besitzer hatte das Boot erst diesen Sommer gekauft. Für hundertzwanzigtausend Euro. Echt krass, wie viel Kohle manche Leute für ein Boot raushauen, dachte der Junge. Aber er hatte den Kaufvertrag selbst im Büro vom Alten gesehen. Was sollte schon sein, jetzt würde das Motorboot den Besitzer wechseln. Einfach so. Wenn Gérôme in drei Stunden das Bootslager aufschließen würde, wäre das Boot weg. Ja, er klaute die Jacht. So schnell konnte es gehen. Was hätte er auch tun sollen? Ihm waren Boote ziemlich egal, aber die Jungs im Café La Régence in Hyères hatten große Ohren bekommen, als er ihnen von seinem Job bei Bateau Tahiti erzählt hatte. Hier brachten die reichen Typen ihre Boote zum Überwintern hin. Konnten sie ja schlecht im Hafen liegen lassen. Und der Sun Cruiser war nun mal das geilste Teil, das dort rumstand.

Der Junge hatte keine Ahnung, was die anderen mit dem Boot vorhatten. War ihm auch egal. Hauptsache, sie zahlten ihm die versprochenen viertausend Euro für den Job. Das musste man sich mal reinziehen. Da machte er vier fette Tausender in nicht mal einer Stunde. War das zu glauben?

Nein, er hatte kein schlechtes Gewissen. Der Alte hatte ihn doch die ganze Zeit voll ausgenutzt. Kein Vertrag, keine geregelten Arbeitszeiten. Verstand sich von selbst, dass der für ihn auch keinen Euro in die Sozialkassen zahlte. Warum auch? Er existierte ja nicht mal in den Unterlagen der Firma. Gérôme ließ ihn schuften bis zum Umfallen. Dafür gab es die Kohle bar auf die Kralle. Sozialversicherung und Krankenkasse war was für Angsthasen. Nicht für Abenteurer wie ihn. Sein Vater hatte im Straßenbau geschuftet. Sein ganzes Leben lang in die Sozialkasse eingezahlt. Und wofür? An seinem siebenundfünfzigsten Geburtstag hatte ihn der Herzinfarkt erwischt. Statt in die Kasse einzuzahlen, hätte sein Alter es lieber öfter mal richtig krachen lassen sollen. So eine Scheiße würde dem Jungen nicht passieren. Er würde die vier Mille nehmen – merci, messieurs. Und erst mal mit seiner Freundin eine Woche nach Ibiza abdüsen.

Der Junge war geräuschlos wie eine Maus den Weg zu den Hallen hinaufgeschlichen. Dann hatte er sich hinter den Lenker des alten Land Rover Defender geschwungen. Er hatte den Wagen am späten Nachmittag extra so geparkt, dass er bis zum Trailer rollen konnte, ohne den Motor anlassen zu müssen. Jetzt löste er die Handbremse, und langsam rollte der Wagen nach unten. Kies knirschte unter den Reifen. Die Bremsen quietschten leise, als der Junge den Wagen genau in der richtigen Position zum Stehen brachte. Jetzt musste er nur noch die Deichsel mit dem hydraulischen Wagenheber zwanzig Zentimeter nach oben pumpen, eine Kleinigkeit. Mit einem metallischen Klirren rutschte der Flansch wie von selbst in die Anhängerkupplung. Jetzt nur noch mit dem Splint sichern, dachte der Junge, und dann ab mit dem Boot zu seinen Kumpels. In diesem Moment fiel ihm die breite, dunkle Spur auf, die sich von der Persenning hinunter über den schneeweißen Bug des Bootes zog. Was zur Hölle ...?

Er hatte seinen Kumpels ein brandneues Boot versprochen. Keinen Kahn, auf dem irgendwelche Sprayer ihre Tags hinterlassen hatten, dachte der Junge verärgert. Er griff in seine Jeanstasche und holte eine kurze, bleistiftdünne Taschenlampe hervor. Die schaltete er ein und klemmte sie sich zwischen die Zähne, während er sich am Rumpf festhielt und mit der freien Hand die dunkle Farbe untersuchte. Das Zeug war dunkelrot und klebrig – fuck! Der Junge stellte sich auf die Deichsel und zog sich am Bug des Bootes ein Stück nach oben, bis er auf die weiße Persenning sehen konnte, die das Deck des Bootes vor Sonne und Regen schützte. Jetzt ragte sein Kopf knapp über die Bootskante. Im Schein der kleinen Taschenlampe lag da etwas, etwas Längliches wie ein dicker Ast, und alles war verschmiert. Er musste zweimal hinsehen, bis er begriff, was da vor ihm im Licht seiner kleinen Lampe aufgetaucht war. Der Junge erstarrte. Das war ein menschliches Bein, und dort, wo es einmal mit einem Körper verbunden gewesen war, konnte man Sehnen und Muskeln erkennen. Blut war aus dem Bein gesickert, über die Persenning gelaufen und dann am Bootskörper hinuntergetropft. Der Junge zuckte so entsetzt zurück, als hätte ihn ein elektrischer Schlag getroffen. Er rutschte mit dem Fuß vom Wagenheber ab. Für einen Augenblick klammerte er sich am Bootsrand fest, während seine Füße hilflos auf der Suche nach Halt in der Luft strampelten. Dann trat er gegen die Sicherung des Wagenhebers. Mit einem harten Ruck rutschte der Trailer aus der Kupplung des Land Rovers und fiel auf sein Stützrad zurück. Ganz langsam, mit einem Knirschen setzte sich der Trailer in Bewegung. Das tonnenschwere Boot schob den Anhänger, den Gesetzen der Schwerkraft folgend, jetzt ungebremst vorwärts, das leichte Gefälle hinab in Richtung Tor. Es dauerte nur Sekunden, aber in diesem kurzen Augenblick wurde dem Jungen klar, dass er die Sache gründlich vermasselt hatte.

Der Trailer nahm Fahrt auf, und es bestand keine Chance, daran noch irgendetwas zu ändern. Das Schicksal hatte das Kommando übernommen. Der Junge versuchte, sich noch einen Augenblick an dem Trailer zu halten. Dann ließ er los und schlug hart auf der Schotterpiste auf. Der Trailer rauschte ohne ihn weiter nach unten. Hilflos saß der Junge im Staub und sah zu, wie die hundertzwanzigtausend Euro teure Jacht in den Sicherheitsbändern hin- und hergeworfen und obendrein schneller und schneller wurde. Zu schnell, dachte der Junge, viel zu schnell. Die rasende Last hielt genau auf den gemauerten Eingang zu, der das schwere Eisentor hielt. Schade, dachte der Junge, verdammt schade um das schöne Boot.

In diesem Moment krachte der Trailer in die Mauer. Doch

das Boot bewegte sich weiter, schien einen Moment wie schwerelos durch die Luft zu schweben. Sein tonnenschweres Gewicht ließ die Haltebänder reißen wie Bindfäden. Kurz bäumte sich die weiße Jacht auf, als wollte sie mit aller Gewalt die Mauer durchstoßen. Dann hörte man ein lautes Bersten und Brechen, als Rumpf und Aufbauten an den schweren Steinen zerschellten. Dann war es für einen kurzen Augenblick so ruhig, als hätte jemand im Kino den Ton abgeschaltet. Im nächsten Moment flammten die Scheinwerfer auf, die das Gelände taghell erleuchteten. Gérôme kam zum Tor gerannt, eine Schrotflinte in der Hand. Da wusste der Junge, dass alles vorbei war. Er hatte verloren. Er stand auf und klopfte sich den Staub aus der Jeans.

»Verdammte Scheiße«, schrie Gérôme. »Ich mach dich fertig, du kleine Drecksau.« Der Schuss krachte ohrenbetäubend laut in der Stille, und Staub wirbelte auf, als sich die Schrotladung in den Schotterweg bohrte. Der Junge warf sich mit dem Gesicht in den Dreck und reckte die Hände in die Luft.

»Nicht schießen. Bitte nicht schießen«, rief er verzweifelt.

44. Kapitel

»Ich vermute, das Bein gehört zum selben Opfer wie der Fuß, den wir gefunden haben.« Leon hockte am Boden, neben sich seine alte Ledertasche mit den Instrumenten, die er brauchte, wenn er außerhalb des Autopsieraumes einen Toten begutachten musste. Wobei das Wort Toter nicht ganz zutreffend war. Schließlich lag hier, in den Trümmern eines weißen Motorbootes, nur ein linkes Bein.

Zerna beobachtete jeden Handgriff von Leon, neben ihm stand Didier, die anderen Polizisten hielten respektvollen Abstand.

»Woher wollen Sie das wissen, Docteur?«, fragte Zerna. »Ich meine, dass das Bein vom gleichen Opfer stammt.«

»Ich sagte, ich vermute es.« Jetzt untersuchte Leon den Oberschenkel genauer an der Stelle, wo er offensichtlich gewaltsam vom Körper abgetrennt worden war. »Die Füße sind etwa gleich groß. Außerdem tragen die Zehennägel den gleichen pinkfarbenen Nagellack wie bei dem anderen Fuß. Die Haut ist leicht pigmentiert, was mich vermuten lässt, dass es sich um eine Südländerin handelt.«

»Hat der Kerl sie wieder ...«, Didier unterbrach sich, »ich meine, hat er sie wieder bei lebendigem Leib ...?« Didier ließ die Frage in der Luft hängen.

»Nein.« Leon hielt jetzt eine Lupe in der Hand. »Keine Einblutungen in die Muskeln im Wundbereich. Das gilt auch für die Bänder und Sehnen.«

»Sie war also tot, als der Irre sie zerlegt hat«, konstatierte Didier nüchtern.

»Sie sagen es, Lieutenant«, erwiderte Leon. »Es wäre auch schwer vorstellbar, eine solche Operation gegen den Widerstand des Opfers durchzuführen. Dann müsste die Person wirklich tief sediert werden, was wiederum einen Eingriff unter zumindest minimalen OP-Standards erfordern würde.«

Leon betrachtete schweigend das Bein. Die Polizei suchte jetzt mit allen Kräften nach Aicha Hamdan. Leon sah die freundliche Krankenschwester vor sich. Er war plötzlich sicher, dass sie schon bald ihre Leiche finden würden. Was hatte die junge Frau in den Stunden vor ihrem Tod durchleiden müssen? Diesmal hatte der Mörder sich nicht viel Mühe gegeben, das Bein sorgfältig vom Körper zu trennen. Diesmal war er rabiat vorgegangen.

»Haben Sie noch etwas für uns?« Zerna war nicht entgangen, dass Leon etwas beschäftigte.

»Diesmal hat er ein Beil benutzt.« Leon ließ die Lupe sinken und stand auf. »Die Scharten am Schenkelhalsknochen sind eindeutig.«

»Was bedeutet das?«, fragte Didier.

»Ich weiß es nicht.«

»Aber Sie haben eine Theorie.« Zerna kannte Leon, der grundsätzlich weniger preisgab, als er wusste.

»Vielleicht stand er unter Zeitdruck.«

»Klingt, als gäbe es da noch ein Oder«, warf Isabelle ein.

»Oder er war sehr wütend«, antwortete Leon.

»Suchen wir also jetzt nach einer toten Vermissten?«, fragte Didier.

»Davon sollten Sie ausgehen.« Leon packte seine Instrumente ein.

»Na toll. Jetzt verteilt er also Leichenteile in der Provence, und wir können die ganze Scheiße wieder aufsammeln. Das kann Wochen dauern«, stöhnte Didier.

»Glaube ich nicht«, meinte Leon ganz ruhig. »Er will uns nicht warten lassen. Er will uns beeindrucken.«

In diesem Moment tauchte Moma bei ihnen auf. »Patron«, sagte er. »Sieht so aus, als hätten wir einen Zeugen.«

»Was für einen Zeugen?«, wollte Zerna wissen.

»Kann ich noch nicht sagen.« Moma deutete zur Grundstücksgrenze. »Sitzt da oben in seinem Wagen und scheint die Werft zu beobachten.«

»Er beobachtet uns?«, wunderte sich Zerna. »Haben Sie mit ihm gesprochen?«

»Noch nicht. Aber er kann nicht weg. Das da oben ist 'ne Sackgasse«, meinte Moma schlau.

»Fährt er einen roten Renault Clio?«, fragte Isabelle wie nebenbei.

»Woher weißt du das?«, wunderte sich Moma.

»Aicha Hamdan fährt einen roten Clio.«

»Verdammt«, rief Moma.

»Na, dann los«, drängte Isabelle. »Und sag den Kollegen da oben, sie sollen bloß weg von dem Auto bleiben.«

Fünf Minuten später gingen Didier, Isabelle und zwei weitere Beamte langsam auf den roten Renault zu. Das Fahrzeug stand am Ende eines Feldwegs inmitten von mannshohen Rosmarinbüschen, um die ein paar verschlafene Zitronenfalter taumelten. Unterhalb des Weges konnte man das Gelände von Bateau Tahiti sehen und ein ganzes Stück dahinter das Meer, auf dem die Morgensonne glitzerte. Es sah aus wie eine provenzalische

Postkartenidylle, wenn da nicht die bewaffneten Polizisten der Gendarmerie nationale gewesen wären. Didier hatte seine Beretta gezogen, während Isabelle nur ihr Gürtelholster geöffnet hatte, als wüsste sie, dass sie ihre Pistole nicht brauchen würde. Sie hielt das Sprechfunkgerät in der linken Hand, die rechte in der Nähe ihrer Waffe. Aus dem Clio erklang leise Musik. Ein Klassiksender. Beethoven. Beerdigungsmusik, dachte Isabelle. Sie konnte jetzt die Fahrerin von hinten erkennen. Eine dunkelhaarige Frau, die bewegungslos hinter dem Lenkrad saß. Die Polizisten standen nur noch eine Armlänge von dem Wagen entfernt. Isabelle gab Didier mit einem Nicken zu verstehen, dass er weitermachen sollte.

»Es ist eine Frau ...«, sagte Isabelle leise in ihr Funkgerät. »Sie bewegt sich nicht.«

»Dann sehen Sie mal nach«, kam Zernas Stimme verzerrt durch das Funkgerät.

»Wollen wir mal klopfen?« Didier sah sich kurz zu Isabelle um. Sie nickte.

Didier tippte mit der Pistole gegen die Scheibe.

»Madame ...?«, sagte der Lieutenant laut und klopfte erneut.

Wieder keine Reaktion. Didier zog an dem Türgriff, der mit einem metallischen Klicken nachgab.

»Vorsicht mit der Tür ...«, wollte Isabelle noch sagen.

Aber der Rat kam zu spät. Die Tür schwang auf. Angeschoben vom Körper der Frau, der jetzt nach außen sank und mit einem dumpfen Geräusch auf dem staubigen Boden aufschlug. Einen Moment lang rührte sich niemand. Alle starrten auf das, was da aus dem Auto gefallen war. Die Frau war nackt, besser gesagt das, was von ihr übrig war. Jemand hatte ihre Beine amputiert und den Unterleib aufgeschnitten.

»Bordel de cul«, fluchte Didier, der als Erster die Sprache wiederfand.

45. Kapitel

In den Räumen der Rechtsmedizin war es ruhig und kühl wie immer. Leon stand vor dem Obduktionstisch und betrachtete die sterblichen Überreste von Aicha Hamdan, die er wieder zu einem Ganzen zusammengefügt hatte. Noch am Fundort der Leiche hatte Leon dafür gesorgt, dass der Torso von den Bestattern sorgfältig geborgen wurde, ohne Spuren zu vernichten. Der Täter hatte Bateau Tahiti in ein regelrechtes Schlachthaus verwandelt. Kurz nachdem der Torso im Auto gefunden worden war, entdeckte ein Lieutenant der Gendarmerie nationale auch das zweite vermisste Bein. Es lag in einem Segelboot, der blutige Stumpf des Oberschenkels hatte über die Reling geragt, unmittelbar über dem schwungvoll aufgemalten Namenszug der Jacht, »Seven Sins«.

Jetzt war Leon allein mit seiner »Patientin«. Der Körper von Aicha Hamdan sah auf dem Obduktionstisch beinahe grotesk aus. Wie eine überdimensionale Spielzeugpuppe, die von einem ungezogenen Kind zerrissen worden war. Noch hatte Leon den Körper nicht geöffnet, er hatte noch keine chemischen Abgleiche gemacht, keine Blutanalyse begutachtet. Noch versuchte er, sich in das Opfer hineinzuversetzen, um zu verstehen, was dazu geführt hatte, dass das Leben der jungen Frau in dieser Hölle geendet hatte. Eine Krankenschwester, deren Leben darauf ausgerichtet war, anderen zu helfen, die alle in der Klinik mochten, die sich gelegentlich ein paar Euro in einem Restaurant hinzuverdiente, einen Mann hatte, der sich um sie sorgte. In welchem Augenblick ihres Lebens hatte sie den einen falschen Schritt getan, der in diese Katastrophe geführt hatte?

Das Opfer war etwa einen Meter siebzig groß. Der Körper war schlank und sportlich, ohne besonders muskulös zu wirken. Die Frau hatte kein Bodybuilding betrieben, dachte Leon. Er tippte eher auf regelmäßige Yogaübungen. Sie war gut ernährt, die Haut gepflegt. Ihr Gesicht hatte einmal weiche Züge gehabt. Aber jetzt waren diese Züge verzerrt. Wie bei Menschen, die eine lange Krankheit oder unerträgliche Schmerzen durchlitten hatten.

Je länger Leon die junge Frau betrachtete, umso sicherer war er sich, dass sie ihren Mörder nicht gekannt hatte. Sie war von ihm auserwählt worden, um in einem perversen Ritual getötet zu werden.

»Haben Sie schon den Todeszeitpunkt bestimmt, Docteur?« Olivier Rybaud war wie ein Geist im Autopsieraum aufgetaucht.

»Ich wollte gerade damit anfangen«, sagte Leon, ohne sich umzusehen. »Haben wir schon die Blutwerte?«

»Der Computer arbeitet noch.«

»Gut, fangen wir an«, entschied Leon, und sofort schob Rybaud den Rollwagen mit den Instrumenten heran, sodass sein Chef darauf zugreifen konnte.

Leon zog mit der linken Hand ein kleines Mikro von der Decke herab, das mit einem Aufzeichnungsgerät verbunden war, und drückte den Startknopf.

»Das Opfer ist einundzwanzig Jahre alt, weiblich, einen Meter siebzig groß bei einem Gewicht von zweiundfünfzig Kilogramm«, begann er. »Zum Todeszeitpunkt ...« Er unterbrach die Ansage und griff nach dem Handgelenk des Opfers. Der Arm war beweglich, aber noch steif in Schulter und Ellenbogengelenk.

»Die Totenstarre klingt bereits wieder ab«, fuhr Leon fort. »Der Tod ist vor etwa zweieinhalb Tagen eingetreten. Frühestens vor drei Tagen.«

Wieder unterbrach Leon das Protokoll. Im vorliegenden Fall war die Frage nach dem genauen Todeszeitpunkt etwas komplizierter. Leon ging um den Tisch herum und beugte sich über das rechte Bein des Opfers, das über dem Fußgelenk in einem glatten Sägeschnitt durch beide Beinknochen endete. Davor stand der Fuß, den die Polizei in der Kapelle gefunden hatte. Es war nur allzu offensichtlich, dass beides zusammengehörte. Bei den Schnittwunden auf beiden Seiten gab es allerdings deutliche Unterschiede, was das Stadium der Verwesung anging. Schon mit dem bloßen Auge konnte Leon am Fuß die Maden erkennen, die sich in das Gewebe der Wunde hineingefressen hatten. Maden waren die besten Indikatoren für die Bestimmung des Todeszeitpunkts. Fliegen, Maden und Käfer folgten bei einer Verwesung einer immer gleichen, festen Choreografie. So zuverlässig, als würden sie einem Fahrplan folgen, dachte Leon. Die Insekten hatten eine beruhigende Wirkung auf ihn. Die Ordnung, die Zuverlässigkeit, mit der sie sich an die Arbeit machten, hatten etwas Tröstliches in dieser verrückten Welt, in der ein Mörder sich junge Frauen schnappte, um ihnen die Gliedmaßen zu amputieren.

Die Calliphoridae, die Schmeißfliege, erschien meist schon nach Minuten, spätestens nach wenigen Stunden auf einer Leiche, um ihre Eier abzulegen. Dazu verwendete das Insekt die natürlichen Körperöffnungen, vorzugsweise jedoch offene Wunden. Aus den Eiern der Fliege schlüpften die Maden, danach folgten weitere Fliegenarten und später Käfer und Würmer. Die Maden, die Leon an der Schnittwunde des Fußes erkennen konnte, befanden sich, der Größe nach zu urteilen, bereits vier Tage in dem Gewebe. Das würde bedeuten, dass die Frau, nachdem ihr der Fuß abgetrennt worden war, noch qualvolle ein bis zwei Tage um ihr Überleben gekämpft hatte. War das denkbar?

Leon zog die Lupe heran und betrachtete die Verletzungen am Beinstumpf. Neben den Schnitten gab es eine Reihe dunkelroter Streifen über der Wunde und kleinere Brandblasen.

»Eine Verbrennung …?«, fragte Rybaud, der Leon über die Schulter sah.

»Sieht so aus, als hätte er die Wunde ausgebrannt. Vielleicht mit einem glühenden Eisen.« Leon sah seinen Assistenten an. »Er wollte, dass sein Opfer diesmal länger lebt.«

In Leons Fantasie formte sich langsam ein Ablauf des Geschehens. Der Täter musste seinem Opfer bereits unmittelbar nach der Entführung den Fuß amputiert haben. Mit dem Ausbrennen der Wunde konnte er die Blutgefäße zumindest teilweise verschließen. Damit hat er den Tod seines Opfers hinausgezögert. Wahrscheinlich hatte die schwer verletzte Frau noch weitere zwei Tage unter unsagbaren Schmerzen überlebt, bis sie schließlich an einem Schock gestorben war. Wenige Stunden nach ihrem Tod musste der Täter den Unterbauch aufgeschnitten und die Amputation der Beine vorgenommen haben. Dabei war er grob und planlos vorgegangen. Möglicherweise, weil zu diesem Zeitpunkt bereits die Totenstarre eingesetzt hatte. Ein Umstand, der die Arbeit des Täters erheblich erschwerte und ihn veranlasst hatte, mit dem Beil zuzuschlagen.

»Am Oberschenkelkopf und am Schenkelhals sind Schnittspuren zu erkennen, die zum Teil von einem scharfen Messer herrühren könnten. Daneben gibt es eindeutig Spuren von Beilschlägen, die mit großer Kraft ausgeführt wurden«, nahm Leon das Protokoll wieder auf. »Daneben sind Spuren einer kleinzahnigen Säge zu erkennen. Möglicherweise handelt es sich um eine Knochensäge, wie sie auch bei dem abgetrennten Fuß verwendet wurde.«

Ein Bild des Opfers erstand vor Leons innerem Auge. Von einer jungen Frau, die es geschafft hatte. Die aus Marokko nach Frankreich gekommen war. Die einen Platz in der Gesellschaft gefunden, Anerkennung in ihrem Job als Krankenschwester erfahren hatte. Sie hatte gelernt, zu kämpfen, und sie war auch nicht bereit gewesen, in der letzten Phase ihres Lebens kampflos aufzugeben.

Leon hatte das Diktiergerät erneut abgeschaltet. Er stand da, schwieg und betrachtete den Körper des geschundenen Opfers. Warum war diese Frau Opfer geworden? Er betrachtete das Gesicht der Toten. Gelegentlich kam es ihm so vor, als würden die Opfer mit ihm sprechen. Ihm das Geheimnis ihrer Todesumstände verraten oder wenigstens einen Hinweis geben. Natürlich durfte man das nicht wörtlich nehmen, dachte Leon. Es war die Art von Ahnungen, die man besser für sich behielt. Kommissare, Staatsanwälte und Richter konnten nichts anfangen mit Eingebungen. Sie wollten messbare Ergebnisse sehen. Und die lieferte Leon, präziser als die meisten seiner Kollegen.

Das Opfer musste entsetzliche Stunden durchlitten haben, dachte Leon. Hämatome an den Handballen und den Unterarmen bewiesen, dass sich die junge Frau verzweifelt gegen ihren Peiniger gewehrt hatte. Aber manche Schläge hatten trotzdem Hals und Gesicht getroffen und eindeutige Spuren hinterlassen. Eine mutige Frau, dachte Leon, die auch noch im Angesicht des Todes gekämpft hatte wie eine Löwin. Leon griff zur rechten Hand des Opfers und betrachtete die Finger. Die Nägel waren heruntergeschnitten bis an die Fingerkuppen. Sie trug einen kleinen goldenen Ring, unter dem sich ein Pflanzenrest verklemmt hatte. Leon griff nach einer Pinzette und zog einen rispigen Blütenstand von knapp einem Zentimeter hervor, der aus winzigen zartrosafarbenen Blüten bestand.

»Sieht aus, als stammt das von einem Busch«, sagte Rybaud.

»Tamariske«, murmelte Leon und legte den Fund auf ein Glasplättchen. »Soll sich das Labor ansehen.« Dann kontrollierte Leon die übrigen Finger des Opfers.

»Ich habe schon nach Anhaftungen gesucht«, sagte Rybaud, der jede Bewegung seines Chefs genau beobachtete. »Er hat ihr die Finger mit irgendeinem Industriereiniger abgewaschen. Zumindest vermute ich das.«

Leon nickte. Auf die Sorgfalt von Rybaud konnte er sich verlassen. Offensichtlich hatten sie es mit einem Mörder zu tun, der nichts dem Zufall überließ. Aber Leon wusste auch, dass es für einen Täter nahezu unmöglich war, keine DNA-Spuren zu hinterlassen.

»Geben Sie mir bitte einen Spatel«, sagte er und streckte die Hand aus.

Rybaud reichte ihm einen fünfzehn Zentimeter langen Kunststoffstab mit abgeflachten Enden.

Sorgfältig, wie ein Zahnarzt, schob Leon den Stab über die Zunge ein Stück in den Mund. Dann drückte er den Unterkiefer hinunter und zog die beleuchtete Lupe zu sich heran.

»Pinzette, bitte«, sagte er, ohne den Blick von der Lupe zu wenden. »Eine kleine.«

Rybaud legte den verlangten Gegenstand in die ausgestreckte Hand seines Chefs. Leon nahm die Pinzette und zupfte vorsichtig etwas aus dem Spalt zwischen Schneide- und Vorderzahn. Rybaud reichte seinem Chef ein Reagenzglas. Leon steckte seinen Fund in das Glas, und sein Assistent verschloss es mit einem sterilen Gummistopfen.

»Ein Haar …?« Rybaud hielt das klare Glas gegen das Licht.

»Möglicherweise Täter-DNA. Ein Haar mit Wurzel und ein kleiner Fetzen Gewebe«, sagte Leon.

»Vom Täter?« Der Assistent schien überrascht.

»Sie war eine Kämpferin.« Leon sah auf das Opfer, und in seinem Blick lag fast so etwas wie Bewunderung. »Ich denke, sie hat ihn gebissen.«

Rybaud hatte die Gewebeprobe ins Labor gebracht. Je früher man einen DNA-Abgleich hatte, desto besser. Für ein paar Minuten war Leon im Sektionsraum allein. Irgendetwas an diesem Torso irritierte ihn. Er hätte es nicht erklären können. Es waren nicht die fehlenden Gliedmaßen, was verstörend genug war, es war etwas anderes. Später würde Leon sagen, dass es nur so ein Gefühl gewesen war. Eine Art Eingebung. Fast schon ein innerer Zwang, dem er folgte.

Leon betrachtete den toten Körper. Plötzlich spürte er einen kühlen Hauch durch den Sektionsraum wehen. Als wäre die Klimaanlage zu stark eingestellt, doch sie war ausgeschaltet. Leon sah zu den beiden schmalen Oberlichtern hinauf, durch die man ein Stück des provenzalischen Himmels sehen konnte. Der Blick auf das blasse Blau mit den Wolken schien die letzte Verbindung zwischen der Unterwelt der Autopsie und dem Leben da draußen darzustellen. In diesem Moment huschte ein großer Vogel am Fenster vorbei, wie ein böser Schatten. Leon spürte, wie ihn ein leichter Schauder durchlief. Er sah wieder zur Toten und auf die lange Wunde, die das Messer des Mörders in ihren Unterbauch geschnitten hatte.

Leon nahm einen Bauchdeckenhaken und schob ihn vorsichtig in die Wunde. In diesem Moment tauchte Rybaud auf, als hätte er genau gewusst, dass sein Chef ihn jetzt brauchen würde.

»Nehmen Sie sich einen Haken und halten Sie mir die Wunde auf.«

Der Assistent zog die Wunde zu einer handbreiten Öffnung auseinander.

»Gut. Das genügt«, sagte Leon.

Leon hatte die Lupe zu sich herangezogen. In der rechten Hand hielt er eine etwa zwanzig Zentimeter lange, scherenähnliche Zange, deren Spitze zu einem kleinen Löffel verbreitert war. Vorsichtig schob er das Instrument durch die Öffnung und blickte dabei konzentriert durch die Lupe. Dann packte er etwas mit der Zange und hob es mit einem saugenden Geräusch aus der Wunde. Sofort hielt ihm Rybaud eine kleine Glasschale hin. Leon ließ seinen Fund in die Schale gleiten. Es war ein toter Vogel, etwa fünf Zentimeter groß, der aussah, als wäre er gerade aus dem Ei geschlüpft.

»Was ist das denn ...?«, fragte Rybaud entgeistert.

»Keine Ahnung. Das muss sofort nach Aix zum Biologischen Institut. Die sollen das bestimmen. Und sagen Sie denen, dass wir den Bericht noch heute brauchen.«

»Um diese Jahreszeit gibt es doch gar keine Vogeleier mehr in den Nestern.« Rybaud betrachtete halb angewidert, halb neugierig den Fund.

»Ich vermute, jemand hatte das Tier eingefroren.«

»Wer macht denn so was?« Rybaud verzog das Gesicht.

»Jemand, der nichts dem Zufall überlässt.«

46. Kapitel

Der Mann hatte sich auf die Felsen der langen Mole gesetzt. Er wollte so nahe wie möglich am Wasser sein. Hier war einer seiner Lieblingsplätze. Hier war er umgeben vom Geruch des Meeres und der salzigen Feuchtigkeit der Luft, die mit dem Levant, dem Ostwind, kam. Hier konnte er tief durchatmen, ohne husten zu müssen. Im Gegenteil. Diese wunderbare Luft schien seine gestressten Bronchien mit einer Art Schutzfilm gegen die Attacken von Staub und Hitze zu überziehen. Die Meerluft bedeutete für ihn Entspannung, Sicherheit und die Verschmelzung mit der Natur. Hier auf der Mole schenkte ihm niemand besondere Beachtung. Weiter vorn sah er zwei Angler sitzen, die konzentriert ihre in der Strömung treibenden Leinen beobachteten.

Die Felsen der Mole waren genau der Ort, an dem der Mann sich glücklich und frei fühlte. Die Seeluft war seine Rettung gewesen. Eine Befreiung aus dem Gefängnis der Atemnot. Nach der Tortur seiner Jugend, die er in der Hitze und dem trockenen Staub der Provence hatte verbringen müssen, von Panikattacken und Krämpfen geschüttelt. Wie viele Jahrzehnte war das schon her?

Damals hatten die anderen über ihn gelacht. Heute lachte niemand mehr über ihn. Heute fürchteten sie ihn. Sie suchten ihn, und er sah ihnen dabei zu. Er war unerreichbar für sie. Allein der Gedanke daran, wie er mit ihnen spielte, ließ seine Seele so leicht werden, als könnte er fliegen. Er fühlte sich unverletzlich, unerreichbar. Es durchströmte ihn ein regelrechtes Glücksgefühl, wenn er darüber nachdachte, wie genial er war. Er hatte damals einen Schwur geleistet. Damals, als dieses Ding aufgetaucht war. Aber was sich vor über dreißig Jahren in der tiefsten Provence zugetragen hatte, würde sich niemals wiederholen. Dafür würde er sorgen. Ja, er hatte gesündigt. Aber wenn man wie er die Welt vor dem Untergang rettete, hatte man da nicht geradezu ein Anrecht auf Sünde? Schließlich verdankte ihm die Menschheit so viel. Stand es ihm da nicht zu, Erfüllung und Befriedigung zu erleben?

Es war ja nicht so, dass er sich versteckte. Nein, er sendete Zeichen. Unübersehbare Zeichen, die den Menschen klarmachen sollten, dass er hier war. Aber sie würden ihn nicht erkennen, selbst wenn sie neben ihm auf der Bank saßen. Erkennen würden sie ihn immer erst ganz zum Schluss, wenn er sie sich nahm. Wenn er sie auserwählte für seine Ekstasen.

Der Gedanke an das, was geschehen war und was geschehen könnte, machte ihn unruhig. Er stand auf, stieg die Felsen hinauf bis zum Fußweg und marschierte dann in eiligen Schritten zurück in die Stadt.

Er musste vorsichtig sein. Er wollte Menschen um sich herum haben, um die wilden Fantasien in seinem Kopf zu bändigen. Sie hatten ihn wieder nicht gefunden. Das bedeutete aber noch lange nicht, dass er sich sofort das nächste Projekt vornehmen durfte. Er musste die Dinge mit Ruhe betrachten. Das hatte er gelernt. Anfangs war er wild und ungestüm gewesen, heute ging er strategisch vor. Er suchte sorgfältig aus. Schließlich boten sich ständig neue Opfer an. Nur selten wich er von seinen Prinzipien ab. Wenn er unaufmerksam war. Wenn er sich von seiner Lust hatte überwältigen lassen, statt die Dinge sorgfältig vorzubereiten. Ja, da konnte es schon mal passieren, dass er einen Fehler machte.

Ihm war klar, dass er beim letzten Mal weit gegangen war, vielleicht zu weit. Jetzt musste er abwarten und beobachten, was geschah. Er musste sich zügeln, auch wenn die Verheißungen noch so verlockend waren. Er musste wieder zur Ruhe kommen. Denn das nächste Mal würde noch aufregender werden, viel aufregender.

47. Kapitel

Wie die Presse Einzelheiten des jüngsten Leichenfundes erfahren hatte, ließ sich im Nachhinein nicht mehr klären. Fakt war: Als Leon vor dem ockerfarbenen Flachbau der Gendarmerie nationale parken wollte, gab es nicht einen freien Platz mehr. Die Übertragungswagen der TV-Stationen hatten die Avenue André del Monte übernommen. Da nützten auch die halbherzigen Versuche Zernas nichts, die Meute durch seine Beamten vertreiben zu lassen. Statt sich zurückzuziehen, blieben die Kameraleute frech im Weg stehen, während ihre Reporter sich mit dem Mikro in der Hand auf jeden stürzten, der sich in die Nähe des Eingangs der Polizeistation begab.

Leon hatte zweimal erfolglos den Block umrundet, um zuletzt seinen Wagen drei Straßen entfernt abzustellen. Das bedeutete zwar einen fünfminütigen Fußweg, dafür konnte er das Gebäude der Gendarmerie nationale durch den Hintereingang betreten. In der Wache brodelte es, wie immer, wenn ein Fall in der Luft lag, der die Medien anlockte wie reife Beeren die Wespen. Doch die Journalisten würden sich noch eine Weile gedulden müssen. Zerna hatte eine Besprechung anberaumt. Der Konferenzsaal war überfüllt wie üblich, und die Leiter der einzelnen Abteilungen hatten damit begonnen, ihre Ahnungslosigkeit vorzutragen.

Es gab nur wenig Neues zu berichten. Pierre Roussel war angeblich von zwei Zeugen in Collobrières gesehen worden. Auf Befehl von Zerna waren inzwischen mehrere Polizeieinheiten im Massif des Maures hinter dem Flüchtigen her. Bisher allerdings ohne Erfolg. Eine Schülerin, die seit dem Morgen vermisst worden war, war wieder aufgetaucht. Der Polizeichef wollte sie schon auf die Fahndungsliste setzen, doch dann wurde die Sechzehnjährige von Moma in einem Eissalon in Port Bormes aufgespürt. Das Mädchen erklärte reumütig, sie habe sich nur vor einer Schulaufgabe gedrückt.

Leon beobachtete, wie Zerna zunehmend nervöser wurde. Auch Kommissarin Lapierre, die extra aus Toulon gekommen war, um sich auf den neuesten Stand bringen zu lassen, sah bereits zum dritten Mal auf die Uhr. Wie üblich wurde über die Ergebnisse der Rechtsmedizin zuletzt gesprochen. In diesem Moment summte Leons Handy, das er stumm geschaltet hatte. Er warf einen Blick auf das Display. Die Nachricht kam von Rybaud und lautete: »IE 1300«. Vielleicht war das ja ein erster Durchbruch in diesem Fall, dachte Leon.

»Gute Nachrichten?«, fragte die Kommissarin, die Leon gegenübersaß. »Sie haben so gebannt auf Ihr Display gesehen. Also, was haben Sie für uns?«

»Im Allgemeinen haben unsere Untersuchungen die Vermutungen des Polizeichefs bestätigt«, begann Leon. Es war immer gut, Zerna zu Anfang eines Berichts ein Kompliment zu machen.

Die Untersuchung hatte diesmal länger gedauert als gewöhnlich. Zunächst hatten Leon und sein Assistent die sterblichen Überreste von Aicha Hamdan untersucht und anschließend die Schnitte und Verletzungen mit denen von Françoise Bonnet verglichen. Dazu wurden Aufnahmen gemacht, die auf einer computergestützten Schnittbilddarstellung millimetergenau verglichen werden konnten. Leon schob eine Reihe von Fotokopien über den

Tisch zu Zerna, der nur einen kurzen Blick auf den Stapel warf. Der Anblick dermaßen verstümmelter Leichen war auch für hartgesottene Polizisten nur schwer zu ertragen. Entsprechend aufgeladen war die Atmosphäre, die über den Menschen in diesem Raum lag und die sich gelegentlich in Zwischenrufen Luft machte.

»Beide Opfer wurden zweifelsfrei auf die gleiche Weise gefoltert und getötet«, fuhr Leon fort. »Wie unsere Untersuchungen der Schnitte und Verletzungen ergaben, wurden in beiden Fällen dieselben Werkzeuge eingesetzt. Besonders auffällig waren dabei eine Knochensäge und ein scharfes Beil. Schnitt- und Schlagspuren wiesen absolut identische Muster auf.«

»Das bringt uns auch nicht näher an den Mörder ran«, kam ein Zwischenruf von Didier.

»Gedulden Sie sich noch einen Moment.« Leon ließ sich nicht aus der Ruhe bringen. »Wie schon im Fall Françoise Bonnet wurde auch der Leiche von Aicha Hamdan die Gebärmutter entfernt. Und der Täter hat etwas im Bauchraum platziert ...« Leon machte eine seiner kleinen Pausen, während er die Anwesenden musterte. »Einen toten Vogel.«

»Ich muss gleich kotzen«, sagte einer der jungen Polizisten.

»Was für einen Vogel?«, wollte Zerna wissen.

»Ein Corvus, also eine Krähe«, sagte Leon. »Genauer gesagt, den frisch geschlüpften Nestling eines Corvus. Wir glauben, dass der Tierkadaver tiefgefroren war, als der Täter ihn in den Körper gesteckt hat.«

»Merde«, sagte einer der Männer laut.

»Der Kerl ist doch echt pervers«, rief ein anderer.

»Bitte sparen Sie sich die Zwischenrufe.« Kommissarin Lapierre hob die Hand, als könnte sie mit einer unsichtbaren Kraft die anwesenden Polizisten zum Schweigen bringen. »Eine Krähe, was könnte das bedeuten?«

»Die Krähe gilt als besonders intelligent«, sagte Leon. »Aber in der Mythologie steht sie vor allem für ein dämonisches Wesen, sie ist eine Begleiterin des Teufels.«

»Eine Begleiterin des Teufels«, sagte Zerna. »Das ist aber jetzt nicht Ihr Ernst, oder?«

»Kommissarin Lapierre hat mich nach der Bedeutung gefragt«, antwortete Leon ruhig. »Ich denke, der Täter hat ganz bewusst diesen Vogel ausgewählt.«

»Ich möchte nicht, dass auch nur ein Wort von dieser verdammten Sache den Raum verlässt.« Zerna sah seine Leute an. »Ist das angekommen?«

Zustimmendes Gemurmel war zu hören. Aber Leon war sicher, dass sich gar nichts auf Dauer vor den Medien geheim halten ließ.

»Wie weit sind Sie mit den DNA-Vergleichen?«, wollte die Kommissarin wissen.

»Die sichergestellten DNA-Spuren sind in keiner Datenbank erfasst. Mit Ausnahme der Spuren von Pierre Roussel, die wir am ersten Opfer und im Wagen des Opfers gefunden haben.«

»Soll das etwa heißen, er war's nicht?« Didier klang regelrecht vorwurfsvoll.

»Das bedeutet nur, dass wir seine Spuren nicht am zweiten Opfer gefunden haben«, erklärte Leon.

»Na und?«, rief jemand dazwischen. »Das beweist doch gar nichts.«

Leon verschwieg die Spur, die er zwischen den Zähnen des zweiten Opfers gefunden hatte. Erstens war auch diese DNA in keiner Datenbank registriert. Zweitens könnte diese Spur noch eine Rolle spielen, wenn es jemals ein weiteres Opfer geben sollte, und drittens wollte er den Medien nicht noch weitere Schauergeschichten liefern. Er konnte sich vorstellen, wie sie sich auf die

Story über das Mädchen, das sich mit den Zähnen gegen seinen Mörder gewehrt hatte, stürzen würden.

»Aber es gibt vielleicht eine weitere interessante Spur.« Als Leon das sagte, verstummte das Gemurmel im Raum. »Wie wir feststellen konnten, wies das Blut von Aicha Hamdan einen auffallend hohen hCG-Wert auf.«

Leon machte eine kleine Pause. Es gehörte zum Spiel, dass er Zerna und den übrigen Beamten die Informationen nur häppchenweise und gerne auch in medizinische Fachbegriffe verpackt servierte.

»HC-was?« Lieutenant Masclau hatte nie Probleme, sich zu seinen Wissenslücken zu bekennen.

»HCG beschreibt den Anteil des Choriongonadotropin-Hormons im Blut«, erklärte Leon. »Steigt der sogenannte IE-Level über einen Pegel von 2, bedeutet das, es liegt eine Schwangerschaft vor. Dieser Wert betrug im vorliegenden Fall 1300.«

»Ich verstehe Sie richtig, Doktor?« Zerna ärgerte sich jedes Mal, wenn Leon einen seiner kleinen Zaubertricks vorführte. »Das Opfer war also schwanger.«

»Richtig. Anfang zweiter Monat.«

»Schön, aber ich sehe nicht, warum das eine Spur für uns eröffnen könnte.« Zerna sah zu Kommissarin Lapierre, als wollte er damit zeigen, dass man einen wie ihn nicht so leicht mit medizinischen Fakten blenden konnte.

»Wir haben daraufhin noch mal den hCG-Wert beim ersten Opfer überprüft«, sagte Leon und machte eine kurze Pause, bevor er fortfuhr, und er hielt dabei sein Smartphone in der Hand. »Sie war ebenfalls schwanger, im ersten Monat.«

»Und das wissen Sie erst jetzt ...?« Zerna sagte es ein wenig von oben herab, als hätte er Leon beim Schummeln ertappt.

»Der hCG-Wert wird normalerweise nicht automatisch ermittelt«, erklärte Leon dem Polizeichef. »Eine Schwangerschaft ist auch anders feststellbar. Da aber die Gebärmutter in beiden Fällen vom Täter entfernt worden war, konnten wir auch keinen Fötus finden.«

»Sie glauben, dass die Schwangerschaft der Opfer einen Hinweis auf den Täter geben könnte?«, fragte Kommissarin Lapierre.

»Die Rechtsmedizin legt nur die Fakten vor«, antwortete Leon. »Schlüsse daraus zu ziehen, überlassen wir natürlich der Polizei.«

48. Kapitel

Zehn Minuten später hatte Zerna die Aufgaben neu verteilt und die Sitzung beendet. Der Fahndungsdruck sollte erhöht werden. Im Augenblick galt die ganze Aufmerksamkeit dem Flüchtigen Pierre Roussel. Aber auch Antoine Legrand befand sich im Fokus der Fahnder. Kleine Gruppen von Beamten standen im Gang und diskutierten, was sie eben in der Besprechung erfahren hatten. Leon begleitete Isabelle zu ihrem Büro.

»Glaubst du, dass es da eine Verbindung über die Klinik geben könnte?«, fragte Isabelle.

»Kann ich nicht sagen. War Françoise Bonnet denn Patientin in der Gynäkologie?«

»War sie. Sie hat sich dort von diesem neuen Oberarzt untersuchen lassen.«

»Dr. Jospin«, sagte Leon. »Der war vorher Leiter der Pränatalmedizin an der Uniklinik in Marseille.«

»Ich habe ihn kennengelernt, als wir nach Aicha Hamdan gefahndet haben. Ist ein ziemlicher Angeber.«

»Stimmt. Arroganter Typ«, bestätigte Leon. »Aber ein anerkannter Spezialist in seinem Fach.«

»Entschuldigen Sie, Docteur, wenn ich Sie unterbreche.« Dr. Claire Leblanc war ganz plötzlich bei ihnen aufgetaucht. »Ich müsste dringend etwas mit Ihnen besprechen.«

»Madame Leblanc …?« Leon war anzusehen, dass er die Psychologin am liebsten sofort wieder loswerden wollte. »Sie kennen Capitaine Morell?«

»Ja.« Sie nickte Isabelle kurz zu. »Bonsoir, Madame.«

»Mademoiselle …«, antwortete Isabelle kühl.

»Worum geht es denn?«, fragte Leon.

»Können wir uns einen Moment irgendwo unterhalten?«

Leon ahnte, worauf die Sache hinauslaufen würde. Claire Leblanc wollte über den peinlichen Abend sprechen, den Leon am liebsten vergessen hätte. Er hatte sich schon gewundert, warum die Psychologin an der Besprechung nicht teilgenommen hatte.

»Warum gehen Sie nicht in mein Büro?« Isabelles Höflichkeit wirkte aufgesetzt. »Da stört Sie niemand.«

»Es ist … Es geht um einen Patienten«, sagte Claire schnell und sah Leon mit einem durchdringenden Blick an.

»Na gut. Setzen wir uns kurz in die Cafeteria«, schlug Leon vor und drehte sich zu Isabelle um. »Wir sehen uns dann später.«

Die sogenannte Cafeteria war ein hässlicher Raum mit einem einzigen Fenster, durch das der Blick auf den Hof fiel, wo den ganzen Winter lang das Motorboot von Polizeichef Zerna aufgebockt stand. Der Raum wirkte alles andere als einladend. Die Tische hatten bunte Resopalplatten, und die Stühle waren aus Metall, sodass man eigentlich zu jeder Jahreszeit, ob heiß oder kalt, unbequem saß. Der einzige Grund, warum man die Cafeteria noch nicht zur Abstellkammer umfunktioniert hatte, war der Kaffeeautomat, ein gewaltiges Ding, teuer wie ein Kleinwagen. Das Fremdenverkehrsamt hatte ihn den »tapferen Frauen und Männern unserer Gendarmerie nationale« geschenkt. In Wirklichkeit war die Maschine eine Bestechungsgabe des Gaststättenverbandes gewesen, die das Städtische Fremdenverkehrsamt nach den jüngsten Ethikregeln aber nicht annehmen durfte. So kam es, dass die Leiterin des Fremdenverkehrsamtes dem Chef der Gendarmerie nationale dieses üppige Geschenk mit einigen salbungsvollen Worten weitergereicht und dafür im Gegenzug vom Polizeichef einen gewaltigen Flachbildfernseher überreicht bekommen hatte. Das TV-Gerät war wiederum eine Gabe der örtlichen Unternehmer an die Polizei gewesen, die aber eben aufgrund jener Ethikregeln dieses Geschenk auch nicht annehmen durfte. So hatten am Ende alle etwas davon gehabt, ohne dass die Ethik von Le Lavandou Schaden genommen hatte.

Etwas musste man dem Kaffeeautomaten lassen, er produzierte mit Abstand den besten Cappuccino weit und breit. Leon hatte für sich und Claire zwei Tassen besorgt. Jetzt saß er mit der Psychologin an einem der Resopaltische und schien nicht genau zu wissen, wie er beginnen sollte.

»Wenn es um den Abend geht«, begann Leon vorsichtig, »es tut mir leid, wenn ich dich in Schwierigkeiten gebracht habe.«

»Darum geht es doch gar nicht«, wiegelte Claire ab. »Es geht um die Fälle Bonnet und Hamdan.«

Leon sah sie an und wartete, dass sie fortfuhr.

»Ich habe da vielleicht nicht ganz mit offenen Karten gespielt ...«, begann Claire ungeschickt.

»Erzähl schon, was ist los?«

»Also, es gibt da einen Patienten ...« Der Psychologin fiel es sichtlich schwer, darüber zu sprechen. »Genauer gesagt war er ein Patient von mir. Ich habe ihn in der Psychiatrie in Aix-en-Provence betreut. Drei Jahre lang. Später kam er in ein offenes Rehabilitationsprogramm ...« Sie zögerte.

»Wie lautete die Diagnose?«

»Schwere Schizophrenie und soziopathische Störungen.«

»Was hat er getan?« Leons Stimme verriet vorsichtiges Misstrauen, als würde er etwas Übles ahnen.

»Es handelte sich um einen Fall von Leichenschändung. Der Patient hatte seine Mutter zerstückelt und die Leichenteile im ganzen Département verteilt.«

»Ich glaube, ich erinnere mich an den Fall. Aber das muss mindestens sechs oder sieben Jahre her sein.«

»Es sind jetzt genau zehn Jahre. Er gilt als geheilt.«

»Warum erzählst du mir dann von ihm?«, fragte Leon.

»Über das Rehabilitationsprogramm ist er schließlich nach Hyères gekommen.« Sie räusperte sich. »In die Klinik.«

»Er ist in Saint-Sulpice?«, fragte Leon ungläubig.

»Er ist kein Mörder, Leon. Seine Mutter ist an einem Schlaganfall gestorben. Er hat sie erst eine Wochen später ... zerteilt.«

»Warum machst du dir denn dann Sorgen, wenn er so harmlos ist?«

»Er ist irgendwo in der Gegend von Puget Ville aufgewachsen. Als Jugendlicher hat er Tiere gequält und getötet.«

»Serientäter neigen in ihrer Jugend oft zu Tierquälereien. Ist es das, was dich beunruhigt?« Leon sah an ihrer Reaktion, dass er ihren wunden Punkt getroffen hatte.

»Mir ist klar, dass er genau ins Muster passt. Deshalb rede ich ja mit dir.«

»Was macht er in der Klinik?«

»Du weißt, dass ich das eigentlich nicht sagen darf ...«

»Aber du hast Zweifel. Richtig?«

Claire nickte stumm.

»Ich bin kein Psychologe, Claire«, sagte Leon. »Ich weiß nur, dass der Täter, den wir suchen, eine abnorme Persönlichkeit haben muss. Hier geht es nicht um jemanden, der seine verstorbene Mutter zerteilt. Dieser Mann foltert und verstümmelt junge Frauen.«

»Du denkst, ich sollte Zerna informieren?«

»Auf jeden Fall. Und wenn es nur dazu dient, deinen Patienten von jedem Verdacht auszuschließen.«

»Es ist Talbot«, sagte Claire.

»Joseph Talbot, der Gärtner?«, fragte Leon, und Claire nickte. »Ich treffe ihn ständig auf dem Gelände. Er ist immer freundlich und ausgesprochen hilfsbereit.«

»Sagen das die Menschen nicht immer, wenn ihr Nachbar plötzlich als Mörder verhaftet wird?«, erwiderte Claire Leblanc kleinlaut.

Leon rührte nachdenklich in seinem Cappuccino.

»Talbot fehlt einfach die kreative Intelligenz, um solche Taten zu begehen«, sagte Leon.

49. Kapitel

Die Département-Straße Nummer 88 erstreckte sich vom kleinen Badeort La Londe an der Küste über die Hügel nach Norden. Weinberg reihte sich an Weinberg. Dabei schmückten sich die Weingüter gerne mit hochtrabenden Namen, die meist den Zusatz »Château« hatten. Selbst wenn das angebliche Weinschloss in Wirklichkeit nicht mehr als ein schlichter Neubau mit Keller, Kiesanfahrt und Verkaufsraum war. Die schmale Landstraße, die sich durch die felsigen Schluchten des Massif des Maures schlängelte, führte mitten in das Herz der Provence. Isabelle genoss die Fahrt. Sie liebte die Landschaft mit ihren alten, trutzigen Steinhäusern und dem rotbraunen Boden. Auf die Weinfelder folgten die Olivenhaine, und als die Strecke in engen Kehren bergauf führte, säumten Korkeichen und mächtige Kastanien den Weg.

Isabelle saß auf dem Beifahrersitz, hatte das Fenster geöffnet und versuchte, die immer neuen Gerüche von Rosmarin, Salbei und Minze zu unterscheiden, die der warme Oktoberwind hereintrug. Ihr Großvater hatte in dieser Gegend eine Mas besessen, wie man hier die kleinen Höfe nannte. Er war zwar bei der Gendarmerie nationale gewesen, hatte aber jede freie Minute in seinem Bauernhaus verbracht. Das ganze Jahr über gab es zu tun auf dem Hof des Großvaters. Als kleines Mädchen hatte Isabelle ihn oft besucht. Im Spätsommer wurden Feigen eingesammelt und Beeren gepflückt. Im September folgten die Weintrauben, die der Großvater in die Kooperative brachte. Dort wurde ein einfacher, aber guter Rosé gekeltert, und am Ende des Sommers, wenn es zum ersten Mal geregnet hatte, folgte die Suche nach Trüffeln.

Isabelle hatte ihren Großvater geliebt. Als er starb, war sie untröstlich gewesen. Er wurde von einem Bankräuber erschossen, weil er einen Überfall auf die Crédit Agricole in Toulon verhindern wollte. Isabelle war damals dreizehn Jahre alt gewesen. Mit achtzehn hatte sie sich bei der Gendarmerie nationale beworben.

»Wie weit ist es noch?« Auf der Rückbank saß Claire Leblanc.

Die Psychologin hatte ihr Fenster weit geöffnet. Weniger um die Gerüche der Provence zu genießen, sondern weil sie die engen, kurvigen Straßen nicht vertrug. Didier fuhr wie immer unnötig schnell, als wollte er die Psychologin auf die Probe stellen.

»Fahr langsamer, Didier«, sagte Isabelle knapp, und der Lieutenant nahm den Fuß vom Gas. Madame Leblanc sah Isabelle mit einem dankbaren Blick an.

Isabelle hatte die Psychologin von Anfang an bei diesem Einsatz nicht dabeihaben wollen. Aber Zerna hatte darauf bestanden, dass sie mitkam. Schließlich war der Mann, den sie befragen wollten, ein ehemaliger Patient von ihr. Das könnte bei einer Vernehmung von Vorteil sein. Isabelle hatte Zweifel an dem Plan. Ihre kleine Mission konnte durchaus heikel werden, und Isabelle war sich keineswegs sicher, ob Dr. Leblanc dann immer noch eine Hilfe sein würde.

Als Zerna von Dr. Leblancs Verbindungen zu Talbot erfuhr, war er ziemlich ungehalten gewesen. Schließlich hatte die Gendarmerie Joseph Talbot bereits routinemäßig befragt. Dabei hatten sie erfahren, dass der Gärtner Aicha Hamdan öfter geholfen hatte, ihren Wagen zu starten. Und Talbot hatte auch den Kontakt zu Françoise Bonnet gesucht, als sie zur Untersuchung zu Dr. Jospin kam. Warum hielt ausgerechnet die Person Informationen zurück, die für eine bessere Kommunikation in der Gendarmerie nationale sorgen sollte?

Nachdem die Landstraße ihren höchsten Punkt erreicht hatte, führte sie in weiten Kurven in die Ebene des Réal Collobrier. Hier lag ein Weinfeld neben dem anderen, so weit das Auge reichte. Plötzlich trat Didier auf die Bremse.

»Was ist los?«, fragte Isabelle.

»Du hast gesagt, an der Abfahrt sei ein Schild.« Didier deutete auf ein selbst gemaltes Brett mit der Aufschrift »Réparations automobiles – toutes les marques«. Hinter dem Schild zweigte ein staubiger Feldweg von der Straße ab, der zwischen Korkeichen auf einen heruntergekommenen Hof zulief.

»Ich denke, das ist es«, sagte Isabelle, als Didier in den Weg einbog.

»Ich würde doch gerne kurz mit Monsieur Talbot allein reden«, sagte Claire Leblanc.

»Ich dachte, das hätten wir geklärt.« Isabelle klang förmlich.

»Nur fünf Minuten«, meinte Leblanc. »Nur um Vertrauen aufzubauen. Er soll verstehen, warum wir ihn hier stören.«

»Natürlich wollen wir den Monsieur nicht stören«, unterbrach Didier sie sarkastisch.

»Ich kenne Joseph Talbot. Ich habe ihn therapiert.«

»Und was, wenn er ausflippt? Dann haben wir die Scheiße an der Backe.« Didier konzentrierte sich auf den Weg, der voller Schlaglöcher war.

»Sie haben gehört, was Commandant Zerna gesagt hat.« Isabelle drehte sich zu ihrer Beifahrerin um. »Entweder wir beide reden zusammen mit ihm, oder Lieutenant Masclau und ich reden allein mit ihm. Die Anordnung war eindeutig.«

»Ja, ja, schon gut«, wiegelte Dr. Leblanc ab.

In diesem Moment stoppte Didier den Polizeiwagen in der Auffahrt. Im Hof stand ein verbeulter Lieferwagen mit Ladefläche, der laut Kennzeichen im Var zugelassen war. Ansonsten befand sich auf dem Hof ein wildes Sammelsurium von Autos, von denen einige noch aus den Achtzigerjahren stammten. Keines der Fahrzeuge machte auf Isabelle den Eindruck, als ob es fahrtüchtig wäre. Die Autos schienen eher eine Art Freiluft-Ersatzteillager zu sein. Das Haus dahinter war ein einstöckiges Gebäude, das an manchen Stellen unverputzt war, sodass man die Hohlblocksteine erkennen konnte, aus denen die Wände gemauert waren. Das Gebäude war flach und wirkte selbst gebaut. Aus den Stützpfeilern ragte die Eisenarmierung heraus, als hätte sich der Besitzer nicht entscheiden können, ob er schon ein Dach oder vorher noch ein zweites Geschoss daraufsetzen sollte. An die Schmalseite des Gebäudes schloss sich eine Garage an. Das Tor stand halb offen, und man konnte einen alten Renault auf einer Hebebühne sehen, unter der sich eine Montagegrube befand. Der Bau war kahl und schmucklos. Er sah aus, als hätte ihn eine böse Fee mit Absicht dorthin gezaubert, wo die Provence am schönsten war.

Der Hof schien wie ausgestorben. Nur tief aus dem Inneren des Hauses war die Stimme eines Radiomoderators zu hören, der ein Fußballspiel kommentierte. Tür und Fenster standen offen. Claire Leblanc ging auf den Eingang zu. Isabelle folgte ihr. Wer immer hier wohnte, musste sie kommen gehört haben, dachte sie.

»Klopfen Sie«, schlug Isabelle vor. »Sie kennt er schließlich.«

Aus dem Augenwinkel sah Isabelle, wie Didier zur Waffe an seinem Gürtel griff. Sie schüttelte kurz und energisch den Kopf. Didier blieb stehen. Die Psychologin klopfte an die geöffnete Tür.

»Hallo«, sagte sie zaghaft. »Monsieur Talbot? Ich bin es, Docteur Leblanc.«

Niemand antwortete. Jetzt klopfte Isabelle. Diesmal energischer.

»Monsieur Talbot? Wir müssen mit Ihnen sprechen.«

In diesem Moment tauchte in der Garagentür ein blasses Gesicht auf. Es war Talbot. Er trug einen fleckigen grauen Overall. Um die Stirn hatte er sich ein Piratentuch gebunden, das im Kontrast zu seiner übrigen Erscheinung stand. Talbot betrachtete die Besucher und wischte sich dabei die Hände an einem Lappen ab, der in seinem Gürtel klemmte.

»Ich dachte, meine Adresse wäre geheim«, sagte Talbot zu seiner Psychologin.

»Bonjour, Monsieur Talbot.« Claire Leblanc ging nicht auf Talbots Bemerkung ein. »Die Polizei hat nur ein paar Fragen. Vielleicht können Sie ihnen helfen.«

»Was für verdammte Fragen?« Talbot klang misstrauisch. »Ich rede nicht mit den Flics.«

»Es geht um ...« Claire Leblanc sah Isabelle hilflos an.

»Um die Klinik Saint-Sulpice«, sprang Isabelle ein. »Wir dachten, es wäre praktischer, wir befragen Sie gleich hier. Dann müssen Sie nicht extra mit auf die Wache kommen.«

Talbot musterte seine Besucher, als würde er abwägen, ob er mit Isabelle sprechen oder lieber gleich die Tür wieder zuschlagen sollte.

»Na gut, in der Werkstatt. Ich habe zu tun«, sagte Talbot. »Aber reden tue ich nur mit Ihnen. Sagen Sie denen das.«

Mit einer Kopfbewegung deutete er der Psychologin an, ihm in die Werkstatt zu folgen.

»Ich komme mit.« Isabelle schloss sich den beiden an.

»Ich habe gesagt, nur die Madame Docteur.«

»Das geht schon in Ordnung, Monsieur Talbot«, sagte Leblanc schnell. »Madame Morell ist eine Freundin.«

Talbot sagte nichts, sondern ging in den hinteren Teil der Werkstatt, wo ein Regal mit Werkzeug stand. Er begann einen ausgebauten Vergaser, der auf einer hölzernen Arbeitsplatte lag, mit einer alten Zahnbürste zu reinigen.

»Nehmen Sie noch regelmäßig Ihre Tabletten?«, fragte Leblanc.

»Scheiße, nein. Warum sollte ich?«, antwortete Talbot.

»Sie wissen, warum ...«, antwortete die Psychologin.

Talbot sah nicht auf, sondern putzte hektisch das Vergasergehäuse.

»Sie haben doch selbst gesagt, dass ich gesund bin. ›Austherapiert‹ haben Sie gesagt, stimmt doch.«

»Sie wissen, was wir besprochen haben.« Leblanc legte ihre Hand auf Talbots Arm, der die Zahnbürste verärgert auf die Arbeitsplatte warf. »Warum es so wichtig ist, dass die Tabletten regelmäßig eingenommen werden.«

»Mir geht's gut. Ich brauche die scheiß Tabletten nicht. Echt nicht. Die machen mich fertig. Ich nehme die Scheißdinger schon seit Wochen nicht mehr. Na und?« Er wedelte mit den Händen in der Luft, als wollte er zeigen, wie wohl er sich fühlte. »Mir geht's super. Großartig.«

Bei seinen letzten Sätzen hatte Talbots Stimme einen merkwürdigen, kieksigen Ton bekommen, als hätte er sich nicht mehr unter Kontrolle. Isabelle sah besorgt zu Dr. Leblanc.

»Haben Sie sie wieder gehört?«, fragte Leblanc. »Die Stimmen?«

»Was weiß ich? Jeder hört doch Stimmen. Sind überall, die Stimmen. Im Schrank, im Radio, sogar wenn man den Stecker rauszieht. Und in den alten Bäumen. Haben Sie mal Bäume reden gehört ...?«

Talbot hatte angefangen, mit der flachen Hand Schrauben und

Teile des Vergasers auf der Arbeitsplatte zusammenzuschieben. Mit einer wütenden Bewegung schleuderte er sie zu Boden.

»Und was sagen Ihnen die Stimmen?« Isabelle spürte, dass das Gespräch aus dem Ruder zu laufen drohte. Aber vielleicht würde Talbot genau jetzt reden, wenn man noch etwas mehr Druck machte.

»Sie soll die Klappe halten«, rief Talbot. Jetzt schwang leise Verzweiflung mit.

»Sie kennen doch Aicha Hamdan«, begann Isabelle.

»Sagen Sie ihr, dass sie endlich die Schnauze halten soll!« Jetzt war Zorn in Talbots Stimme.

»Capitaine, bitte ...«, mahnte Claire Leblanc.

»Was ist mit Françoise Bonnet?«, fragte Isabelle unbeeindruckt weiter.

»Ich hau ihr aufs Maul, ich schwör's. Ich tu es wirklich.«

»Ich denke, wir sollten uns erst weiter unterhalten, wenn Monsieur Talbot sich wieder besser fühlt«, versuchte Claire Leblanc die Situation zu deeskalieren.

»Sie ist gar keine Freundin von Ihnen«, sagte Talbot in einem Ton, als hätte er Claire bei einer großen Lüge ertappt.

»Wissen Sie was, Joseph«, die Psychologin berührte Talbot freundlich am Arm, »jetzt fahren wir erst mal zusammen in die Klinik. Da sehen wir uns Ihre Werte an, und Sie bekommen neue Tabletten.«

»Damit Sie mich wieder einschließen? Nein, das können Sie vergessen.«

»Sie wissen, dass wir das nicht tun werden«, sagte die Psychologin. »Anschließend fahre ich Sie persönlich wieder hierher, versprochen.«

»Ich gehe schon mal zum Auto«, sagte Isabelle und machte demonstrativ ein paar Schritte in Richtung Hof.

»Haben Sie mich denn nicht verstanden? Ich gehe nirgendwohin.« Talbot klang jetzt leise und gefährlich.

Isabelle war schon fast an der Garagentür, als sie hinter sich plötzlich die flehende Stimme von Claire Leblanc hörte.

»Lassen Sie mich los, sofort!« Die Psychologin versuchte, entschlossen zu klingen, aber Isabelle konnte hören, wie ihre Stimme vor Angst flatterte.

Sie drehte sich um. Der große Mann hatte die Psychologin von hinten gepackt. Er hatte seinen linken Arm um sie gepresst und sie an sich gezogen. Jetzt war sie hilflos gefangen wie in einer Zwangsjacke. In der rechten Hand hielt Talbot ein Messer, dessen lange Klinge im dämmrigen Licht der Werkstatt aufblitzte. Die Spitze des Messers hatte er gegen Leblancs Hals gedrückt. Isabelle sah ihre vor Schreck geweiteten Augen. Sie war blass geworden und atmete flach.

»Hören Sie auf, Joseph, bitte. Ich will nicht, dass ...« Ihre Stimme endete in einem ängstlichen Krächzen, als Talbot das Messer fester gegen ihren Hals drückte.

»Denken Sie, Sie könnten mich bescheißen, mich für blöd verkaufen? Conne!«, brüllte Talbot die Frau an. Spuckefäden flogen aus seinem Mund. Isabelle sah, dass der Mann das Messer inzwischen gefährlich nahe an die Halsschlagader der Psychologin hielt. »Denkst du, ich merke nicht, was hier läuft. Habt ihr wirklich geglaubt, ihr könntet mich verarschen?«

Isabelle wollte schon nach ihrer Pistole greifen, doch dann besann sie sich. Sie musste versuchen, die Situation irgendwie anders zu entschärfen.

»Sie lassen jetzt Docteur Leblanc los, okay?«, sagte sie so ruhig wie möglich und hob zur Beschwichtigung die Hand. »Und dann gehen wir zusammen hier raus. Und keinem passiert etwas. Einverstanden?«

»Halt die Fresse, verdammt«, schrie Talbot. »Halt einfach nur die Fresse.«

In diesem Moment kam Didier in die Werkstatt gestürmt. Er hielt seine Beretta mit beiden Händen und zielte auf Talbot, der die Psychologin noch immer fest umklammerte.

»Messer fallen lassen, sofort!« Didier blieb ein paar Meter vor Talbot stehen und zielte auf dessen Kopf.

»Nimm die scheiß Knarre runter, oder ich steche sie tot, das schwör ich. Ich steche sie tot.«

»Bitte«, wimmerte Claire Leblanc. »Tun Sie einfach, was er sagt. Bitte.«

Isabelle gab Didier ein Zeichen mit der Hand, und er nahm die Waffe herunter, was ihm sichtlich schwerfiel.

»Waffen auf den Boden«, befahl Talbot. »Alle beide.«

»Du weißt gar nicht, worauf du dich hier einlässt, Arschloch«, sagte Didier verächtlich.

»Tu, was er sagt«, bat Isabelle.

»Ich lasse mir doch von diesem Spinner keine Befehle erteilen«, beschwerte sich Didier.

»Ihr wollt Blut sehen? Ihr wollt wirklich Blut sehen, ja?«

»Bitte nicht, Joseph, bitte ...«, wimmerte die Psychologin.

In nächsten Moment schrie Claire Leblanc auf.

Isabelle sah, dass sich die Messerspitze in ihren Hals bohrte. Es war nur ein Millimeter, aber es genügte, damit Blut floss.

»Hören Sie auf, wir machen ja, was Sie sagen!« Isabelle zog mit spitzen Fingern ihre Waffe aus dem Gürtelholster. Mit einem mechanischen Scheppern fiel die Glock auf den Werkstattboden. Sie nickte Didier zu. Der ging in Knie und legte seine Beretta vorsichtig dazu.

»Die Handschellen, na los!« Talbot sah Isabelle an, die nach ihren Handschellen im Gürtel griff. »Machen Sie ihn an dem Rohr fest.«

Talbot deutete mit dem Kinn in Richtung eines alten Wasserrohrs, das mit rostigen Schellen an der Wand befestigt war und im Nirgendwo endete.

»Der spinnt wohl«, fluchte Didier. »Ich denke nicht dran.«

Wieder stöhnte Claire Leblanc auf. Wieder hatte Talbot fester zugestochen. Blut lief über die silberne Schneide des Messers.

»Gefällt euch das, ja? Wollt ihr zusehen, wie ich sie aufschneide, ja, wollt ihr das?«

»Mach schon, Didier«, sagte Isabelle. Sie legte ihrem Kollegen die Handschellen an und befestigte sie am Wasserrohr.

»Sie auch. Machen Sie sich fest. Sofort!«, schrie Talbot Isabelle an.

Isabelle nahm die Handschellen ihres Kollegen und fesselte sich ebenfalls an das Rohr.

»Nur zu, connard«, sagte Didier, der seine Wut nur schwer beherrschen konnte. »Mach nur so weiter. Nötigung, Kidnapping, Körperverletzung, Drohung mit einer tödlichen Waffe.«

»Halt's Maul, halt bloß dein verdammtes Maul«, schrie Talbot. Er trat gegen die Waffen, sodass sie über den Werkstattboden schlitterten und in die Montagegrube fielen.

Talbot schob die Psychologin vor sich her zum Ausgang. Neben den Polizisten blieb er stehen.

»Nimm den Flics die Schlüssel ab. Für die Handschellen.« Er führte Claire so nahe an Isabelle und Didier heran, dass sie die Polizisten anfassen konnte.

»Hosentasche«, sagte Isabelle. Die Psychologin nahm die Schlüssel an sich. Dann griff sie Didier in die Tasche.

»Was soll der Scheiß!« Der Lieutenant drehte sich weg.

»Mach schon, gib ihr die Schlüssel«, drängte Isabelle.

»Na klar: nur ein harmloser Zeuge«, äffte Didier die Psychologin nach. »Merde, und Sie helfen dem Kerl auch noch.«

»Wenn die Flics uns verfolgen«, sagte Talbot, »dann ist sie tot.«

Einige Minuten später hörten Isabelle und Didier im Hof den Lieferwagen anspringen und davonfahren. Der Lieutenant fluchte, dann wurde er so wütend, dass er mit aller Gewalt an seinen Handschellen riss. Mit einem Knirschen löste sich die Befestigung der Wasserleitung von der Wand und die beiden Polizisten waren frei. Didier stürzte nach draußen. Ein Blick auf den Streifenwagen genügte, und er wusste, dass sie eine Verfolgung vergessen konnten. Talbot hatte die Vorderräder zerstochen. Isabelle war ebenfalls nach draußen gelaufen. Sie öffnete die Fahrertür und griff zum Funkgerät.

»Warte, Isabelle.« Didier legte seine Hand auf ihren Arm. »Lass uns genau überlegen, was wir denen erzählen.«

»Die Wahrheit, würde ich vorschlagen.« Isabelle drückte die Ruf-Taste.

50. Kapitel

Die blutigen Details über den Tod von Aicha Hamdan ließen sich nicht lange geheim halten, und das trotz Zernas wilder Drohungen gegen jeden, der außerhalb der Wache darüber sprechen würde. Jeder Beamte der Gendarmerie nationale hatte mindestens einen Verwandten oder Freund, dem er, unter dem Siegel der Verschwiegenheit, das eine oder andere Detail dieses blutigen Verbrechens verriet. Diese Art von Nachrichten verbreitete sich in Le Lavandou schneller als die Grippe. Die Kassen der Supermärkte, die Bistros und nicht zuletzt die Bouleplätze waren ideale Verteilerstellen, wenn es darum ging, streng geheime Nachrichten binnen kürzester Zeit allgemein bekannt zu machen. Noch am Nachmittag gab Michel in Canal 6 ein Interview. Darin erzählte er nicht nur, was er von seinem Cousin zweiten Grades bei der Gendarmerie erfahren hatte, sondern er erklärte den Zuschauern auch gleich noch, wer für diese Morde verantwortlich war.

Diesmal hatte Michel das TV-Team vor das Miou bestellt. Ein kleiner Deal mit Jérémy, der auf diese Weise kostenlose Werbung für sein Bistro bekam. Im Gegenzug war der Rosé diese Woche für Michel frei. Der Besitzer des Tabac-Ladens hatte sich ein frisches Hemd angezogen, als er vor die Kamera trat. Wenn man Michel glauben wollte, wusste die Polizei längst, wer die Mörder waren. Doch die Sicherheitskräfte wollten die ahnungslosen Bürger ganz bewusst im Unklaren lassen. Denn die Wahrheit könnte Unruhen auslösen, orakelte Michel. Aber er würde hier und jetzt diese Wahrheit aussprechen. Schließlich stand er mit seiner Partei der Gardiens de la patrie für Ehrlichkeit und Offenheit. Dann informierte er die verblüfften Zuschauer, dass die beiden jungen Frauen blutigen Opferbräuchen von Schwarzafrikanern zum Opfer gefallen seien. Die Verstümmelungen, die toten Vögel, das war etwas, das laut Michel auf dem schwarzen Kontinent zum normalen Tagesablauf gehörte. Es verschlug den Zuhörern die Sprache.

An diesem Punkt des Interviews ließ die Journalistin Brigitte Dupin die Aufzeichnung abbrechen, obwohl die Reporterin bekannt dafür war, dass sie es mit der Wahrheit nicht so genau nahm. Bereits während des Interviews hatte sie eigentlich beschlossen, nichts von diesem Schwachsinn zu senden. Doch einige der Details waren dann doch zu schön, als dass man sie der Sendeleitung und damit der Öffentlichkeit vorenthalten konnte. Also erfuhren die Zuschauer von Canal 6 jede blutige Einzelheit der beiden Morde. Das Echo war gewaltig. Sogar der französische Innenminister fühlte sich genötigt, die im Fernsehen aufgestellten Behauptungen durch seinen Sprecher dementieren zu lassen, und France terre d'asile, das sich für Flüchtlinge starkmachte, kündigte eine Klage gegen Canal 6 an.

Leon war nach der Besprechung in der Gendarmerie zurück in die Rechtsmedizin gefahren, um sich die ersten Ergebnisse der DNA-Analysen anzusehen. Sie hatten über sechzig Spuren an Kleidung und Körper der Opfer isolieren können, aber keine davon kam an beiden Leichen vor. Je genauer die DNA-Bestimmung in den letzten Jahren geworden war, desto größer wurde der Datenberg, den sie lieferte. Schließlich analysierten die neuesten Prüfverfahren auch allerkleinste Verunreinigungen. Da konnte leicht etwas durcheinandergeraten. Zumal wenn der Fundort durch Zeugen und Neugierige kontaminiert worden war, bevor die Polizei ihn abgesperrt und die Rechtsmedizin ihn untersucht hatte. Dafür hatte der Computer inzwischen die DNA-Probe aus dem Gebiss von Aicha Hamdan analysiert. Diese Spur stammte von einem Mann. Wahrscheinlich einem Europäer. Mehr gab die Probe nicht her. Fest stand bisher nur, dass auch diese DNA in keiner der polizeilichen Datenbanken verzeichnet war.

Daraufhin hatte sich Leon den Nachmittag freigenommen. Er fuhr zurück nach Le Lavandou und stellte seinen Wagen vor dem Calypso ab. Auf den Parkplätzen an der Promenade, die normalerweise um diese Jahreszeit immer frei waren, standen jetzt dicht an dicht die Übertragungswagen der TV-Stationen. Leon sah auf dem Weg ins Chez Miou noch schnell bei Nortier vorbei. Im Laden war eine junge Kundin, die ein Sachbuch kaufte und sich von Nortiers Mitarbeiterin beraten ließ.

Als Leon beim Öffnen der Tür das Glockenspiel anstieß, tauchte sofort Nortier aus dem Hintergrund seines Geschäfts auf.

»Bonsoir, Docteur«, begrüßte ihn der Buchhändler. »Die Sonntags-FAZ gibt es aber nicht vor Dienstag.«

»Ich weiß, Monsieur.« Leon tippte auf den Stapel mit dem *Var-Matin*, der neben der Kasse lag. »Heute eine von denen, bitte.«

»Wirklich? Nehmen Sie lieber den *Figaro*«, sagte der Mann, als hätte Leon ein Schmuddelheftchen verlangt, das es nur unter der Ladentheke gab.

Leon mochte die Lokalausgaben des *Var-Matin*. Es war gelegentlich recht hilfreich, die Boulevardpresse zu studieren. Die Lokalreporter waren oft die Ersten, die bei lokalen Mordfällen auch den Hintergrund der Opfer beleuchteten. Schon einige Male hatten solche Artikel Leon auf die richtige Spur gebracht, wenn es darum ging, Todesursachen aufzuklären. Aber das verriet er natürlich nicht.

»Ich wollte Ihnen noch sagen …« Nortier räusperte sich. »Also, kürzlich auf dem Bouleplatz …« Er sprach den Satz nicht zu Ende.

»Ach, das«, Leon winkte ab, »ist schon vergessen. Kommen Sie einfach mal wieder vorbei, dann spielen wir eine ganze Runde.«

Insgeheim hoffte Leon allerdings, dass Nortier nicht kommen würde. Der Buchhändler war ihm nicht wirklich sympathisch. Belesen, klug, aber er behandelte seine Kunden gerne ein wenig von oben herab.

Außerdem hatte er schon einige Male Leons Aussprache verbessert. Eine nervige Angewohnheit, die manche Franzosen wohl nie aufgeben werden, dachte Leon.

»Ich hatte Ärger mit der Baubehörde«, erklärte Nortier. »Ich muss neue Stromleitungen ziehen. Im ganzen Geschäft. Können Sie sich das vorstellen? Dabei funktionieren die alten Leitungen ohne Probleme, seit über fünfzig Jahren.«

»Neue Vorschriften, oder?« Leon legte einen Euro und fünfzig Cent in das Glasschälchen auf der Theke.

»Verdanken wir alles der EU«, sagte Nortier. »Aber solche Probleme haben Sie in Ihrem Job natürlich nicht.«

»Über zu wenig Probleme können wir uns eigentlich nicht beschweren.«

»Ich habe in den Nachrichten gehört, dass die Polizei nach einem Verrückten sucht …?« Nortiers Blick hatte etwas Lauerndes. Aber Leon schwieg. »Für mich war dieser Maler, dieser Legrand, von Anfang an nicht sauber. Kennen Sie seine Bilder? Oh, là, là …« Nortier wedelte bedeutungsvoll mit der Hand.

»Wenn ich eines gelernt habe in meinem Beruf«, sagte Leon,

»dann, dass Täter eigentlich nie so aussehen, als würde man ihnen ihre Taten zutrauen.«

»Ich habe gehört, dass die Polizei jetzt sogar zu den Ärzten geht.«

»Da wissen Sie ausnahmsweise mal mehr als ich«, erwiderte Leon.

»Es heißt, dass vielleicht ein Arzt diese schrecklichen Verletzungen …« Er ließ den Verdacht bedeutungsvoll in der Luft hängen.

»Zum Glück brauchen wir Rechtsmediziner nicht zu spekulieren. Wir beurteilen nur die Fakten. Streng nach den Vorschriften«, sagte Leon amüsiert.

»Und was sagen die Vorschriften?«, hakte Nortier nach.

»Diskutiere die Fakten niemals mit deinem Buchhändler«, sagte Leon lachend und öffnete die Tür. »Bonne soirée, Monsieur.«

Der Gong schlug an, und Leon verließ den Laden mit dem *Var-Matin* unter dem Arm.

51. Kapitel

Zerna war außer sich. Der Polizeichef hatte bereits einen Nachmittag hinter sich gebracht, der seinen Blutdruck in besorgniserregende Höhen getrieben hatte. Um sechzehn Uhr war ihm die Nachricht überbracht worden, dass ein Verdächtiger samt Geisel entkommen war. Zum Glück war die etwas verängstigte, aber ansonsten unversehrte Claire Leblanc von einer Streifenwagenbesatzung auf einer kleinen Straße bei Carnoules entdeckt worden, knapp eine Stunde, nachdem sie entführt worden war. Angeblich hatte der Entführer sie aussteigen lassen und war ohne weitere Erklärung davongefahren. Trotz Großfahndung fehlte von Joseph Talbot bisher jede Spur.

Zerna beorderte Isabelle und Didier umgehend in sein Büro, wo er sie zehn Minuten lang zur Schnecke machte. Später hieß es, der Polizeichef habe dabei so laut gebrüllt, dass besorgte Nachbarn in der Wache angerufen hätten.

Nachdem Isabelle und Didier das Büro des Polizeichefs verlassen hatten, nahm Zerna sich Claire Leblanc vor. Die Psychologin war unverletzt, bis auf den kleinen Schnitt am Hals, den der Sanitäter desinfiziert und mit einem Pflaster versorgt hatte.

Didiers Schilderung der Vorgänge in Talbots Werkstatt und Dr. Leblancs Unversehrtheit führten in der Gendarmerie zu wilden Spekulationen. War es möglich, dass die Psychologin sich freiwillig hatte entführen lassen, um so ihrem Patienten zur Flucht zu verhelfen?

»Diese Vorwürfe sind völlig absurd«, entgegnete Claire Leblanc aufgebracht. »Ich werde mich gegen jeden wehren, der so einen Unsinn behauptet.«

»Aber Sie wollten doch unbedingt allein mit dem Verdächtigen sprechen.«

»Das wäre wahrscheinlich auch das Beste gewesen. Dann hätte es erst gar nicht zu diesem Zwischenfall kommen müssen.« Leblanc war entschlossen, sich von Zerna nicht einschüchtern zu lassen.

»Oder Talbot hätte Ihnen ungestört die Kehle durchgeschnitten. Wäre ja auch möglich gewesen, oder nicht?«

»Er ist in Panik geraten, als er die beiden Polizisten gesehen hat.«

»Von denen Sie nur einem erlaubt haben, bei der Befragung anwesend zu sein. Für mich ist das grob fahrlässig.«

»Ich kenne den Patienten seit über zehn Jahren. Niemand hätte mit einer solchen Reaktion rechnen können«, meinte die Psychologin.

»Genau das ist der Unterschied zwischen den Psychologen und der Polizei. Wir bereiten uns immer auf den schlimmsten Fall vor.«

»Joseph Talbot war überfordert. Er hat uns als Bedrohung wahrgenommen. Das war eine Kurzschlusshandlung. Und wenn Ihre Beamtin nicht so insistiert hätte …«

»Na klar, jetzt waren es natürlich wieder die Flics.«

»Talbot fühlte sich bedrängt. Er ist kein böser Mensch.«

»Nein, natürlich nicht.« Zerna hob die Hände, als wolle er sich entschuldigen. »Er hat ja nur damit gedroht, Ihnen den Hals aufzuschneiden, oder wollen Sie das etwa bestreiten?«

»Das hat er nicht getan ...« Die Psychologin erhob sich von ihrem Stuhl, als wolle sie unter Protest den Raum verlassen.

»Hinsetzen!«, fuhr Zerna sie an. Claire Leblanc war so erschrocken, dass sie sich tatsächlich wieder in den Stuhl fallen ließ.

»Sie können mir keine Anweisungen erteilen«, versuchte sie einen hilflosen Gegenangriff. Sie wusste genau, dass sie einen Fehler begangen hatte, für den man sie zur Verantwortung ziehen würde.

»Ich habe die Zeugenaussagen von zwei meiner erfahrensten und zuverlässigsten Polizeibeamten. Und die sagen, Talbot hätte gedroht, Ihnen den Hals aufzuschneiden.«

»Das dürfen Sie nicht so wörtlich nehmen.« Dr. Leblanc klang erschöpft. »Talbot hatte seine Tabletten abgesetzt. Da kann es schon mal zu Überreaktionen kommen. Da muss man als Psychologin die Nerven bewahren und die Situation kontrollieren.«

»Die Situation haben Sie ja perfekt kontrolliert.« Zernas Sarkasmus war nicht zu überhören.

»Wenn Ihre Beamtin nicht ...«, wollte Leblanc wieder beginnen, aber Zerna schnitt ihr das Wort ab.

»Muss ich Sie daran erinnern, dass der Mann Ihnen ein Messer an den Hals gehalten hat und dass Blut geflossen ist?« Zerna deutete auf das Pflaster am Hals der Psychologin.

»Das kann ich erklären«, versuchte es Claire Leblanc noch einmal, doch Zerna achtete nicht auf sie.

»Bis zur endgültigen Klärung der genauen Umstände dieses Zwischenfalls untersage ich Ihnen, Beamte im Außeneinsatz zu begleiten. Das gilt ab sofort«, entschied Zerna knapp.

»Ach ja, jetzt bin ich also schuld. Ich sage Ihnen was, ich werde jetzt den Oberstaatsanwalt in Toulon anrufen. Dann werden wir ja sehen, was ich in Zukunft tun darf und was nicht.«

»Na klar, hier ist das Telefon.« Er nahm den Hörer und hielt ihn Leblanc provozierend hin. »Von mir aus können Sie auch den Präsidenten der Republik anrufen.« Zerna geriet in Rage. »Das ist mir scheißegal. Das hier ist mein Revier. Ich bin für meine Leute verantwortlich, und ich habe die Nase voll von Ihrer Psychoscheiße. Sie sind eine Gefahr für meine Beamten.«

»So lasse ich nicht mit mir reden, Monsieur Zerna ...«, setzte Leblanc an, aber Zerna unterbrach sie erneut.

»Machen Sie Urlaub, setzen Sie sich an den Strand, lesen Sie ein Buch, trinken Sie ein Glas Wein. Und warten Sie, bis ich Sie anrufe. Bis dahin will ich Sie nicht mehr in meiner Wache sehen. Und jetzt bonne soirée.«

Claire Leblanc stand auf, drehte sich um und verließ wortlos das Büro des Polizeichefs.

52. Kapitel

Das Restaurant La Terrasse in Bormes war eines der besseren Lokale. Eines, in dem noch die traditionelle südfranzösische Küche gepflegt wurde. Das war einer der Gründe, warum sich Leon für dieses Lokal entschieden hatte. Der andere Grund war der offene Kamin. Denn selbst wenn es zu dieser Jahreszeit abends schon empfindlich kühl werden konnte, hatte man es im La Terrasse warm und gemütlich. Aber der eigentliche Grund, warum Leon hier saß, war das Telefongespräch, das er am späteren Nachmittag mit Claire Leblanc geführt hatte.

Er war von Monsieur Nortiers Buchhandlung direkt zum Miou gegangen, wo er sich der Lektüre des *Var-Matin* widmen wollte. Aber das war an diesem Nachmittag kaum möglich, denn in dem Bistro ging es zu wie am Nationalfeiertag. Nur dass heute nicht gesungen und getanzt wurde, sondern die Gespräche sich ausschließlich um die Morde an Françoise Bonnet und Aicha Hamdan drehten. Die Medienleute hatten das Miou für diesen Abend zu ihrem Bistro erklärt. Was Leo ihnen nicht übel nahm, was aber auch dazu führte, dass er nicht zum Lesen kam. Der Star des Abends war Michel. Nicht, weil die Anwesenden seine Meinung teilten, sondern weil Canal 6 ihn und das Miou in ganz Frankreich bekannt gemacht hatte. Jérémy hatte ihm, wie versprochen, einen Rosé nach dem anderen aufs Haus eingegossen. Michel genoss den schnellen Ruhm, merkte aber nach dem vierten Wein nicht mehr, dass die Leute sich über ihn lustig machten.

»Ihr werdet sehen, dass ich recht habe.« Michel wankte leicht, als er sich einer Gruppe Journalisten zuwandte. »Es waren diese verdammten Kerle aus Afrika.«

»Michel, gibt es eigentlich auch Vegetarier unter deinen Kannibalen?«, fragte ein hagerer, großer Mann, der aussah, als hätte er sich seine Klamotten gekauft, als er noch doppelt so dick gewesen war.

»Was hat er denn genau gegessen?«, rief ein anderer. »Brust oder Keule?«

»Macht euch nur lustig«, sagte Michel und hielt Jérémy noch mal sein Glas hin. »Wenn erst ganz Afrika mit Schlauchbooten an der Côte d'Azur landet, werdet ihr begreifen, dass ich von Anfang an recht hatte.«

»Dann verteidigt Michel für uns das Vaterland«, rief jemand.

»Mit großen Worten und einer Flasche Rosé.« Jérémy goss Michel ein weiteres Glas ein und fragte sich, ob das mit den freien Drinks wirklich so eine gute Idee war.

»Du redest doch nur einen Riesenhaufen Mist.« Der hagere Mann sah den betrunkenen Michel mit provozierendem Blick an. Streit lag in der Luft.

In diesem Moment schob sich Véronique zwischen die beiden Kontrahenten. Wie immer steckte eine Gitane zwischen ihren Lippen, die sie erstaunlicherweise nicht mal aus dem Mund nehmen musste, wenn sie sprach.

»Ich denke, es gibt nur einen hier im Raum, der wirklich weiß, ob ein Kannibale am Werk war«, sagte sie, »und das ist der Médecin légiste.«

Leon sah von seinem *Var-Matin* auf und blickte in die gespannten Gesichter eines guten Dutzends Bistrobesucher, die alle zu ihm herübersahen.

»Danke, Véronique«, meinte Leon etwas genervt. »Sehr nett von dir.«

»Also, Doc, was hat der Killer gegessen?«, fragte der hagere Mann.

»Ich denke, er hat sich ein Eis am Strand gegönnt«, meinte Leon, und ein paar Zuschauer lachten.

»Wir machen ein Interview, Docteur.« Der hagere Mann schob sich nach vorn. »Exklusiv. Alles ganz seriös. Sie bestimmen, was gesagt wird.«

Dann wandte er sich an seinen Kollegen in Jeans und einem kurzärmligen Hemd mit Hawaii-Motiven. »Bernard, hol die Kamera, schnell.«

»Moment.« Leon hob abwehrend die Hand. »Wenn Sie Journalist sind, dann sollten Sie wissen, dass ich als Rechtsmediziner niemals über eine laufende Untersuchung rede. Aber eines kann ich Ihnen versichern. Es haben sich bei keinem der Opfer Anhaltspunkte dafür gefunden, dass es zu Kannibalismus gekommen sein könnte.«

Im nächsten Moment sprachen alle durcheinander.

»Was verschweigt die Polizei?«, rief jemand.

»Wie viele Opfer haben Sie wirklich obduziert, Docteur?« Das war Michel, der schnell noch Öl ins Feuer goss.

»Wollen Sie nicht helfen, diese skandalösen Umstände aufzuklären?« Der Hagere hielt bereits ein Mikro in der Hand und überzeugte sich mit einem kurzen Nicken, dass sein Kameramann drehfertig war. »Sie wollen doch auch, dass die Bürger die Wahrheit erfahren.«

»Ich arbeite nicht für die Presse und auch nicht für die Polizei«, sagte Leon. »Ich arbeite im Auftrag der Staatsanwaltschaft.«

»Die Staatsanwaltschaft müsste doch das größte Interesse an der Wahrheit haben.«

»Da bin ich sogar ganz sicher.« Leon trank den letzten Schluck seines Café crème. »Darum sollten Sie Ihre Fragen auch nicht mir stellen, sondern einem Vertreter der Staatsanwaltschaft.«

In diesem Moment hatte Leons Handy geläutet. Dankbar für die Ablenkung, hatte er das Gespräch angenommen. Es war Claire Leblanc gewesen.

Leon war mit dem Hörer am Ohr nach draußen gegangen. Die Psychologin hatte müde geklungen. Wie jemand, der sich von einer großen Aufregung erholen wollte, aber nicht zur Ruhe kam. Sie fühle sich mitverantwortlich an der Flucht von Talbot, hatte sie ihm erklärt. Sie wolle das wiedergutmachen. Aber nicht so, wie sich die Gendarmerie das vorstellte. Dazu brauchte es weder Hundertschaften noch Helikopter. Alles, was zählte, sei das richtige Wort zur rechten Zeit.

»Warum erzählst du mir das?«, hatte Leon gefragt.

»Talbot hat sich bei mir gemeldet, und ich habe einen Plan«, verriet die Psychologin. Leon hatte am Telefon geschwiegen. »Du bist der Einzige, dem ich vertraue«, hatte sie gesagt.

Leon hatte das La Terrasse als Treffpunkt vorgeschlagen. Jetzt wartete er bereits seit einer halben Stunde und wurde langsam ungeduldig. Er versuchte Claire auf ihrem Handy zu erreichen, aber es meldete sich nur die Mailbox. Nachdem eine Dreiviertelstunde vergangen war, zahlte Leon seinen Aperitif und entschuldigte sich bei dem Wirt des Restaurants. Er würde ein anderes Mal wiederkommen.

Im Grunde war er ganz froh, dass Claire Leblanc nicht aufgetaucht war. Was immer der Plan der Psychologin gewesen sein mochte, er hatte wenig Interesse, damit in Verbindung gebracht zu werden. Auf der anderen Seite wollte er sie auch nicht vor den Kopf stoßen. Dass sie möglicherweise allein den Kontakt zu Talbot suchen könnte, hatte für Leon etwas Beunruhigendes. Er hatte das Gefühl, dass sie Unterstützung brauchte.

53. Kapitel

Es war bereits nach zwanzig Uhr, als Isabelle den Wagen vor ihrer Haustür parkte. Der Tag war anstrengend und hektisch gewesen und hatte an ihren Nerven gezehrt, auch wenn Zerna noch einmal zu ihr ins Büro gekommen war, um sich dafür zu entschuldigen, dass er laut geworden war. Eine Geste, die Isabelle ein wenig unheimlich war, denn Zerna entschuldigte sich nie für sein Benehmen. Als er sie im nächsten Atemzug fragte, ob sie die Pressekonferenz übernehmen würde, war sie beruhigt. Zernas Entschuldigung sollte sie nur milde stimmen, denn der Polizeichef hasste Pressekonferenzen, wenn es keine Erfolge zu vermelden gab. Diese Konferenz lag Zerna ganz besonders im Magen, denn sie war vom Innenministerium angeordnet worden. Der Polizeichef von Le Lavandou sollte auf der Konferenz die erhitzten Gemüter beruhigen und den wilden Spekulationen der Journalisten Einhalt gebieten.

Also arrangierte Isabelle, wie schon so oft, eine kurze Pressekonferenz auf den Eingangsstufen der Wache. Die Medienvertreter drängten sich um die besten Plätze. Isabelle war von bewundernswerter Ruhe und beantwortete auch die absurdesten Fragen der Journalisten in nüchternen Worten.

Entsprach es der Wahrheit, dass ein blutiges Opferritual aus Zentralafrika hinter den Morden steckte? Hatte der Täter Organe seiner Opfer verspeist? Gab es weitere Vermisstenfälle, die von der Polizei verschwiegen wurden, damit in der Bevölkerung keine Panik ausbrach?

Isabelle beantwortete jede Frage so genau wie möglich, ohne dabei neue Spekulationen auszulösen. Nein, es gab unter den Verdächtigen keine Afrikaner, und nein, es wurden von der Polizei keine weiteren Taten verschwiegen. Es war auch zu keinen Fällen von Kannibalismus in den Hügeln der Provence gekommen. Nach knapp zehn Minuten war der Spuk vorbei, und die Journalisten wollten sich schon frustriert ins nächste Bistro begeben, als sich doch noch eine kleine Sensation anbahnte.

Während auf den Eingangsstufen der Wache die Pressekonferenz in vollem Gange war, klingelte ein junger Mann an der Hintertür der Polizeistation. Zunächst hielt der wachhabende Beamte den Mann nur für einen weiteren aufdringlichen Journalisten, der versuchte, sich durch die Hintertür hineinzuschleichen. Also gab er dem Fremden durch die Glastür mit Gesten zu verstehen, dass er auf der Stelle verschwinden sollte.

Dieser unmissverständlichen Aufforderung hätte der vermeintliche Journalist wahrscheinlich Folge geleistet, wenn in diesem Augenblick nicht Lieutenant Masclau im Gang aufgetaucht wäre, der den späten Besucher sofort erkannte. Es handelte sich bei ihm nämlich um den seit Tagen gesuchten Verdächtigen Nummer eins: Pierre Roussel.

Auf diese Weise endete die Pressekonferenz dann doch noch mit einem Paukenschlag. Während Isabelles höflicher Schlussworte erschien Zerna überraschend auf der Eingangstreppe, übernahm das Mikrofon und teilte den Medienvertretern mit, dass der Gendarmerie nationale soeben ein spektakulärer Fahndungserfolg gelungen sei. Pierre Roussel, der mutmaßliche Doppelmörder, sei aufgrund intensivster Polizeiarbeit vor wenigen Minuten festgenommen worden. Er werde zurzeit in diesem Revier vernommen.

»Das ist ein großer Tag für die Gendarmerie nationale«, rief Zerna strahlend ins Mikrofon. »Und es ist vor allem ein Sieg für die tapferen Frauen und Männer der Sicherheitsbehörden von Le Lavandou. Es ist einmal mehr ein Beweis, dass die unermüdliche Polizeiarbeit das Leben unserer Bürger sicherer macht. Merci, messieurs dames.«

Als Isabelle zwei Stunden später ihren Wagen abschloss und auf ihr Haus zuging, musste sie an den strahlenden Gesichtsausdruck ihres Chefs denken, während er seine pathetischen Schlussworte sprach. Natürlich hatte Zerna kein Wort darüber verloren, dass sie keine einzige Spur von Roussel gehabt hatten. Niemand wusste, wie lange sich die Fahndung noch hingezogen hätte, wenn er sich nicht freiwillig gestellt hätte. Für Zerna hätte der Zeitpunkt besser nicht sein können. Lenkte die sogenannte Festnahme doch erst einmal von der Flucht Talbots ab.

Isabelle war beim Verhör dabei gewesen. Pierre Roussel hatte vom ersten Moment an seine Unschuld beteuert, während Didier vergeblich versuchte, seine Aussagen zu erschüttern. Selbst Zerna war nicht weitergekommen. Pierre Roussel hatte auf jede Frage eine schlüssige Antwort. Er klang ehrlich, dachte Isabelle. Nicht wie jemand, der hinter einer konstruierten Wahrheit seine Lügen verbergen wollte. Auch wenn Roussel nun erst einmal in Untersuchungshaft sitzen würde, Isabelle erschien der Stuntman nach der Befragung glaubwürdiger denn je. Nach einer Stunde Verhör hatte sie sich verabschiedet, um nach Hause zu fahren.

Als sie die Tür aufschloss, war das Haus still und dunkel. Eigentlich mochte sie es, ihr Haus zu betreten. Es war ein Ort der Geborgenheit und der Entspannung. Wenn sie nach einem anstrengenden Tag im Job nach Hause kam, fiel aller Stress von ihr ab. Sie würde ihre Jacke an die Garderobe hängen, das Holster mit ihrer Beretta vom Gürtel ziehen und in die oberste Schublade der Kommode legen, dann in die Küche gehen und sich ein Glas Wein einschenken. Aber heute war irgendetwas anders als sonst. Als gäbe es da etwas, das den Frieden dieses Hauses störte. Gut, es war ruhiger als gewöhnlich. Normalerweise würde sie an einem Wochentag um diese Zeit Musik hören, die aus Lilous Zimmer im ersten Stock kam. Aber Lilou war heute Abend bei ihrer Freundin Inès. Und trotzdem stimmte irgendetwas an dieser Ruhe nicht. Sie fühlte sich anders an als sonst. Fast ein wenig bedrohlich.

Isabelle drückte den Lichtschalter – nichts, das Haus blieb dunkel. In diesem Augenblick spürte sie, wie ihr ein kleiner Schauer über den Rücken lief. Das ist nur wieder ein Kurzschluss, beruhigte sie sich. Schließlich hatte das Haus über vierzig Jahre auf dem Buckel und einige Leitungen waren marode. Doch dann tat Isabelle etwas, das sie noch nie gemacht hatte. Sie zog die Beretta aus dem Holster und lud sie vorsichtig durch, sodass der Schlitten nur ein leises Klicken verursachte, als er eine Patrone in die Kammer schob. Dann wartete sie einen Moment, ohne sich zu bewegen. Was störte sie? Isabelle spürte einen leichten Luftzug, der durch den Flur wehte. Sie betrat die Küche und sah im hellen Mondlicht die Küchentür offen stehen.

Isabelle griff in die Besteckschublade, wo immer eine Taschenlampe griffbereit lag. Jetzt konnte sie etwas sehen. Es war nicht Lilou gewesen, die mal wieder die Tür zur Terrasse offen gelassen hatte. Jemand hatte den Verschluss der Terrassentür von außen aufgehebelt. Isabelle ließ den Lichtstrahl der Taschenlampe über den Holzboden der Veranda gleiten. Dann sah sie es. Neben dem Terrakottatopf mit dem Jasmin lag Josephine, die schwarz-weiße Katze. Ihre Augen waren ohne Glanz, und aus dem kleinen Maul war die Zunge gequollen. Um den Hals des Tiers hatte jemand einen Draht geschlungen und so fest zugezogen, dass der Katze dabei beinahe der Kopf vom Rumpf getrennt worden war. Fliegen summten über dem Kadaver.

Isabelle konnte nicht länger hinsehen. Sie ging ein paar Schritte zur Seite, lehnte sich an die Brüstung der Terrasse und atmete die kühle Nachtluft. In diesem Moment hörte sie Schritte im Garten. Isabelle hielt ihre Beretta und die Taschenlampe vor sich und leuchtete zu den Büschen.

»Wer ist da?«, rief sie und versuchte, ihrer Stimme einen festen Klang zu geben.

In diesem Moment tauchte Leon auf und blinzelte in den grellen Schein der Taschenlampe.

»Entschuldigen Sie, ich wollte nur ein paar Rosen klauen«, sagte Leon. »Ich wusste ja nicht, dass hier gleich scharf geschossen wird.«

»Meine Güte, hast du mich erschreckt.« Isabelle sicherte die Waffe und steckte sie in den Hosenbund.

»Wir haben Vollmond, da bin ich den Weg durch die Gärten gekommen.« Er musterte Isabelle. »Ist irgendwas?«

»Komm hoch, ich zeige es dir.«

54. Kapitel

»Der alte Moreau wirft mir doch ständig seinen Dreck über die Mauer.«

»Aber das waren immer nur Laub und trockene Äste«, wandte Leon ein. »Und nicht so was.«

Isabelle und Leon saßen in der Küche. Vor ihnen stand eine Schale Oliven. Leon hatte an seinem Weinglas nur genippt, Isabelle trank Wasser. Das war kein entspannter Abend geworden. Etwas Böses hatte die sonst so friedliche Atmosphäre des Hauses vergiftet.

»Und was war mit den verfaulten Feigen?«, fragte Isabelle. »Seit dem Tod seiner Frau ist es immer schlimmer mit ihm geworden.«

»Bei den Streitereien ging es nur um die Bäume, die zu nahe am Gartenzaun stehen«, sagte Leon. »Eine tote Katze, das ist eine völlig andere Nummer. Das Tier wurde erdrosselt und ganz gezielt auf deine Terrasse gelegt. Ich vermute, dass das eine Botschaft sein soll.«

»Was für eine Botschaft?«

»Eine Drohung.« Leon sah den zweifelnden Blick von Isabelle. »Jemand will uns zeigen, dass er die Macht hat, in unser Leben einzugreifen, und dass er jederzeit und überall zuschlagen kann.«

»Du machst mir Angst.«

»Hast du Lilou angerufen?«

»Ja, sie ist bei Inès. Denkst du, wir sollten sie abholen?«

»Nein, bei Inès ist sie gut aufgehoben. Da passiert ihr bestimmt nichts.«

»Was sollen wir jetzt machen?« Isabelles Stimme klang auf einmal besorgt.

»Wir tun erst mal gar nichts«, erwiderte Leon. »Wir warten ab, was er als Nächstes tut.«

»Gar nichts? Der Kerl ist gefährlich. Er hat die Tür aufgebrochen.«

»Oder Lilou hatte sie nicht richtig verschlossen. Du weißt, wie leicht der Wind sie aufdrückt, wenn man sie nicht richtig ins Schloss zieht.«

»Ich mache mir Sorgen, Leon.«

»Genau das will er erreichen. Er hat Freude an der Vorstellung, dass wir Angst vor ihm haben.«

»Aber wir wissen doch gar nicht, wer er ist.«

»Darum wird er uns auch nichts tun. Er spielt mit uns und versucht uns zu manipulieren. Und wir tappen im Dunklen.«

»Meinst du, wir kennen ihn?« Isabelle klang mehr als besorgt.

»Er ist überheblich und grausam. Ein Narzisst und ein Psychopath ...«, überlegte Leon laut.

»Klingt ganz schön unheimlich.« Isabelle war aufgestanden und überprüfte zum dritten Mal die Verandatür, die jetzt fest verriegelt war. »Soll ich auf der Wache anrufen?«

»Das hat bestimmt bis morgen Zeit. Heute Nacht wird nichts mehr passieren.«

»Was hast du mit der Katze gemacht?«, fragte Isabelle.

»Ich habe sie in drei Mülltüten gesteckt und in die Tiefkühltruhe gelegt.«

»In meine Tiefkühltruhe?«, fragte Isabelle entsetzt.

»Ganz nach unten. Da kann wirklich nichts passieren«, versicherte ihr Leon. »Morgen früh sehe ich sie mir im Institut an.«

»Na gut«, sagte Isabelle und klang wieder ruhiger. »Wolltest du dich heute Abend nicht mit Kollegen zum Essen treffen?«

»Wollte ich, ja.« Leon tat gleichgültig. Das war jetzt wirklich nicht der richtige Zeitpunkt, um zu erklären, mit wem er zum Essen verabredet gewesen war. Und wenn Claire auch nicht mehr über die Sache sprechen wollte, konnte er sie eigentlich vergessen.

»Ich frage nur, weil ich dachte ...« Isabelle zögerte. »Heute am Telefon hatte ich den Eindruck, dass es dir wichtig war.«

»Ach was, wir treffen uns eben ein anderes Mal.«

55. Kapitel

Es war schon tief in der Nacht, als der Mann zu dem Haus zurückkam. Wie immer hatte er seinen Wagen hinter den Oleanderbüschen geparkt, um die letzten hundert Meter zu Fuß zu gehen. Der Mond schien hell und legte einen silbrigen Schimmer auf den staubigen Weg. Der Mann musste husten. Aber es war nur ein kleiner Reiz, der seine Bronchien traf. Kein Vergleich mit den Hustenanfällen, die ihn im Frühling und Sommer heimsuchten. Herbst und Winter, das waren seine Jahreszeiten. Dann konnte er sich erholen, und seine gequälte Lunge durfte endlich wieder frei atmen. Er sehnte sich jeden Sommer nach schlechtem Wetter. Für einen Moment schloss der Mann die Augen und roch die trockenen Blätter, die der Herbst bereits von den Bäumen geweht hatte. Er mochte diesen Geruch von Vergänglichkeit. Jetzt war es ganz still hier oben in den Hügeln. Nur der Wind bewegte leise die Blätter der Korkeichen, und von irgendwo kam der klagende Laut eines Waldkauzes, der wie ein verirrtes Kind klang, das nach seiner Mutter rief. Todesvogel nannten ihn die Leute.

Der Mann war unzufrieden. Er wusste, dass er einen Fehler gemacht hatte, dass er diesmal zu leichtsinnig gewesen war. Aber es war an der Zeit, etwas zu unternehmen. Er musste ihnen beweisen, dass es ihn gab. Er war nicht nur ein Hirngespinst der Polizei oder irgendeiner arroganten Psychologin. Von ihm ging eine konkrete Gefahr aus. An ihm kam keiner vorbei, denn er konnte den Lauf der Dinge bestimmen. Er konnte denen da draußen den Alltag zerfetzen. Nicht, weil er sich mächtig fühlte, sondern weil er tatsächlich die Macht besaß, über Leben und Tod zu bestimmen.

Aber er musste auch vorsichtig sein, durfte nicht leichtsinnig werden. Durfte nicht sein eigentliches Ziel aus den Augen verlieren. Und das würde er auch nicht.

Jetzt lag eine neue Aufgabe vor ihm, bei der er sich gar nicht besonders vorbereiten musste. Es war einfach. So einfach, dass er sich am liebsten vor aller Welt zu erkennen geben würde. So viele Jahre hatte er sich versteckt, hatte sein wahres Ich verborgen. Das konnte einen verrückt machen. Manchmal wollte er schreien, weil er sich hinter diesem Gespinst aus Täuschungen verbergen musste. Wo doch sein Talent Bewunderung verdient hätte.

In diesem Moment hatte der Mann das Haus erreicht. Jetzt musste er nur noch seine Ausrüstung zusammenpacken. Sie würden nicht mit ihm rechnen. Sie würden auf eine neue Entführung warten, aber er würde ihnen einen Strich durch die Rechnung machen. Er würde auftauchen, wenn diese Schwächlinge es am wenigsten erwarteten. Er würde ihre kleine spießige Welt aus den Angeln heben.

56. Kapitel

Die Krisensitzung in der Gendarmerie nationale begann pünktlich morgens um neun Uhr. In dem ewig überfüllten Besprechungsraum gab es kaum noch freie Plätze. Dabei war jedem der Anwesenden klar, dass es nicht viel Neues geben konnte. Das war auch der wahre Grund dafür, warum Zerna aus der üblichen Frühbesprechung kurzerhand eine Krisensitzung gemacht hatte. Das klang nach wichtigen Entscheidungen, die die laufenden Ermittlungen auf den Kopf stellen würden. Dabei war das Ganze nur ein Trick, der verschleiern sollte, dass es absolut nichts Neues gab, ein Manöver, das Zerna noch einigen Ärger einbringen würde. Denn beim Stichwort Krisensitzung hatte es sich Kommissarin Lapierre nicht nehmen lassen, persönlich im Revier zu erscheinen. Und sie war nicht allein gekommen. Neben ihr saß der leitende Staatsanwalt Julien Orlandy, der extra um sechs Uhr aufgestanden war, um rechtzeitig in der Gendarmerie nationale in Le Lavandou zu sein. Damit war aus der Sitzung, die eigentlich nur als belanglose Pflichtveranstaltung geplant gewesen war, plötzlich ein hochexplosives Meeting geworden. Jetzt musste Zerna liefern. Denn er wollte unbedingt verhindern, mit seinen Leuten vor dem Staatsanwalt und der Kommissarin als eine Truppe hilfloser Landpolizisten dazustehen.

Als Leon mit Isabelle den Raum betrat, begann Zerna die Sitzung. Der Polizeichef fürchtete Staatsanwalt Orlandy. Schließlich war dieser Mann das größte Hindernis bei der Erfüllung seines Traums: eines Tages in das Mordkommissariat nach Toulon versetzt zu werden. Der Staatsanwalt unterbrach nach wenigen Sekunden Zernas salbungsvolle Vorstellung der Anwesenden.

»Machen wir es kurz, Commandant«, fiel er Zerna ins Wort. »Welche Ergebnisse hat die Fahndung nach Talbot erbracht?«

»Wie Sie wissen, Monsieur, hatten wir Talbot in seiner Werkstatt bei Pierrefeu bereits gestellt«, begann Zerna mit der positiven Seite des Vorfalls.

»Ich bitte Sie, das war gestern.« Orlandy verzog das Gesicht, als hätte man ihm einen faulen Fisch auf den Schreibtisch gelegt. »Ich wundere mich, dass Sie diesen fehlgeschlagenen Einsatz überhaupt noch erwähnen.«

»Niemand konnte mit einer solchen Entwicklung während der Befragung rechnen.« Zerna wusste, dass er sich auf dünnem Eis bewegte. »Die beiden Beamten, die für diese Aufgabe eingesetzt waren, haben sich äußerst umsichtig verhalten.«

»Da habe ich aber etwas ganz anderes gehört«, spottete der Staatsanwalt. »Der Einsatz soll unbedacht, geradezu dilettantisch durchgeführt worden sein.«

»Entschuldigen Sie, wenn ich unterbreche, Monsieur le procureur«, meldete sich Isabelle zu Wort. Einen Moment lang hatte sie noch überlegt, die Kränkungen des Staatsanwalts gegen sie und Didier einfach zu überhören. Doch dann hielt sie es nicht mehr aus. »Wir haben das Gelände gesichert. Talbot war zu diesem Zeitpunkt nur ein Zeuge, und wir hatten die Psychologin dabei, die ihn therapiert hat.«

»Nur ein Zeuge? Der Mann hat seine Mutter zerstückelt«, erregte sich Orlandy. »Sie hätten das Gelände zu zweit absichern müssen. Daran bestehen doch wohl keine Zweifel.«

»Wir sind noch dabei, das in allen Einzelheiten zu klären ...«, versuchte Zerna, das Thema zu wechseln.

»Docteur Leblanc wollte ursprünglich sogar allein mit dem Zeugen sprechen.« Isabelle gab nicht nach. »Schließlich konnten wir die Psychologin überzeugen, dass wenigstens einer von uns sie in die Garage begleitet.«

»Das kann ich mir nur schwer vorstellen«, sagte der Staatsanwalt. »Docteur Leblanc ist eine sehr erfahrene Psychologin. Ich hatte eigentlich erwartet, dass sie an dieser Sitzung teilnimmt.«

»Wir haben versucht, sie zu erreichen«, erklärte Isabelle, »es hat sich aber nur ihre Mailbox gemeldet.«

»Ich habe ihr geraten, sich ein paar Tage freizunehmen.« Zerna sprach mit mitfühlender Stimme. »Die Bedrohung mit dem Messer und die Entführung waren vielleicht doch ein wenig viel für Madame Leblanc.«

»Also, noch einmal«, unterbrach der Staatsanwalt. »Wo stehen wir bei den Verdächtigen?«

»Wir vernehmen noch immer Pierre Roussel«, meldete sich zum ersten Mal Kommissarin Lapierre. »Aber wir konnten ihm bisher noch keinen Kontakt zu Aicha Hamdan nachweisen. Fest steht immerhin, dass er für die vermuteten Tatzeiten kein wasserdichtes Alibi vorweisen kann.«

»Was ist mit diesem Maler, diesem Legrand?«, wollte der Staatsanwalt wissen und sah Zerna an.

»Keine neuen Erkenntnisse«, sagte Isabelle schnell. »Legrand ist ein Hochstapler mit einer langen Latte kleiner Vorstrafen«, sie sah den Staatsanwalt an. »Aber keiner, der Morde begeht und Leichen schändet.«

»Interessant, Capitaine. Ist das Ihre Einschätzung als Beamtin der Gendarmerie nationale, oder arbeiten Sie inzwischen hier als Profilerin?«, fragte der Staatsanwalt spöttisch.

»Diese Einschätzung basiert auf Berufserfahrung, Monsieur Orlandy.«

»Na gut.« Inzwischen klang der Staatsanwalt gelangweilt. »Hat wenigstens die Rechtsmedizin etwas zu diesem Fall beizutragen?«

»Bonjour, Monsieur le procureur«, sagte Leon höflich. »Wir haben sechzig verwertbare DNA-Spuren an den Opfern identifiziert. Zwei davon finden sich an beiden Opfern. Wir überprüfen sie noch. Es ist aber gut möglich, dass es sich nur um Verunreinigungen handelt.«

»Was können Sie über die Verletzungen sagen?«

»Der Täter ist äußerst brutal und gezielt vorgegangen«, begann Leon. »Todesursache war in beiden Fällen der hohe Blutverlust nach einer schlecht oder gar nicht erfolgten Versorgung der Amputationswunden.«

»Danke, das habe ich bereits in Ihrem Bericht gelesen«, winkte Orlandy ab.

»Vielleicht noch ein Wort zu den Verletzungen.« Leon ließ sich nicht einschüchtern. »Die Art solcher Wunden lässt in der Regel Rückschlüsse auf den Mörder zu. Sein Vorgehen stellt eine Art Signatur seiner Taten dar.«

»Danke, aber das überlassen wir dann doch lieber den Profilern, Docteur.« Orlandys Stimme klang jetzt arrogant.

»Ich würde aber gerne hören, was der Médecin légiste zu sagen hat«, mischte sich die Kommissarin ein.

»Gerne«, begann Leon. »Die Taten sind in beiden Fällen nach dem gleichen Plan abgelaufen. Sie zeigen ein rituelles Muster. Darum bin ich überzeugt, dass die beiden Morde nicht die einzigen Taten sind, die der Mann begangen hat.«

»So was hatten wir hier aber noch nie«, kam ein Zwischenruf.

»Das heißt nur«, fuhr Leon fort, »dass der Täter bisher noch nicht auffällig geworden ist. Gut möglich, dass er andere Opfer verschwinden ließ.«

»Ein unerkannter Serientäter?«, fragte Zerna. »Ist das nicht ein wenig weit hergeholt?«

»Ist doch ganz einfach«, ging Didier dazwischen. »Der Kerl hatte einfach Lust, eine Frau aufzuschlitzen, und weil es so schön war, hat er es gleich noch mal gemacht. Dafür brauche ich keinen Psychologen.«

Didier sprach Zerna aus der Seele, trotzdem musste der Polizeichef den Schein wahren. »Bitte unterlassen Sie solche Bemerkungen, Lieutenant.«

»Die Wunden und Verstümmelungen wurden mit brachialer Gewalt zugefügt. Das spricht für eine große Wut. Als würde jemand versuchen, Erinnerungen an ein traumatisches Erlebnis in seiner Vergangenheit zu vernichten. Ich halte den Täter für hochgradig narzisstisch. Er ist ein intelligenter Mensch, der unauffällig lebt, nüchtern plant und sich erst beim Töten in eine Bestie verwandelt.«

»Das bedeutet, dass Sie Talbot solche Taten zutrauen?« Die Kommissarin sah von ihren Notizen auf.

»Nein«, antwortete Leon. »Keine dieser Eigenschaften trifft auf Talbot zu. Lassen Sie es mich so ausdrücken: Er ist nicht qualifiziert für eine solche Tat.«

»Haben Sie da nicht eine Kleinigkeit vergessen?« Staatsanwalt Orlandy behandelte Leon plötzlich wie einen Zeugen, den er vor Gericht in die Mangel nahm. »Joseph Talbot hat seine Mutter zersägt und über ein ganzes Département verteilt. So etwas würde ich durchaus als ›qualifiziert‹ bezeichnen.«

»Joseph Talbot hat Leichenschändung begangen«, korrigierte Leon erneut den Staatsanwalt. »Seine Mutter, mit der er in einer Hassliebe verbunden war, war an einem Herzinfarkt gestorben und bereits zwei Wochen tot, bevor er ihren Körper zerstückelte. Das ist etwas völlig anderes.«

»Wer die eigene Mutter zersägt, kann auch junge Frauen zerhacken«, bemerkte Didier nüchtern.

Aus den Reihen der Teilnehmer kamen zustimmende Zwischenrufe.

»Eine Frage, Docteur.« Zerna sah Leon mit einem lauernden Blick an. »Wenn Ihr Killer ein Serientäter ist, der sich bisher so geschickt verborgen hat, warum stellt er plötzlich die Füße seiner Opfer mitten im Ort ab, wo sie jeder sehen kann?«

Zerna sah kurz zum Staatsanwalt und zu der Kommissarin, wie ein Schüler, der für seine kluge Frage gelobt werden will.

»Sie haben die Frage gerade selbst beantwortet, Commandant«, antwortete Leon. »Er will den Menschen zeigen, dass es ihn gibt. Er will unsere Aufmerksamkeit, und er will, dass wir Angst vor ihm haben.«

57. Kapitel

Am sonst so provenzalisch blauen Himmel waren Wolken aufgezogen. Die Luft war feucht, und es herrschte völlige Windstille. Das Meer lag träge und grau wie flüssiges Blei in der Bucht. Leon hatte Isabelle überredet, ihre Mittagspause mit ihm zu verbringen und einen kleinen Spaziergang am Strand zu unternehmen.

Die Krisensitzung hatte bis zehn Uhr dreißig gedauert, und die Stimmung zwischen den Teilnehmern war bis zuletzt angespannt gewesen. Es hatte noch einige hitzige Diskussionen darüber gegeben, wie man die Suche nach Talbot optimieren könnte. Zuletzt hatte man sich auf das klassische Vorgehen geeinigt. Zerna würde einige zusätzliche Leute aus Toulon anfordern und konnte sogar auf den Hubschrauber zugreifen, falls das nötig sein sollte.

Orlandy hatte den Fall großspurig zur Chefsache erklärt. Leon und alle anderen wussten, was das bedeutete. Orlandy würde nach Toulon zurückfahren und einen Aktenvermerk machen, während Zerna ein paar Streifenwagen mehr als üblich losschicken würde. Ansonsten würde der Polizeichef darauf hoffen, dass ihnen ein aufmerksamer Bürger den entscheidenden Tipp gab. Von Claire Leblanc hatte die Polizei immer noch nichts gehört. Zerna war sicher, dass sie ihm übel nahm, dass er sie so grob behandelt hatte. Aber das erzählte er niemandem. Sie würde sich schon beruhigen und von ganz allein wieder in seinem Büro auftauchen.

»Hast du noch eine Idee, wo wir Madame Leblanc finden könnten?« Isabelle hatte die Schuhe ausgezogen und betrachtete ihre Spuren im nassen Sand.

Leon sah sie überrascht an. »Das fragst du mich? Madame Leblanc arbeitet doch für euch.«

»Ich dachte ja nur. Nachdem ihr euch so angeregt in der Cafeteria unterhalten habt ...« Sie ließ den Satz unvollendet.

»Wir haben keine halbe Stunde miteinander gesprochen«, antwortete er.

Leon war ein wenig verunsichert. Hatte Isabelle irgendetwas von diesem peinlichen Abend mitbekommen, den Leon am liebsten vergessen wollte? Es war schließlich nichts gelaufen – oder fast nichts. Nicht darüber zu reden war in einem solchen Fall der sicherste Weg, um keine Beziehungsscherben zu hinterlassen.

»Du hast gesagt, dass Zerna sie angebrüllt hat«, meinte Leon. »Vielleicht ist sie nach Marseille zurückgefahren.«

In diesem Moment meldete sich Isabelles Handy. Es war Didier. Ein Zeuge habe gerade bei der Polizei angerufen und behauptet, er habe Talbot gesehen. In einem Apartmentbau am Strand, halb nackt und blutverschmiert.

»Wo soll das gewesen sein?« Isabelle drückte sich den Hörer fester ans Ohr. »La Galiote de Lavandou«, wiederholte sie. »Ja, ich weiß, wo das ist.« Sie sah Leon an, und der nickte. »Wir sind in fünf Minuten bei euch.« Isabelle legte auf.

»Das ist gleich um die Ecke. Ich fahr dich schnell hin«, bot Leon an.

Er erkannte den trostlosen Apartmentbau sofort wieder. Zu diesem Haus war er mit Claire Leblanc gefahren. Dieser verdammte Abend ließ ihn einfach nicht mehr los. Leon stoppte in der Einfahrt, in der bereits ein Streifenwagen stand. Eine Handvoll Bewohner hatte sich versammelt, diskutierte und deutete immer wieder an dem schmucklosen Bau nach oben. Aus der Gruppe löste sich Moma und kam auf Isabelle und Leon zu.

»Ein Zeuge behauptet, er hätte Talbot erkannt.« Moma hielt sein Funksprechgerät in der Hand. »Der Mann klingt glaubwürdig. Das war angeblich im zehnten Stock. Didier ist schon oben und wartet auf uns.«

»Wurde jemand verletzt?«, fragte Isabelle. »Der Zeuge soll etwas von Blut gesagt haben.«

»Das konnten wir bisher noch nicht bestätigen.« Moma zuckte mit den Schultern. »Du weißt doch, die Leute sehen, was sie sehen wollen.«

»Na gut. Fahren wir nach oben«, sagte Isabelle. »Wo ist der Lift?«

»Gleich links neben dem Eingang.« Moma deutete zum Hochhaus. »Noch etwas: Claire Leblanc hat da oben ein Apartment gemietet.«

»Die Psychologin hat hier eine Wohnung?«, wunderte sich Isabelle.

»Im zehnten Stock. Ist nur für ein paar Wochen. So lange ihr Job bei uns dauert.«

»Ist sie zu Hause?«, fragte Leon.

»Wir haben geläutet und geklopft, aber niemand macht auf.«

In diesem Moment knackte das Funkgerät von Moma. Die Stimme von Didier war zu hören. »Der Hausmeister ist jetzt da.«

»Gib ihn mir mal.« Isabelle nahm Moma das Funkgerät aus der Hand.

»Morell hier. Habt ihr Talbot gesehen?«

»Negativ. Aber hier gibt's jede Menge Möglichkeiten, um sich zu verstecken.«

»Nichts unternehmen. Warte auf uns, wir sind gleich oben.« Sie gab Moma das Funkgerät zurück und sah Leon an.

»Wäre mir lieber, wenn du mitkommst. Vielleicht kannst du mit Talbot reden. Schließlich kennt er dich.«

»Ich kann es versuchen.« Leon sah nicht so aus, als hätte er große Lust auf ein Gespräch mit Talbot.

»Falls er überhaupt da oben ist.« Moma hakte das Funkgerät in seinen Gürtel.

»Los, gehen wir«, sagte Isabelle, und sie betraten das Gebäude.

Der Flur im zehnten Stock war fensterlos und wurde nur von ein paar trüben Lampen erleuchtet. In den grauen Blumenkübeln standen vertrocknete Palmwedel und verrottete Blumen aus Plastik. Vor dem Apartment 1012 wartete Didier mit dem Hausmeister.

»Wie sieht es aus?«, fragte Isabelle.

»Angeblich soll sich der Spinner hier drin verstecken«, antwortete Didier.

»Sagt wer?«, fragte Isabelle.

»Die Nachbarn. Sie haben Krach gehört. Und dann sei ein Mann mit nacktem, blutigem Oberkörper durch den Korridor gerannt.«

»Die Leute sehen die falschen Filme«, meinte Moma.

»Und hier ist er rein ...?« Isabelle deutete auf die Tür.

»Vermuten zumindest die Nachbarn. Die haben sich sofort in ihren Apartments eingeschlossen. Von denen ist keiner unter siebzig.«

Didier schlug jetzt mit der Faust gegen die Wohnungstür. »Madame Leblanc, sind Sie da?«

»Soll ich jetzt aufschließen oder was?« Der Hausmeister hielt Isabelle genervt den Schlüssel hin.

»Worauf warten wir?«, fragte Lieutenant Masclau. »Schnappen wir uns das verdammte Arschloch.«

»Du weißt genau, dass wir ohne Durchsuchungsbeschluss da nicht rein können«, erwiderte Isabelle.

Sie sah zu Leon, der in die Hocke gegangen war und den runden Türknauf inspizierte.

»Hast du was?«, fragte sie.

»Da ist Blut.« Leon deutete auf den Türknauf. »Sieht frisch aus. Ist noch keine Stunde alt.«

»Was habe ich gesagt? Der Scheißkerl ist da drin.« Didier konnte es gar nicht abwarten, die Demütigung, die er durch Talbot erfahren hatte, wieder wettzumachen.

»Okay, keiner fasst die Türklinke an.« Isabelle zog ihre Beretta aus dem Gürtelholster.

»Klarer Fall von Gefahr im Verzug.« Didier zog ebenfalls seine Waffe. Er schien wie elektrisiert.

»Aufschließen«, befahl Isabelle.

Der Hausmeister steckte den Schlüssel ins Schloss und drehte um. Die Tür sprang ein kleines Stück auf. Didier drängte sich an Isabelle vorbei. Ein kurzer Tritt und die Tür flog weit auf, dann stürzte sich Didier in den Raum. Der Hausmeister machte erschrocken ein paar Schritte rückwärts.

Leon hörte Didier brüllen: »Hinlegen, runter auf den Boden, sofort!«

Im selben Moment lief Isabelle mit gezogener Waffe in das Apartment.

»Bewegen Sie sich nicht von der Stelle. Dann passiert Ihnen auch nichts«, hörte er Isabelles Stimme. Dann voller Entsetzen: »Mon Dieu …«

Leon betrat als Letzter den Raum. Ihm bot sich ein Anblick wie aus der Apokalypse. Auf dem Bett des Zweizimmerapartments lag die nackte Leiche von Claire Leblanc. Sie schien in einem See aus Blut zu treiben. Der Unterleib war mit großen, groben Schnitten geöffnet worden, sodass die Organe herausgequollen waren. Wie bei einer Stoffpuppe, dachte Leon, die ein zorniges Kind zerschnitten hatte. Wo sich der linke Fuß des Opfers befinden sollte, war nur ein blutiger Stumpf geblieben.

Hinter dem Bett kniete Joseph Talbot mit erhobenen Händen. Das Gegenlicht der Sonne umgab ihn mit einem Strahlenkranz. Als würde er ein Opfer bringen, dachte Leon für einen Augenblick.

Talbot trug nur noch seine Hose. In der Hand hielt er ein großes Küchenmesser. Der Oberkörper war nackt. Blut lief ihm die Arme hinunter. Blut war auch auf seiner Brust, am Hals und im Gesicht verschmiert. Der Mann starrte zur Decke. Er schien Leon und die Polizeibeamten gar nicht wahrzunehmen.

»Ich wollte das nicht … Ich habe das alles nicht gewollt …«, nuschelte Talbot mit hängender Unterlippe, als hätte er seine Gesichtsmuskeln nicht mehr unter Kontrolle. Spuckefäden hingen aus seinem Mund. Seine Stimme klang tief und hohl. Ein schwerer schizophrener Schub, dachte Leon. Man müsste ihm erst mal ein starkes Beruhigungsmittel verabreichen.

Hinter dem blutverschmierten Mann stand die Glasschiebetür zum schmalen Balkon weit offen. Von hier oben konnte man das Meer sehen. Leon fiel ein, dass er diesen Anblick schon einmal bewundert hatte. Da war es Nacht gewesen, und Claire Leblanc hatte ihren Arm um ihn gelegt. Die Erinnerungen stiegen in ihm hoch wie böse Geister aus dem Moor … Er zwang sich, nicht daran zu denken.

»Lass das verdammte Messer fallen, sofort«, befahl Didier, der respektvollen Abstand von Talbot hielt.

Talbot verdrehte die Augen, und sein Atem kam rasselnd wie

bei einem Asthmakranken, wieder tropfte ihm Spucke aus dem Mund. Didier zielte direkt auf Talbots Kopf.

»Ich konnte ihr nicht helfen«, nuschelte Talbot zusammenhanglos. »Zu spät, es ist alles zu spät.« Er sah an den Polizisten vorbei. »Ich wollte ihn töten ...«

»Wen wollten Sie töten?«, fragte Isabelle.

»Den bösen Mann.«

»Messer runter.« Die Wut war aus Didiers Stimme herauszuhören.

»Didier, nicht!«, Isabelle sagte das im Befehlston, dann sah sie zu Leon.

Leon machte ein paar Schritte auf Talbot zu.

»Hallo, Joseph«, sagte er freundlich. »Gut, Sie zu sehen.«

Zum ersten Mal schien Talbot zu registrieren, dass außer ihm noch andere Menschen im Raum waren.

»Das Rücklicht passt perfekt«, sagte Leon. »Das haben Sie wirklich gut hinbekommen.«

Jetzt sah Talbot ihn an und schien ihn zu erkennen.

»Sie war meine Freundin«, sagte Talbot und sah zu der Toten.

»Das weiß ich doch, Joseph«, sagte Leon freundlich. »Das weiß doch jeder.« Mit der Hand gab Leon ein Zeichen, das den anderen signalisieren sollte, sich ein Stück zurückzuziehen.

»Ich wollte ihr nicht wehtun.« Talbot wischte sich mit der blutigen Hand über das Gesicht und hinterließ dabei Streifen, die wie eine Kriegsbemalung aussahen. »Sie war immer gut zu mir.«

»Legen Sie das Messer einfach auf den Boden«, sagte Leon und ging noch einen Schritt auf Talbot zu.

»So viel Blut ... So schrecklich viel Blut.« Talbot starrte auf das Opfer, als würde er Leblanc zum ersten Mal sehen.

»Ist das Ihr Hemd?« Leon wies auf ein T-Shirt, das über dem Bettpfosten hing.

Als Leon noch einen Schritt nach vorn machen wollte, sprang Talbot auf, war mit einem Satz auf dem Balkon und setzte sich rittlings auf das Geländer. Leon fiel es schwer, ruhig zu bleiben.

»Lust auf einen Café crème? Ich mach mir jetzt einen«, sagte er. Für einen Augenblick war Talbot irritiert. »Gibt's hier alles in der Küche. Dauert nur eine Minute, dann können wir in Ruhe reden.«

»Ich habe ihr nie wehgetan.« Talbot schüttelte den Kopf.

Leon sah aus dem Augenwinkel Didier aus dem Zimmer gehen. »Wollen Sie Zucker in den Kaffee?«, fragte Leon betont höflich.

»Ich habe sie sehr gerngehabt«, sagte Talbot. »Ich habe das nie gewollt. Das müssen Sie mir glauben.« Talbot beugte sich ein Stück über den Abgrund. Unten vor dem Gebäude hatten sich Hausbewohner versammelt. Leon konnte Stimmen und Rufe der Gaffer hören.

»Kommen Sie da runter«, sagte Leon. »Wir setzen uns gleich hier an den Tisch. Einverstanden?« Leon zeigte auf den Campingtisch und die beiden Klappstühle, die auf dem Balkon standen.

Talbot hielt das Messer wie einen Fremdkörper vor sich und ließ es auf den Boden fallen.

»Danke, Joseph.« Leon trat auf den Balkon, die rechte Hand ausgestreckt, als wollte er einen Gast begrüßen. Die Situation schien völlig entspannt.

Doch dann geschah etwas, das alle Bemühungen der letzten Minuten mit einem Schlag beendete. Es ging so schnell und kam so überraschend, dass keiner der Anwesenden reagieren konnte. Didier hatte sich über den Gang Zutritt in die Nachbarwohnung verschafft. Dann musste er sich geduckt hinter die hüfthohe Absperrung aus Pressspan geschlichen haben, die den umlaufenden Balkon von der Nachbarwohnung abtrennte. Didier sprang auf und brach mit einem krachenden Splittern durch die dünne Pressspanplatte, um sich auf Talbot zu stürzen. Es fehlte höchstens noch ein Meter und der Lieutenant hätte Talbot packen können. Doch in genau diesem Augenblick ließ sich der Mann, der seit achtundvierzig Stunden von der gesamten Polizei Südfrankreichs gejagt wurde, wortlos nach hinten fallen.

Talbot fiel zehn Stockwerke in die Tiefe. Der Sturz schien eine Ewigkeit zu dauern, und für einen Moment dachte Leon, dass es Talbot vielleicht gelungen war, sich im letzten Moment noch irgendwo festzuklammern. Doch dann kam der dumpfe Schlag, mit dem Talbot tief unten auf den betonierten Boden knallte. Die Gaffer schrien auf. Leon beugte sich über das Geländer. Dreißig Meter unter ihm lag Talbot zusammengekrümmt auf dem Boden. Um seinen Kopf breitete sich eine Blutlache aus.

»Ich dachte, er wollte auf Sie losgehen.« Didier sah Leon erschrocken an.

»Verdammt, Didier«, sagte Isabelle.

Leon war blass. Er ging zurück in das Apartment und sagte nichts.

58. Kapitel

Als Zerna an diesem Nachmittag vor die Kameras der TV-Stationen trat, konnte er sein zufriedenes Lächeln kaum verbergen. Der Polizeichef von Lavandou hatte zusammen mit seinen Beamten einen der gefährlichsten Serientäter geschnappt, der jemals in der Provence sein Unwesen getrieben hatte. Da spielte es keine Rolle mehr, dass die Polizei den Erfolg nur einem aufmerksamen Bürger zu verdanken hatte und dass es streng genommen keine Festnahme gegeben hatte. Schließlich hatte der Verdächtige es vorgezogen, sich das Leben zu nehmen und sich auf diese Weise dem Zugriff der Ordnungsmacht zu entziehen. Es gab also auch keine Aussage vom Täter, was bedeutete: Alle Erkenntnisse und Schuldzuweisungen basierten ausschließlich auf Indizien. Es gab kein Geständnis des »Teufels der Provence«, wie der *Var-Matin* Joseph Talbot nannte. Und es würde auch in Zukunft kein Geständnis geben.

Zerna war das völlig egal. Im Gegenteil, damit war die Sache ein für alle Mal gelaufen. Natürlich würde man noch eine Weile weiter ermitteln, und die Rechtsmedizin würde bestimmt nützliche Erkenntnisse liefern. Aber niemand konnte Zerna mehr den Sieg nehmen. Einen Sieg, den die Gendarmerie nationale zudem ganz ohne die Unterstützung der Mordkommission in Toulon errungen hatte. Es müsste mit dem Teufel zugehen, wenn der Colonel der Kriminalpolizei nicht spätestens in zwei oder drei Tagen bei ihm, Thierry Zerna, anrufen würde, um zu fragen, ob er nicht nach Toulon kommen wollte. Man hätte dort einen Job für ihn. Das Tor zur größten Chance seines Lebens stand für Zerna in diesem Moment weit offen.

Der Polizeichef schwamm an diesem Nachmittag auf einer solchen Woge der Selbstzufriedenheit, dass er etwas tat, was er noch nie getan hatte. Er fuhr persönlich nach Hyères in die Rechtsmedizin, um der Polizei einen Fund zu überbringen, bei dem eine DNA-Bestimmung erforderlich war. Es handelte sich um eine Säge, die einer der Beamten im Müllcontainer des Apartmenthauses gefunden hatte. An dem Beweismaterial klebte noch das Blut des Opfers. Ein Indiz, wie es sich die Staatsanwaltschaft schöner nicht wünschen konnte. Zerna war in den letzten Jahren selten so zufrieden gewesen wie an diesem Tag. Was konnte ihm jetzt noch passieren? Aber das Schicksal hatte seine eigenen Pläne.

Leon hatte noch geholfen, den Tatort zu sichern, und darauf geachtet, dass die Beamten der Gendarmerie nationale keine wertvollen Spuren zerstörten. Schließlich rückten die Spurensicherer aus Toulon an und übernahmen den Job ihrer Kollegen. Leon wusste, dass diese Spezialisten effizient und zuverlässig arbeiteten. Ihn quälte eine ganz andere Vorstellung, die wie ein Menetekel in seinem Gehirn aufgetaucht war: Was würde geschehen, wenn die Spezialisten bei ihren Ermittlungen auch seine Fingerabdrücke in dem Apartment fanden, an einer Stelle, wo sie nicht hätten sein dürfen?

Hatte er in jener Nacht mit Claire Leblanc etwas angefasst und Spuren hinterlassen? Er war sich nicht mehr sicher. Jetzt wäre die letzte Gelegenheit, Isabelle zur Seite zu nehmen und ihr zu gestehen, dass er die Psychologin seinerzeit nachts keineswegs mit dem Auto nur zum Eingang des Gebäudes gebracht hatte. Er hatte sie, und das war schon etwas weniger »gentlemanlike«, bis in ihre Wohnung begleitet. Und vielleicht wäre wer weiß was passiert, wenn nicht ihre Freundin mit ihrem Erscheinen für Leons überhasteten Rückzug gesorgt hätte.

Ein Geständnis all dieser Umstände klang nach einer gewaltigen Menge Ärger, umfangreichen Entschuldigungen und stundenlangen Beziehungsgesprächen. Eine albtraumhafte Vorstellung. Auf der anderen Seite, wenn die Polizei nichts fand, was er hätte erklären müssen, dann wäre sein Geständnis völlig überflüssig. Leon beschloss, dass es klüger war zu schweigen.

Am späten Nachmittag war er in der Rechtsmedizin eingetroffen. Der Staatsanwalt hatte angeordnet, zunächst die Leiche von Joseph Talbot zu untersuchen. Leon war klar, wie viel gegen den Mann sprach, der schon einmal einen Menschen zerstückelt hatte. Er wusste, dass Talbot Kontakt mit allen drei Opfern gehabt hatte. Aber war er ein Serienkiller? Ein so naiver Charakter wie Talbot? Der freundliche und immer hilfsbereite Gärtner aus der Klinik Saint-Sulpice? Auf der anderen Seite – waren es nicht immer wieder die freundlichen, stillen Männer aus der Nachbarschaft, die sich zuletzt als Mörder entpuppten? Talbot hatte immerhin eine Geisel genommen, und Leon war selbst dabei gewesen, als der Mann sich vor seinen Augen in den sicheren Tod fallen ließ.

Leon betrachtete den Leichnam, der vor ihm auf dem Obduktionstisch lag. Ein schmaler Mann, der deutlich älter wirkte als die siebenunddreißig Jahre, die auf dem »Ticket« vermerkt waren, dem kleinen Plastikstreifen mit dem Barcode, der bei jedem Toten nach der Einlieferung am Fußgelenk befestigt wurde. Für seine Größe war Talbot untergewichtig. Das rechte Bein stand in einem unnatürlichen Winkel ab, was auf eine Fraktur des Oberschenkelhalsknochens schließen ließ. Beim linken Bein hatte ein offener Bruch das zersplitterte Schienenbein durch den Wadenmuskel nach außen geschoben. Ein Teil des Brustkorbs war eingequetscht und der Schädel am linken Stirnbein unmittelbar über dem Schläfenbein eingedrückt worden. Keine ungewöhnlichen Verletzungen bei einem Selbstmörder, der sich vom Balkon gestürzt hat, dachte Leon.

Wenn ein Mensch aus einer Höhe von gut dreißig Metern abstürzt, beschleunigt die Gravitationskraft seinen Körper auf etwa neunzig Stundenkilometer. Plötzlich auf null abgebremst, entfaltet die Anziehungskraft eine verheerende Wirkung. Organe zerreißen. Große Gefäße platzen. Wirbel brechen. Der Mensch stirbt innerhalb des Bruchteils einer Sekunde. Leon umrundete langsam das Opfer. Schließlich blieb er in Höhe des Kopfs stehen. Er zog sich die große Lupe heran und schaltete die Beleuchtung ein.

»Haben Sie etwas gefunden?«, fragte Rybaud, der seinen Chef die ganze Zeit beobachtete.

»Ich brauche eine Pinzette«, sagte Leon.

Der Assistent reichte seinem Chef das Instrument vom Rollwagen. Leon schob die langen Nackenhaare des Toten etwas zur Seite, sie waren dick verkrustet von Blut. Jetzt war eine Blutspur zu erkennen, die von einer Wunde am Kopf über den Nacken führte. Leon schob die Haare weiter auseinander.

»Kräftiges Hämatom mit Platzwunde am rechten hinteren Scheitelbein«, sagte Leon in das Aufzeichnungsgerät.

»Eine Folge des Sturzes?« Rybaud beugte sich neugierig nach vorn.

»Nein. Bestimmt nicht.« Leon hatte die Kopfwunde freigelegt. Die Haut war auf mehreren Zentimetern aufgerissen. Ein Hämatom zog sich senkrecht durch die Wunde. »Das ist eindeutig vor dem Suizid entstanden.«

In diesem Moment waren laute Stimmen auf dem Gang zu

hören. Dann öffnete sich die Glastür und Schwester Monique tauchte auf, die sich einem leicht irritierten Zerna in den Weg stellte.

»Ja, bitte ...?!«, kam es vorwurfsvoll von Leon.

»Tut mir leid, Docteur. Ich habe ihm gesagt, ich müsste Sie erst anrufen. Aber dieser Monsieur ist einfach weitergegangen.«

»Hallo, Docteur.« Zerna hielt eine durchsichtige Asservatentüte hoch, die eine silberglänzende Säge enthielt. »Das ist für Ihr Labor.«

»Schon in Ordnung«, sagte Leon in Richtung Schwester Monique. »Monsieur Zerna ist der Polizeichef von Le Lavandou.«

»Man könnte mich ja zumindest vorher informieren.« Schwester Monique gab die Tür frei und verschwand ohne ein weiteres Wort im Gang.

»Das ist die Säge, die wir am Tatort gefunden haben.« Zerna hielt die Asservatentüte wie einen kostbaren Schatz vor sich.

»Olivier, kümmern Sie sich bitte darum«, sagte Leon. »Und geben Sie bitte dem Polizeichef einen Kittel.«

Wenige Minuten später stand Zerna im grünen OP-Kittel hinter Leon und betrachtete den Toten.

»Scheußlich.« Zerna betrachtete die Leiche mit neugierigem Schaudern. »Ich glaube, wenn die Leute wüssten, wie sie hinterher aussehen, würden sie sich das mit dem Springen dreimal überlegen.«

»Das hier ist keine Folge des Sprungs.« Leon deutete auf die Kopfwunde.

»Keine ... wie soll das gehen?« Zerna klang, als hätte er den Médecin légiste nicht richtig verstanden.

»Ganz einfach: Jemand hat diesem Mann einen Schlag auf den Hinterkopf versetzt.« Leon schob die Haare des Opfers zur Seite, sodass Zerna die Verletzung sehen konnte. »Ein fester Schlag mit einem stumpfen Gegenstand, Durchmesser etwa vier Zentimeter. Die Kopfhaut ist aufgeplatzt, und es ist zu einer Blutung gekommen.«

»Vielleicht ist er auf der Flucht gestürzt.« Der Polizeichef suchte hilflos nach einer Erklärung. »Sie haben Talbot doch selbst gesehen im Apartment. Er war ein eiskalter Mörder.«

»Er schien mir eher verstört und stark verwirrt zu sein.«

»Ich bitte Sie, Docteur. Die Beule hat ihn jedenfalls nicht davon abgehalten, über Claire Leblanc herzufallen.«

»Dieser Schlag auf den Kopf war gezielt, heftig und muss zur sofortigen Bewusstlosigkeit geführt haben«, bemerkte Leon sachlich.

»Das können Sie doch gar nicht wissen.« Plötzlich spürte Zerna, dass seine Story von der erfolgreichen Jagd nach dem Massenmörder erste Risse bekam. »Wollen Sie bestreiten, dass Talbot neben der Leiche gefunden wurde? Blutverschmiert, mit dem Messer in der Hand? Haben Sie das nicht selbst genau so zu Protokoll gegeben?«

»Dieser Mann wurde niedergeschlagen«, wiederholte Leon sachlich. »Daraufhin ist er zusammengebrochen und hat für eine Weile bewegungslos mit seiner rechten Körperseite auf dem Boden gelegen. Offenbar unfähig, sich zu bewegen.«

»Jetzt hören Sie aber auf, Docteur.« Zerna grinste zu Rybaud hinüber, auf der Suche nach jemandem, der mit ihm über die schrulligen Einfälle des Docteurs schmunzeln würde. Rybauds Gesicht zeigte keine Regung.

»Die Wunde am Kopf hat nach dem Schlag sofort stark geblutet«, dozierte Leon, dem es eine gewisse Schadenfreude bereitete, den selbstgefälligen Zerna aus dem Tritt zu bringen. »Dabei ist das Blut aber nicht senkrecht am Hals nach unten geflossen, wie es bei einer stehenden oder sitzenden Person der Fall gewesen wäre. Das Blut ist im rechten Winkel zum Hals gelaufen und an dieser Stelle zu Boden getropft.« Leon deutete auf die Blutspur.

»Rechter Winkel ...« Zerna fiel nicht ein, wie er die Argumente wiederlegen konnte. »Das ist doch reine Spekulation.«

»Ich bin Rechtsmediziner«, sagte Leon ganz ruhig. »Ich interpretiere, was ich sehe. Und das ist getrocknetes Blut in den Haaren und am Hals des Opfers. Betrachtet man die Größe der Verletzung und die Menge des Blutes, dann kann Talbot eine halbe Stunde oder noch länger am Boden gelegen haben.«

»Natürlich, und in dieser Zeit kam der große Unbekannte und hat in dem Apartment sein kleines Schlachtfest gefeiert.« Zerna versuchte, sich in Zynismus zu retten.

»Ich bin nur für die medizinische Untersuchung zuständig. Die Interpretation der Fakten überlasse ich Ihnen«, sagte Leon.

»Und was ist mit den Brüchen und den anderen Verletzungen? Hat Talbot sich die vielleicht auch auf der Flucht zugezogen?« Der Ton in Zernas Stimme wurde jetzt aggressiver.

Leon beobachtete, wie die kleine Ader auf Zernas linker Schläfe zu pochen anfing.

»Wir haben noch nicht alle Verletzungen im Detail untersucht.« Leon sprach so gelassen, als würde er ein rechtsmedizinisches Seminar abhalten. »Aber das sehe ich genau wie Sie: Die übrigen Verletzungen sind typisch für einen Sturz aus dieser Höhe.«

»Na bitte.« Zerna schien sich wieder zu beruhigen. »Vergessen wir nicht den Selbstmord.«

»Schizophrene Personen neigen zu unkontrollierten Handlungen«, erklärte Leon. »Denken Sie nur an die dilettantische Entführung von Claire Leblanc.«

»Schizophren oder nicht«, die Schläfenader von Zerna begann erneut zu pochen, »fest steht, dass Talbot die Psychologin entführt hat und neben ihrer Leiche aufgespürt wurde. Mit dem blutigen Messer in der Hand. Und als die Polizei auftauchte, ist er vom Balkon gesprungen.«

»Talbot würde vielleicht noch leben, wenn sich Lieutenant Masclau nicht auf ihn gestürzt hätte«, sagte Leon bitter.

»Lieutenant Masclau hat sich untadelig verhalten«, korrigierte ihn Zerna. »Wir können dankbar sein, dass er den Mörder aufgehalten hat. Wer weiß, was noch alles hätte passieren können.«

»Unsinn, er hat sich aufgeführt wie ein blutiger Anfänger«, sagte Leon. »Ohne ihn hätte der Tod Talbots verhindert werden können.«

»Ehrlich gesagt bereitet mir der Tod von Talbot keine schlaflosen Nächte«, sagte Zerna. »Für mich war das nicht nur ein Suizid, für mich war der Sprung vom Balkon das Geständnis eines Serienkillers.«

»An diesem Punkt unterscheiden sich unsere Theorien.« Leon deutete auf den Toten, der vor ihm auf dem Obduktionstisch lag. »Ich bin überzeugt, dass dieser Mann niemanden getötet hat.«

Zerna starrte Leon an und versuchte dabei, seine ganze Verachtung in seinen Blick zu legen. Doch Leon beachtete ihn gar nicht. Er hatte die Lupe wieder über die Wunde gezogen und setzte das Diktat seines Untersuchungsberichts fort.

»Des Weiteren befindet sich eine Platzwunde auf dem linken Scheitelbein des Opfers, die nicht von einem Sturz herrührt, sondern durch einen Schlag mit einem länglichen Gegenstand verursacht wurde. Nach Bewertung der Verkrustung des Blutes und der Wundränder wurde diese Verletzung dem Opfer mindestens eine Stunde vor dem Selbstmord beigebracht. Möglicherweise lag auch noch mehr Zeit zwischen den beiden Ereignissen.«

Aus dem Augenwinkel sah Leon, wie Zerna grußlos aus dem Obduktionssaal stürmte.

59. Kapitel

Die Untersuchung des Leichnams von Talbot brachte nur wenige neue Erkenntnisse. Das Blut, das sich auf seinem Oberkörper und an seiner Kleidung fand, stammte ausschließlich von Claire Leblanc. Leon schloss aus Art und Position der Blutspuren, dass Talbot nicht nur den Körper der Toten berührt, sondern sich möglicherweise sogar zu der Leiche aufs Bett gelegt hatte. Ob Talbot auch den Körper der Psychologin verstümmelt hatte, war im Nachhinein kaum mehr zu klären. Das Blut überlagerte alle anderen Spuren. Leon nahm eine Reihe von Proben, aber es würde Wochen dauern, bis man daraus Fremd-DNA isolieren konnte, falls sie überhaupt vorhanden war.

Aus medizinischer Sicht war Talbot älter als siebenunddreißig Jahre. Seine Leber zeigte erste Symptome einer Verhärtung, was wahrscheinlich nicht an übermäßigem Alkoholkonsum, sondern an der Menge der Tabletten lag, die Talbot während seiner Zeit in der Psychiatrie hatte nehmen müssen. Das aktuelle Blut-Screening wies Spuren verschiedener Aufputschmittel nach. Außerdem lagen die Schilddrüsenwerte weit über dem Durchschnitt. Vielleicht eine Erklärung für Talbots unkontrollierte Wutanfälle.

Die Spuren an der Säge waren eindeutig. Auch wenn Leon es nicht gerne zugab, aber Zerna lag in diesem Fall mit seiner Vermutung richtig. Alle Fingerabdrücke auf Griff und Sägeblatt stammten von Talbot. Und genau diese Säge hatte Spuren am Körper von Claire Leblanc hinterlassen. Es war eine Knochensäge, wie sie üblicherweise in der Rechtsmedizin verwendet wurde.

Erst am späten Nachmittag beendete Leon die Obduktion von Joseph Talbot. Die Untersuchung der Leiche von Claire Leblanc hatte er den ganzen Tag vor sich hergeschoben. Schließlich bat er Rybaud, die Autopsie der weiblichen Leiche zu übernehmen. Er habe einen harten Tag hinter sich und fühle sich müde, erklärte er Rybaud. Er wusste, dass sein Assistent sich über diese Art der Arbeitsaufteilung zwar wundern würde, dass Rybaud aber jede Chance nutzte, um eine Obduktion selbstständig durchzuführen.

Den wirklichen Grund, warum er bei dieser Obduktion zögerte, konnte Leon sich selbst nicht so genau erklären. Er spürte eine Scheu, diese Frau zu untersuchen, die ihm noch vor wenigen Tagen so nahe gewesen war. Es fühlte sich für ihn an, als würde er ihre Totenruhe stören. Schließlich stand Leon neben Rybaud und assistierte.

Diesmal war der Killer anders vorgegangen als bei seinen beiden vorherigen Opfern, obwohl die Handschrift des Täters die gleiche war. Da waren die groben Schnitte im Unterleib, die Verstümmelungen und der abgetrennte Fuß. Was fehlte, dachte Leon, war die blinde Wut, mit der der Täter bisher vorgegangen war. Als hätte man bei einem Theaterstück plötzlich die Inszenierung verändert. Das war Leon sofort aufgefallen, als er am Nachmittag mit der Polizei das Apartment betreten hatte. Der Täter mit dem Messer in der Hand über der Frau in ihrem Blut. Alles passte perfekt – zu perfekt, dachte Leon. Was hatte Talbot gestammelt? »Ich habe ihr nie wehgetan. Ich habe sie gerngehabt.« Was wäre, wenn Talbot dieser Frau wirklich nichts angetan hätte, wenn an diesem Tatort noch jemand anderes gewesen wäre? Wenn dieser

Unbekannte alles darangesetzt hätte, Talbot zu belasten? Dafür gab es allerdings bisher nicht den geringsten Beweis, sagte sich Leon.

Ansonsten entsprachen die Verletzungen der Toten mehr oder weniger denen der anderen beiden weiblichen Opfer. Mit dem einen Unterschied, dass es keine Folterspuren gab, und auch der Fuß war diesmal post mortem entfernt worden. Als wollte der Täter, ganz im Gegensatz zu seiner bisherigen Vorgehensweise, den Mord möglichst schnell und geräuschlos erledigen. Fest stand, dass der Täter den Mord in dem Apartment begangen hatte. Die Blutspuren waren eindeutig. Dem Opfer war die Kehle durchgeschnitten worden. Der Schnitt war mit Kraft und einem scharfen Messer mit einer Klingenlänge von mindestens zwanzig Zentimetern geführt worden. Also mit einem Messer, wie es Talbot in der Hand gehalten hatte, als die Polizei das Apartment stürmte. Bei dem Schnitt hatte der Täter beide Hauptschlagadern im Hals des Opfers durchtrennt. Das Blut konnte bei einem solchen Schnitt meterweit spritzen.

Leon betrachtete die Bilder des Polizeifotografen, die er auf die Pinnwand neben dem Eingang zum Autopsieraum gesteckt hatte. Das helle Bettzeug war dunkel von Blut, und ein Schwall war bis zur Wand mit den hellen Tapeten gespritzt. Leon betrachtete das Opfer. Der Schnitt war schnell und präzise gewesen. Die Frau hatte keine Zeit mehr gehabt, sich zu wehren. Sie stand unter Schock, nur noch mit dem Sterben beschäftigt. Sie musste gefühlt haben, wie sie mit jedem Herzschlag des Leben verließ, dachte Leon. Vielleicht hatte sie sich voller Panik und Verzweiflung noch an den Hals gegriffen und ihre Hände waren deshalb voller Blut. Schreien konnte sie nicht mehr mit der durchtrennten Kehle. Absolute Hilflosigkeit, dann das Gefühl von Kälte, dann ein Rauschen im Kopf, wenn das Gehirn registrierte, dass das Blut und damit der lebenserhaltende Sauerstoff wegblieb. Der Blick in die Dunkelheit wie in einen Tunnel, dann wurde alles schwarz. Der Todeskampf hatte wahrscheinlich keine Minute gedauert.

Diesmal konnte sich Leon nicht auf Insekten verlassen, um den genauen Todeszeitpunkt zu bestimmen. In einem geschlossenen Raum konnte es Tage dauern, bevor sich die ersten Fliegen auf einer Leiche niederließen. Also musste sich Leon an den klassischen Zeichen orientieren, um den Zeitpunkt des Todes von Claire Leblanc zu bestimmen.

Leon bewegte behutsam den angewinkelten Arm des Opfers. Er gab leicht nach, zog sich aber dann wieder in die Ausgangsstellung zurück. Die Totenstarre hatte vor sechs bis acht Stunden eingesetzt, dachte Leon. Es würde zwei bis drei Tage dauern, bis sie sich wieder vollständig lösen würde. Genauere Auskunft gaben die Livores mortis, die Totenflecken. Wenn die Adern bis in die feinsten Gefäße noch durchlässig waren, sammelte sich Blut in den am tiefsten liegenden Körperregionen, meistens am Rücken.

»Würden Sie bitte mal kurz mit anfassen«, sagte Rybaud, und Leon half ihm, die Tote ein wenig auf die Seite zu drehen. Rybaud drückte mit der Fingerspitze auf einen der dunklen Totenflecken. Die Stelle, die er berührt hatte, verfärbte sich hell. Noch war das Blut nicht eingedickt und ließ sich in die Kapillaren zurückdrücken.

»Fünfzehn bis zwanzig Stunden seit dem Todeszeitpunkt«, sagte Rybaud und sah seinen Chef fragend an.

»Das entspricht auch meiner Einschätzung«, sagte Leon, und Rybaud lächelte stolz.

Es würde erklären, warum sie sich nicht gemeldet und er vergeblich im Restaurant auf sie gewartet hatte, dachte Leon. Womöglich war Claire Leblanc zu diesem Zeitpunkt bereits tot gewesen.

»Ist irgendetwas?«, unterbrach Rybaud die Gedanken seines Chefs.

»Nein, es ging mir nur etwas durch den Kopf«, antwortete Leon schnell. »Sehen wir zu, dass wir hier fertig werden.«

60. Kapitel

Die Männer in den grauen Kitteln waren genervt. Ihr Auftrag lautete, die Gemälde im Foyer des Rathauses abzuhängen und ins Lager zu schaffen, und nicht, ein Urteil als Kunstsachverständige abzugeben. Deshalb überforderte sie Madame Berthier vom Fremdenverkehrsamt ebenso sehr wie der verrückte Maler, der sich mit ausgebreiteten Armen vor ihre Sackkarre stellte, um sie an ihrer Arbeit zu hindern.

»Bitte, Monsieur Chevreau«, sagte Madame Berthier, sichtbar um Fassung bemüht. »So geht das doch nicht. Lassen Sie die Männer ihre Arbeit tun.«

»Für Sie immer noch Legrand, Antoine Legrand.« Der Maler wich keinen Schritt zurück. »So kann man mit einem Künstler nicht umspringen.«

»Soll ich ihm eine auf die Schnauze hauen?«, fragte einer der beiden Männer Madame Berthier unbeeindruckt.

»Monsieur Legrand.« Die Stimme von Madame Berthier zitterte jetzt. So viel Stress war sie nicht gewohnt. »Das ist doch nicht meine Entscheidung. Das ist die Entscheidung des Stadtrates. Und zwar die einstimmige Entscheidung des Stadtrates.«

»Ich sag Ihnen was, Madame.« Jetzt kippte Chevreaus Stimme. »Ich scheiß auf die Entscheidung des Stadtrates. Diese Bilder sind meine Babys. Und wer meine Kinder angreift, der greift mich an.«

Mit ausgebreiteten Armen war der Maler vor einem seiner Bilder stehen geblieben, das eine Möwe im Sturm zeigte, die über eine Welle des aufgepeitschten Meeres segelte.

»Ich hab es Ihnen gleich gesagt, Madame.« Der Mann im Kittel schob in aller Ruhe seine Ärmel hoch, als wolle er sich auf einen Boxkampf vorbereiten. »Verraten Sie dem Kerl bloß nicht, dass wir seine Bilder abhängen. Et voilà la merde!«

»Was ist? Wollen Sie jetzt auch noch Ihre Köter auf mich hetzen?«, rief Legrand.

»Vorsicht!« Der Mann im Kittel hob warnend den Finger. »Besser, du verpisst dich jetzt, Arschloch. Wir wollen hier endlich fertig werden.«

Inzwischen griff der zweite Kittelträger nach dem Gemälde und hob es von der Wand.

»Aufhören, sofort aufhören.« Legrand griff ebenfalls nach seinem Bild. Für einen Moment standen sich die beiden Kontrahenten mit wütenden Blicken gegenüber und zerrten an dem Kunstwerk wie die Mütter im kaukasischen Kreidekreis an ihrem Baby.

»Lass los oder es knallt!«, raunzte der Helfer im Kittel Legrand an, sodass der Maler sein Bild erschrocken losließ.

»Ist das die Art, wie Sie in dieser Stadt Künstler behandeln? Das ist skandalös«, brüllte Legrand.

»Sie wissen, warum wir Ihre Bilder abhängen, Monsieur.« Madame Berthier wich unwillkürlich einen Schritt vor dem Maler zurück.

»Erst vernichtet ihr die Bilder und dann tötet ihr die Künstler! Das ist der Geist des Faschismus.« Legrand versuchte seine ganze Wut in diese Worte zu legen.

»Aber, Monsieur Legrand ...«, sagte die Leiterin des Fremdenverkehrsamtes fassungslos.

»Pass auf, Wichser. Jetzt fängst du dir eine.« Der Mann im Kittel sprach ganz ruhig, als würde er den Maler nur pro forma über die bevorstehenden Schläge informieren, und ging einen Schritt auf ihn zu.

»Ich gehe.« Legrand hob abwehrend die Hand. »Aber nur unter Protest. Und glauben Sie, diese Sache hat ein Nachspiel. Und zwar eines, an das Sie sich in Ihrem Provinznest noch lange erinnern werden.«

Damit verließ Paul Chevreau alias Antoine Legrand blass vor Zorn das Rathaus.

61. Kapitel

Isabelle wollte gerade ihr Büro verlassen, um nach Hause zu fahren, als es zaghaft an die Tür klopfte.

»Ja, bitte?«, sagte Isabelle betont unwirsch.

Es war ihre Methode, lästige Kollegen abzuschrecken, die kurz vor Dienstschluss noch bei ihr aufkreuzten, um sie mit überflüssigem Bürokram zuzumüllen. Aber heute öffnete sich die Tür und eine Frau von Mitte vierzig trat zögernd ein.

»Capitaine Morell?«, fragte die Besucherin höflich.

»Ja, worum geht es denn?« Isabelle klang schon deutlich freundlicher.

»Ich bin Nathalie Lambert, man hat mich zu Ihnen geschickt.«

Das Erste, was Isabelle an ihrer Besucherin auffiel, waren die Augen. Ihr Blick hatte etwas Verlorenes, Hilfesuchendes. Dabei schien sie es gewohnt zu sein, sich durchzusetzen, dachte Isabelle. Madame Lambert trug ein schlichtes, aber teures Kostüm. Sie war geschickt geschminkt, offenbar um etwas jünger zu wirken, als sie in Wirklichkeit war. Sie hatte kurze gepflegte Haare, teure Markenschuhe und eine Reverso-Uhr von Jaeger-LeCoultre am linken Handgelenk.

»Wie kann ich Ihnen helfen?«, fragte Isabelle.

»Ich bin die Freundin von Claire Leblanc«, sagte die Besucherin, als wäre das die Antwort auf Isabelles Frage.

Es war die Art, wie sie das Wort »Freundin« aussprach, die Isabelle ganz sicher machte, dass es mehr als eine Freundschaft war, über die Madame Lambert da sprach.

»Sie haben zusammengelebt?«, fragte Isabelle ganz direkt. Ihre Besucherin nickte.

»Nicht hier in Le Lavandou, aber in Marseille«, erklärte die Frau. »Ich arbeite dort als Anästhesistin an der Universitätsklinik.«

»Es tut mir sehr leid, was geschehen ist«, sagte Isabelle.

»Sie waren dort?«, fragte die Besucherin. Isabelle nickte. »Sie lassen mich nicht in die Wohnung, wo Claire ...«

»Das ist bestimmt besser so.« Isabelle sah, dass in den Augen ihrer Besucherin Tränen standen. Madame Lambert kämpfte sichtlich darum, ihre Gefühle nicht zu zeigen. Wie weich ihre Stimme klingt, wenn sie von Claire Leblanc spricht, dachte Isabelle.

»Claire war so ...« Madame Lambert suchte nach den richtigen Worten. »So fröhlich, aber auch so leichtsinnig.«

»Was meinen Sie mit leichtsinnig?«

»Sie wollte das Leben ausprobieren.« Die Besucherin sah einen Moment gedankenverloren aus dem Fenster, dann schien sie sich einen Ruck zu geben und wandte sich wieder Isabelle zu. »Ich war nicht eifersüchtig. Nicht, dass Sie das denken.«

»Ihre Freundin hatte jemand anderen kennengelernt?« Isabelle zögerte. Sie war sich nicht sicher, ob sie lieber »eine andere Frau« hätte sagen sollen.

»Ich denke, es gab da einen Mann.« Nathalie Lambert klang müde.

»Sind Sie sicher?«

»Ich habe die beiden gesehen. In Claires Apartment. Hier in Lavandou.«

»Sie haben bei ihr gewohnt?«

»Nein. Hierher zu fahren war eine ganz spontane Entscheidung gewesen. Ich wollte Claire überraschen. Das war vielleicht keine so gute Idee«, sagte Nathalie Lambert. »Ich weiß, das muss für Sie ein wenig überspannt klingen.«

»Nein, tut es nicht«, erwiderte Isabelle. »Vielleicht war es ja nur ein Bekannter.«

Ihre Besucherin schüttelte den Kopf. »So sah es für mich nicht aus.«

»Warum erzählen Sie mir das?«

»In den Nachrichten haben sie erzählt, wie man Claire gefunden hat. Von all dem Blut, und dass der Mörder ihren Fuß ...« Sie unterbrach sich und sah Isabelle mit einem verzweifelten Blick an. »Sie müssen den Menschen finden, der das getan hat.«

»Der Mörder ist tot, Madame Lambert. Er hat sich vom Balkon gestürzt. Vor unseren Augen.«

»Ich habe sein Foto in den Nachrichten gesehen. Das war nicht der Mann, den ich bei Claire getroffen habe.«

»Wissen Sie denn, wer das war?« Irgendwo in Isabelles Kopf begann eine kleine Alarmglocke zu schrillen.

»Sie hat gesagt, er sei ein Kollege«, erinnerte sich die Besucherin. »Aus der Klinik. Er hätte sie nur nach Hause gebracht. Ich wusste, dass sie mich angelogen hatte.«

In diesem Moment stellte Isabelle wie automatisch die Frage, die sie eigentlich nicht stellen wollte.

»Hat sie einen Namen genannt?«

»Nein, ich kann mich zumindest nicht daran erinnern. Sie hat nur seinen Job erwähnt«, sagte Nathalie Lambert. »Er arbeitet für die Staatsanwaltschaft in Toulon. Als Médecin légiste.«

Als Isabelle eine halbe Stunde später aus dem Polizeirevier kam, fror sie, als hätte sie die Grippe erwischt. Dabei war die sanfte Brise, die von Osten über das Meer kam, warm und feucht. Isabelle zog sich die Jacke fester um ihre Schultern. Die Gedanken in ihrem Kopf wirbelten wild durcheinander und setzten sich doch immer wieder zu der einen Frage zusammen. Hatte Leon tatsächlich ein Verhältnis mit dieser Claire Leblanc angefangen? Hatte er sie belogen und betrogen? Noch war sein Name nicht gefallen. Aber wie Nathalie Lambert den Mann beschrieben hatte, der ihre Geliebte umarmt hielt, konnte es sich eigentlich nur um Leon handeln.

Bitte, lass es eine Verwechslung sein, dachte Isabelle. Irgendein blöder Zufall, der zu diesem Missverständnis geführt hatte. Aber sie wusste genau, dass dem nicht so war. Sie brauchte gar nicht erst versuchen, es sich schönzureden. Was geschehen war, war die älteste Sache der Welt.

Isabelle ging die leere Straße entlang, die Platanen begannen bereits ihre Blätter zu verlieren. Wie schnell sich die Dinge ändern, dachte sie. Noch am Nachmittag war Zerna zu ihr ins Büro gekommen und hatte ihr die Anerkennung der Staatsanwaltschaft von Toulon übermittelt. Für ihr besonnenes Verhalten, wie Zerna es ausgedrückt hatte. Da war die Tatsache, dass sich Talbot vom Balkon gestürzt hatte, nur so etwas wie ein Kollateralschaden. Lieutenant Masclau hatte sich fünf Minuten lang Belehrungen des Polizeichefs zum Thema Tatortsicherung und Umgang mit verdächtigen Personen anhören müssen. Aber diese Ermahnung diente vor allem dazu, einen entsprechenden Aktenvermerk anlegen zu können. In Wirklichkeit hatten die Kollegen den Lieutenant mit viel Schulterklopfen und Gratulationen begrüßt, als er zurück in die Wache gekommen war. Selbst wenn Didier in diesem Moment erklärt hätte, dass er Talbot eigenhändig vom Balkon geschmissen hätte, der Applaus wäre ihm sicher gewesen.

Isabelle gehörte zu den wenigen, die Zweifel an Talbots Täterschaft hatten. Mal abgesehen von Leon, der immer skeptisch war, wenn sich die Dinge allzu gut ineinanderfügten. Du denkst ja schon wieder an Leon, erwischte sie sich. Aber sie konnte diese Vorstellung einfach nicht abschütteln. War Leon tatsächlich mit Claire Leblanc in deren Wohnung gewesen? Sie würde ihn fragen, noch heute Abend.

In ihre Grübeleien vertieft, wäre Isabelle beinahe an ihrem Auto vorbeigegangen. Sie ging ein paar Schritte zurück, stieg ein und fuhr davon.

62. Kapitel

Der Mann hatte das Autoradio ganz leise gestellt. Jemand hätte schon sein Ohr an die verbeulte Tür des grauen Lieferwagens legen müssen, um festzustellen, dass der Fahrer Rachmaninows zweites Klavierkonzert hörte. Der Mann liebte den Klassiksender. Und Rachmaninow jagte ihm kleine Schauer des Glücks über den Rücken. Es war dieses elektrisierende Gefühl, das er so liebte, wenn er sich auf die Jagd begab.

Dieses Mal hatte sein Schicksal auf des Messers Schneide gestanden. Nur ein paar Sekunden länger, und er wäre aufgeflogen. Er hatte bereitgestanden, bereit einzuschreiten, um das Ruder im letzten Augenblick herumzureißen, irgendwie. Er würde sich niemals festnehmen lassen, das hatte er sich geschworen. Niemals sein Lebenswerk verraten. Nein, so einer war er nicht.

Genau in diesem Augenblick, als er fürchtete, alles würde in diesem schrecklichen Apartment enden, hatte sich sein namenloses Entsetzen in kaum fassbares Glück verwandelt. Mit einem Schlag hatte sich das ganze Chaos geordnet. Als gäbe es einen himmlischen Plan, als wäre da ein überirdisches Wesen, das seine schützenden Hände über ihn hielt. Das alles konnte kein Zufall sein, das konnte nur eines bedeuten: Er war der Auserwählte.

Aber er durfte sein Glück nicht überstrapazieren. Ganz im Gegenteil, er musste alle seine Fähigkeiten dafür nutzen, endlich wieder Ordnung herzustellen. Ein für alle Mal. Er würde zwei Fliegen mit einer Klappe schlagen. Er würde diesen wunderbaren Plan umsetzen, der in ihm keimte, seit diese Menschen in seine Welt eingedrungen waren. Der Mann und die Frau, die ihn zerstören wollten. Die ihm all das wegnehmen wollten, was er sich sein Leben lang aufgebaut hatte. In diesem Augenblick befanden sich alle in einem Zustand des Glücks, berauscht vom scheinbaren Erfolg. Jetzt war die Gelegenheit, alles mit einem Schlag zu vernichten. Rauchende Trümmer zurückzulassen. Diese selbstgefällige Gesellschaft vor den Kopf zu stoßen. Es würde ein Fest werden.

In diesem Moment sah er die Frau aus der Polizeiwache kommen. Sie ging langsam. Etwas beschäftigte sie, das war klar zu erkennen. Waren die Dinge vielleicht doch nicht so gut gelaufen, wie es in den Medien vermeldet wurde? Er würde ihr folgen, denn sie war der Schlüssel zur Zerstörung.

Als die Frau in ihren Wagen stieg, startete auch der Mann seinen Motor. Er ließ ihr ein wenig Vorsprung, dann legte er den Gang ein, fuhr los und schaltete das Licht an. Jetzt konnte er Rachmaninow lauter drehen, jetzt würde ihn keiner hören. Dieser Augenblick war so erfüllend, so gigantisch, dass dem Mann die Tränen kamen.

63. Kapitel

»Ich habe uns einen Rosé kalt gelegt«, sagte Leon. »Von der Domaine Murennes. Ist ein kleines Weingut über La Mole. Jean-Claude hat mir den Tipp gegeben.«

»Ich mag nicht«, sagte Isabelle, die gerade nach Hause gekommen war.

Isabelle machte ein finsteres Gesicht und ließ Leon mit dem Glas in der Hand stehen. Es gab auch keinen Begrüßungskuss. Sie sah an ihm vorbei, öffnete den Kühlschrank und goss sich ein Glas Orangensaft ein. Leon musste kein Psychologe sein, um zu erkennen, dass Isabelle sauer war. Und er ahnte auch schon, worum es ging. Normalerweise hätte er jetzt mit einer flapsigen Bemerkung reagiert. Aber sein Instinkt und sein schlechtes Gewissen rieten ihm, sich zurückzuhalten.

»Madame Lambert war heute bei mir«, sagte Isabelle.

»Sollte ich die kennen?« Leon hatte wirklich keine Ahnung, wer Madame Lambert war.

»Die Lebensgefährtin von Claire Leblanc.« Isabelle beobachtete Leons Reaktion genau. Der nickte nur. »Du hast dazu nichts zu sagen?«

»Ich wüsste nicht, was ich dazu sagen sollte.«

»Wie wäre es, wenn du mit dem Abend in Claire Leblancs Apartment anfangen würdest?«

»Es gab keinen Abend im Apartment von Madame Leblanc.«

»Leon, bitte«, sagte Isabelle, und für Leon klang es sehr nach: »Hör auf, mich anzulügen.«

»Wir haben uns zum Essen getroffen und unterhalten ...«, begann Leon.

»Das waren also die Kollegen, von denen du gesprochen hast«, sagte Isabelle knapp.

Die ätzende Ironie war nicht zu überhören. Leon schluckte eine Bemerkung hinunter. Gelegentlich war es gescheiter, auf einen Vorwurf nicht zu antworten, auch wenn er unzutreffend war. Solche Gespräche waren wie die Flut. Man musste nur abwarten, auch die größte Welle verlief sich im Sand. Er musste sich schließlich nicht verteidigen. Wofür denn, für seine erotischen Gedanken?

»Es hat an diesem Abend geregnet, und ich habe sie nach Hause gebracht.«

»Bis in ihr Apartment? Wie galant von dir.«

»Isabelle, was genau willst du wissen?«, fragte Leon. »Ob ich ein Verhältnis mit Claire Leblanc hatte? Die Antwort lautet: Nein, hatte ich nicht.«

»Madame Lambert ist da anderer Meinung. Sie hat euch gesehen.«

»Das stimmt, sie kam in das Apartment, als ich mich von Claire Leblanc verabschiedet habe.«

»Ihr habt euch geküsst.«

»Isabelle, du sagst, Madame Lambert war die Lebensgefährtin von Claire. Ist doch klar, dass sie verzweifelt ist und jetzt nach jedem Strohhalm greift.«

»Sie hat dich ganz konkret belastet.«

»Das bedeutet immerhin, dass sie auch nicht an Talbot als Täter glaubt. Da geht es ihr genau wie mir.«

»Das ist nicht lustig, Leon.«

»Wenn ich dich richtig verstehe, werde ich gerade in einem Mordfall belastet. Und zwar von einer Frau, die ich in meinem Leben keine Minute lang gesehen habe. Nein, das finde ich auch nicht lustig.«

»Du hast mir nie etwas von diesem Abend erzählt.«

»Ganz einfach, weil es nichts zu erzählen gab.«

»Ich weiß nicht, ob ich dir glauben kann. Madame Lambert hat als Zeugin ausgesagt. Ich muss es an Zerna weiterreichen.«

»Natürlich musst du das.«

»Ich wollte erst mit dir darüber sprechen.«

»Isabelle, mit dieser Frau ist nichts geschehen, worüber wir reden müssten.«

»Von welcher Frau sprichst du?« Lilou erschien in der Küchentür. Sie war aus ihrem Zimmer heruntergekommen, rieb sich die Augen und hatte ein XXL-T-Shirt an, auf dem in pinkfarbenen Buchstaben »Pussy Riot« stand.

»Haben wir dich geweckt?«, fragte Isabelle entschuldigend. »Tut uns leid …«

»Abend, Lilou«, sagte Leon. »Geh wieder schlafen. Wir gehen auch gleich ins Bett.«

»Jetzt lenkt nicht ab.« Lilou musterte Leon. »Hast du eine Geliebte?«

Nun wandte sich auch Isabelle zu Leon um.

»Seht mich nicht so an.« Leon zeigte seine Handflächen, als könnte er so seine Unschuld beweisen. »Sind wir hier bei der heiligen Inquisition oder was?«

»So reden Männer immer, wenn sie ein schlechtes Gewissen haben.« Lilou setzte sich auf die Küchenbank, stemmte die nackten Füße vor sich auf den Sitz und zog sich das weite T-Shirt über die Knie.

»Geh wieder nach oben, Liebes«, versuchte es Isabelle noch einmal.

»Hast du mit ihr geschlafen?«, fragte Lilou. »Geht es darum?«

»Erstens, es ist immer blöd, wenn man Gesprächen lauscht, die einen nichts angehen«, sagte Leon freundlich, »denn meist versteht man alles falsch.«

»Und zweitens?« Sie sah Leon provozierend an. »Du hast erstens gesagt, jetzt kommt also zweitens.« Lilou lächelte.

»Zweitens ist die ganze Geschichte Unsinn. Eine Verwechslung. Du vergisst sie am besten ganz schnell wieder.«

»Ich verstehe schon ...« Lilou stand mit einem Seufzer auf. So wie ihn Mütter ausstoßen, wenn sie merken, dass ihre ganze Erziehung umsonst gewesen war. »Dann lass ich euch mal besser allein. Gute Nacht.«

Lilou gab ihrer Mutter einen Kuss auf die Wange und winkte Leon kurz zu. Dann verschwand sie in ihr Zimmer im ersten Stock.

»Du hättest es mir sagen müssen«, sagte Isabelle leise. »Spätestens, als wir ins Apartment gegangen sind, hättest du es mir sagen müssen.«

»Das hätte zwar nichts an den Tatsachen verändert. Aber du hast recht. Ich hätte es sagen sollen.«

»Gute Nacht«, sagte Isabelle. »Siehst du bitte noch mal nach, ob überall abgeschlossen ist?«

»Mach ich«, sagte Leon. »Gute Nacht.«

In dieser Nacht schlief Leon auf dem Sofa.

64. Kapitel

Der Morgen war warm und mild. Als hätte sich das Wetter nach einigen verregneten Tagen entschieden, noch einmal in den Spätsommermodus zurückzuschalten. Der Strand war sonnenbeschienen, weit und menschenleer. Leon hatte Schuhe und Strümpfe ausgezogen und marschierte die Bucht von Le Lavandou entlang. Barfuß, immer dicht an der Wasserlinie entlang, wo man den Sand und das Meer unter den Fußsohlen spüren konnte. Er liebte diese Spaziergänge. Der Blick über den Strand auf die endlose blaue Linie des Meeres machte den Kopf frei, sodass man seine Gedanken ordnen und sich auf die wichtigen Dinge konzentrieren konnte.

Zu Hause war noch längst nicht alles wieder im Lot. Dabei wog die Tatsache, dass Claire Leblanc ihn an jenem denkwürdigen Abend geküsst hatte, lange nicht so schwer wie der Vertrauensbruch, dem sich Isabelle ausgesetzt sah. Er war an Isabelles Seite in das Apartment gegangen, ohne sie darüber zu informieren, dass er diese Wohnung kannte. Leon war überzeugt, dass sich sein Kontakt zu Claire Leblanc längst bei der Polizei herumgesprochen hatte. Dabei hätte er Isabelle vor dieser Peinlichkeit bewahren können. Aber wer hätte auch ahnen können, dass sich die Dinge so entwickeln würden.

Die Begrüßung zwischen Leon und Isabelle an diesem Morgen war kurz und kühl gewesen. Das übliche gemeinsame Frühstück war ausgefallen. Leon hatte das Haus früh verlassen und sich für ein schnelles Petit-déjeuner ins Chez Miou gesetzt.

Zerna hatte ihn an diesem Morgen angerufen und den Médecin légiste gebeten, zu einer kurzen Abschlussbesprechung in sein Büro zu kommen. Leon ahnte, was für eine Art von Besprechung das werden würde. Schließlich lag dem Polizeichef inzwischen die Aussage von Nathalie Lambert vor. Es wäre für Zerna ein Fest, ihn mit dieser Aussage zu konfrontieren.

Als Leon pünktlich um acht Uhr die Gendarmerie nationale betrat, wurde er bereits erwartet. Zerna hatte, wie immer bei heiklen Besprechungen, seinen Claqueur Lieutenant Masclau hinzugebeten. Außerdem saß noch Kommissarin Lapierre mit am Tisch.

Die Begrüßung war frostig, und Leon sah, dass Zerna und die anderen den Bericht der Rechtsmedizin vor sich liegen hatten. Der Polizeichef blätterte mit missmutigem Gesichtsausdruck und spitzen Fingern durch die Seiten, als wären sie giftig.

»Die rechtsmedizinische Untersuchung bestätigt also die Einschätzung meiner Beamten zur Spurenlage am Tatort«, begann Zerna ohne jede Begrüßung.

»Das ist nicht ganz richtig«, antwortete Leon. »Die rechtsmedizinische Untersuchung hat neue Spuren aufgezeigt, die vor Ort zunächst übersehen wurden.«

»Hören Sie, Docteur.« Zerna betrachtete Leon wie ein unartiges Kind, dem man immer wieder sagen musste, dass es sich nur mit gewaschenen Händen an den Tisch setzen durfte. »Wir alle hier wissen, dass Joseph Talbot drei abscheuliche Morde begangen hat. Sie waren sogar Zeuge der letzten Tat. Können wir uns darauf einigen?«

»Wir haben alle den Kerl gesehen, Patron. Mit dem blutigen Messer in der Hand«, pflichtete Didier seinem Chef beflissen bei.

»Es gibt Hinweise«, begann Leon vorsichtig, »die zumindest Zweifel an der Täterschaft Talbots aufkommen lassen ...«

»Die Beule am Kopf etwa?«, unterbrach ihn Zerna. »Ich bitte Sie, Docteur. Die kann er sich überall geholt haben. Der Kerl war zwei Tage auf der Flucht. Ein psychisch gestörter Mann, ein Soziopath.«

»Der Zeitraum für die unterschiedlichen Verletzungen lässt sich sehr genau eingrenzen«, versuchte Leon es noch einmal.

»Die Erklärung des Médecin légiste, dass die Platzwunde zu einer vorübergehenden Betäubung führte, erscheint mir durchaus schlüssig, Commandant«, wandte sich die Kommissarin an den Polizeichef.

»Ich bitte Sie. Talbot ist ein Mörder. Das ist nun mal eine Tatsache«, versuchte Zerna die Dinge richtigzustellen. »Der Präfekt hat uns gratuliert, die Medien haben berichtet. Sogar der Innenminister hat uns seine dankbaren Grüße geschickt. Glauben Sie, ich stelle mich jetzt hin und sage: Wir haben uns geirrt, der Mörder hat leider eine Beule zu viel am Kopf?«

»Was bedeutet die Platzwunde Ihrer Meinung nach für den Ablauf der Geschehnisse in dem Apartment, Docteur?«, wollte Madame Lapierre wissen.

»Bitte nicht, Madame ...« Zerna klang genervt.

»Die Platzwunde am Hinterkopf von Talbot muss etwa zu der Zeit entstanden sein, als auch der Mord an Claire Leblanc begangen wurde«, sagte Leon. »Wenn man jetzt noch berücksichtigt, dass Talbot nach diesem Schlag für eine halbe Stunde oder länger ohne Bewusstsein war ...« Leon ließ die Schlussfolgerung unbeantwortet.

»Sie wollen jetzt aber nicht ernsthaft behaupten, dass noch jemand in dem Apartment war.«

»Das würde immerhin einiges erklären«, sagte Leon ganz entspannt.

»Was, was würde das erklären?«, fragte Zerna aggressiv.

»Der Täter wollte von sich ablenken, und Talbot war der ideale Sündenbock.«

»Und warum springt Talbot dann vom Balkon, wenn er doch so unschuldig ist, wie Sie glauben?«, meldete sich Lieutenant Masclau.

»Vielleicht hätten Sie lieber abwarten sollen«, wandte Leon sich an Masclau. »Dann könnten wir ihn jetzt selbst fragen.«

»Er hatte sich aber entschlossen, lieber zu springen, statt sich mit uns über seine Motive zu unterhalten«, entgegnete Masclau.

»Genau. Talbot ist und bleibt unser Mörder.« Zerna nahm ein paar Fotos, die vor ihm auf dem Tisch lagen, und schob sie hinüber zu Leon. »Die hier dürften Ihre Zweifel beseitigen.«

Leon blätterte durch die Bilder. Es waren Fotos von Françoise Bonnet, Aicha Hamdan und Claire Leblanc. Offensichtlich heimlich aufgenommen, aber die Frauen waren gut zu erkennen.

»Er hat alle seine Opfer vorher heimlich fotografiert«, erklärte Zerna. Leon sah auf.

»Wir haben das Handy von dem Kerl geknackt«, sagte Didier nicht ohne Stolz.

»Und wir haben noch etwas gefunden«, ergänzte Zerna. »Madame Leblanc stand die ganze Zeit nach ihrer angeblichen Entführung mit ihrem Patienten in Verbindung.«

»Sie hat ihn sogar per SMS aufgefordert, in ihr Apartment zu kommen.«

»Sie hat ihren Entführer in ihr Apartment bestellt?«, fragte Leon ungläubig.

»Ja, das ist bitter«, sagte Zerna. »Wo Sie der Dame doch so nahe gestanden haben.«

»Ich kannte Madame Leblanc nicht besser als irgendjemanden von Ihnen«, verteidigte sich Leon und wusste schon im selben Augenblick, dass das ein Fehler gewesen war.

»Da ergibt sich aus unseren Ermittlungen aber ein ganz anderes Bild.« Jetzt hatte Zernas Stimme einen süffisanten Unterton, und alle sahen Leon an.

»Lassen wir doch bitte diese Spielchen. Sagen Sie mir klar, was Sie denken«, forderte Leon den Polizeichef auf.

»Wir haben Ihre Fingerabdrücke in der Wohnung des Opfers gefunden«, sagte Masclau.

»Am Korkenzieher in der Besteckschublade«, ergänzte der Polizeichef genüsslich. »Ich denke, Sie hatten einen interessanten Abend. Sie und die attraktive Madame Leblanc.«

»Na und?« Jetzt klang Leons Stimme trotzig. Er würde sich von Zerna nicht vorführen lassen. »Ich habe Madame Leblanc vor einigen Tagen nach Hause gebracht. Nach einem Abendessen im Restaurant. Sie war schließlich eine Kollegin. Aber ich wüsste nicht, warum das die Gendarmerie nationale interessieren sollte.«

»Vielleicht, weil diese Kollegin jetzt aufgeschnitten in der Rechtsmedizin liegt«, bemerkte Didier.

»Ich darf doch bitten, keine Unterstellungen«, ermahnte die Kommissarin den Lieutenant.

»Es ist mir egal, was Sie in Ihrer Freizeit anstellen«, sagte Zerna in einem Ton, der alles offenließ. »Ich möchte Sie nur daran erinnern, dass dieser Fall gelöst ist. Die Bürger sollen endlich wieder ruhig schlafen können.«

»Das werden sie ganz bestimmt, wenn alle offenen Fragen in diesem Fall beantwortet sind«, sagte Leon vieldeutig.

Zerna sah Leon einen Moment schweigend an und atmete tief ein und aus. Würde dieser Docteur denn niemals Ruhe geben?

»In zwei Tagen wird dieser Stadt die ›Fleur d'Or‹ verliehen«, begann Zerna. »Die Medien sind hier. Ich möchte, dass Lavandou für seine Blumenpracht bekannt wird und nicht für seine abgesägten Füße. Es wäre schön, wenn Ihnen das als Bürger dieser Stadt auch am Herzen liegen würde.«

»Das tut es, genau wie Ihnen«, erwiderte Leon, so ruhig er konnte. »Darum mein Rat als Rechtsmediziner: Fangen Sie den Mann, der die Morde begangen hat, und verschwenden Sie nicht noch mehr Zeit an Talbot.«

»Ihre Einstellung wird dem Innenministerium aber gar nicht gefallen.« Wie Zerna den Satz sagte, klang er wie eine Drohung.

Leon antwortete nicht und sah Zerna schweigend an. Dann zuckte er mit den Schultern und fragte sich gleichzeitig, ob er in diesem Moment nicht einen Fehler begangen hatte.

65. Kapitel

Der Raum war abgedunkelt, auch jetzt, obwohl draußen die Nachmittagssonne warm vom blassblauen Oktoberhimmel strahlte. Hier, in dem alten Haus mit den dicken Steinmauern, war es kühl und düster wie in einer Gruft. Die Läden waren geschlossen, und vor den Fenstern hingen dicke Vorhänge. Das einzige Licht kam von einer winzigen Schreibtischlampe und natürlich vom Flachbildschirm des Computers auf dem alten Schreibtisch. Der Mann bewegte sich geschickt durchs Internet, wie ein Fischer am Fluss. Er musste nur sein Netz richtig auswerfen, und schon hatte er die nächste Information aus dem Datenstrom herausgefischt. Mit der Maus schob er die kurze Meldung auf den Schreibtisch zu all den anderen.

»Das Team der Gendarmerie nationale von Le Lavandou besiegt beim Boule die Kollegen aus Hyères«, lautete die Überschrift des Artikels. Der Mann klickte auf das kleine Foto, aber beim Vergrößern löste es sich in grobe Pixel auf. Da versprach die Aufnahme im *Var-Matin* von vor zwei Jahren bessere Ergebnisse. Das Foto war ein großes Querformat in Farbe. Einige Dutzend Polizisten, alle in Uniform, standen vor einem nagelneuen Flachbau. Im Hintergrund war ein Bagger zu sehen, und die Palme neben dem Haupteingang musste noch von Balken gestützt werden, bis ihre Wurzeln in den nächsten Monaten von allein für Halt sorgen würden. Unter dem Foto war in kursiver Schrift zu lesen: *Commandant Zerna bezieht mit seiner Mannschaft das neue Revier der Gendarmerie nationale von Le Lavandou.*

Der Polizeichef stand auf der obersten Treppenstufe, allein, sodass er trotz seiner geringen Körpergröße von einem Meter zweiundsiebzig alle Mitarbeiter um einen Kopf überragte. Die Abendsonne hatte es dem Fotografen leicht gemacht, die Gruppe ins beste Licht zu rücken.

Der Mann legte mit der Maus einen Ausschnitt fest und vergrößerte ihn. Jetzt waren die Gesichter von Zerna und seinen engsten Mitarbeitern gut zu erkennen. Er speicherte das Foto und schob es zu den anderen. Von allen Fotos lächelte die immer gleiche Person den Betrachter an: Isabelle Morell, Capitaine de Police.

Der Mann richtete sich vom Bildschirm auf, schob die Hände hinter seinem Nacken zusammen und drückte den Rücken durch. Die Dehnung verursachte ein knacksendes Geräusch in den Gelenken seiner Fingerknochen. Er stand auf und sah sich in dem Raum um, der ihm so vertraut und doch gleichzeitig so fremd geworden war. Er ging durch das alte Haus und atmete den kühlen, stockigen Geruch ein, der ihn immer an eine Kirche erinnerte. In jedem alten Haus ist auch ein Stück Zeit gefangen, dachte der Mann. Diese Vergangenheit bestimmt die Seele eines Hauses. Jenes unbestimmte Gefühl, das einen überkommt, wenn man ein fremdes Haus zum ersten Mal betritt. Die Atmosphäre, die wir nur mit unserem Instinkt erfassen können. In diesem Fall war die Seele des Hauses böse, wenigstens hatten das die letzten Besitzer immer behauptet, bevor sie es entnervt wieder verkauft hatten. Aber da irrten sie sich, dachte der Mann. Die Seele dieses Hauses war nicht böse, sie war nur gerecht.

Er ging die Holztreppe zum Speicher hinauf. Hier gab es einen

Raum, der gar keine Fenster hatte. Das heißt, eigentlich war das gar kein richtiger Raum, es war ein Versteck. Eine verschlossene Nische, wie es sie in jedem alten, verwinkelten Haus irgendwo gab. Ein Platz, den nur Kinder entdecken konnten, wo die Teufel und Monster aus den Märchen Wirklichkeit wurden. Von der Decke hing eine kleine Glühbirne, wie das ewige Licht in der Kirche. Der Mann drehte den alten Schalter. Mit einem vernehmlichen Klicken schloss der Kontakt, die Lampe ging an und verströmte im Raum ein diffuses, geheimnisvolles Licht. Unter der Lampe stand eine etwa sechzig Zentimeter lange Kiste auf einem Tischchen, von dem eine Spitzendecke wie bei einem Altar bis zum staubigen Boden reichte. Der Mann legte die Daumen auf die Schnappschlösser und schob sie gleichzeitig zur Seite. Dann hielt er für ein paar Sekunden den Atem an und horchte in die Stille des Hauses. Das, was er gleich sehen würde, ließ jedes Mal sein Herz schneller schlagen. Es war der Augenblick, aus dem er all die Kraft schöpfte, um seine schwere Aufgabe zu erfüllen. Dieser Moment löste jedes Mal ein namenloses Glücksgefühl in ihm aus. So wie er es vor fast dreißig Jahren zum ersten Mal erlebt hatte. In diesem wunderbaren Augenblick, in dem sich alles verändert hatte, dem Moment seiner inneren Reinigung, wie er ihn nannte.

Mit einem trockenen Klacken sprangen die Schlösser auf. Der Mann hob den Deckel und sah in die Kiste. Dann fiel er auf die Knie, und Tränen stiegen ihm in die Augen.

66. Kapitel

Leon saß im Chez Miou, rührte in seinem Café crème und ärgerte sich über sich selbst. Wieso hatte er sich auf eine Auseinandersetzung mit Zerna eingelassen? Warum hatte er nicht einfach den Mund gehalten und Zernas Vortrag kommentarlos an sich abprallen lassen? Die Antwort war, weil er es nicht konnte. Leon ertrug es nicht, wenn andere Spuren übersahen oder Zusammenhänge nicht erkennen wollten. Wenn sie sich lieber selbstgefällig auf die Schultern klopften, weil ja alles so schön passte. Weil sie überzeugt waren, den Fall gelöst zu haben. Aber die Dinge waren viel komplexer. Mordfälle waren für Leon wie große Puzzles, und er war der Spielverderber. Immer wenn es für die anderen so aussah, als hätten sie das passende letzte Stück gefunden, begann Leon das Spiel wieder auseinanderzuzerren und die Teile von Neuem zusammenzufügen. Er konnte nicht anders, auch wenn Zerna und der Staatsanwalt ihn dafür hassten.

Das Ärgerliche an diesem Fall war, dass Zerna durchaus recht haben konnte. War es möglich, dass Talbot sich irgendwo auf der Flucht verletzt hatte? Natürlich war das möglich. Vielleicht hatte Talbot sich den Kopf gestoßen und sich dann eine Weile ausgeruht. Das Blut am Hals und in den Haaren, das alles führte nur zu Theorien, zu groben Schätzungen. Vielleicht hatte es auch keine dritte Person am Tatort gegeben. Wirkliche Beweise dafür hatte

Leon nicht vorlegen können. Vielleicht hatte er ja auch den Todeszeitpunkt von Claire Leblanc falsch bestimmt. Es war ein trockener, warmer Tag gewesen, und das Apartment lag nachmittags im Schatten. Da konnte man sich bei der Körpertemperatur leicht um einige Grad verschätzen, und schon verschob sich auch der Todeszeitpunkt um Stunden. Und was Joseph Talbot anging, auch Leon konnte nicht sagen, warum der Mann sich wirklich vom Balkon gestürzt hatte, und vermutlich würden sie das auch nie erfahren.

»Hallo, Leon. Hast du einen Moment Zeit?« Isabelle stand ganz plötzlich vor Leons Tisch.

»Isabelle?«

Leon stand irritiert auf. Isabelle kam eigentlich nie ins Miou, und schon gar nicht um die Mittagszeit, wo es in der Gendarmerie immer am meisten zu tun gab.

»Ich dachte mir, dass ich dich hier finden würde.«

»Ich hatte eine interessante Unterhaltung mit deinem Chef.« Leon deutete auf den freien Platz neben sich.

»Hab ich schon gehört.« Isabelle blieb stehen. »Er ist ziemlich sauer auf dich.«

»Ich hab ihm nur gesagt, wie ich über den Fall denke.«

»Er hat die Pressekonferenz auf morgen verschoben.«

»Dann war unser Gespräch ja nicht ganz umsonst.« Leon sah sie an. »Was soll ich dir bestellen, Café au Lait, Noisette?«

»Können wir uns irgendwo in Ruhe unterhalten?« Isabelle wirkte ernst. »Nicht hier.«

»Natürlich.« Leon stand auf und legte vier Euro auf den Tisch. »Gehen wir zum Strand.«

Fünf Minuten später saßen Leon und Isabelle auf der Steinbrüstung, die die Promenade vom Strand trennte. Dort, wo sich von Juni bis September die Menschen um jeden freien Quadratmeter Sand stritten, herrschte jetzt wunderbare Leere. Nur eine Handvoll sonnenhungriger Familien hatte sich zum Picknick niedergelassen. Die Eltern saßen in Klappstühlen und beobachteten ihre Kinder, die im Wasser planschten.

»Warum hast du mir nicht gesagt, dass du dich mit Claire Leblanc verabredet hattest?«, begann Isabelle plötzlich. Leon sah sie nur an. »Wir haben ihr Handy geknackt. Die letzten Anrufe waren von dir. Du hast gar nicht erzählt, dass du mit ihr unterwegs warst.«

»Ich wollte nicht, dass du dir unnötige Gedanken machst.«

»Du hast gesagt, dass du dich mit Kollegen treffen wolltest.«

»Es ging um Joseph Talbot«, sagte Leon. »Er hatte Kontakt zu Madame Leblanc aufgenommen. Und sie hatte mich gefragt, ob ich ihr helfen kann.«

»Und?« Isabelle sah Leon an. »Konntest du ihr helfen?«

»Sie ist nicht aufgetaucht. Ich habe sie ein paar Mal angerufen, dann bin ich gegangen.«

»Die Polizei wird dich vernehmen, Leon.« Isabelle machte eine kurze Pause. »Als Zeugen.«

»Das ist nicht euer Ernst.«

»Was hast du erwartet? Du bist womöglich der Letzte, mit dem das Opfer gesprochen hat. Ich wollte dir nur Bescheid sagen. Sie werden sich bei dir melden.«

Isabelle klang nicht vorwurfsvoll, sondern nur müde und ein wenig traurig.

»Du denkst doch nicht ernsthaft, dass zwischen Claire Leblanc und mir …«

»Du hättest mir sagen können, dass du sie triffst.«

»Ich habe sie nicht ›getroffen‹, ich …« Leon unterbrach sich.

»Du hast dich verändert, Leon.«

»Wie kommst du darauf?«

»Du bist so still in letzter Zeit, irgendwie verschlossen. Als müsstest du ständig etwas vor Lilou und mir verbergen.«

»Ich hatte drei Mordfälle und einen Selbstmord zu untersuchen. So etwas geht nicht spurlos an einem vorbei. Nicht einmal an einem Rechtsmediziner.«

Isabelle hatte etwas Sand aufgehoben und ließ ihn aus ihrer Faust rieseln.

»Manchmal habe ich das Gefühl, du interessierst dich mehr für deine Toten als für uns.«

»Das ist nicht wahr, Isabelle. Und das weißt du auch.«

»In der letzten Zeit habe ich das Gefühl, dass du gar nicht mehr richtig bei uns zu Hause bist.«

»Vielleicht brauche ich eine kleine Auszeit, bis sich die Dinge beruhigt haben«, meinte Leon. »Ich könnte für eine Weile in Le Lézard wohnen und dafür sorgen, dass endlich das Dach gemacht wird.«

»Das ist bestimmt eine gute Idee.« Isabelle sah ihn an. »Ein paar Tage in deinem Haus bringen dich vielleicht auf andere Gedanken.«

Leon war irritiert. Eigentlich hatte er erwartet, dass Isabelle ihm seinen Vorschlag ausreden würde. Leon liebte zwar sein altes Haus in den Weinbergen, das keine zwanzig Kilometer von Le Lavandou entfernt lag. Aber ganz allein zu sein, war eigentlich genau das, was er nicht mehr wollte. Er genoss die Zeit mit Isabelle und Lilou, aber er spürte auch, dass sich etwas verändert hatte in ihrer Beziehung. War es die Gewohnheit? Vielleicht war es ja wirklich eine gute Idee, ein wenig Abstand zu gewinnen.

»Ich möchte nicht, dass du glaubst, da wäre etwas gelaufen zwischen dieser Frau und mir.«

»Ich möchte nur, dass es zwischen uns wieder so wird wie vorher.« Isabelle hatte ihre Hand auf Leons Unterarm gelegt.

Leon spürte, dass diese Geste nicht nur warm und zärtlich war. Es war vor allem eine Aufforderung, etwas zu unternehmen, bevor es zu spät war.

67. Kapitel

Es war spät geworden in der Rechtsmedizin. Rybaud hatte keine guten Nachrichten für Leon gehabt. Das Blut an der Knochensäge, die die Polizei im Müllcontainer beim Tatort gefunden hatte, stammte vom Opfer, die Fingerabdrücke ausschließlich von Talbot. Es gab nichts, was auf eine dritte Person hingewiesen hätte. Doch dann lieferte Rybauds DNA-Analyse ein irritierendes Ergebnis: Am Griff der Säge fand sich DNA von Leon.

Natürlich lag die Annahme nahe, dass Leon das Instrument angefasst hatte, nachdem Zerna es ihm in der Pathologie ausgehändigt hatte.

Aber was, wenn nicht? Was, wenn alle Vorschriften korrekt eingehalten worden waren? Und Dr. Leon Ritters pedantische Genauigkeit in diesen Dingen war geradezu legendär. Das würde bedeuten, der Täter hatte die Säge aus diesen Räumen entwendet.

»Möglich wäre es immerhin.« Rybaud hatte die genetischen Prints auf den Bildschirm projiziert. Sie waren eindeutig.

»Jemand, der so etwas getan hätte, müsste sich schon sehr gut auskennen«, sagte Leon.

»So jemand wie Talbot.« Rybaud klang nach »Habe ich doch immer gesagt«.

»Vergessen wir mal Talbot. Wer käme noch in Frage?«

»Vor drei Tagen, als ich morgens hierherkam, stand die Tür zur Abteilung offen.«

»Und warum erfahre ich das erst jetzt?«, fragte Leon verärgert.

»Ich dachte, Sie wären schon vor mir da gewesen«, entschuldigte sich Rybaud. »Ich habe es dann vergessen. Es war so viel los.«

»So etwas muss immer sofort gemeldet werden«, sagte Leon.

»Ich weiß. Aber im Ernst, was sollte hier schon jemand klauen?«

»Wie wäre es zum Beispiel mit einer Knochensäge?«, antwortete Leon.

Jetzt war Leon allein in der Pathologie. Es war spät, und im Krankenhaus arbeitete nur noch die Nachtschicht. Es war die Zeit der Ruhe, die Leon so schätzte. Die Zeit, in der man nachdenken konnte, ohne von übereifrigen Mitarbeitern gestört zu werden. Im Augenblick war es tatsächlich besser, wenn niemand Leon bei dem beobachtete, was er da tat. Er hatte die Lichter gedimmt. Nur über dem Edelstahltisch in der Mitte des Pathologieraumes brannte noch die LED-Leuchte. Dort stand Leon in OP-Kittel und Einwegschürze und beugte sich über eine tote Katze. Die Katze, die der Unbekannte auf Isabelles Terrasse gelegt hatte.

Natürlich konnte Leon in der Gerichtsmedizin auch eine Katze untersuchen, wenn die Obduktion im Zusammenhang mit dem Tod eines Menschen stand. Aber war diese Katze wirklich mehr als nur ein unglückliches Tier, das ein böser Mensch getötet und über den Zaun geworfen hatte, um seine Nachbarin zu erschrecken?

Leon hatte die Katze nicht in die Liste eingetragen, als er sie vor zwei Tagen in eines der Kühlfächer gelegt hatte. Er hatte keine Lust gehabt, sich vor Kommissarin Lapierre oder Zerna lächerlich zu machen. In diesem Moment hätte er ihnen auch nicht erklären können, warum er das Tier untersuchen wollte. Es war nur so ein vages Gefühl, dass es vielleicht einen Zusammenhang zwischen dem toten Tier und der Mordserie geben könnte. Inzwischen hatte sich die Lage verändert. Jetzt stand sein Ruf auf dem Spiel. Er sollte als Zeuge vernommen werden. Das Misstrauen, das ihm von Zerna entgegengebracht worden war, war nur allzu deutlich gewesen. Es ging nicht nur um den Vorwurf, bei der Obduktion handwerkliche Fehler begangen zu haben, was Leon allein schon tief verletzte. Es war offensichtlich, dass Zerna ihm mittlerweile generell misstraute. Leon war sich sicher, keine Fehler gemacht zu haben. Aber das bedeutete, dass ihn jemand bewusst in Schwierigkeiten bringen wollte. Jemand wollte ihm seine Macht demonstrieren. Deshalb lag jetzt diese Katze vor ihm. Sie sollte ihm zeigen, dass er nicht fantasierte, sondern dass es hinter diesen blutigen Taten jemanden gab, von dem bisher weder Gendarmerie noch Staatsanwaltschaft etwas wussten.

Katzen waren zähe Tiere mit starkem Überlebenswillen. Sie zu strangulieren erforderte Kraft und würde zwangsläufig Spuren des Täters hinterlassen. Deshalb hatte Leon die Drahtschlinge vorsichtig vom Hals des toten Tieres entfernt und eine ganze Reihe von DNA-Proben genommen.

Es hatte drei Stunden gedauert, bis sich die Strukturen der Proben auf den Gelplatten im Testlabor abgebildet hatten. Aber das Warten hatte sich gelohnt. Um genau fünfzehn Minuten nach Mitternacht meldete sich der Analysecomputer mit einem vernehmlichen »Ping«. Es gab eine Übereinstimmung mit einer anderen Probe, die das Labor der Rechtsmedizin bereits vor einigen Tagen bestimmt hatte. Leon ging die Liste durch. Die Probe, die der Computer ausgefiltert hatte, stammte von Aicha Hamdan. Genauer gesagt, es war das Haar mit dem Geweberest, das Leon zwischen den oberen Schneidezähnen des Opfers entdeckt hatte. Wer auch immer für den Tod der Katze verantwortlich war, er hatte mit hoher Wahrscheinlichkeit auch Aicha Hamdan ermordet. Und die DNA stammte definitiv nicht von Joseph Talbot.

Es gab ihn also doch, den Unbekannten, dachte Leon zufrieden, und zum ersten Mal seit Tagen hatte er das Gefühl, dass er auf dem richtigen Weg war.

68. Kapitel

Am nächsten Morgen stand Leon im Badezimmer seines alten Hauses in den Hügeln der Provence, als es an der Eingangstür klopfte. Vom Fenster aus konnte er im Hof den Streifenwagen der Gendarmerie sehen und Moma, der vor der Tür stand. Er öffnete das Fenster.

»Morgen, Lieutenant Kadir«, rief Leon. »Einen Moment, ich bin gleich bei Ihnen.«

Leon hatte schlecht geschlafen. Er hatte im Institut noch den Obduktionsraum aufgeräumt, die Untersuchungen protokolliert und die Proben in der Kühlung verwahrt. Dann war er zu seinem Haus in den Weinbergen gefahren. Es war zwei Uhr in der Nacht gewesen, als er in Le Lézard angekommen war. Er hatte noch ein Glas Wein getrunken und war ins Bett gegangen. Die klare, kühle Luft hatte ihn schnell einschlafen und unruhig träumen lassen. Von fremden Städten, in denen er niemanden kannte. Von Zügen, die er verpasste, und von seinem Auto, das er irgendwo geparkt hatte, aber nicht mehr finden konnte. Als er aufwachte, war es sieben Uhr in der Früh.

»Bonjour«, sagte Leon, als er Moma die Haustür öffnete.

»Bonjour, Docteur.« Moma klang betont freundlich. »Der Patron, also Commandant Zerna, wollte sich mit Ihnen unterhalten.«

»Warum ruft er dann nicht an?« Leon lächelte freundlich, obwohl er spürte, dass da schlechte Nachrichten auf ihn warteten.

»Er …« Moma räusperte sich und deutete in Richtung Streifenwagen. »Er sagte, ich sollte Sie am besten gleich abholen.«

»Für wann hat Monsieur Zerna den Termin angesetzt?«, fragte Leon mit gespielter Höflichkeit.

»Ich hab ihm ja auch gesagt, dass Sie kommen, wenn er Sie anruft.« Moma war die Sache sichtbar unangenehm. »Aber er … Sie kennen ihn doch.«

»Haben Sie einen Haftbefehl für mich dabei?«, fragte Leon ironisch.

»Mon Dieu, mais non …« Der Lieutenant sah Leon erschrocken an.

»Ich bin gesund, Lieutenant, und im vollen Besitz meiner geistigen Kräfte. Ich werde also mit meinem Auto fahren.«

»Aber Docteur, bitte …«

»Oder ich bleibe hier im Haus.« Leon sah Moma an. »Rufen Sie Ihren Patron an und sagen Sie ihm das.«

»Darf ich etwas vorschlagen, Docteur?«

»Nur zu.«

»Sie fahren mit Ihrem Auto, und ich folge Ihnen. Dann sind alle zufrieden.«

»Wenn Sie so weitermachen, werden Sie eines Tages noch Polizeichef«, sagte Leon mit einem Grinsen.

Leon war sicher, dass Zerna die Befragung am liebsten im engen, stickigen Vernehmungsraum abgehalten hätte. Aber überraschender Besuch hatte den Polizeichef gezwungen, umzudisponieren und die Sitzung in den Besprechungsraum zu verlegen. An diesem Morgen war nicht nur die Kommissarin nach Le Lavandou gefahren, auch Staatsanwalt Julien Orlandy hatte sich erneut in die Provinz begeben. Jetzt saß er am Kopf des Besprechungstischs und hatte Zerna, Madame Lapierre und Lieutenant Masclau als Verstärkung an seiner Seite. Die Sache schien wichtig zu sein, dachte Leon. Alle Blicke waren auf ihn gerichtet, als er seinen Bericht vortrug, und er kam sich vor wie ein Schüler, den man beim Spicken erwischt hatte.

»Sie wollen uns also allen Ernstes erzählen, es gäbe da irgendwo einen Unbekannten, nur weil ein Spinner Ihnen eine tote Katze auf die Terrasse geworfen hat?« Zerna kniff seine Augenbrauen in übertriebenem Erstaunen zusammen.

»Es war die Terrasse von Capitaine Morell«, korrigierte ihn Leon.

»Von dieser Katze höre ich heute zum ersten Mal.« Der Staatsanwalt sah demonstrativ zu Zerna und dann zu Madame Lapierre, doch beide zuckten nur mit den Schultern.

»Die Katze ist bisher in keinem Ihrer Protokolle aufgetaucht.« Die Kommissarin blätterte demonstrativ in ihren Unterlagen.

»Darf ich fragen, Docteur ...« Der Staatsanwalt sah von seinen Unterlagen auf, faltete die Hände wie zum Gebet und legte den Kopf schief. »Warten in den Kühlräumen der Rechtsmedizin vielleicht noch weitere Haustiere darauf, von Ihnen vorgeführt zu werden?«

»Der war gut«, schnaubte Didier und konnte nur mühsam ein Kichern verbergen.

»Ist das nicht genau der Zweck eines Kühlraums«, dozierte Leon geduldig, »dass verdächtiges Spurenmaterial dort so lange lagert, bis es eines Tages für die polizeiliche Ermittlung relevant wird?«

»Es würde das ganze Verfahren beschleunigen«, der Staatsanwalt machte sich demonstrativ eine Notiz, »wenn Sie uns über solche Strategien von Anfang an in Kenntnis setzen würden.«

»Wir haben da Ihren Bericht über diese Säge, die am Tatort

gefunden wurde …«, begann die Kommissarin, doch Leon unterbrach sie.

»Es war nur in der Nähe des Tatorts. Die Säge wurde im Müllcontainer im Hof gefunden. Das Opfer lag in seinem Apartment im zehnten Stock«, korrigierte Leon.

»Das erklärt aber nicht, wie Ihre DNA an die Säge gekommen ist«, insistierte die Kommissarin.

»Doch, durchaus«, antwortete Leon. »Jemand hat die Säge aus dem Institut entwendet.«

»Das haben Sie aber auch nicht gemeldet?«, bohrte die Kommissarin nach.

»Wir hatten den Diebstahl noch nicht bemerkt«, musste Leon zugeben.

»Kann denn jeder in Ihr Institut spazieren und sich holen, was er gerade braucht?«, fragte der Staatsanwalt.

»Nein. Wir verfügen natürlich über eine Schließanlage«, entgegnete Leon. »Aber die Rechtsmedizin ist auch nicht Fort Knox. Wir sind nicht gerade ein übliches Ziel für Einbrüche.«

»Lassen Sie uns noch einmal auf die tote Katze zurückkommen«, meinte der Staatsanwalt. »Ich verstehe Sie da richtig: Sie sehen in der DNA-Spur eine Verbindung zwischen dem Tierkadaver und Ihrem großen Unbekannten.«

»Es ist nicht mein Unbekannter. Es ist eine Spur, die uns zum wahren Täter führen könnte.«

»Oder zu jedem x-Beliebigen, der sich irgendwann in der Nähe von Aicha Hamdan aufgehalten und anschließend diese Katze berührt hat.« Zerna versuchte beim Staatsanwalt ein paar Punkte zu machen.

»Wenn Sie auf eine Kontaminierung der Proben hinauswollen, Commandant«, begann Leon, »das scheint mir absolut ausgeschlossen.«

»Dann haben wir es offenbar mit einem Serienkiller zu tun, der gerne Spuren hinterlässt«, ätzte Orlandy.

»Vielleicht will er uns nur provozieren«, überlegte Leon.

»Vielleicht gibt es aber auch gar keinen unbekannten Killer.« Zerna klang genervt. »Vielleicht ist der Mörder ja vor Ihren Augen vom Balkon gesprungen. Das ist nämlich genau das, wovon hier alle überzeugt sind. Nur Sie können mal wieder keine Ruhe geben.«

»So dicht hab ich vor diesem Talbot gestanden.« Didier hielt seine Hand dreißig Zentimeter vor sein Gesicht. »Der Kerl war voller Blut. Und warum? Weil er kurz zuvor noch bei seinem Opfer im Bett war.« Er wandte sich an Leon. »Sie haben doch selbst gesehen, was passiert ist, als Sie mit ihm reden wollten. Er ist gesprungen – einfach so. Also wirklich …«

»Wenn ich mich richtig erinnere, Lieutenant Masclau«, unterbrach ihn Leon unaufgeregt, »war Monsieur Talbot gerade so weit, mit uns zu kooperieren, als Sie auf die Terrasse gestürmt kamen.«

»Wollen Sie etwa mich dafür verantwortlich machen, dass dieser Talbot gesprungen ist?«

Leon antwortete nicht. Zerna, der Staatsanwalt und die Kommissarin sahen Didier für einige Augenblicke schweigend an. Dann ergriff Orlandy das Wort.

»Was wir in diesem Fall am dringendsten brauchen, ist Ruhe.« Wieder legte der Staatsanwalt den Kopf schief und sah Leon in die Augen. »Da werden Sie mir doch recht geben.«

»Ich habe Ihnen nur die Spurenlage aus Sicht der Rechtsmedizin geschildert. Und da gibt es Lücken …«

»Natürlich, natürlich.« Orlandy hob beide Hände. »Wir wollen diesen Fall nur so schnell wie möglich abschließen. Wir haben einen Täter, und wir haben ein Geständnis. Oder sagen wir, etwas, das so gut ist wie ein Geständnis.« Der Staatsanwalt sah sich in der Runde um.

»Sie sagen es, Monsieur le procureur.« Zerna nickte eifrig.

»Da bin ich durchaus Ihrer Meinung.« Madame Lapierre schob demonstrativ ihre Unterlagen zusammen.

»Ein deutlicheres Geständnis gibt es ja wohl nicht«, pflichtete Didier den Übrigen bei.

»Meine Fragen sind trotzdem noch ungeklärt«, hakte Leon nach.

»Docteur, für uns ...«, Orlandy wanderte mit dem Blick zu allen außer Leon, »... für uns ist der Fall eindeutig. Dass Sie jetzt noch die allerletzten Unschärfen ausräumen wollen, das bewundere ich. Da werde ich Ihnen auch nicht im Weg stehen. Aber ich werde heute Nachmittag dem Innenministerium mitteilen, dass wir den Fall als gelöst betrachten. Das wird Ihr Abschlussbericht dann ja auch bestätigen.« Der letzte Satz klang wie ein Befehl.

»Ich kann mich nur wiederholen.« Leon sah den Staatsanwalt fest an. »Für mich ist die Untersuchung erst abgeschlossen, wenn der Täter gefasst ist. Und das ist bis jetzt noch nicht der Fall. Und so lange wird die Rechtsmedizin offene Spuren weiter untersuchen.«

Leon beobachtete, wie der Staatsanwalt tief durchatmete. Als müsste er Kraft schöpfen, um seinen Zorn auf den störrischen Médecin légiste zu unterdrücken.

»Wer weiß, vielleicht werden wir ja hier auch alle nur vorgeführt.« Der Staatsanwalt machte eine ausholende Geste, als würde er bereits sein Plädoyer vor Gericht halten. »Zumindest könnte das ein Außenstehender vermuten, bei dieser ungewöhnlichen Spurenlage.«

»Was wollen Sie damit andeuten?« Die Stimme von Leon hatte einen ungewohnt scharfen Unterton angenommen.

»Verstehen Sie mich richtig, Docteur. Sie haben meine volle Hochachtung für das, was Sie in Ihrem Institut leisten. Aber wie haben Sie vorhin selbst gesagt? Vielleicht will uns der Täter ja provozieren. Ein hochintelligenter Täter mit Erfahrungen in der Medizin.« Er wackelte mit dem Kopf und lächelte Leon böse an.

»Ich kann Ihnen immer noch nicht ganz folgen«, sagte Leon.

»Dann lassen Sie mich noch deutlicher werden.« Der Staatsanwalt wischte mit der Hand über den Bericht, der vor ihm lag. »Wir haben eine DNA-Spur, die in Ihre Richtung führt. Wir wissen, nicht nur durch Ihre Fingerabdrücke am Tatort, dass Sie eine enge Verbindung zum letzten Opfer hatten. Wir haben außerdem erfahren, dass Sie am fraglichen Abend mit dem Opfer verabredet waren.«

»Sie meinen, ich habe mit dem Tod dieser Frauen ... Das ist doch absurd.«

»Das habe ich nicht behauptet, Docteur Ritter.« Die Stimme von Orlandy war scharf geworden. »Keiner würde Sie mit den schrecklichen Vorfällen in direkte Verbindung bringen. Nicht bei dieser Spurenlage. Aber ...« Der Staatsanwalt hob die Hand. »Sie müssen die Spuren, die in Ihre Richtung weisen, entkräften – ein für alle Mal.«

»Sonst passiert was?« Leon streckte provozierend seine Handgelenke aus, als erwarte er jeden Moment die Handschellen. »Wollen Sie mich vielleicht festnehmen lassen?«

»Dazu besteht kein Anlass, im Moment. Aber ich werde Sie von diesem Fall so lange abziehen, bis alle belastenden Punkte aufgeklärt sind, Docteur.«

»Ich bin suspendiert?« Leon spürte plötzlich einen Druck im Kopf und ein Rauschen in den Ohren. Hatte er den Staatsanwalt falsch verstanden, oder war er gerade dabei, seinen Job zu verlieren?

»Sagen wir einfach, Sie beobachten den Fall eine Weile von außen«, unterbrach Orlandy Leons Gedanken. »Noch einen Rat von mir: Begehen Sie nicht den Fehler, sich weiter in die Ermittlungen einzumischen. Ich kann Sie nicht immer schützen. Und die Liste der Interessenten für Ihren Job ist lang.«

»Vielen Dank, Monsieur Orlandy. Aber um Schutz hatte ich Sie auch nicht gebeten.«

Zwei Minuten später hatte Leon die Sitzung verlassen. Der Staatsanwalt würde von ihm hören, wenn neue Erkenntnisse vorlägen, hatte Leon gesagt. Zerna, Lieutenant Masclau und die Kommissarin hatte er keines Blickes gewürdigt, als er hinter sich die Tür zum Besprechungsraum schloss und die Wache verließ.

69. Kapitel

Isabelle hatte auch noch die letzten Zeugen im Apartmenthaus befragt. Eine sinnlose Aktion, die die Ermittlung keinen Millimeter weiterbrachte. Niemand hatte irgendwen oder irgendwas gesehen. Das Haus wurde im Winter hauptsächlich von Pensionären bewohnt. Deshalb war nach Mitternacht niemand mehr außerhalb seiner Wohnung unterwegs gewesen. Eine Frau in der neunten Etage erinnerte sich, dass ein Hund gebellt hatte, gegen ein Uhr morgens. Das war alles. Inzwischen gelangte Isabelle zur Überzeugung, dass sie nichts Neues erfahren würden, egal wie viele Leute sie noch befragen würden. Es sah so aus, als hätte sich Leon dieses Mal geirrt. Offenbar hatte es nie eine dritte Person am Tatort gegeben. Natürlich glaubte auch Isabelle nicht, dass Leon in diesen geheimnisvollen Fall verwickelt war. Aber dieses Mal konnte sie Leon nicht dabei helfen, seine Theorien zu untermauern.

Isabelle hatte in den letzten Tagen immer wieder an Leon denken müssen. Sie hatte mittlerweile wachsende Zweifel, ob da wirklich etwas zwischen ihm und der Psychologin gelaufen war. Und vielleicht war das auch gar nicht wichtig. Tatsache war, dass er ihr fehlte. Sie vermisste schon jetzt die Gespräche mit ihm, abends auf der Terrasse bei einem Glas Wein. Sie vermisste ihn, wenn das Bett neben ihr leer war und wenn er beim Frühstück nicht bei ihr und Lilou am Küchentisch saß. Es schmerzte sie, sich vorzustellen, dass er allein in seinem einsamen Haus saß. Wenn sie ganz ehrlich mit sich war, wünschte sie sich, dass er wieder bei ihr wäre.

Isabelle parkte den Streifenwagen gegenüber dem Eingang der Wache. Sie war in Gedanken, als sie ausstieg, und bemerkte Paul Chevreau erst, als er neben ihr stand. Der Maler hatte ganz offensichtlich auf sie gewartet.

»Capitaine!«, rief Chevreau. »Ich muss mit Ihnen sprechen. Jetzt gleich.«

»Bonjour«, sagte Isabelle kühl. »Wenn Sie mit mir reden wollen, dann begleiten Sie mich bitte in mein Büro.«

»Nein, ich sage es Ihnen hier und jetzt.« Die Sätze kamen leise und zornig.

»Monsieur Chevreau, wir können uns gerne unterhalten«, sagte Isabelle in bestimmtem Ton, »aber nur auf der Wache. Sagen wir in einer Stunde?«

»Warum wollen Sie mein Leben zerstören?« Chevreau stellte sich Isabelle in den Weg, sodass sie zwischen ihrem Wagen und ihm eingekeilt war.

»Niemand will Ihr Leben zerstören, Monsieur.« Isabelles Stimme nahm einen weicheren Ton an. Sie spürte, dass dieser Mann dabei war, die Nerven zu verlieren.

»Erst zerstören Sie mein Werk, und jetzt nehmen Sie mir auch noch das Atelier.«

»Sie haben die Menschen, die Ihnen geholfen haben, belogen, Monsieur Chevreau. Was erwarten Sie?«

»Ich erwarte Menschlichkeit.« So, wie Chevreau es sagte, klang es wie eine Drohung. »Menschlichkeit. Wissen Sie überhaupt, was das ist?«

Der Maler machte jetzt noch einen Schritt auf Isabelle zu und griff nach ihrem Arm. Er sah nicht, dass Moma aus dem Revier gekommen war. Lieutenant Kadir erfasste sofort die bedrohliche Situation, in der seine Kollegin steckte, und kam über die Straße gelaufen.

»Sie lassen jetzt auf der Stelle meinen Arm los!« Isabelle versuchte ruhig zu bleiben.

»Ein Maler braucht sein Atelier wie die Luft zum Atmen«, sagte Chevreau, ohne Isabelle loszulassen. »Da können Sie mich genauso gut erschießen.«

»Jetzt ist aber Schluss mit dem Unsinn!« Isabelle versuchte, sich aus Chevreaus Griff zu befreien.

»Loslassen, sofort!«, rief in diesem Moment Moma.

Er stürzte sich auf den Angreifer, packte den Mann am Handgelenk, wirbelte ihn herum und stieß ihn nach vorn, sodass er mit der Brust gegen den Einsatzwagen prallte.

»Aufhören! Sie tun mir weh«, jammerte der Maler.

»Klappe halten«, befahl Moma und presste ihn noch fester gegen den Wagen. »Angriff auf einen Polizeibeamten, wissen Sie, was das bedeutet?«

»Ich weiß nur, dass ihr mich kaputt machen wollt. Mich und mein Werk wollt ihr zerstören.«

Moma gab keinen Millimeter nach und hielt den Mann eisern fest. Er sah zu seiner Vorgesetzten.

»Lass ihn los, Moma«, sagte Isabelle ganz ruhig. »Lass ihn laufen.«

»Aber der Kerl hat dich angegriffen.«

»Schon gut. Monsieur Chevreau war ein wenig durcheinander.« Sie sah den Maler an, der sie wütend musterte. »Er hatte einen schweren Tag. Sie haben ihn aus dem alten Leuchtturm geschmissen. Aber jetzt fühlt er sich schon wieder besser. Ist doch so, Monsieur Chevreau?«

»Werden Sie jetzt vernünftig sein?«, fragte Moma. Der Maler brummelte etwas Unverständliches.

Moma ließ den Mann los. Chevreau zupfte zornig an seinem Hemd, als könnte er so sein angeschlagenes Selbstbewusstsein wiederherstellen. Aber er wusste, dass der Lieutenant nur darauf wartete, dass er ein falsches Wort sagte.

»Verschwinden Sie!«, raunzte Moma den Maler an.

»Wer Menschen so behandelt, wie Sie es tun, den bestraft Gott«, sagte Chevreau leise zu Isabelle. »Denken Sie an meine Worte.«

»Monsieur Chevreau.« Isabelle ging nicht auf die unverhohlene Drohung des Mannes ein. »Ich gebe Ihnen einen Rat: Gehen Sie nach Hause. Sollten Sie noch einmal auffällig werden, dann werde ich Sie persönlich festnehmen und an die Gendarmerie in Toulon überstellen.«

»Und jetzt ab«, sagte Moma und wedelte mit der Hand, als wollte er eine lästige Fliege verscheuchen.

»Ich verfluche euch«, sagte Chevreau theatralisch. Dann lief er ohne jedes weitere Wort die Straße hinunter.

70. Kapitel

Leon hatte sich in seinen Peugeot gesetzt und das Dach aufgeklappt. Es war zwar trocken, aber die Nacht war kalt gewesen. Leon spürte den kühlen Wind im Gesicht, der ihm half, seine Gedanken zu ordnen. Wie hatte er es geschafft, sich in derart kurzer Zeit so tief in diesen Mordfall zu verstricken? Es war seine eigene Schuld, sagte sich Leon. Warum hatte er sich nur auf diese Psychologin eingelassen? Oder war das gar nicht das Problem? War das eigentliche Problem, dass er nicht mit Isabelle darüber gesprochen hatte?

In Wirklichkeit hast du doch den kleinen Flirt genossen, warf er sich vor. Was hattest du dir erhofft, dass da noch mehr ginge an dem Abend? Nein, die Wahrheit war, er hatte gar nichts gedacht, er hatte alles einfach auf sich zukommen lassen. Vielleicht war genau das sein größter Fehler gewesen. Er hatte sich wie ein Idiot benommen. Nicht wie ein Mann, der darüber nachdachte, ob er den Rest seines Lebens mit einer wunderbaren Frau verbringen wollte, die ihm vertraute. Jetzt musste er versuchen, die Dinge wieder ins Lot zu bringen.

Es gab so viele Fragen. Und auf keine hatte Leon im Augenblick eine Antwort. Wer hatte die Säge mit seiner DNA zum Tatort geschafft und wer die Katze auf die Veranda geworfen? Wer hatte Claire Leblanc getötet, ausgerechnet, als er im Restaurant auf sie gewartet hatte? Gab es jemanden, der ein Interesse daran haben könnte, ihn in Schwierigkeiten zu bringen?

Er würde sich die DNA-Tests noch einmal vornehmen, dachte Leon, als er auf den Parkplatz der Klinik Saint-Sulpice einbog. Vielleicht hatte er ja tatsächlich etwas übersehen. Am Empfang saß wie üblich Schwester Monique und beobachtete mit Argusaugen, wer ihre Klinik betrat. Als Leon durch die Glastür kam, strahlte sie.

»Bonjour, Monique.« Leon zeigte seine leeren Hände. »Leider habe ich es heute nicht geschafft, bei Lu vorbeizusehen.«

Schwester Monique liebte das Pain au chocolat aus der kleinen Bäckerei in Le Lavandou, das Leon ihr gelegentlich mitbrachte. Vor allem aber verehrte sie den Docteur aus Deutschland, und sie kicherte wie ein junges Mädchen, wenn er sich mit ihr unterhielt.

»Das macht nichts, Docteur.« Die rundliche, immer freundliche Monique schenkte dem Docteur ihr breitestes Lächeln. »Ich mache sowieso gerade meine Herbst-Diät.«

»Das haben Sie doch nicht nötig«, schmeichelte ihr Leon und lächelte zurück. »Ich bin in der Autopsie. Ich wünsche Ihnen einen ruhigen Tag, Schwester Monique.« Leon wollte gerade gehen, als die Schwester sich räusperte.

»Docteur, es ist …«, begann Monique, und Leon hörte, dass etwas nicht stimmte.

»Was ist denn?«, fragte Leon.

»Er möchte Sie sprechen.« Die Schwester wies mit dem ausgestreckten Zeigefinger in Richtung Decke. »Er wartet schon auf Sie.«

Wenn Monique mit dem Finger zur Decke zeigte, meinte sie Dr. Hugo Bayet, der in einem Büro im fünften Stock residierte, das jedem Bankchef Ehre gemacht hätte.

Leon nahm wie üblich die Treppe. Den Kollegen erzählte er

immer, dass er mit dem Treppensteigen seine Kondition verbessern würde. Der wahre Grund war, dass Leon unter Klaustrophobie litt und Liftfahren hasste. Immerhin verschaffte ihm der Umweg durch das Treppenhaus einen kleinen Aufschub, bevor er sich mit dem Klinikleiter auseinandersetzen musste.

Dr. Bayet war ein typischer Verwaltungsdirektor, und Leon fragte sich jedes Mal, wenn sie sich unterhielten, ob der Klinikleiter auch nur das geringste Interesse an medizinischen Fragen hatte. Offensichtlich war Bayet vor allem um das gute Image der Klinik besorgt. Auf diese Weise erhoffte er sich, eines Tages doch noch den lang ersehnten Ruf an die Universität von Marseille zu bekommen.

»Er erwartet Sie bereits.« Madame Koenig, Wächterin des Vorzimmers, sah kurz von ihrem Computer auf und deutete auf die Tür, auf der »Dr. Hugo Bayet, Directeur« stand.

Leo klopfte, und fast gleichzeitig war die Stimme des Direktors zu hören.

»Kommen Sie rein«, rief Bayet.

Der Raum war strahlend weiß und mit schwarzen Designermöbeln eingerichtet. Die Besucherecke gegenüber dem Schreibtisch bestand aus vier edlen Le-Corbusier-Sesseln, die Leon nicht mochte, weil man in ihnen nicht nur unbequem saß, sondern auch Probleme beim Aufstehen hatte. Das Büro war über Eck verglast, sodass man entweder auf die entfernte Bucht von Toulon oder die Altstadt von Hyères mit ihren bunten provenzalischen Ziegeldächern sehen konnte. Der schwarze Schreibtisch war leer bis auf ein aufgeklapptes iBook. Daneben lag eine Lederauflage mit einem dicken Montblanc-Füllfederhalter. Hinter dem Schreibtisch gab es ein Regal mit einer Reihe medizinischer Bücher, bei denen Leon sich sicher war, dass Dr. Bayet noch nie hineingesehen hatte. Vor den Büchern standen zwei Fotografien, die eine schlanke blonde Frau und zwei dicke blonde Kinder zeigten. Sonst war der Raum leer, bis auf das große moderne Gemälde, eine Hafenansicht mit Menschen und Booten.

Bayet saß auf einem Ledersessel und hielt ein Papier in der Hand, auf das er wie gebannt starrte.

Einen Moment sagte er nichts, dann sah er Leon mit besorgtem Gesichtsausdruck an.

»Bitte, setzen Sie sich.« Bayet wies mit der Hand auf den Besucherstuhl, der ihm gegenüber auf der anderen Seite des polierten Schreibtischs stand.

»Bonjour, Dr. Bayet.« Leon setzte sich.

»Ich hatte heute Morgen einen unangenehmen Anruf aus dem Büro des Präfekten«, sagte Bayet anstelle einer Begrüßung.

»Tut mir leid, das zu hören.« Leon konnte sich die kleine Spitze nicht verkneifen.

Bayet sah seinen Besucher kurz an. Er wusste nicht, wie er Leons Bemerkung einordnen sollte.

»Der Präfekt ist enttäuscht. Das müssen Sie sich mal vorstellen, enttäuscht.« Der Direktor griff sich mit einer theatralischen Geste an den Kopf. »Und das kann ich ihm nicht mal verdenken.«

»Was genau wollen Sie mir damit sagen, Dr. Bayet?«

»Diese Klinik hat einen Ruf zu verlieren«, sagte der Direktor. »Wir alle haben einen Ruf zu verlieren.«

»Da möchte ich mich mit einschließen.«

»Ja, natürlich.« Bayet klang irritiert. »Sie auch. Genau das ist ja das Problem. Was Sie jetzt brauchen, ist Abstand. Abstand zu Ihrem letzten Fall. Das ist erst mal das Wichtigste.«

»Verstehe ich Sie richtig, Monsieur le Directeur, dass Sie mich suspendieren wollen? Ist es das, worum Sie das Büro des Präfekten gebeten hat?«

»Mais non …« Der Direktor hob theatralisch die Hände, und

Leon wusste, dass er mit seiner Vermutung genau ins Schwarze getroffen hatte. »Wir müssen uns vor allem beruhigen.«

»Ich bin ganz ruhig.«

»Im Augenblick möchte ich Sie zunächst einmal aus der Schusslinie nehmen, weg von den bösen Gerüchten.«

»Glauben Sie an Gerüchte? Ich nicht. Ich habe mir nichts vorzuwerfen.«

»Trotzdem, Docteur, denken Sie bitte auch an die Außenwirkung«, druckste der Klinikchef herum. »Unsere Abteilung für Rechtsmedizin und Sie – also, wir müssen das erst einmal trennen. Natürlich nur pro forma.«

»Ich bin nun mal der offizielle Leiter der Rechtsmedizin.«

»Docteur Ritter.« Bayet hielt seine Hände mit gespreizten Fingern hoch, wie ein Dirigent, der seinem Orchester piano befiehlt. »Es geht um all diese ...«, er zögerte, um das richtige Wort zu finden, »... Ereignisse. Da weist einfach zu viel in Ihre Richtung.«

»Wenn Sie es tatsächlich für möglich halten, dass ich an einem Serienverbrechen beteiligt bin, ist es wohl tatsächlich an der Zeit zu gehen.«

»Machen Sie es mir doch nicht so schwer, Docteur. Sie sollen ja bleiben. Nur nicht ...« Bayet bewegte die Hände hin und her, als würde Leon nicht begreifen, dass er gerade das Angebot seines Lebens bekam. »Ich habe Ihnen vorerst ein Büro im Erdgeschoss freiräumen lassen. Sie können natürlich jederzeit die Räume der Rechtsmedizin besuchen und hätten gleichzeitig Ihren festen Platz in der Klinik. Allen wäre geholfen.«

»Also eine Art Rausschmiss auf Umwegen.«

»Ich bitte Sie, Docteur. Ihr Büro befände sich gleich hinter der Krankenhausapotheke. Das wäre ja nur vorübergehend. Die Dinge werden sich bestimmt schnell von allein wieder beruhigen.«

»Und wenn nicht? Verstecke ich mich hier in der Klinik? So wie das Phantom in der Oper?«

»Ich möchte doch gar nicht auf Ihre Mitarbeit verzichten. Wir alle wollen nicht auf Ihre Mitarbeit verzichten, Dr. Ritter.« Bayet rieb die Hände nervös aneinander. »Es geht im Moment nur um den öffentlichen Auftritt dieser Klinik. Es geht um Fingerspitzengefühl und um Diskretion.«

»Meine Antwort können Sie gleich haben.« Leon sah den Klinikchef an. »Sie lautet: nein.«

»Docteur, überlegen Sie sich das noch einmal. Mir sind doch die Hände gebunden.«

»Entweder die Klinik kündigt mir fristlos und offiziell meinen Job als Leiter der Rechtsmedizin. Oder ich verschwinde und nehme endlich meine restlichen Urlaubstage. Ich möchte weder dem Image der Klinik noch Ihnen im Weg stehen.«

»Sie machen einen Fehler, Docteur, wenn Sie glauben, dass Sie unersetzlich wären.«

»Merkwürdig, aber so etwas Ähnliches hat man mir heute schon einmal gesagt.«

71. Kapitel

An diesem Tag tat Leon etwas, das er noch nie getan hatte, seit er nach Südfrankreich gezogen war. Er setzte sich ins Chez Miou und bestellte sich am hellen Nachmittag ein Glas Rosé.

»Sind Sie ganz sicher, Docteur?« Yolande beugte sich so weit zu Leon herunter, wie sie es gerade noch vor ihrem eifersüchtigen Ehemann vertreten konnte, und sah »ihrem« Médecin légiste in die Augen.

»Ganz sicher, Yolande.« Leon klang müde.

»Gibt es einen Grund zum Feiern?«, fragte Yolande.

»Eher nicht«, meinte Leon.

»Frag nie einen Mann, warum er Rosé trinkt.« Die alte Véronique hatte wie üblich eine Gitanes im Mundwinkel. Sie hielt ihr Pastis-Glas über die Theke. »Jérémy, machst du mir noch einen?«

»Avec plaisir, Véronique.« Jérémy füllte das Glas nach und fragte dann so laut, dass es auch ja die anderen Gäste hören konnten: »Was sagt denn die Gerüchteküche über unseren Docteur?«

»Dass er Ärger mit den Flics hat«, mischte sich Edmond Nortier ein, der an der Theke sein Bier trank. »Machen Sie sich nichts draus, Docteur. Die Polizei meint es nicht so. Die haben einfach keine Fantasie.«

»Wie immer gut informiert, Monsieur Nortier«, sagte Leon und hob sein Glas in Richtung des Buchhändlers.

»Das ist der Vorteil an meinem Beruf. Die Leute erzählen einem 'ne Menge.« Er ging zu Leons Tisch. »Darf ich?«

Leon machte eine einladende Geste, und Nortier zog sich einen Stuhl heran.

»Man hört, dass die Polizei den Fall gelöst hat.«

»Da wissen Sie mehr als ich.«

»Das hat jedenfalls der Polizeichef auf der Pressekonferenz behauptet. Lief vor einer halben Stunde auf Canal 6.« Nortier sah Leon fragend an. »Oder stimmt das gar nicht?«

»Ich rede nie über laufende Fälle.« Leon nahm einen Schluck Rosé. »Das wissen Sie doch.«

»Zerna hat erklärt, dass dieser Tallot ...«

»Talbot, er hieß Talbot«, korrigierte Yolande.

»Na gut, dass dieser Talbot die Frauen getötet hat«, sagte Nortier.

»Der Mann mit der Vorliebe für Damenfüße«, ergänzte Jérémy von der Bar aus.

»Aber schön blutig müssen sie sein«, rief Michel, der mit zwei Männern im orangefarbenen Overall der Straßenreinigung an einem der Tische saß.

Die Besucher lachten.

»Wer so was macht, ist doch krank in der Birne«, erklärte Jérémy.

»Genau, dieser Talbot hatte echt einen Schuss weg.« Michel tippte sich an den Kopf. »Minderbemittelt, wie all die verrückten Killer. Ist doch so.«

»Einspruch«, meldete sich Nortier. »Einige der berühmtesten Serienmörder waren hochintelligent. Da wird mir unser Médecin allemand bestimmt recht geben.«

Leon hatte die kleine Spitze gegen seine Herkunft genau registriert. Für einige der Bewohner von Lavandou würde er immer der

Mediziner aus Deutschland bleiben. Und so einem konnte man nie so ganz trauen.

»Kann ich nur bestätigen«, sagte Leon. »Jack the Ripper zum Beispiel soll sogar Abgeordneter im Unterhaus gewesen sein. Oder der Engländer Harold Shipman, der war Arzt und brachte zweihundertachtzehn Menschen um. Also, passen Sie auf, von wem Sie sich behandeln lassen.«

Die Gäste an der Bar lachten.

»Zu Ihnen gehe ich auf jeden Fall erst, wenn ich tot bin«, rief Véronique mit ihrer angenehm rauen Stimme.

»Da musst du ja nicht mehr lange warten, Véronique.« Michel klang schon ziemlich beschwipst. Niemand lachte.

»Michel, der Charmeur«, bemerkte Véronique spöttisch. »Du weißt einfach, wie man Frauen erobert.«

»He, ich hab doch nur einen Witz gemacht.« Michel merkte, dass er zu weit gegangen war. »Bring mir noch einen Roten, Yolande.«

»Du bist ein verdammter Trottel«, sagte Yolande kühl. »Hol dir deinen Wein gefälligst selbst.«

»Im Fernsehen haben sie gesagt, dass sogar in der Rechtsmedizinischen Abteilung ermittelt wird.« Nortier hatte das nur halblaut zu Leon gesagt.

Die anderen Gäste an der Theke hatten inzwischen das Thema gewechselt und diskutierten mit Michel laut über die französische Einwanderungspolitik.

»Wurden Namen genannt?«, fragte Leon. »Irgendein konkreter Hinweis?«

»Sie kennen doch die Medienleute.« Nortier musterte Leon. »Die deuten viel an, sagen aber nichts.«

»Die Rechtsmedizin arbeitet im Auftrag der Staatsanwaltschaft«, erklärte Leon. »Unsere Untersuchungsberichte gehen an die Ermittlungsbehörden. Alles streng nach Vorschrift. Da gibt es nichts zu ermitteln.«

»Im Fernsehen klang das aber so, als hätten die Flics jemanden aus dem Institut im Visier«, sagte Nortier vage.

Leon hörte die Provokation aus der Frage heraus. Konnte Nortier etwas von dem Gespräch zwischen ihm und Dr. Bayet erfahren haben? Eigentlich ausgeschlossen.

»Das halte ich für ziemlich abwegig«, sagte Leon und hatte trotzdem das Gefühl, dass Nortier mehr wusste, als er sagte.

»Genau das habe ich diesem Journalisten von Canal 6 auch gesagt.«

»Sie haben mit dem Fernsehen gesprochen?«

Nortier sah auf seine Uhr und stand auf.

»Tut mir Leid, Docteur. Ein anderes Mal. Ich muss los. Madame Auteuil geht um halb fünf. Am Ende stehen meine Kunden vor der verschlossenen Tür. Oder sie gehen zur Konkurrenz. Gott behüte.«

Nortier lachte und griff zu seiner Brieftasche. Leon winkte ab.

»Lassen Sie nur«, sagte er, »ich mach das schon.«

»Danke, Docteur. Bonne soirée.«

»Bonne soirée, Monsieur Nortier.«

Leon griff zum *Var-Matin*, als Véronique zu ihm an den Tisch kam.

»Sie sehen blass aus«, sagte sie und setzte sich.

»Manche Fälle schlagen einem aufs Gemüt.«

»Doch nicht bei einem Profi wie Ihnen.« Véronique sah Leon mit ihren klaren blauen Augen an, und Leon fiel wieder einmal auf, was für eine attraktive Person Véronique einmal gewesen sein musste. Aber sie irrte sich. Manche Fälle setzten auch einem Profi wie ihm zu. Zum Beispiel wenn es um den Tod von Kindern ging. Oder wenn sich die Behörde auf einen Täter festgelegt hatte und er mit seinen Bedenken ins Leere stieß – so wie in diesem Fall. Da stellte sich Leon gelegentlich die Frage, ob er nicht lieber bei der Medizin hätte bleiben sollen, anstatt sich mit Justiz und, noch schlimmer, mit Politikern herumärgern zu müssen. Aber solche Selbstzweifel waren nie von langer Dauer. Im Grunde seines Herzens liebte Leon seinen Beruf, und Widerstände verstand er als Herausforderungen.

»Gelegentlich wissen auch die Profis nicht mehr weiter«, sagte er.

Véronique tätschelte freundschaftlich seinen Arm, und Leon hatte das Gefühl, dass es die erste ehrlich gemeinte Geste dieses Tages war. Er lächelte die alte Frau an.

»Haben Sie deshalb mit Nortier gesprochen? Um einen Rat zu bekommen?«, wunderte sich Véronique.

»Nein. Er wollte nur Einzelheiten erfahren. Wie all die anderen. Sie wissen doch, wie die Leute sind.«

»Hätte mich bei dem auch gewundert.«

»Sie mögen Nortier nicht besonders.«

»Ganz ehrlich: Ich kann ihn nicht leiden«, sagte Véronique, als würde sie ein Geheimnis verraten. »Bei ihm weiß man nie genau, woran man ist. War bei seinem Vater genauso.«

»Sie kennen den Vater?«

»Das ist schon …«, sie winkte ab, »… eine kleine Ewigkeit her. Der Vater war ein Spinner. Wollte den Bauern in Cuers zeigen, wie man richtig Wein anbaut.«

»Und, war er erfolgreich?«

»Ist voll in die Hose gegangen.« Véronique lachte. »Sagt man doch so. Ich hab gehört, er hat nur Mist produziert. Irgendwann hat er aufgegeben. Ich glaube, er lebt längst nicht mehr.«

»Und Edmond?«

»Als der geboren wurde, war ich schon weg aus Cuers.« Einen

Moment lang sah die Frau stumm vor sich hin, und Leon fragte sich, woran sie sich in diesem Augenblick wohl erinnerte. »Damals habe ich mit meinem Mann den Kutter gekauft und wir haben mit der Fischerei angefangen.«

»Haben Sie je bereut, ans Meer gezogen zu sein?« Leon sah Véronique an.

»Kann ganz schön einsam hier werden, wenn man aus einer großen Stadt kommt, oder?«, fragte sie.

Manchmal hatte Leon das Gefühl, Véronique könne seine Gedanken lesen.

»Stimmt, trotzdem liebe ich das Leben hier. Die Sonne, das Meer. Die Menschen sind ausgeglichener als in den Städten.«

Wie auf Kommando sahen beide über den Bouleplatz in Richtung Meer, auf dem sich in der aufkommenden Dunkelheit die Beleuchtung des Boulevards spiegelte.

»Isabelle ist eine großartige Frau«, sagte Véronique plötzlich.

»Wie kommen Sie darauf?«, fragte Leon verblüfft.

»Hören Sie auf eine alte Frau.« Véronique lächelte ihn an. »Passen Sie gut auf sie auf.« Damit stand sie auf und ging zurück zum Tresen.

72. Kapitel

Als der Mann über den Hügel kam, war es bereits nach Mitternacht. Die dunklen Steine, die den steilen Pfad zwischen den Gärten über Le Lavandou begrenzten, glitzerten im schwachen Licht des zunehmenden Mondes wie Silber. Es war genau seine Zeit. Der Mann fühlte sich sicher, wenn die Lichter in den Häusern verloschen und kein Auto mehr durch die Straßen fuhr. Wenn es so still war, dass man nur noch den Wind hörte, der über das Meer kam und in den welken Blättern der Platanen raschelte. Es hatte so etwas Friedliches, wenn alle Menschen um ihn herum schliefen, dachte der Mann. Das waren genau die Stunden, in denen er hellwach war. In denen es ihn hinaustrieb in die Dunkelheit. Es war die Zeit, um auf die Jagd zu gehen.

Die Opfer auszusuchen, war eine Sache. Das konnte man in aller Ruhe vom Wohnzimmer aus machen. Dazu brauchte man nicht mehr als einen Computer und einen schnellen Internetzugang. Sicher, auch das konnte erregend sein, aber es war nichts im Vergleich zu dem schönsten und aufregendsten Teil einer Jagd: dem Beobachten der Beute.

Der Mann hatte sich gut vorbereitet. In seiner schwarzen Jacke, der dunklen Jeans und der grauen Basecap wurde er von der Dunkelheit regelrecht verschluckt. Die dicken Sohlen seiner Joggingschuhe dämpften jeden Schritt auf dem Pfad zu einem leisen

Knistern, das genauso gut von einem Dachs oder einem Kaninchen hätte stammen können.

Der Weg durch die Gärten verzweigte sich immer wieder und führte dann in schmalen Pfaden bis nahe an die Rückseiten der Häuser heran. Der Mann folgte geräuschlos einem engen Steig, der von Oleander und Bougainvilleen gesäumt war und an einem brusthohen Tor endete. Das Tor war nicht abgeschlossen, davon hatte er sich schon vor einigen Tagen überzeugt. Er hatte das Haus und den Garten genau beobachtet. Er wusste, wann die Bewohnerin von der Arbeit zurückkam. Er wusste, dass ihre Tochter, die ihr Zimmer im ersten Stock hatte, meist kurz nach dreiundzwanzig Uhr das Licht löschte. Und natürlich war ihm auch aufgefallen, dass seit einigen Nächten der alte Peugeot Cabriolet nicht mehr vor der Haustür parkte.

Der Mann drückte gegen das Tor, das geräuschlos aufschwang. Vor zwei Tagen hatte er ein wenig Kriechöl in die Angeln gesprüht. Es waren diese Kleinigkeiten, die eine perfekte Jagd zu einem geradezu künstlerischen Erlebnis werden ließen, und der Mann verstand sich auf Details. Er ging auf der Grasnarbe zur Terrasse und betrat die Holzstufen ganz am Rand, dort, wo sie mit den Balken verschraubt waren und nicht knarzten. Oben auf der Terrasse angekommen, wartete er einen Moment und atmete tief durch. Er musste seinen Puls beruhigen. Die Aufregung zügeln, damit er keinen Fehler machte. Er drehte sich um und sah über den Dächern von Lavandou, auf dem dunklen Meer, die silbrige Lichtspur des Mondes, die immer mit dem Betrachter mitzuwandern schien.

Der Mann zog ein schmales Blechstück aus der Tasche, nicht breiter als eine Streichholzschachtel. Die Tür zum Wohnzimmer öffnete sich nach außen zur Veranda, darum war es ein Leichtes, die Zunge des Schnappschlosses mit dem Blech zurückzudrücken und die Tür zu öffnen. Das Haus schlief tief und fest. Nur der Kühlschrank in der Küche gab ein tiefes Brummen von sich. Der Mann zog eine bleistiftgroße LED-Lampe aus der Tasche und schaltete sie ein. Jetzt konnte er dem kleinen Lichtpunkt durch das Haus folgen. Jeder Schritt durch die fremde Umgebung war ein aufregendes Abenteuer. Wie der Bruch eines Tabus. So gänzlich unerkannt in die Intimsphäre von fremden Menschen einzudringen, vermittelte ihm ein unvergleichliches Gefühl von Macht. Und je näher er seiner Beute kam, umso prickelnder war dieses Gefühl.

Der Mann folgte dem Lichtstrahl zu dem Holzkasten hinter der Treppe. Er öffnete ihn und legte den Schalter der Hauptsicherung um. Mit einem leisen Klappern stellte der Kühlschrank in der Küche seine Arbeit ein.

Der Mann wusste, dass die Frau und ihre Tochter die Schlafzimmer im ersten Stock hatten. Darum wäre jetzt der richtige Zeitpunkt gewesen, um sich wieder zurückzuziehen. Schließlich war er seinem zukünftigen Opfer noch nie so nahe gekommen. Und das war eigentlich alles gewesen, was er erreichen wollte. Aber die Gier war größer als die Vernunft. Das war sie jedes Mal. Die Vorstellung, dieser Frau noch näher zu sein, war unwiderstehlich.

Die Treppe zum ersten Stock war gemauert und die Holzbohlen in die Stufen eingelassen. Der Mann schien geradezu nach oben zu schweben, ohne dass seine Schritte auch nur das geringste Geräusch verursacht hätten. Im Gang im ersten Stock blieb er kurz stehen. Da war eine Tür zu seiner Linken, die ein Stück weit offen stand. Er machte ein paar Schritte, dann sah er die Frau. Sie hatte sich in ihrem Bett auf die Seite gedreht. Die Decke war über ihre Schulter gerutscht, und er konnte die schmalen Träger ihres hellblauen Satinnachthemdes sehen. Er hörte die

Frau atmen, konnte den warmen Duft ihres schlafenden Körpers riechen. Der Mann streckte seine Hand aus und ließ sie über die Konturen ihres Körpers schweben, ohne ihn zu berühren. Jetzt gehört sie mir, dachte er. Es war so, als hätte er gerade diese Frau verführt. Nein, es war noch viel aufregender.

Wir werden uns wiedersehen, dachte der Mann. Schon ganz bald.

Dann griff er nach der schmalen Goldkette mit den beiden Buchstaben L und I, die neben der Frau auf dem Nachttisch lag. Als er sie anhob, klirrten die Kettenglieder leise gegen ein Glas, das er übersehen hatte. Die Frau bewegte sich unter der Decke. Der Mann erstarrte. Wenn sie jetzt aufwachte, war alles vorbei. Er fühlte sich schlagartig so ernüchtert, als hätte er eine eiskalte Dusche genommen. Das Hochgefühl absoluter Macht wich einer verzweifelten Panik. Er hatte Angst, alles zu verlieren. Wieder bewegte sich die Frau. Der Mann wich zurück. Er griff in seine Tasche, in der er immer ein Skalpell trug, dessen rasiermesserscharfe Klinge von einem Korken geschützt wurde. Die Frau drehte sich auf die andere Seite. Der Mann musste hier weg, wenn er nicht alles verderben wollte. Es würde ein Desaster werden, wenn sie jetzt aufwachen würde. Ein sehr blutiges Desaster, und alles wäre umsonst gewesen.

Schritt für Schritt zog er sich aus dem Schlafzimmer zurück. Als er den Gang erreichte, ging er schneller. Nur noch ein paar Schritte, dann hätte er die Stufen der Treppe erreicht. In diesem Moment trat er mit der Schuhspitze gegen den Hockeyschläger, den Lilou achtlos im Gang liegen gelassen hatte. Der Schläger wirbelte herum, stieß mit einem hellen Klatschen gegen die Sporttasche, die mit einem dumpfen Plumpsen auf den Gang kippte. Für Sekunden schien die Zeit stillzustehen. Dann hörte der Mann ein Geräusch aus dem Schlafzimmer.

»Lilou!?«, rief eine verschlafene Frauenstimme. »Was machst du da?«

Dann war ein Klicken zu hören, als die Frau den Schalter der Nachttischlampe drückte, doch nichts geschah.

»Verflixt«, hörte der Mann die Frau sagen, aber da war er bereits losgelaufen. Er hielt jetzt wieder seine Taschenlampe in der Hand und hastete die Stufen hinunter.

»Maman«, kam die verschlafene Stimme des Mädchens. »Mein Licht geht nicht.«

»Das muss wieder die Sicherung sein«, rief die Frau. »Warte, Lilou, ich such die Taschenlampe.«

Als sie einen Augenblick später eine Taschenlampe anknipste, war der Mann schon auf der Terrasse und drückte leise die Wohnzimmertür zurück ins Schloss. Dann lief er durch den Garten, schloss das Tor und verschwand in der Nacht.

73. Kapitel

Leon hatte beschlossen, sich nicht weiter zu ärgern. Vielleicht hatten die anderen ja recht. Vielleicht lagen die Dinge tatsächlich so, wie es Zerna, der Staatsanwalt und der Klinikchef vermuteten. Vielleicht hatte er sich in eine fixe Idee verrannt, und es hatte nie einen dritten Mann am Ort des letzten Verbrechens gegeben. Aber in einem Punkt war sich Leon absolut sicher. Er hatte die Säge nicht im Abfall des Apartmenthauses versteckt. Und wer hatte Isabelle eine tote Katze auf die Terrasse gelegt? Es gab ein Geheimnis hinter diesen Morden, und Leon hatte beschlossen, es zu lüften. Und wenn es seine Zeit dauerte, dann war das eben so. Schließlich war er heute beurlaubt worden. Bitte sehr, dann würde er sich auch benehmen wie ein Urlauber, und das würde damit beginnen, dass er bei einem Café crème im Miou die FAZ las.

Er stellte seinen Wagen in Le Lavandou am Hafen ab und ging noch bei Nortier vorbei, um sich die Zeitungen zu besorgen. In der Saison drängten sich vormittags die Touristen in der Buchhandlung, heute war sie leer. Das heißt, als Leon den Laden in der Avenue de Général de Gaulle betrat, war Madame Auteuil mit der Beratung einer Kundin beschäftigt. Die junge Frau war sichtbar schwanger. Sie stand im hinteren Teil des Geschäfts in der Abteilung »Familie und Kinder« und ließ sich ein Buch über den richtigen Umgang mit Neugeborenen empfehlen. Madame Auteuil würde das Buch für die junge Frau bestellen. In ein paar Tagen könnte sie es sich abholen, hörte Leon die Verkäuferin sagen. Er hatte sich die Zeitung aus dem Ständer geholt und dabei nur ein paar Sätze der Unterhaltung mitbekommen. Als sich die Verkäuferin Namen, Adresse und Telefonnummer der Kundin aufschrieb, kam ihm eine verwegene Idee.

»Ich komm dann in drei Tagen vorbei«, sagte die junge Frau fröhlich und verließ den Laden.

»Beruhigend, dass die jungen Leute noch nicht alles über das Internet erledigen«, sagte Leon.

»Schwangere Frauen lassen sich gerne beraten. Wir sind der einzige Buchladen in der ganzen Gegend.«

»Ist Monsieur Nortier im Haus?«, fragte Leon.

»Leider nicht. Er ist für ein paar Tage in Aix. Er wollte einige Erstausgaben erwerben.«

»Klingt interessant«, meinte Leon.

»Soll ich ihm etwas ausrichten?«

»Nein, vielen Dank, sehr freundlich«, sagte Leon. »Aber es eilt nicht.«

»Ich kann Ihnen die Sonntagszeitung zurücklegen, Docteur«, sagte Madame Auteuil.

»Das wäre sehr nett. Nur eine Frage: Haben Madame Hamdan und Madame Bonnet bei Ihnen auch Bücher bestellt?«

»*Mon bébé – les six premiers mois*«, zitierte die Verkäuferin. Leon sah sie fragend an. »Das ist der Titel des Buches: Alles, was ich über die ersten sechs Lebensmonate meines Babys wissen muss.«

»Sind Sie da sicher?«, fragte Leon

»Natürlich, das Buch habe ich doch noch für beide Frauen bestellen müssen. Sie waren beide so glücklich, so voller Erwartungen ...« Sie unterbrach sich und schüttelte den Kopf. »Wer hätte denn auch ahnen können, was passieren würde?«

Leon bezahlte die Zeitungen. Dann ging er zu seinem Wagen, klappte das Verdeck auf und nahm die D 12 in Richtung Cuers. Der Café crème im Miou würde warten müssen.

74. Kapitel

Cuers war ein verschlafener Ort tief in den Hügeln der Provence. Die Menschen lebten vom Weinanbau und von den Touristen. Jetzt im Oktober saß man entspannt an der Place de la Convention, beobachtete den Verkehr, der sich durch die engen Gassen schob, oder ging auf einen kleinen Schwatz in die Brasserie L'Aviation. Leon setzte sich an einen freien Tisch gleich zwischen Theke und Eingang und bestellte einen Café crème. Ein paar Minuten sah er dem Treiben auf dem Platz zu, wo eine Gruppe Einheimischer im Schatten der Platanen saß und lautstark über die rückläufigen Tourismuseinnahmen lamentierte.

»Sie sind nicht von hier«, sagte ein Mann im Bistro, der bereits zu dieser frühen Stunde ein Glas Rotwein in der Hand hielt. »Woher kommen Sie? Halt, sagen Sie es nicht ... Nizza.«

»Le Lavandou«, antwortete Leon.

»Ein Besucher aus Le Lavandou«, gab der Weintrinker die interessante Nachricht der kleinen Runde an der Theke weiter.

»Gefährliches Pflaster«, meinte ein anderer, und alle lachten.

»Da gehe ich auf keinen Fall hin.«

»Jedenfalls nicht zu Fuß«, sagte der Mann, und wieder wurde gelacht.

»Hat es jemals etwas Ähnliches in Cuers gegeben?«, fragte Leon in die Runde.

»Was? Abgeschnittene Füße? Nein, wirklich nicht.« Der Mann nahm seinen Fuß vom Barhocker und streckte ihn in die Runde. »Bitte schön, alles noch dran.«

Wieder wurde gelacht, und jemand bestellte eine weitere Runde. Leon lehnte eine Einladung der Männer auf einen Wein ab, ließ sich aber zu einem Mineralwasser überreden. Wofür er allerdings mitleidige Blicke erntete.

»Da gab's doch mal den Fuß vom Friedhof«, sagte ein Mann mit Baskenmütze. Er war sichtlich älter als seine Kumpane. Sein Gesicht war von einem Leben im Weinberg gegerbt.

»Ja, ja, Marcel«, sagte einer der Jüngeren und klopfte dem Mann auf die Schulter. »So was gab's nur in der guten alten Zeit.«

»Das war damals kein Fuß«, sagte ein dicker Mann, bei dessen puterrotem Gesicht Leon auf Bluthochdruck tippte. Da war der Wein am Vormittag keine gute Wahl. »Das war ein Schuh. Ein blutiger Schuh. Haben sie gefunden, als sie die neue Wasserleitung bei der Kirche gelegt haben. Das muss in den Achtzigern gewesen sein.«

»Nein, kein Schuh«, protestierte der alte Mann. »Ihr könnt mir glauben, das war ein Fuß. Fragt den alten Sarrault.«

»Wer bitte ist Sarrault?«, fragte Leon.

»Der Bestatter, wer denn sonst.« Der jüngere Gast deutete über den Platz. »Dahinten in der Rue Fraternité. Sind keine hundert Meter dahin. Können Sie gar nicht verfehlen.«

»Danke, dann werde ich am besten mit Monsieur Sarrault sprechen.«

»Warum interessiert Sie eigentlich so was? Sind Sie von der Polizei?«

»Nein, ich arbeite für die Rechtsmedizin.«

»Kein Scheiß, Mann? Leichen aufschnibbeln und so was?«, fragte der Gast, der Leon zum Wein hatte einladen wollen.

»Mir wird schlecht.« Ein Mann im Trainingsanzug tat so, als müsste er sich gleich übergeben.

»So ähnlich«, meinte Leon. Und machte mit seinem Tonfall klar, dass er keine weiteren Fragen mehr beantworten würde.

Die Rue Fraternité war eine schmale Gasse, und Leon wäre beinahe an dem Beerdigungsinstitut vorbeigelaufen. Es war in einem unauffälligen Steinbau untergebracht, der schon in die Jahre gekommen war und zwischen einem Laden für Haushaltsgeräte und einer kleinen Reinigung lag. Neben dem Eingang stand ein weißer Keramiktopf mit einem bunten Strauß verstaubter Plastikblumen. An der Tür befand sich eine Messingtafel mit dem Namen »Sarrault«. Darunter war ein Palmzweig eingraviert, daneben eine Urne und der Hinweis: »Beerdigungen anderer Konfessionen auf Anfrage«.

Durch das Schaufenster, das mit burgunderfarbenen Vorhängen und einer schweren Schabracke abgehängt war, konnte man einen geöffneten Holzsarg mit weißem Satinfutter erkennen.

Leon läutete, ein melodischer Doppelton erklang, und ein Mann Ende vierzig in einem schlecht sitzenden Anzug öffnete die Tür.

»Monsieur Sarrault?«, fragte Leon höflich und reichte dem Mann die Hand. »Bonjour, mein Name ist Dr. Ritter, Rechtsmediziner an der Klinik Saint-Sulpice.«

»Bonjour, kommen Sie bitte herein, Docteur.«

Er führte seinen Gast ins Wohnzimmer. Auf dem Tisch stand ein Teller mit frischen Feigen, um die eine müde Wespe summte. Neben dem Sofa saß ein alter Mann in einem Rollstuhl. Er hatte, trotz sommerlicher Temperaturen, eine Wolldecke um die Beine gewickelt. Der Mann hielt den Kopf schief und sah Leon schweigend an.

»Tut mir leid«, sagte Leon. »Wenn es gerade ungelegen ist. Vielleicht komme ich später noch einmal vorbei.«

»Das ist mein Vater.« Sarrault zupfte den alten Mann am Arm und sprach etwas lauter. »Das ist Docteur Ritter. Der Médecin légiste aus Hyères. Du weißt schon, der Deutsche.«

»Ah, der Deutsche ...« Der Alte nickte bedeutungsvoll und reckte Leon eine trockene, faltige Hand hin.

»Bonjour, Monsieur Sarrault«, sagte Leon.

»Mein Vater ist schon sechsundneunzig Jahre alt. Darum muss man etwas lauter sprechen. Aber da oben ist er noch ganz klar.« Dabei tippte sich der Beerdigungsunternehmer mit dem Finger gegen die Stirn. »Was führt Sie nach Cuers? Was kann ich für Sie tun?«

»Es geht um einen Fall, den wir zurzeit untersuchen. Vielleicht können Sie mir helfen, Licht in diese Sache zu bringen.«

»Sie meinen, die Morde an den jungen Frauen?«, fragte Sarrault neugierig.

»Ja, richtig.«

»Wie können wir Ihnen da helfen?« Sarrault wandte sich an seinen Vater. »Der Docteur untersucht die Morde in Le Lavandou.«

»Aha, eine schlimme Geschichte.« Der alte Mann schob Leon den Teller mit den Früchten hin. »Nehmen Sie sich eine Feige. Die hat mein Sohn heute frisch gepflückt.«

»Vielen Dank, nicht jetzt. Ich habe gerade eine Kleinigkeit gegessen«, log Leon.

»Wir verkaufen sie auch auf dem Markt«, erklärte der Vater.

»Vater ...«, sagte Sarrault mit leichtem Tadel in der Stimme.

»Warum auch nicht? Mit Beerdigungen lässt sich nicht mehr viel verdienen.« Der alte Mann kicherte. »Die große Grippewelle in den Dreißigern, ja, das waren goldene Zeiten damals. Da gab es mehr Beerdigungen als …«

»Vater, bitte«, unterbrach ihn Sarrault.

»Ich erwähne es ja nur.« Der alte Mann hob wie zur Entschuldigung die Hände.

»Was ich gerne wissen würde«, begann Leon vorsichtig, »hat es hier jemals einen Fall wie den in Le Lavandou gegeben?«

»Sie meinen, dass jemand seinem Opfer die Füße abgetrennt hat? Nein, bestimmt nicht.«

Leon sah zu dem alten Mann, der die Augen geschlossen hatte und zu schlafen schien.

»Die blutigen Schuhe.« Der alte Mann blinzelte plötzlich und sah Leon an. »Der Hund von Monsieur Nicolas hat sie damals angeschleppt.«

»Das meint der Docteur doch nicht«, fiel ihm sein Sohn ins Wort und legte seinem Vater die Hand auf die Schulter.

»Doch, doch, das ist interessant. Was waren das für Schuhe?«, hakte Leon nach.

»Frauenschuhe, blutige Frauenschuhe. Die Stadt hat damals die Wasserleitungen in der Rue Fraternité erneuert. Nicolas, unser Nachbar, hat mir die Schuhe gebracht. Er wusste nicht, was er damit machen sollte. Hellblaue Frauenschuhe. Solche mit hohen Absätzen. Sie sahen ziemlich neu aus und teuer.«

»Die Geschichte hast du mir nie erzählt.«

Der Vater winkte nur ab. Wen interessierten schon seine alten Geschichten?

»Wann war das?«, fragte Leon.

»Irgendwann in den Achtzigern. Jedenfalls bevor wir den neuen Parkplatz für die Touristen bekommen haben.«

»Gibt es Unterlagen über den Vorfall? Waren Sie bei der Polizei?«

»Nicolas wollte nicht …« Der alte Mann klang, als wollte er sich entschuldigen. »Er hatte gerade heimlich angebaut. Schwarzbau, wenn Sie verstehen? Hätte er alles wieder abreißen müssen, wenn die Flics ihm draufgekommen wären.«

»Sind Sie sicher, dass das an den Schuhen Blut war?«

»Wir beide wissen doch ganz genau, wie Blut aussieht, Docteur«, sagte der alte Mann und schmunzelte.

»Und es gab damals keine anderen Hinweise? Keine Vermisstenanzeige, keinen Unfall oder einen Diebstahl?«, hakte Leon nach.

»Möglich. Aber es hätte keinen interessiert. Es war die Nacht des großen Sturms, le gros orage«, erinnerte sich der Vater. »Als der Meige alles zerstört hat.«

»Das ist der kleine Bach, der durch Cuers führt«, erklärte der Sohn. »Er wurde zu einem reißenden Fluss, der alles mitgenommen hat, was ihm in den Weg kam. Eine Katastrophe. Ich war noch ein Kind.«

»Fünf Tote.« Der alte Mann hielt seine Hand mit gespreizten Fingern hoch. »Fünf, und ich habe sie alle beerdigt. Das war vielleicht eine Trauerfeier in Notre-Dame d'Assomption. Blumen, Särge, alles von Sarrault. Heute lassen die Menschen ihre Toten von Billiganbietern beerdigen. Ist das zu fassen?«

Der Alte sah aus dem Fenster. Wahrscheinlich träumte er jetzt von den guten Tagen, dachte Leon. Alle schwiegen.

»Kennen Sie zufällig eine Familie Nortier?«, fragte Leon schließlich.

»Nortier, hat der nicht damals diesen Hof bei Les Veys gekauft?«, fragte der Alte seinen Sohn.

»Stimmt, er wollte Trüffel züchten. In seinem Keller.«

»Trüffel züchten. Hier bei uns …« Der alte Mann schüttelte

den Kopf. »Le roi des imbéciles, der König der Verrückten. So haben sie ihn genannt.«

»Ich war mit seinem Sohn in der Grundschule«, erinnerte sich Sarrault junior. »Wir haben uns über seinen Vater lustig gemacht. Der arme Kerl. Sie wissen ja, wie Kinder sind.«

»Hieß der Sohn Edmond?«, fragte Leon.

»Richtig, Edmond. So ein großer Dünner. Hat nie viel geredet.«

»Auch so ein Spinner«, sagte der Alte. »Genau wie sein Vater.«

»Das kannst du so nicht sagen.« Sarrault sah seinen Vater an. »Das mit seiner Schwester hat ihn damals sehr getroffen.«

»Was war mit der Schwester?« Leon wurde hellhörig.

»Eine Frühgeburt«, erklärte der Alte. »Ein Mädchen, siebter Monat, hat der Docteur damals gesagt. Wog gerade ein Kilo. Sie ist bei der Geburt gestorben.«

»Warum musste Madame Sarrault das Kind auch unbedingt zu Hause bekommen«, sagte der Junior.

»Es waren komische Leute«, erinnerte sich der Alte. »Das Kind lag zwei Tage bei den Nortiers im Sarg. »Damit seine Seele wandern konnte, hat der Vater gesagt.«

»Haben Sie das Kind beerdigt?«

»Natürlich. Liegt auf dem Friedhof von Cuers. Die Kleine war so leicht in ihrem winzigen Sarg. Wie eine Katze.« Sarrault kicherte. »Ich sag doch, das waren Spinner.«

»Edmond ist danach jeden Tag zum Friedhof«, erinnerte sich der Junior.

»Was hat ein Kind auf dem Friedhof zu suchen?« Der alte Sarrault öffnete mit spitzen Fingern eine der Feigen. »Das ist doch kein Spielplatz.«

»Wissen Sie, was aus dem Jungen geworden ist?«, fragte Leon.

Der Alte zuckte mit den Schultern, dann schlürfte er die reife Feige aus der Schale.

»Wenn Sie mehr über Edmond Nortier wissen wollen, müssen Sie mit Bertrand reden«, sagte der Alte.

»Bertrand war mein Grundschullehrer«, erklärte der Sohn des Bestatters.

»Bertrand kennt sie alle«, meinte der alte Sarrault. »Der weiß alles über Nortier, den Spinner, und über seinen Sohn.«

Das gepflegte, provenzalische Haus der Bertrands mit dem terrakottafarbenen Dach und den hellblauen Läden lag am nördlichen Stadtrand, gleich am Ufer der Meige. Auf dem Grundstück standen Korkeichen und Zypressen, und neben der Haustür gab es ein kleines Gehege, in dem zwei Schildkröten einen Haufen von Salatblättern verspeisten.

»Romeo und Julia«, sagte die Frau, die aus dem Garten kam. Leon sah sie irritiert an. »So hat mein Mann sie genannt. Es sind Hermanns-Schildkröten, davon gibt es jede Menge im Massiv des Maures.«

»Leon Ritter.« Leon gab der Frau die Hand.

»Bertrand«, sagte die Frau. »Sie wollen bestimmt zu meinem Mann.« Madame Bertrand war Ende sechzig, hatte wache, freundliche Augen und schien ununterbrochen zu lächeln. Sie trug eine grüne Kittelschürze, aus deren Tasche der Griff einer Gartenschere herausragte.

Obwohl Leon völlig unangemeldet kam und nicht einmal angerufen hatte, empfing sie ihn wie einen alten Bekannten.

»Ich muss mich entschuldigen, dass ich einfach so bei Ihnen hereinplatze«, sagte Leon, während er von der Frau des Lehrers zur Terrasse geführt wurde. »Aber ich war zufällig ganz in der Nähe und da …«

»Sie brauchen sich doch nicht zu entschuldigen. Mein Mann freut sich immer, wenn er Besuch bekommt. Sie kommen doch wegen der Cigales?«

»Cigales?«, fragte Leon verwundert.

»Zikaden, Grillen«, versuchte Madame Bertrand zu erklären. Sie nahm ihren Gast freundlich am Ellbogen und führte ihn zu einem kleinen Gartenhaus, das man auf einem Pfad durch Tomatenstauden und Salatbeete erreichte.

»Hier gibt es ja mehr Gemüse als bei Carrefour«, staunte Leon, der nur die Pflanzen kannte, die bei ihm im Kochtopf landeten.

»Ist eine Menge Arbeit, gerade um diese Jahreszeit.« Madame Bertrand zog die Gartenschere aus der Tasche. »Jetzt im Herbst muss ich die Büsche zurückschneiden. Zurzeit ist der Oleander dran.«

Die Frau des Lehrers war vor einem Gartenhaus stehen geblieben.

»Und Sie kommen wirklich nicht wegen der Zikaden?«, vergewisserte sie sich noch einmal. Leon zuckte nur mit den Schultern. »Na dann ...«

Sie klopfte an die Tür des Gartenhauses.

»Du hast Besuch, mon cher«, rief sie vergnügt.

Die Tür öffnete sich, und Leon konnte das laute Zirpen einer Grille hören.

Ein Mann Anfang siebzig erschien. Er war klein mit einem wuchtigen Schädel, auf dem ihm eine beneidenswert üppige Mähne wuchs, auch wenn sie schneeweiß war. Er musterte Leon neugierig.

»Sie kommen nicht wegen der Zikaden ...«, stellte der Lehrer mit einem Blick fest.

»Ist es nicht zu spät im Jahr für Zikaden?« Leon deutete auf die geöffnete Tür. Das Insekt musste irgendwo ganz in der Nähe sitzen.

»Ah, der Monsieur interessiert sich also doch für die größten Sänger der Provence.« Der Lehrer lächelte und streckte Leon die Hand hin. »Bertrand.«

»Dr. Ritter«, stellte sich Leon vor. »Von der Rechtsmedizin am Klinikum Saint-Sulpice.«

»Klingt interessant. Was führt Sie zu uns?«

»Ich hätte ein paar Fragen, bei denen Sie mir vielleicht helfen könnten.«

»Ich lasse euch dann mal allein«, sagte Madame Bertrand und ging zurück in den großen Garten.

Leon folgte dem Mann in die Gartenlaube. Der Raum sah aus wie ein Laboratorium aus einer anderen Zeit. An den Wänden hingen Glaskästen mit aufgespießten Käfern und Schmetterlingen. Dazwischen gab es Fotografien, die die verschiedensten Arten von Zikaden zeigten. Zumindest vermutete Leon das. Es gab Regale voller Bücher und Ordner, und es gab eine Arbeitsplatte, auf der verblasste Schachteln mit Tonbändern gestapelt waren. Daneben stand ein altes Gerät, auf dem sich langsam zwei Spulen drehten. Über die Lautsprecher kam das ohrenbetäubend laute Zirpen einer Zikade.

»Lyristes plebejus«, sagte Bertrand. Leon sah ihn fragend an. Der Hobbyforscher drückte auf eine Taste an dem antiquarischen Apparat, und der Ton brach abrupt ab. »Eine Singzikade. So klingt ihr Liebeswerben. Sie kennen das Geräusch aus dem Sommer.«

»Ich liebe dieses Geräusch«, sagte Leon.

»Das freut mich. Manche Menschen ertragen es nicht. Die besondere Frequenz bereitet ihnen Kopfschmerzen.« Er deutete auf ein Regal, auf dem Dutzende von beschrifteten Schachteln mit Tonbändern standen. »Das sind alles Tonaufzeichnungen von unterschiedlichen Zikaden. Man kann sie an ihrem Gesang erkennen.«

»Unglaublich.« Leon hielt den Kopf schief, um die Aufschriften zu studieren.

»Die Leute glauben immer, die Cigales produzieren den Gesang, indem sie die hinteren Beine an ihren Flügeln reiben.«

»Stimmt das etwa nicht?«, fragte Leon.

»Nein. Sie haben ein sogenanntes Trommelorgan im Hinterleib.« Bertrand war sichtlich zufrieden, Leon überraschen zu können. »Das funktioniert so ähnlich wie ein Knackfrosch.«

»Knackfrosch ...?«

»Sie kennen doch das Kinderspielzeug.« Bertrand hielt die rechte Hand in die Höhe und tippte mit dem Zeigefinger gegen seinen Daumen. »Diese kleinen Blechfrösche, bei denen man auf ein Metallplättchen drückt und dabei entsteht dieses typische Klickklack. So ähnlich funktioniert das Trommelorgan dieser Insekten. Nur dass sie in der Lage sind, in einer Sekunde Dutzende solcher Klickklack-Impulse zu erzeugen. Das ist das Ergebnis.«

Bertrand drückte noch einmal auf die Start-Taste des Tonbands und lauschte versonnen dem Zirpen der Grille. Leon schenkte ihm ein anerkennendes Nicken und deutete auf seine Ohren. Der Lehrer stellte das Gerät wieder ab.

»Auf jeden Fall sind sie ziemlich laut«, sagte Leon. »Ich meine, wenn man bedenkt, wie klein sie sind.«

»Es sind nur die Männer, die singen.«

»Heute lerne ich wirklich etwas«, meinte Leon.

»Aber deswegen sind Sie nicht hierhergekommen?« Der Lehrer sah Leon mit einem listigen Lächeln an.

»Ich arbeite an einem schwierigen Fall. Es geht um ...« Leon machte eine Pause.

»Um diese Frauen?«, fragte Bertrand. »Ich habe darüber gelesen. Ich dachte, der Täter hätte Selbstmord begangen.«

»Falls er der Täter war. In diesem Punkt sind die Ermittlungen noch nicht abgeschlossen.«

»Interessant ... Wie kann ich Ihnen helfen?«

»Es geht um einen Ihrer Schüler. Sein Name ist Edmond Nortier.«

»Edmond? Mon Dieu ... Das muss in den Achtzigerjahren gewesen sein.«

»Sie erinnern sich an ihn?«

»Ja, natürlich. Ich habe ihm doch den Platz im Internat besorgt.«

»Ein Internat, warum?«

»Was hat Edmond mit dem Fall zu tun?«, stellte Bertrand die Gegenfrage.

»Ganz ehrlich, Monsieur Bertrand? Ich weiß es nicht, aber ich versuche, die Hintergründe in diesem Fall zu verstehen.«

Bertrand nickte, beugte sich ein Stück nach vorn und spähte in den Garten. Dann lehnte er sich zurück, griff in ein Regal und stellte zwei Schnapsgläser auf den Tisch. Die Schnapsflasche fischte er aus einer Schublade.

»Armagnac, selbst gebrannt. Fünfundzwanzig Jahre alt. Hat mir ein Kollege mitgebracht. Auch ein Grillenfreund.« Bertrand fragte Leon gar nicht, ob er etwas wollte, sondern füllte die beiden Schnapsgläser. Dann reichte er eines davon Leon.

»Santé«, sagte Bertrand.

»Auf die Zikaden«, sagte Leon und nahm nur einen kleinen Schluck, um seinen Gastgeber nicht zu kränken. »Sehr gut.«

»Sie fragen sich bestimmt, warum ich dem kleinen Edmond einen Platz im Internat besorgt habe ... Er hat mir leidgetan.«

»Gab es Probleme in der Familie?«

»Mehr, als ein zehnjähriger Junge verkraften konnte«, sagte Bertrand. »Mir war aufgefallen, dass er anfing, sich selbst zu verletzen. Hatte keine Freunde. Ist immer bis ans Limit gegangen. Ich erinnere mich noch, dass er einmal vom Scheunendach gesprungen ist, mitten in einen Scherbenhaufen.«

»Warum hat er Ihrer Meinung nach so etwas getan?«, fragte Leon.

»Bei dem Vater? Da waren die Probleme doch vorprogrammiert«, sagte der Lehrer. »Aber in diesen Dingen kennen Sie sich ja besser aus als ich.«

»Sie meinen die unkonventionellen Projekte, die der Vater auf seinem Hof gestartet hatte?«

»Unkonventionell ...« Bertrand lachte. »Das ist ziemlich untertrieben. Verrückt wäre das passendere Wort.«

»Wollte er nicht Trüffel züchten?«

»Trüffel züchten, den Weinanbau revolutionieren. Zuletzt hatte er sich sogar an Bienen versucht.«

»Hat er Honig produziert?«

»Ach was. Alles ist schiefgegangen. Er hat das gesamte Erbe seiner Familie vernichtet, und das war angeblich eine ordentliche Summe. Das hat ihn fertiggemacht.«

»Er hat aufgegeben?«

»Er war manisch-depressiv. Wurde immer wieder in die Nervenklinik nach Draguignan eingeliefert. Edmond hat dann in der Klasse erzählt, sein Vater wäre mal wieder in Amerika. Hat mir leidgetan, der Junge.« Bertrand nahm einen Schluck und spürte einen Moment dem wohligen Brennen nach, das der Schnaps in seiner Kehle hinterließ. »Dann passierte das mit seiner Schwester.«

»Davon habe ich gehört«, sagte Leon. »Sie ist bei der Geburt gestorben ...?«

Bertrand nickte. »Dabei hatte sich Edmond so auf seine Schwester gefreut. Er war schließlich das einzige Kind auf dem großen Hof. Allein mit einem verrückten Vater und einer kranken Mutter. Sie hatte Multiple Sklerose.«

»Was ist mit der Schwester passiert?«

»Sie wurde beerdigt. Ihr Bruder Edmond war damals drei Tage verschwunden. Es war alles zu viel für ihn.«

»Da haben Sie sich um ihn gekümmert?«, fragte Leon.

»So gut ich konnte«, sagte Bertrand. »Ich habe ihn für den Platz in dem katholischen Internat empfohlen.«

»Und die Eltern?«

»Erst starb die Mutter. Einige Jahre später der Vater. Er soll sich das Leben genommen haben. Die ganze Familie liegt auf dem Friedhof von Cuers.« Er goss sich einen Schnaps nach und sah zu Leon, doch der winkte höflich ab. »Wissen Sie, man lernt als Lehrer so einige problematische Familien kennen«, sagte Bertrand. »Aber solche Schicksale sind selten. Zum Glück.«

»Was ist aus dem Hof geworden?«

»Der war hoch verschuldet und stand jahrelang leer. Es gab eine entfernte Verwandte, aber die hat schließlich das Erbe abgelehnt. Vor ein paar Jahren wurde der Hof verkauft. Das habe ich jedenfalls gehört. Angeblich an einen Investor aus Paris. Der wollte hier Wein anbauen.«

»Auch gescheitert?«

»Er ist nie aufgetaucht«, sagte Bertrand. »Das ist keine Gegend für Wein, nicht mal, wenn die EU jeden Quadratmeter zweimal subventioniert.«

Leon bedankte sich höflich und ließ sich von dem Lehrer beschreiben, wo der ehemalige Hof der Nortiers lag. Dann verließ er Bertrand, der sich wieder seinen Tonbandaufnahmen widmete. Als Leon sich von Madame Bertrand verabschiedete, bestand sie darauf, dass er einen Karton frisches Gemüse mitnahm. Alles selbst gezogen und frei von Insektiziden, wie sie betonte.

»Das schmeckt nicht so wie der Kram aus dem Supermarkt.«

75. Kapitel

Die Weinstöcke auf den Feldern waren längst abgeerntet, und ein leichter Mistral wehte welke Blätter über die staubige Straße. Leon hatte angehalten und war ausgestiegen, um ein verbeultes Blechschild an einem Telegrafenmast zu studieren. Seit über einer halben Stunde suchte er nach dem Bauernhaus der Nortiers. Es würde bald dämmrig werden, und er hatte schon gefürchtet, er würde das Anwesen gar nicht mehr finden, als er das Schild entdeckte.

»Piste du Papillon« konnte Leon auf der rostigen Wegmarkierung entziffern. Das war die Adresse, die Bertrand ihm genannt hatte. Hier bog ein Feldweg von der Straße ab und schob sich noch etwa dreißig Meter weiter durch die Büsche den Hang hinauf. Dann verwandelte sich der Weg in eine steinige Piste mit tief ausgewaschenen Fahrrinnen, die man nur noch mit einem Traktor oder einem Camion bewältigen konnte. Leon ließ seinen Wagen stehen und ging zu Fuß weiter. Wandelröschen und Wacholderbüsche wuchsen weit in den Weg hinein. Trotzdem zeigten ihm Reifenspuren im Staub, dass gelegentlich doch jemand in diese Einsamkeit fuhr.

Keine hundert Meter weiter öffnete sich das Gelände zu einer weiten, hellen Senke, die an ihren Rändern von einem dichten Wald aus Korkeichen und Zedern begrenzt wurde. Gleich am Weg stand das Bauernhaus hinter einer Hecke von Tamarisken, die die Abendsonne in eine rosa Wolke verwandelte. Das Haus war ein zweistöckiger, verwinkelter Bau, bei dem an vielen Stellen der Putz abgebröckelt war und so den Blick auf die braungelben Steine freigab, aus denen das Gebäude gemauert war. Das Haus musste einmal ein eindrucksvoller Bau gewesen sein, dachte Leon. Heute wirkte es heruntergekommen und verlassen. Unzählige Regenstürme hatten dunkle Spuren auf den Mauern hinterlassen, und wilder Wein hatte eine der Seitenwände erobert. Jetzt, nachdem der Herbstwind die Blätter weggerissen hatte, sahen die kahlen Äste aus wie dürre Finger, die sich an der Mauer festkrallten.

Die Fensterläden waren verschlossen. Trotzdem hatte Leon das Gefühl, dass hier gelegentlich jemand vorbeikam, um Schäden zu beseitigen. Dazu gehörten auch die zahlreichen Reparaturen des Daches, das durch die vielen unterschiedlichen Ziegel wie ein großer Flickenteppich aussah. Hinter dem Haus befanden sich der Geräteschuppen und zwei langgezogene Scheunen. Wahrscheinlich hatte Nortier seinerzeit dort seine vergeblichen Trüffelexperimente durchgeführt. Inzwischen befanden sich die Scheunen in erbärmlichem Zustand. Die Scheiben waren eingeschlagen und die Dächer zum Teil eingestürzt. Diese Gebäude zu renovieren wäre sinnlos gewesen. Man konnte ihnen nur noch beim Verfall zusehen.

Gegen die maroden Scheunen und Schuppen wirkte das Haus geradezu gepflegt. Leon ging zur Eingangstür. Jemand hatte ganz offensichtlich die Stufen gefegt. Er sah sich um, dann klopfte er. Nichts geschah. Was hatte er auch erwartet?, fragte sich Leon. Dass der alte Nortier ihm als Geist erscheinen würde? Er sah zum Himmel hinauf. Wolken hatten sich vor die trübe Herbstsonne geschoben, die jetzt flach über den Hügeln des Massif des Maures stand. So wie es aussah, würde es demnächst anfangen zu regnen.

Leon umrundete das Haus, alles war sorgfältig verschlossen. Er probierte die Türklinke, sie schien gut geölt, aber die Tür war verschlossen. Als er ein wenig am Fensterladen neben dem Eingang rüttelte, fiel der verrostete Riegel herunter und der Laden schwang mit einem lauten Quietschen auf, das in der stillen Landschaft wie ein Schrei klang. Leon wartete einen Moment, aber nichts rührte sich im Haus. Er stieg auf eine Bank und versuchte, durch das Fenster zu spähen. Dicke, dunkle Vorhänge versperrten die Sicht, aber an einer Stelle klafften die Stoffbahnen eine Handbreit auseinander. Hier drängte sich das letzte Sonnenlicht hindurch und erleuchtete einen geheimnisvollen Raum. Es dauerte ein paar Augenblicke, bis Leons Augen sich angepasst hatten, und es schien ihm so, als wäre es das erste Licht, das seit Jahrzehnten in diesen Raum fiel. Es war ein Blick in die Vergangenheit. Möbel, Bilder, Teppiche. Eine Reise mit der Zeitmaschine in die Siebzigerjahre. Leon schloss den Laden wieder so sorgfältig er konnte.

Nachdenklich ging Leon zurück zu seinem Auto. Er war ein wenig enttäuscht von seinem Ausflug. Aber was hatte er erwartet? Was machte er überhaupt hier mitten in der Einsamkeit? Hatte er wirklich geglaubt, Antworten zu finden? Antworten in diesem Fall, der dabei war, sein Leben mit Isabelle zu zerstören?

In diesem Moment hörte Leon das Geräusch eines schweren Wagens, der langsam den Weg heraufkam. Er blieb stehen. Das Motorengeräusch brach ab. Offenbar hatte der Wagen dort angehalten, wo Leon seinen Peugeot abgestellt hatte. Er hörte das Schlagen einer Autotür. Sollte er warten, ob der Unbekannte näher kam? Das war albern. Er musste sich nicht verstecken. Was sollte schon passieren? Er hatte von dem verlassenen Bauernhof gehört und sich ein wenig in der Gegend umgesehen. Leon hörte, wie der Diesel wieder ansprang und der Wagen sich rumpelnd und klappernd über den Feldweg entfernte. Wenige Augenblicke später war es wieder so still, dass man nur noch den Mistral in den Korkeichen hörte.

Leon ging zurück zu seinem Peugeot, stieg ein, wendete und fuhr zurück nach Le Lézard. Er hatte das sichere Gefühl, dass er dem Geheimnis näher gekommen war. Nur gelang es ihm noch nicht, die losen Enden, die er in der Hand hielt, zusammenzufügen. Aber er würde die Antwort finden. Es war nur eine Frage der Zeit und des Glücks.

76. Kapitel

Dumont hatte über dem Studium der Bibel die Zeit vergessen. Er erinnerte sich, dass er irgendwann die Leselampe an dem Stehpult eingeschaltet hatte. Aber das musste vor Stunden gewesen sein. Er sah auf die Uhr. Es war erst acht. Um diese Jahreszeit wurde es schon früh dunkel, und man verschätzte sich leicht mit der Zeit. Der Priester hatte im Alten Testament gelesen, drittes Buch Mose. Über den zornigen, strafenden Gott, der den verdammt, der sich unzüchtig verhält. Gab es eine schmutzige Liebe, die Gott strafte? Oder war die Liebe nicht immer etwas Gutes, Erstrebenswertes und Reines? Durfte er David lieben? Auf diese brennende Frage hatte er keine Antworten in der Bibel gefunden.

Dumont war erschöpft. Er räumte seinen Schreibtisch auf und frankierte noch den Brief an die Kirche in Hyères, in dem er um Geld für neue Lautsprecher bat, damit man seine Predigt sonntags auch in den hinteren Reihen verstand. Gerade die alten Leute hatten Probleme, dem jungen Priester mit der sanften Stimme zu folgen.

Dumont verschloss sorgfältig die Tür zur Sakristei und steckte den Schlüssel in die lederne Aktentasche, die er immer mit sich trug. Das Kirchenschiff war düster. Nur die Lampen über dem Altar und im Eingang brannten noch und tauchten den Raum in ein geheimnisvolles Zwielicht. Normalerweise fühlte Dumont sich wohl und geborgen, wenn er abends noch einmal durch die Kirche ging, um das Haus Gottes für die Nacht abzuschließen. Doch an diesem Abend war es anders. Die Luft war kühl, beinahe ungemütlich.

Dumont zog den Schlüssel für die schwere Eichentür aus der Tasche und wollte eben das Licht löschen, als er die helle Trainingsjacke entdeckte. Jemand hatte sie vor dem Beichtstuhl fallen lassen. Dumont, dem jede Unordnung zuwider war, machte ein paar Schritte auf den Beichtstuhl zu, um die Jacke aufzuheben. Da bemerkte er zu seiner Überraschung, dass der Stuhl besetzt war. Unter dem Vorhang des Beichtstuhls waren nackte Männerfüße zu erkennen, die in Sandalen steckten. Schuhe, wie sie Hunderte von Touristen trugen, die auch noch im Herbst die steilen Gassen von Bormes les Mimosas bevölkerten. Sicher, es war schon acht Uhr abends. Aber hatte nicht jeder Sünder einen Anspruch auf Vergebung? Offenbar war dieser Mann bereit gewesen, so lange auf ihn zu warten.

»Guten Abend«, sagte Dumont und versuchte, seine Ungeduld zu verbergen.

»Na endlich«, murmelte eine Stimme hinter dem Vorhang.

Dumont öffnete die hölzerne Tür, setzte sich auf das schmale gepolsterte Bänkchen und beugte den Kopf zu dem Holzgitter, das ihn von dem Unbekannten trennte. Es war so düster im Beichtstuhl, dass der Priester kaum die Umrisse seines Gegenübers erkennen konnte, aber er roch das starke Aftershave, das der Mann benutzte. Dumont konnte seinen Besucher atmen hören. Sonst herrschte absolute Stille. So still wie in einem Grab, dachte Dumont und fühlte sich plötzlich unwohl.

»Nun, mein Sohn«, sagte Dumont. Er würde nur noch diese Beichte abnehmen und dann endlich in seine gemütliche Wohnung gehen.

»Ich habe es wieder getan, Père«, sagte die Stimme mit einem provozierenden Unterton.

Dumont erstarrte.

Schon als er die ersten Worte hörte, wusste der Priester, wer da auf ihn gewartet hatte. Es war der Mann, der ihm schlaflose Nächte bereitete und der ihn an seiner Berufung hatte zweifeln lassen. Dieser fürchterliche Mensch, der ihn an den Teufel selbst erinnert hatte. Die Erkenntnis war so schockierend, dass dem Priester für einen Augenblick der Atem stockte. Er spürte, wie eine Welle der Kälte in ihm hochkroch, wie es in seinen Fingerspitzen kribbelte und in seinen Ohren rauschte. Die Panikattacke kam so plötzlich und mächtig wie ein Blitzeinschlag an einem strahlenden Sommertag. Dumont zwang sich, ruhig zu atmen. Er musste seine Panik bekämpfen, musste wieder einen klaren Kopf bekommen.

»Sie sagen ja gar nichts, Père«, provozierte ihn der Mann.

»Ich möchte ... dass Sie ...«, versuchte es der Priester. Er musste seinen Körper wieder unter Kontrolle bekommen. Er durfte jetzt nicht umkippen, keine Schwäche zeigen. Er musste den Unbekannten stellen, diesem Spuk ein Ende machen.

»Sie sind schuld, dass wieder eine Frau gestorben ist«, sagte der Mann mit einem unbeschwerten Singsang in seiner Stimme. »Qualvoll gestorben, wenn ich das hinzufügen darf. Sie hätten es verhindern können. Aber Sie wollten mich ja nicht von meiner Schuld erlösen.«

»Bitte, gehen Sie ... jetzt ... sofort!« Der Priester musste sich auf jedes seiner Worte konzentrieren. Er fühlte sich noch immer wie gelähmt. Die Angst umklammerte seinen Brustkorb wie eine eiserne Weste.

»Wollen Sie nicht wissen, was ich getan habe? Ich habe ihr ein Handtuch in den Mund gesteckt, damit niemand sie schreien hört.« Der Mann sagte es mit einer leichten Stimme, als würde er sich an einen besonders schönen Urlaubstag erinnern.

»Hören Sie auf, bitte …«, stammelte der Priester.

»Warten Sie«, plauderte der Mann im Beichtstuhl weiter. »Das Beste kommt erst noch. Dann habe ich sie aufgeschnitten. Und warum habe ich das alles getan? Weil Sie mir nicht helfen wollten.«

»Verlassen … Sie … das Haus Gottes!« Dumont konzentrierte sich auf seinen Atem. Er spürte, wie er langsam die Kontrolle über seinen Körper zurückgewann.

»Warum soll ich gehen? Ich bin auch ein Geschöpf Gottes«, sagte der Unbekannte. »Fühlen Sie sich nicht wohl, Père?«

Er musste die Frau von der Polizei erreichen, dachte Dumont. Er musste diesen Teufel aufhalten. Gott hatte ihn für diese Aufgabe auserwählt. Nur deshalb saß er jetzt mit diesem Mann im Beichtstuhl. Er musste ihn irgendwie hinhalten.

»Es war nur eine kleine Schwäche, kein Problem.« Der Priester versuchte, selbstsicher zu klingen. »Ich habe schon das letzte Mal gesagt, dass Gott alle Sünden vergibt, wenn ein Sünder aufrichtig bereut. Auch du kannst bereuen, mein Sohn.«

»Ach, ich könnte stundenlang mit Ihnen plaudern, Père.« Der Unbekannte hustete kurz. »Aber ich muss los. Termine, Sie verstehen?«

»Glaube mir, es befreit die Seele, wenn man sich zu seinen Sünden bekennt«, antwortete Dumont schnell. Er musste verhindern, dass der Mann die Kirche verließ.

»Das haben Sie das letzte Mal auch versprochen«, antwortete der Mann mit einem Lachen. »Aber es stimmt nicht …«

»Diesmal werde ich dir zuhören, mein Sohn.« Jetzt lag Verzweiflung in der Stimme des Priesters.

»Netter Versuch, Père«, sagte der Mann verschwörerisch, wie

zu einem Kumpel. »Aber da gibt es diese eine besondere Frau, und die möchte ich auf keinen Fall warten lassen. Sie verstehen das doch?«

Dumont hörte, wie der Mann aufstand, den Vorhang zur Seite schob und den Beichtstuhl verließ. Er musste handeln, dieser furchtbare Mensch durfte nicht entkommen.

»Warte..!«, rief Dumont.

Er riss die Tür des Beichtstuhls auf, und im nächsten Augenblick stand er dem Mann gegenüber. Er sah das Gesicht des Unbekannten nur für den Bruchteil einer Sekunde und wusste sofort, dass er ihm schon einmal begegnet war. Aber wo?

»Warten Sie, Sie müssen mit mir reden!« Der Priester griff nach dem Arm des Mannes, der ihm an Kraft und Körpergröße weit überlegen war. In diesem Moment drehte sich der Fremde blitzschnell um und versetzte dem Priester einen so heftigen Stoß gegen die Brust, dass der rückwärts zwischen die Kirchenbänke stürzte. Ein heftiges Stechen schoss Dumont durch die Brust, dort wo er auf der harten Kante der Bank aufgeschlagen war. Trotz Schmerzen versuchte er sofort, wieder hochzukommen. Aber bevor er wieder auf den Beinen war, hörte er den Mann aus der Kirche stürmen. In diesem Moment spürte Dumont zum ersten Mal ein Gefühl, das er bisher noch nicht gekannt hatte: Mut. Er würde diesen Mann stellen. Das schuldete er der Kirche und allen, die ihr Vertrauen in ihn gesetzt hatten. Dumont lief los, und plötzlich spürte er die Schmerzen in der Brust nicht mehr.

Er sah, dass der Mann die schmale Treppe der Rue des Bougainvilléas genommen hatte, und folgte ihm. Sie waren ganz allein in den dunklen Gassen von Bormes les Mimosas. Was sollte er tun? Um Hilfe rufen? Der Unbekannte hatte bereits einen Vorsprung von über dreißig Metern, und Dumont musste sich anstrengen, das Tempo zu halten, um ihn nicht aus den Augen zu verlieren. Der Priester spürte, wie ihm vor Anstrengung der Schweiß an Rücken und Brust hinunterrann. Immer wieder verlor er den Mann für Sekunden aus dem Blick, aber er konnte dessen Keuchen und Husten hören. Da wusste er, dass diese Verfolgung auch an den Kräften des Unbekannten zehrte.

Nach knapp zwei Minuten erreichte Dumont schwer atmend den großen Parkplatz von Bormes, und im gleichen Moment registrierte er, dass der Mann, den er verfolgte, verschwunden war. Von dem Parkplatz gingen zahlreiche Treppen und Wege ab, trotzdem hatte der Priester das Gefühl, als wäre der Mann immer noch ganz in der Nähe.

Dumont zog sein Handy aus der Tasche. Er hatte noch die Nummer von der freundlichen Beamtin der Gendarmerie nationale in seinem Telefon gespeichert. Doch es meldete sich nur ihre Mailbox.

»Er war wieder in der Kirche.« Der Priester rang nach Atem. »Der Mann. Von dem ich Ihnen erzählt habe. Wir sind am oberen Parkplatz in Bormes. Aber jetzt ist er verschwunden. Rufen Sie mich zurück, bitte. Ich weiß nicht, was ich tun soll ...«

In diesem Moment hörte der Priester einen Wagen von hinten heranrollen. Er drehte sich um. Die Scheinwerfer gingen an. Der Fahrer gab Gas, fuhr genau auf ihn zu. Zu spät, um zu fliehen. Von dem heranrasenden Auto trennten ihn nur noch Bruchteile einer Sekunde.

Hier endet also dein Leben, auf einem staubigen Parkplatz in der Provence, dachte der Priester. Wahrscheinlich hatte er es nicht anders verdient. Dann waren die Lichter da.

77. Kapitel

Leon hatte geträumt, er müsste sein zweites Staatsexamen noch einmal bestehen. Alle seine Kommilitonen waren erst in ihren Zwanzigern. Nur er nicht. Er wollte seine Note verbessern, erklärte Leon im Traum den anderen. Der Prüfungsleiter teilte ihm mit, dass all seine akademischen Qualifikationen, einschließlich seiner Promotion, gestrichen worden seien. Leon befand sich plötzlich wieder ganz am Anfang seiner Ausbildung. Schweißgebadet war er aufgewacht.

Jetzt stand er auf der Terrasse seines Hauses und hielt eine Tasse mit heißem Kaffee in der Hand. Die frühen Strahlen der Oktobersonne waren eben erst über die Hügel gekrochen. Es war noch kühl, aber die Luft war frisch und roch nach feuchter Erde. In der Ebene konnte Leon die silberne Spur des Réal Collobrier sehen. Und den Nebel, den die Sonne aus den feuchten Büschen, Bäumen und Gräsern löste. Leon atmete tief ein und genoss den Augenblick.

In diesem Moment klopfte es an der Haustür. Er hatte gar kein Fahrzeug kommen hören.

Leon rührte sich nicht von der Stelle. Er wollte niemanden sehen. Darum würde er jetzt auch niemandem die Tür öffnen. Er wollte allein sein. Dann hörte er, wie die Tür vorsichtig geöffnet wurde.

»Leon …?!«, rief eine vertraute Stimme.

»Ich bin hier draußen«, antwortete Leon und lächelte.

Einen Moment später erschien Isabelle auf der Terrasse.

»Guten Morgen«, sagte er.

»Guten Morgen«, kam es etwas kühl von Isabelle.

Als er ihr einen Kuss geben wollte, hielt sie ihm ihre Wange hin.

»Gut, dass du hier bist«, sagte Isabelle.

Das klang weniger nach Zuneigung als nach Job, dachte Leon. Isabelle zog ihr Handy aus der Tasche.

»Gestern Abend hat mich Dumont angerufen. Du erinnerst dich an den Priester?«

»Natürlich, was ist mit ihm?«

Isabelle startete die Mailbox. Leon hörte konzentriert zu. Der Priester klang verängstigt, aber das Beunruhigendste war das Ende der Aufzeichnung.

»Bitte rufen Sie mich zurück. Ich weiß nicht, was ich jetzt tun soll …« Dumont schrie die Worte geradezu in sein Handy, wie ein zum Tode Verurteilter, der noch einen letzten wichtigen Satz sagen wollte, dann tat es einen dumpfen Schlag.

»Wart ihr auf dem Parkplatz?«, fragte Leon.

»Wir sind sofort hingefahren«, erwiderte Isabelle. »Aber da war nichts. Dumont ist verschwunden. Die Aufnahme klingt, als hätte ihn jemand niedergeschlagen, was denkst du?«

»Kannst du das bitte noch mal laufen lassen? Aber diesmal etwas lauter«, bat Leon.

Isabelle drückte erneut den Startknopf. Diese Verzweiflung in der Stimme, dachte Leon. Die Aufzeichnung endete mit einem lauten Rauschen.

»Ein Auto«, sagte Leon. »Ich denke, er ist von einem Auto erfasst worden.«

»Ich kann da kein Auto hören.«

»Das Mikrofon dämpft automatisch alle Geräusche außer der Sprache. Aber kurz vor dem Schlag kann man ein helles Summen hören.«

Isabelle startete die Aufzeichnung erneut.

»Denkst du, das ist ein Motor?«, fragte sie dann.

»Jemand gibt Vollgas. Vielleicht wurde Dumont weggeschafft. Deine Leute sollen die Umgebung absuchen«, empfahl Leon.

»Das machen sie doch schon längst.«

Leon sah Isabelle an. Sie sah attraktiv aus, wie immer. Entschlossen und trotzdem entspannt. Aber irgendetwas schien sie zu belasten. Leon konnte es am Klang ihrer Stimme hören.

»Ich freu mich, dass du hier bist«, sagte Leon.

»Einsam hier oben.« Sie sah ihn lächelnd an.

»Jetzt nicht mehr.« Er lächelte zurück. »Warum bleibst du nicht? Ein paar Tage hier im Haus würden dir bestimmt auch guttun.«

»Du weißt, warum.«

»Habe ich dich wirklich so sehr verletzt?«

»Das kannst du nicht verstehen, oder?«, sagte Isabelle.

»Isabelle ...«, begann Leon und legte seine Hand auf ihren Arm.

In diesem Moment hörte man mehrere Fahrzeuge den Weg durch den Weinberg herauf zum Haus kommen. Leon konnte durch die abgeernteten Weinstöcke die dunkelblauen Einsatzfahrzeuge der Gendarmerie nationale mit ihren weißen Streifen erkennen.

»Weißt du, was die hier wollen?«, fragte Leon irritiert.

»Keine Ahnung«, sagte Isabelle.

Die Fahrzeuge bremsten scharf im Hof. Der Kies knirschte. Leon hörte das Schlagen von Türen.

»Wenn die Flics so ein Trara machen, bedeutet das nichts Gutes.« Leon tat entspannt, aber er war beunruhigt.

Diesmal war das Klopfen an der Tür laut, energisch und anhaltend.

»Was soll das? Ich bin ja schon da«, sagte Leon laut, als er die Haustür öffnete.

Draußen standen drei Polizeifahrzeuge. Neun Beamte in Uniform waren ausgestiegen. Unter ihnen Zerna und Moma. Lieutenant Masclau hatte sich nach vorn gedrängt und hielt Leon einen Schrieb hin. An der Trikolore in der linken oberen Ecke erkannte Leon, dass es sich um ein offizielles Papier handeln musste.

»Monsieur Ritter«, sagte Masclau förmlich, und Leon fiel sofort auf, dass der Polizist ihn nicht wie üblich mit »Docteur« ansprach. »Wir haben einen Durchsuchungsbeschluss für Ihr Haus und das ganze dazugehörige Gelände.«

Leon griff nach dem Papier. »Mandat de Perquisition« stand da. Unterzeichnet war der Beschluss vom Gericht in Toulon. Aus dem Augenwinkel sah Leon Zerna näher kommen.

»Bitte treten Sie zur Seite, Monsieur«, sagte Zerna. »Und lassen Sie die Männer ihre Arbeit machen.«

»Sie machen uns doch keine Schwierigkeiten?«, meinte Masclau.

Für Leon klang es so, als würde der Lieutenant nur darauf warten, dass Leon sich ihm in den Weg stellte.

»Ich weiß nicht, was Sie zu finden hoffen. Aber kommen Sie herein.« Mit einer höflichen Geste gab Leon die Tür frei.

Sofort drängten sich drei Beamte ins Haus. Sie schienen eher neugierig, als dass sie klare Vorstellungen davon hatten, wonach sie eigentlich suchen sollten.

In diesem Moment tauchte Isabelle auf. »Was soll das, Didier?«, fragte sie, und er reichte ihr wortlos den Gerichtsbeschluss.

»Genau das frage ich mich auch«, sagte Leon.

»Staatsanwalt Orlandy hat die Durchsuchung angeordnet, und das Gericht hat den Beschluss vor einer Stunde unterzeichnet«, antwortete Zerna. »Sehen Sie sich auch die Nebengebäude an«, befahl er zwei Beamten, die sich in Richtung Scheune bewegten.

»Sie wissen, dass das ganze Theater überflüssig ist.« Leon sah Zerna an, der sich plötzlich in seiner Haut nicht mehr besonders wohlzufühlen schien. Was offenbar an Isabelle lag, mit deren Anwesenheit niemand gerechnet hatte.

»Sie wissen doch, wie das läuft. Wir müssen jeder Spur nachgehen«, erklärte Zerna. »Die Staatsanwaltschaft entscheidet, was zu tun ist.«

»Da müssen Sie jemandem ganz schön ans Bein gepisst haben«, meinte Masclau, der es spürbar genoss, Leon in der Defensive zu sehen.

»Patron«, sagte Isabelle ungewohnt förmlich. »Sie glauben doch nicht ernsthaft, dass Docteur Ritter ...«

»Schon gut, Isabelle«, unterbrach Leon sie freundlich. »Ich mach das schon.«

»Es geht nicht darum, was ich glaube«, antwortete Zerna. »Wir ermitteln in einem Mordfall. Und das ohne Rücksicht auf die Person.«

»Haben Sie mir nicht noch vor zwei Tagen erklärt, dass der Täter bereits feststeht?«, fragte Leon provozierend.

»Wer hat denn alle mit seiner Theorie vom großen Unbekannten genervt? Und das auch noch vor dem Staatsanwalt.« Der Polizeichef klang verärgert. »Voilà, jetzt suchen wir nach dem Unbekannten. Müsste Sie doch eigentlich beruhigen.«

»Das ist doch Unsinn«, mischte sich Isabelle noch einmal ein.

»Wir haben keinerlei Beweise, ja nicht einmal Indizien, die in die Richtung von Docteur Ritter ...«

»Capitaine«, unterbrach Zerna seine Mitarbeiterin förmlich. »Darf ich Sie darauf hinweisen, dass Sie dabei sind, Polizeiinterna vor einem Verdächtigen preiszugeben.«

»Jetzt bin ich also schon verdächtig?« Leon schüttelte den Kopf.

»Wir ermitteln in alle Richtungen, Monsieur Ritter«, sagte Zerna.

In diesem Moment kam Moma zur Tür herein. Er sah unentschlossen aus, wie er zwischen Leon und seinem Chef hin und her sah.

»Wir haben da etwas gefunden, Patron«, sagte er schließlich. »Das sollten Sie sich besser mal ansehen.«

Leon, Zerna und die anderen Polizisten standen in respektvollem Abstand vor einer Mülltonne aus dunkelgrünem Plastik. Die Männer hatten die Köpfe abgewendet, als könnten sie so dem süßlichen Gestank ausweichen, der ihnen aus dem Abfall entgegenschlug. Immer wieder warfen die Beamten verstohlene Blicke in Richtung Tonne, aus der ein so lautes Summen zu hören war, als befände sich dort ein Wespennest. Eine Wolke dicker Fliegen wirbelte über dem offenen Müllbehälter.

Vor Zerna stand ein junger Polizist mit blassem Gesicht, der sich die Faust vor den Mund presste. In der anderen Hand hielt er den runden Deckel der Mülltonne. An seiner Wange liefen Schweißtropfen herab.

»Ich hab nur den Deckel hochgehoben und da ...« Der Polizeibeamte musste würgen.

»Schon gut, schon gut.« Zerna wedelte mit der Hand. »Gehen

Sie ein Stück und dabei schön tief durchatmen. Das wird schon wieder.«

Leon war der Einzige, der direkt vor der geöffneten Tonne stand und fasziniert hineinsah. Mitten auf einem Stapel alter Zeitungen, zwischen leeren Joghurtbechern und Gemüseresten, lag ein blutiger Fuß. Abgesägt knapp über dem Knöchel und von Fliegen umschwirrt. Leon sah auf und ging zu Zerna, der einige Meter hinter ihm stehen geblieben war und in sein Smartphone sprach.

»In Ordnung. Ich gebe das so weiter«, sagte Zerna. Dann schaltete er das Gerät ab. Er sah Leon an und nickte in Richtung Fuß. »Wie lange ist das her?«

»Grob geschätzt drei Tage«, antwortete Leon. »Für eine genauere Bestimmung müsste ich ihn mir in der Autopsie ansehen.«

»Claire Leblanc?«, fragte Zerna kurz.

»Das kann ich so nicht beurteilen. Da müsste ich die Schnittflächen an der Leiche vergleichen«, meinte Leon ruhig. »Aber ja, ich denke, es handelt sich in jedem Fall um den Fuß einer Frau.«

»Können Sie den irgendwie einpacken?« Zerna deutete in Richtung der Tonne.

»Fragen Sie mich das als Verdächtigen oder als Rechtsmediziner?«

»Jetzt werden Sie mal nicht spitzfindig«, sagte Zerna.

»Ich habe Asservatenbehälter im Auto.«

»Sie können den Fuß nicht untersuchen«, sagte Zerna entschieden. «Das ist Ihnen doch klar.«

»Ich stehe also immer noch unter Verdacht?«

»Was glauben Sie denn?« Didier schien jedes Wort zu genießen. »Wir haben auf Ihrem Grundstück gerade Körperteile eines Mordopfers entdeckt.«

»Die ich hier in meinem Mülleimer versteckt habe?« Leon

klang eher genervt als eingeschüchtert. »Das glauben doch nicht mal Sie, Lieutenant.«

»Wir haben nicht behauptet, dass wir Sie für den Täter halten.« Zerna sah Leon an. »Aber es gibt eine Menge Spuren, die wir uns nicht erklären können. Und die weisen alle in Ihre Richtung.«

»Da will mich jemand fertigmachen. Das ist doch ganz offensichtlich.«

»Das sagen Sie«, meinte Zerna. »Toulon sieht den Fall pragmatischer. Staatsanwalt Orlandy erwartet Sie heute um sechzehn Uhr zu einem Gespräch.«

78. Kapitel

Zwei Stunden später war die Gendarmerie wieder abgerückt. Sie hatten keine weiteren Funde mehr auf Leons Grundstück gemacht. Der Mülleimer war sichergestellt worden, und den abgetrennten Fuß hatte man gut verpackt im Kofferraum eines Einsatzfahrzeugs der Gendarmerie in die Gerichtsmedizin gebracht, wo er von Rybaud untersucht würde.

Leon und Isabelle waren allein auf Le Lézard zurückgeblieben. Leon hatte Magenschmerzen. Die waren weniger auf die vier Kaffee zurückzuführen, die er an diesem Tag bereits getrunken hatte, als auf die wachsenden Sorgen, die ihm dieser Fall bereitete. Er begleitete Isabelle zu ihrem Wagen. Sie musste zurück ins Revier nach Le Lavandou.

»Was hast du jetzt vor?«, fragte sie.

»Ich habe da eine Theorie, der ich nachgehen möchte.«

»Ermittlungen sind ausschließlich Aufgabe der Polizei. Das weißt du.«

»Dummerweise glaubt mir die Polizei aber nicht.«

»Ich glaube dir.«

Leon sah Isabelle an und lächelte. Sie war tatsächlich die Einzige, der er noch vertraute.

»Was für eine Theorie ist das?«, fragte Isabelle.

»Besser, du weißt es nicht.«

»Das klingt nach Ärger«, sagte Isabelle. Leon zuckte gleichgültig mit den Schultern.

»Ich möchte dich nicht verlieren, Isabelle«, sagte er plötzlich.

Isabelle lächelte und strich ihm über die Hand. Dann stieg sie in ihren Wagen, startete den Motor und ließ das Fenster herunter.

»Ich glaube, dass vorletzte Nacht jemand bei uns im Haus war.«

»Im Ernst? Hast du deinen Kollegen Bescheid gesagt?«, fragte Leon besorgt. Isabelle schüttelte den Kopf.

»Vielleicht hab ich mich auch geirrt. Ich bin mir nicht sicher.«

»Wurde etwas gestohlen?«

»Weiß nicht. Ich kann die kleine goldene Kette nicht mehr finden.«

»Du musst deine Kollegen informieren. Versprochen?«

»Ich bin ein großes Mädchen.« Isabelle lächelte. »Das weißt du doch.«

»Ja, ich weiß«, sagte Leon.

Isabelle fuhr davon. Leon sah dem Auto nach, bis es zwischen den Weinstöcken verschwunden war. Zum ersten Mal seit Jahren spürte er Angst. Angst, dass sich sein ganzes Leben auflösen könnte.

Am Himmel zogen dunkle Wolken auf, die aus dem Norden kamen. Sie würden Regen bekommen, dachte Leon.

79. Kapitel

Der Mann hatte den Höhenweg genommen. Der Waldrand mit dem dichten Bestand aus Korkeichen und den Fichten bot jede Menge Deckung. Hier oben würde ihn niemand sehen. Aber mit seinem starken Fernglas konnte er genau beobachten, was sich zweihundert Meter entfernt vor dem alten Haus im Weinberg abspielte. Er hatte die Frau kommen sehen und dann die Fahrzeuge der Polizei. Und dann hatten sie ganz offensichtlich etwas gefunden. Denn es kamen noch mehr Polizeiautos und noch mehr Beamte, die jeden Stein umdrehten.

Der Mann lächelte zufrieden, ging zurück in den Wald und folgte dann dem Pfad, der auf einer Lichtung endete, wo sein Lieferwagen stand. Es war Zeit, dass er zurückfuhr. Er hatte noch eine Menge zu erledigen.

80. Kapitel

Leon hatte eine Weile damit verbracht, die Spuren zu beseitigen, die die Polizei in seinem Haus hinterlassen hatte. Dabei waren die Beamten vergleichsweise rücksichtsvoll gewesen. Nicht wie die Cops in amerikanischen Gangsterfilmen, in denen Schubladen aufgerissen, Bücher aus den Regalen geworfen und Sessel aufgeschnitten wurden. Die Polizei hatte nur ein paar Quittungen für Gartengeräte mitgenommen. Aber Leon hatte ihnen glaubwürdig versichert, dass er diese Werkzeuge nur für die Pflege seiner Weinstöcke und nicht für Morde an jungen Frauen benutzte.

Anschließend hatte Leon die Staatsanwaltschaft in Toulon angerufen und sich entschuldigt. Er hatte behauptet, sich nicht wohlzufühlen. Er könne im Moment sowieso nichts Neues zur Lösung des Falles beitragen. Aber er würde natürlich sofort nach Toulon kommen, wenn er sich besser fühlte. Die Sekretärin hielt kurz Rücksprache mit Monsieur Orlandy. Der Staatsanwalt war bereit, die Befragung um achtundvierzig Stunden zu verschieben. Dann allerdings würde er darauf bestehen, dass der Termin eingehalten wurde. Die Staatsanwaltschaft würde auch die Gendarmerie nationale in Le Lavandou über den neuen Termin informieren und sich vorbehalten, bei Nichterscheinen Dr. Ritter vorführen zu lassen.

Das Telefonat mit Toulon hatte Leon immerhin ein wenig Zeit

für weitere Recherchen verschafft. Wenn er schon von der Staatsanwaltschaft befragt würde, dann wollte er zumindest irgendetwas zu berichten haben, das seine Theorie untermauern könnte.

Gegen vierzehn Uhr erhielt Leon einen Anruf von Isabelle. Zwei Männer der Telefongesellschaft, die dabei waren, eine neue Leitung zu legen, hatten die Leiche von Pater Dumont gefunden. So wie es aussah, war der Priester überfahren worden. In einer engen Kurve der D 41, keine acht Kilometer von Le Lézard entfernt. Leon brauchte keine zehn Minuten bis zur angegebenen Stelle. Er parkte am Straßenrand.

Ein Beamter der Gendarmerie nationale hielt für ihn das Absperrband in die Höhe. Offenbar wusste der Mann nicht, dass man Leon suspendiert hatte. Die Leiche lag knapp drei Meter von der Straße entfernt zwischen hüfthohen Sträuchern. Mehrere Beamte standen um den Toten herum und betrachteten ihn. Als Erster entdeckte Didier den Médecin légiste, der auf die Gruppe zukam.

»Was machen Sie denn hier, Docteur?«, sagte Didier so laut, dass auch Zerna ihn hören musste. Der Polizeichef drehte sich um, und seine Miene zeigte Missmut.

»Sie wissen, dass Sie eigentlich nicht hier sein dürften«, sagte er, aber es schien ihn nicht wirklich zu stören.

»Offiziell bin ich noch immer der Leiter der Rechtsmedizin«, erklärte Leon freundlich, aber bestimmt. »Kann ich ihn mir mal ansehen?«

»Patron ...?« Didier sah empört den Polizeichef an.

»Sehen Sie ihn sich ruhig an.« Zerna nickte in Richtung des Toten. »Wenn Sie schon mal hier sind.«

Leon zog seine Latexhandschuhe an und beugte sich zu dem Toten hinab. Der Priester lag auf dem Rücken. An seinen Händen und an seinem Hinterkopf gab es mehrere Hautabschürfungen, die nicht geblutet hatten. Leon tastete mit den Fingerspitzen den Brustkorb ab. In Höhe des Brustbeins waren mehrere Rippen gebrochen. Soweit Leon es ertasten konnte, war mindestens eine der Rippen in die Lunge und den Herzbeutel eingedrungen. Leon öffnete das Hemd des Toten. Er trug eine Kette mit einem Kreuz um den Hals. Auf seiner Brust waren eine großflächige Quetschung und schwere Blutergüsse zu sehen.

»Ich denke, er wurde hierhergebracht und aus dem Auto geworfen«, sagte Leon zum Polizeichef.

»Ist er hier gestorben?«, fragte Zerna.

»Nein. Da war er bereits tot.« Leon deutete auf den Oberkörper des Mannes. »Ihm wurde der Brustkorb eingedrückt. Ein heftiger Stoß mit einem breiten Gegenstand. Ich würde auf einen Zusammenprall mit einem Auto tippen.«

»Können Sie etwas über die Todesursache sagen?«, fragte Zerna.

»Herzstillstand. Ich vermute, dass eine der Rippen in Lunge und Herzbeutel eingedrungen ist«, erklärte Leon. »Offenbar eine Folge des Unfalls.«

»Können Sie schon einen Todeszeitpunkt bestimmen?«, fragte Zerna.

Leon beugte sich über den Toten und versuchte vorsichtig, den Arm zu bewegen. Dann untersuchte er die Augenwinkel und die Nasenlöcher, an denen sich ein paar Fliegen niedergelassen hatten.

»Die Totenstarre ist voll ausgeprägt«, sagte Leon. »Das bedeutet, er ist wahrscheinlich gestern am späten Abend angefahren worden. Die vergangene Nacht war kühl. Es waren also kaum Insekten unterwegs.« Leon deutete auf das Gesicht und die Schürfwunden des Opfers. »Die Fliegen haben den Toten erst heute im Laufe des Morgens entdeckt. Ich vermute, er wurde zwischen elf

Uhr nachts und heute Morgen vor Sonnenaufgang hierhergeschafft.«

»Und das können Sie natürlich alles an den Verletzungen ablesen?«, stichelte Didier.

»Ich denke, er wurde mit einem Lieferwagen hierhergebracht«, antwortete Leon nüchtern. »Dann hat der Täter Père Dumont an den Füßen gepackt, aus dem Wagen gezogen und hinter die Büsche geschleift. Darum hat der Tote eine Verletzung am Hinterkopf, die nicht geblutet hat. Und daher stammen auch die Schürfwunden an den Händen.«

»Danke, Docteur«, sagte Zerna kühl. »Das wär's dann.«

»Mit einer Autopsie könnte ich natürlich präzisere Daten liefern.«

»Wir haben bereits Monsieur Rybaud informiert. Er wird die Obduktion vornehmen«, sagte Zerna. »Anordnung der Staatsanwaltschaft.«

»Jemand hat diesen Mann ganz offensichtlich umgebracht und wollte ihn verschwinden lassen«, sagte Leon und sah Zerna an. »Wenn die Leute von der Telekom nicht gewesen wären, wer weiß, wann man ihn gefunden hätte.«

»Fangen Sie jetzt schon wieder damit an?« Zerna klang genervt.

»Es ist noch nicht zu Ende«, sagte Leon. »Talbot war nicht der Täter. Ich weiß es, und Sie wissen es auch. Egal, was die Medien behaupten.«

»Genug jetzt.« Zerna wirkte verunsichert. »Gehen Sie.«

»Na dann«, sagte Leon und zog sich ganz ruhig die Handschuhe aus. »Viel Erfolg noch.«

Die Beamten sagten nichts. Zerna erteilte ein paar Anweisungen, während Leon zurück zu seinem Wagen ging. An der Absperrung traf er Moma, der einem verärgerten Autofahrer klarmachte, dass er leider umdrehen musste, weil die Straße gesperrt war. Wütend wendete der Mann seinen Wagen und fuhr davon.

»Lieutenant Kadir«, sagte Leon höflich, »könnte ich Sie einen Augenblick sprechen?«

»Ja, worum geht es denn?«, fragte Moma.

»Begleiten Sie mich ein paar Schritte?« Leon machte eine Kopfbewegung in Richtung eines jungen Beamten, der die Straßensperre überwachte. »Mein Auto steht gleich vor der Kurve.«

Moma nickte. Leon hatte sich mit Lieutenant Kadir von Anfang an gut verstanden. Ihm gefielen die ruhige Art des Beamten und seine unerschütterliche Zuverlässigkeit.

»Sie könnten mir bei einer kleinen Recherche helfen, Lieutenant«, sagte Leon. »Es geht um einen Eintrag im Grundbuchamt von Cuers.«

»Sie wissen, dass wir Ihnen keine derartigen Auskünfte erteilen dürfen.«

»Das weiß ich. Mich interessiert ja auch nur ein Name. Ich würde gerne wissen, wer der Besitzer eines bestimmten Bauernhofes bei Cuers ist. Die Adresse lautet: Piste du Papillon 35.«

»Sie wissen doch, wie es läuft.« Moma tat so geduldig, als müsste er die Zehn Gebote erklären. Die Männer waren vor Leons altem Peugeot stehen geblieben. »Sie müssen eine offizielle Anfrage beim Grundbuchamt stellen, Docteur.«

»Ich weiß, Lieutenant.« Leon sah Moma an. »Aber das dauert Wochen. Ich habe aber nur achtundvierzig Stunden. Ich möchte Isabelle gern aus der Sache heraushalten, und für Sie wäre es nur ein kurzer Anruf. «

Moma atmete durch und sah sich um. In der Nähe stritten zwei Polizisten lautstark über das letzte Spiel von Olympique Marseille. Moma senkte die Stimme.

»Sie wissen, dass der Patron es nicht schätzt, wenn wir solche Informationen herausgeben.«

Das war reichlich untertrieben, dachte Leon. Wenn der Polizeichef dahinterkäme, würde Moma mit einer Abmahnung rechnen müssen und sein lang ersehnter Aufstieg in den Rang eines Capitaine könnte in weite Ferne rücken.

»Ich weiß, was es für Sie bedeutet. Aber ich wäre Ihnen wirklich sehr, sehr dankbar, Lieutenant Kadir.«

»Rufen Sie mich wegen dieser Sache auf keinen Fall an«, sagte Moma und ging ohne ein weiteres Wort davon. Dann blieb er stehen, nickte Leon kurz zu, und ging weiter.

Leon interpretierte diese Reaktion als Zusage. Wie er Moma einschätzte, würde der sich bei ihm melden, sowie er etwas in Erfahrung gebracht hatte.

Leon fuhr nach Lavandou. Er konnte jetzt nicht zurück in sein Haus, sich auf die Terrasse setzen und Däumchen drehen. Er musste in dieser Sache weiterkommen. Jemand versuchte, ihn zu zerstören, und das würde er nicht zulassen. Er wollte diesen Unbekannten stellen, der seine Existenz bedrohte, und er wollte ihn aus dem Verkehr ziehen – mit oder ohne Hilfe der Polizei.

Leon hatte seinen Wagen im neuen Hafen geparkt. Dann hatte er Brot bei Lu gekauft, außerdem Wein und Oliven in der kleinen Epicerie um die Ecke. Er wollte Vorräte im Haus haben, wenn Isabelle das nächste Mal bei ihm vorbeischaute. Falls sie überhaupt noch einmal vorbeischauen würde, dachte Leon. Doch der wirkliche Grund für seine ziellosen Einkäufe war ein ganz anderer. Er war sich nicht sicher, ob er mit Nortier reden sollte. Schon zwei Mal war er an dem Buchladen vorbeigegangen. Was konnte er Nortier schon fragen? Ob er etwas über den Tod der Frauen wusste, die alle einmal seine Kundinnen gewesen waren? Wahrscheinlich kamen jeden Monat Dutzende von schwangeren

Frauen aus der Gegend in seinen Laden, um Bücher über die richtige Behandlung von Babys zu kaufen.

Leon merkte, dass er in Gedanken versunken vor dem Schaufenster der Buchhandlung stehen geblieben war und in den Laden sah.

In diesem Moment entdeckte ihn Nortier, der ihm freundlich zuwinkte und ihn mit einer Handbewegung aufforderte hereinzukommen. Jetzt musste Leon den Laden betreten.

»Bonjour, Docteur«, sagte Nortier. »Ich hoffe, ich war nicht zu aufdringlich. Sie haben so nachdenklich gewirkt.«

»Überhaupt nicht, Monsieur Nortier«, antwortete Leon. »Ich wollte sowieso hereinschauen.«

»Ich weiß.« Nortier hob den Finger. »Die Sonntagsausgabe. Habe ich Ihnen extra aufgehoben.«

»Danke, sehr freundlich, dass Sie daran gedacht haben.«

»Madame Auteuil hat mir erzählt, dass Sie danach gefragt haben. Für unsere besonderen Kunden haben wir unseren besonderen Service. Voilà …«

Nortier griff unter den Ladentisch und zog die dicke Sonntagsausgabe der FAZ hervor.

»Haben Sie die Erstausgaben bekommen?«, fragte Leon.

»Was meinen Sie?«, fragte Nortier irritiert.

»Madame Auteuil sagte mir, Sie seien in Aix, um einige Erstausgaben zu erwerben.«

»Meine Mitarbeiterin plaudert gerne über Dinge, die sie nichts angehen«, sagte Nortier mit einem abfälligen Unterton und sah in den hinteren Teil des Ladens, wo Madame Auteuil einem Kunden eine Wanderkarte zeigte. »Ich werde mich wohl mal mit ihr unterhalten müssen.«

»Seien Sie nicht zu streng mit ihr«, sagte Leon. »Sie hat es nur gut gemeint. Außerdem bin ich neugierig auf alte Bücher.«

»Das Buch war zu teuer«, sagte Nortier. »Eine frühe Ausgabe von *La Bête Humaine*.«

»Zola«, sagte Leon.

»Sie kennen den Roman?«

»Nur den Titel. Ich habe das Buch nie gelesen. Zu wenig Zeit und Ruhe.«

»Immerhin kennen Sie das Buch. Niemand interessiert sich heute mehr für die Klassiker. Schon gar nicht hier in der Provinz.«

»Ich war übrigens kürzlich in Cuers«, sagte Leon.

»Warum erzählen Sie mir das?« Jetzt hatte die Stimme des Buchhändlers plötzlich einen leicht aggressiven Unterton.

»Haben Sie mir nicht gesagt, dass Sie aus Cuers stammen?« Leon redete einfach weiter. »Ein hübscher Ort, wirklich. Sehr romantisch.«

»So kann nur jemand reden, der in der Großstadt aufgewachsen ist.« Nortier lachte heiser. »Die Provinz, das ist in Wirklichkeit die Hölle auf Erden.«

»Sagen Sie nur, Sie sind nie wieder dort gewesen?«

»In der Provinz ist es, als würde man auf der Rückseite des Mondes leben.« Nortiers Stimme war voller Verachtung. »Ich muss nach hinten. Mich um die Buchhaltung kümmern.«

»Das kenne ich«, sagte Leon. Er nahm die Zeitung und legte sechs Euro in die Glasschale auf der Theke. »Schönen Tag noch.«

»Wünsche ich Ihnen auch.« Der Buchhändler schob das Geld in die Kasse. »War nett, mit Ihnen zu plaudern.«

Leon verließ den Laden und schloss die Tür. Er ärgerte sich über diesen Besuch. Was hatte er erwartet? Dass er nur kurz mit Nortier reden musste, und schon würde der ihm schreckliche Geheimnisse aus seiner Vergangenheit anvertrauen? Leon beschloss, ein Stück am Strand entlangzugehen. Die Wanderungen am Meer taten seiner Seele gut und brachten ihn oft auf neue Ideen.

In diesem Moment klingelte sein Handy. Es war Moma. Er hatte mit dem Grundbuchamt in Cuers gesprochen. Der Hof, nach dem er sich erkundigen sollte, gehörte einer Firma in Paris, »D&E – Divertissement Européen«. Leon bedankte sich und legte auf.

Vielleicht hatten Zerna und der Staatsanwalt ja recht. Vielleicht hatte er sich diesmal wirklich in eine fixe Idee verrannt, und es gab überhaupt kein Geheimnis zu lösen. Genauso wenig wie es einen Unbekannten gab. Vielleicht hatte der verrückte Talbot tatsächlich die Frauen getötet. Und Dumont? Vielleicht war er doch einfach bei einem tragischen Unfall überfahren worden. Und dann wollte der Unfallverursacher die Leiche loswerden. Wer konnte das schon wissen? Übermorgen würde Leon wie ein Idiot vor Staatsanwalt Orlandy stehen und sich entschuldigen müssen.

Für ein paar Augenblicke hing Leon seinen trüben Gedanken nach, dann hatte er sich wieder gefangen. Tief in seinem Inneren war er noch immer überzeugt, auf dem richtigen Weg zu sein. Egal, was die anderen sagten. Leon hatte bisher immer seiner Intuition vertrauen können. Und auch diesmal sagte ihm sein Gefühl, dass er auf dem richtigen Weg war. Mit neuem Schwung stapfte er durch den Sand.

Das Meer lag grau und ruhig da, wie ein Bergsee. Leon spürte den ersten Regen im Gesicht. Die Tropfen malten Tausende runder Kreise auf die stille Wasseroberfläche. Der Wind hatte aufgefrischt. Leon spürte den kommenden Sturm und schlug den Kragen seiner Jacke hoch.

81. Kapitel

Die Feier hatte länger gedauert, als Isabelle gehofft hatte. Jetzt stand sie unter dem Vordach des Rathauses und sah in den Regen hinaus, der wie ein Sturzbach vom Himmel fiel. Ihr Wagen stand am Hafen. Wenn sie jetzt losrannte, würde sie klatschnass sein, noch bevor sie ihr Auto erreichte. Also ging sie noch einmal zurück ins Foyer, lächelte freundlich und hörte den Gästen beim quälend langweiligen Small Talk zu. Aber das war immer noch besser, als die Gesundheit zu riskieren. Isabelle fühlte sich angeschlagen und müde. Der Stress der letzten Tage hatte sie erschöpft, und immer noch ging ihr die Drohung von diesem Legrand durch den Kopf.

Isabelle hatte ihr Büro am Nachmittag gegen fünf Uhr verlassen, um pünktlich im Rathaus zu sein, wenn die »Fleur d'Or«, die Goldene Blume, verliehen wurde. Nicht weil sie sich besonders dafür interessiert hätte, sondern weil Madame Berthier bei Zerna angerufen und ihn daran erinnert hatte, dass die Stadt fest mit der Anwesenheit des Polizeichefs rechnete. Und Zerna, der nicht das geringste Interesse an der Veranstaltung verspürte, hatte seine Stellvertreterin geschickt.

Die Verleihung war todlangweilig. Zuerst sprach der Bürgermeister, mit goldener Kette und Schärpe, dann folgten drei selbstgefällige Stadträte. Alle lobten sich gegenseitig und bestätigten einander, dass Le Lavandou mit dieser Auszeichnung ein weiterer großer Schritt als einer der bedeutendsten Ferienorte an der Côte d'Azur gelungen sei. Dann überreichten eine Dame und ein Herr vom Festkomitee dem Bürgermeister die Goldene Blume. Die Auszeichnung bestand aus einem glänzenden Messinggebilde in Form einer Rose, die auf einem zartblauen Samtkissen lag. Eine Trophäe, die an Scheußlichkeit nur schwer zu übertreffen war, dachte Isabelle.

Das Fernsehen machte seine Interviews, und der Fotograf vom *Var-Matin* schoss seine Bilder. Danach drängten die Gäste ins Foyer und stürzten sich auf Häppchen und Wein. Isabelle hatte mehrfach auf die Uhr gesehen, ob sie schon gehen könnte, ohne allzu ungesellig zu wirken. Doch inzwischen hatte es angefangen, wie aus Kübeln zu gießen, und sie musste ihren Aufbruch erneut verschieben. Inzwischen war sie Madame Berthier in die Hände gefallen, die sie unbedingt dem reizenden Herrn des Verleihungskomitees vorstellen wollte. Isabelle versuchte, die Gendarmerie nationale würdig zu vertreten, und beantwortete geduldig alle Fragen, während sie sich nach der Ruhe ihres gemütlichen Wohnzimmers sehnte.

Als Isabelle das nächste Mal am Ausgang vorbeikam, bemerkte sie, dass der Regen nachgelassen hatte. Inzwischen war es bereits nach zwanzig Uhr, und der Wein, der großzügig nachgeschenkt wurde, würde dafür sorgen, dass es niemandem auffiel, wenn sie jetzt die Veranstaltung verließ. Isabelle lief los. Le Lavandou war wie leer gefegt. Es war ein Abend, an dem die Einwohner zu Hause blieben. Die wenigen Touristen, die es noch gab, saßen beim Abendessen in den Restaurants, und sogar die Pensionäre mit ihren Hunden waren angesichts des Regens zu Hause geblieben.

Isabelles Renault stand einsam auf dem Parkplatz am Hafen.

Als sie ihn vor drei Stunden abgestellt hatte, standen die Autos hier noch dicht an dicht. Sie hatte einen der letzten Plätze bei den Mülltonnen nehmen müssen. Jetzt stand ihr Wagen ein wenig verloren neben den großen Blechcontainern. Sie lief mit schnellen Schritten auf das dunkelblaue Auto zu. Auf dem Lack glitzerten die Regentropfen im Licht der Straßenlaternen. Für einen kurzen Moment stutzte Isabelle, weil die Fahrertür nicht ganz geschlossen war. Nicht dass es um diese Jahreszeit in Le Lavandou noch Autodiebe gegeben hätte. Aber Isabelle schloss immer sorgfältig Türen und Fenster, gerade bei einem Wetter wie diesem. Jetzt hatte es wahrscheinlich auf ihren Sitz geregnet, und sie würde sich auf das nasse Polster setzen müssen, wenn sie nach Hause fuhr. In diesem Moment setzte der Regen wieder ein.

Isabelle öffnete den Wagen, rutschte schnell hinter das Lenkrad und zog die Tür mit einem energischen Ruck zu. Sie hatte Glück, dachte sie, der Sitz fühlte sich trocken an. Sie steckte den Zündschlüssel ins Schloss, und bevor sie ihn umdrehte, sah sie routinemäßig in den Rückspiegel. Für den Bruchteil einer Sekunde dachte sie, ihr Herz würde stehen bleiben. Aus dem Spiegel starrten sie zwei dunkle Augen an. Isabelle blinzelte, als müsste sie sich überzeugen, dass das keine Einbildung, sondern die Realität war. Hinter ihr, auf der Rückbank, saß ein Mann.

In nächsten Moment geschahen mehrere Dinge gleichzeitig. Isabelle packte den Griff neben sich und stieß die Tür auf. Doch im gleichen Augenblick spürte sie einen Arm, der sich um ihren Hals legte, und eine kräftige Hand, die ihr etwas auf Mund und Nase drückte. Es fühlte sich feucht an, wie ein Stück Stoff, das im Regen nass geworden war. Dann registrierte sie den beißend süßen Geruch einer Chemikalie, und im gleichen Moment fing es in ihrem Kopf an zu dröhnen. Isabelle schlug um sich, versuchte die Hand loszuwerden. Aber der Fremde auf dem Rücksitz hatte sie fest gepackt, wie mit einem Schraubstock. Das Rauschen in ihrem Kopf wurde lauter. Isabelles Blick trübte sich, und dann versank alles um sie herum in einer undurchdringlichen Dunkelheit.

82. Kapitel

Leon schlief schlecht in dieser Nacht. Der Regen trommelte ununterbrochen auf das Dach seines alten Bauernhauses, und jedes Mal, wenn er aufwachte, musste er an das denken, was ihm der Lehrer in Cuers über Nortier erzählt hatte. Als er um sechs Uhr wieder wach wurde, konnte er nicht mehr einschlafen. Also stand er auf, duschte heiß, machte sich einen Kaffee und wartete, dass es endlich acht Uhr wurde, damit er Isabelle anrufen konnte, die er nicht vorher wecken wollte.

Als er um eine Minute nach acht ihre Nummer auf seinem Smartphone antippte, meldete sich nur die Mailbox. Um neun Uhr hatte er sie bereits zum sechsten Mal versucht zu erreichen, ohne Erfolg. Schließlich wählte Leon die Nummer von Lilou, von der er wusste, dass sie bei ihrer Freundin Ingrid übernachtete. Sie klang verschlafen und vermutete, dass Isabelle zeitig zum Yoga gegangen wäre. Aber Leon konnte deutlich hören, dass in ihrer Stimme Sorge mitschwang.

Um Viertel nach neun fuhr Leon zur Gendarmerie nationale. Unterwegs hielt er kurz bei Isabelle. Das Haus war leer, und der Renault stand nicht wie sonst vor der Tür. Das Bett war ordentlich gemacht, und es sah nicht so aus, als hätte Isabelle darin übernachtet. Leon spürte, wie seine Sorge langsam in Angst umschlug.

In der Wache arbeitete nur die kleine Besetzung. Jetzt, außerhalb der Saison, ging es ruhig zu in der Avenue André del Monte. Kein Vergleich mit der Hektik während der Sommermonate, wenn die Wache mit dreifacher Besetzung arbeitete. Für den Frühdienst war Lieutenant Kadir eingeteilt. Leon schilderte ihm die Lage, und Moma hörte aufmerksam zu. Dann tippte der Lieutenant etwas in den Computer, checkte kurz den Bildschirm und sah Leon an.

»Capitaine Morell war heute noch nicht im Haus«, sagte er. »Und ich denke auch nicht, dass sie noch kommen wird.«

»Verstehe ich nicht.« Leon konnte seine Nervosität nicht verbergen.

»Sie hat sich freigenommen«, sagte Moma und sah noch einmal auf den Bildschirm. »Sie hat drei Urlaubstage eingetragen.«

»Davon hat sie mir gar nichts gesagt«, wunderte sich Leon. Lieutenant Kadir zuckte mit den Schultern.

»Die Sache wird sich sicher schnell aufklären«, sagte er. »Machen Sie sich keine Sorgen, Docteur.«

Aber Leon machte sich Sorgen, und sie wurden mit jeder Minute größer. Wenn Isabelle die Nacht nicht zu Hause verbracht hatte, und alles sah danach aus, dann hatte Leon allen Grund, besorgt zu sein.

»Könnten Sie nicht wenigstens nach ihrem Auto suchen?« Leon wollte ganz ruhig bleiben, aber er merkte, wie seine Stimme zitterte.

»Eine Fahndung?«, fragte Moma. »Das kann nur der Patron entscheiden.«

»Na gut, dann rede ich eben mit dem Patron«, sagte Leon.

»Sie wissen, dass er im Moment nicht besonders gut auf Sie zu sprechen ist«, wandte Moma vorsichtig ein.

»Ist er hier?«, fragte Leon.

Moma deutete wortlos den Gang hinunter. Zwei Minuten später stand Leon im Büro des Polizeichefs.

Zerna saß hinter seinem Schreibtisch. Er hatte Leon mit einer Geste zu verstehen gegeben, dass er sich noch einen Moment gedulden sollte, und dabei auf den Besucherstuhl gezeigt. Doch Leon war stehen geblieben. Jetzt musste er zuschauen, wie Zerna mit quälend langsamen Bewegungen einen Polizeibericht zu Ende las, abzeichnete und in den Ausgangskorb legte. Leon war überzeugt, dass der Polizeichef sich extra so viel Zeit ließ. Eine kleine Rache dafür, dass Leon nicht nachgegeben hatte und nicht auf die Linie des Polizeichefs und des Staatsanwalts eingeschwenkt war.

Zerna musterte seinen Besucher. Leon hatte keine Zeit für solche Spiele, er brauchte Hilfe, und er brauchte sie sofort. Also erzählte er dem Polizeichef in wenigen Sätzen, worum es ging. Zerna sagte einen Moment gar nichts, dann lehnte er sich in seinem Ledersessel zurück.

»Ihre …«, Zerna zögerte, als müsste er den richtigen Begriff suchen, »Ihre Lebensgefährtin weiß von Ihrer Beziehung mit Claire Leblanc, richtig?« Das war keine Frage, sondern eine Feststellung.

»Das hatten wir doch bereits besprochen.« Leon klang ungehalten. »Es gab keine Beziehung.«

»Natürlich, entschuldigen Sie. Madame Morell wusste aber, dass Sie sich mit Claire Leblanc getroffen haben«, sagte Zerna und fügte hinzu: »Heimlich getroffen haben.«

»Das spielt doch jetzt keine Rolle.« Leon wurde sauer. »Es geht darum, dass Isabelle verschwunden ist.«

Der Polizeichef ließ sich nicht aus der Ruhe bringen und sah Leon mit hinterlistigem Blick an. »Vielleicht will Madame Morell Sie ja zurzeit gar nicht sehen.«

»Ich denke, das würde ich wissen.«

»Zu mir ist sie jedenfalls gestern gekommen, um sich drei Tage freizunehmen. Und jetzt ist sie verschwunden.« Er zeigte Leon seine Handflächen und blies die Backen auf. Dann, nach einer kleinen Pause, fügte er hinzu: »Vielleicht gibt es da ja jemand anderen, den sie besucht.«

Leon musste tief durchatmen, um seinen Zorn im Zaum zu halten, was Zerna nicht entging.

»Es geht hier auch um eine Beamtin Ihrer Einheit«, sagte Leon. »Wenn eine Capitaine der Gendarmerie nationale auf mysteriöse Weise verschwindet, dann wäre es bestimmt eine gute Idee, nach ihr zu suchen.«

»Danke für den guten Rat«, sagte Zerna süffisant, »das werden wir auch. Aber erst nach vierundzwanzig Stunden, außer es liegt ein Verbrechen vor. Aber dafür gibt es keinen Hinweis, oder?«

»Ich bin überzeugt, dass ein Verbrechen vorliegt«, sagte Leon entschieden, »und es steht im Zusammenhang mit den ungeklärten Morden, die sich ja Ihrer Meinung nach auf so wunderbare Weise mit dem Tod von Talbot von allein aufgeklärt haben.«

»Danke für Ihren Besuch, Docteur.« Zerna stand auf und machte eine Geste in Richtung Tür. »Wir informieren Sie natürlich, wenn wir etwas Neues erfahren. Aber jetzt warten wir doch erst einmal ab, was Madame Morell zu all dem sagt, wenn sie nach Hause kommt.«

»Einen schönen Tag noch, Monsieur Zerna«, sagte Leon kühl. »Dann muss ich mich eben allein kümmern.«

83. Kapitel

Isabelle wusste nicht mehr, wie sie in diesen düsteren Raum gekommen war. Sie erinnerte sich nur an die rasenden Kopfschmerzen und dass sie unter einer staubigen Plane auf der harten Ladefläche eines Pick-ups gelegen hatte. Es war eine unruhige Fahrt gewesen. Sie führte über enge Straßen hinauf in die Hügel. Isabelle hatte gegen das Schwindelgefühl angekämpft, aber es war ihr immer wieder schwarz vor Augen geworden, wenn eine Ohnmacht sie überwältigte. Irgendwann war sie zu sich gekommen. Da lag sie auf diesem Gestell, und der Mann mit den bösen Augen beugte sich über sie. Für einen Moment glaubte sie, ihn zu erkennen, aber sie konnte ihre Umgebung nur verschwommen wahrnehmen. Isabelle wollte etwas sagen, mit diesem Mann reden, aber sie brachte kein Wort heraus. Sie hatte keine Kontrolle mehr über ihren Körper und konnte die Sätze nur denken, aber sie konnte sie nicht aussprechen. Sie hörte, wie ihr Mund nicht mehr als ein Gurgeln zustande brachte. Der Mann schien sie gar nicht zu beachten. Er sprach nicht, schnallte sie nur auf der Liege fest. Dann zog er eine Spritze auf, die er ihr in die Armvene drückte und die sie in die nächste Ohnmacht trug.

Als sie das nächste Mal zu sich kam, war der Mann verschwunden. Es war merklich kühler geworden in dem Raum, dachte Isabelle. Sie lag jetzt festgeschnallt auf dem Rücken. Als sie versuchte, den Kopf ein wenig anzuheben, rollte eine Welle von Übelkeit über sie hinweg. Aber sie hatte genug gesehen. Der Mann hatte ihr die blaue Uniformhose ausgezogen und das rechte Bein auf eine Art Stütze gebunden, sodass der Fuß jetzt bis über das Gelenk hinaus frei schwebte. Isabelle spürte Panik in sich aufsteigen. Ruhig atmen, beschwor sie sich. Regelmäßig ein und aus. Die Atmung war die einzige Möglichkeit, das vegetative Nervensystem willentlich zu steuern, hatte ihr Leon einmal erklärt. Ein, aus – ein, aus. Sie spürte, wie die Panik zurückwich und sich wieder ihr Verstand meldete. Sei rational, sagte sie sich, konzentriere dich auf die Wirklichkeit. Isabelle schloss die Augen und atmete kontrolliert weiter. Sie war eine Gefangene. Und es sah nicht so aus, als würde der Mann sie wieder freilassen. Also gab es jetzt nur zwei Fragen für Isabelle: Wo bin ich, und gibt es eine Chance, hier irgendwie rauszukommen? Sie öffnete erneut die Augen. Zum ersten Mal konnte sie jetzt Einzelheiten ihres Gefängnisses erkennen. Die Zelle war mit Dämmmaterial ausgekleidet, wie man es auf dem Bau verwendete. Große, schwarze Platten, die von Schrauben mit kreisrunden Tellern in der Wand gehalten wurden. Die Dämmplatten gaben dem Raum etwas von einer Gummizelle. Es war stickig und warm, und es roch nach feuchter Erde und Schimmel. Aber da war noch ein anderer Geruch, den Isabelle im ersten Moment nicht identifizieren konnte.

Von irgendwo wurde Frischluft zugeführt. Sie konnte den leichten Luftzug spüren und hörte das leise Summen eines Ventilators. Eine trübe Birne leuchtete von der Decke. Aber sie hatte auch die beiden Scheinwerfer gesehen, die an der Wand lehnten. Mehr konnte sie auf ihrer linken Seite nicht erkennen, denn der Mann hatte sie mit breiten Klettbändern so fest auf die Liege gefesselt, dass sie sich kaum bewegen konnte. Warum hat er das Licht brennen lassen?, fragte sie sich. Bestimmt nicht, um ihr die

Angst vor der Dunkelheit zu nehmen. Als sie den Kopf vorsichtig nach rechts drehte, wusste sie, warum. Und eine neue Welle der Angst überrollte sie.

Der Mann hatte den Rolltisch so gestellt, dass Isabelles Blick genau darauf fallen musste, wenn sie nach rechts schaute. Es lagen medizinische Instrumente auf dem Tisch. Säuberlich geordnet und präzise ausgerichtet wie in einem Operationssaal. Es gab Pinzetten, Klemmen, Sonden und Skalpelle. Außerdem einen Ständer mit Halterungen für Infusionen. Daneben waren frische Päckchen mit Wund- und Verbandszeug sowie ein kleiner Kasten mit durchsichtigem Deckel, in dem Injektionsnadeln und Spritzen zu erkennen waren. Auf einem ausklappbaren Tablett, auf einem Tuch ausgebreitet, lagen eine feine Säge und eine Gartenschere mit verlängerten Griffen, mit der man auch dickere Äste abschneiden konnte.

Als Isabelle die Instrumente sah, spürte sie, wie sich Kälte in ihrem Körper ausbreitete. Trotz der stickigen Wärme in dem Raum begann sie zu frieren. Sie konnte ihre schrecklichen Fantasien nicht mehr unterdrücken, Bilder von toten jungen Frauen, denen der Fuß amputiert worden war. Wieder fiel ihr Blick auf die medizinischen Geräte. Sie spürte, wie sie erneut die Angst überfiel. Dann sah sie die Tücher auf dem Boden liegen. Fleckige Tücher, und sie begriff, dass das kein Schmutz war, sondern Blut. Das, was sie die ganze Zeit in ihrer Zelle gerochen hatte, war der Tod. Isabelle begann zu weinen.

84. Kapitel

Leon hatte die letzten Stunden darauf verwendet, systematisch nach Isabelle zu suchen. Lilou unterstützte ihn, indem sie bei Freundinnen und Bekannten anrief. Sie gingen umsichtig vor. Versuchten, die Anrufe so undramatisch wie möglich zu halten. Aber einige der Bekannten wurden trotzdem misstrauisch. Bis zum Abend würde ganz Le Lavandou wissen, dass wir nach Isabelle suchen, dachte Leon.

Am frühen Nachmittag hatten sie noch immer nichts erreicht. Fest stand nur, dass Isabelle am vergangenen Abend bei der Verleihung der »Fleur d'Or« im Rathaus gewesen war. Einer Bekannten war aufgefallen, dass Isabelle um kurz nach zwanzig Uhr die Veranstaltung allein verlassen hatte. Obwohl es immer noch regnete und sie keinen Schirm dabeihatte.

Im Haus gab es keinerlei Hinweise darauf, dass Isabelle eine Reise angetreten haben könnte. Lilou kontrollierte die Schränke und Kommoden ihrer Mutter. Weder Kleidung noch Koffer fehlten. Die Kosmetika, die ihre Mutter üblicherweise mit auf Reisen nahm, standen ordentlich aufgereiht unter dem Spiegel im Bad. Isabelle hatte noch nicht einmal den Zahnarzttermin abgesagt, der in zwei Tagen geplant war. Für Leon stand fest: Isabelle war verschwunden, und sie hatte ihr Verschwinden nicht geplant. Am späten Nachmittag saß Leon auf dem Sofa und beruhigte Lilou, die sich an ihn gekuschelt hatte und weinte. Er versuchte sie zu trösten, doch er hatte nichts, womit er sie beruhigen konnte, außer mit dem Versprechen, dass er ihre Mutter finden würde.

Um sechzehn Uhr dreißig läutete Leons Handy. Es war Moma.

»Wir haben ihr Auto gefunden«, sagte der Lieutenant. »Es steht vor dem Bahnhof in Toulon.«

Eine halbe Stunde später standen Leon und Lieutenant Kadir vor Isabelles Renault. Ein Beamter der Police municipale hatte den Wagen entdeckt, nachdem Moma das Auto doch noch zur Fahndung ausgeschrieben hatte. Allerdings gab es da ein Problem. Sollte Polizeichef Zerna herausfinden, dass der Fahndungsaufruf ohne seine Genehmigung erfolgt war, käme Moma in Schwierigkeiten. Auf der anderen Seite konnte Zerna nichts dagegen haben, wenn Leon mit Isabelles Reserveschlüssel deren Auto aufschloss. Schließlich wurde der Wagen ja nicht in Zusammenhang mit einer Straftat gesucht.

Leon öffnete den Renault. Auf den ersten Blick gab es keine Auffälligkeiten. An Momas enttäuschtem Gesichtsausdruck konnte Leon ablesen, dass sich der Lieutenant mehr erhofft hatte. Er wollte sich in den Wagen setzen und die Ablagefächer kontrollieren, als er von Leon zurückgehalten wurde.

»Vielleicht haben wir DNA vom Entführer im Fahrzeug.« Leon zog sich die Latexhandschuhe an.

»Eine Entführung? Hier vorm Bahnhof?«, fragte Moma. »Da gäbe es doch Dutzende von Zeugen.«

»Vielleicht hat der Entführer den Wagen genau deshalb hier abgestellt. Damit alle glauben, Isabelle wäre verreist.«

»Was spricht eigentlich dagegen, dass sie verreist ist?« Moma klang frustriert.

Leon beugte sich in den Wagen und hob eine dünne Strickjacke im Fußraum vor dem Beifahrersitz auf.

»Gehört die ihr?«, fragte der Lieutenant. Leon nickte.

»Sie würde sie niemals auf den Boden werfen«, sagte Leon. »Sie wissen doch, wie ordentlich sie ist.«

Leon legte die Jacke auf den Beifahrersitz und drehte sich um. Dann griff er nach dem Schirm, der auf dem Rücksitz lag, und hielt ihn Moma hin.

»Es hat gestern Abend geschüttet«, sagte Leon. »Hätte sie da den Regenschirm im Auto gelassen, wenn sie verreist wäre?«

Der Lieutenant betrachtete den Schirm.

»Ein Schirm und eine Strickjacke. Nicht gerade Hinweise auf ein Kapitalverbrechen.«

»Sie ist nirgendwohin gefahren.« Leon sah zum Bahnhofsgebäude. »Sie wissen, dass ich recht habe.«

»Der Patron hat gesagt, dass er vor morgen früh keine Fahndung rausgibt. Es sei denn, es ...«

»Es sei denn, es finden sich Hinweise auf ein Verbrechen«, fiel Leon ihm ins Wort. »Danke, sehr ermutigend.«

»Was werden Sie jetzt unternehmen?«, fragte Moma.

Leon stieg aus dem Wagen, zog die Handschuhe aus und schloss die Tür ab. »Ich werde auf keinen Fall tatenlos zusehen, während Isabelle irgendwo gefangen gehalten wird.«

»Wir wissen doch gar nicht, ob sie wirklich entführt worden ist«, sagte Moma.

»Ich habe Ihnen alles erzählt, was ich weiß«, sagte Leon.

»Ich hoffe, Sie denken nicht daran, in verschlossene Hauser einzusteigen.« Der Lieutenant sah Leon fragend an. »Das wäre nämlich eine Straftat. Dann hätte der Staatsanwalt endlich einen Grund, Sie in U-Haft zu stecken.«

»Wenn ich wüsste, dass ich Isabelle auf diese Weise finden könnte, wäre ich bereit, jede Straftat zu begehen.«

»Rufen Sie mich sofort an, wenn Sie auf etwas stoßen. Egal,

was es ist«, sagte der Lieutenant. »Ich werde dann alles in Bewegung setzen, um zu helfen.«

»Danke, Moma«, sagte Leon freundlich. »Ich weiß, was Sie riskieren.«

85. Kapitel

Isabelle war hellwach. Der Mann hatte ihr ein Medikament verabreicht, das ihren Puls beschleunigte und sie schlagartig aus der Narkose riss. Irgendetwas, das er in den Zugang in ihrer Armvene gespritzt hatte. Isabelle konnte sich nicht erinnern, wann er diesen Zugang gelegt hatte. In den letzten Stunden war sie immer wieder in tiefe Bewusstlosigkeit gesunken. Der Mann, der ihr all das antat, stand direkt neben ihr. Aber sie konnte sein Gesicht nicht sehen. Er hatte ihr den Kopf mit Klebeband so auf der Liege fixiert, dass sie nur zur Seite auf ihren Fuß sehen konnte und auf den Rolltisch mit den Instrumenten. Sie musste mit ihm sprechen. Aber sie konnte nicht sprechen, weil er ihren Mund mit Klebeband verschlossen hatte.

Verzweifelt versuchte sie den Kopf zu drehen – vergeblich. Sie konnte nur die Hände ihres Peinigers sehen, der mit einem Lappen sein Operationsbesteck polierte, das blank und sauber im Licht der Deckenlampe funkelte.

»Gott ist nicht gerecht«, sagte der Mann plötzlich, als spräche er im Hörsaal. »Er ist ein Zyniker.«

Woher kannte sie nur diese Stimme, dachte Isabelle. Der Mann hatte die Säge in die Hand genommen und prüfte mit der Fingerspitze ihre Schärfe.

»Ich habe den wahren Menschen gesehen. Er ist nicht schön,

er ist grotesk und teuflisch.« Der Mann nahm ein Skalpell und hielt es ins Licht.

Ich muss seine Aufmerksamkeit gewinnen, dachte Isabelle und sah sich verzweifelt um. Ich muss ihn dazu bringen, mich als Person wahrzunehmen. Sie griff mit der Hand zu dem dünnen Schlauch, der vom Tropf zu ihrem Venenzugang führte. Der Schlauch straffte sich. Sie konnte aus dem Augenwinkel beobachten, dass die Infusionsflasche nicht richtig eingehängt war. Wenn es gelang, sie einen oder zwei Zentimeter zu bewegen, würde die Flasche von dem Haken rutschen und auf den Boden schlagen. Und dann?, fragte sie sich und gab sich selbst die Antwort. Sie war ein Mensch, kein irres Experiment. Er musste sie wahrnehmen, musste endlich mit ihr reden.

»Gott hat mich auserwählt, seine Ordnung wiederherzustellen. Er spricht zu mir. Er befiehlt mir, die Geburt des nächsten Dämons zu verhindern.« Der Mann redete weiter, ohne von Isabelle Notiz zu nehmen. »Er hat mir damals ein Zeichen geschickt, und nur ich habe es erkannt. Gott wollte, dass ich dem Teufel Einhalt gebiete. Darum hat er den Dämon gesandt, damit er mir hilft, das Böse aufzuhalten. Ich finde sie, die Keime des Satans. Und ich zerstöre sie ...«

Wieder straffte Isabelle mit einer kleinen Bewegung den Infusionsschlauch. Wieder rutschte die Flasche ein paar Millimeter auf dem Haken nach vorn.

»Gut und Böse, da gibt es keinen Unterschied. Die Menschen glauben, es würde immer so weitergehen. Aber das ist ein Irrtum. Wir werden untergehen, schneller, als es uns lieb sein kann. Bis dahin werde ich retten, was zu retten ist. Aber dafür müssen Opfer gebracht werden.«

Der Mann hustete. Ein regelrechter Anfall, bei dem er sich festhalten musste und keuchend nach Luft rang. Für einen Moment fürchtete Isabelle schon, dass er einen Herzinfarkt erleiden könnte. Und sie wäre gefesselt in diesem verdammten Kellerloch und würde langsam verhungern oder verdursten. Doch dann fing er sich wieder und setzte seine Arbeit fort.

»Ich musste das alles tun«, sagte der Mann, und es klang wie eine Entschuldigung. »Gott hat mir meine Schwester geschickt …«

Die Infusionsflasche an dem Ständer rutschte wieder ein paar Millimeter nach vorn, wackelte und stürzte auf den Steinboden, wo sie mit lautem Knall zerschellte. Flüssigkeit spritzte an die Wand. Isabelle konnte sehen, wie der Mann zusammenzuckte, aufwachte aus seiner Welt des Wahnsinns. In diesem Moment drehte er sich um und sah sie zum ersten Mal an. Und jetzt erkannte sie ihn, wusste, warum ihr die Stimme so bekannt vorgekommen war. In den Augen des Mannes stand der blanke Hass. Für einen Moment schien er zu zögern, ob er sich auf sie stürzen wollte. Dann warf er das Skalpell auf den Tisch und stürzte aus dem Raum.

86. Kapitel

Lieutenant Kadir ärgerte sich über sich selbst. Er hätte den Wagen von Capitaine Morell gegenüber Zerna gar nicht erwähnen sollen. Aber er war nun einmal ein Beamter, der gerne nach Vorschrift arbeitete. Ein französischer Polizeibeamter mit algerischen Wurzeln. Französischer als jeder Franzose, behaupteten seine Kollegen, und Kadir war stolz darauf. Darum war er zum Polizeichef gegangen und hatte ihm von Isabelles Auto berichtet und dass es ordentlich auf dem Parkplatz vor dem Bahnhof von Toulon abgestellt worden war.

Zerna war ganz und gar nicht beeindruckt von der Einsatzfreude seines Lieutenants.

Ganz im Gegenteil, der Polizeichef fühlte sich nur einmal mehr bestätigt, dass das ganze Getue um Capitaine Morells angebliches Verschwinden Unsinn war. Das Auto vor dem Bahnhof war nur ein weiterer Beweis für Zernas These, dass seine Stellvertreterin für ein paar Tage verreist war. Lieutenant Kadir sollte sich bloß nicht von dem Docteur verrückt machen lassen. Der Mann hatte ein schlechtes Gewissen, weil er seine Freundin mit einer Jüngeren betrogen hatte. Das älteste Drama der Welt. Und jetzt machte er ihm deswegen die Leute verrückt. Sollte der Médecin légiste ruhig weiter Jagd auf imaginäre Entführer machen. Unterstützung durch die Gendarmerie nationale erhielt er dabei jedenfalls nicht, das konnte Zerna versprechen. Fertig, aus und Schluss.

Moma hatte das Büro des Patron etwas kleinlaut verlassen, aber die Geschichte ging ihm nicht aus dem Kopf. Er verehrte seine Kollegin Isabelle Morell, und er mochte den Docteur. Der war ein kluger und überaus besonnener Mann. Das hatte er in vielen Fällen bewiesen. Kadir hatte das Gefühl, dass er dem Docteur etwas schuldete, darum hatte er seinen alten Freund bei der Police judiciaire, der Kriminalpolizei von Paris, angerufen. Mit dem Kommissar hatte der Lieutenant einen Teil der Ausbildung zusammen gemacht. Also bat Kadir seinen Bekannten, herauszufinden, wer hinter einer Firma namens D&E – Divertissement Européen steckte. Gegen siebzehn Uhr kam der Rückruf aus Paris. Der Kollege gab dem Lieutenant Namen und Adresse des Inhabers. Kadir bedankte sich. Hatte der Docteur doch recht gehabt mit seinem Verdacht, dachte Kadir und griff zum Telefon. Er wählte Leons Handynummer, aber es meldete sich nur die Mailbox. Kadir legte auf und sah beunruhigt auf seine Uhr. Dann stand er auf, schaltete den Computer aus und griff nach seiner Jacke.

87. Kapitel

Die Fahrt von Le Lavandou nach Cuers dauerte eine Dreiviertelstunde. Leon ließ sich Zeit. Es gab keinen rationalen Grund, warum er noch einmal zu dem kleinen Ort in den Hügeln des Massif des Maures fuhr. Es war nur ein Gefühl, das ihn antrieb. Als läge in diesem Ort der Ursprung der Katastrophe. Wie in einer Quelle, aus der verdorbenes Wasser floss.

Leon hatte alle Bekannten gefragt, die etwas über Isabelles Verbleib hätten wissen können – ohne Erfolg.

Schließlich war er sogar zu Pierre Roussel gefahren, der inzwischen wieder seinen Wohnwagen bezogen hatte. Doch der Stuntman weigerte sich, mit Leon zu sprechen, und drohte ihm Prügel an. Ähnlich erfolglos, wenn auch weniger aggressiv verlief Leons Besuch bei Paul Chevreau. Der Maler war gerade dabei, sein Atelier im Leuchtturm aufzulösen und auf die Ladefläche eines Camions zu verladen, als Leon bei ihm auftauchte. Chevreau war auf alle Menschen, die mit Justiz und Polizei zu tun hatten, schlecht zu sprechen. Er war überzeugt, dass er seinen Rausschmiss ausschließlich der Gendarmerie nationale verdankte.

»Das, was Sie hier erleben, ist nicht weniger als das Ende einer großartigen Karriere«, hatte Chevreau zu Leon gesagt, und Tränen standen ihm in den Augen.

In diesem Moment hatte Leon gewusst, dass der Maler als Entführer nicht infrage kam.

Leon war von der Hauptstraße abgebogen und fuhr jetzt den staubigen Feldweg entlang, die Piste du Papillon. Warum war er noch einmal hierhergekommen? Weil es hier ein Haus gab, in dem vor dreißig Jahren mal ein Mann gelebt hatte, der heute in Le Lavandou eine Buchhandlung betrieb? Und bei dem zwei der Opfer Bücher über den richtigen Umgang mit Neugeborenen gekauft hatten? Das war verdammt dünn, dachte Leon. Wollte er damit wirklich Staatsanwalt Orlandy von seiner Unschuld überzeugen? Offenbar waren er und Lilou die einzigen Menschen, die davon überzeugt waren, dass Isabelle nicht freiwillig verschwunden war. Darum war er hier. Deshalb würde er noch einmal zu dem merkwürdigen alten Haus gehen. Weil er nicht an Zufälle glaubte. Und weil er nicht wusste, was er sonst noch tun sollte.

Leon stellte seinen Wagen ab, bevor die tiefen Schlaglöcher begannen, und stieg aus. Er nahm eine Taschenlampe aus seinem Handschuhfach. Dann griff er zum Handy, um Lilou anzurufen, die zu Hause wartete, nur für den Fall, dass sich Isabelle doch noch melden sollte. Aber das Display zeigte an, dass an dieser einsamen Stelle keine Funkverbindung bestand. Leon marschierte den Weg hinauf. Ein paar Minuten später stand er vor dem Haus. Ihn überfiel sofort ein Unbehagen. So als ob ihn das Haus ansehen würde, als hätte es auf ihn gewartet.

Leon stieg die Stufen zum Eingang hinauf. Das Haus schien genauso verlassen wie beim letzten Mal. Leon zog den Riegel aus dem Holz, den er dort nur provisorisch befestigt hatte, und der Laden schwang auf. Der Raum dahinter war dunkel. Leon zog die Lampe mit dem Aluminiumgehäuse aus der Tasche. Dann schlug er zu. Es klirrte leise, als die Splitter der Glasscheibe in den Raum fielen. Leon wartete. Nichts geschah.

Was du hier tust, nennt man Einbruch, sagte sich Leon. Dann griff er durch das Loch in der Scheibe, öffnete das Fenster und stieg ein. Er zog von innen den Laden wieder zu. Jetzt würde ein unaufmerksamer Beobachter kaum erkennen, dass jemand in das Haus eingedrungen war.

Leon ließ den Lichtstrahl seiner Taschenlampe durch den Raum gleiten. Die Möbel und das alte Radiogerät schienen wie aus einer anderen Zeit gefallen. Sogar die gerahmten Filmplakate an der Wand stammten aus den Achtzigerjahren. Jemand hatte Sofa und Sessel mit Betttüchern abgedeckt. Vorsichtig inspizierte Leon auch die anderen Räume. Sah in die Küche, in der die Kupfertöpfe an einer Leiste über dem Herd hingen und die Teller ordentlich im Regal gestapelt waren. Ein Schlafzimmer mit einem leeren Bettgestell ohne Matratze und ein Badezimmer, das die Spinnen für sich erobert hatten und in dem der Duschvorhang nur noch an zwei Haken hing. Die erste Etage bestand aus vier weiteren Zimmern. Es gab zwei Schlafzimmer mit Betten ohne Matratze und ein Arbeitszimmer mit einem Schreibtisch, der einmal weiß gewesen war. Jetzt war er grau, aber die Tischplatte war sauber abgewischt. So als hätte hier erst kürzlich noch jemand gearbeitet. Ganz im Unterschied zu den anderen Zimmern, in denen sich der feine Staub der Provence, der durch jede noch so schmale Ritze drang, gleichmäßig verteilt hatte. Sonst gab es hier nichts, was Leon irgendeinen Hinweis auf Isabelles Verschwinden hätte geben können.

Leon wollte schon wieder nach unten gehen, als eine Biene durch den Lichtkegel seiner Lampe flog und in einer Spalte an der Decke verschwand. Leon erkannte, dass sich über ihm die Klappe zum Dachboden befand. Er öffnete das Schnappschloss, die Klappe schwang auf, und Leon zog eine Leiter herunter. Vorsichtig stieg er nach oben.

Der Dachboden war so niedrig, dass er sich nur gebückt bewegen konnte. Der Speicher war fast leer bis auf einige Stapel alter Zeitungen und Magazine, die sorgfältig mit Kordel verschnürt waren. Leon ging bis zum Ende des niedrigen Raumes, wo sich unter der Dachschräge ein Verschlag aus Sperrholzplatten befand, nicht viel größer als ein Schrank. Es gab eine Art Tür. Leon schob einen Riegel zurück und öffnete sie. In dem Verschlag befand sich ein Lichtschalter. Leon drehte den Knopf, und eine schwache Glühbirne beleuchtete eine gespenstische Szene.

In dem engen Raum befand sich eine etwa sechzig Zentimeter lange und dreißig Zentimeter tiefe Kiste, über die eine weiße Spitzendecke gebreitet war. Dahinter gab es ein Bord, auf dem Fotografien standen. Vater, Mutter und ein etwa zehnjähriger Junge. Dazu hatte jemand ein Dutzend einzelner Frauenschuhe auf den Tisch gestellt. Zwei große silberne Kerzenständer gaben dem Raum die Atmosphäre einer Gruft. Hier oben war kein Laut zu hören. Nur das Knacken der alten Dachbalken, die sich in der kühlen Abendbrise zusammenzogen.

Leon nahm die Spitzendecke von der Kiste, schob die beiden Schnappschlösser zur Seite und klappte den Deckel auf. Er fuhr entsetzt zurück. Für einen Augenblick verschlug es ihm den Atem. Vor ihm lag ein Wesen aus einer anderen Welt. Ein Geschöpf wie aus Dantes Inferno. Eine Schreckensgestalt aus einem grässlichen Albtraum.

Es dauerte einige Sekunden, bis Leon sich wieder gefangen hatte und seine wissenschaftliche Neugierde die Oberhand gewann. Das Wesen, das da vor ihm lag, war ohne Frage ein Mensch gewesen. Keine vierzig Zentimeter lang. Die Haut war ledrig, braun und verschrumpelt. Nach der Größe zu urteilen offensichtlich eine Frühgeburt, vielleicht siebter Monat. Aber es war kein normales Kind gewesen. Dort wo sich eigentlich Mund und Nase befinden sollten, gab es eine tiefe offene Gaumenspalte, die das Gesicht fast halbierte und den Blick in die Mundhöhle freigab. Nur eine vage Erinnerung an ein menschliches Antlitz, das hier auf grauenhafte Weise von der Natur entstellt worden war, dachte Leon. Aber es gab noch etwas, das dieses Kind in einen Alien zu verwandeln schien. Unterhalb des Brustkorbs wuchsen zwei weitere Beine aus dem Körper, die dieses Geschöpf zu einer Art Rieseninsekt machten.

Leon war schockiert und fasziniert zugleich. Eine Zwillingsgeburt, bei der der größte Teil des zweiten Kindes mit dem Körper des ersten verwachsen war. »Fötus in Föto« nannte die Wissenschaft dieses seltene Phänomen, von dem bis heute nicht einmal hundert Fälle weltweit medizinisch dokumentiert waren. So etwas hatte Leon bisher nur in Lehrbüchern gesehen. Dem Grad der Mumifizierung nach musste dieses Kind schon vor Jahrzehnten gestorben sein.

Leon schloss die Kiste wieder. Er musste raus aus dieser Gruft, raus an die frische Luft. In diesem Moment entdeckte er das Kettchen. Es lag zwischen den Fotografien auf dem Bord und glänzte im schwachen Licht der Glühbirne. Der Anblick dieses Schmuckstücks lähmte Leon für einen Moment wie ein elektrischer Schlag. Er musste sich zwingen, den Arm auszustrecken und es zu ergreifen. Dann drehte er es in seiner Hand und betrachtete die beiden goldenen Buchstaben, die daran hingen. Ein I und ein L. Es war die Kette, die er Isabelle zu ihrem Einjährigen geschenkt hatte. Wer immer in diesem Haus sein Unwesen trieb, er hatte Isabelle in seiner Gewalt. Leon spürte, dass er zu zittern begann und ihm der Schweiß ausbrach.

In diesem Augenblick hörte er das Geräusch eines Autos, das irgendwo in der Nähe des Hauses hielt. Er löschte das Licht in der Kammer und schaltete die Taschenlampe aus. Kurz darauf hörte er, wie die Haustür aufgeschlossen wurde und mit einem Krachen zurück ins Schloss fiel. Er bewegte sich nicht. Schritte waren zu hören, dann wurde es wieder still. Leon wartete zwei lange Minuten. Dann bewegte er sich leise die Treppe vom Dachboden hinab, zurück ins Erdgeschoss, wieder hörte er gedämpfte Geräusche im Haus. Wer war das, und wo hielt er sich auf?

Leise ging Leon noch einmal durch das Erdgeschoss. Diesmal blieb er vor der Tür am Ende des Gangs stehen. Er hatte sie zunächst für den Hinterausgang gehalten. Aber jetzt war sie nur angelehnt, und er konnte jemanden sprechen hören. Leon drückte die Tür weiter auf. Sie gab eine steinerne Treppe frei, die in den Keller führte. Am Ende folgten ein Gang und eine weitere Tür, die ebenfalls ein Stück offen stand. Helles Licht fiel aus dem Raum dahinter. Leon kam näher und drückte die Tür vorsichtig ein Stück weiter auf. Vor ihm lag Isabelle. Gefesselt an eine Liege mit weit aufgerissenen Augen, die ihn voller Angst anstarrten.

»Isabelle …!« Leon machte ein paar Schritte auf sie zu.

Er hatte sie fast erreicht, als er begriff, dass Isabelle den Kopf schüttelte, verzweifelt versuchte, ihm ein Zeichen zu geben. Leon wollte sich umdrehen, aber da war der Mann schon wie ein Schatten hinter der Tür hervorgekommen und schlug zu. Etwas traf Leon hart am Hinterkopf. Der Schmerz schoss wie ein heller Blitz durch seinen Kopf, und dann wurde alles dunkel.

Lieutenant Kadir suchte seit über einer halben Stunde nach der richtigen Abzweigung. Normalerweise verließ er sich auf das Navigationssystem seines Smartphones. Aber hier draußen gab es keinen Handyempfang, und damit funktionierte auch das Navi nicht mehr. Langsam hatte sich der blaue Renault der Gendarmerie nationale über Feldwege durch die Hügel gearbeitet. Schließlich hatte Lieutenant Kadir entnervt angehalten und war ausgestiegen. Er fragte sich, ob es nicht ein Fehler gewesen war, hier rauszufahren. In diesem Augenblick fiel sein Blick auf das verbeulte Blechschild mit dem Namen der Abzweigung: Piste du Papillon. Moma setzte sich wieder hinters Steuer und folgte dem staubigen Weg. Keine fünfzig Meter weiter fand er den Peugeot von Leon, abgestellt hinter einem dichten Gebüsch aus Oleander. Er hatte also richtig vermutet: Der Docteur war noch einmal zu dem verlassenen Haus gefahren.

Ab hier war auch für Momas Einsatzfahrzeug Schluss, wenn er nicht Gefahr laufen wollte, mit dem Bodenblech aufzusetzen. Moma hatte keine Ahnung, wie weit der Weg bis zu dem Haus noch sein würde, und er ärgerte sich über sich selbst, dass er dem Docteur so blind hinterherlief. Auf der anderen Seite hatte der Médecin légiste vielleicht recht mit seiner Theorie. Vielleicht war das Haus ja tatsächlich der Schlüssel zu diesem geheimnisvollen Fall. Schließlich gab es nur einen einzigen Besitzer bei der Firma D&E – Divertissement Européen, wie ihm sein Freund, der Kommissar in Paris, bestätigt hatte. Und dieser Besitzer hieß Edmond Nortier. Schwitzend marschierte Moma weiter bergauf.

Leon blinzelte. Er hatte Kopfschmerzen, und ihm war übel. Er wollte die Hände bewegen, aber das war nicht möglich. Mühsam öffnete er die Augen und sah das grelle Licht, das die Scheinwerfer auf eine surreale Szene warfen. Da lag Isabelle festgeschnallt auf einer Liege. Und da war dieser große Mann in einer grauen, bodenlangen Gummischürze, der jetzt zu ihm herübersah: Edmond Nortier. Er trug eine Plastikmanschette um den Kopf, an der ein durchsichtiges Kunststoffvisier befestigt war, das er hochgeklappt hatte. Leon saß auf einem schweren Stuhl aus Eichenholz. Er wollte aufstehen, aber das war unmöglich. Seine Arme und Beine waren mit Klebeband an Sitz und Lehne gefesselt.

»Haben Sie sie gefunden?«, fragte Nortier.

»Machen Sie mich los«, ächzte Leon. Sein Kopf schmerzte, und er hatte Probleme, sich zu artikulieren.

Tausend Bilder rasten ihm durch den Kopf. Was hatte der alte Lehrer in Cuers ihm erzählt? Nortiers Schwester, die Frühgeburt, der Friedhof ...

»Ich habe Ihre Schwester gesehen«, sagte er.

»Sie war ein Engel«, antwortete Nortier.

Nortier hatte eine elektrische Knochensäge vom Tisch genommen. Er steckte das kreisrunde Sägeblatt, das etwa die Größe einer Untertasse hatte, auf die Achse der Maschine, wo es mit einem Klicken einrastete. Dann drückte er ein paarmal auf den Kippschalter der Maschine. Jedes Mal heulte der Elektromotor auf und endete mit einem hellen Pfeifen. Leon wusste, was der Mann vorhatte. Er kannte die Maschine, die er in der Hand hielt, denn er hatte sie oft selbst benutzt. Zum Beispiel, um bei einer Obduktion die Rippen am Brustkorb zu durchtrennen. Aber Nortier hatte etwas anderes damit vor. Isabelle war an eine OP-Schiene gefesselt, sodass ihr nackter Fuß in die Luft ragte. Sie sah stumm zu Leon herüber, und Tränen standen in ihren Augen. Auch sie wusste, was gleich passieren würde.

»Haben Sie sie sich angesehen? Ganz genau angesehen?«, fragte Nortier ohne jede Emotion. »Gott hat sich über mich lustig gemacht. Darum bringe ich jetzt die Dinge wieder in Ordnung.«

»Tun Sie das nicht, Nortier.« Leon spürte, dass seine Stimme zurückkam. Er versuchte ruhig zu bleiben. »Die Polizei weiß, dass ich hier bin.«

»Das ist gut. Sehr gut.« Nortier hielt die elektrische Säge und sah Leon an. »Die Polizei soll Sie finden. Sie und Ihr Opfer.«

»Die Polizei wird Ihnen nicht glauben.«

»Der berühmte Médecin légiste hat seine Freundin verstümmelt und sich dann mit dem Skalpell die Venen aufgeschnitten. Eine tragische Geschichte ...«

»Warum wollen Sie das tun?«

»Ich will nicht, ich muss. Ich helfe nur, das nötige Gleichgewicht in der Welt wiederherzustellen. Das ist meine Bestimmung.«

»Woher wollen Sie wissen, dass ausgerechnet Sie ausgewählt sind?« Leon versuchte verzweifelt, Nortier in ein Gespräch zu verwickeln und Zeit zu gewinnen.

»Könnten Sie so etwas tun?«, fragte Nortier und hielt die Säge vor sich. »Nein, könnten Sie nicht. Aber ich kann es. Passen Sie jetzt gut auf ...«

Nortier klappte das Visier hinunter, das ihn vor Blutspritzern und Knochensplittern schützen sollte. Dann betätigte er den Kippschalter, und die Säge gab ein sirrendes Pfeifen von sich. Er setzte die Säge ein paar Zentimeter oberhalb von Isabelles Fuß an. Die scharfen Zähne auf der Scheibe rissen die Haut auf, und Blut sprühte wie feiner Dunst in den Raum.

»Nicht!«, schrie Leon.

Er sah Isabelles verzweifelten Blick und warf sich mit seinem ganzen Gewicht gegen seine Fesseln. Der Schwung stürzte den Stuhl um, und Leon schlug hart vor Nortier auf den Boden. Der riss überrascht die Säge hoch und sah Leon an, der jetzt mitsamt dem Stuhl zwischen ihm und Isabelle lag.

Im gleichen Augenblick flog die Tür auf und knallte mit einem Splittern gegen die Wand. Fassungslos sah Nortier, wie Kommissar Kadir mit gezogener Waffe in den Raum stürzte.

»Lassen Sie das Ding fallen«, brüllte er Nortier an. »Sofort!«

Nortier ließ die Säge los, die polternd zu Boden fiel, und griff sich das Skalpell, das auf dem Rolltisch lag. In diesem Moment schoss Kadir. Der Knall war ohrenbetäubend laut in dem engen

Raum. Nortier wurde getroffen und herumgewirbelt. Er versuchte, sich am Tisch festzuhalten. Dann griff er an seinen Hals, wo das Blut aus der Schlagader schoss, die Kadirs Kugel aufgerissen hatte. Er bewegte sich auf Isabelle zu, eine Hand an der blutenden Halswunde, in der anderen noch immer das Skalpell.

Leon konnte vom Boden aus nur hilflos zusehen. Nortiers Blutverlust war gewaltig. Sein Herz pumpte wie wild, um den schwindenden Blutdruck auszugleichen. Er würde keine zehn Sekunden mehr am Leben bleiben. Aber er stand jetzt direkt vor Isabelle, beugte sich über sie, und er hatte das Skalpell noch immer in der Hand.

Der zweite Schuss Kadirs traf Nortier von hinten in den Kopf und trat aus der rechten Augenhöhle wieder heraus. Nortier stürzte nach vorn und war tot, bevor er auf dem Boden aufschlug.

88. Kapitel

Eine Dreiviertelstunde später wimmelte es in den sonst so einsamen und beschaulichen Hügeln von Cuers nur so von Polizei. Zerna ließ es sich nicht nehmen, für den ganz großen Auftritt zu sorgen. Er kam mit dem Hubschrauber, landete vor dem Haus und ließ sich von seinen Beamten den Tatort zeigen. Die Spurensicherung fand die sterblichen Überreste von mindestens drei weiteren Frauen. Es wurde allerdings vermutet, dass noch mehr Opfer auf dem Gelände vergraben worden waren. Es würde Wochen, wenn nicht Monate dauern, bis man jeden Winkel des weiten Anwesens durchsucht hatte.

Die Ermittlungen im Fall Nortier würden sich noch viele Wochen hinziehen. Die Polizei vermutete, dass der damals zehnjährige Edmond Nortier die Leiche seiner Schwester aus dem Sarg genommen hatte. Und zwar kurz bevor der Bestattungsunternehmer im Haus der Nortiers erschien, um den verschlossenen Sarg abzuholen. Zwei volle Tage hatte er den Sarg mit dem toten Kind den Eltern gelassen, damit sie sich verabschieden konnten. Obwohl es normalerweise nicht gestattet war, die Leiche eines Verstorbenen länger als zwölf Stunden im Haus zu behalten. Darum transportierte der Bestatter den Sarg auch direkt zum bereits ausgehobenen Grab. So wurde an diesem Tag ein leerer Kindersarg auf dem Friedhof von Cuers begraben, während Edmond die Leiche seiner Schwester in dem verwinkelten alten Dachboden versteckt hatte. Ein idealer Ort, wie Leon dem Polizeichef bestätigte. Trocken und gut durchlüftet. Hinzu kam, dass sich die Tragödie im Winter ereignet hatte, als es kühl war und kaum Insekten gab.

Auch mit einer weiteren Vermutung hatte Leon richtiggelegen: Nortier hatte sich seine Opfer unter den werdenden Müttern ausgesucht, die in seinem Geschäft Bücher über den richtigen Umgang mit Neugeborenen bestellten. Dabei war er auch auf Isabelle aufmerksam geworden, obwohl diese das Buch nur für ihre schwangere Kollegin bestellt hatte.

Als die Verfolger näher kamen, versuchte Nortier durch den Mord an der Psychologin den Verdacht der Polizei zunächst auf Talbot zu lenken. Als das nicht mehr genügte, beschloss Nortier, seine Verfolger auf eine neue Spur zu locken, indem er Leon belastete.

Leon hatte Isabelle im Haus versorgt, bis der Krankenwagen eingetroffen war. Er wich ihr auch nicht von der Seite, als der Rettungswagen sie mit Blaulicht und Sirene nach Saint-Sulpice brachte. Erst an der Tür zur Notaufnahme musste Leon sie den Klinikärzten überlassen. Unfallchirurg Dr. Menez bestand darauf, dass sich Leon zunächst selbst untersuchen ließ.

Zum Glück hatte Nortier Isabelle nicht schwer verletzt. Die Säge hatte nur Gewebe und einige kleinere Blutgefäße aufgerissen. Knochenhaut und Knochen waren unverletzt geblieben. Dafür war Isabelles Achillessehne beschädigt worden. Ihre Wunden wurden versorgt und das Fußgelenk mithilfe einer Manschette fixiert. Isabelle würde für ein paar Tage zur Beobachtung im Krankenhaus bleiben und anschließend drei Wochen lang mit einer Fußschiene laufen müssen. Leons Kopfverletzung würde keine Folgen haben. Die Platzwunde wurde mit drei Stichen genäht.

Aufnahmen mit dem MRT zeigten, dass trotz des heftigen Schlags der Schädelknochen nicht geschädigt worden war.

Klinikchef Dr. Hugo Bayet ließ es sich nicht nehmen, noch in der Notaufnahme nach Leon zu sehen. Er lobte in höchsten Tönen Leons großartige Arbeit und welchen Gewinn er für die Klinik darstelle. Er freue sich schon darauf, Leon so schnell wie möglich wieder in der Abteilung für Rechtsmedizin zu sehen. Sogar Zerna tauchte auf der Intensivstation auf und gratulierte Leon für seine hervorragende Arbeit.

Es war bereits kurz nach Mitternacht, als Isabelle aus ihrer Betäubung aufwachte. Leon hatte seit Stunden in ihrem Zimmer gesessen und die Monitore beobachtet, die ihre Vitalwerte anzeigten. Lilou war ebenfalls im Krankenzimmer ihrer Mutter und inzwischen erschöpft auf einem Sessel eingeschlafen.

»Leon …?«, sagte Isabelle plötzlich.

»Ich bin hier.« Leon griff nach ihrer Hand.

»Du musst Lilou anrufen«, drängte Isabelle.

»Sie ist hier, ma chérie. Sie schläft«, sagte Leon leise. »Gleich hier im Sessel.«

Isabelle lächelte. »Lass sie schlafen.«

Leon streichelte Isabelles Hand.

»Er hat mich im Auto erwischt«, sagte Isabelle.

»Ich weiß«, erwiderte Leon. »Denk nicht daran. Schlaf weiter. Wir sind bei dir.«

»Gut, dass du gekommen bist.«

»Ich hätte besser aufpassen müssen«, sagte Leon. »Ich hatte solche Angst um dich.«

»Du weißt doch, dass du dich nicht in die Ermittlungen einmischen sollst«, sagte Isabelle mit einem leisen Lächeln.

»Ich wünsche mir, dass du bei mir bleibst«, sagte Leon.

»Soll das jetzt vielleicht ein Antrag sein?« Isabelle sah Leon an.

Statt einer Antwort legte Leon seine Hand auf Isabelles Schulter, beugte sich nach vorn und küsste sie vorsichtig auf den Mund. In diesem Moment wachte Lilou auf. Sie blinzelte verschlafen in das Licht des Krankenzimmers.

»Maman?«, sagte sie. Isabelle lächelte sie an. Lilou sah zu Leon und dann zu ihrer Mutter. »Habe ich da gerade was verpasst?«

»Leon hat mir einen Antrag gemacht.«

»Echt …? Und ich hab's verpennt.«

»Na ja, nicht so einen richtigen Antrag«, wehrte Leon ab.

»Halt die Klappe«, sagte Isabelle liebevoll. »Gesagt ist gesagt.«

ENDE